Qiu Xiaolong est né à Shanghai, en Chine. La Révolution culturelle commence en 1966, alors qu'il est à l'école primaire. Son père, accusé d'être un « capitaliste », devient la cible des gardes rouges. Lui-même ne peut aller à l'école pendant des années. Il pratique alors le tai-chi dans un parc de Shanghai, et y apprend tout seul l'anglais. En 1976, il entre à l'université, étudie la littérature anglo-américaine, rédige un mémoire sur T.S. Eliot, et écrit des poèmes. Il se trouve aux états-Unis, en 1989, quand éclatent les événements de Tianan men ; ils vont changer le cours de sa vie. Son nom commence à circuler parmi ceux des sympathisants du mouvement démocratique chinois. Dès lors, il ne peut plus retourner à Shanghai. Qiu Xiaolong enseigne maintenant à la Washington University de Saint Louis.

DU MÊME AUTEUR

Visa pour Shanghai
Liana Levi, 2003
et « Points Policier », n° P1162

Encres de Chine
Liana Levi, 2004
et « Points Policier », n° P1436

Le Très Corruptible Mandarin
Liana Levi, 2006
et « Points Policier », n° P1703

De soie et de sang
Liana Levi, 2007
et « Points Policier », n° P1939

Cité de la poussière rouge
Liana Levi, 2008
et « Piccolo », n° 69

La Danseuse de Mao
Liana Levi, 2009
et « Points Policier », n° P2139

Les Courants fourbes du lac Tai
Liana Levi, 2010
et « Points Policier », n° P2607

La Bonne Fortune de monsieur Ma
Liana Levi, 2011

Shanghai rouge
Deux enquêtes du camarade-inspecteur Chen
Point Deux, 2012

Qiu Xialong

MORT D'UNE HÉROÏNE ROUGE

ROMAN

Traduit de l'anglais
par Fanchita Gonzalez Batlle

Liana Levi

TEXTE INTÉGRAL

TITRE ORIGINAL
Death of a Red Heroine

ISBN 978-2-02-048887-7
(ISBN 2-86746-260-6, 1re publication)

à Lijun

1

Le corps fut découvert à 16 heures 40 le 11 mai 1990 dans le canal Baili, un endroit peu fréquenté à trente kilomètres environ à l'ouest de Shanghai.

Debout à côté du corps, Gao Ziling, capitaine de *L'Avant-garde*, cracha trois fois avec vigueur sur le sol humide – geste machinal destiné à conjurer les mauvais esprits de la journée, une journée commencée par les retrouvailles longuement attendues de deux amis séparés depuis plus de vingt ans.

C'est par hasard que *L'Avant-garde*, une vedette de la Sécurité fluviale de Shanghai, s'était aventurée autour de 13 heures 30 jusqu'au canal Baili. D'ordinaire, elle ne s'approchait jamais de ce secteur. Ce voyage inhabituel était une idée de Liu Guoliang, un vieux copain que Gao n'avait pas revu depuis le lycée. A la fin de ses études au début des années soixante, Gao avait commencé à travailler à Shanghai, mais Liu était allé étudier à Pékin, puis dans un centre d'essais nucléaires dans le Qinghai. Ils avaient perdu tout contact pendant la Révolution culturelle.

Liu avait à présent un projet à l'étude dans une compagnie américaine de Shanghai, et il avait pris sa journée pour voir Gao. Tous deux s'étaient fait une joie de se retrouver après tant d'années.

L'idée avait pris forme près du pont Waibaidu, où les eaux de la rivière Suzhou et du fleuve Huangpu se rejoignent et où la ligne qui les sépare est visible au soleil. Encore plus polluée que le Huangpu, la rivière Suzhou ressemblait à de la toile goudronnée, et contrastait violemment avec le ciel bleu et clair. Elle empestait malgré l'agréable brise d'été.

Gao ne cessait de s'excuser : il aurait dû choisir un meilleur endroit pour l'occasion. La *Maison de thé du milieu du lac* dans la vieille ville, par exemple. Un après-midi devant un service exquis de tasses et de soucoupes, où ils auraient eu tant à se dire, sur fond de musique chatoyante de *pipa* et de *sanxun*. Malheureusement Gao avait dû rester à bord de *L'Avant-garde* : personne n'avait accepté de le remplacer.

En regardant l'eau boueuse chargée de détritus – bouteilles de plastique, canettes de bière, emballages écrasés et paquets de cigarettes – Liu suggéra d'aller ailleurs en bateau pour pêcher. La rivière était devenue méconnaissable pour les deux vieux amis, mais eux-mêmes n'avaient pas tellement changé. La pêche était une passion qu'ils avaient partagée pendant leurs années de lycée.

– Dans le Qinghai, le goût du carassin m'a manqué, reconnut Liu.

Gao sauta sur l'occasion. Il pourrait expliquer sans mal un parcours de routine en aval. Il proposa donc le canal Baili, qui part de la rivière Suzhou à une centaine de kilomètres du pont Waibaidu. Pas encore touché par les réformes économiques de Deng Xiaoping, il était loin de toute route importante, et le village le plus proche se trouvait à plus de deux kilomètres. Mais s'y rendre n'était pas facile. Après être passés devant la raffinerie orientale qui domine Wusong, le passage devint plus étroit et parfois si peu profond qu'il était à peine navigable. Ils durent repousser des branches qui l'encombraient, et après de gros efforts ils atteignirent enfin une étendue d'eau sombre obscurcie par de hautes herbes et des arbustes.

Heureusement, Baili se révéla aussi magnifique que Gao l'avait promis. Il était petit mais ne manquait pas d'eau du fait des grosses pluies du mois précédent. Le poisson y prospérait car le canal était relativement épargné par la pollution. Dès qu'ils eurent lancé les appâts, ils sentirent que ça mordait. Bientôt ils se mirent à remonter leurs lignes. Les poissons jaillissaient hors de l'eau, ils atterrissaient dans le bateau, agités de soubresauts, haletants.

– Regarde celui-là, dit Liu en montrant un poisson qui frétillait à ses pieds. Plus d'une livre.

– Formidable. Tu nous portes chance aujourd'hui.

La minute d'après, Gao décrochait de l'hameçon avec l'ongle du pouce une perche d'une demi-livre.

Tout content, il lança de nouveau sa ligne d'un tour de poignet expert. Avant qu'il l'ait ramenée à mi-chemin du bateau, sa ligne fut secouée par une autre secousse violente. La canne se courba, et une énorme carpe apparut au soleil.

Ils n'avaient guère le temps de parler. Tandis que les écailles d'argent dansaient dans la lumière, le temps fit un bond en arrière. Vingt minutes – ou vingt ans. Ils étaient retournés à la belle époque. Deux lycéens assis côte à côte, en train de bavarder, de boire et de pêcher, le monde entier suspendu à leur ligne.

– A combien se vend une livre de carassin ? demanda Liu en en tenant un à la main. De cette taille ?

– Au moins trente yuans, je dirais.

– J'ai déjà plus de quatre livres. Ça fait environ cent yuans, hein ? dit Liu. Nous ne sommes ici que depuis une heure et j'ai pris plus que le salaire d'une semaine.

– Tu veux rire ! dit Gao en détachant un poisson lune de l'hameçon. Un ingénieur nucléaire de ta réputation !

– Et pourtant, c'est vrai… J'aurais dû être pêcheur à la ligne dans le sud du Yangtze, dit Liu en secouant la tête. Dans le Qinghai nous passons souvent des mois sans goûter à du poisson.

Liu avait travaillé vingt ans dans une région désertique où les paysans respectaient une longue tradition consistant à servir un poisson en bois sculpté pour le Nouvel An puisque le caractère chinois pour « poisson » peut également signifier « abondance », signe de chance pour la nouvelle année. Son goût était peut-être oublié, mais pas la tradition.

– Je ne peux pas le croire, s'écria Gao indigné. Le grand scientifique qui fabrique des bombes nucléaires gagne moins que les petits marchands ambulants qui font des œufs marinés au thé. Quelle honte !

– C'est l'économie de marché. Le pays prend la bonne direction. Et les gens vivent mieux.

– Mais c'est injuste. Pour toi, je veux dire.

– Eh bien aujourd'hui, je n'ai pas trop à me plaindre. Tu devines pourquoi je ne t'ai pas écrit pendant la Révolution culturelle ?

– Non. Pourquoi ?

– J'ai passé un an en cellule en tant qu'intellectuel bourgeois. Après ma libération, j'étais toujours considéré comme un « mauvais élément », je n'ai pas voulu te compromettre.

– Je suis navré d'entendre ça, mais il aurait fallu me tenir au courant ! Mes lettres sont revenues. J'aurais dû comprendre.

– C'est du passé, dit Liu, et nous voilà ensemble, en train d'essayer de pêcher nos années perdues.

– Tu sais, dit Gao qui voulait changer de sujet, nous en avons assez pour une excellente soupe.

– Une soupe sensationnelle... Ah ! un autre !

Liu remontait une perche qui se débattait. Elle faisait plus de trente centimètres de long.

– Ma vieille épouse n'est pas une intellectuelle, mais elle est très forte pour la soupe de poissons. Tu ajoutes quelques tranches de lard de Jinhua, une pincée de poivre noir et une poignée de ciboules. Quelle soupe !

– J'ai hâte de faire sa connaissance.

– Tu n'es pas un inconnu pour elle. Je lui ai souvent montré ta photo.

– Mais elle date d'il y a vingt ans. Comment me reconnaître d'après une photo de lycée ? Tu te souviens du fameux vers de He Zhizhang ? *Mon dialecte n'a pas changé, mais mes cheveux sont devenus gris.*

– Les miens aussi.

Ils étaient prêts à rentrer.

Gao retourna à la barre, mais le moteur tressauta avec un grincement. Gao le poussa pleins gaz. Le pot d'échappement à l'arrière cracha de la fumée noire. Le bateau ne bougea pas d'un centimètre. En se grattant la tête, le capitaine Gao se tourna vers son ami avec un geste d'excuse. Il ne comprenait pas ce qui se passait. Le canal était étroit mais assez profond. L'hélice, protégée par le gouvernail, ne pouvait pas avoir raclé le fond. Quelque chose devait la bloquer – un filet de pêche déchiré ou un câble détaché. La première hypothèse était assez peu probable. Le canal était trop étroit pour y jeter des filets. Mais dans le second cas, ce serait difficile de la libérer.

Il arrêta le moteur et sauta sur la berge. Il ne voyait toujours rien, et il se mit à fouiller dans l'eau boueuse avec un long bambou qu'il avait acheté pour servir de corde à linge à sa femme sur leur balcon. Au bout de quelques minutes, il toucha quelque chose sous le bateau.

Un objet mou, assez volumineux, lourd.

Il ôta sa chemise et son pantalon et entra dans l'eau. Il attrapa aussitôt l'objet, mais il lui fallut un bout de temps pour le hisser sur la berge.

C'était un énorme sac en plastique noir, fermé par une ficelle. En la dénouant avec précaution il se pencha pour regarder à l'intérieur.

– Merde !
– Quoi ?
– Regarde. Des cheveux !

Liu se pencha et eut le souffle coupé.

C'étaient les cheveux d'une femme morte, et nue.

Avec l'aide de Liu, Gao tira le corps du sac et le retourna sur le dos.

La femme ne pouvait pas être restée très longtemps dans l'eau. Son visage, bien qu'un peu gonflé, était jeune et beau. Une mèche de jonc vert était mêlée à sa chevelure noire. Son corps était atrocement blanc, avec des seins flasques et des cuisses lourdes. Les poils noirs de son pubis étaient mouillés.

Gao se précipita dans le bateau, prit une vieille couverture et la jeta sur elle. La seule chose qui lui soit venue à l'esprit sur le moment. Puis il cassa le bambou en deux. C'était dommage, mais ce bambou porterait malheur. Gao ne supportait pas l'idée que sa femme y pende leurs vêtements tous les jours.

– Qu'est-ce qu'on va faire ? demanda Liu.

– Nous ne pouvons rien faire. Ne touche à rien. Laisse le corps ici jusqu'à ce que la police arrive.

Gao sortit son portable. Il hésita avant de composer le numéro de la police. Il allait devoir rédiger un rapport décrivant la façon dont il avait trouvé le corps, mais d'abord il faudrait qu'il explique pourquoi il se trouvait là, à cette heure de la journée, avec Liu à bord. Au lieu d'être à son poste, il s'amusait avec son ami, il pêchait et buvait. Mais il allait devoir dire la vérité. Il n'avait pas le choix, conclut-il, et il téléphona.

– Inspecteur Yu Guangming, brigade des affaires spéciales, répondit une voix.

– Je suis le capitaine Gao Ziling, de *L'Avant-garde*, Sécurité fluviale de Shanghai. Je vous signale un homicide. Un corps a été découvert dans le canal Baili. Celui d'une jeune femme.

– Où se trouve le canal Baili ?
– A l'ouest de Qingpu. Après l'usine à papier n° 2. Dix à douze kilomètres plus loin.
– Ne quittez pas. Je vais voir qui est disponible.
Le silence se prolongeait. Le capitaine Gao devint nerveux.
– Un autre meurtre a été signalé après 4 heures et demie, reprit enfin l'inspecteur Yu. Tout le monde est à l'extérieur en ce moment, même l'inspecteur principal Chen. Mais j'arrive. Je suppose que vous savez qu'il faut tout laisser en l'état. Attendez-moi.
Gao regarda sa montre. Il faudrait au moins deux heures au policier pour les rejoindre. Sans parler du temps qu'ils devraient ensuite passer ensemble. Liu et lui seraient requis en qualité de témoins, puis ils devraient probablement se rendre au commissariat pour faire leur déposition.
Le temps était très agréable, la température douce, les nuages blancs paressaient dans le ciel. Gao vit un crapaud sombre sauter dans une fente entre les cailloux, sa tache grise contrastait avec leur blancheur. Un crapaud aussi pouvait être un mauvais présage. Il cracha de nouveau par terre.
Même s'ils réussissaient à rentrer à temps pour le dîner, les poissons seraient morts depuis longtemps. Une énorme différence pour la soupe.
– Je suis désolé, dit Gao. J'aurais dû choisir un autre endroit.
– Comme dit notre ancien sage : *Huit ou neuf fois sur dix, les choses tournent mal en ce monde*, répondit Liu avec une sérénité retrouvée. Ce n'est la faute de personne.
En crachant encore une fois, Gao observa les pieds de la morte qui dépassaient de la couverture. De jolis pieds blancs, cambrés, des orteils bien formés, du vernis rouge sur les ongles.

Puis il vit les yeux vitreux d'une carpe morte flottant à la surface du seau. L'espace d'une seconde il eut l'impression que le poisson le regardait fixement ; son ventre gonflé était d'une blancheur affreuse.

– Nous n'oublierons pas le jour de nos retrouvailles, remarqua Liu.

2

A 4 heures et demie ce jour-là, l'inspecteur principal Chen Cao, chef de la brigade des affaires spéciales, police criminelle de Shanghai, ignorait tout de l'affaire.

C'était un vendredi après-midi étouffant. Il entendait de temps en temps striduler les cigales sur un peuplier, devant la fenêtre de son nouvel appartement d'une pièce, au premier étage d'un immeuble de brique grise. De sa fenêtre, il apercevait la circulation intense avancer lentement dans la rue de Huaihai, mais il se trouvait à une distance appréciable du bruit. L'immeuble était bien situé, près du centre du quartier de Luwan. Chen pouvait aller à pied en moins de vingt minutes rue de Nankin au nord, ou au temple du Dieu protecteur de la ville au sud, et les clairs soirs d'été il pouvait sentir la brise piquante du Huangpu.

L'inspecteur principal Chen aurait dû rester au bureau, mais il travaillait seul chez lui. Allongé sur un canapé de cuir, les jambes posées sur un fauteuil gris pivotant, il étudiait une liste sur la première page d'un petit bloc. Il griffonna quelques mots puis les raya et regarda par la fenêtre. Au soleil de l'après-midi, il vit une immense grue se profiler sur une nouvelle construction à une rue de là. L'immeuble n'était pas encore achevé.

Le problème auquel devait faire face l'inspecteur principal, qui venait tout juste de se voir attribuer un appartement, était sa pendaison de crémaillère. Obtenir un nouvel appartement à Shanghai était un événement qui méritait d'être fêté. Lui-même était ravi. Il avait envoyé des invitations sans réfléchir et se demandait à présent comment recevoir ses invités.

Comme le lui avait fait remarquer Lu, surnommé « le Chinois d'outre-mer » – un terme qui n'était pas positif, car on pouvait l'utiliser, dans les années soixante, pour décrire quelqu'un de politiquement instable, lié au monde occidental, ou encore l'associer à un mode de vie bourgeois extravagant –, un simple repas ne suffisait pas. Pour une pareille occasion, il fallait un festin spécial.

Il étudia de nouveau les noms sur la liste des invités. Wang Feng, Lu Tonghao et sa femme Ruru, Zhou Kejia et sa femme Liping. Les Zhou avaient téléphoné pour dire qu'ils ne pourraient peut-être pas venir en raison d'une réunion à l'Université normale de l'Est. Tout de même, mieux valait être prêt à les nourrir tous.

Le téléphone, posé sur le classeur, sonna. Chen décrocha.

– Ici Chen.

– Félicitations, camarade inspecteur principal Chen ! dit Lu. Mmm, je sens une merveilleuse odeur dans ta nouvelle cuisine.

– Tu n'as pas intérêt à appeler pour dire que tu seras en retard, Chinois d'outre-mer. Je compte sur toi.

– Bien sûr que nous venons. Mais le poulet du mendiant a encore besoin de quelques minutes au four. Le meilleur poulet de Shanghai, je te le garantis. Rien que des aiguilles de pin des Montagnes jaunes pour la cuisson, tu savoureras son arôme particulier. Ne t'en fais pas. Nous ne manquerions pour rien au monde ta pendaison de crémaillère, veinard.

– Merci.
– N'oublie pas de mettre de la bière au frigo. Et aussi des verres. Ça change tout.
– J'y ai déjà mis une demi-douzaine de bouteilles. Tsingtao et Bud. Et l'alcool de riz de Shaoxin ne sera pas chauffé avant votre arrivée, ça te va ?
– Tu peux maintenant te considérer comme un demi-gourmet. Plus que demi, peut-être. Tu apprends vraiment vite.
Le commentaire était du Lu tout craché. Même au téléphone, Chen entendait dans sa voix son enthousiasme caractéristique à la perspective d'un dîner. Lu parlait rarement plus de deux minutes sans amener la conversation sur son sujet favori : la table.
– Avec Lu le Chinois d'outre-mer comme professeur, je devrais faire des progrès.
– Je te donnerai une nouvelle recette ce soir après la fête. Quelle veine, cher camarade inspecteur principal ! Tes grands ancêtres ont dû brûler des fagots de bâtons d'encens au dieu de la chance. Et à celui de la cuisine.
– En effet, ma mère a brûlé de l'encens, mais je ne sais pas à quel dieu particulier.
– A Guanyin, moi je sais. Je l'ai vue un jour se prosterner devant une statuette en terre cuite… ça doit faire plus de dix ans… et je lui ai posé la question.
Lu considérait que l'inspecteur principal Chen était tombé dans le giron de la chance – ou dans celui d'un dieu quelconque de la mythologie chinoise qui l'avait aidé. Contrairement à la plupart des jeunes de sa génération, et bien qu'il ait été un « jeune instruit » sorti du lycée, Chen n'avait pas été envoyé à la campagne « pour être rééduqué par les paysans pauvres et moyens-pauvres » au début des années soixante-dix. En tant qu'enfant unique, il avait été autorisé à rester en ville, où il avait appris l'anglais tout seul. A la fin de la Révolution culturelle, Chen était entré à l'Institut des

langues étrangères de Pékin avec d'excellentes notes en anglais à son examen d'entrée, puis il avait trouvé un emploi dans la police de Shanghai. Et sa chance se confirmait encore une fois. Dans une ville aussi surpeuplée – plus de treize millions d'habitants –, la crise du logement était aiguë. Pourtant, on lui avait attribué un appartement personnel.

A Shanghai, la pénurie de logements avait une longue histoire. Petit village de pêcheurs pendant la dynastie Ming, Shanghai s'était développé pour devenir l'une des villes les plus prospères de l'Extrême-Orient, où les entreprises étrangères surgissaient telles des pousses de bambou après une pluie de printemps et où l'on se ruait de partout. Sous la domination des seigneurs de la guerre au nord et des gouvernements nationalistes, le logement n'avait pas pu suivre le rythme. Quand les communistes avaient pris le pouvoir en 1949, la situation s'était aggravée de façon inattendue. Le président Mao avait encouragé les familles nombreuses, au point de leur offrir des allocations de denrées alimentaires et des crèches gratuites. Les conséquences désastreuses n'avaient pas tardé à se faire ressentir. Deux ou trois générations d'une même famille s'entassaient dans une seule pièce de douze mètres carrés. Le logement était bientôt devenu un problème brûlant pour les « unités de travail » du peuple – usines, bureaux, écoles, hôpitaux, ou police – auxquelles un quota annuel de logements était attribué directement par les autorités municipales. C'était aux unités de travail de décider quel employé pouvait obtenir un appartement. La satisfaction de Chen était en partie due au fait qu'il avait obtenu le sien grâce à une intervention spéciale de son unité de travail.

Tandis qu'il tranchait une tomate pour la garniture, il se rappela une chanson qu'il chantait à l'école primaire sous le portrait du président Mao : *La sollicitude du Parti réchauffe mon cœur*, très populaire dans les années soixante. Il n'y avait pas de portrait du président Mao dans cet appartement.

Ce n'était pas luxueux. Il n'y avait pas de vraie cuisine, rien qu'un couloir étroit contenant deux réchauds à gaz dans le coin, avec un petit meuble de rangement fixé au-dessus. Pas de vraie salle de bain non plus : une cabine assez grande pour un siège de toilettes et un carré de ciment avec une pomme de douche en inox. Pas question d'eau chaude. Il y avait cependant un balcon susceptible de servir de débarras pour des malles en osier, des parapluies réparables, des crachoirs en cuivre oxydés, tout ce qui ne pouvait décemment pas s'empiler dans la pièce. Mais comme Chen n'avait rien de tout ça, il n'avait mis sur le balcon qu'une chaise pliante en plastique et quelques étagères de bibliothèque.

L'appartement était suffisant pour lui.

Au bureau, certains s'étaient plaints de ses *privilèges*. Pour ceux qui avaient davantage d'ancienneté ou une famille et qui restaient sur la liste d'attente, la récente attribution de l'inspecteur principal Chen constituait un nouvel exemple de l'injuste politique de renouvellement des cadres, il le savait. Mais il décida de ne pas penser à ces récriminations pour le moment. Il devait réfléchir au menu de la soirée.

Son expérience des préparatifs d'une fête était limitée. Un livre de cuisine à la main, il se concentra sur les recettes indiquées comme faciles. Même celles-là prenaient un temps considérable, mais des plats colorés apparurent l'un après l'autre sur la table, ajoutant à la pièce un agréable mélange d'arômes.

A 6 heures moins 10, il avait fini. Il se frotta les mains, très satisfait du résultat de ses efforts. Comme plats principaux il y avait de gros morceaux d'estomac de porc sur un lit vert de *napa*, de fines tranches de carpe fumée posées sur des feuilles fragiles de *jicai* et des crevettes à la vapeur décortiquées avec de la sauce tomate. Il y avait aussi des anguilles aux poireaux et au gingembre commandées dans un restaurant. Il ouvrit une boîte de porc à la vapeur Meiling et y ajouta des légumes verts. Il posa à côté un petit ravier de tomates en tranches et un de concombre. A l'arrivée des invités, il ferait une soupe avec le jus du porc et une boîte de légumes au vinaigre.

Il était en train de choisir une casserole pour réchauffer l'alcool de riz de Shaoxing quand la sonnette retentit.

Wang Feng, jeune reporter au *Wenhui*, l'un des journaux les plus influents du pays, était la première arrivée. Jeune, séduisante et intelligente, elle avait tout de la journaliste qui a réussi. Mais ce soir-là elle tenait à bout de bras un énorme gâteau aux pignons, et non son porte-documents de cuir noir.

– Félicitations, inspecteur principal Chen, dit-elle. Quel appartement spacieux !

– Merci, répondit-il en la débarrassant du gâteau.

Il lui fit faire le tour du propriétaire en cinq minutes. Elle eut l'air de beaucoup aimer l'endroit, regarda partout, ouvrit les placards et entra dans la salle de bains où elle se dressa sur la pointe des pieds pour toucher le tuyau de la douche et la pomme neuve.

– Et une salle de bains, en plus !

– Eh bien, comme la plupart des habitants de Shanghai, j'ai toujours rêvé d'avoir un appartement par ici, dit-il en lui offrant un verre d'alcool.

– Tu as une vue magnifique de ta fenêtre, c'est presque un tableau.

Wang était debout contre le montant fraîchement peint de la fenêtre, les pieds croisés, son verre à la main.

– C'est toi qui en fais un tableau.

Sous la lumière du soir qui entrait à travers les stores en plastique, son teint était de la porcelaine mate. Elle avait des yeux lumineux, en amande, légèrement allongés. Ses cheveux noirs tombaient en cascade jusqu'au milieu du dos. Elle portait un T-shirt et une jupe plissée, avec une large ceinture en alligator qui lui prenait sa taille de « guêpe émancipée » et mettait sa poitrine en valeur.

Guêpe émancipée. Une image inventée par Li Yu, dernier empereur de la dynastie des Tang du sud et poète brillant, qui avait décrit la beauté de sa concubine favorite dans plusieurs poèmes célèbres. L'empereur-poète craignait de la casser en deux en la serrant trop fort. On disait que la coutume des pieds bandés datait aussi du règne de Li Yu. Des goûts et des couleurs on ne discute pas, se dit Cheng.

– Que veux-tu dire ?

– *La taille si fine, elle danse sans poids dans la paume de ma main*, dit-il en changeant de référence au souvenir de la fin tragique de la concubine impériale qui s'est noyée dans un puits à la chute de la dynastie des Tang du sud. Le célèbre vers de Du Mu ne te rend pas justice.

– Encore tes compliments copiés de la dynastie des Tang, mon inspecteur principal poète ?

Chen fut heureux de voir qu'elle ressemblait davantage ainsi à la femme pleine de verve qu'il avait rencontrée dans le bâtiment du *Wenhui*. Elle avait eu du mal à se remettre de la désertion de son mari. Étudiant au Japon, l'homme avait décidé de ne pas rentrer chez lui à l'expiration de son visa. Wang l'avait mal pris, naturellement.

– Poétiquement seul, dit-il.

– Avec ce nouvel appartement, tu n'as plus d'excuse pour rester célibataire.

Elle vida son verre en rejetant ses longs cheveux en arrière.

– Alors, présente-moi quelques filles.

– Tu as besoin que je t'aide ?

– Pourquoi pas, si tu es prête à le faire ?

Il essaya de changer de conversation.

– Dis-moi plutôt où tu en es. Pour ton appartement. Je parie que tu en auras bientôt un à toi.

– Si seulement j'étais inspecteur principal, une étoile politique montante.

– Bien sûr, dit-il en levant son verre, je te remercie.

Mais c'était vrai, du moins jusqu'à un certain point. Ils s'étaient rencontrés pour raisons professionnelles. Elle était chargée d'écrire un article sur les « policiers du peuple » et le nom de Chen avait été mentionné par le secrétaire du parti Li, de la police de Shanghai. Au fur et à mesure de sa conversation avec Chen dans son bureau, elle s'était intéressée davantage à la façon dont il passait ses soirées qu'à son travail de jour. Chen avait publié plusieurs traductions de romans policiers occidentaux. La journaliste n'était pas emballée par ce genre, mais elle avait vu là un angle original pour son article. Les lecteurs avaient réagi favorablement à l'image d'un jeune policier cultivé qui « travaille tard dans la nuit à traduire des livres afin d'élargir son horizon professionnel, alors que la ville de Shanghai dort d'un sommeil paisible ». L'article avait attiré l'attention d'un vice-ministre à Pékin, le camarade Zheng Zuoren, qui crut avoir trouvé un nouveau modèle. C'était en partie grâce à sa recommandation que Chen avait été promu inspecteur principal.

Ce n'était pourtant pas tout à fait vrai que Chen avait choisi de traduire des romans policiers pour enrichir ses connaissances professionnelles. Il l'avait fait surtout parce qu'à l'époque il était au premier échelon et qu'il avait besoin d'argent. Il avait aussi traduit un recueil de poésie imagiste[1] américaine, mais la maison d'édition

1. Mouvement poétique anglais et américain du début du siècle défendant l'usage de la langue courante, la liberté de rythme et les images détaillées. (*N.d.T.*)

ne lui avait donné pour ce travail que deux cents exemplaires à titre de droits.

– Tu étais vraiment sûre de savoir pourquoi je traduisais ?

– Mais oui, comme je l'ai déclaré dans l'article : le zèle d'un policier du peuple.

Elle rit et inclina son verre au soleil.

A cet instant-là elle n'était plus la journaliste qui lui avait parlé sérieusement, assise bien droite à son bureau, un calepin devant elle. Il n'était plus non plus inspecteur principal. Rien qu'un homme, chez lui, avec une femme dont il aimait la compagnie.

– Il y a plus d'un an que nous avons fait connaissance dans le hall de l'immeuble du *Wenhui*, dit-il en la resservant.

– *Le temps est un oiseau. Il se perche, et il s'envole*, répondit-elle.

C'étaient des vers d'un court poème de Chen intitulé *Séparation*. Gentil de sa part de s'en souvenir.

– Tu as dû être inspiré par une séparation que tu ne peux pas oublier, dit-elle. La séparation d'avec un être très cher.

Son instinct ne la trompe pas, pensa-t-il. Le poème parlait de sa séparation d'avec une grande amie à Pékin, des années plus tôt, et il ne l'avait pas encore oubliée. Il n'en avait jamais parlé à Wang. Elle le regardait par-dessus son verre tout en buvant lentement une longue gorgée, les yeux brillants.

Avait-il senti une touche de jalousie dans sa voix ?

Il y avait longtemps que Chen avait écrit ce poème, mais ce qui l'avait provoqué n'était pas un sujet dont il voulait parler à ce moment-là.

– Un poème n'évoque pas forcément la vie du poète. La poésie est impersonnelle. Comme l'a dit T. S. Eliot, elle ne consiste pas à laisser s'exprimer une crise émotionnelle…

– Comment ça, une crise émotionnelle ?

La voix excitée du Chinois d'outre-mer fit irruption dans leur conversation. Lu entra en trombe. Il portait un gigantesque poulet du mendiant, l'exubérance de son visage et de son corps rebondis soulignée par un costume blanc à la mode, très épaulé, et une cravate rouge vif. Ruru, sa femme, mince comme une pousse de bambou et anguleuse dans une robe jaune ajustée, apportait une grande marmite de céramique violette.

– De quoi êtes-vous en train de parler tous les deux ? demanda-t-elle.

Lu posa le poulet sur la table, se laissa tomber sur le canapé de cuir neuf et les regarda d'un air exagérément inquisiteur.

Chen ne répondit pas. Déballer le poulet lui fournissait une excuse facile. Celui-ci sentait délicieusement bon. La recette venait, disait-on, d'un mendiant qui avait cuit dans la cendre un poulet enveloppé de glaise et de feuilles de lotus. Le résultat était une réussite surprenante. Lu avait dû cuisiner longtemps.

Puis Chen se tourna vers la marmite de céramique.

– Qu'est-ce que c'est ?

– Un ragoût de calmars au porc, expliqua Ruru. Lu m'a dit que c'était ton plat préféré au lycée.

– Camarade inspecteur principal, continua Lu, cadre montant du Parti et poète romantique de surcroît, tu n'as pas besoin de mon aide, pas dans cet appartement neuf, pas avec une jeune fille aussi belle qu'une fleur à tes côtés.

– De quoi parlez-vous ? demanda Wang.

– Seulement du dîner, de sa délicieuse odeur. Je vais piquer une crise si nous ne commençons pas tout de suite.

– Il est comme ça, avec son vieux copain il se laisse complètement aller, expliqua Ruru à Wang qu'elle avait déjà vue. L'inspecteur principal Chen est le seul à l'appeler encore « Chinois d'outre-mer ».

– Il est 7 heures, dit Chen. Si le professeur Zhou et sa femme ne sont pas encore là, c'est qu'ils ne viendront pas. Alors commençons.

Il n'y avait pas de salle à manger. Avec l'aide de Lu, Chen installa la table et les chaises pliantes. Quand il était seul, il mangeait à sa table de travail. Mais il avait acheté l'ensemble gain- de-place pour des occasions comme celle-là.

Le dîner fut un grand succès. Chen avait eu des inquiétudes sur ses capacités de chef, mais les invités finirent tout rapidement. La soupe improvisée fut particulièrement appréciée. Lu lui demanda même la recette.

Ruru se leva de table et s'offrit à faire la vaisselle dans la cuisine. Chen protesta, mais Lu intervint.

– Camarade inspecteur principal, ma vieille épouse ne devrait pas être privée de cette chance de montrer ses vertus domestiques féminines.

– C'est du machisme, dit Wang en rejoignant Ruru dans la cuisine.

Lu aida Chen à débarrasser la table, rangea les restes et fit du thé de Wulong.

– J'ai un service à te demander, mon vieux, dit Lu une tasse de thé à la main.

– Quoi donc ?

– J'ai toujours rêvé de monter un restaurant. C'est clair que l'essentiel, c'est l'emplacement. Je cherche depuis longtemps. Et voilà l'occasion de ma vie. Tu connais *La Ville des fruits de mer*, dans la rue de Shanxi, n'est-ce pas ?

– Oui, j'en ai entendu parler.

– Xin Gen, le propriétaire, est un joueur invétéré. Il joue nuit et jour. Il ne s'occupe pas de son affaire et tous ses cuisiniers sont des imbéciles. Il est en faillite.

– Alors tu devrais essayer.

– Pour un aussi bon emplacement, le prix que demande Xin est dérisoire. Il est tellement désespéré qu'il ne veut qu'un acompte de quinze pour cent. J'ai vendu les quelques manteaux de fourrures que mon vieux a laissés, mais il nous manque encore plusieurs milliers de yuans. J'ai donc juste besoin d'un prêt pour démarrer.

– Tu n'aurais pas pu choisir de meilleur moment, Chinois d'outre-mer. Je viens de recevoir deux chèques des Éditions Lijiang, dit Chen. Un pour la réimpression de *L'Énigme du cercueil chinois* et l'autre en acompte sur *Le Pas silencieux*.

En réalité, ce n'était pas vraiment le bon moment. Chen avait envisagé d'acheter d'autres meubles pour son nouvel appartement. Il avait vu chez un brocanteur de Suzhou un bureau d'acajou dans le style Ming pour cinq mille yuans, peut-être un travail authentique de la dynastie des Ming. Il était cher, mais ce pouvait être le bureau parfait où écrire ses futurs poèmes. Plusieurs critiques avaient déploré qu'il se soit écarté de la tradition de la poésie classique, et le bureau ancien aurait pu lui transmettre un message du passé. Il avait donc écrit au directeur des Éditions Lijiang pour demander cette avance.

Chen sortit les deux chèques, les endossa, ajouta un chèque personnel et les donna à Lu.

– Tiens. Tu m'inviteras lorsque ton restaurant aura un succès d'enfer.

– Je te rembourserai, dit Lu, avec intérêts.

– Intérêts ? Encore un mot à propos d'intérêts et je reprends les chèques.

– Dans ce cas, sois mon associé, vieux, sinon Ruru me fera une crise ce soir.

– De quoi parlez-vous tous les deux ? Encore une crise ?

Wang revenait de la cuisine, suivie de Ruru.

Lu ne répondit pas. Il se plaça au bout de la table, frappa un verre avec une baguette et commença un discours :

– J'ai une nouvelle à vous annoncer. Depuis plusieurs semaines, Ruru et moi nous nous préparons à ouvrir un restaurant. Le seul problème était l'absence de capitaux. Aujourd'hui, grâce à un prêt très généreux de mon copain le camarade inspecteur principal Chen, le problème est résolu. *Le Faubourg de Moscou*, le nouveau restaurant, ouvrira bientôt, oui, très bientôt. D'après les journaux, la Chine socialiste entre dans une nouvelle période. Certains vieux conservateurs se plaignent que le pays devient capitaliste plutôt que socialiste, mais qu'est-ce que ça peut faire ? Des étiquettes. Rien que des étiquettes. Du moment que les gens vivent mieux, c'est tout ce qui compte. Et nous allons vivre mieux. Mon copain lui aussi est très prospère. Non seulement il a eu une promotion – inspecteur principal à à peine plus de trente ans – mais aussi ce magnifique appartement. Et une très belle journaliste est présente à la pendaison de crémaillère. Que la fête commence !

Lu leva son verre, mit une cassette dans le lecteur, et une valse envahit la pièce.

– Il est presque 9 heures, dit Ruru en regardant sa montre. Et je ne peux pas prendre ma matinée demain.

– Ne te fais pas de souci, dit Lu. Je téléphonerai pour dire que tu es malade. Une grippe d'été. Et toi, camarade inspecteur principal, pas un mot non plus sur ton travail à la police. Laisse-moi être un vrai Chinois d'outre-mer rien qu'une nuit.

– Du Lu tout craché, dit Chen en souriant.

– Un Chinois d'outre-mer qui boit et danse toute la nuit, ajouta Wang.

L'inspecteur principal Chen n'était pas bon danseur.

Pendant la Révolution culturelle, ce qui ressemblait le plus à de la danse pour les Chinois était la danse du Caractère Loyal. On tapait des pieds à l'unisson pour montrer sa loyauté au président Mao. Mais on racontait que même pendant ces années-là de grands bals avaient lieu derrière les hautes murailles de la Cité Interdite. Le président Mao, fin danseur, se serait une fois retrouvé « les jambes encore emmêlées dans celles de sa cavalière, même après le bal. » Nul ne pouvait dire si cette histoire croustillante était inventée. C'est vrai, en tout cas, que jusqu'au milieu des années quatre-vingt les Chinois ne pouvaient pas danser sans crainte d'être dénoncés aux autorités.

– Je ferais mieux de danser avec ma lionne, dit Lu en faisant mine de se résigner.

Le choix de Lu ne laissait à Wang d'autre cavalier que Chen.

Pas mécontent, Chen s'inclina et prit les mains que lui tendait Wang. Elle était plus douée que lui et le conduisait plus qu'il ne le faisait dans l'espace restreint. Un peu plus grande que lui, elle tournoyait et virevoltait sur ses talons hauts, le flot de ses cheveux noirs contrastant avec le blanc des murs. Il devait lever les yeux pour la regarder.

Une chanson langoureuse monta dans la nuit. Une main sur l'épaule de Chen, Wang ôta ses chaussures.

– Nous faisons trop de bruit, dit-elle en lui adressant un sourire radieux.

– Quelle attention, dit Lu.

– Quel beau couple, renchérit Ruru.

Wang se montrait en effet prévenante. Chen aussi s'était inquiété à propos du bruit. Il ne voulait pas que ses nouveaux voisins se mettent à protester.

Certains passages demandaient des pas de côté. Wang et Chen n'avaient pas besoin de faire d'efforts, la mélodie montait et descendait comme des vagues clapotant autour d'eux. Wang était légère sur ses pieds nus, des mèches de cheveux effleuraient le nez de Chen.

Lorsqu'un autre morceau commença, il essaya de prendre l'initiative et la tira pour la faire tourner, mais de façon un peu trop soudaine. Elle tomba contre lui. Il sentit son corps, doux et souple, tout le long du sien. A la fin du morceau Lu déclara :

– Nous devons partir.

– Notre fille va s'inquiéter, ajouta Ruru en reprenant la marmite de céramique qu'elle avait apportée.

La décision des Lu était inattendue. Qui aurait cru qu'une demi-heure plus tôt Lu s'était déclaré « Chinois d'outre-mer » pour la nuit ?

– Je ferais mieux de partir aussi, dit Wang et elle s'écarta de Chen.

– Non, il faut rester, dit Lu en secouant la tête d'un air autoritaire. A une pendaison de crémaillère ce n'est pas convenable que les invités partent tous en même temps.

Chen comprit pourquoi les Lu voulaient partir. Lu, combinard avoué, semblait tirer un immense plaisir d'une ruse bien intentionnée.

Ce fut une agréable surprise de voir que Wang n'insistait pas pour partir avec eux. Elle changea de cassette pour un morceau qu'il ne connaissait pas. Leurs corps se serrèrent. C'était l'été. Il sentait sa douceur sous son T-shirt, sa joue frôlait ses cheveux. Elle portait un parfum au gardénia.

– Tu sens merveilleusement bon.

– Oh, c'est le parfum que Yang m'a envoyé du Japon.

Conscient à la fois qu'ils dansaient seuls et que son mari était loin, il se sentit encore plus tendu. Il manqua une mesure et marcha sur son pied nu.

– Excuse-moi, je t'ai fait mal ?

– Non. En fait, je suis contente que tu n'aies pas d'expérience.

– La prochaine fois j'essaierai d'être meilleur cavalier.

– Sois simplement toi-même, comme…

Le vent tomba. Le rideau à fleurs cessa de voltiger. La lumière de la lune entra et éclaira son visage. Un jeune visage plein de vivacité, qui à cet instant-là toucha une corde tout au fond de lui. Chen demanda :

– On recommence ?

Le téléphone sonna. Très surpris, il regarda la pendule au mur. Il lâcha sa main à contrecœur et décrocha.

– Inspecteur principal Chen ?

La voix était familière et semblait pourtant venir d'un monde étranger. Il eut un haussement d'épaules résigné.

– Oui, c'est moi.

– C'est l'inspecteur Yu Guangming, je vous signale un homicide. Le corps nu d'une jeune femme a été découvert dans un canal dans l'ouest du comté de Qingpu.

– Je… j'arrive, dit-il pendant que Wang arrêtait la musique.

– Ce n'est peut-être pas nécessaire. J'ai déjà examiné les lieux. Le corps sera bientôt transporté à la morgue. Je veux seulement que vous sachiez que je suis allé là-bas parce qu'il n'y avait personne d'autre au bureau. Et je ne vous ai pas trouvé.

– C'est bon. Même si notre brigade s'occupe des affaires spéciales, nous devons répondre quand personne d'autre n'est disponible.

– Je ferai un rapport plus détaillé demain matin, ajouta un peu tardivement l'inspecteur Yu. Je vous prie de m'excuser de vous avoir dérangé vous et vos amis… dans votre nouvel appartement.

Yu avait dû entendre la musique. Chen crut détecter un ton sarcastique chez son adjoint.

– Ce n'est rien. Puisque vous avez examiné le lieu du crime, je pense que nous pouvons en parler demain.

– Alors à demain. Et bonne soirée dans le nouvel appartement.

Il y avait sans aucun doute du sarcasme dans la voix de Yu, se dit Chen, mais une telle réaction se comprenait de la part d'un collègue qui, bien que son aîné, n'avait pas de chance avec les attributions de logements.

– Merci.

Il se retourna pour voir Wang debout près de la porte. Elle avait remis ses chaussures.

– Tu dois t'occuper de choses plus importantes, camarade inspecteur principal.

– Une nouvelle affaire, mais on s'en est occupé. Tu n'es pas obligée de partir.

– Il vaut mieux. Il est tard.

La porte était ouverte.

Ils restèrent face à face.

Derrière elle, la rue sombre, visible par la fenêtre du couloir ; derrière lui, le nouvel appartement, rayonnant d'une lumière blanche immaculée.

Ils s'étreignirent avant de se quitter.

Il sortit sur le balcon mais ne put pas voir la mince silhouette s'éloigner dans la nuit. Il entendit un violon par une fenêtre ouverte au coin de la rue. Deux vers de *Cithare* de Li Shangyin lui vinrent à l'esprit.

La cithare, sans raison, a la moitié de ses cordes rompues

Une corde, une cheville, évoquant le souvenir des jeunes années.

Poète difficile de la dynastie Tang, Li Shangyin est surtout connu pour ce distique insaisissable. Il ne parlait sûrement pas de l'ancien instrument de musique. Pourquoi, tout d'un coup, ces vers lui étaient revenus en mémoire, Chen n'en savait rien.

Le meurtre ?

Une jeune femme. Une vie détruite dans la fleur de l'âge. Toutes les cordes rompues. Les sons perdus. Seulement la moitié de ses années vécues.

Ou bien y avait-il autre chose ?

3

Les bureaux de la police criminelle de Shanghai étaient logés dans un immeuble de brique brune vieux de soixante ans, dans la rue de Fuzhou. Le portail en fer gris était gardé par deux soldats en armes, mais, comme les autres policiers, Chen entrait par une petite porte attenante à une loge de portier à côté du portail. De temps en temps, quand le portail était grand ouvert pour des visiteurs importants, on pouvait apercevoir de l'extérieur la courbe d'une allée et un paisible parterre de fleurs au milieu d'une grande cour.

L'inspecteur principal Chen reçut le salut raide du planton et monta à son bureau au deuxième étage. Ce n'était qu'un cagibi dans un grand bureau occupé par plus de trente inspecteurs de la criminelle. Ils travaillaient tous ensemble, à des bureaux communs, côte à côte, et partageaient les téléphones.

La plaque de cuivre sur la porte de son cagibi – INSPECTEUR PRINCIPAL CHEN CAO – brillant fièrement à la lumière du matin attirait parfois son regard comme un aimant. L'intérieur était petit. Un bureau de chêne brun et un fauteuil pivotant occupaient une grande partie de l'espace. Deux tasses à thé ne trouvaient de place que sur le classeur métallique vert foncé près de la porte, et un thermos était posé par terre près d'un rayonnage de livres. Il n'y avait au mur qu'une photo encadrée du camarade Deng Xiaoping, debout sur le pont du Huangpu sous un parapluie noir tenu par le maire de Shanghai. Le seul luxe était un minuscule frigidaire, mais Chen avait insisté pour que toute son équipe l'utilise. Tout comme l'appartement, le cagibi avait accompagné sa promotion.

On pensait généralement dans le bureau que l'avancement de Chen était le résultat de la politique de renouvellement des cadres de Deng Xiaoping. Avant le milieu des années quatre-vingt, les cadres gravissaient les échelons lentement, étape par étape. Quand ils avaient atteint un niveau élevé, ils pouvaient y rester longtemps, et certains ne prenaient jamais leur retraite, ils s'accrochaient jusqu'à la fin. Ainsi, être inspecteur principal autour de cinquante-cinq ans aurait été considéré comme une chance. Avec les grands changements introduits par Deng, même les cadres de haut rang avaient dû partir à l'âge de la retraite. La jeunesse et l'instruction étaient devenus soudain les critères décisifs de la promotion. Chen se distinguait dans les deux catégories, même si ses qualifications n'étaient pas très bien jugées par certains supérieurs. Pour eux, les études ne signifiaient pas grand-chose. Notamment celles de Chen, puisqu'il s'était spécialisé en littérature anglaise. Ils trouvaient aussi qu'un âge avancé signifiait « l'expérience ».

Le statut de Chen était donc une sorte de compromis. D'ordinaire, un inspecteur principal dirigeait les affaires criminelles. L'ancien chef avait pris sa retraite, mais aucun successeur n'avait encore été désigné. D'un point de vue administratif, Chen était seulement à la tête d'une brigade spéciale, constituée de cinq hommes dont l'inspecteur Yu Guangming, son adjoint.

Chen ne vit pas l'inspecteur Yu dans le grand bureau, mais dans la masse de papiers sur sa table il trouva son rapport.

FONCTIONNAIRE SUR LES LIEUX : Inspecteur Yu Guangming.

DATE : 5/11/90

1. Le corps : une femme. Anonyme. Nue. Le corps a été trouvé dans un sac en plastique noir dans le canal Baili. Probablement entre vingt-huit et trente-deux ans, constitution saine, poids et tailles approximatifs : 50 kg, 1 m 60. Il est difficile d'imaginer à quoi elle ressemblait de son vivant. Le visage est un peu gonflé mais ne présente ni contusions ni blessures. Elle est mince, avec des sourcils noirs et un nez droit. Le front large. De longues jambes bien faites, des petits pieds aux longs orteils. Les ongles vernis. Les mains petites aussi, pas de bagues sur les doigts soignés. Pas de sang, de terre ni de peau sous les ongles. Hanches larges, poils pubiens abondants, noir de jais. Il se peut qu'elle ait eu un rapport sexuel avant son décès. Elle ne semble pas avoir été battue. Elle ne présente qu'une légère contusion à peine visible autour du cou, et une petite égratignure à la clavicule. Par ailleurs, la peau est intacte sur tout le corps. L'absence de contusions sur les jambes indique qu'elle ne s'est pas beaucoup débattue. Les petits éclatements de vaisseaux autour des yeux pourraient laisser présumer qu'il s'agit de mort par asphyxie.

2. Le lieu : canal Baili, un petit canal sur la rivière Suzhou, à une quinzaine de kilomètres à l'est de l'usine de papier de Shanghai. Plus exactement, c'est un bras mort surplombé par des arbustes et des hautes herbes. Il y a quelques années le site a été choisi pour une usine de produits chimiques, mais le plan de l'État a été abandonné. D'un côté, il y a une sorte de cimetière avec des tombes éparpillées. Le canal est difficile d'accès, que ce soit par eau ou par route. Aucun autocar n'y va. D'après les habitants du voisinage, peu de gens y pêchent.

3. Les témoins : Gao Ziling, capitaine de *L'Avant-garde*, de la Sécurité fluviale de Shanghai. Liu Guoliang, ami de lycée du capitaine Gao, ingénieur nucléaire dans le Qinghai. Tous deux membres du Parti, sans casier judiciaire.

Cause possible du décès : strangulation associée à des violences sexuelles.

Quand il eut fini de lire le rapport, l'inspecteur principal Chen alluma une cigarette et resta tranquillement assis un moment. Deux possibilités se dessinèrent en même temps que les volutes de fumée. Soit elle avait été violée et tuée sur un bateau puis jetée à l'eau, soit le crime s'était produit ailleurs et son corps avait été transporté jusqu'au canal.

Il ne penchait pas pour la première hypothèse. Ç'aurait été extrêmement difficile pour le meurtrier, voire impossible, de commettre son crime sur le bateau en présence d'autres passagers. Et s'il n'y avait qu'eux deux, pourquoi aurait-il caché le corps dans un sac en plastique ? Le canal était très isolé, et la scène s'était très probablement déroulée en pleine nuit – il n'y avait aucune nécessité d'envelopper le corps. Dans la seconde hypothèse, le sac en plastique pouvait coller, mais alors le meurtre avait pu être commis n'importe où.

Quand il jeta de nouveau un œil dans le grand bureau, l'inspecteur Yu était de retour et buvait du thé. Chen tendit automatiquement la main vers le thermos par terre. Il restait encore assez d'eau. Pas besoin de descendre à la bouilloire collective. Il appela le poste de Yu.

– Inspecteur Yu Guangming au rapport.

Yu se présenta en moins d'une minute. C'était un homme grand, la petite quarantaine, d'une corpulence moyenne, au visage rude et au regard pénétrant. Il tenait une chemise en kraft.

– Vous avez dû veiller très tard hier soir. (Chen offrit une tasse de thé à son adjoint.) Je viens tout juste de lire votre rapport. Du bon travail.

– Merci.

– Du nouveau ce matin sur l'affaire ?

– Non. Tout est dans le rapport.

– Que dit la liste des personnes disparues ?

– Il n'y a personne qui lui ressemble, dit Yu en lui tendant la chemise. Des photos viennent d'être développées. Elle n'a pas dû rester trop longtemps dans l'eau. Pas plus de vingt heures à mon avis.

Chen parcourut les photos. La morte étendue sur la berge, nue ou recouverte en partie, puis plusieurs gros plans, le dernier sur son visage, à la morgue, le corps caché par un drap blanc. Yu souffla lentement sur son thé et demanda :

– Qu'en pensez-vous ?

– Deux scénarios possibles. Rien de définitif tant que le légiste n'aura pas terminé.

– Oui, le rapport d'autopsie arrivera probablement tard dans l'après-midi.

– Vous ne pensez pas qu'elle pourrait venir d'un village des alentours ?

– Non. J'ai appelé le comité de comté local. Aucune disparition n'a été signalée.

– Et le meurtrier ?

– C'est aussi peu vraisemblable. Comme dit le vieux proverbe, le renard ne chasse pas près de sa tanière. Mais il aurait pu connaître le canal.

– Deux possibilités, donc, commença Chen.

Yu écouta sans l'interrompre l'analyse qu'avait faite Chen, puis il dit :

– Je ne trouve pas le premier scénario très vraisemblable.

– Mais le meurtrier n'aurait pas pu déplacer le corps jusqu'au canal sans disposer d'un moyen de transport.

– Ce pourrait être un chauffeur de taxi. Nous avons eu des cas similaires. L'affaire Pan Wanren, vous vous souvenez ? Violée et assassinée. Beaucoup de ressemblances. Sauf que le corps avait été jeté dans une rizière. Le meurtrier a avoué qu'il n'avait pas l'intention de la tuer, mais qu'il avait pris peur à l'idée que la victime puisse identifier sa voiture.

– Oui, je me rappelle. Mais si le meurtrier a violé celle-ci dans une voiture, pourquoi aurait-il pris la peine de cacher ensuite le corps dans un sac en plastique ?

– Il devait faire tout le trajet en voiture.

– Le coffre aurait fait l'affaire.

– Il avait peut-être le sac dans son véhicule.

– Oui, c'est possible.

– Voyons, quand un viol précède un homicide, dit Yu en croisant les jambes, le mobile est simplement de cacher l'identité du violeur. Elle aurait pu l'identifier, lui ou sa voiture. L'hypothèse du chauffeur de taxi fonctionne.

– Mais le meurtrier pouvait être aussi l'amant de la victime, dit Chen en examinant une photo. Une fois son corps dans le canal, c'était difficile de faire le lien entre sa disparition et lui. Ce qui pourrait expliquer aussi le sac en plastique. Qui a servi à cacher le corps pendant qu'il le mettait dans la voiture.

– Peu de gens ont leur propre véhicule, vous savez, en dehors des cadres supérieurs, et ils ne demanderaient pas à leur chauffeur de les conduire pour ce genre d'expédition.

– C'est vrai qu'il n'y a pas beaucoup de voitures particulières à Shanghai, mais leur nombre s'accroît rapidement. Nous ne pouvons pas l'exclure.

– Si le meurtrier était l'amant de la victime, la première question que nous devons nous poser est le mobile. Une liaison cachée avec un homme marié, nous avons eu ce genre d'affaires, mais dans de tels cas la femme est presque toujours enceinte. J'ai appelé le docteur Xia tôt ce matin et c'est exclu, dit Yu en allumant une cigarette sans en offrir à Chen. Ça reste possible, bien entendu, je parle de votre théorie. Si c'est la bonne, nous ne pouvons probablement rien faire tant que nous ne connaîtrons pas son identité.

– Pensez-vous alors, d'après votre théorie, que nous devrions vérifier auprès du service des taxis ?

– Nous pourrions, mais ce ne serait pas facile. Il y a dix ans, il n'y avait pas beaucoup de taxis à Shanghai, on pouvait attendre des heures dans la rue sans en trouver. A présent, allez savoir combien ils sont, ils sont aussi envahissants que des sauterelles. Plus de dix mille, je parie, sans parler des privés. Peut-être trois mille de plus.

– En effet, c'est beaucoup.

– Encore autre chose, nous ne sommes même pas sûrs qu'elle était de Shanghai. Et si elle venait d'une autre province ? Si oui, il faudra longtemps avant que nous ayons des renseignements sur son identité.

Dans le petit bureau l'air devenait lourd de fumée.

– Alors que pensez-vous que nous devrions faire ? demanda Chen en ouvrant la fenêtre.

L'inspecteur Yu laissa s'écouler quelques secondes avant de poser une question à son tour :

– Nous sommes obligés de nous charger de l'affaire ?

– Bonne question.

– J'ai pris l'appel parce qu'il n'y avait personne d'autre au bureau et que je ne vous trouvais pas. Mais nous ne sommes que la brigade des affaires spéciales.

C'était vrai. En principe, leur brigade n'était pas tenue de se charger d'une affaire avant qu'elle ne soit déclarée « spéciale » par la direction – à la demande, parfois, d'une autre province, parfois d'autres brigades, mais le plus souvent pour des raisons politiques non précisées. Une descente dans une librairie privée vendant des cassettes pornos piratées, par exemple, n'était ni difficile ni spéciale pour un flic, mais elle pouvait être montée en épingle et fournir des gros titres aux journaux. Autrement dit, une affaire était « spéciale » quand la direction devait adapter ses objectifs à des nécessités politiques. Dans le cas d'un corps de femme inconnue découvert dans un petit canal perdu, l'affaire était laissée d'ordinaire à l'équipe des meurtres sexuels, dont elle relevait apparemment.

Cela expliquait que l'inspecteur Yu ne s'y intéresse pas, même s'il avait pris l'appel et examiné les lieux. Chen parcourut de nouveau les photos avant d'en choisir une.

– Faisons recadrer et agrandir celle-ci. Quelqu'un pourrait la reconnaître.

– Et si personne ne se présente ?

– Eh bien alors nous devrons commencer à ratisser… si nous prenons l'affaire.

– C'est ça, ratisser. (Yu dégagea une feuille de thé d'entre ses dents.) La plupart des policiers détestaient cette besogne.

– Combien d'hommes pouvons-nous mettre là-dessus ?

– Pas beaucoup, camarade inspecteur principal. Nous sommes à court. Qing Xiaotong est en voyage de noces, Li Dong vient de démissionner pour ouvrir un magasin de fruits, et Liu Longxiang est à l'hôpital avec une fracture du bras. En fait, il n'y a pour le moment que vous et moi dans la brigade dite des affaires spéciales.

Chen était conscient de l'acrimonie sous-jacente chez Yu. Sa promotion accélérée allait mettre du temps à se faire oublier, sans parler de son nouvel appartement. Une certaine dose d'antagonisme n'avait rien d'étonnant, en particulier de la part de l'inspecteur Yu, qui était entré plus tôt que lui dans le service et avait une formation technique ainsi que des antécédents familiaux dans la police. Mais l'inspecteur principal Chen tenait à être jugé sur ce qu'il pouvait accomplir dans sa fonction et non sur la façon dont il avait été nommé. Aussi était-il tenté de se charger de l'affaire. D'une véritable affaire d'homicide. De bout en bout. Mais l'inspecteur Yu avait raison. Ils manquaient d'hommes et avaient beaucoup de « spéciales » sur les bras. Ils ne pouvaient pas se permettre de prendre une affaire qui leur tombait dessus par hasard. Un meurtre sexuel sans indices ni témoins, une enquête pourrie.

– J'en parlerai au secrétaire du Parti Li, dit Chen, mais en attendant nous ferons faire des copies de la photo et nous les distribuerons dans les commissariats. C'est un travail de routine nécessaire, quel que soit le service qui prendra l'affaire. Si j'ai du temps dans l'après-midi j'irai au canal. Quand vous étiez là-bas il devait faire complètement noir.

Yu se leva en écrasant sa cigarette et dit sans essayer de cacher son aigreur :

– C'est un endroit poétique. Vous allez peut-être inventer quelques vers magnifiques.

Après le départ de Yu, Chen resta un moment soucieux. L'hostilité manifestée par son adjoint le contrariait. Sa remarque désinvolte à propos de sa passion pour la poésie était une nouvelle pique. Pourtant, la remarque de Yu était fondée. Du moins en partie.

Chen n'avait jamais eu l'intention d'être policier, pas durant ses années d'université. Il publiait des poèmes et c'était un excellent étudiant de l'Institut des langues étrangères de Pékin. Il était décidé à poursuivre des travaux littéraires. Un mois avant la remise des diplômes, il s'était inscrit en maîtrise de littérature anglaise et américaine, décision que sa mère avait approuvée, car le père de Chen avait été un célèbre professeur de l'école néo-confucianiste. Il apprit cependant qu'un poste d'avenir l'attendait au ministère des Affaires étrangères. Au début des années quatre-vingt, tous les diplômés se voyaient attribuer leur poste par les autorités, et comme il figurait sur la liste des meilleurs élèves de l'Institut, le ministère avait demandé son dossier. La carrière diplomatique n'avait pas sa préférence, même si tout le monde la considérait comme fantastique pour un étudiant en anglais. Puis, à la dernière minute, il y eut un nouveau changement imprévu. Au cours de la vérification du passé familial effectuée par les autorités, on découvrit qu'un de ses oncles avait été un contre-révolutionnaire exécuté au début des années cinquante. Chen n'avait jamais vu cet oncle, mais un tel lien était politiquement impensable pour un aspirant à un poste diplomatique. Son nom fut donc supprimé de la liste du ministère. On lui attribua alors un poste à la police de Shanghai où, pendant les premières années, son travail consista à traduire un manuel d'interrogatoire que personne ne voulait lire, et à écrire des rapports politiques pour le secrétaire du Parti Li, que lui, Chen ne voulait pas écrire. Chen n'avait donc vraiment travaillé que deux ans en tant que policier, d'abord à l'échelon de base, et soudain en tant qu'inspecteur principal, mais responsable des seules « affaires spéciales » qui lui étaient transmises par d'autres. Et Yu, comme certains collègues du bureau, voyait son aigreur alimentée par l'ascension rapide de Chen due à la politique vis-à-vis des cadres de Deng, mais aussi par la poursuite de ses recherches littéraires. Il était convenu – et commode – de considérer celles-ci comme un manquement à ses obligations professionnelles.

Chen relut le rapport et s'aperçut que c'était l'heure du déjeuner. En sortant de son bureau il trouva un message pour lui dans la grande salle. On avait dû le laisser le matin, avant son arrivée.

Salut, c'est Lu. Je travaille au restaurant. Notre restaurant. Le Faubourg de Moscou. *Un paradis des gourmets. Je dois te parler. C'est important. Appelle-moi au 638 0843.*

Lu le Chinois d'outre-mer parlait exactement de cette manière excitée et exubérante. Chen composa le numéro.

– *Le Faubourg de Moscou.*

– Lu, qu'est-ce qu'il y a ?

– Ah, c'est toi. Comment c'était hier soir ?

– Très bien. Tu étais là, non ?

– Non, je veux parler de ce qui s'est passé après notre départ… entre toi et Wang.

– Rien. Nous avons dansé encore un peu, et elle est partie.

– Dommage, vieux. Tu es un inspecteur principal à la manque. Tu ne peux même pas détecter le signal le plus évident.

– Quel signal ?

– Quand nous sommes partis, elle a accepté de rester, seule avec toi. Dans son idée, c'était bel et bien pour la nuit. Un signal qui ne trompe pas. Elle est folle de toi.

– Eh bien, je n'en suis pas si sûr. Parlons d'autre chose. Comment ça va pour toi ?

– D'accord. Ruru veut que je te remercie encore. Tu es notre bonne étoile. Tout est en bonne voie. Les papiers sont signés. Je me suis déjà installé. Notre restaurant est à nous. Il me reste à changer l'enseigne. Une grande enseigne au néon en chinois et en anglais.

– Tu veux dire en chinois et en russe ?

– Qui parle russe de nos jours ? Mais en plus de notre cuisine, nous aurons quelque chose d'authentiquement russe, c'est moi qui te le dis, et que tu pourras déguster aussi. (Lu eut un petit rire mystérieux.) Grâce à ton prêt généreux, nous donnons une fête d'inauguration lundi prochain. Ça fera un tabac.

– Tu es très sûr de toi.
– J'ai une carte maîtresse. Tout le monde sera épaté.
– Qu'est-ce que c'est ?
– Viens voir toi-même. Et mange autant que tu voudras.
– Bien sûr. Pour rien au monde je ne manquerais ta soupe au chou à la russe, Chinois d'outre-mer.
– Alors tu es un gourmet aussi. A bientôt.

En raccrochant, l'inspecteur principal Chen pensa, un sourire aux lèvres, que pour le reste ils n'avaient pas grand-chose en commun. Lu avait reçu son surnom de « Chinois d'outre-mer » au lycée. Pas seulement parce qu'il portait une veste à l'occidentale pendant la Révolution culturelle. Son père avait possédé un magasin de fourrures avant 1949, ce qui en faisait un capitaliste. Lu était donc un « enfant de traître ». Et il s'entêtait à cultiver son image « décadente » avec panache : il faisait du café, des tartes aux pommes, des salades de fruits et, bien entendu, portait un costume occidental pour dîner. Lu était devenu l'ami de Chen, dont le père était un « professeur bourgeois », donc aussi un « enfant de traître ». Qui se ressemble s'assemble. Et ils se réconfortaient mutuellement. Lu invitait Chen chez lui chaque fois qu'il réussissait une expérience culinaire. Après le lycée, Lu fut envoyé à la campagne en tant que jeune instruit et passa dix ans à se faire rééduquer par les paysans pauvres et moyens-pauvres. Il ne revint à Shanghai qu'au début des années quatre-vingt. Quand Chen revint à son tour de Pékin, ils se retrouvèrent et comprirent qu'ils étaient différents, et pourtant ils étaient restés amis pendant toutes ces années. Alors ils se mirent à apprécier leurs différences respectives tout en partageant les mêmes joies gastronomiques.

Vingt ans ont passé comme un rêve.
C'est merveille que nous soyons encore ici, ensemble.

Deux vers de Chen Yuyi, un poète de la dynastie des Song, lui revinrent en mémoire, mais il n'était pas sûr de ne pas avoir oublié un ou deux mots.

4

Après un déjeuner antigastronomique à la cantine, Chen sortit acheter un recueil de poèmes de Chen Yuyi.

Plusieurs librairies privées venaient de s'ouvrir dans la rue de Fuzhou, assez près du bureau. De petits magasins, mais un excellent service. Au coin de la rue de Shantung, Chen vit un grand immeuble, apparemment le premier achevé d'une série de nouveaux chantiers. De l'autre côté de la rue, il restait un petit groupe désordonné de maisons basses, vestiges du début des années vingt, qui ne montraient aucun signe de changement prochain. C'est là, en plein mélange d'ancien et de moderne, qu'il entra dans une librairie familiale. La boutique était minuscule, mais l'entassement de livres anciens et neufs était impressionnant. Il entendit un bébé gazouiller au fond, juste derrière un rideau en perles de bambou.

Il ne réussit pas à trouver Chen Yuyi. Dans les rayons de littérature classique, il y avait un énorme choix de romans d'arts martiaux par des auteurs de Hong Kong et de Taiwan, mais pratiquement rien d'autre. Alors qu'il allait partir, il tomba sur un recueil de textes néo-confucéens de son père, à moitié caché sous l'affiche d'une fille en bikini où était écrit A VENDRE. Il apporta le livre à la caisse.

Un bol de riz recouvert de chou vert en main, le propriétaire lui dit :

– Vous avez l'œil pour les livres. Ce sera cent vingt yuans.

– Quoi ? s'exclama Chen.

– Ce livre a été considéré comme une attaque de droite contre le Parti, il était déjà épuisé dans les années cinquante.

– Écoutez, dit Chen en saisissant le livre, c'est mon père qui a écrit ce livre, et le prix d'origine était de moins de deux yuans.

– Vraiment ? (Le propriétaire le regarda un instant.) D'accord, pour vous, cinquante yuans, avec l'affiche gratuite.

Chen prit le livre sans accepter la prime. La fille de l'affiche avait une petite cicatrice sur son épaule nue, ce qui lui rappela la photo de la morte sortie du sac en plastique. Il y avait une ou deux photos d'elle prises à la morgue où elle était encore moins couverte que la fille en bikini. Il se souvint d'avoir vu une cicatrice quelque part sur son corps.

Ou sur celui de quelqu'un d'autre. Il était troublé.

Sur le chemin, il feuilleta le livre de son père, une habitude de lecture que celui-ci désapprouvait, mais il avait du mal à ne pas le faire, compte tenu du sujet.

De retour au bureau, il voulut se faire une tasse de thé façon *kong fu*, encore une pratique de gourmet apprise du Chinois d'outre-mer, afin de mieux se concentrer sur sa lecture. Il venait de mettre une pincée de thé dans une petite tasse quand le téléphone sonna.

C'était le secrétaire du Parti Li Guohua. Li n'était pas seulement le représentant numéro un du Parti dans le bureau, c'était aussi le mentor de Chen. Il l'avait présenté au Parti, n'avait pas économisé ses efforts pour lui apprendre les ficelles, et l'avait amené au poste qu'il occupait. Tout le monde dans la maison connaissait le talent légendaire de Li pour les luttes politiques internes, il avait un instinct presque infaillible pour choisir le gagnant dans les querelles intestines au sein du Parti. Jeune policier de base au début des années cinquante, il s'était hissé parmi les débris des arrangements politiques pour atteindre finalement le sommet. Aussi beaucoup voyaient-ils un nouveau coup de maître dans le fait qu'il ait choisi Chen comme son successeur potentiel, encore que certains parlaient d'investissement risqué. Le commissaire Zhao, par exemple, avait recommandé un autre candidat au poste.

– Tout va bien dans votre nouvel appartement, camarade inspecteur principal ?

– Merci, camarade secrétaire du Parti Li. Tout est parfait.

– Très bien. Et le travail au bureau ?

– L'inspecteur Yu a été appelé hier pour une affaire. Un corps de femme dans un canal du comté de Qingpu. Nous manquons d'hommes, je me demande donc si nous devons nous en charger.

– Laissez l'affaire à d'autres. Vous êtes une brigade des affaires spéciales.

– Mais c'est l'inspecteur Yu qui s'est rendu sur les lieux. Nous aimerions suivre une affaire depuis le début.

– Vous n'aurez peut-être pas le temps. J'ai des nouvelles pour vous. Vous allez assister au séminaire organisé par l'Institut central du Parti en octobre.

– Le séminaire de l'Institut central du Parti !

– Oui, c'est une très grande chance, n'est-ce pas ? J'ai mis votre nom sur la liste de recommandations le mois dernier. C'était un coup à tenter, mais nous avons été informés de la décision aujourd'hui. Je vais vous donner une copie de la lettre d'acceptation. Vous avez fait du chemin, camarade inspecteur principal Chen.

– Vous m'avez tant aidé, secrétaire du Parti Li. Comment pourrai-je jamais vous remercier assez ?

Chen marqua un temps avant d'ajouter :

– C'est peut-être une raison supplémentaire pour que nous nous chargions de l'affaire. Je ne peux pas être inspecteur principal si je ne résous pas quelques enquêtes tout seul.

– A vous de décider. Mais vous devrez être prêt pour le séminaire. Je n'ai pas besoin de vous dire ce que cela peut représenter pour votre carrière. Un travail plus important vous attend, camarade inspecteur principal Chen.

Sa conversation avec le secrétaire du Parti Li poussa Chen à faire quelques recherches avant de prendre une décision. Il descendit au service des véhicules, prit une moto et emprunta une carte du comté à la bibliothèque.

Il faisait chaud. Les cigales s'étaient tues et faisaient la sieste dans les arbres alanguis. Même la boîte aux lettres au bord du trottoir avait l'air de somnoler. Chen ôta sa veste d'uniforme et roula en T-shirt.

Le trajet jusqu'au canal Baili se révéla plutôt difficile. Passé la zone industrielle de Hongqiao il y avait peu de panneaux indicateurs. Il voulut demander son chemin dans une station d'essence délabrée, mais le seul employé s'était assoupi et bavait sur le comptoir. Le paysage devint plus rural, avec des collines au loin, ici et là, et une fumée solitaire qui montait d'un toit invisible telles des notes de musique. D'après la carte, le canal ne devait plus être loin. A un virage apparut un chemin sinueux, comme l'entrée d'un village, et il vit une fillette qui vendait de grands bols de thé sur un banc de bois. Elle n'avait pas plus de treize ou quatorze ans et était assise tranquillement sur un tabouret bas, sa queue de cheval attachée par un nœud enfantin. Elle lisait. Il n'y avait aucun client. Chen se demanda si elle en aurait un dans toute la journée. A ses pieds, quelques pièces brillaient dans une tasse en fer-blanc cabossée à côté d'un gros cartable. Apparemment pas une marchande ambulante cherchant à faire un bénéfice, rien qu'une gamine du village, encore jeune et innocente, en train de lire dans ce décor idyllique, peut-être des poèmes, offrant une commodité aux voyageurs de passage assoiffés.

De petits détails, mais qui semblaient tous se combiner pour reconstituer une image qu'il avait rencontrée dans la poésie des dynasties des Tang et des Song.

Mince, souple, elle a treize ans à peine
Bourgeon de cardamome aux premiers jours de mars.

Il arrêta sa moto sur le bord de la route :

– Excuse-moi. Tu sais où se trouve le canal Baili ?

– Le canal Baili ? Oui. Tout droit, à huit ou neuf kilomètres.

– Merci.

Il demanda aussi un grand bol de thé.

– Trois fens, dit la fillette sans lever le nez de son livre.

– Qu'est-ce que tu lis ?

– *Visual Basics.*

La réponse ne correspondait pas à l'image qu'il avait en tête. Mais il se dit qu'il n'y avait pas de quoi s'étonner. Lui aussi avait pris des cours du soir sur les applications de Windows. C'était l'ère des autoroutes de l'information.

– Je vois, la programmation. Très intéressant.

– Tu l'étudies aussi ?

– Un peu.

– Tu as besoin de CD-Roms ?

– Quoi ?

– C'est donné. Avec des tas de logiciels de pointe. *Chinese Star, TwinBridge, Dragon Dictionary* et toutes sortes de typos, classiques et simplifiées…

– Non, merci, dit-il en sortant un billet d'un yuan.

Les CD-Roms qu'elle proposait n'étaient sans doute pas chers du tout. Il avait entendu parler de produits piratés, mais un inspecteur principal ne pouvait pas y toucher.

– J'ai bien peur de ne pas avoir assez de monnaie.

– Ça ne fait rien. Donne-moi ce que tu as.

La fillette ramassa ses pièces pour les lui donner et mit le billet dans son porte-monnaie. Une adolescente prudente qui savait gagner à sa façon. Elle reprit sa lecture sur le cyberspace, le ruban de sa queue de cheval voltigeant comme un papillon dans un souffle d'air. L'humeur de Chen avait changé.

Quelle ironie. Sa rêverie à propos d'un innocent bourgeon de cardamome, d'une fumée blanche solitaire, d'une candeur intacte dans un paysage bucolique, d'un livre de poèmes... Et une défaillance professionnelle. Ce n'est qu'après avoir roulé cinq ou six kilomètres qu'il se rendit compte qu'il aurait dû agir à propos des CD-Roms – en qualité d'inspecteur principal. Sans doute avait-il été trop distrait, dans une « transe poétique », et aussi trop surpris par les réalités de ce monde. L'incident lui apparut comme un écho des critiques de ses collègues : l'inspecteur principal Chen était trop « poète » pour être flic.

Il était plus de 2 heures lorsqu'il atteignit le canal.

Il n'y avait pas le moindre nuage. Le soleil de l'après-midi était seul dans le ciel bleu, loin au-dessus d'un endroit désolé qui semblait oublié du monde. Pas une âme à la ronde. La berge du canal était envahie de hautes herbes et de broussailles. Chen s'arrêta au bord de l'eau stagnante parmi des buissons sauvages. Il crut pourtant entendre non loin le brouhaha de Shanghai.

Qui était la victime ? Quelle avait été sa vie ? Qui avait-elle rencontré avant de mourir ?

Il n'attendait pas grand-chose de ce lieu. Les fortes pluies des derniers jours auraient effacé tout indice. Il s'était dit que venir sur les lieux du crime pouvait contribuer à établir une sorte de communication entre les vivants et la morte, mais il ne reçut aucun message. Il repensa à la politique du bureau. Récupérer un corps dans un canal n'avait rien d'extraordinaire. Pas pour les hommes de la criminelle. Ils avaient connu des cas similaires auparavant, et en connaîtraient encore d'autres. Ça ne méritait pas un inspecteur principal, pas au moment où il devait se préparer pour un séminaire important.

Ce n'était pas non plus une affaire qu'il pouvait résoudre en deux jours. Il n'y avait aucun témoin. Ni de moyen de retrouver un indice, attendu que le corps était resté dans l'eau un certain temps. Ce qui avait été trouvé jusque-là était bien peu pour une enquête. Certains vétérans auraient essayé d'éviter ce genre d'affaire, l'inspecteur Yu l'avait laissé entendre, et en qualité de brigade spéciale ils étaient en droit de ne pas s'en charger. L'éventualité d'un échec ne le tentait pas. Sa situation au bureau n'en serait pas améliorée.

Il s'assit sur une pierre en saillie, exhuma une cigarette à moitié écrasée et l'alluma. Il ferma les yeux une seconde en inhalant profondément. De l'autre côté du canal, il remarqua alors un semis de fleurs sauvages, bleues, blanches, violettes dans le vert brumeux de l'herbe. Rien d'autre.

Quand il prit le chemin du retour, de légers nuages blancs apparurent et se mirent à courir dans le ciel. La petite marchande ne vendait plus son thé sur la route. C'était aussi bien. Peut-être ne faisait-elle pas de trafic de CD piratés et n'avait qu'un exemplaire en plus : deux yuans pouvaient représenter beaucoup pour une gamine de la campagne.

Lorsqu'il retrouva son bureau, la première chose qu'il vit sur sa table fut une copie de la lettre d'acceptation officielle dont lui avait parlé le secrétaire du Parti Li ;

toutefois il ne ressentit pas l'exaltation à laquelle il s'attendait.

En fin d'après-midi arriva aussi le rapport préliminaire d'autopsie. Il apportait peu d'éléments intéressants. L'heure de la mort était estimée entre 1 heure et 2 heures du matin le 11 mai. La victime avait eu des rapports sexuels avant sa mort. Les analyses avaient mis en évidence la présence de sperme, mais après la période d'immersion du corps il n'en restait pas suffisamment pour identifier d'autres données. Il était difficile de dire si les rapports sexuels avaient eu lieu contre la volonté de la victime ; elle avait en tout cas été étranglée. Elle n'était pas enceinte. Le rapport concluait ainsi : « Mort par strangulation associée à une éventuelle agression sexuelle. »

L'autopsie avait été pratiquée par le docteur Xia Yulong.

Après avoir lu le rapport une deuxième fois, l'inspecteur principal Chen décida de remettre sa décision à plus tard. Il n'était pas obligé de se charger immédiatement de l'enquête, ni de la laisser à une autre brigade. Si des indices se présentaient, il pourrait déclarer que sa brigade des affaires spéciales en avait la charge. Si l'enquête était pourrie, comme le supposait l'inspecteur Yu, il serait toujours temps de s'en remettre à d'autres.

Il en informa Yu qui fut tout de suite d'accord. Pourtant, en raccrochant, il sentit son humeur s'assombrir, tel l'écran au début d'un film, et il y vit projetés des fragments de l'endroit qu'il venait de visiter.

Elle était restée étendue là, abandonnée, nue, ses longs cheveux noirs enroulés sur sa gorge comme un serpent, sous le regard de deux étrangers, avant d'être emportée sur une civière par deux hommes en uniforme blanc, et, plus tard, ouverte par un vieux médecin qui avait examiné machinalement ses viscères, et recousu son corps avant de l'envoyer à la morgue. Et pendant tout ce temps, l'inspecteur principal Chen faisait la fête dans son nouvel appartement, il pendait la crémaillère, il buvait, il dansait avec une jeune journaliste en marchant sur ses pieds nus, et parlait de poésie de la dynastie des Tang.

Il fut pris de pitié pour la morte. Il ne pouvait pas grand-chose pour elle… Il décida de ne pas aller plus loin dans ce genre de réflexions.

Il téléphona à sa mère et lui parla du livre qu'il avait acheté pendant sa pause-déjeuner. Elle fut très contente, car c'était précisément celui qui manquait à sa collection dans la mansarde.

– Mais tu aurais dû prendre aussi l'affiche, mon fils.

– Pourquoi ?

– Pour que la fille en descende et te tienne compagnie la nuit, répondit-elle gaiement.

Il se mit à rire.

– Oh, encore ! Tu me racontais déjà la même histoire il y a trente ans. Je suis occupé aujourd'hui, mais je viendrai te voir demain. Tu pourras me la raconter encore une fois.

5

Plusieurs jours s'étaient écoulés depuis la pendaison de crémaillère. A 9 heures du matin, le *Courrier du soir de Shanghai* en main, Chen avait la sensation que les nouvelles le lisaient plutôt que l'inverse. Ce qui retenait son attention était le compte rendu d'une partie de jeu de go entre un joueur chinois et un joueur japonais, accompagné d'une image réduite du plateau montrant tous les mouvements des pièces noires et blanches, chacune occupant une position chargée de signification, et probablement d'autres significations cachées sous la surface.

Ce n'était qu'une dernière minute de bien-être personnel avant la routine habituelle.

Son téléphone sonna.

– Camarade inspecteur principal, tu es un haut fonctionnaire trop important. (C'était la voix ironique de Wang.) Comme dit le vieux proverbe, un homme important a mauvaise mémoire.

– Non, ne dis pas ça.

– Tu es tellement occupé que tu oublies tes amis.

– J'ai été très pris, c'est vrai, mais comment pourrais-je ne pas penser à toi ? Non. J'ai seulement beaucoup de travail entre la routine et la nouvelle affaire… tu sais, celle du soir de la fête, tu te souviens ? Je m'excuse de ne pas t'avoir appelée plus tôt.

– Ne t'excuse jamais… (Elle changea de sujet avant de finir sa phrase.) J'ai de bonnes nouvelles pour toi.

– C'est vrai ?

– D'abord, ton nom est sur la liste du quatorzième séminaire organisé par l'Institut central du Parti à Pékin.

– Comment l'as-tu su ?

– J'ai mes sources. Il va donc falloir faire une autre fête pour ta nouvelle promotion.

– Pas si vite. Mais qu'est-ce que tu dirais de déjeuner avec moi la semaine prochaine ?

– On dirait que je cherche à être invitée.

– Écoute-moi bien. Hier soir il a plu, et il se trouve que j'étais en train de lire Li Shangyin : *Quand, quand pourrons-nous de nouveau souffler la chandelle à la fenêtre de l'ouest,/ et parler de l'instant du mont Ba sous la pluie ?* Et tu m'as beaucoup manqué.

– Encore ton exagération poétique.

– Non. Parole de policier, c'est la vérité.

– J'ai une seconde bonne nouvelle pour un inspecteur principal poète.

Encore une fois elle changeait de sujet.

– Xu Baoping, rédacteur en chef de notre section littérature et art, a décidé d'utiliser ton poème... *Miracle*, je crois que c'est le titre.

– Oui, *Miracle*. C'est formidable.

C'était en effet une sacrée nouvelle. Un poème dans le *Wenhui*, quotidien national influent, pouvait atteindre beaucoup plus de lecteurs que s'il paraissait dans une petite revue. *Miracle* parlait du dévouement d'une femme policier. Le rédacteur en chef l'avait peut-être choisi pour des raisons politiques, mais Chen était quand même enchanté.

– En fait, peu de membres de l'Union des écrivains de Shanghai savent que je suis inspecteur de police de profession. Je ne vois pas de raison de leur en parler. Ils diraient probablement : « Comment ? Un homme qui attrape les meurtriers devrait-il aussi essayer d'attraper les muses ? »

– Ça ne m'étonne pas.

– Merci de me dire la vérité. Je n'ai pas encore décidé quel est mon véritable métier.

L'inspecteur principal Chen avait essayé de ne pas surestimer son talent de poète, bien que les critiques aient assuré avoir découvert dans son œuvre une combinaison de sensibilité chinoise classique et occidentale moderne. Il se demandait parfois quelle sorte de poète il serait devenu s'il avait pu consacrer tout son temps à l'écriture. Ce n'était cependant qu'une idée fantasque qui le titillait. Au cours des deux ou trois semaines précédentes il avait eu tant à faire dans la journée qu'il s'était invariablement retrouvé trop épuisé le soir pour pouvoir écrire.

– Ne te méprends pas sur ce que j'ai dit. Je crois en ton sens poétique. C'est pour ça que j'ai envoyé *Miracle* à Xu – *La pluie a verdi les cheveux qui tombent sur tes épaules*. Désolée, c'est le seul vers dont je me souvienne. Il me fait davantage penser à une sirène dans un dessin animé qu'à une femme policier de Shanghai.

– Le sens poétique, hein ? Mais je vais te dire un secret. J'ai écrit plusieurs poèmes sur toi.

– Tu es vraiment impossible. Tu n'arrêtes jamais, c'est ça ?

– Tu veux dire que je ne laisse jamais tomber ?

– La dernière fois, j'ai remarqué que tu n'avais rien laissé tomber pendant le dîner dans ton nouvel appartement.

– Raison de plus pour t'inviter à déjeuner. Pour prouver ma bonne foi.

– Tu es toujours trop occupé de bonne foi.

– Mais je ne le serai jamais trop pour déjeuner avec toi.

– Je n'en suis pas si sûre. Rien n'est plus important pour toi qu'une enquête, pas même de danser avec moi.

– C'est toi qui es impossible à présent.

– Bon. A la semaine prochaine.

Il était content qu'elle l'ait appelé. Visiblement, elle aussi avait pensé à lui. Sinon, pourquoi se serait-elle intéressée aux nouvelles du séminaire ? Elle paraissait enthousiasmée. Quant au poème, il se pouvait qu'elle soit intervenue en sa faveur.

Et puis c'était toujours agréable de l'entraîner dans un échange de plaisanteries. Désinvolte, mais néanmoins intime.

Oui, il avait été débordé. Le secrétaire du Parti Li lui avait donné plusieurs sujets qu'il pouvait traiter au séminaire organisé par l'Institut central du Parti. Il devait les terminer tous en deux ou trois jours car le secrétaire du Parti voulait que quelqu'un à Pékin les lise au préalable. D'après Li, les plus hauts dignitaires du Parti étaient invités, y compris l'ancien secrétaire général du Comité central. Un succès au séminaire attirerait l'attention au niveau le plus élevé. L'inspecteur principal Chen devait donc laisser le plus gros du travail de la brigade à l'inspecteur Yu.

Cependant, le coup de téléphone de Wang lui fit repenser à la morte. L'affaire avait été à peine traitée. Les efforts pour connaître l'identité de la jeune femme n'avaient fourni aucune indication. Il décida d'en reparler avec Yu.

– Oui, ça fait quatre jours, dit Yu. Nous n'avons fait aucun progrès. Pas d'indices. Pas de suspects. Pas d'hypothèse.

– Toujours pas de disparition signalée ?

– Personne qui corresponde à sa description.

– La dernière fois vous avez exclu la possibilité qu'elle soit originaire des environs. Et si c'était une de ces jeunes provinciales qui viennent à Shanghai ? Comme elles n'ont pas de famille ici, une disparition peut prendre beaucoup de temps avant d'être signalée.

Avec les nouveaux chantiers qui s'ouvraient partout, les nouvelles entreprises qui se créaient chaque jour, les « provinciaux » constituaient une main-d'œuvre mobile bon marché. Beaucoup étaient des jeunes filles qui venaient chercher un emploi dans les nouveaux restaurants et hôtels.

– J'y ai pensé aussi, dit Yu. Mais vous avez remarqué ses ongles ? Soignés par une professionnelle, vernis. Et ses orteils aussi.

– Elle aurait pu travailler dans un de ces hôtels de luxe.

– Je vais vous dire une chose, camarade inspecteur principal, dit Yu d'un air dubitatif. Le mois dernier, j'ai vu un tableau de Cheng Shifa. Il montre une jeune Thaï qui marche sur un sentier de montagne rocailleux du Yunnan, et on voit l'éclat blanc de ses pieds nus sous sa longue jupe verte. Un de mes collègues du Yunnan a épousé une jeune Thaï. Plus tard, il m'a dit qu'il avait été choqué de voir que dans la réalité ses pieds étaient calleux et crevassés.

– Vous marquez peut-être un point, camarade inspecteur Yu, dit Chen plutôt mécontent de la façon dont Yu avait prononcé son discours. Mais si elle était restée suffisamment longtemps dans un de ces hôtels étrangers, si elle s'était totalement transformée, pour ainsi dire, ce serait possible, n'est-ce pas ?

– Dans ce cas, nous aurions dû être déjà avisés. Ces directeurs étrangers savent diriger leurs affaires, et leur personnel. Et ils sont en contact étroit avec la police.

– C'est juste, admit Chen. Mais nous devons faire quelque chose.

– Oui, mais quoi ?

La conversation l'avait perturbé. Ne pouvaient-ils vraiment qu'attendre ? Il sortit encore une fois la photo de la victime. L'agrandissement. Malgré l'absence de netteté, il pouvait voir qu'elle avait dû être une femme séduisante. Comment pouvait-on ne pas avoir signalé sa disparition depuis plus d'une semaine ? Il devait y avoir des gens qui tenaient à elle. Des amis, des collègues, des parents, des frères et sœurs, voire des amants. Aucun être humain ne pouvait être seul au point que personne n'ait remarqué sa disparition durant une semaine, surtout pas une belle jeune femme. Chen ne comprenait pas.

Elle avait peut-être annoncé qu'elle partait en vacances, ou pour son travail. Dans ce cas, il faudrait peut-être attendre longtemps avant que quelqu'un se demande où elle était.

Il avait la vague impression que quelque chose de compliqué l'attendait dans cette affaire. Une sorte de parallèle à son écriture… La vision fugitive d'un visage voilé à l'entrée du métro à Pékin, une bouffée de jasmin venue d'une tasse bleue ou un rythme particulier dans une mansarde avec au loin le grondement d'un train, et il se croyait sur le point de produire un merveilleux poème. Pourtant, ce pouvait n'être qu'une fausse piste, et finalement il rayait des passages entiers.

Dans cette affaire, il n'avait même pas ces vagues pistes, rien qu'un sentiment inexprimable. Il ouvrit la fenêtre. Le premier chœur des cigales l'assaillit en vagues chaudes.

Zhiliao, Zhiliao, Zhiliao...

Un homonyme de « comprendre » en chinois.

Avant d'aller à une réunion, il appela le docteur Xia qui avait examiné le corps de la victime.

– Docteur Xia, j'ai une faveur à vous demander.

– Je ferai de mon mieux, camarade inspecteur principal Chen.

– Vous vous rappelez la jeune femme découverte dans le canal dans un sac en plastique, l'affaire 736 ? Le corps n'a pas encore été enlevé, je pense. Le sac en plastique est peut-être encore là aussi. Vérifiez pour moi, et surtout, écrivez-moi une description de la victime. Pas un rapport mais une description détaillée. Pas d'un cadavre mais d'un être humain. Précise. Concrète. Claire. A quoi elle aurait ressemblé en vie. Je sais que vous êtes très occupé, docteur Xia. Je vous le demande comme un service personnel.

Le docteur Xia, qui adorait la poésie classique et savait que Chen écrivait des poèmes dans le style dit moderniste, répondit :

– Je sais ce que vous voulez, mais je ne peux pas vous promettre que ma description sera aussi précise qu'une œuvre moderniste, incluant tous les détails, laids ou non.

– Ne soyez pas trop dur avec moi, docteur Xia. J'ai introduit dans mes vers un trait de lyrisme de Li Shangyin. Je vous en montrerai la prochaine fois que nous déjeunerons ensemble. C'est moi qui invite, bien entendu.

Plus tard, pendant la réunion politique de routine dont l'ordre du jour était « Étude des *Œuvres choisies du camarade Deng Xiaoping* », Chen s'aperçut qu'il était distrait, incapable de se concentrer sur le livre qu'il avait en main.

La réponse du docteur Xia arriva plus vite qu'il ne l'avait prévu. A 2 heures, il reçut un fax de deux pages, de l'écriture nette du docteur Xia.

Voilà ce que je peux dire de la femme qui occupe vos pensées jour et nuit :

1) Elle avait trente ou trente et un ans. Elle mesurait 1 m 62 et pesait environ 50 kg. Elle avait un nez droit, une petite bouche, de grands yeux, et des sourcils non épilés. Elle avait de bonnes dents, régulières, blanches. Une carrure presque athlétique. Ses seins étaient petits et mous, mais avec de gros mamelons. Avec sa taille fine, ses longues jambes bien faites et ses hanches rondes, elle a pu être sensationnelle – « si belle que les poissons et les oies plongent de honte. »

2) Elle devait prendre grand soin de son corps. Sa peau était douce et élastique, probablement suite à un usage abondant de lotions et de crèmes. Ses cheveux étaient noirs et brillants. Pas un seul cheveu blanc. Elle n'avait aucune callosité ni aux mains ni aux pieds. Pas de cicatrice ni de bouton. Ses ongles de mains et de pieds étaient très soignés.

3) J'insiste sur un point de l'autopsie : elle n'avait jamais eu d'enfant ni d'avortement. Elle n'avait aucune trace d'opération, ni d'autres marques sur le corps.

4) Elle a eu des rapports sexuels peu avant sa mort. Elle a pu être violée, mais elle n'avait pratiquement pas d'ecchymoses, rien qu'une légère érosion sur la clavi-

cule, qui pourrait résulter d'étreintes passionnées. Pas de sang, de terre ni de peau sous les ongles, et les cheveux à peu près coiffés. En tout cas elle ne s'est pas beaucoup débattue quand ses vêtements lui ont été ôtés. Elle ne portait pas de stérilet.

5) Elle avait mangé environ quarante minutes avant de mourir : côtes de porc, purée de pommes de terre, haricots verts, et caviar.

Après avoir lu la note, Chen établit une nouvelle description accompagnée d'une photo, l'envoya par fax à quelques grandes unités de travail, et commanda plusieurs centaines de copies pour l'inspecteur Yu, chargé de les placer dans des lieux publics tels que tableaux d'affichages dans les magasins ou arrêts de bus. C'était la seule idée qu'il ait eue.

La question était : combien de temps faudrait-il pour obtenir une réponse ?

6

La réponse arriva avant la fin de la semaine.

Le jeudi après-midi, il y eut un appel du grand magasin n° 1 de Shanghai. Un agent de la sécurité avait reçu un exemplaire de la description détaillée, elle lui avait fait penser à une directrice de rayon qui n'était pas encore revenue de vacances. Ses collègues ne s'étaient pas inquiétées, il était fréquent que les gens prennent quelques jours de plus. Quand l'agent de la sécurité avait montré la photo à celles qui travaillaient avec elle, elles l'avaient immédiatement reconnue.

– La photo n'est pas nette, mais elles sont toutes formelles. (D'après l'agent de la sécurité, c'était parce qu'elle était très connue.) Elle s'appelle Guan Hongying. Hong pour « rouge », et Ying pour « héroïne ».

– Héroïne rouge. Quel prénom révolutionnaire ! Guan Hongying, dit l'inspecteur principal Chen. Ça me dit quelque chose.

– C'était une travailleuse modèle de la nation, trente et un ans, célibataire, qui travaillait au magasin depuis plus de dix ans. Membre du Parti, bien entendu.

– Comment ? Une travailleuse modèle de la nation… Oui, je me souviens maintenant. Merci. Votre aide nous a été précieuse, camarade. Rappelez-nous quand vous aurez d'autres informations.

Malgré son mal de tête matinal, Chen commençait à se sentir plus optimiste qu'il ne l'avait été depuis longtemps. Le grand magasin n° 1 était le plus important de la ville. Une poignée d'agents de la sécurité en civil y étaient placés. Si leur rôle principal était de surveiller les voleurs à l'étalage, ils savaient aussi recueillir des renseignements.

En effet, avant l'heure du déjeuner, de nouvelles informations affluèrent. L'identité de la victime fut confirmée. Les empreintes dentaires correspondaient. Guan Hongying, trente et un ans, célibataire, chef du rayon des cosmétiques, membre du Parti depuis onze ans, travailleuse modèle de la nation, présente aux Neuvième et Dixième congrès du Parti. Elle était partie en vacances le 10 mai et n'avait fait signe à personne depuis.

A 1 heure, Chen reçut par coursier la première photo de Guan. Puis il en arriva par fax une douzaine de plus, ainsi qu'un monceau d'articles sur elle. La plupart des photos étaient des coupures de journaux et de revues. Et tous les articles étaient de la propagande sur son zèle professionnel, sa noblesse d'esprit à servir le peuple et son dévouement désintéressé à la cause communiste – toute la phraséologie familière de la presse du Parti. Tout en lisant, l'inspecteur principal Chen réfléchit de nouveau sur l'opportunité de se charger de l'enquête. Le viol et le meurtre d'une travailleuse modèle ! S'il résolvait l'affaire, celle-ci pourrait encore être étouffée pour des raisons politiques, et s'il échouait, il pouvait s'attendre à des pressions de la part des autorités supérieures. Il réunit cependant des éléments pour un nouveau rapport.

NOM : Guan Hongying
DATE DE NAISSANCE : 11 décembre 1958
RACE : Han
ADRESSE : 18, passage 235, rue du Hubei (Dortoir du grand magasin n° 1)
SITUATION DE FAMILLE : célibataire
STATUT PROFESSIONNEL : cadre (chef du rayon des cosmétiques, membre du Parti, travailleuse modèle de la nation)
PARENT LE PLUS PROCHE : mère (atteinte de la maladie d'Alzheimer, résidant à la maison de santé d'Ankang)
DURÉE DE L'EMPLOI : de 1979 à 1990

A 5 heures et demie, une réunion d'urgence eut lieu dans la salle n° 3 de la police de Shanghai. Elle était présidée avec une stricte autorité par le secrétaire du Parti Li, un homme corpulent approchant la soixantaine, dont on remarquait surtout les lourdes poches sous les yeux. Il était assis très droit à la tête de la longue table de chêne. Chen arriva le premier. Yu vint s'asseoir à côté de lui. A l'autre bout de la table, le commissaire politique Zhang Zhiqiang fit une apparition imprévue. Un homme de son rang n'avait pas à assister à une telle réunion. Il n'était pas non plus membre de la brigade des affaires spéciales.

– Merci d'être venu, commissaire politique Zhang, dit le secrétaire du Parti Li en rendant hommage au vieil homme avant de commencer à parler.

Le commissaire Zhang était entré au Parti au début des années quarante et avait atteint le 11e échelon dans le système après 1949. De son côté, le secrétaire du Parti Li était devenu membre du Parti dans les années cinquante, son rang était donc inférieur. Comme toujours, Chen salua respectueusement le commissaire Zhang. Ce dernier n'avait pas une très haute opinion de Chen, et à plusieurs occasions il avait failli le traiter de libéral.

– Camarades, ceci est une affaire d'une importance politique considérable, commença le secrétaire du Parti Li. C'est pourquoi nous tenons cette réunion aujourd'hui. Le maire lui-même vient de téléphoner. Il pense que ce pourrait être une affaire politique grave. Voici ses instructions : faites de votre mieux, et résolvez l'affaire au plus vite. L'administration municipale est avec vous. Ne tenez pas de conférences de presse. Ne divulguez aucun détail concernant sa mort.

Chen était ahuri. La victime était quelqu'un de connu, certes, son nom avait souvent été mentionné dans la presse, on l'avait vue à la télévision, toutefois elle n'était pas importante au point que le maire lui-même téléphone au bureau, et si vite.

– C'est un homicide, pourtant, dit l'inspecteur Yu.

Le secrétaire du parti poursuivit :

– Camarades, nous devons comprendre que la camarade Guan pourrait avoir été assassinée pour des raisons politiques. Elle était un modèle bien connu pour tout le pays, sa mort tragique est une lourde perte pour notre Parti, et une atteinte symbolique à la sécurité publique de notre société socialiste.

Chen trouva que le secrétaire du Parti allait trop loin. En tant que cadre du Parti, Li ne connaissait pas grand-chose aux homicides. Mais c'était peut-être précisément pour ça que c'était lui le secrétaire du Parti et pas un autre ; il était capable de voir la politique partout.

– Par ailleurs, la façon sauvage dont elle a été assassinée pourrait faire du tort à l'image pure de notre grand Parti.

Chen admit que l'argument n'était pas discutable. Les autorités du Parti aimeraient certainement escamoter les détails choquants. L'image du corps nu de la travailleuse modèle de la nation violée et étranglée contredirait celle, sacrée, d'une travailleuse modèle habillée de pied en cap en costume Mao gris.

Chen crut voir un sourire imperceptible sur le visage de Yu.

– Une équipe spéciale doit donc être constituée. Elle sera dirigée par l'inspecteur principal Chen. Et l'inspecteur Yu est son adjoint. En outre, le commissaire politique Zhang sera conseiller dans l'enquête.

– Et si ce n'est qu'un homicide ? insista Yu.

– S'il s'avère que ce n'est qu'un homicide, nous le résoudrons aussi, naturellement. Nous devons garder l'esprit ouvert. L'équipe aura un budget spécial. S'il faut davantage d'hommes, l'inspecteur Chen pourra faire appel à moi.

Chen pensa que ce devait être là le secret du succès de Li. Confit d'inepties politiques, mais conscient de l'être, Li n'oubliait jamais d'ajouter quelques remarques de bon sens. Ce qui le distinguait un peu des autres cadres du Parti.

Le secrétaire du Parti Li était en train de conclure :

– Comme vous le savez tous, cette affaire présente des aspects délicats. Elle exige une approche prudente. Ne donnez aucune information à la presse. Tout ce qui peut prêter à des spéculations inutiles n'aidera pas nos recherches.

– Je vous ai bien compris, camarade secrétaire du Parti, dit Chen qui prenait la parole pour la première fois. Avec le camarade commissaire Zhang pour conseiller, nous ferons de notre mieux et nous résoudrons l'affaire.

Après la réunion, Chen resta seul avec Li.

– Je veux que vous fassiez du bon travail, dit Li. C'est sans doute une affaire difficile, mais un heureux dénouement retiendra l'attention des autorités supérieures.

– Je comprends, mais le commissaire Zhang…

Chen ne termina pas sa phrase.

Zhang était considéré généralement comme le commissaire politique le plus orthodoxe du service, dans la ligne dure de la vieille génération.

– Le commissaire Zhang a atteint l'âge de la retraite, dit Li, mais avec l'inflation et l'élévation générale du niveau de vie, ce peut être difficile de vivre de sa seule pension. Les autorités du Parti ont donc établi un nouveau règlement pour les vieux camarades. Ils doivent prendre leur retraite en conformité avec la politique de retraite des cadres, c'est certain, mais tant qu'ils restent en bonne santé, ils peuvent effectuer des travaux annexes qui conviennent à leur âge et continuer ainsi à toucher leur salaire intégral. « Conseiller » est un poste honorifique, il vous donnera seulement son avis, il vous fera des suggestions. En tant que chef de l'équipe, vous avez toute autorité.

– Alors que devons-nous faire de lui ?

– Le tenir au courant de l'enquête, c'est tout.

– Ah, bon. Je vois.

Chen soupira. Il ne voyait que trop bien ce qui l'attendait : quatre ou cinq coups de téléphone quotidiens du commissaire pour commencer, sans parler de l'obligation d'écouter ses longs discours entrelardés de citations de Mao, de Deng ou du *Quotidien du peuple*, et de dissimuler de fréquents bâillements.

– Ce n'est pas si terrible. Au moins, c'est un commissaire politique incorruptible.

Selon le point de vue où on se plaçait, c'était une bonne ou une mauvaise chose.

– C'est aussi votre intérêt de travailler étroitement avec un camarade de la vieille génération, conclut le secrétaire du Parti un ton plus bas.

Quand Chen retourna au bureau principal, il vit l'inspecteur Yu qui passait en revue une série de photos. Il s'assit en face de son adjoint.

– Guan était si importante que ça ? demanda Yu.

– Une travailleuse modèle de la nation est toujours importante.

– Mais ça c'était dans les années soixante et soixante-dix, l'époque du camarade Lei Feng et de toute cette propagande.

– Oui, nous avons été élevés dans ces mythes communistes du modèle, dit Chen. En fait, cette notion trouve ses racines dans le confucianisme. Sauf que les modèles confucéens s'appelaient des sages, tandis qu'au XXe siècle on les appelle travailleurs modèles, paysans modèles, soldats modèles. Je peux chanter encore aujourd'hui *Suivons le bon exemple du camarade Lei Feng*.

– Moi aussi. Et puis *Sois un bon soldat du président Mao*. Je la fredonnais l'autre jour, et mon fils était complètement stupéfait.

Ces chansons avaient été très populaires dans le pays au début des années soixante. Le camarade Lei Feng était un soldat modèle de l'Armée populaire de libération qui avait servi le peuple de tout son cœur et aidé ceux qui étaient dans le besoin sans penser à son intérêt personnel. Le Parti chantait les louanges de tels modèles communistes mythiques que le peuple devait chercher à égaler, en donnant sans recevoir, en collaborant sans se plaindre, et en obéissant sans causer de difficultés. Après la fin de la Révolution culturelle, et surtout après l'été 1989, peu de gens croyaient encore à cette propagande.

– Le camarade Lei Feng est peut-être plus nécessaire maintenant que jamais, dit Chen.

– Pourquoi ?

– A cause de la polarisation sociale. Aujourd'hui, un petit nombre de nouveaux riches vivent dans un luxe qui dépasse les rêves du commun des mortels, mais trop de travailleurs sont licenciés : « en attente de la retraite », ou « en attente d'affectation ». Beaucoup ont du mal à joindre les deux bouts. La propagande en faveur d'un modèle communiste désintéressé n'en est que plus nécessaire.

– C'est vrai. Ces cadres supérieurs et leurs enfants, les ECS, ils ont tout et trouvent ça naturel.

– C'est pourquoi le ministère de la Propagande s'efforce de créer un modèle contemporain. Au moins, Guan était une jolie femme. Un progrès important, dans la vitrine du magasin de mode de la politique.

– Donc vous ne croyez pas non plus à ces conneries ?

– Assez parlé des mythes politiques. Que pensez-vous de cette affaire ?

– C'est tout sauf une affaire politique.

– D'accord, mettons la politique de côté.

– Guan a été agressée le soir de son départ en vacances. Obligée à se déshabiller dans une voiture, violée, puis étranglée. Comme elle ne fréquentait personne, à en croire le magasin, nous pouvons supposer que le meurtrier était un inconnu, probablement le chauffeur de taxi.

– Qu'est-ce que vous suggérez ?

– Se renseigner à la centrale des taxis. Recueillir les reçus des chauffeurs à cette date et consulter les registres. Et naturellement, interroger ceux qui ont un casier.

Guan victime d'un chauffeur de taxi, c'était l'hypothèse que l'inspecteur Yu et Chen avaient évoqué avant même d'établir l'identité de la victime. Elle expliquait au moins que le corps ait été trouvé dans le canal éloigné.

– Oui, c'est logique. Couvrez tous les secteurs que vous jugerez utile de couvrir.

– Je ferai de mon mieux, mais comme je l'ai dit, ce ne sera pas facile, avec toutes les voitures qui circulent en ville de nos jours.

– Entre-temps, effectuons les vérifications habituelles. Je vais aller au dortoir où habitait Guan et vous interrogerez ses collègues du magasin.

– Entendu. Je vois que c'est une affaire politique spéciale. Et le commissaire Zhang ?

– Tenez-le au courant de notre travail. Quoi qu'il dise, écoutez-le… le plus respectueusement possible. Après tout, Zhang est un vétéran du Parti, il a de l'influence.

7

L'inspecteur Yu se réveilla de bonne heure. Encore ensommeillé, il regarda le radio-réveil sur la table de nuit. Il était à peine 6 heures, mais Yu savait que la journée serait bien remplie. Il se leva sans bruit pour ne pas réveiller sa femme, Peiqin, qui se pelotonna contre l'oreiller recouvert d'une serviette-éponge ; une couverture rayée la couvrait jusqu'aux chevilles, laissant ses pieds nus à l'air sur le drap.

D'habitude, Yu se levait à 7 heures, faisait son jogging dans la rue de Jingling, lisait le journal du matin, prenait son petit-déjeuner, expédiait son fils Qinqin à l'école, et partait au bureau. Mais ce matin-là, il décida de faillir à cette règle. Il avait besoin de réfléchir. Il choisit d'aller courir rue du Peuple.

En courant à son rythme habituel et en respirant l'air frais du matin, il pensait à l'affaire Guan Hongying. La rue était tranquille, et seul un couple de vieillards faisait du taï chi sur le trottoir devant le magasin de meubles *La Mer de l'Est*. Un laitier était assis dans un coin et regardait attentivement une petite caisse de bouteilles à ses pieds, il parlait tout seul, il comptait sans doute.

Ce n'était qu'un homicide parmi d'autres. L'inspecteur Yu ferait naturellement de son mieux pour le résoudre, mais il n'aimait pas le tour que prenait l'enquête. La politique. Toujours cette fichue politique. Quelle différence entre une travailleuse modèle et une travailleuse non modèle étendues nues entre les murs nus d'une salle d'autopsie ?

D'après le rapport préliminaire du magasin, Guan n'avait aucune vie sentimentale à l'époque de sa mort. En fait, elle semblait n'avoir jamais fréquenté d'homme durant toutes ces années. Elle était trop occupée pour avoir une relation amoureuse. Il ne pouvait donc s'agir que d'un viol et d'un meurtre ordinaires, et le violeur, qui lui était totalement étranger, l'avait agressée sans connaître son identité, et tuée quelque part la nuit du 10 mai alors qu'elle partait en vacances. Faute d'indices et de témoins, l'enquête allait être difficile. Des affaires semblables n'avaient jamais été résolues malgré les efforts.

L'inspecteur Yu avait une théorie à lui sur les violeurs. La plupart étaient des récidivistes qui ne se contentaient pas d'une ou deux victimes. Ils étaient arrêtés et condamnés tôt ou tard. Sans piste ni preuves, la police était démunie. C'était une question de temps. Se contenter d'attendre pouvait paraître trop désinvolte, considérant ce que Guan avait subi. Mais qu'est-ce qu'un flic pouvait faire d'autre ? L'inspecteur Yu était consciencieux. Il mettait sa fierté à être un bon flic, un flic dont le rôle pouvait être déterminant, mais il savait ce qui était possible et ce qui ne l'était pas.

Quant aux considérations politiques sur l'affaire, c'était pousser le bouchon un peu loin.

Les Chinois se plaignaient de beaucoup de choses – corruption, chômage, inflation, pénurie de logements, embouteillages et autres – mais rien qui soit en rapport direct ou indirect avec Guan. Certes, Guan était une travailleuse modèle de la nation et une célébrité politique, mais sa mort n'entamait en rien le système socialiste. Si des « contre-révolutionnaires » avaient cherché à saboter le système en place, ils auraient choisi une cible beaucoup plus symbolique.

Yu en avait marre des discours du secrétaire du Parti.

Il devait pourtant jouer son rôle. Ce pouvait être crucial pour sa carrière, dont l'ambition était simple : réussir mieux que son père, Yu Shenglin, connu généralement sous son surnom, « le vieux chasseur ». Malgré son expérience et sa compétence, à sa retraite le vieux policier était encore simple agent, avec une pension à peine suffisante pour se permettre une théière de Puits du Dragon.

Quand Yu revint tout essoufflé en s'essuyant le front, Peiqin avait déjà servi un petit-déjeuner copieux, un bol fumant de soupe de nouilles au bœuf avec des poireaux.

– C'est pour toi, dit-elle. Elle est encore chaude. J'ai mangé la mienne avec Qinqin.

Habillée d'un peignoir léger, elle se pencha, les coudes sur la table, le menton sur les mains, et le regarda manger. Elle avait quelques mois de plus que lui. Selon un vieux dicton, *une femme plus âgée sait prendre soin d'un mari*.

Mais avec ses longs cheveux qui ondulaient dans son dos elle avait l'air plus jeune.

Les nouilles étaient bonnes, la pièce était propre, Qinqin était déjà habillé pour l'école, muni d'un sandwich au poulet et d'une pomme dans un sac en plastique hermétique. Yu se demanda comment elle avait réussi à faire tant de choses en si peu de temps. Et ce n'était pas facile pour elle, pas seulement à la maison.

Elle travaillait comme comptable dans un modeste petit restaurant, *Les Quatre Mers*, niché au fond du quartier de Yangpu. Le poste lui avait été attribué après son retour à Shanghai avec lui. En ce temps-là, le Bureau des jeunes instruits assignait les postes et prenait les décisions sans tenir compte des études, des intentions ou de la résidence des candidats. Il était inutile de protester car le bureau avait du mal à gérer les millions d'anciens jeunes instruits revenus à Shanghai. Toute offre d'emploi était une bénédiction.

Peiqin devait faire un trajet de cinquante-cinq minutes à bicyclette entre chez elle et le restaurant. Un chemin tortueux, avec trois ou quatre bicyclettes de front aux heures de pointe. En novembre il avait neigé le soir et elle avait fait une chute. A part un coup sur le garde-boue, la bicyclette n'avait pas été endommagée, mais Peiqin avait eu sept ou huit points de suture. Et elle utilisait toujours la vieille bicyclette, qu'il pleuve ou qu'il vente. Elle aurait pu demander un transfert dans un restaurant plus proche ; elle ne l'avait pas fait. *Les Quatre Mers* procurait des avantages et des bénéfices. D'autres restaurants d'État étaient si mal gérés que les bénéfices suffisaient à peine à payer les frais médicaux des employés.

– Tu devrais manger davantage, dit-elle.

– Je ne mange pas beaucoup le matin, tu le sais.

– Tu as un travail dur. Aujourd'hui encore tu n'auras pas le temps de déjeuner. Ce n'est pas comme moi au restaurant.

C'était un des inconvénients de la police, et un des avantages de travailler au restaurant. Elle n'avait pas à s'inquiéter pour ses repas. Elle se débrouillait même pour rapporter parfois des plats à la maison – gratuits, excellents, spécialement préparés par le chef.

Il n'avait pas encore fini ses nouilles que le téléphone sonna. Elle regarda Yu, et il laissa sonner un moment avant de décrocher.

– Salut, c'est Chen. Désolé d'appeler si tôt.

– Non, ça va. Du nouveau ? Un changement ?

– Non. Rien de nouveau. Pas de changement non plus dans notre programme, sauf que le commissaire Zhang veut vous voir cet après-midi. Disons avant 4 heures. Appelez-le d'abord.

– Pourquoi ?

– Le commissaire Zhang tient à faire quelque chose lui-même, il veut interroger quelqu'un. Et ensuite comparer ses notes avec les vôtres.

– Ça ne me dérange pas. Je peux démarrer plus tôt. Mais nous allons devoir faire ça tous les jours ?

– Moi peut-être. Comme c'est le premier jour, contentez-vous de faire ce qu'il vous demandera.

Yu raccrocha et se tourna vers Peiqin en soupirant.

– Je crois que tu vas devoir emmener Qinqin à l'école.

– Pas de problème. Mais tu en fais trop pour trop peu.

– Tu t'imagines que je ne le sais pas ? Un policier gagne quatre cent vingt yuans par mois, et un vendeur d'œufs au thé gagne deux fois plus dans la rue.

– Comme ton inspecteur principal, comment s'appelle- t-il… toujours célibataire, mais qui a un appartement.

– Je suis peut-être une erreur de naissance, dit Yu qui essayait de plaisanter. Un serpent ne devient jamais un dragon. Pas comme l'inspecteur principal.

– Ne dis pas ça, Guangming. (Elle débarrassait la table.) Tu es mon dragon. Ne l'oublie jamais.

Mais tandis qu'il fourrait son journal dans sa poche de pantalon et se dirigeait vers l'arrêt du bus rue de Jungkong, Yu se sentit de plus en plus agité. Il était né le dernier mois de l'année du dragon, selon le calendrier lunaire, une année prétendument favorable dans le zodiaque des douze animaux. Mais dans le calendrier grégorien la date correspondait au début janvier 1953, c'est-à-dire au commencement de l'année du serpent. Une erreur. Un serpent n'est pas un dragon et il ne peut jamais avoir autant de chance. Pas autant que l'inspecteur principal Chen. Pourtant, quand le bus arriva, il trouva une place providentielle près de la fenêtre.

L'inspecteur, qui était entré dans la police plusieurs années avant Chen et avait résolu plusieurs affaires, n'espérait pas, même en rêve, devenir inspecteur principal. Un poste à sa portée serait celui de chef de brigade. Mais cette possibilité aussi lui était refusée. Dans la brigade des affaires spéciales, il n'était que l'adjoint de l'inspecteur principal Chen.

Ce n'était que pour des raisons politiques que Chen avait été promu, à cause de son éducation. Dans les années soixante, et dans la logique du président Mao, plus on était instruit, plus on était considéré comme politiquement indigne de confiance pour avoir été exposé aux idées et aux idéologies occidentales. Au milieu des années quatre-vingt, sous la conduite du camarade Deng, les critères du Parti pour la sélection des cadres avaient changé. C'était sensé, mais pas nécessairement en ce qui concernait la police, pas dans le cas de l'inspecteur principal Chen. Et pourtant, celui-ci avait eu son poste, et ensuite son appartement.

Yu voulait bien admettre quand même que Chen, bien que manquant d'expérience, était un policier honnête et consciencieux, intelligent, qui avait des relations et se donnait à fond dans son travail. C'était déjà beaucoup. Il avait été impressionné par la critique que Chen avait faite la veille des modèles mythiques.

Il décida de ne pas avoir d'affrontement avec Chen. Une enquête infructueuse pouvait prendre deux ou trois semaines. Et s'ils arrivaient à résoudre l'affaire grâce à leurs efforts, tant mieux, bien sûr.

L'air devenait de plus en plus étouffant dans le bus. En regardant par la fenêtre, Yu s'aperçut qu'il s'apitoyait bêtement sur lui-même. Quand le bus arriva rue de Xizhuang, l'inspecteur Yu fut le premier dehors. Il prit un raccourci à travers le jardin du Peuple. L'une de ses portes donnait sur la rue de Nankin, l'artère principale de Shanghai, presque un centre commercial à elle seule, s'étendant du Bund au secteur du temple de Yan'an. Tout le monde était d'excellente humeur. Ceux qui faisaient leurs courses. Les touristes. Les marchands ambulants. Les coursiers. Au milieu d'un groupe de chanteurs qui se produisait devant l'hôtel *Helen*, une jeune fille jouait d'une cithare ancienne. Un panneau d'affichage en gros caractères exhortait les habitants de Shanghai à veiller à une bonne hygiène et à la protection de l'environnement en s'abstenant de jeter des détritus et de cracher. Au coin des rues, des retraités réglaient la circulation et réprimandaient les contrevenants en agitant des drapeaux rouges. Le soleil brillait sur les crachoirs grillagés aménagés dans les trottoirs.

L'inspecteur Yu se dit qu'il ne faisait qu'un avec tous ces gens-là. Et qu'il était aussi leur protecteur. Mais ça, il l'admit, c'était prendre ses désirs pour la réalité.

Le grand magasin n° 1 était à mi-hauteur de la rue de Nankin, face au jardin du Peuple de l'autre côté de la rue de Xizhuang. Comme toujours, il était bondé. Yu dut se faufiler dans la cohue à l'entrée. Le rayon des cosmétiques était au rez-de-chaussée. Yu s'arrêta à proximité, le dos contre une colonne, et observa un moment. Les gens se pressaient aux comptoirs. De grandes photos de jolis mannequins accueillaient les jeunes clientes, le langage varié de leur corps rendu plus attrayant encore par l'éclairage intense. Les jeunes vendeuses faisaient la démonstration des cosmétiques. Elles aussi étaient tout à fait charmantes dans leur uniforme rayé vert et blanc, le jeu incessant des lumières au néon scintillant autour d'elles.

Il prit l'ascenseur pour monter au bureau du directeur général Xiao Chi au deuxième étage.

Le directeur général Xiao le reçut dans une grande pièce où les murs déployaient un assortiment impressionnant de récompenses et de photos dans des cadres dorés. Yu remarqua que sur l'une d'elles Guan serrait la main du camarade Deng Xiaoping à la Dixième conférence du Comité central du Parti.

– La camarade Guan était un cadre important de notre magasin. Un membre loyal du Parti, dit Xiao. Sa mort tragique est une grande perte. Nous ferons tout ce qui est en notre pouvoir pour vous aider dans votre enquête.

– Merci, camarade directeur général. Vous pouvez commencer par me dire ce que vous savez de son travail ici.

– Elle était chef du rayon des cosmétiques et travaillait dans ce magasin depuis douze ans. Elle faisait consciencieusement son travail, assistait à chaque réunion de groupe du Parti et aidait les autres de toutes les façons possibles. Un modèle dans tous les aspects de sa vie. L'an dernier, par exemple, elle a fait don de trois cents yuans aux victimes des inondations du Jiangshu. Répondant à l'appel du gouvernement, elle achetait aussi chaque année pour une forte somme d'obligations d'État.

– Quelle était l'opinion des autres sur son travail ?

– Elle était très efficace. Un chef compétent, méthodique, et extrêmement consciencieux. Tout le monde a toujours eu une haute opinion de son travail.

– Une vraie travailleuse modèle, dit Yu en sachant que la plupart des renseignements du directeur général

Xiao auraient pu être trouvés dans son dossier officiel. Maintenant, je dois vous poser d'autres questions.

– Tout ce que vous voudrez.

– Est-ce que ses collègues l'aimaient bien ?

– Je crois que oui, mais il faudra le leur demander. Je ne vois pas pourquoi il en aurait été autrement.

– Et pour autant que vous sachiez, Guan n'avait pas d'ennemis dans le magasin ?

– Des ennemis ? Vraiment, camarade inspecteur Yu, c'est un bien grand mot. Il y avait peut-être des gens qui ne l'aimaient pas beaucoup. Ça arrive à tout le monde. A vous aussi peut-être. Mais vous ne vivez pas dans la peur de vous faire assassiner, n'est-ce pas ? Non, je ne dirais pas qu'elle avait des ennemis.

– Que savez-vous de sa vie personnelle ?

– Rien, dit le directeur général en se passant lentement le majeur sur son sourcil gauche. C'était une jeune femme, elle ne me parlait jamais de sa vie privée. Nous ne parlions que de travail, encore et toujours. Elle était très consciente de son rôle de chef et de travailleuse modèle. Je regrette, je ne peux pas vous aider.

– Elle avait beaucoup d'amis ?

– Eh bien, elle n'avait pas beaucoup d'amis proches dans le magasin. Pas le temps, sans doute. Avec toutes les activités et les réunions du Parti.

– Elle ne vous avait rien dit de ses projets de vacances ?

– Pas à moi. Ce n'étaient pas de longues vacances, elle n'était pas tenue de le faire. J'ai posé la question à plusieurs de ses collègues ; elle ne leur avait rien dit non plus.

L'inspecteur Yu décida qu'il était temps de questionner les autres employées.

On lui en avait préparé une liste.

– Elles vous diront ce qu'elles savent. Si je peux faire autre chose, faites-le-moi savoir, dit Xiao avec conviction.

Les entrevues devaient se passer dans une salle de conférence imposante, assez grande pour contenir des centaines de personnes. Les employées attendaient dans une pièce adjacente, séparée par une porte vitrée. L'inspecteur Yu devait les appeler une par une. La première fut Pan Xiaoxai, une amie proche de Guan. Avec deux enfants en bas âge à la maison, dont l'un handicapé, elle devait se précipiter chez elle à l'heure du déjeuner. Yu vit à ses yeux gonflés qu'elle avait pleuré.

– C'est affreux, dit-elle tristement en enlevant ses lunettes et en s'essuyant les yeux avec un mouchoir de soie. Je n'arrive pas à croire que Guan soit morte... un membre du Parti aussi admirable. Et dire que le dernier jour où elle était au magasin j'avais pris ma journée.

– Je comprends ce que vous ressentez, camarade Pan. J'ai appris que vous étiez l'une de ses amies les plus proches.

– Oui, nous avons travaillé des années ensemble... six ans. (Elle s'essuya les yeux et renifla bruyamment, comme pour prouver la sincérité de leur amitié.) Je travaille ici depuis dix ans, mais j'étais d'abord au rayon des jouets.

En réponse à la question de Yu sur la vie privée de Guan, Pan reconnut à contrecœur qu'elles n'étaient pas si proches que ça. Pendant toutes ces années, elle n'était allée qu'une seule fois au dortoir de Guan. En fait, elles avaient surtout fait du lèche-vitrines ensemble pendant la pause-déjeuner, elles comparaient les prix, ou bien elles mangeaient des nouilles au bœuf et au curry dans le restaurant d'en face, chez Sheng. C'était à peu près tout.

– Vous lui avez posé des questions sur sa vie privée ?

– Non, jamais.

– Comment ça se fait ? Vous étiez intimes, non ?

– Euh... elle avait une drôle d'attitude. Difficile à

définir, comme si elle mettait une barrière. Après tout, c'était une célébrité nationale.

A la fin de la conversation, Pan regarda derrière ses lunettes mouillées de larmes et demanda :

– Vous trouverez qui a fait ça, n'est-ce pas ?

– Bien sûr.

La suivante était Zhong Ailin, qui avait travaillé avec Guan le matin du 10 mai. Elle donna aussitôt les renseignements qu'elle avait :

– Camarade inspecteur Yu, je crains de ne pas vous être d'une grande aide. Le matin du 10 mai, nous avons très peu parlé, deux ou trois mots tout au plus. Elle m'avait l'air d'aller bien. Elle ne m'a pas dit qu'elle partait vraiment en vacances. Si je me souviens bien, elle m'a dit qu'elle allait prendre quelques jours de congé. C'est tout à fait normal. En tant que chef du rayon, elle faisait souvent des heures supplémentaires. Elle avait des jours à récupérer.

– Elle vous a dit quelque chose ce jour-là ? Ou cette semaine-là ?

– C'était une travailleuse modèle de la nation, toujours occupée, qui travaillait et servait le peuple de tout son cœur, comme disait le président Mao il y a longtemps. Alors elle parlait surtout avec ses clientes, pas avec nous.

– Vous avez une idée de qui aurait pu la tuer ?

– Non, aucune.

– Ce pourrait être quelqu'un qui travaillait avec elle ?

– Je ne pense pas. Ce n'était pas quelqu'un de désagréable et elle faisait bien son travail.

D'après Zhong Ailin, certaines de ses collègues auraient pu la jalouser, mais il était indéniable qu'elle connaissait son métier et que c'était une femme honnête sur qui on pouvait compter – politique mise à part.

– Quant à sa vie en dehors du magasin, conclut Zhong, je ne sais rien, sauf qu'elle ne fréquentait pas d'hommes… et n'en avait probablement jamais fréquenté.

Zhong fut relayée par Madame Weng, qui était de service l'après-midi du 10 mai. Madame Weng commença par déclarer que l'enquête ne la concernait pas et qu'elle n'avait rien remarqué d'inhabituel chez Guan ce dernier jour.

– Elle n'avait rien de différent, dit-elle. Elle avait peut-être mis un peu d'ombre à paupières. Mais ça ne veut rien dire. Nous avons des tas d'échantillons gratuits.

– Quoi d'autre ?

– Elle a passé un coup de téléphone.

– Quand ?

– Vers 6 heures et demie, je pense.

– Elle a dû attendre longtemps avant d'avoir la communication ?

– Non. Elle a parlé immédiatement.

– Vous avez pu entendre quelque chose ?

– Non. Ç'a été court. C'étaient ses affaires, pas les miennes.

Malgré tout, madame Weng parla davantage que les deux premières, faisant même part de ses opinions sans y avoir été invitée. Elle réfléchit afin de fournir des renseignements qu'elle pensait pouvoir être intéressants. Plusieurs semaines plus tôt, madame Weng était allée au *Dynastie*, un club de karaoké avec une amie de Hong Kong. Dans le couloir sombre, elle avait vu une femme sortir d'un salon particulier avec un homme de grande taille, elle s'accrochait pratiquement à son épaule, ses vêtements étaient en désordre, plusieurs boutons défaits, son visage était rougi et elle titubait. Une de ces filles de karaoké effrontées, se dit madame Weng. Les salons particuliers de karaoké n'étaient un secret pour personne, presque le synonyme de pratiques indécentes. Mais madame Weng pensa soudain que la fille ressemblait à quelqu'un qu'elle connaissait. L'image de la pocharde débraillée contrastait tellement avec celle qui lui était venue à l'esprit qu'elle ne la reconnut que quelques secondes plus tard – Guan Hongying ! Madame Weng pouvait à peine le croire, mais elle pensait que c'était elle.

– Vous l'avez vue de plus près ?

– Quand je l'ai reconnue, elle m'avait déjà dépassée. Je n'allais pas courir après quelqu'un dans cet endroit.

– Donc vous n'êtes pas formelle.

– Non. Mais ç'a été mon impression.

La suivante sur la liste était Gu Chaoxi. Bien que l'aînée de Guan, de plus de quinze ans, elle avait été formée par elle dans le magasin. L'inspecteur Yu alla droit à la question.

– Vous rappelez-vous quelque chose d'inhabituel à propos de Guan, les jours précédant sa mort ?

– D'inhabituel ? Que voulez-vous dire ?

– Arriver en retard, par exemple. Ou partir en avance. Ou n'importe quel changement que vous ayez remarqué.

– Non, je ne vois rien, mais tout change si vite. Notre rayon des cosmétiques n'avait que deux comptoirs. Maintenant nous en avons huit, avec une foule de produits différents, dont beaucoup sont fabriqués aux États-Unis. Naturellement, les gens changent aussi. Guan n'est pas une exception.

– Vous pouvez me donner un exemple ?

– Lors de mon premier jour ici – il y a sept ans – elle nous a fait un discours dont je me souviens encore sur l'importance d'adhérer à la tradition de travail acharné et de vie simple du Parti. De fait, elle ne portait ni parfum ni bijoux. Mais il y a quelques mois je l'ai vue avec un collier de diamants.

– Vraiment. Vous pensez que c'étaient des vrais ?

– Je n'en suis pas sûre. Je ne dis pas que c'était mal de sa part de porter un collier. Seulement que les gens changent ces dernières années. Un autre exemple : elle est partie en vacances il y a six mois, en octobre dernier, je crois. Et moins de six mois après, elle est repartie.

– Oui, c'est beaucoup. Vous savez où elle est allée en octobre dernier ?

– Dans les Montagnes jaunes. Elle m'a montré des photos.

– Elle voyageait seule ?

– Je pense qu'elle était seule. Il n'y avait personne d'autre sur les photos.

– Et cette fois-ci ?

– Je savais qu'elle allait en vacances, mais elle ne m'a pas dit où, ni avec qui, répondit-elle en regardant la porte. Je regrette, c'est tout ce que je sais, camarade inspecteur.

Malgré la climatisation, l'inspecteur Yu transpirait abondamment en regardant Gu sortir. Il reconnut le malaise familier qui précédait un mal de tête, mais il devait continuer. Il restait encore cinq noms sur la liste. Les deux heures suivantes, cependant, lui apportèrent encore moins d'éléments. Il rassembla ses notes :

Le 10 mai, Guan est arrivée comme d'habitude vers 8 heures du matin. Elle a été aimable comme toujours, une vraie travailleuse modèle, avec ses clientes comme avec ses collègues. Elle a déjeuné à la cantine à midi, et a eu une réunion de routine avec d'autres membres du Parti dans l'après-midi. Elle n'a pas dit à ses collègues où elle allait, bien qu'elle ait parlé de vacances. A 17 heures, elle aurait pu rentrer chez elle, mais comme d'habitude elle est restée plus tard. Vers 18 heures 30 elle a donné un coup de téléphone, bref, mais personne ne savait à qui. Après, elle a quitté le magasin, apparemment pour rentrer chez elle. Elle a été vue la dernière fois au magasin aux environs de 19 heures 10.

Ce n'était pas grand-chose, et l'inspecteur Yu avait l'impression que les personnes interrogées avaient été plutôt circonspectes en parlant de Guan, à l'exception de madame Weng. Malheureusement ses informations n'étaient pas fiables.

L'heure du déjeuner était largement passée, mais il restait encore une personne sur sa liste, qui ne travaillait pas ce jour-là. Il quitta le magasin à 3 heures moins 20. Dans une supérette à un coin de rue il acheta deux crêpes fourrées au porc. Peiqin avait raison de s'inquiéter pour le déjeuner qu'il avait sauté, mais il n'avait pas le temps de penser à se nourrir sainement. La dernière personne s'appelait Zhang Yaqing, et elle habitait rue du Yunnan. Elle était sous-directrice au rayon des cosmétiques et avait téléphoné pour dire qu'elle était malade. D'après certaines employées, Zhang avait été considérée autrefois comme une rivale potentielle de Guan, mais elle s'était mariée et avait choisi une vie plus prosaïque.

L'inspecteur Yu connaissait bien cette partie de la rue du Yunnan. Elle n'était qu'à un quart d'heure à pied du magasin. Au nord de la rue de Jingling, la rue du Yunnan était devenue une « rue des Gourmets » prospère, pleine de gargotes et de restaurants, mais au sud, elle restait presque inchangée ; vieilles maisons délabrées datant des années quarante, avec encore paniers, réchauds et points d'eau collectifs alignés dehors sur le trottoir.

Il arriva à une grande maison de brique grise, monta l'escalier, et frappa à une porte du premier étage. Une femme ouvrit aussitôt. Elle avait à peine trente ans, des traits sans originalité mais fins, des cheveux très noirs coupés court. Elle portait un jean et un chemisier blanc dont elle avait roulé les manches. Elle était pieds nus. Elle paraissait plutôt mince et brandissait un énorme balai à franges.

– Camarade Zhang Yaqing ?
– Oui ?
– Je suis l'inspecteur Yu Guangming, de la police de Shanghai.
– Bonjour, inspecteur Yu. Entrez donc. Le directeur général m'a téléphoné, il m'a parlé de votre enquête.
Ils se serrèrent la main.
Sa paume était fraîche, calleuse, comme celle de Peiqin.
– Excusez-moi, je faisais le ménage.
C'était une chambre de huit mètres carrés, contenant deux lits et une coiffeuse blanche. Une table et des chaises pliantes étaient rangées contre le mur. Il y avait une grande photo d'elle avec un gros bonhomme souriant et un petit garçon rieur. La photo de la famille heureuse. Elle tira une chaise, la déplia et fit signe à Yu de s'asseoir.
– Vous voulez boire quelque chose ?
– Non, merci.
– Qu'attendez-vous de moi ?
– Que vous répondiez à quelques questions au sujet de Guan.
– Oui, bien sûr, dit-elle en s'installant sur une autre chaise.
Elle glissa les jambes en dessous, comme pour cacher ses pieds nus.
– Depuis combien de temps travailliez-vous avec Guan ?
– A peu près cinq ans.
– Qu'est-ce que vous pensez d'elle ?
– C'était une travailleuse modèle célèbre, bien sûr, et aussi un membre loyal du Parti.
– Vous pourriez être plus précise ?
– Eh bien, politiquement, elle était active – et politiquement juste – dans toutes les actions lancées par les autorités du Parti. Sérieuse, loyale, passionnée. A la

direction de notre rayon, elle était consciencieuse et zélée. La première arrivée et souvent la dernière à partir. Je ne dirais pas que la camarade Guan était d'un contact facile, mais comment aurait-elle pu être autrement, une telle célébrité politique ?

– Vous avez parlé de ses activités politiques. Est-il possible qu'en raison de ces activités elle se soit fait des ennemis ? Est-ce que quelqu'un la détestait ?

– Non, je ne pense pas. Elle n'était pas responsable des changements politiques. Personne ne pourrait lui imputer la Révolution culturelle. Et pour être juste, elle n'a jamais poussé les choses trop loin. Quant à quelqu'un qui aurait pu la détester dans sa vie personnelle, je regrette, je n'en sais rien.

– Posons la question autrement. Que pensez-vous d'elle en tant que femme ?

– C'est difficile à dire. Elle était très secrète. Exagérément, je trouve.

– C'est-à-dire ?

– Elle ne parlait jamais d'elle. Croyez-le ou non, elle n'avait pas de petit ami. D'ailleurs elle ne semblait pas avoir non plus d'amies proches. Ça me dépasse. C'était une travailleuse modèle, mais cela ne veut pas dire qu'elle ne devait vivre que pour la politique. Pas une femme. Seulement dans un des opéras de Pékin modernes, peut-être. Vous vous souvenez de madame A Qin ?

Yu, sourit. Madame A Qin était un personnage célèbre de *Shajiabang*, un opéra créé durant la Révolution culturelle, à l'époque où toute passion amoureuse – même entre mari et femme – était accusée d'affaiblir l'engagement politique du peuple. Ainsi, dans cet opéra, c'était un avantage pour madame A Qin de ne pas vivre avec son mari.

– Elle était peut-être trop occupée, dit Yu.

– Bon, je ne dis pas qu'elle n'avait pas de vie personnelle. Disons qu'elle tenait à la dissimuler. Nous sommes des femmes. Nous tombons amoureuses, nous nous marions et nous avons des enfants. Il n'y a rien de mal à ça.

– Donc, vous n'êtes pas sûre qu'elle n'ait jamais eu de liaison ?

– Je vous dis tout ce que je sais, mais je n'aime pas les commérages sur les morts.

– Je comprends. Je vous remercie beaucoup de m'avoir répondu.

En se levant, il regarda encore autour de lui et remarqua sur la coiffeuse différents parfums, tubes de rouge à lèvres et vernis à ongles, des marques qu'il avait vues portées par des stars de cinéma dans des publicités à la télé. A l'évidence, elle n'avait pas les moyens de se les offrir. Elle suivit son regard.

– Ce sont des échantillons du magasin.

– Naturellement, dit Yu en se demandant si la camarade Guan Hongying aurait préféré garder tous ses cosmétiques cachés plus discrètement dans un tiroir. Au revoir.

L'inspecteur Yu n'était pas content de sa journée. Il n'avait pas grand-chose à dire au commissaire Zhang, mais ce n'était pas nouveau. Il téléphona d'une cabine publique, mais le commissaire Zhang n'était pas au bureau. Yu n'aurait pas à écouter de discours politique. Il rentra chez lui.

Il n'y avait personne. Il trouva un mot sur la table : *Je suis avec Qinqin à son école pour une réunion. Réchauffe-toi ton repas.*

Un bol de riz garni de lamelles de canard rôti dans la main, il sortit dans la cour bavarder avec son père. Le Vieux chasseur fit la grimace :

– Viol et meurtre de sang-froid.

Yu se rappela la déception de son père au début des années soixante, quand il s'était occupé d'une affaire similaire de meurtre sexuel survenu dans la rizière de

Baoshan. Le corps de la fille avait été découvert presque immédiatement. La police était arrivée en moins d'une demi-heure. Un témoin avait aperçu le suspect et donné une description assez ressemblante. Il y avait des empreintes fraîches et un mégot de cigarette. Le Vieux chasseur avait travaillé tard dans la nuit pendant des mois, mais en vain.

Plusieurs années plus tard, le coupable fut appréhendé en train de vendre des photos de madame Mao en actrice enchanteresse de seconde zone au début des années trente – une déesse impudique en grand décolleté. Un tel crime était plus que suffisant à l'époque pour qu'il soit exécuté. Pendant son interrogatoire, il reconnut le meurtre de Baoshan. Cette affaire et sa solution étonnante – trop tardive pour lui être du moindre réconfort – avaient laissé une marque indélébile sur le Vieux chasseur.

Une telle affaire ressemblait à un tunnel où l'on peut avancer sans fin sans espoir de voir la lumière.

– Tu sais, d'après notre secrétaire du Parti, il pourrait y avoir un mobile politique là-dedans.

– Écoute, fils, ne me parle pas de ces conneries politiques. Un vieux cheval connaît son chemin. Si un homicide comme celui-ci n'est pas résolu dans les deux ou trois premières semaines, les probabilités qu'il le soit se réduisent à zéro. Politique ou pas.

– Mais nous devons faire quelque chose, en tant qu'équipe spéciale.

– Équipe spéciale, mon œil. L'existence de ton équipe serait davantage justifiée s'il s'agissait d'un tueur en série.

– C'est ce que je pensais, mais les supérieurs ne nous fichent pas la paix, surtout pas le commissaire Zhang.

– Ne me parle pas non plus de ton commissaire. C'est un emmerdeur depuis trente ans. Je ne me suis jamais entendu avec lui. Quant à ton inspecteur principal, je comprends pourquoi il veut poursuivre l'enquête. La politique.

– Il est très bon en politique.

– Attends, comprends-moi bien, dit le vieil homme. Je ne suis pas contre ton chef. Au contraire, je crois que c'est un jeune policier consciencieux à sa manière. Il sait au moins que le ciel est au-dessus de sa tête et la terre sous ses pieds. J'ai passé beaucoup d'années dans la police, je sais juger un homme.

Après cette conversation, Yu resta seul dans la cour, à fumer en faisant tomber sa cendre dans le bol vide. Les os de canard formaient une croix dans le fond.

Il colla une deuxième cigarette au mégot de la première, puis une troisième, jusqu'à ce que ça ressemble à une antenne tremblante qui essaierait de capter un imperceptible message de la part du ciel nocturne.

8

L'inspecteur principal Chen avait eu lui aussi une matinée chargée. A 7 heures, il avait vu le commissaire Zhang.

– C'est une affaire difficile, dit le commissaire Zhang en hochant la tête après que Chen l'eut mis au courant. Mais nous ne devons redouter ni les épreuves ni la mort.

Ne redoutez ni les épreuves ni la mort – l'une des citations du président Mao pendant la Révolution culturelle. Elle donnait à Chen l'impression d'une affiche décolorée arrachée du mur d'un bâtiment abandonné. Être commissaire politique pendant tant d'années avait transformé Zhang en une sorte de chambre d'écho. Un vieux politicien coupé de son temps. Mais c'était tout sauf un imbécile ; on racontait qu'il avait été l'un des étudiants les plus brillants de l'Université unifiée du sud-ouest dans les années quarante.

– Vous avez raison, dit Chen. J'irai au dortoir de Guan ce matin.

– C'est important. Il pourrait rester des indices dans sa chambre. Tenez-moi au courant de ce que vous aurez trouvé.

– Je le ferai.

– Demandez à l'inspecteur Yu de me téléphoner.

– Je le ferai.

– Et moi ? J'ai besoin moi aussi de faire quelque chose, pas d'être un simple spectateur qui donne son avis.

– Mais nous assurons déjà toute l'enquête préliminaire. L'inspecteur Yu interroge les collègues de Guan, je vais examiner sa chambre, parler à ses voisins, et ensuite, si j'ai le temps, j'irai voir sa mère à la maison de santé.

– Alors c'est moi qui irai la voir. Elle aussi est vieille. Nous avons sans doute des choses à nous dire.

– Mais vous n'êtes vraiment pas obligé de faire quelque chose. Ce n'est pas convenable qu'un vétéran comme vous effectue des enquêtes de routine.

– Ne vous occupez pas de cela, camarade inspecteur principal, dit Zhang en se levant d'un air sévère. Allez donc tout de suite au dortoir de Guan.

Le dortoir, situé dans la rue du Hubei, était un bâtiment partagé par plusieurs unités de travail, dont le grand magasin n° 1, qui avait là quelques chambres pour ses employées. Compte tenu de son statut politique, Guan aurait pu avoir mieux, un appartement comme le mien, se dit Chen. Peut-être était-ce ce qui avait fait d'elle une travailleuse modèle.

La rue du Hubei était nichée entre la rue de Zhejiang et la rue de Fujian, pas très loin au nord de la rue de

Fuzhou, une grande rue culturelle qui se glorifiait d'avoir plusieurs librairies connues. Elle était bien située. Le bus 71 n'était qu'à dix minutes à pied, dans la rue de Yan'an, et il allait directement au grand magasin n° 1.

Chen descendit du bus rue de Zhejiang. Il décida de faire un tour du voisinage, ce qui pourrait lui apprendre beaucoup sur ses habitants, comme dans les romans de Balzac. Chen se souvint alors qu'à Shanghai ce n'était pas aux personnes de décider où se loger. Il flâna quand même dans le coin en réfléchissant.

La rue était l'une des rares à avoir conservé ses pavés. Elle était bordée de nombreuses petites ruelles sordides. Des enfants couraient d'une ruelle à l'autre comme des bouts de papier emportés par le vent.

Chen sortit son calepin. L'adresse de Guan Hongying était : 18, passage 235, rue du Hubei. Mais il était incapable de trouver ce passage.

Il demanda son chemin à plusieurs personnes en leur montrant l'adresse. Personne ne semblait en avoir entendu parler. La rue du Hubei n'était pas longue. En moins d'un quart d'heure il la parcourut d'un bout à l'autre. Toujours rien. Alors il entra dans une petite épicerie au coin, mais le vieil épicier secoua la tête en signe d'ignorance. Cinq ou six jeunes truands miteux qui traînaient près de l'épicerie, moustache clairsemée et anneau doré à l'oreille, lui lancèrent un regard de défi.

La journée était chaude, pas un souffle d'air. Il se demanda s'il s'était trompé, mais un coup de téléphone au commissaire Zhang lui confirma que l'adresse était la bonne. Il appela ensuite le camarade Xu Kexin, bibliothécaire en chef du bureau – plus connu sous le surnom de monsieur Encyclopédie ambulante – qui travaillait là depuis plus de trente ans et avait une connaissance phénoménale de l'histoire de la ville.

– J'ai besoin d'un service, dit Chen. Je me trouve en ce moment rue du Hubei, entre la rue de Zhejiang et la rue de Fujian, et je cherche le passage 235. L'adresse est bonne, mais je ne trouve pas le passage.

– La rue du Hubei, hum, dit Xi. Avant 1949 c'était un quartier bien connu.

– Un quartier connu ? s'étonna Chen qui entendait Xu feuilleter un livre. Que voulez-vous dire ?

– Un quartier de bordels.

– Qu'est-ce que ça a à voir avec le passage ?

– Beaucoup. Ces passages avaient d'autres noms. Des noms tristement célèbres, en fait. Après la libération, en 1949, le gouvernement a mis fin à la prostitution et changé le nom de ces passages, mais les gens continuent sans doute d'utiliser les anciens noms, par commodité. Oui, passage 235, j'y suis. Il s'appelait passage Qinghe, l'un des plus infâmes dans les années vingt et trente, ou même plus tôt. C'est là que se rassemblaient les prostituées de second ordre.

– Passage Qinghe ? C'est bizarre, ce nom ne me paraît pas tout à fait inconnu.

– Il est mentionné dans la fameuse biographie de Chiang Kai-shek par Tang Ren, mais c'est peut-être de la fiction et non un fait réel. A l'époque, la rue de Fuzhou, qui s'appelait encore Quatrième avenue, était un quartier de prostituées, et la rue du Hubei en faisait partie. D'après des statistiques, il y avait plus de soixante-dix mille prostituées à Shanghai. Outre les prostituées autorisées par le gouvernement, il y avait aussi beaucoup d'entraîneuses, d'hôtesses, de masseuses et de guides qui se livraient à la prostitution clandestine ou occasionnelle.

– Oui, j'ai lu cette biographie, dit Chen en pensant qu'il était temps de refermer l'« Encyclopédie ».

– Tous les bordels ont été fermés durant la campagne de 1951, poursuivit monsieur Encyclopédie d'un ton monotone. Officiellement du moins, il n'y a pas de prostituées sous le soleil de Chine. Celles qui refusaient de changer étaient placées dans des centres de rééducation par le travail. La plupart ont tourné la page. Je doute qu'aucune d'elles ait choisi de rester dans le même quartier.

– Moi aussi.

– Une affaire sexuelle dans ce passage ?

– Non. Je cherche seulement quelqu'un qui habite là. Merci beaucoup pour vos renseignements.

Le passage Qinghe était finalement à côté de l'épicerie. Il était délabré et triste, avec un kiosque de téléphone en verre et en béton accolé à la première maison, ce qui rendait l'entrée encore plus étroite. Les gouttelettes qui tombaient du linge suspendu en guirlandes sur un réseau de bambous offraient une image impressionniste sous le soleil de mai. On disait que ça portait malheur pour la journée de passer sous de la lingerie de femme, comme celle qui dégoulinait sur les bambous, mais à cause du passé de l'endroit, l'inspecteur principal Chen lui trouva un charme presque nostalgique.

La plupart des maisons dataient des années vingt ou même d'avant. Le 18 était en fait la première maison, celle avec le kiosque de téléphone attenant. Elle avait une cour intérieure, des toits en tuiles et de lourdes poutres sculptées, ses balcons regorgeaient de linge qui s'égouttait dans la cour sur les tas de légumes et les vieilles pièces détachées de bicyclettes. Sur la porte du kiosque une pancarte en plastique rouge annonçait en gros caractères : SERVICE PUBLIC DE TÉLÉPHONE. Un vieil homme était assis à l'intérieur, entouré de plusieurs appareils et d'annuaires, faisant office d'opérateur et probablement aussi de portier.

– Bonjour, dit-il.

– Bonjour, répondit Chen.

La maison semblait avoir été subdivisée dès avant la révolution pour accueillir un maximum de filles, chaque chambre contenant un lit, bien entendu, mais pas grand-chose d'autre ; de petites alcôves étaient destinées aux domestiques ou aux souteneurs. C'était probablement pour ça que la maison avait été transformée en dortoir après 1949. A présent, chaque chambre était habitée par une famille. Ce qui avait été une grande salle à manger, où les clients commandaient des banquets pour distraire les prostituées, avait aussi été subdivisé en plusieurs chambres. Tout était délabré : fenêtres sans vitres, fissures béantes, peinture écaillée. L'odeur des toilettes communes imprégnait le couloir à chaque étage. Un espace de douche avait été aménagé avec des cloisons de fortune.

Chen avait déjà vu ce genre de dortoir. Il en existait deux catégories à Shanghai. Dans l'une, conventionnelle, chaque chambre ne contenait que des lits ou des couchettes, six ou huit, chaque résident n'occupant que la place de son lit. Pour ceux-là, le plus souvent des célibataires hommes ou femmes qui attendaient que leur unité de travail leur attribue une chambre pour qu'ils puissent se marier, ce n'était qu'une solution temporaire. Avant de devenir inspecteur principal, Chen avait envisagé de prendre un lit dans un dortoir, car un tel geste aurait pu être un moyen de pression sur le comité du logement. Il s'était même présenté, mais la promesse du secrétaire du Parti Li l'avait fait changer d'idée. L'autre catégorie était un prolongement de la première. En raison de la pénurie grave de logements, ceux qui étaient sur la liste d'attente pouvaient se retrouver à trente-cinq ou quarante ans sans espoir d'obtenir un appartement. En dépannage, on attribuait à ceux qui ne pouvaient pas attendre plus longtemps une chambre plutôt qu'un lit. Ils restaient théoriquement sur la liste d'attente pour les appartements, mais leurs chances diminuaient beaucoup.

La chambre de Guan, apparemment de la seconde catégorie, se trouvait au premier étage, la dernière au bout du couloir, en face de la salle d'eau. Ce n'était pas une situation idéale, mais la proximité de la salle d'eau pouvait passer pour un avantage. Guan devait la partager avec les autres familles de l'étage. Onze en tout. Des tas de charbon, de choux, des casseroles et des réchauds à charbon étaient alignés le long du couloir.

Sur une des portes, un morceau de carton était marqué du caractère GUAN. A côté de la porte étaient posés un petit réchaud poussiéreux et des cylindres de charbon compressé. Chen ouvrit la porte avec un passe. Le paillasson à l'intérieur était jonché de courrier – les journaux de plus d'une semaine, une carte postale de Pékin signée de quelqu'un qui s'appelait Zhang Yonghua et une facture d'électricité qui, ironie du sort, portait encore l'adresse d'avant 1949 – passage Qinghe.

C'était une toute petite chambre.

Le lit était fait, le cendrier vidé, et la fenêtre fermée. Rien n'indiquait que Guan ait reçu quelqu'un avant sa mort. Ça ne ressemblait pas non plus au théâtre d'un meurtre. La pièce était trop bien rangée, trop propre. Les meubles venaient vraisemblablement de ses parents ; vieux et massifs, mais encore utilisables, ils consistaient en un lit d'une personne, une commode, une grande armoire, une petite étagère à livres, un canapé rouge fané, et un tabouret qui servait peut-être de table de nuit. Un téléviseur portable était posé sur l'armoire. Sur l'étagère, il y avait des dictionnaires, *Les Œuvres choisies de Mao Zedong*, *Les Œuvres choisies de Deng Xiaoping*, diverses brochures et revues politiques. Le lit n'était pas seulement vieux, il était étroit et sommaire. Chen appuya dessus. Il n'entendit pas de grincement de ressorts, il n'y avait pas de matelas sous le drap, rien qu'un panneau en aggloméré. Il y avait des pantoufles rouges sous le lit, comme pour souligner la solitude de la pièce silencieuse.

Sur le mur au-dessus de la tête du lit était accrochée une photo encadrée de Guan pendant une intervention à la Troisième conférence nationale des travailleurs modèles dans la Grande salle de conférence du Peuple. A l'arrière-plan était assis le Premier secrétaire du Comité central du Parti communiste chinois applaudissant avec d'autres cadres de haut niveau. Sur l'autre mur, au-dessus du canapé, il y avait aussi un immense portrait du camarade Deng Xiaoping.

Il ne vit dans la corbeille que des mouchoirs en papier chiffonnés. Sur la commode il y avait un flacon de vitamines avec la capsule de garantie intacte. Plusieurs tubes de rouge à lèvres. Des parfums d'importation. Un petit miroir dans un cadre de plastique. Il ouvrit les tiroirs. Le premier contenait des tickets de caisse de magasins, des enveloppes vides et une revue de cinéma. Le deuxième contenait plusieurs albums de photos. Le contenu du troisième était plus hétéroclite. Un coffret en faux cuir avec un assortiment de bijoux fantaisie. D'autres lotions et parfums de luxe, peut-être des échantillons du magasin. Il trouva aussi un collier de chien en or avec un pendentif en forme de croissant, une montre Citizen au cadran orné de pierres transparentes, et un collier fait d'os d'animal exotique.

Dans le placard mural se trouvaient plusieurs verres et tasses, mais seulement deux bols noirs et quelques baguettes de bambou. Chen se dit que c'était compréhensible. Ce n'était pas un endroit où recevoir des invités. Elle aurait pu offrir tout au plus une tasse de thé.

Il ouvrit une porte de l'armoire, qui révéla plusieurs étagères de vêtements rangés serré : un manteau d'hiver marron foncé, plusieurs chemisiers blancs, des pulls de laine, et trois pantalons suspendus dans un coin, tous très sages et de couleur plutôt terne. En bas il y avait une paire de chaussures noires à talons hauts, une paire de mocassins à picots de caoutchouc, et une paire de bottillons de caoutchouc.

L'autre porte lui réservait une surprise. Sur l'étagère supérieure étaient rangés des vêtements neufs, à la mode, bien coupés, en tissu de bonne qualité. L'inspecteur principal Chen n'était pas très familier du monde de la mode, mais les marques ou les étiquettes encore accrochées indiquaient des prix élevés. Plus bas, il vit une collection de dessous que les magazines féminins auraient probablement qualifiés de « romantiques », ou même d'« érotiques », parmi les plus sexy qu'il ait jamais vus, où la dentelle était la composante essentielle plutôt qu'un détail décoratif.

Il était incapable de faire coïncider les deux côtés de l'armoire. Guan était une femme seule qui ne fréquentait pas d'homme à l'époque de sa mort.

Puis il retourna à la commode, sortit les albums de photos et les posa sur la table, à côté d'un grand verre d'eau contenant un bouquet de fleurs fanées, un porte-plume, un petit sachet de poivre noir et une bouteille d'eau minérale Cristal. Guan devait se servir de cette table pour manger, écrire et faire la cuisine.

Il y avait quatre albums. Dans le premier, la plupart des photos étaient en noir et blanc. Quelques-unes montraient une petite fille potelée avec une queue de cheval. Une fillette de sept ou huit ans souriant à l'objectif ou soufflant les bou- gies d'un gâteau. Sur l'une, elle était sur le Bund, la grande promenade de Shanghai, entre un homme et une femme. L'homme était flou mais la femme assez nette. Vraisemblable-ment ses parents. Il fallut quatre ou cinq pages d'album avant qu'elle ne porte le foulard rouge – jeune pionnière saluant le drapeau aux cinq étoiles hissé dans son école. Les photos étaient classées par ordre chronologique.

Il s'arrêta brusquement sur une petite photo à la première page du deuxième album. Elle avait dû être prise au début des années soixante-dix. Assise sur un rocher, un pied dans l'eau, l'autre posé sur sa cuisse, Guan perçait ses ampoules avec une aiguille. A l'arrière-plan, on voyait plusieurs jeunes tenant une banderole où était écrit LONGUE MARCHE, et marchant fièrement vers la pagode de Yan'an tout au fond. C'était la période de la Révolution culturelle où les gardes rouges parcouraient le pays pour répandre les consignes du président Mao sur la « poursuite de la révolution sous la dictature du prolétariat ». Le comté de Yan'an, où Mao avait vécu avant 1949, était devenu un lieu sacré où les gardes rouges allaient en pèlerinage. Guan ne devait être qu'une enfant, fraîchement admise comme garde rouge, mais elle était là pourtant, avec son brassard, des ampoules aux pieds, impatiente de rattraper les autres.

Au milieu du deuxième album, elle était devenue une jeune fille avec un beau visage fin, de grands yeux en amande et des cils épais. Elle ressemblait davantage à la travailleuse modèle de la nation telle que les journaux la montraient.

Le troisième album était consacré à sa vie politique. Il contenait un très grand nombre de photos la montrant en compagnie de dirigeants du Parti à telle ou telle conférence. Ironie : ces photos auraient pu servir à retracer les changements spectaculaires dans la politique chinoise, avec la disparition de certains dirigeants, l'apparition de nouveaux, mais Guan toujours pareille, dans sa pose habituelle, toujours en vedette.

Vint enfin le dernier album, le plus gros : les photos personnelles de Guan. Il y en avait tellement, et toutes si différentes, que Chen fut impressionné. Des prises de vue sous différents angles, dans des tenues variées, dans des décors de toutes sortes : étendue dans une barque au crépuscule, portant un chemisier rayé et une jupe étroite, l'air calme et détendu; sur la pointe des pieds à côté d'une limousine de marque étrangère, au soleil; accroupie sur les planches boueuses d'un petit pont, grattant sa cheville nue, penchée en avant, le poids du corps sur le pied droit; regardant l'horizon brumeux par une fenêtre, le visage encadré par ses cheveux emmêlés, un nuage de roseaux veloutés dans un champ lointain et flou; perchée sur les marches d'un vieux temple, un imperméable en plastique transparent sur les épaules, un foulard de soie sur la tête, la bouche entrouverte, comme si elle allait parler…

Ces photos n'offraient pas seulement un contraste frappant avec son image de travailleuse modèle de l'album précédent. Sur ces photos – l'inspecteur principal Chen le découvrait brutalement – elle était plus que jolie et enjouée. Elle était radieuse, illuminée de l'intérieur. Ces photos contenaient un message. Mais Chen ne savait pas le déchiffrer.

Il y avait aussi quelques gros plans plus étonnants : dans l'un, Guan était étendue sur une causeuse, ses épaules rondes couvertes seulement d'une serviette de bain blanche; dans un autre, elle était assise sur une table de marbre, en peignoir éponge, et balançait ses jambes nues; dans un autre encore, elle était agenouillée, en maillot de bain, les bretelles détachées, les cheveux ébouriffés, l'air essoufflé.

L'inspecteur principal Chen cligna des paupières pour essayer de rompre le charme de l'instant.

Qui a pris ces photos? se demanda-t-il. Où ont-elles été développées? Notamment les gros plans. Les laboratoires d'État auraient refusé la commande, car certaines photos pouvaient être cataloguées comme « bourgeoises décadentes ». Et dans des laboratoires privés sans scrupules, elle aurait pu courir un risque grave; ces entreprises pouvaient tirer de l'argent de telles photos. Et ç'aurait été politiquement désastreux si la travailleuse modèle de la nation avait été reconnue.

Une page d'album était assez grande pour quatre photos de format standard, mais sur plusieurs pages il n'y en avait qu'une ou deux. Les dernières pages étaient vides.

Quand il remit les albums dans le tiroir, il était près de midi. Il n'avait pas faim. Il crut entendre par la fenêtre le vrombissement lointain d'un bulldozer sur un chantier.

L'inspecteur principal Chen décida de parler aux voisins de Guan. Il commença par la porte à côté dans le couloir, une porte encore décorée d'un distique sur papier rouge fané célébrant le Nouvel An. Il y avait aussi un symbole du yin et du yang en plastique suspendu en guise de décoration.

La femme qui lui ouvrit était petite et jolie, elle portait un pantalon, un petit pull en coton tricoté, et un tablier blanc autour de la taille. Elle devait être en train de faire la cuisine car elle s'essuya une main sur son tablier tout en tenant la porte avec l'autre main. Il supposa qu'elle avait dans les trente-cinq ans. De fines rides entouraient sa bouche.

Chen se présenta et lui montra sa carte.

– Entrez, dit-elle. Je m'appelle Yuan Peiyu.

Encore une chambre-appartement. Identique en taille et en forme à celle de Guan, elle paraissait plus petite, avec des vêtements et divers objets éparpillés. Au milieu de la pièce, une table ronde était chargée de rangées de raviolis fraîchement confectionnés, d'une pile de pâte préparée et d'un bol de farce de porc. Un petit garçon déguisé en soldat sortit de sous la table. Il mordait dans un reste de petit pain en regardant Chen. Le jeune soldat tendit un poing collant et fit le geste de jeter le petit pain vers Chen comme une grenade.

– Bang !
– Arrête ! Tu ne vois pas que c'est un policier ? dit la mère.
– Ce n'est rien, dit Chen. Excusez-moi de vous déranger, camarade Yuan. Vous avez dû apprendre la mort de votre voisine. Je veux seulement vous poser quelques questions.
– Désolée, je ne peux pas vous aider. Je ne sais rien d'elle.
– Vous êtes voisines depuis plusieurs années ?
– Oui, environ cinq ans.
– Alors vous avez dû avoir un contact, toutes les deux, en faisant la cuisine ensemble dans le couloir, ou la lessive dans l'évier collectif.
– Je vais vous dire. Elle partait à 7 heures le matin et revenait à 7 heures le soir… et même quelquefois beaucoup plus tard. Dès qu'elle revenait, elle se barricadait. Elle ne nous a jamais invités ni rendu visite. Elle faisait sa lessive au magasin, avec toutes les machines à laver qui sont exposées là-bas. Gratuitement, et peut-être avec du détergent gratuit aussi. Elle mangeait à la cantine du magasin. Une ou deux fois par mois elle faisait la cuisine chez elle, un paquet de nouilles instantanées ou quelque chose du même genre, mais elle gardait quand même son réchaud dans le couloir. Son droit sacré à l'espace collectif.
– Ainsi vous ne lui avez jamais parlé ?
– Quand nous nous croisions, elle me faisait un signe de tête. C'est à peu près tout. Une célébrité. Elle ne se mêlait pas à nous. Alors pourquoi aller mettre notre nez chaud dans ses fesses froides ?
– Elle était peut-être trop occupée.
– Elle était quelqu'un et nous ne sommes rien. Elle faisait de grands dons au Parti ! Nous, nous arrivons à peine à joindre les deux bouts.

Surpris par l'aigreur de la voisine de Guan, Chen dit :

– Peu importe notre poste de travail, nous œuvrons tous pour notre Chine socialiste.

– Œuvrer pour la Chine socialiste ? (Elle avait élevé la voix et pris un ton acerbe.) Le mois dernier, j'ai été licenciée de l'usine d'État. J'ai besoin de nourrir mon fils ; son père est mort il y a plusieurs années. Alors je fais des raviolis toute la journée de 7 heures du matin à 7 heures du soir, si c'est ce que vous appelez œuvrer pour la Chine socialiste. Et je dois les vendre au marché à 6 heures du matin.

– Je suis désolé de l'apprendre, camarade Yuan. La Chine est actuellement dans une période de transition, mais les choses vont s'arranger.

– Ce n'est pas votre faute. Pourquoi devriez-vous être désolé ? Épargnez-moi seulement votre discours politique. La camarade Guan Hongying ne voulait pas être amie avec nous. C'est tout.

– En tout cas, elle devait recevoir des visites ici.

– Peut-être que oui, peut-être que non, mais c'est son affaire, pas la mienne.

– Je comprends, camarade Yuan, mais il faut que je vous pose d'autres questions. Avez-vous remarqué quelque chose d'inhabituel chez Guan au cours des derniers mois ?

– Je ne suis pas policier, je ne sais pas ce qui est habituel ou inhabituel.

– Encore une question. L'avez-vous vue le soir du 10 mai ?

– Le 10 mai ? Laissez-moi réfléchir. Je ne me rappelle pas l'avoir vue de toute la journée. Le soir, j'étais à l'école de mon fils pour une réunion. Ensuite, nous nous sommes couchés de bonne heure. Comme je vous l'ai dit, je dois me lever tôt pour aller vendre les raviolis.

– Peut-être aimeriez-vous y repenser. Vous pouvez me téléphoner si un détail vous revient. Encore une fois, je regrette pour la situation dans votre usine, mais soyons optimistes.

– Merci.

Comme pour s'excuser à son tour, elle ajouta :

– Maintenant que j'y pense, il y a peut-être une chose. Les deux derniers mois, elle rentrait quelquefois très tard, à minuit ou plus. Depuis que j'ai été licenciée, je suis trop préoccupée pour bien dormir, et une ou deux fois je l'ai entendue rentrer à ces heures-là. Mais bon, elle était peut-être vraiment très occupée, une travailleuse modèle comme elle.

– Oui, probablement, mais nous vérifierons.

– C'est tout ce que je sais.

L'inspecteur principal Chen la remercia et sortit.

Il s'approcha ensuite de la porte en face, à côté de la salle d'eau commune. Il levait la main vers la petite sonnette quand la porte s'ouvrit violemment. Une jeune fille se précipita vers l'escalier, et une femme d'un certain âge apparut, furieuse, les mains plantées sur les hanches.

– Toi aussi il faut que tu viennes me persécuter, petite garce. Que le ciel te fasse mourir de mille coups de couteau.

Puis elle le vit et le regarda, à la fois ahurie et en colère.

Il adopta immédiatement l'attitude du policier chevronné qui n'a pas de temps à perdre, et lui présenta sa carte en un éclair, avec un geste souvent vu à la télé.

Son animosité se calma un peu.

– Je dois vous poser quelques questions, dit-il. Au sujet de Guan Hongying, votre voisine.

– Elle est morte, je sais. Je m'appelle Su Nanhua. Excusez-moi pour la scène à laquelle vous venez d'assister. Ma fille fréquente un jeune gangster et ne veut pas m'écouter. Ça me rend folle.

Au bout d'un quart d'heure, ce que Chen avait obtenu était presque la même version que celle de Yuan, mais en encore plus partial. D'après Su, Guan avait fui la compagnie pendant toutes ces années. C'était bizarre pour une jeune femme, mais pas pour une telle célébrité.

– Vous voulez dire que pendant tout ce temps vous n'avez pas eu l'occasion de faire connaissance ?

– Ça paraît ridicule, non ? Mais c'est vrai.

– Elle ne vous parlait jamais ?

– Eh bien, oui et non. « Il fait beau aujourd'hui. » Ou bien « Vous avez déjà dîné ? » Rien que ce genre de phrases qui ne veulent rien dire.

– Parlez-moi maintenant du soir du 10 mai, camarade Su. Vous l'avez vue ce soir-là ? Vous lui avez parlé ?

– Ce soir-là, oui, j'ai remarqué quelque chose. Il était très tard et je lisais le dernier numéro de *Famille*. Je n'aurais pas remarqué qu'elle sortait si je n'avais pas entendu tomber quelque chose de lourd juste devant ma porte. Alors j'ai regardé. Elle allait vers l'escalier, elle me tournait le dos, et je n'ai pas su ce qu'elle avait laissé tomber. Tout ce que j'ai pu voir c'est qu'elle portait une grosse valise. Ç'aurait donc pu être ça. Elle descendait. Il était tard. J'ai été intriguée et j'ai regardé par la fenêtre, mais je n'ai pas vu de taxi.

– Vous avez pensé qu'elle partait en voyage ?

– Je l'ai supposé.

– Quelle heure était-il ?

– Autour de 10 heures et demie.

– Comment saviez-vous l'heure ?

– Ce soir-là, j'ai regardé *Espoir* à la télé. Tous les jeudis soir, en fait. Ça finit à 10 heures et demie. Ensuite je me suis mise à lire. Je ne lisais pas depuis longtemps quand j'ai entendu le bruit sourd.

– Elle vous avait parlé du voyage qu'elle allait faire ?

– Non, pas à moi.

– Autre chose à propos de ce soir-là ?
– Non, rien d'autre.
– Faites-moi signe si vous pensez à quoi que ce soit, dit-il en se levant. Vous avez mon numéro sur la carte.

Chen monta au deuxième et sonna à la porte presque direc- tement au-dessus de celle de Guan. Un homme aux cheveux blancs ouvrit, soixante-cinq ans environ, un visage intelligent, un regard pénétrant, et des rides profondes autour de la bouche.

Il regarda la carte que lui tendait Chen et dit :

– Entrez, camarade inspecteur principal. Je m'appelle Qian Yizhi.

La porte ouvrait sur un bout de couloir où se trouvaient un réchaud à gaz et un évier de ciment, et sur une autre porte. C'était un progrès par rapport aux appartements de ses voisins. En entrant, Chen fut surpris de voir sur les murs une quantité impressionnante de photos de chanteurs pop de Hong Kong et de Taïwan tels que Liu Dehua, Li Min, Zhang Xueyou et Wang Fei. Elles avaient été découpées dans des magazines.

– Toutes les photos préférées de ma belle-fille, dit Qian en enlevant une pile de journaux d'un fauteuil qui avait l'air convenable. Asseyez-vous, je vous prie.

– J'enquête sur la mort de Guan Hongying. Je vous saurai gré de tout renseignement que vous pourrez me fournir.

– Pas grand-chose, malheureusement. Bien que voisine, elle me parlait à peine.

– Oui, j'ai parlé à ses voisines en bas, et elles pensent aussi qu'elle était une trop grande célébrité pour leur parler.

– Certains voisins croyaient qu'elle se donnait des airs, qu'elle voulait montrer qu'elle était très au-dessus d'eux, mais je ne pense pas que c'était vrai.

– Pourquoi ?

– Voyez-vous, je suis à la retraite à présent, mais j'ai été aussi professeur modèle pendant plus de vingt ans. Bien entendu, mon statut de modèle se limitait au niveau de la région, rien de comparable avec le sien, mais je sais ce que c'est, dit Qian en caressant son menton soigneusement rasé. Une fois que vous êtes un modèle, vous vous façonnez en modèle.

– C'est une remarque très originale.

– Par exemple, les gens disaient que j'étais la patience même avec mes élèves, alors que ce n'était pas vrai, pas tout le temps. Mais quand vous êtes un professeur modèle, vous y êtes obligé.

– Alors ce serait une sorte de masque magique. Quand vous portez le masque, le masque devient vous.

– Exactement. Sauf qu'il n'est pas nécessairement magique.

– Tout de même, elle était censée se montrer une voisine modèle, non ?

– Oui, mais ce peut être épuisant de vivre tout le temps avec votre masque. Personne ne peut porter un masque en permanence. On a besoin de faire une pause. Rentrée au dortoir, pourquoi aurait-elle dû continuer à jouer son rôle et servir ses voisins comme elle servait ses clients ? Je pense qu'elle était tout bonnement trop fatiguée pour se lier avec eux. C'est sans doute ce qui l'a rendue impopulaire.

– C'est très perspicace. Je ne comprenais pas pourquoi ses voisines paraissaient tellement montées contre elle.

– En réalité, elles n'ont rien à lui reprocher. Elles sont seulement de mauvaise humeur. Et il y a un autre facteur important : Guan avait une pièce pour elle toute seule, tandis que la leur est pour toute la famille.

– Vous avez raison, encore une fois. Mais vous aussi vous êtes seul ici.

– Non, pas tout à fait. Ma belle-fille vit avec ses parents, mais elle a des visées sur cette pièce. C'est pourquoi elle a mis toutes ces photos de stars de Hong Kong.

– Je vois.

– Les gens qui vivent dans un dortoir sont une catégorie à part. En théorie, nous ne restons ici que pour une courte période de transition. Donc nous nous soucions peu d'avoir des relations avec nos voisins. Personne n'appelle cet endroit son chez soi.

– En effet, ce doit être très différent.

– Prenez la salle d'eau commune, par exemple. Chaque étage en partage une. Mais si les gens pensent qu'ils vont déménager demain, qui va en prendre soin ?

– Vous m'ouvrez vraiment les yeux, camarade Qian.

– Ça n'a pas été facile pour Guan. Une jeune femme célibataire. Des réunions et des conférences toute la journée, rentrer seule le soir… et pas dans un endroit où elle pouvait se sentir chez elle.

– Pouvez-vous être plus précis là-dessus ? Avez-vous remarqué quelque chose de particulier ?

– Voilà. C'était il y a plusieurs mois. Je n'arrivais pas à dormir cette nuit-là, alors je me suis levé et j'ai fait des exercices de calligraphie pendant une ou deux heures. Mais ensuite je suis resté éveillé. Couché sur mon lit, j'ai entendu un bruit curieux qui venait d'en bas. Cette vieille maison est loin d'être insonorisée, on entend pratiquement tout. J'ai écouté plus attentivement. C'était Guan qui sanglotait, à fendre l'âme, à 3 heures du matin. Elle pleurait désespérément, seule.

– Seule ?

– C'est ce qui m'a semblé. Je n'ai pas entendu d'autre voix. Elle a pleuré pendant plus d'une demi-heure.

– Avez-vous observé autre chose ?

– Non, je ne vois pas. Sauf qu'elle était probablement

comme moi et ne dormait pas très bien. Je voyais souvent de la lumière filtrer par les interstices du parquet.

– Une de ses voisines a dit qu'elle rentrait souvent très tard le soir. Ce pourrait être la raison ?

– Je n'en suis pas sûr. J'entendais parfois ses pas, tard le soir, mais je n'avais presque aucun contact avec elle, dit Qian en buvant une gorgée de thé froid. Je vous suggère de parler à Zuo Qin. C'est un cadre en retraite, mais elle reste active et s'occupe de collecter les charges pour le bâtiment. Elle est aussi membre de quelque chose comme la Sécurité du dortoir. Elle pourra peut-être vous en dire plus. Elle habite au même étage que Guan, à l'autre bout du couloir, près de l'escalier.

L'inspecteur principal Chen redescendit.

Une femme âgée portant des lunettes cerclées d'or ouvrit grande la porte et demanda :

– Que voulez-vous ?

– Pardonnez-moi de vous déranger, camarade Zuo, mais je viens au sujet de Guan Hongying.

– Elle est morte, paraît-il. Vous feriez mieux d'entrer. J'ai quelque chose sur le feu.

– Merci.

Chen regarda le réchaud à charbon à côté de la porte. Rien ne cuisait dessus. Il entra et elle ferma la porte derrière lui. Il comprit presque immédiatement. Il y avait à l'intérieur une bouteille de gaz avec un brûleur, et posée dessus, une poêle qui sentait très bon.

Zuo portait une jupe noire et un chemisier de soie gris argenté dont le premier bouton était défait. Ses chaussures à talons hauts étaient grises également. Elle lui fit signe de s'asseoir sur un canapé recouvert de peluche rouge et continua de cuisiner.

– Ce n'est pas facile d'obtenir une bouteille de gaz, dit-elle, et c'est dangereux de la mettre dans le couloir avec les réchauds à charbon des autres.

– Je comprends. Camarade Zuo, on m'a dit que vous avez fait beaucoup pour le bâtiment du dortoir.

– Je fais du travail volontaire pour le voisinage. Il faut bien que quelqu'un le fasse.

– Alors vous avez dû avoir des relations avec Guan Hongying.

– Non, pas beaucoup. C'était une célébrité très appréciée dans son magasin, mais pas ici.

– Pourquoi ?

– Trop occupée, je dirais. Nous ne nous parlions que lorsqu'elle venait payer sa part des charges le premier du mois. Elle me tendait l'argent dans une enveloppe blanche et me disait un mot poli pendant que je lui préparais le reçu.

– Vous ne parliez jamais de rien d'autre ?

– Eh bien, elle m'a fait remarquer une fois que comme elle ne faisait pas souvent la cuisine ce n'était pas juste qu'elle paie les charges à part égale. Mais elle ne l'a pas vraiment discuté. Elle n'en a jamais reparlé. Quoi qu'elle ait eu en tête, elle le gardait pour elle.

– Elle semble avoir été très secrète.

– Attention, je ne veux pas dire du mal d'elle.

– J'entends bien, camarade Zuo. Revenons au soir du 10 mai, le soir où elle a été tuée. Guan a quitté la maison autour de 10 heures et demie, d'après une de ses voisines. Avez-vous remarqué quelque chose aux environs de cette heure-là ?

– Ce soir-là, je ne pense pas l'avoir vue ou entendue sortir. En général, je me couche à 10 heures.

– Voyons, vous êtes aussi membre du comité de sécurité, camarade Zuo. Avez-vous remarqué quelque chose de suspect dans le dortoir ou dans le passage au cours des derniers jours de la vie de Guan ?

Elle ôta ses lunettes, les examina, les essuya sur son tablier, les remit et fit un signe de dénégation.

– Je ne pense pas, mais il y a une chose. Je ne sais pas si vous la trouveriez suspecte.
– Quoi donc ?
Il sortit son calepin.
– Il y a une semaine environ, je regardais *Histoires de bureau*. Tout le monde le regarde, c'est tordant. Mais ma télé m'a lâchée, alors j'ai pensé aller chez Xiangxiang. En ouvrant la porte, j'ai vu un inconnu qui sortait d'une chambre au bout du couloir.
– Celle de Guan ?
– Je n'en étais pas sûre. Il n'y a que trois chambres au bout du couloir, dont celle de Guan. Je sais que les Su n'étaient pas en ville ce soir-là. Bien entendu, l'inconnu aurait pu être un invité de Yuan, mais avec une seule mauvaise ampoule sur le palier et tout ce qui est entassé en désordre dans le couloir, ce n'est pas facile pour un étranger de trouver son chemin. Ça va de soi qu'un hôte accompagne son invité jusqu'à l'escalier.
– Il y a une semaine. Donc c'était après la mort de Guan, exact ?
– Oui. Je ne savais même pas qu'elle était morte.
– Mais ce pourrait être une piste importante s'il sortait de chez Guan, camarade Zuo.
Il inscrivit quelques notes dans son calepin.
– Merci, camarade inspecteur principal, dit-elle flattée de son attention. J'ai vérifié moi-même. A ce moment-là, je n'ai pas fait le lien avec la mort de Guan. J'ai seulement trouvé ça suspect, parce qu'il était plus de 11 heures. Le lendemain, j'ai donc posé la question à Yuan et elle m'a dit qu'elle n'avait reçu personne.
– Et les toilettes communes au bout du couloir. Il aurait pu sortir de là, n'est-ce pas ?
– C'est peu vraisemblable. Il aurait fallu qu'il se fasse accompagner par son hôte, sans quoi il n'aurait pas pu les trouver.
– Juste. A quoi ressemblait cet homme ?

– Grand, bien mis. Mais la lumière était si faible que je n'ai pas bien vu.

– Quel âge, à votre avis ?

– Dans les trente-cinq ans, je pense, peut-être quarante. Difficile à dire.

– Autre chose sur son aspect ?

– Il avait l'air bien habillé, comme je vous ai dit.

– Ainsi vous pensez qu'il aurait pu sortir de chez Guan ?

– Oui. Mais je n'en suis pas certaine.

– Merci, camarade Zuo. Nous enquêterons. Si vous pensez à quoi que ce soit d'autre, téléphonez-moi.

– Certainement, camarade inspecteur principal. Quand vous aurez résolu cette affaire, dites-le-nous.

– Nous le ferons. Au revoir.

En descendant l'escalier, Chen eut un léger haussement d'épaules. Il était allé dans les toilettes communes sans que personne ne l'ait accompagné.

A l'arrêt de bus de la rue de Zhejiang, il attendit un bon moment. Il essaya de mettre de l'ordre dans ce qu'il avait obtenu au cours de sa journée. Pas grand-chose. Pas de piste sérieuse. La seule chose à laquelle il ne s'attendait pas, c'était le goût de Guan pour les vêtements chics et les photos intimes. Mais après tout, ça n'avait rien de tellement étonnant. Une jeune femme séduisante, même une travailleuse modèle de la nation, avait bien droit à ses plaisirs féminins – dans sa vie privée.

L'impopularité de Guan auprès de ses voisines était encore moins étonnante. Dans les années quatre-vingt-dix, qu'une travailleuse modèle soit mal vue était d'abord un phénomène sociologique. Y compris au dortoir. Ç'aurait été trop difficile d'y être une voisine modèle, d'y être appréciée. Elle n'avait pas une vie ordinaire. Donc elle ne s'intégrait pas, et ne tenait pas à le faire.

Il n'avait eu qu'une confirmation : le soir du 10 mai, Guan Hongying avait quitté le dortoir avant 11 heures. Elle portait une grosse valise ; elle allait quelque part.

Autre point, non confirmé, encore au stade de l'hypothèse : elle ne pouvait pas avoir eu de liaison amoureuse au moment de sa mort. Aucune intimité n'était possible dans un endroit pareil, aucun moyen de retrouver quelqu'un en secret. Si quelque chose s'était passé derrière sa porte fermée, ses voisins l'auraient su, et en moins de cinq minutes la nouvelle se serait répandue comme une traînée de poudre.

Et il aurait fallu beaucoup de courage à un homme pour venir dans sa chambre. Dans son lit en aggloméré.

Le bus n'arrivait toujours pas. Il pouvait être très long à cette heure-là. Chen alla au petit restaurant face à l'entrée de l'allée. Malgré son aspect insignifiant, il y avait beaucoup de clients, dedans et dehors. Un gros homme avec une veste de velours côtelé marron se levait d'une table sur le trottoir. L'inspecteur principal Chen prit sa place et commanda une portion de brioches frites. L'endroit était parfait pour guetter l'arrivée du bus, et permettait aussi de surveiller l'entrée du passage. Il dut attendre plusieurs minutes. Quand les brioches arrivèrent, elles étaient très bonnes, mais brûlantes. Il laissa les baguettes pour souffler dessus plusieurs fois. C'est alors que le bus apparut. Chen traversa la rue en courant et monta en tenant la dernière brioche. Il se dit qu'il aurait dû poser des questions dans le restaurant. Guan avait pu y venir avec quelqu'un.

– Ne me touchez pas avec votre main huileuse, lui dit une femme indignée debout à côté de lui.

– Il y a des gens sans moralité malgré leur uniforme imposant, ajouta un autre voyageur.

– Excusez-moi, dit Chen conscient de l'impopularité de sa tenue.

Il n'avait aucune raison de se quereller. Il reconnut en son for intérieur que c'était idiot de sa part de tenir une brioche au porc dans un bus archicomble.

Il descendit à l'arrêt suivant. Ça ne le dérangeait pas de marcher un peu. Au moins, il ne serait pas obligé d'entendre les commentaires désagréables des autres voyageurs. On ne pouvait pas empêcher les gens de faire ce genre de remarques.

Guan, travailleuse modèle de la nation, était loin d'avoir échappé à celles de ses voisins.

Qui peut contrôler les histoires, les histoires après sa vie ?

Tout le village bondit à l'histoire d'amour du général Cai.

Dans ce poème de Lu You, l'« histoire d'amour » fait allusion à une idylle entièrement fictive entre le général Cai et Zhao Wuniang à la fin de la dynastie des Han. Le public villageois avait dû s'intéresser à l'aventure, sans se soucier de la vérité historique.

On ne peut rien contre ce que disent les gens, pensa l'inspecteur principal Chen.

9

C'était mercredi, cinq jours après la constitution de l'équipe spéciale, et il n'y avait eu presque aucun progrès. L'inspecteur principal Chen arriva au bureau, salua ses collègues et répéta des phrases polies mais creuses. L'affaire le préoccupait extrêmement.

Sur l'insistance du commissaire politique Zhang, Chen avait élargi son enquête de voisinage en s'assurant l'assistance du poste de police et du comité du quartier. Tous deux apportèrent des tonnes de renseignements sur des suspects éventuels, en supposant qu'il s'agisse d'une affaire politique. Chen avait les yeux rougis à force d'étudier tout ce matériel, de poursuivre les pistes proposées par le comité qui concernaient toutes des ex-contre-révolutionnaires animés d'« une haine profonde pour la société socialiste ». C'était de la routine, et Chen s'en acquitta avec diligence, mais un doute persistait chez lui sur l'orientation de son enquête.

En fait, le choix de leur suspect numéro un était typique du mode de pensée sclérosé du commissaire Zhang. Il s'agissait d'un lointain parent de Guan qui lui en voulait depuis longtemps d'avoir nié toute parenté avec lui, un traître droitier, durant la Révolution culturelle. Le droitier réhabilité avait déclaré qu'il ne lui pardonnerait jamais, mais il était trop occupé à écrire un livre sur ses années perdues pour être au courant de sa mort. L'inspecteur principal Chen l'écarta avant même de l'interroger.

Ce n'était *pas* une affaire politique. Il s'attendait à un nouveau discours matinal du commissaire Zhang sur la nécessité de « poursuivre l'enquête en comptant sur le peuple », mais il eut une agréable surprise.

– C'est pour vous, camarade inspecteur principal.

L'inspecteur Yu était à sa porte et tenait un fax qu'il avait ramassé dans le grand bureau.

Il venait de Wang Feng. De son écriture nette, elle avait ajouté « Félicitations » dans la marge d'une page du *Wenhui* où figurait son poème *Miracle*. Le poème était en bonne place, et une note du rédacteur en chef indiquait : « L'auteur est un jeune inspecteur principal de la police de Shanghai. »

La note se justifiait puisque le poème parlait d'une jeune femme policier portant secours sous une pluie battante à des familles éprouvées par la tempête. Le fax à la main, il reçut son premier appel de la part du secrétaire du Parti Li.

– Félicitations, camarade inspecteur principal. Un poème publié dans le *Wenhui*. Beau succès.

– Merci. Ce n'est qu'un poème sur notre travail de policiers.

– Il est bon. Politiquement, j'entends, dit Li. La prochaine fois qu'il y aura quelque chose dans un quotidien aussi influent, prévenez-nous.

– D'accord, mais pourquoi ?

– Beaucoup de gens lisent vos œuvres.

– Ne vous inquiétez pas, secrétaire du Parti Li, je ferai en sorte que ce soit politiquement juste.

– Excellente attitude. Vous n'êtes pas un policier ordinaire. Bien. Du nouveau dans l'enquête ?

– Nous nous y donnons à fond. Malheureusement sans beaucoup avancer.

– Ne vous inquiétez pas. Faites simplement de votre mieux, dit Li avant de raccrocher. Et n'oubliez pas votre séminaire à Pékin.

Puis ce fut le docteur Xia.

– Il n'est pas si mauvais que ça, votre *Miracle*.

– Merci, docteur Xia, votre approbation est toujours très importante pour moi.

– J'aime particulièrement le début : *La pluie a trempé tes cheveux tombant sur tes épaules / De vert pâle dans ton uniforme / De femme policier, et la fleur blanche / Du printemps s'ouvrant / dans tes bras qui se tendent / Vers les fenêtres béantes / « Pour vous ! »*

– C'est une expérience vécue. Elle s'est acharnée à apporter des vivres aux victimes malgré les trombes d'eau. J'étais là et j'ai été ému par le spectacle.

– Vous avez dû voler l'image dans *En regardant une beauté peigner ses cheveux* de Li He. L'image du peigne vert dans ses longs cheveux.

– Non, mais je vais vous confier un secret. Elle vient de deux autres vers classiques : *Songeant encore à ta jupe verte, partout, / Partout j'évite l'herbe d'un pas précautionneux*. Notre uniforme pour les femmes policiers est vert, le printemps aussi, et le colis. En voyant la pluie, j'ai également eu l'impression qu'elle teignait ses longs cheveux en vert.

– Je ne m'étonne pas que vous ayez fait tant de progrès. Je suis heureux que vous reconnaissiez votre dette envers la poésie classique.

– Bien sûr que je la reconnais. Mais assez de poésie. En fait, j'allais vous appeler. A propos du sac plastique noir dans l'affaire Guan.

– Il n'y a rien à en tirer. J'ai fait quelques recherches. Ces sacs servent en général à jeter les feuilles mortes dans les cours.

– Vraiment ! Imaginez un chauffeur de taxi qui s'inquiète des feuilles mortes dans sa cour !

– Pardon ?

– Oh, rien. Mais je vous remercie beaucoup, docteur Xia.

– Je vous en prie, camarade inspecteur principal Chen et poète imagiste.

Sortis du sac plastique noir, ses pieds nus et blancs, et ses orteils vernis de rouge comme des pétales tombés dans la nuit. Ce pourrait être une image moderniste.

Chen fit venir l'inspecteur Yu.

Yu le félicita aussi.

– Quelle surprise, camarade inspecteur principal Chen. Une formidable percée.

– Si seulement nous pouvions en dire autant de notre enquête.

Il leur fallait en effet un « miracle ».

L'inspecteur Yu arrivait les mains vides. Pour vérifier l'hypothèse de Chen, il s'était renseigné au service des taxis. A sa grande consternation, il avait découvert qu'il était impossible d'obtenir la moindre information fiable sur les nuits. C'était inutile de vérifier les doubles des reçus des chauffeurs. La plupart – qu'ils travaillent pour une compagnie d'État ou pour une compagnie privée – gardaient une partie considérable de leurs gains en ne donnant pas de reçus aux clients. Un chauffeur pouvait donc prétendre avoir roulé toute la nuit sans faire une seule course pour échapper aux impôts.

En outre, Yu avait vérifié toutes les listes de clients des agences de voyages de Shanghai pour le mois de mai. Le nom de Guan ne figurait nulle part.

Ses recherches quant au dernier coup de téléphone de celle-ci au magasin n'avaient rien donné non plus. Beaucoup de gens avaient téléphoné ce soir-là. Et madame Weng ne se souvenait pas exactement de l'heure. Après avoir passé un temps fou à écarter d'autres appels intervenus à peu près au même moment, celui qui venait le plus vraisemblablement de Guan était adressé à la météo. C'était logique, puisqu'elle s'apprêtait à partir en voyage, mais ça ne faisait que confirmer ce qu'ils savaient déjà.

Autrement dit, tout comme Chen, Yu n'avait rien obtenu, pas même un tuyau intéressant.

Et plus le temps passait, plus la piste refroidissait.

Ils étaient sous pression, pas seulement celle du bureau et de la mairie. On murmurait, malgré la discrétion avec laquelle les médias traitaient l'affaire. Et plus elle traînait, plus les retombées sur la police seraient négatives.

– Ça *devient* politique, dit Yu.

– Notre secrétaire du Parti Li a toujours raison.

– Publions quelque chose dans la presse. Une récompense pour tout renseignement.

– Ça vaut la peine d'essayer. Le *Wenhui* peut lancer un appel. Mais pour dire quoi ? C'est tellement délicat, le secrétaire du Parti Li nous l'a bien dit.

– Nous ne sommes pas obligés de mentionner l'affaire. Nous pouvons simplement demander si quelqu'un a remarqué quelque chose de suspect du côté du canal Baili le soir du 10 mai.

– Oui, c'est possible. Et nous utiliserons une partie de nos fonds spéciaux pour la récompense. Nous n'avons négligé aucune piste, n'est-ce pas ?

L'inspecteur Yu haussa les épaules avant de se retirer.

Sauf une, se dit Chen. Il s'était abstenu d'en parler à Yu, qui ne s'entendait pas avec le commissaire politique.

La vieille dame avait reçu la visite du commissaire Zhang qui n'avait rien obtenu d'elle. En phase avancée de la maladie d'Alzheimer, elle avait complètement perdu la tête et ne pouvait fournir aucun renseignement. Mais ce genre de malade n'était peut-être pas toujours dans le brouillard. Il y avait des jours où la lumière pouvait pénétrer par miracle dans son esprit.

Chen décida de tenter sa chance.

Après le déjeuner, il appela Wang Feng. Elle n'était pas dans son bureau et il laissa un message de remerciements. Puis il sortit. En allant vers l'arrêt du bus, il acheta plusieurs exemplaires du *Wenhui* à la poste de la rue du Sichuan. Curieusement, il aimait presque davantage la note du rédacteur en chef que le poème lui-même. Il n'avait pas informé beaucoup d'amis de sa promotion, le journal le ferait à sa place. Parmi ceux à qui il voulait envoyer le journal, il y avait quelqu'un à Pékin. Chen se sentait obligé de donner une explication sur sa situation à une amie chère qui n'avait jamais imaginé pour lui une telle carrière. Il réfléchit un moment et finit par ne griffonner qu'une phrase sous le poème, une justification un peu ironique, en même temps qu'ambiguë : *Si tu travailles assez dur sur une chose, elle devient une partie de toi, même si tu ne l'aimes pas vraiment et si tu sais que cette partie n'est pas réelle.*

Il découpa le texte, le mit dans une enveloppe, écrivit l'adresse et jeta la lettre dans une boîte. Puis il prit un bus pour Ankang, la maison de santé de la rue de Huashan. Ce n'était pas habituel de confier un parent âgé à une telle institution. Pas même dans les années quatre-vingt-dix. D'ailleurs, seulement deux ou trois de ces établissements de ce type existaient à Shanghai. Nul doute que l'admission de la mère de Guan était due à la position sociale et politique de sa fille.

Il se présenta à la réception. Une jeune infirmière lui demanda d'attendre. Il se dit qu'être le porteur de mauvaises nouvelles n'avait rien d'agréable, mais estima avec un peu de cynisme que la mère de Guan, en raison de son état, ne ressentirait peut-être pas le choc de la mort violente de sa fille. D'après son dossier, la vieille femme avait eu une vie difficile. Un mariage arrangé quand elle était enfant, puis, pendant des années, son mari avait été professeur de lycée à Chengdu alors qu'elle travaillait à l'usine textile n° 6 de Shanghai. La distance représentait plus de deux jours de voyage en train. Il ne pouvait se permettre d'aller la voir qu'une fois par an. Dans les années cinquante, une mutation était impensable pour l'un et l'autre. Les postes, comme tout le reste, étaient attribués une fois pour toutes par les autorités locales. Elle était restée ainsi « mère célibataire » durant toutes ces années, s'occupant de Guan Hongying dans le dortoir de l'usine textile n° 6. Son mari était mort avant de prendre sa retraite. Quand sa fille avait obtenu son poste et était devenue membre du Parti, la vieille femme s'était effondrée. Peu après, elle était admise dans la maison de santé.

Elle apparut enfin, traînant les pieds, une quantité ahurissante d'épingles dans ses cheveux gris. Maigre, le visage renfrogné, elle devait avoir un peu plus de soixante ans. Ses pantoufles de feutre faisaient un drôle de bruit sur le sol.

– Qu'est-ce que vous voulez ?

Chen et l'infirmière à côté d'elle échangèrent un regard.

– Elle n'est pas claire là-dedans, dit l'infirmière en indiquant sa propre tête.

– Votre fille m'a demandé de vous dire bonjour, dit Chen.

– Je n'ai pas de fille. Pas de place pour une fille. Mon mari habite dans un dortoir à Chengdu.

– Vous en avez une, ma tante. Elle travaille au grand magasin n° 1 de Shanghai.

– Grand magasin n° 1. Ah oui, j'y ai acheté quelques épingles ce matin de bonne heure. Elles sont belles, n'est-ce pas ?

La vieille femme vivait visiblement dans un autre monde. Elle n'avait rien dans les mains, mais elle fit un geste pour lui montrer quelque chose.

Quoi qu'il arrive, elle n'avait plus à accepter les désastres de ce monde. Ou bien était-elle tellement épouvantée à la perspective de terribles nouvelles qu'elle s'était barricadée ?

– Oui, elles sont belles.

Elle avait pu être jolie dans sa jeunesse. Elle était toute ratatinée à présent. Immobile, elle regardait dans le vide et attendait que Chen s'en aille. Il se dit que son air apathique n'était pas exempt d'une touche d'appréhension. Il jugea inutile d'essayer d'obtenir des renseignements de sa part.

Un ver à soie bien à l'abri à l'intérieur de son cocon.

Il insista pour la raccompagner à sa chambre. La pièce, surpeuplée, contenait une douzaine de lits de fer. L'espace entre eux était tellement étroit qu'on ne pouvait y passer que de côté. Il y avait un fauteuil à bascule en rotin au pied de son lit, une radio sur la table de nuit. Pas de climatisation mais un simple ventilateur au plafond. La dernière chose qu'il remarqua fut un petit pain desséché, entamé, racorni, sur l'appui de la fenêtre au-dessus de son lit. Un point final à l'histoire d'une vie. Celle des gens ordinaires, qui travaillent dur, obtiennent peu, ne se plaignent pas et souffrent beaucoup.

Quelle influence une telle vie avait-elle pu exercer sur Guan ?

La fille avait pris une autre voie.

L'inspecteur principal Chen eut la vague impression d'être leurré dans cette affaire, mis au défi, et entraîné dans une direction inconnue. Il décida de rentrer à pied. Parfois, il réfléchissait mieux en marchant.

Il s'arrêta à une pharmacie traditionnelle et acheta une boîte de pilules de ginseng. Adepte sans conviction de la médecine par les plantes, il supposait que la déception avait attaqué son équilibre naturel. Et il avait besoin d'un complément pour soutenir son système. Tout en mâchant le ginseng amer, il se dit qu'une alternative envisageable serait de trouver comment Guan était devenue travailleuse modèle de la nation. En termes de critique littéraire, on appellerait ça l'approche biographique. Mais le résultat ne pouvait pas être très fiable non plus. Qui aurait dit qu'il deviendrait inspecteur principal ?

Il était près de 7 heures quand il arriva chez lui. Il alluma la télé et la regarda un moment. Plusieurs acteurs de l'opéra de Pékin faisaient des sauts périlleux en brandissant des sabres et des épées dans l'obscurité. *Le Carrefour*, il le reconnut, un opéra traditionnel où l'on se bat la nuit sans savoir contre qui.

Il téléphona au commissaire Zhang. Une formalité, puisque Chen n'avait rien à lui communiquer.

– Croire dans le peuple. Notre force vient de notre lien étroit avec lui, conclut le commissaire Zhang.

De la part du commissaire Zhang, cette consigne était inévitable.

Chen se leva et alla à la cuisine. Dans le frigo, il restait la moitié d'une casserole de riz à la vapeur. Il la sortit, y ajouta un peu d'eau, et la posa sur le réchaud à gaz. Le mur n'était plus d'un blanc immaculé. Il ne faudrait plus longtemps avant qu'il se décore de graisse et de fumée. Une hotte aspirante pourrait résoudre le problème, mais il n'avait pas les moyens d'en acheter une. Il chercha des restes. Il n'y en avait pas. Il exhuma finalement une petite pochette en plastique de moutarde séchée, un cadeau de sa tante de Ningbo. Il en mit un peu sur le riz et avala le mélange trop liquide en s'efforçant d'en ignorer le goût.

« Nouilles instantanées du chef Kang. » Un spot publicitaire lui traversa l'esprit devant le réchaud à gaz. Ces nouilles dans un bol en plastique peuvent être la solution, pensa-t-il en rangeant la moutarde. Le problème, encore une fois, c'était son budget trop serré. Après son prêt au Chinois d'outre-mer, Chen devait vivre comme le camarade Lei Feng au début des années soixante.

Son salaire mensuel d'inspecteur principal était de cinq cent soixante yuans, plus toutes les primes à des titres divers, qui totalisaient deux cent cinquante yuans. Son loyer était assez bas. Charges comprises, il n'atteignait pas cent yuans. Mais la moitié de ses revenus passait en nourriture. Célibataire, il ne faisait pas souvent la cuisine ; il mangeait à la cantine.

Les avances qu'il avait touchées les dernières années pour ses traductions l'avaient beaucoup aidé. Mais depuis qu'il s'était chargé de l'affaire Guan, il ne travaillait pas. Il n'en avait ni le temps, ni l'énergie, ni même l'envie. Une affaire qui ne tenait pas debout, pas comme celles des romans policiers qu'il avait traduits. Il pourrait quand même obtenir une autre avance en promettant à l'éditeur de finir le travail pour octobre. Il avait besoin de se fixer à lui-même une date limite.

Au lieu de quoi, il commença à noter sur un bout de papier ce qu'il avait appris jusque-là. Les bribes d'informations qu'il avait recueillies et mises en réserve pendant la semaine sans les avoir triées et assemblées pour voir où elles pourraient mener occupaient une page entière. Finalement, il la déchira, il se sentait impuissant. L'inspecteur Yu avait peut-être raison. Ce n'était sans doute qu'un de ces meurtres sexuels « insolubles ». Le bureau en avait eu sa part.

Il savait qu'il ne pourrait pas dormir. L'insomnie était souvent le résultat de plusieurs contrariétés accumulées. Un poème refusé sans explication, une femme folle lançant des injures dans un bus bondé, ou une chemise neuve impossible à retrouver. Ce soir-là, l'affaire Guan était plus forte que le sommeil.

La nuit fut longue.

Qu'est-ce qui aurait pu occuper l'esprit de Guan pendant une nuit aussi interminable ? Il pensa aux vers d'un poète du milieu de la dynastie des Tang, Wang Changling :

A l'abri dans son boudoir, la jeune femme ignore les soucis,

Habillée élégamment, elle regarde par la fenêtre au printemps.

Que les pousses vertes des saules sont belles – soudain :

Elle regrette d'avoir envoyé son mari se battre pour la gloire.

De même, après la lampe de poche dans le couloir, après les ombres changeantes sur le mur sans sommeil, après la sueur froide dans la chambre obscure et solitaire, Guan avait pu penser au prix à payer pour la gloire.

Où était la différence ?

Pendant la dynastie des Tang, plus de mille ans plus tôt, la jeune femme ne se consolait pas d'avoir envoyé son amour au loin à la poursuite de la gloire, et dans les années quatre-vingt-dix, Guan ne se consolait pas d'y avoir consacré trop de temps.

Et l'inspecteur principal Chen ? Il avait un goût amer dans la bouche.

Un peu après 2 heures, alors qu'il avait glissé dans l'état flottant entre sommeil et veille, il eut soudain faim. L'image du petit pain desséché à la fenêtre lui revint. Ainsi qu'une autre image. Du caviar.

Il n'avait mangé du caviar qu'une seule fois dans sa vie. Des années auparavant, au Club des amitiés internationales à Pékin, où seuls les visiteurs étrangers étaient admis. Il accompagnait un professeur anglais ivre qui tenait à lui offrir du caviar. Chen en avait entendu parler dans les romans russes. En réalité, il n'avait pas beaucoup aimé, même si par la suite cette histoire de caviar avait permis de rabattre le caquet du Chinois d'outre-mer.

Les choses avaient changé. Désormais n'importe qui pouvait aller au Club des amitiés internationales. Quelques nouveaux hôtels de luxe servaient aussi du caviar. Guan avait pu en manger là, même si ce n'était pas à la portée de beaucoup de gens.

Ce ne serait pas difficile à savoir.

Caviar, écrivit-il au dos d'une boîte d'allumettes.

Il sentit qu'il allait pouvoir s'endormir.

10

C'était un vendredi matin humide pour un mois de mai.

L'inspecteur Yu avait eu un sommeil agité, il n'avait pas cessé de se retourner dans son lit. Il se sentait plus fatigué qu'au coucher et des lambeaux de rêves lui tournaient dans la tête.

Peiqin était inquiète. Elle lui prépara un bol de boulettes de riz gluant, son petit-déjeuner préféré, et s'assit près de lui. Il termina les boulettes en silence.

Alors qu'il allait partir, elle lui dit enfin :

– Tu es en train de te consumer, Guangming.

– Non, j'ai seulement mal dormi. Ne te tracasse pas.

Quand il entra dans la salle de réunion, l'agitation le reprit. Le commissaire politique Zhang avait demandé que la réunion soit consacrée à l'évolution de l'enquête.

Une semaine s'était écoulée depuis que l'équipe spéciale avait été chargée de l'affaire, sous les flonflons du charabia politique, et elle n'avait guère avancé. L'inspecteur Yu avait travaillé de longues heures, passé une foule de coups de téléphone, interrogé des tas de gens, envisagé tous les scénarios possibles avec l'inspecteur principal Chen, et fourni bon nombre de rapports au commissaire Zhang. Et malgré ça, aucune découverte importante en vue. Yu savait d'expérience que dans le travail de routine de la police, si une affaire ne présentait pas de piste solide au bout d'une semaine, elle était bonne à être classée « non résolue ». Autrement dit, il était temps de la clore telle quelle.

Ce n'était pas la première fois dans l'histoire du bureau, et ce ne serait pas la dernière.

Yu était assis près de la fenêtre et fumait. Shanghai s'étendait sous ses yeux, des toits gris et noirs d'où montaient dans le lointain des volutes de paisible fumée blanche. Il avait pourtant l'impression de sentir le crime couver au cœur de la ville. En feuilletant le bulletin intérieur, il prit connaissance de plusieurs vols, tous plus graves les uns que les autres, et de sept viols rien que pour la nuit précédente. Ainsi que de nouveaux cas de prostitution, jusque dans les beaux quartiers.

Comme les autres sections étaient à court d'effectifs, plusieurs affaires avaient été qualifiées de « spéciales » et leur étaient tombées dessus. Mais leur brigade n'était pas mieux lotie. Qing Xiaotong était revenu de son voyage de noces avec un regard rêveur, il n'était pas du tout à son travail ; quant à Liu Longxiang, il se remettait encore de sa fracture. Avec l'inspecteur principal Chen de plus en plus pris par des réunions et diverses tâches, l'inspecteur Yu était pratiquement responsable de la brigade.

Pourquoi faudrait-il passer tant de temps sur une affaire ?

Priorité politique, bien sûr – Yu connaissait la réponse. Au diable la politique. C'est un homicide.

Les autres n'étaient pas de cet avis. Le commissaire Zhang, par exemple, assis à la place d'honneur, vêtu du costume Mao, soigné mais quelconque, boutonné jusqu'au cou comme toujours, un stylo à la main, feuilletant un carnet de cuir. De mémoire de Yu, le commissaire ne lui avait jamais parlé d'autre chose que de politique. Il se demanda ce qu'il pouvait bien y avoir dans la manche de ce commissaire grisonnant et décharné.

Avec un regard pour l'inspecteur principal Chen, qui lui fit un signe de tête, l'inspecteur Yu prit la parole le premier :

– Nous avons déjà consacré beaucoup d'heures à cette enquête. Pour ma part, j'ai parlé avec le directeur général du grand magasin n° 1 et aux collègues de Guan. Par ailleurs, j'ai effectué des vérifications au service des taxis et dans de nombreuses agences de voyages. Je souhaiterais récapituler quelques aspects importants de mes recherches :

Travailleuse modèle de la nation, Guan menait une vie exemplaire consacrée à la cause communiste, bien trop prise par toutes les activités du Parti pour quoi que ce soit d'autre. Elle n'avait apparemment jamais fréquenté personne et n'avait aucune liaison sentimentale au moment de sa mort. Inutile de dire que son travail au magasin était excellent. En raison de sa position, elle aurait pu être jalousée par certains, mais il n'y a aucune raison de soupçonner que cela ait pu faire d'elle la cible d'un meurtrier.

Quant à ses activités le jour de sa mort, d'après ses collègues elles n'ont rien eu d'inhabituel. La routine. Déjeuner à la cantine vers midi, et réunion du Parti l'après-midi. Elle a dit à une collègue qu'elle partait en vacances, mais sans préciser où. Pas très loin, pas très longtemps, semble-t-il. Autrement, elle aurait soumis une demande écrite au directeur général. Elle ne l'a pas fait. Elle a été vue pour la dernière fois au magasin après son service, vers 19 heures 10, ce qui n'était pas inhabituel pour elle. Elle est rentrée au dortoir, où elle a été aperçue pour la dernière fois à 22 heures 30 ou un peu plus tard, chargée d'une valise, seule. Elle partait vraisemblablement en vacances.

C'est ici que les choses se compliquent. Où allait-elle ? Il y a beaucoup de voyages organisés de nos jours. J'ai contrôlé toutes les agences locales, mais aucune n'avait enregistré le nom de Guan. Bien entendu, elle a pu préférer partir seule. Il est hors de question qu'elle ait pris l'avion, son nom ne figure sur les listes d'aucune compagnie aérienne. Elle aurait pu aller à la gare. Dans son quartier, il n'y a pas de bus direct pour la gare. Elle aurait pu marcher jusqu'à la rue de Xizhuang pour prendre le 64. Le dernier passe à 23 heures 35 ; ensuite il y en a un toutes les heures. Là encore, c'est plutôt bizarre qu'une jeune femme seule porte une grosse valise dans la rue alors qu'elle risque de rater le dernier bus.

Donc, qu'elle soit partie seule ou en groupe, on peut raisonnablement considérer qu'elle a pris un taxi après avoir quitté le dortoir. Mais elle n'est jamais arrivée à destination. Quelque part en chemin, elle a été agressée et assassinée par quelqu'un qui ne pouvait être que le chauffeur. Ce qui explique également que son corps ait été trouvé dans le canal. Un chauffeur de taxi était en mesure de transporter le corps et de s'en débarrasser dans un lieu éloigné. Telle est mon hypothèse, et c'est pourquoi j'ai mené mon enquête au service des taxis.

Au départ, mon intention était de vérifier les doubles des reçus de tous les chauffeurs cette nuit-là afin de me concentrer sur ceux qui n'avaient déclaré aucune course pour les quelques heures en question. Mais il paraît que les chauffeurs ne fournissent pas toujours de reçu, il n'y a donc aucun moyen de vérifier leurs mouvements.

– Un instant, camarade inspecteur Yu, intervint le commissaire Zhang. Avez-vous enquêté sur les aspects politiques de l'affaire ?

– Eh bien, en ce qui concerne les aspects politiques, je ne pense pas en avoir trouvé. Le meurtrier lui était étranger. Quant à elle, elle n'avait aucune raison de révéler son identité à un chauffeur de taxi. Il est donc possible qu'il ne sache toujours pas qui elle était.

– D'après vous, quelle devrait être la prochaine étape de l'enquête ? poursuivit Zhang sans changer de position sur sa chaise ni d'expression.

– Actuellement, faute d'indices et de témoins, nous ne pouvons pas faire grand-chose. Laisser l'affaire suivre son cours. Un violeur récidive toujours, il frappera de nouveau tôt ou tard. En attendant, nous resterons en liaison étroite avec le service des taxis et les agences de voyages ; avec un peu de chance d'autres informations nous parviendront. En fait, le service des taxis a promis de me donner une liste d'éventuels suspects, des chauffeurs qui ont eu des histoires douteuses. Je ne l'ai pas encore.

– Autrement dit, nous n'allons rien faire jusqu'à ce que le criminel frappe de nouveau ?

– Non, nous n'allons pas classer l'affaire. Ce que je veux dire c'est… que ce n'est pas réaliste d'attendre un dénouement rapide. Nous devrions finir par trouver le meurtrier, mais il faut du temps.

– Combien ? demanda Zhang en se redressant encore davantage.

– Je ne sais pas.

– C'est une affaire politique importante, camarade. Nous devrions tous en être très conscients.

– C'est-à-dire…

Yu se tut.

Il aurait voulu en dire beaucoup plus, mais il savait que ce n'était pas le moment. L'inspecteur principal Chen n'avait pas encore ouvert la bouche. Quant à la position du commissaire, Yu croyait bien la comprendre ; c'était probablement la dernière affaire du vieil homme. Le commissaire tenait donc à la monter en épingle. En faire un bel exemple politique. La dernière touche à la carrière de toute une vie. Ça lui était facile de parler politique, il n'était pas tenu de faire le travail quotidien de la brigade, lui.

– Il y a sans doute du vrai dans l'analyse du camarade Yu.

Zhang se leva, son carnet ouvert, et s'éclaircit la gorge avant de commencer son discours.

– C'est une affaire difficile. Nous risquons de passer des heures et des heures avant de constater un réel progrès. Mais ce n'est pas une affaire ordinaire, camarades. Guan était une travailleuse modèle de renommée nationale. Elle a consacré sa vie à la cause du communisme. Sa mort tragique a déjà eu un impact négatif. Je suis un vieil homme à la retraite, mais je suis là, je travaille avec vous. Pourquoi ? C'est une affaire spéciale que nous a assignée le Parti. Le peuple observe notre travail. Nous devons réussir. Il nous faut donc trouver une nouvelle approche.

Yu avait la réputation d'être attentif aux détails : patient, méticuleux, parfois même lent. Il savait qu'on peut perdre son temps sur quatre-vingt-dix-neuf pistes et résoudre l'affaire à la centième. C'était le cas de presque toutes les enquêtes sur des homicides. Il ne s'en plaignait pas. Ils avaient simplement trop d'affaires sur les bras. Mais il n'existait pas de « nouvelle approche » – comme l'appelait le commissaire Zhang – sauf dans les romans que traduisait l'inspecteur principal Chen.

– Compter sur le peuple, continuait Zhang. C'est là que réside notre force. Le président Mao nous l'a dit il y a longtemps. Une fois que nous avons le soutien du peuple, il n'y a pas de difficulté que nous ne puissions surmonter.

Yu en avait assez. Il lui était de plus en plus difficile de se concentrer sur le discours bourré de phraséologie politique du commissaire. Pendant les séances d'éducation politique au bureau, Yu choisissait parfois de s'asseoir au fond et de laisser la voix de l'orateur le bercer pendant qu'il se livrait à des exercices de méditation. Mais ce matin-là, il ne pouvait pas.

L'inspecteur principal Chen prit la parole à son tour :

– Les directives du commissaire Zhang sont très importantes. Et l'analyse du camarade Yu Guangming est très sensée. C'est difficile, surtout quand nous devons nous charger de beaucoup d'autres affaires. Le camarade Yu a accompli un très gros travail. Je dirais même le plus gros. Si nous avons peu progressé jusqu'ici, c'est de ma responsabilité. Il y a cependant un élément dont je viens seulement de prendre connaissance. Et l'analyse du camarade Yu le place au centre du débat. D'après le rapport d'autopsie, Guan a dîné une ou deux heures avant sa mort. Elle a absorbé, entre autres choses, une petite quantité de caviar. Du caviar d'esturgeon russe, cher. Or il n'y a que trois ou quatre restaurants de première classe à Shanghai qui servent du caviar. J'ai fait des recherches. J'ai du mal à croire qu'elle ait décidé de dîner toute seule dans un de ces restaurants avec une grosse valise à ses pieds. Pensons aussi à l'heure. Elle est partie de chez elle vers 22 h 30 ; elle est morte entre 1 heure et 2 heures du matin. Elle a donc dû dîner vers minuit. Mais d'après mon enquête aucun restaurant n'a servi de caviar à une cliente chinoise ce soir-là. Si cette information est exacte, cela signifie qu'elle a mangé du caviar ailleurs. Avec quelqu'un qui en avait chez lui.

– Ça, c'est important, dit Yu.

– Attendez. (Zhang leva la main pour interrompre Chen.) Vous voulez dire que le meurtrier pourrait être quelqu'un que Guan connaissait ?

– Oui, c'est un scénario possible : le meurtrier n'était peut-être pas un inconnu pour Guan. Après avoir quitté le dortoir, elle l'a retrouvé quelque part et ils ont dîné ensemble. Probablement chez lui. Puis ils ont eu des rapports sexuels – souvenez-vous qu'il n'y avait pas de véritables ecchymoses sur son corps. Ensuite il l'a tuée, il a transporté le corps dans sa voiture et l'a jeté dans le canal. Si le crime a été commis chez le meurtrier, la présence du sac plastique s'explique aussi. Il avait peur d'être vu en train de déplacer le corps par ses voisins ou des passants. Dans ce scénario, le choix d'un canal isolé où il espérait que le corps ne serait jamais découvert, du moins pas avant longtemps, s'explique aussi. Personne ne serait capable de la reconnaître ni de se souvenir de qui l'avait accompagnée.

– Ainsi vous ne croyez pas non plus qu'il s'agit d'une affaire politique, dit Zhang, bien que vous proposiez une nouvelle hypothèse.

– Je ne peux pas dire si oui ou non c'est une affaire politique, mais je pense que certains détails méritent une enquête plus approfondie.

Yu était encore plus surpris que Zhang par l'intervention de Chen. Le sac plastique n'était pas un élément nouveau, mais ils n'avaient jamais parlé du caviar. Chen l'avait-il volontairement gardé dans sa manche pour la réunion ? Yu n'en était pas certain. Ça ressemblait à un coup de théâtre, comme dans les romans occidentaux que Chen traduisait, peut-être.

Chen agissait-il ainsi pour impressionner le commissaire Zhang ? Yu ne le pensait pas, car Chen non plus n'aimait pas le vieil homme. N'empêche que ce caviar c'était un détail crucial que Yu avait négligé.

– Mais d'après les renseignements fournis par le magasin, Guan ne fréquentait personne à l'époque de sa mort, dit-il.

– C'est un mystère pour moi, dit Chen, mais c'est là que nous devrions creuser davantage.

– Faites comme vous l'entendez, dit Zhang en se levant pour partir. En tout cas, c'est mieux que d'attendre que le criminel recommence.

L'inspecteur Yu se sentit sur la sellette. Un policier trop paresseux pour étudier les détails importants. Il lisait un jugement négatif dans les sourcils froncés du vieil homme. Il dit à Chen :

– J'ai laissé passer le caviar.

– Je n'y ai pensé qu'hier soir. Je n'ai pas eu le temps d'en discuter avec vous.

– Du caviar. Honnêtement, je n'ai pas la moindre idée de ce que c'est.

Plus tard il téléphona à Peiqin :

– Tu sais ce que c'est le caviar ?

– Oui, il en est question dans les romans russes du XIXe siècle, mais je n'y ai jamais goûté.

– On a déjà servi du caviar dans ton restaurant ?

– Tu veux rire, Guangming. C'est trop minable chez nous. Il n'y a que les hôtels cinq étoiles comme le *Yin Yang* qui pourraient en avoir.

– C'est très cher ?

– Une petite portion te coûterait plusieurs centaines de yuans, je crois. Pourquoi cet intérêt soudain ?
– Oh, rien qu'un détail dans l'affaire.

11

L'inspecteur principal Chen se réveilla avec un soupçon de migraine. La douche n'arrangea rien ou presque. Il allait avoir du mal à se débarrasser de cette sensation pendant la journée. Une journée où il avait précisément du pain sur la planche.

Ce n'était pas un drogué du travail, pas au sens où certains de ses collègues le prétendaient. Mais c'était souvent quand il avait réussi à se forcer à travailler comme un fou qu'il se sentait le plus énergique.

Il venait de recevoir un recueil rare de poèmes de Yan Shu – une édition sur papier de riz reliée à la main dans un coffret de tissu bleu foncé. Un cadeau inattendu arrivé de Pékin pour le remercier de l'exemplaire du *Wenhui* qu'il avait envoyé.

Il y avait un petit mot dans le coffret :

Inspecteur principal Chen

Merci pour ton poème. Il me plaît beaucoup. Je regrette de ne pas pouvoir t'envoyer quelque chose de moi à mon tour. Je suis tombée sur un recueil de poèmes de Yan Shu à la Foire aux antiquités de Liulichang il y a quelque temps et j'ai pensé que tu l'aimerais. Et félicitations pour ta promotion.

Ling

Bien sûr qu'il l'aimait. Il se rappela le temps où il se promenait à la Foire aux antiquités de Liulichang, quand il était un étudiant pauvre à l'Institut des langues étrangères de Pékin et qu'il regardait les vieux livres sans pouvoir en acheter un seul. Il n'avait vu quelque chose d'aussi beau qu'une fois, dans la section des livres rares de la Bibliothèque de Pékin où Ling avait comparé sa réaction extasiée à celle du poisson d'argent perdu dans les pages des volumes anciens. Un tel recueil relié à la main devait coûter très cher. Le papier de riz était extraordinaire au toucher. Il transmettait presque un message des temps anciens. Le petit mot de Ling, comme le sien, n'était pas très bavard. Le choix d'un tel livre parlait de lui-même. Elle n'avait pas changé. Elle aimait toujours la poésie – ou sa poésie à lui.

Il aurait dû lui parler du séminaire en octobre, mais il ne voulait pas qu'elle s'imagine qu'il s'était lancé dans la politique. De toute façon, il n'avait pas à y penser pour l'instant. C'était merveilleux de passer une matinée de fin de mai à se promener dans le monde verdi de lierre du célèbre poète de la dynastie des Song.

Il prit au hasard :

Les fleurs tombent impuissantes

Les hirondelles reviennent qui ne semblent pas étrangères.

Un superbe distique. Cette impression de déjà vu a été interprétée comme l'effet de souvenirs de rêves, ou comme un raté dans les neurones du cerveau. Quoi qu'il en soit, Chen avait la sensation à la fois étrange et familière d'avoir visité le monde de Guan, comme les hirondelles dans les vers de Yan. Le livre lui évoquait aussi les souvenirs fuyants de ses années d'études à Pékin.

C'était troublant. Guan avait cessé d'être un personnage secret. L'affaire était devenue pour Chen un défi personnel. Tout le monde avait considéré Guan comme une travailleuse modèle de la nation ayant toujours une pensée politique juste, comme l'incarnation du mythe du Parti abondamment propagé. Mais pas lui. Elle avait dû aussi être autre, différente. Il ne pouvait pas encore dire en quoi et comment, mais tant qu'il ne se le serait pas expliqué, il continuerait d'être oppressé par un malaise indéfinissable. Et ce n'était pas seulement à cause du caviar.

Il avait parlé avec beaucoup de personnes qui semblaient avoir une bonne opinion d'elle. D'un point de vue politique, bien entendu. En tant qu'individu, elles ne savaient pratiquement rien sur elle. Elle avait dû se consacrer tellement à ce rôle-là qu'elle ne pouvait pas en assumer d'autre, personnel ou pas. Une remarque de l'inspecteur Yu.

Peut-être n'en avait-elle pas le temps. Huit heures par jour, six jours par semaine, elle devait se montrer à la hauteur de ce qu'on attendait d'elle. En dehors de ses longues heures de travail au magasin, elle devait assister à de nombreuses réunions et intervenir dans des conférences du Parti. Selon la propagande du Parti, tout était faisable, naturellement. Le camarade Lei Feng avait incarné exactement le même prodige d'abnégation. Il n'y avait pas un mot sur sa vie personnelle dans *Le Journal du camarade Lei Feng* qui s'était vendu à des millions d'exemplaires. Mais à la fin des années quatre-vingt, on avait découvert que le journal était une pure fiction commandée par le Comité central du Parti à une équipe de rédacteurs professionnels.

La pensée politique n'était qu'une coquille. Elle ne devait pas, ne pouvait pas signifier l'absence de vie personnelle.

Et on pourrait en dire autant de moi, pensa l'inspecteur principal Chen. Il avait besoin d'un répit. Ce dont il avait le plus envie – ce à quoi il pensait en premier au réveil – c'était retrouver Wang Feng. Il posa la main sur le téléphone, mais il hésita. Ce n'était peut-être pas le bon moment. Puis il se souvint de son coup de téléphone plus tôt dans la semaine. Il avait une bonne excuse. Une invitation au petit-déjeuner ne l'engagerait que pour une matinée agréable. Un inspecteur principal surmené avait droit à la compagnie d'une journaliste qui avait écrit à son sujet.

– Comment vas-tu ce matin, Wang ?

– Très bien. Mais il est tôt, pas encore 7 heures.

– Je me suis réveillé en pensant à toi.

– C'est gentil. Autrement dit, tu aurais pu m'appeler plus tôt… à 3 heures du matin si tu étais tombé de ton lit.

– Je viens d'avoir une idée. Le restaurant *La Fleur de pêcher* sert de nouveau le thé le matin. C'est tout près de chez toi. Tu viendrais prendre une tasse de thé avec moi ?

– Rien qu'une tasse de thé ?

– Tu sais bien que c'est plus que ça, c'est le thé à la cantonaise, avec tout un choix d'amuse-gueule, de *dim sum*.

– J'ai un travail à terminer aujourd'hui. Je serai somnolente si je mange, même à 10 heures du matin. Mais tu peux me retrouver sur le Bund, près du quai n° 7, en face de l'*Hôtel de la Paix*. J'y ferai mon taï chi.

– Le Bund, quai n° 7, je sais où c'est. Tu peux y être dans un quart d'heure ?

– Je suis encore couchée. Tu veux vraiment que j'arrive en courant pieds nus ?

– Pourquoi pas ? Dans une demi-heure alors.

C'était une allusion à leur première rencontre. Il était content qu'elle l'ait faite.

Il avait rencontré Wang environ un an plus tôt. Un vendredi après-midi, le secrétaire du Parti Li lui avait dit d'aller au bureau du *Wenhui* où une journaliste du nom de Wang Feng souhaitait l'interviewer. Chen n'avait pas compris en quoi ce pouvait être intéressant de rencontrer un jeune policier.

Du siège du *Wenhui*, un bâtiment de onze étages situé sur la rue de Tiantong, on avait une vue magnifique sur le Bund. Chen était arrivé avec près de deux heures de retard, il avait été retenu par une infraction au code de la route. A l'entrée, un vieil homme était assis à une sorte de comptoir. Quand Chen lui avait tendu sa carte de visite, il lui avait dit que Wang n'était pas dans son bureau. Mais il était certain qu'elle était quelque part dans l'immeuble. Chen avait donc pris un siège dans le hall et attendu en lisant un roman policier, *Volet clos*. Ce n'était pas vraiment un hall, mais un petit espace occupé par quelques chaises face à un ascenseur à l'ancienne. Il n'y avait pas beaucoup d'allées et venues. Chen fut bientôt plongé dans l'univers de Ruth Rendell, jusqu'au moment où un claquement de pas attira son attention.

Une grande jeune fille mince sortait de l'ascenseur, un seau en plastique rose pendu à son bras nu. Le *Wenhui* doit avoir une salle de douche pour son personnel, se dit-il. Elle avait un peu plus de vingt ans et portait un T-shirt décolleté et un short. Ses cheveux mouillés étaient noués avec un foulard bleu ciel. Ses sandales de bois claquaient gaiement. A sa façon de trottiner, il pensa que c'était probablement une étudiante en stage. C'est alors qu'elle trébucha et piqua du nez.

Il jeta son livre, bondit, et la rattrapa dans ses bras.

Debout sur une sandale, une main sur l'épaule de Chen pour l'équilibre, elle tendit un pied nu vers l'autre sandale qui avait filé dans un coin. Elle rougit en se dégageant un peu. En une seconde, elle reprit son équilibre, mais elle était extrêmement embarrassée.

Il n'y a pas de quoi, pensa Chen avec un humour désabusé en sentant ses cheveux mouillés lui effleurer le visage. Elle sentait le bon savon.

Dans la société traditionnelle, un tel contact physique aurait suffi à conclure un contrat de mariage. *Une fois dans les bras d'un homme, toujours dans ses bras*.

– Wang Feng, dit le portier. Le policier vous attendait.

C'était la journaliste qui l'avait convoqué. Et l'interview qui suivit mena à quelque chose d'imprévu.

Plus tard, il avait plaisanté sur sa façon d'« arriver pieds nus », une allusion à une histoire appartenant à la littérature classique. En l'an 800 avant J.-C., le duc de Zhou, impatient de rencontrer un sage qui devait l'aider à unifier la région, était sorti pieds nus en courant pour l'accueillir. Depuis, l'expression indiquait un empressement exagéré à accueillir un invité.

Elle ne s'appliquait pas à eux. Wang était tombée en sortant de la salle de douche et il s'était trouvé là pour la rattraper dans ses bras. C'était tout. Un an plus tard, il allait de nouveau vers elle. A l'intersection du Bund et de la rue de Nankin, le sommet de l'immeuble du *Wenhui* luisait derrière l'*Hôtel de la Paix*.

Le matin est dans les bras du Bund, ses cheveux scintillants de rosée…

Une foule de gens animait le Bund, assis sur les bancs de ciment, debout sur le quai, regardant rouler la houle jaune foncé, chantant des airs d'opéras de Pékin avec les oiseaux dans des cages suspendues aux arbres. Une légère brume de chaleur de mai tremblait sur la promenade au sol coloré. Une longue file de touristes s'étirait depuis les guichets où on vendait les billets de traversée près du jardin du Pont. Au bac de Lujiazhui, il vit un petit groupe d'étudiants regarder avec curiosité un matelot basané qui lovait les amarres. Le bateau paraissait comble, comme d'habitude, et quand la cloche retentit avec impatience, hommes et femmes se hâtèrent vers leur destination, et de là vers d'autres. On parlait de construire un tunnel sous le fleuve pour permettre de passer sur l'autre rive par d'autres moyens. Des pétrels glissaient sur les vagues, leurs ailes blanches brillant au soleil, comme sortis d'un calendrier illustré. Bien qu'encore pollué, le fleuve avait meilleur aspect.

L'euphorie accéléra le pas de Chen.

Des groupes faisaient du taï chi le long du Bund et dans l'un d'eux il aperçut Wang.

L'histoire ne se répète pas.

L'une des premières choses qu'il remarqua fut la longue jupe verte qui lui couvrait les pieds. Wang prenait une série de postures : une grue blanche ouvrant ses ailes, un musicien jouant du luth, un cheval sauvage secouant sa crinière, un chasseur attrapant la queue d'un oiseau. Toutes les postures étaient une imitation de la nature – l'essence du taï chi.

En la regardant, il éprouva un sentiment mélangé. Il n'avait rien contre le taï chi en soi, un héritage culturel ancien mettant en pratique le taoïsme qui consiste à dominer la dureté par la douceur, le principe du yin et du yang. Chen l'avait pratiqué lui-même pour rester en forme, mais il était embarrassé par le fait qu'elle était la seule jeune femme du groupe, ses cheveux noirs retenus par un foulard de coton bleu.

– Salut, dit-il.

– Qu'est-ce que tu regardes ? demanda Wang en se dirigeant vers lui.

Elle portait des chaussures de toile blanche.

– J'ai cru une seconde que tu sortais d'un poème Tang.

– Oh, tu recommences avec tes citations et tes interprétations. J'ai rendez-vous avec qui ce matin, le critique de poésie ou le policier ?

– Ce n'est pas nous qui faisons l'interprétation, mais l'interprétation qui nous fait – critique ou policier.

– Voyons, dit-elle en souriant. C'est comme la pratique du tuishou, n'est-ce pas ? Ce n'est pas nous qui poussons le tuishou, mais la pratique qui nous pousse.

– La déconstruction ne t'est pas étrangère.

– Et tu es très fort pour débiter des absurdités poétiquement déconstructrices.

C'était aussi pour ça que sa compagnie était toujours si agréable. Elle ne vivait pas dans les livres, mais elle avait des connaissances sur des sujets très variés, y compris les plus actuels.

– Tu sais, j'étais assez bon en taï chi. En tuishou aussi.

– Sans blague ?

– Il y a des années. J'ai dû oublier certaines techniques, mais fais-moi faire un essai.

Le tuishou, ou exercice de lutte par la poussée, est une forme particulière de taï chi. Deux personnes face à face, paumes contre paumes, se poussent et se laissent pousser dans un flux lent et spontané d'harmonie rythmique. Plusieurs s'y livraient à côté du groupe de taï chi.

– C'est facile. Garde seulement les bras en contact permanent, dit-elle d'un ton pédant en lui prenant les mains, et veille à ne pousser ni trop ni pas assez. Harmonieux, naturel, spontané. Le tuishou est destiné à dissoudre une force qui s'approche avant de porter un coup.

Elle était bon professeur, mais il ne lui fallut pas longtemps pour comprendre qu'il était en réalité le plus expérimenté. Il aurait pu la déséquilibrer dès les premiers mouvements, mais il trouvait cette expérience si intime – ses paumes contre les siennes, leurs corps à l'unisson dans un effort sans effort – qu'il ne voulait pas y mettre fin trop vite.

Et c'était réellement intime : le visage de Wang, ses bras, son corps, ses mouvements, sa façon de faire et de recevoir le mouvement, ses yeux brillants dans les siens.

Il ne voulait pas la pousser trop fort. Mais elle s'impatientait, elle y mettait davantage de force. Il fit une rotation du bras gauche pour parer son attaque en tournant le corps légèrement de côté. Avec une technique subtile de neutralisation de sa force, il effaça la poitrine, pesa sur la jambe droite et poussa le bras de Wang vers le bas. Elle se pencha trop en avant.

Il en profita pour la repousser en arrière. Elle perdit l'équilibre et tituba vers l'avant. Il la prit dans ses bas. Elle rougit violemment en essayant de se dégager.

Depuis leur première rencontre, il résistait à la tentation de la prendre de nouveau dans ses bras, et pas par accident. Au début, il n'était pas sûr de ce qu'elle pensait de lui. Il avait sans doute un tout petit complexe d'infériorité. Pourquoi penser qu'une jolie journaliste pleine d'avenir, de presque dix ans plus jeune que lui, pouvait s'intéresser à un policier du premier échelon ? Puis il avait appris qu'elle était mariée, ce qu'il avait essayé d'oublier car – se répétait-il – elle ne l'était que sur le papier. Deux ou trois mois avant leur première rencontre, son amoureux, Yang Kejia, s'apprêtait à suivre un programme d'études autorisé au Japon. Son père, sur son lit d'hôpital, avait murmuré sa dernière volonté aux deux jeunes gens : qu'ils aillent chercher un certificat de mariage à la mairie, même si le mariage proprement dit était remis jusqu'au retour de Yang. Pour un confucianiste, c'était très important de quitter ce monde avec la satisfaction de voir son fils unique marié. Wang n'avait pas eu le cœur de refuser. Son beau-père était décédé dans les deux semaines, et son mari était resté au Japon, refusant de rentrer en Chine. Ce fut un coup dur pour elle. En tant qu'épouse, elle était censée tout savoir des activités de Yang, mais elle les ignorait complètement. Chen pensait que le transfuge ne lui avait rien dit au téléphone, qui pouvait être sur écoute. Pourtant, certains fonctionnaires de la Sécurité intérieure n'y croyaient pas, et elle avait été interrogée à plusieurs reprises.

D'après une collègue de Wang, ce serait bien fait pour Yang si elle divorçait, lui qui l'avait abandonnée dans une telle situation. Chen n'en avait pas discuté avec Wang. Rien ne pressait. Il savait qu'il l'aimait beaucoup, mais il n'avait encore pas pris de décision. En attendant, il était heureux d'être avec elle chaque fois qu'il trouvait le temps.

– Tu sais pousser, dit-elle, sa main encore dans celle de Chen.

– Non, je ne te pousserai jamais. Ce n'est que le flux naturel. Mais tout bien réfléchi, ajouta-t-il en la regardant toute rose, j'ai envie de te pousser un peu. Un café au *Bord du fleuve* ?

– Juste devant l'immeuble du *Wenhui* ?

– Et alors ?

Il la sentait hésitante. Des collègues qui passaient sur le Bund risquaient de les voir ensemble. Lui-même avait surpris des commentaires sur eux au bureau.

– Allons, nous sommes en 1990.

– Tu n'as pas besoin de me pousser pour ça.

Le *Café du Bord du fleuve* se composait de tables et de chaises sur un large ponton de cèdre surplombant le fleuve. Ils montèrent un escalier de fer forgé gris argenté en colimaçon et choisirent une table en plastique blanc sous un grand parasol à fleurs. Ils avaient une vue superbe sur le fleuve et sur les bateaux pittoresques qui allaient et venaient le long de la rive est. Une serveuse leur apporta du café, du jus de fruit, et une coupe de verre remplie de fruits.

Le café sentait bon le frais. Le jus aussi. Wang prit la bouteille et la porta à ses lèvres. Le foulard dénoué, un pied sur le barreau de la chaise, elle avait l'air détendu.

Il ne put s'empêcher de s'étonner du changement de son visage au soleil. Chaque fois qu'il la voyait, il découvrait en elle une nouveauté. A un moment elle venait vers lui, jeune fille en sandales de bois, trottinant dans le couloir ; l'instant d'après elle apparaissait comme une intellectuelle prétentieuse mordillant le bout de son stylo, mûre et pensive sous le poids des événements qui se précipitaient dans le monde. Mais en ce matin de mai c'était une jeune fille typique de Shanghai, désinvolte, détendue en compagnie de l'homme qui lui plaisait.

Elle avait même un petit porte-bonheur de jade vert clair pendu à un fin cordon rouge sur la poitrine. Comme la plupart des jeunes filles de la ville, elle portait elle aussi ces petites amulettes. Elle mâchait du chewing-gum et, la tête en arrière, fit une bulle au soleil.

Il n'éprouvait pas le besoin de parler. L'haleine de Wang, à quelques centimètres de lui, avait la fraîcheur de la menthe. Il avait eu l'intention de tendre le bras par dessus la table pour lui prendre la main, mais il se contenta de taper du doigt sur la serviette en papier devant elle.

Il avait la sensation de voler au-dessus du Bund.

– A quoi penses-tu ? demanda-t-il.

– Quel est ton masque en ce moment, policier ou poète ?

– Tu me l'as déjà demandé. Les deux sont tellement contradictoires ?

– Ou homme d'affaires prospère venu de l'étranger ? dit-elle en riant. Tu en as la tenue.

Il portait un costume sombre, une chemise blanche et une de ses rares cravates qui avait un air exotique, cadeau d'un ancien camarade de classe, propriétaire de plusieurs entreprises high-tech à Toronto. Il lui avait dit que le dessin de la cravate représentait une scène sentimentale dans une pièce canadienne moderne. Ça ne rimait à rien de venir voir Wang en uniforme.

– Ou simplement amoureux, dit-il impulsivement, amoureux éperdu.

Il sentit son regard, devinant qu'il s'était rendu aussi transparent que l'eau. Pas celle du Huangpu.

– Tu es impossible, même en pleine enquête sur un meurtre.

Elle souriait.

Il était un peu gêné de se montrer aussi sensible à son charme alors qu'il aurait dû se concentrer sur l'enquête. Guan Hongying avait peut-être eu autant de charme. Notamment sur les photos dans les montagnes enveloppées de nuages, où Guan avait posé dans toutes sortes de tenues élégantes, jeune, vive, gaie. Un contraste terrible avec le corps nu et gonflé retiré d'un sac-poubelle en plastique noir.

Ils restèrent quelques minutes sans parler, à regarder un sampan d'aspect très ancien se balancer dans le courant. Une vague secoua le sampan et fit tomber une couche de la corde à linge tendue à travers le pont.

– Un sampan familial, le couple travaille en bas, dit-il, et ils vivent aussi là.

– Une voile déchirée mariée à une rame brisée, dit Wang en mâchant toujours son chewing-gum.

Une bulle de métaphore iridescente au soleil.

Comme pour répondre à leur attente, un bébé à moitié nu sortit en rampant de l'habitacle sous la toile goudronnée et leur sourit telle une poupée en terre cuite de Wuxi.

Ils avaient l'impression que tout le fleuve leur appartenait.

Non le fleuve, mais le moment où il ondule dans tes yeux…

Un poème était en route.

– Tu penses de nouveau à l'enquête ?

– Non, mais puisque tu en parles, je dois dire que cette affaire me laisse perplexe.

– Je ne suis pas détective, mais ça pourrait t'aider d'en parler.

L'inspecteur principal Chen avait appris que relater une affaire à un auditeur attentif était en effet une aide.

Même lorsque celui-ci ne faisait aucune suggestion constructive, de simples questions posées d'un point de vue non professionnel – ou simplement neuf – pouvaient parfois laisser entrevoir de nouvelles pistes d'enquête. Il lui raconta donc l'histoire. Bien qu'elle soit journaliste au *Wenhui*, il n'était nullement inquiet de partager ce qu'il savait avec elle. Elle l'écouta avec une grande attention, le poing sous la joue, puis elle se pencha sur la table et le regarda intensément, les yeux pleins de la lumière du matin sur la ville. Quand il eut récapitulé les éléments qu'il avait abordés la veille à la réunion de l'équipe spéciale, Chen conclut :

– Nous voilà donc avec beaucoup de questions sans réponse. Et le seul fait que nous avons pu établir c'est que Guan a quitté la résidence pour partir en vacances vers 10 heures et demie le 10 mai. Quant à ce qui lui est arrivé ensuite, nous n'avons rien trouvé… à part le caviar.

– Rien d'autre n'est suspect ?

– Eh bien, si, il y a autre chose. Pas vraiment suspect, mais incompréhensible. Elle partait en vacances, mais personne ne savait où. En général, quand on part en vacances, on est tellement content qu'on en parle.

– C'est vrai, mais dans son cas, sa réserve n'était-elle pas un besoin de préserver sa vie privée ?

– C'est ce que nous soupçonnons, mais tout ça paraît vraiment trop secret. L'inspecteur Yu a vérifié dans toutes les agences de voyages, aucune trace d'inscription à son nom.

– Elle a pu voyager seule.

– C'est possible, mais je doute qu'une jeune femme célibataire voyage toute seule. Je ne crois pas qu'elle soit partie sans être accompagnée d'autres personnes, ou d'un homme. C'est mon hypothèse, et le caviar concorde. En outre, elle avait fait un autre voyage en octobre dernier. Cette fois, nous savons où. Dans les

Montagnes jaunes. Mais nous ne savons pas si elle y est allée seule ou avec un groupe. Yu a enquêté là-dessus aussi, mais nous n'avons aucune piste.

– C'est bizarre, dit Wang en réfléchissant les yeux mi-clos. Aucun train ne va jusque là-bas. Il faut prendre un autocar à Wuhu, et du terminus jusqu'aux montagnes il y a une longue distance à pied. Et trouver un hôtel peut être un cauchemar. On économise beaucoup d'argent et d'énergie en voyageant avec un groupe. J'y suis allée, je le sais.

– Exact. Autre chose encore. D'après les dossiers du magasin, ses vacances à la montagne ont duré environ dix jours, de la fin septembre aux premiers jours d'octobre. L'inspecteur Yu s'est renseigné auprès de tous les hôtels. Mais son nom ne figurait sur aucun de leurs registres.

– Tu es sûr qu'elle est allée là-bas ?

– Absolument. Elle a montré des photos des montagnes à ses collègues. En fait, j'en ai vu plusieurs dans son album.

– Elle devait avoir beaucoup de photos.

– Pour une jolie jeune femme, pas tellement, mais certaines sont vraiment bonnes.

Certaines semblaient en effet très professionnelles. Il revoyait encore, par exemple, celle où Guan était appuyée contre un des fameux pins, des nuages blancs pris dans le flot de ses cheveux noirs. Elle pourrait servir pour la couverture d'une brochure de voyages.

– Y a-t-il des photos d'elle avec d'autres personnes ?

– Beaucoup, naturellement. Une avec le camarade Deng Xiaoping en personne.

– Et pendant son séjour à la montagne ? demanda Wang en prenant un grain de raisin entre ses doigts effilés.

– Je n'en suis pas sûr, mais je ne pense pas. C'est quelque chose…

Quelque chose qui mérite qu'on s'y attarde. Wang pelait le grain de raisin.

– En supposant que Guan ait voyagé seule, elle aurait pu lier connaissance avec des clients de l'hôtel, ils auraient parlé du paysage, se seraient photographiés mutuellement…

– Et auraient pris des photos d'eux ensemble. Tu as tout à fait raison. Et certains touristes auraient porté un badge avec leur nom.

– Des badges… Oui, c'est possible s'ils voyageaient en groupe.

– J'ai examiné tous les albums, dit Chen en jetant un coup d'œil à sa montre, mais je vais peut-être recommencer.

– Et dès que possible.

Wang était en train de déposer le grain de raisin pelé dans la soucoupe de Chen. Le raisin était d'un vert presque transparent entre ses jolis doigts.

Chen lui prit les mains. Il était heureux qu'ils se comprennent. L'inspecteur principal Chen devait enquêter.

Elle secoua la tête comme si elle avait renoncé à dire quelque chose.

– Qu'est-ce qu'il y a ?

– Je m'inquiète pour toi.

Elle retira ses mains en fronçant les sourcils.

– Pourquoi ?

Elle se leva et dit doucement :

– Cette affaire t'obsède. Un homme ambitieux n'est pas nécessairement insupportable, mais tu vas un peu trop loin, camarade inspecteur principal.

– Non, je ne suis pas obsédé. En fait, tu me rappelles deux vers : *Songeant encore à ta jupe verte, partout, / Partout j'évite l'herbe d'un pas précautionneux.*

– Tu n'as pas besoin de te cacher derrière ces vers, dit-elle en se dirigeant vers l'escalier. Je sais que ton travail est très important pour toi.

– Pas autant que tu le penses.

Il imita sa façon de secouer la tête pour ajouter :

– Et sûrement pas autant que toi.

– Comment va ta mère ?

Elle changeait de nouveau de sujet.

– Très bien. Elle attend toujours que je grandisse, que je me marie et que je la rende grand-mère.

– Applique-toi à grandir d'abord.

Wang pouvait être parfois sarcastique, mais peut-être n'était-ce qu'un mécanisme de défense. Chen rit.

– Peut-être pourrions-nous nous revoir ce week-end.

Elle le taquina gentiment :

– Pour parler encore de l'enquête ?

– Si tu veux. J'aimerais aussi dîner avec toi chez moi.

– D'accord, j'aimerais beaucoup, mais pas ce week-end. Je vérifierai mon agenda. Je ne suis pas un cuisinier gourmet comme ton « Chinois d'outre-mer » mais je sais préparer d'assez bons petits légumes à la sichuanaise. Qu'est-ce que tu en penses ?

– Ça me semble épatant.

Elle lui fit un sourire énigmatique.

– Tu n'as pas besoin de me raccompagner à mon bureau.

Il resta donc sur place, alluma une cigarette, et la regarda traverser la rue en s'arrêtant sur le terre-plein central. Là elle se retourna et son sourire lui causa un étonnant sentiment de plénitude. Elle lui fit un signe de la main avant de tourner dans la rue menant au *Wenhui*.

Il commençait depuis peu à penser à l'avenir de leur relation. Politiquement elle n'était pas le choix idéal. La défection de son prétendu mari allait affecter son avenir. Même après son divorce, il resterait cette tache dans son dossier. Cela n'aurait pas eu beaucoup d'importance si Chen n'avait pas été inspecteur principal. Il savait qu'en tant que « membre du Parti et cadre en ascension » ses faits et gestes étaient connus des autorités du Parti. Et de certains de ses collègues qui seraient ravis de voir sa carrière ternie par une telle union.

Une femme mariée, même si elle ne l'était que virtuellement, n'était pas « culturellement souhaitable » non plus.

Mais à quoi bon être inspecteur principal s'il ne pouvait pas s'intéresser à une femme qui lui plaisait ?

Il jeta sa cigarette. Il avait pris une décision : il irait à pied passage Qinghe au lieu de prendre le bus. Il voulait réfléchir.

En traversant le terre-plein central, il évita l'herbe verte avec légèreté.

12

Le matin de mai était lumineux, et malgré la chaleur précoce l'air restait frais.

La circulation serpentait avec un grondement terrible le long de la rue du Henan. L'inspecteur principal Chen coupa à travers la longue file de voitures en se félicitant de sa décision d'aller à pied. Partout, on construisait de nouveaux bâtiments et les panneaux de déviation sortaient de terre comme les champignons après la pluie printanière, aggravant encore les difficultés. Près de la librairie de l'Est, il remarqua encore un vieil immeuble en démolition. A sa place s'élèverait bientôt un hôtel cinq étoiles. Il vit passer une décapotable rouge d'importation. Une jeune fille assise à côté du conducteur fit un signe de la main à un facteur en retard dans sa tournée.

Shanghai se transformait très vite.

Les habitants aussi.

Lui aussi, qui se sentait de plus en plus concerné par son travail de policier, même s'il pouvait entrer dans une librairie et passer du temps à chercher un recueil de poèmes. L'inspecteur principal Chen n'était pas à ce point obsédé par l'affaire, ni par la signification politique qu'elle pouvait avoir pour sa carrière.

Il avait sans doute depuis toujours un côté studieux, nostalgique, ou réfléchi. Sentimental, ou même sensuel au sens chinois classique – *le parfum des manches rouges imprègne ta lecture le soir.* Plus réaliste qu'anti-romantique, bien que moins ambitieux que Wang ne le lui avait reproché au *Bord du fleuve*. Un vers appris à l'université lui revint : *L'être le plus inutile est un pauvre rat de bibliothèque.* Écrit par Gao Shi, général célèbre du milieu de la dynastie des Tang en même temps que poète de premier ordre.

Le général Gao vivait à une époque où la dynastie des Tang, autrefois prospère, était ravagée par la famine, la corruption et les guerres. Le talentueux général-poète avait décidé de tout changer dans le pays par son engagement politique.

La Chine assistait de nouveau à un profond changement, les systèmes et les opinions établis étaient contestés. Dans une telle conjoncture historique, Chen était enclin lui aussi à penser qu'il pouvait apporter un changement plus concret en tant qu'inspecteur principal qu'en tant que simple poète. Un changement qui, même s'il n'était pas aussi considérable que celui du général Gao, serait ressenti dans la vie des gens qui l'entouraient. Par exemple, grâce à son enquête sur ce crime.

En Chine, et peut-être partout ailleurs, c'est plus facile à partir d'une position de pouvoir, se dit l'inspecteur principal Chen en mettant la clef dans la serrure de la chambre de Guan.

Il fut consterné de voir que l'espoir qui l'avait conduit à faire une nouvelle visite s'évaporait vite. Il resta songeur sous le portrait encadré du camarade Deng Xiaoping. Rien apparemment n'avait changé dans la pièce. Et il ne trouva rien de nouveau non plus dans les photos, même si certaines montraient Guan à la montagne. Il les sortit et les étala sur la table. Des images frappantes. Des couleurs éclatantes. A côté du fameux sapin de bienvenue, elle souriait à l'objectif. Regardant le sommet, elle levait les bras vers les nuages blancs. Assise sur un rocher, elle trempait ses pieds nus dans un torrent.

Il y en avait aussi une dans une chambre d'hôtel. Assise sur l'appui de la fenêtre, elle était en tenue plutôt légère, ses longues jambes nues, bien galbées, se balançaient sous une jupe courte en coton. Le soleil du matin traversait sa blouse fine et la rendait presque transparente, la rondeur de ses seins, visible sous le tissu, suggérait l'ellipse de son ventre. Derrière elle, la fenêtre encadrait la chaîne de montagnes verdoyante.

Aucun doute sur sa présence à la montagne. Il n'y avait cependant pas une seule photo d'elle avec quelqu'un d'autre. Était-elle à ce point narcissique ?

Comme l'avait fait remarquer Wang au café, l'idée qu'elle avait fait ce voyage toute seule ne tenait pas debout. Mais en supposant que c'était bien le cas, une autre question se posait : qui avait pris toutes ces photos ? Certaines avaient été prises sous des angles difficiles, ou d'une distance considérable. Il avait du mal à croire qu'elle ait réussi à les prendre elle-même. Il n'y avait même pas d'appareil photo parmi ses rares objets personnels. Ni de rouleau de pellicule neuve ou exposée.

Le camarade Deng Xiaoping lui-même semblait se pencher hors de son cadre, déçu de la déception de Chen.

Chen se souvint d'une métaphore qu'il avait traduit dans un roman policier. Les policiers étaient des soldats mécaniques remontés avec une clef, se bousculant, courant dans tous les sens, gesticulant et tournant en rond pendant des jours, des mois et même des années sans aboutir à rien, et soudain ils se retrouvaient mis de côté, en sommeil, jusqu'à ce qu'on les remonte de nouveau.

Quelque chose dans cette affaire l'avait remonté. C'était une impulsion inconnue, dont il soupçonnait qu'elle n'était peut-être pas totalement celle d'un policier.

Il eut soudain très faim. Il n'avait pris qu'une tasse de café noir au *Bord du fleuve*. Il se dirigea donc vers le restaurant miteux d'en face. Il choisit une table de bois branlante sur le trottoir et commanda encore une fois une portion de brioches frites plus un bol de soupe au bœuf. La soupe arriva la première avec de la ciboule hachée flottant à la surface, mais comme la fois précédente il dut attendre les brioches. L'établissement ne possédait qu'un grand wok pour les frire.

Ce n'est pas tous les jours qu'un flic fait une découverte capitale, se dit-il, et il alluma une Pivoine, inhalant son parfum mélangé à l'air frais. Il regarda de l'autre côté de la rue et fut fasciné par une vieille femme debout près de l'entrée du passage. Presque sculpturale sur ses pieds bandés, elle vendait des glaces avec une vieille carriole, son visage ratatiné aussi érodé que la Grande Muraille. En sueur, elle était enveloppée dans un tissu noir tissé main, comme un morceau de verre opaque passé au noir de fumée pour regarder une éclipse du soleil en été. Elle portait un brassard rouge où était écrit dans la calligraphie du président Mao *Meilleure travailleuse du service mobile socialiste*. Elle n'avait sans doute pas toute sa tête, ou elle n'aurait pas porté cette antiquité. Cinquante ou soixante ans plus tôt, elle aurait pu être l'une des jolies filles souriantes qui avaient attendu là, les épaules découvertes, lumineuses contre le mur nu, racolant les clients à la lumière flatteuse du gaz, lançant mille navires dans la nuit silencieuse.

Et avec le temps, Guan aurait pu devenir aussi vieille, flétrie et semblable à un corbeau que la marchande ambulante, hors du temps et du mouvement, sans espoir et ignorée.

Puis Chen remarqua qu'il y avait plusieurs jeunes qui traînaient autour du dortoir. Ils ne faisaient rien de particulier ; ils restaient les bras croisés, sifflaient faux, ou regardaient les passants. Quand son regard tomba sur le kiosque attenant, il comprit qu'ils devaient attendre un coup de téléphone. Il pouvait voir le vieil homme aux cheveux blancs décrocher un combiné, le tendre à une femme d'une cinquantaine d'années à l'extérieur, et mettre des pièces dans une petite boite. Avant que la femme n'ait fini de parler, le vieil homme décrocha un autre combiné, mais cette fois il écrivit quelque chose sur un morceau de papier. Il sortit et alla crier dans la cage de l'escalier, un porte-voix dans une main et le morceau de papier dans l'autre. Il avait probablement appelé le nom d'un résident d'en haut. Ce devait être un appel de l'extérieur. En raison de la grave pénurie de téléphones privés à Shanghai, ce genre de service restait la norme. La majorité des gens devaient téléphoner de cette manière.

Guan aussi.

Chen se leva sans attendre les brioches frites et traversa la rue.

Le vieil homme devait approcher les soixante-dix ans, il était bien conservé, bien habillé, et parlait avec un air de responsabilité sereine. Dans un autre décor, il aurait pu passer pour un cadre de haut rang. Sur la table, parmi les téléphones, il y avait un exemplaire de la *Chronique des trois royaumes* avec un signet de bambou. Il leva les yeux vers Chen.

L'inspecteur principal Chen montra sa carte.

– Je sais, vous menez l'enquête ici. Je m'appelle Bao Guozhang. Les gens d'ici m'appellent simplement oncle Bao.

– Oncle Bao, je voudrais vous poser quelques questions à propos de la camarade Guan Hongying.

Chen resta debout devant le kiosque qui pouvait difficilement contenir deux personnes assises.

– Votre aide me serait très utile.

– La camarade Guan était un membre admirable du Parti. En tant que membre du comité de quartier, il est de ma responsabilité de vous aider, dit l'oncle Bao avec beaucoup de sérieux. Je ferai de mon mieux.

Le comité de quartier était dans une certaine mesure une extension du commissariat et fonctionnait en partie, si pas officiellement, sous son contrôle. Il était responsable de tout ce qui se passait en dehors des unités de travail, organisait des sessions d'études politiques hebdomadaires, contrôlait le nombre d'habitants, gérait des garderies, distribuait les tickets de rationnement, fixait le quota des naissances, arbitrait les querelles entre voisins ou entre membres d'une famille, et surtout, surveillait étroitement le voisinage. Il était autorisé à faire un rapport sur n'importe qui, et ce rapport était classé comme confidentiel dans le dossier de police. Cette institution permettait à la police de rester en retrait tout en entretenant une surveillance efficace. Dans certains cas, le comité de quartier avait réellement aidé la police à résoudre des crimes et à arrêter des criminels.

– Excusez-moi, je ne savais pas que vous étiez membre du comité, dit Chen. J'aurais dû vous consulter plus tôt.

– En fait, je suis retraité depuis trois ans de l'aciérie n° 4 de Shanghai, mais mes vieux os auraient déjà rouillé si je ne faisais rien de toute la journée. Alors je me suis mis à travailler ici. Et le comité me paie un peu.

Alors que les quelques fonctionnaires du comité étaient des cadres à temps complet, la plupart de ses membres étaient des retraités qui recevaient un petit extra pour leurs services. Avec la forte inflation du début des années quatre-vingt-dix, un revenu supplémentaire était plus que bienvenu.

– Vous avez un rôle important pour le voisinage, dit Chen.

– Eh bien, outre le service de téléphone public ici, je veille aussi à la sécurité du dortoir, dit l'oncle Bao. Et de tout le passage. On n'est jamais trop prudent de nos jours.

– Vous avez bien raison, dit Chen en remarquant que deux téléphones sonnaient en même temps. Et vous êtes très occupé.

Il y avait quatre appareils sur une étagère de bois derrière les petites fenêtres. L'un était marqué APPELS DE L'EXTÉRIEUR SEULEMENT. D'après l'oncle Bao, le service de téléphone public avait été mis en place à l'origine pour la commodité des résidents du dortoir exclusivement, mais à présent les habitants du passage pouvaient eux aussi utiliser les téléphones moyennant dix fens.

– Quand je reçois un appel, je note le nom et le numéro à rappeler sur un carnet, j'arrache la page et je remets le message au destinataire. Si c'est un résident, il suffit que j'appelle son nom en bas de l'escalier avec un porte-voix.

– Et pour ceux qui n'habitent pas le dortoir ?

– J'ai une assistante. Elle va les informer en appelant sous leur fenêtre avec son porte-voix.

– Et ils viennent rappeler, c'est ça ?

– Oui. D'ici à ce que tout le monde ait son téléphone chez soi, j'aurai vraiment pris ma retraite.

– Oncle Bao.

Une jeune fille fit irruption dans le kiosque, un porte-voix gris à la main.

– C'est l'assistante dont je vous parlais. Elle est chargée de transmettre les messages aux habitants du passage.

– Je vois.

– Xiuxiu, voici le camarade inspecteur principal Chen, dit l'oncle Bao. Lui et moi devons avoir une conversation. Tu te charges de tout ici pendant un moment, d'accord ?

– Bien sûr, pas de problème.

– Ce n'est pas un vrai travail pour elle, dit l'oncle Bao en soupirant. (Ils se dirigeaient vers la table où Chen avait attendu.) Mais c'est tout ce qu'elle peut trouver par les temps qui courent.

Les brioches frites n'étaient encore pas arrivées, mais la soupe était déjà froide. Chen commanda un autre bol pour l'oncle Bao.

– Alors, du progrès dans votre enquête ?

– Pas vraiment. Votre aide pourrait être très importante.

– Je vous dirai volontiers tout ce que je sais.

– Comme vous êtes ici tous les jours, vous devez savoir qui reçoit beaucoup de visites. Qu'en était-il de la camarade Guan ?

– Des amies ou des collègues ont pu venir la voir, mais pas beaucoup. Je l'ai vue une ou deux fois avec d'autres personnes. C'est à peu près tout – en trois ans ici.

– Quel genre de personnes ?

– Je ne me rappelle pas vraiment. Désolé.

– Elle téléphonait souvent ?

– Oui, plus souvent que les autres résidents.

– Et on l'appelait souvent ?

– Oui, très souvent, même. (L'oncle Bao réfléchissait.) Mais après tout ce n'est pas étonnant pour une travailleuse modèle de la nation qui a des réunions et des conférences.

– Quelque chose d'inhabituel dans ces appels ?

– Non, je n'ai rien remarqué. J'en reçois tellement, et je suis toujours occupé.

– Auriez-vous surpris une conversation ?

– Ce n'est pas convenable d'écouter ce que les gens se disent.

– Vous avez raison, oncle Bao. Excusez-moi pour cette question grossière. C'est que cette affaire est très grave pour nous.

L'arrivée des brioches frites les interrompit.

– Mais maintenant que vous en parlez, il y a peut-être quelque chose d'inhabituel, dit l'oncle Bao en grignotant une petite brioche. Les heures d'ouverture du service du téléphone sont généralement de 7 heures du matin à 7 heures du soir. Mais pour aider les résidents, dont beaucoup travaillent la nuit, nous prolongeons notre service jusqu'à 11 heures. Je me rappelle que Guan téléphonait très souvent après 9 ou 10 heures. Surtout pendant les six derniers mois.

– Et il ne fallait pas ?

– Ce n'est pas la question, mais c'était inhabituel. Le grand magasin ferme à 8 heures.

– Et ?

– Les personnes qu'elle appelait devaient avoir le téléphone chez elles.

– Elle téléphonait peut-être à son patron.

– Je n'appellerais pas mon patron après 10 heures. Une jeune femme célibataire le ferait ?

– Vous êtes très observateur.

Chen hocha la tête. Le membre du C. Q. avait des oreilles, et du bon sens.

– Je suis responsable.

– Ainsi vous pensez qu'elle fréquentait quelqu'un ?

– C'est possible, dit l'oncle Bao après une pause. Si je me souviens bien, la plupart des appels pour elle venaient d'un homme. Il parlait avec un fort accent pékinois.

– Y a-t-il un moyen de retrouver les numéros ?

– Il n'y a aucun moyen de savoir quels numéros elle composait. Mais pour les appels qu'elle recevait, nous pouvons en retrouver d'après nos talons. Vous voyez, nous notons le numéro sur la page et sur le talon. De façon à retrouver les numéros même si les gens perdent leur papier.

– Vraiment ? Vous avez gardé tous les talons ?

– Pas tous. La plupart ne servent plus à rien au bout de quelques jours. Mais pour les dernières semaines, je peux vous les retrouver. Ça me prendra un peu de temps.

– Ce sera magnifique. Merci infiniment, oncle Bao. Vos renseignements jettent un nouvel éclairage sur notre enquête.

– Je vous en prie, camarade inspecteur principal.

– Autre chose. A-t-elle reçu un appel le 10 mai ? C'est le soir où elle a été assassinée

– Le 10 mai était… un jeudi. Voyons… Il faudra que je vérifie les talons. Le tiroir ici est trop petit, alors je garde la plupart des talons chez moi.

– Appelez-moi immédiatement si vous trouvez quelque chose. Je ne sais comment vous exprimer notre reconnaissance.

– Je vous en prie, camarade inspecteur principal. A quoi sert un membre du C.Q. ?

A l'arrêt du bus, Chen se retourna et aperçut le vieil homme de nouveau au travail, un combiné sur l'épaule ; il hochait la tête, et écrivait tout en tendant un papier par la fenêtre avec l'autre main. Un membre consciencieux du C.Q. Et très vraisemblablement un membre du Parti.

C'était une piste inespérée : Guan fréquentait peut-être un homme avant sa mort.

Pourquoi elle en avait fait un tel secret, il ne le savait pas encore. Il n'était plus du tout convaincu qu'il s'agisse d'une affaire politique. C'était Wang, avec son porte-bonheur de jade vert attaché à son cou par un fin cordon rouge, qui lui avait inspiré cette ligne de recherches. Mais quand il se casa dans le bus, la chance l'abandonna. Coincé entre les voyageurs à l'entrée, il avança en poussant et fut écrasé contre une grosse femme suante dans une blouse tapageuse et trempée, presque transparente. Il s'efforça de garder ses distances, mais en vain. Pour tout arranger, la route était accidentée à cause des nouveaux chantiers ouverts partout. Les cahots incessants rendaient l'épreuve presque insupportable. Plus d'une fois le bus stoppa d'urgence, et son opulente voisine, qui avait perdu l'équilibre, lui rentra dedans. Ce n'était pas du tuishou. Il l'entendit jurer entre ses dents, ce n'était pourtant la faute de personne.

Il finit par descendre rue de Shantung avant que le bus n'atteigne le bureau. L'air frais était délicieux.

Le 71. Probablement le bus que Guan utilisait pour aller au magasin et en revenir, jour après jour.

Rentré chez lui, l'inspecteur principal Chen ôta son uniforme et s'étendit sur son lit. Alors seulement il pensa à ce qui avait pu être une maigre consolation pour Guan. Elle était célibataire, certes, mais pas trop seule – du moins pas vers la fin de sa vie. Elle avait quelqu'un à appeler après 10 heures du soir. Il n'avait jamais essayé de téléphoner à Wang si tard. Elle habitait chez ses parents. Il ne lui avait rendu visite qu'une seule fois. Vieux, prudes, traditionnels, ses parents n'avaient pas été très amicaux, ils avaient compris qu'il courtisait leur fille mariée.

Que faisait Wang en ce moment ? Il aurait voulu lui téléphoner, lui dire que le succès dans sa carrière, aussi flatteur qu'il paraisse, n'était qu'un prix de consolation en l'absence de bonheur personnel.

C'était une nuit d'été sereine. Le clair de lune étincelant faisait chatoyer les feuilles, un lampadaire solitaire jetait une lumière jaune et tremblante sur le sol. On entendait un violon par une fenêtre ouverte de l'autre côté de la rue. La mélodie lui était familière, mais il ne put pas se rappeler son titre. Incapable de dormir, il alluma une cigarette.

Guan avait dû elle aussi connaître ces moments où la solitude monte, les insomnies, dans sa petite chambre.

La fin d'un poème de Matthew Arnold emplit l'air de la nuit :

Amour, soyons-nous fidèles !
Car le monde, qui semble
S'étendre devant nous telle une terre de rêves,
Si varié, si beau, si neuf,
Ne possède ni joie, ni amour, ni lumière,
Ni certitude, ni paix, ni réconfort.
Et nous sommes sur une plaine sombre
Balayée d'alarmes confuses de lutte et de fuite,
Où des armées ignorantes s'affrontent la nuit.

C'était un poème qu'il avait traduit des années plus tôt. Les vers brisés et inégaux, ainsi que les transitions et juxtapositions abruptes, presque surréalistes, l'avaient séduit. Sa traduction avait paru dans *Lire et comprendre*, accompagnée d'un court commentaire critique où il présentait ce poème comme le plus triste des poèmes d'amour victoriens. Cependant, il n'était plus aussi sûr qu'il s'agisse, comme il l'avait affirmé dans son commentaire, d'un écho du monde occidental qui a perdu ses illusions. Toute lecture, selon Derrida, pouvait être une erreur d'interprétation. Même l'inspecteur principal Chen pouvait être lu de différentes façons.

13

Ce samedi de la fin mai était encore une fois clair et agréable.

Les Yu visitaient le jardin de la Grande Vision à Qingpu, près de Shanghai. Peiqin était dans son élément, elle tenait un exemplaire du *Rêve dans le pavillon rouge*. Pour elle, c'était un rêve qui se réalisait. Elle tourna les pages pour retrouver un épisode.

– Regarde, c'est le bosquet de bambous où Xiangyuan s'assoupit sur le banc de pierre et où Baoyu la regarde.

Qinqin était lui aussi de très bonne humeur, il courait partou en s'amusant à se perdre dans le labyrinthe de jardin traditionnel.

– Prends-moi en photo près du pavillon rouge, demanda-t-elle.

Yu avait le cafard, mais il faisait un noble effort pour le cacher. Il leva l'appareil, sachant l'importance du jardin pour Peiqin. Un groupe de touristes s'arrêta aussi devant le pavillon, et le guide commença à donner des détails sur la merveille architecturale ancienne. Peiqin écouta attentivement, et oublia Yu un moment. Mêlé au groupe, il opinait du bonnet tout en poursuivant ses réflexions.

Il était sous pression au bureau. C'était odieux de travailler avec le commissaire Zhang, et encore plus depuis la dernière réunion de l'équipe. L'inspecteur principal Chen n'était pas insupportable, mais il cachait quelque chose. Le secrétaire du Parti, tout en restant aimable avec Chen et Zhang, faisait peser toute la tension sur lui, Yu, qui ne dirigeait même pas l'enquête. Sans parler du fait qu'il avait la principale responsabilité dans les autres affaires de la brigade.

Ses efforts renouvelés du côté des taxis et des agences de voyage n'avaient rien donné. L'offre de récompense pour des renseignements sur tout conducteur suspect cette nuit-là près du canal n'avait eu aucun succès. Aucune réponse. Il s'y était attendu.

Chen ne progressait pas non plus dans sa théorie sur le caviar.

– Le jardin est une construction du XXe siècle d'après un archétype décrit dans *Le Rêve de la chambre rouge*, le roman classique le plus célèbre depuis la moitié du XIXe siècle. (Le guide présentait son introduction avec aisance, une cigarette à long filtre entre les doigts.) Non seulement les fenêtres à claire-voie, les portes et les piliers de bois sont exactement du même style, mais en outre les meubles reflètent les conventions de l'époque. Regardez le pont de bambou. Et la grotte aux asparagus. Ici nous sommes vraiment dans le roman.

En effet, le jardin attirait les passionnés de l'œuvre. Peiqin avait demandé cinq ou six fois à le visiter. Il n'était plus possible de remettre la promenade à plus tard.

Un sentier sinueux et couvert de mousse conduisait à une salle spacieuse avec des fenêtres rectangulaires à vitraux, à travers lesquelles on apercevait le « jardin intérieur », frais et engageant, mais Yu n'était pas d'humeur à aller plus loin. Debout dans la foule à côté de Peiqin, il faisait semblant d'être intéressé comme tout le monde, mais il se sentait idiot et pas à sa place. Certains prenaient des photos. A côté d'une grotte à la forme étrange, dans un stand de photo sommaire, les touristes pouvaient louer des costumes et des bijoux prétendument Ming. Une jeune fille posait avec une lourde coiffure à l'ancienne dorée, et son ami portait une robe de soie brodée d'un dragon. Peiqin aussi était transformée par la splendeur du jardin tandis qu'elle s'affairait à comparer les appartements, les pavillons de pierre et les portes en forme de lune avec les images qu'elle avait en tête. En la regardant, il croyait presque qu'elle faisait partie du lieu, qu'elle s'attendait à voir Baoyu – le jeune et beau héros du roman – sortir du bosquet de bambous d'une minute à l'autre.

Elle saisit l'occasion de partager sa connaissance de la culture classique avec Qinqin :

– Quand Baoyu avait ton âge, il avait déjà appris par cœur les quatre classiques de Confucius.

– Les quatre classiques de Confucius ? Jamais entendu parler à l'école.

Faute d'avoir obtenu de son fils la réaction espérée, elle s'adressa à son mari. Elle s'exclama :

– Regarde, ce doit être le ruisseau où Daiyu ensevelit la fleur tombée.

– Daiyu ensevelit sa fleur ? dit Yu complètement perdu.

– Tu te rappelles le poème de Daiyu : *J'ensevelis la fleur aujourd'hui, mais qui m'ensevelira demain ?*

– Oh, ce poème sentimental.

– Guangming, tu as la tête ailleurs.

– Non, je suis très content d'être ici, assura-t-il. Mais j'ai lu le roman il y a très longtemps. Nous étions encore dans le Yunnan, souviens-toi.

– Où est-ce qu'on va maintenant ?

– Honnêtement, je suis un peu fatigué. Va donc devant avec Qinqin jusqu'au jardin intérieur. Je m'assois ici un moment, je finis ma cigarette et je vous rejoins.

– D'accord, mais ne fume pas trop.

Il regarda Peiqin conduire Qinqin dans le pittoresque jardin intérieur en passant par la porte en forme de gourde, avec aisance, comme si elle rentrait chez elle.

Il n'était pas Baoyu et n'avait jamais souhaité l'être. Il était fils de flic. Et flic lui-même. Yu écrasa sa cigarette sous sa semelle. Il essayait d'être un bon flic, mais il trouvait ça de plus en plus difficile.

Peiqin était différente. Non, elle ne se plaignait pas. En fait, elle était satisfaite. Comptable dans un restaurant, elle avait un salaire convenable, environ cinq cents yuans par mois sans compter les avantages. Dans sa petite niche confortable, elle n'avait pas à se mêler aux clients. Et à la maison, malgré l'exiguïté, tout allait bien aussi, elle le disait souvent.

Mais il savait qu'elle aurait pu avoir une autre vie. Celle d'une Daiyu ou d'une Baochai, comme les jeunes filles belles et talentueuses du roman d'amour.

Au début du *Rêve dans le pavillon rouge*, douze belles jeunes filles accomplissent leur karma amoureux prédestiné dans le registre céleste du destin. D'après l'auteur, les amoureux qui se promènent sous la lune dans le jardin de la Grande Vision sont prédestinés. Naturellement, c'est de la fiction. Dans la vie réelle, pourtant, les choses peuvent être plus étranges encore.

Il essaya d'extraire une autre cigarette, mais le paquet était vide. Un paquet de Pivoine écrasé. Les tickets mensuels de rationnement ne lui allouaient que cinq paquets de marques telles que Pivoine et Grande Muraille, et il les avait déjà finis. Il prit dans la poche de sa veste un étui en métal où il gardait quelques cigarettes qu'il s'était roulées, un secret vis-à-vis de Peiqin qui s'inquiétait parce qu'il fumait trop.

Ils se connaissaient depuis leur petite enfance.

Compagnons de jeu sur des chevaux de bambou rigides,

Se poursuivant, cueillant des fleurs de prunes vertes.

Le docteur Xia avait copié ce distique de la *Ballade de Zhanggan* sur deux banderoles de soie rouge pour leur mariage.

Pourtant, leur enfance n'avait pas été aussi innocemment bucolique. La famille de Peiqin s'était simplement installée dans le même quartier au début des années soixante. Ils étaient devenus camarades à l'école primaire, et s'étaient suivis au lycée. Mais au lieu de chercher à être ensemble, ils gardaient leurs distances. C'était une période révolutionnaire puritaine. Il était hors de question que garçons et filles se mélangent.

En outre, il y avait l'origine bourgeoise de sa famille. Le père de Peiqin, propriétaire d'une fabrique de parfums avant 1949, avait été envoyé en camp de rééducation par le travail à la fin des années soixante, condamné sans explication à une longue peine, et il y était mort. Sa famille, chassée de leur maison dans le quartier de Jingan, dut s'installer dans une mansarde près de chez Yu. Jeune fille maigre au teint cireux, avec une queue de cheval attachée par un élastique, c'était tout sauf une fière princesse. Bien qu'excellente élève, elle était souvent brimée par les autres d'origine prolétaire. Un matin, plusieurs petits gardes rouges essayèrent de couper sa queue de cheval. C'en était trop, et Yu les en empêcha. Il exerçait une certaine autorité sur les enfants du quartier parce que son père était policier.

Ce n'est que la dernière année du collège qu'un événement les rapprocha. Au début des années soixante-dix, la Révolution culturelle avait pris un tour dramatique lorsque le président Mao avait considéré les gardes rouges, autrefois ses jeunes partisans les plus ardents, comme un obstacle à la consolidation de son pouvoir. Mao déclara donc qu'il était nécessaire que les gardes rouges – appelés « jeunes instruits » – aillent à la campagne pour être « rééduqués par les paysans pauvres et moyens-pauvres », afin que les jeunes quittent les villes et ne puissent plus causer de troubles. Une campagne nationale fut menée partout à coup de tambours et de gongs. Répondant naïvement à l'appel de Mao, des millions de jeunes partirent au loin. Dans les provinces d'Anhui, de Jiangxi, d'Helongjiang, en Mongolie intérieure, à la frontière du nord, du sud…

Yu Guangming et Jing Peiqin, qui étaient pourtant trop jeunes pour être gardes rouges, se retrouvèrent jeunes instruits, en dépit du fait qu'ils n'avaient reçu que peu d'éducation, avec pour seul manuel les *Citations du président Mao* d'un rouge éclatant. Ils devaient eux aussi quitter Shanghai pour être éduqués à la campagne. Ils furent envoyés dans une ferme militaire de la province du Yunnan, à la frontière sud entre la Chine et la Birmanie.

La veille de leur départ, la mère de Peiqin alla voir les parents de Yu. Les deux familles eurent ce soir-là une longue conversation. Le lendemain matin, Peiqin alla chez Yu, et son frère, chauffeur de camion à l'aciérie n° 1 de Shanghai, les conduisit à la gare du Nord. Assis face à face dans le camion, accrochés à leur malle – tout ce qu'ils possédaient –, ils regardaient la foule en liesse et chantaient une citation du président Mao : *Allons à la campagne, allons à la frontière, allons là où notre mère-patrie a le plus besoin de nous...*

Yu devina que c'était en quelque sorte des fiançailles arrangées, mais il l'accepta sans trop y penser. Les deux familles voulaient que ces deux adolescents de seize ans envoyés à des milliers de kilomètres prennent soin l'un de l'autre. Et Peiqin était devenue une jolie jeune fille, mince, presque aussi grande que lui. Dans le train, ils s'assirent timidement côte à côte. A la campagne, ils prirent en effet soin l'un de l'autre. Ils n'avaient pas le choix.

La ferme militaire était perdue dans une région isolée appelée Jinghong, dans le Xishuangbanna, au fin fond du Yunnan. La plupart des paysans pauvres et moyens-pauvres du lieu appartenaient à la minorité thaï ; ils parlaient leur propre langue et étaient attachés à leurs traditions culturelles. Afin de s'isoler de la terre rendue humide par les pluies tropicales fréquentes, les Thaïs vivaient dans des abris de bambou sur de solides pilotis, avec les cochons et les poulets au-dessous. A l'opposé, les jeunes instruits vivaient dans les baraquements humides et étouffants de l'armée. Il ne fut pas question de rééducation. Certes, ils apprirent un certain nombre de choses, mais sans doute pas ce que le président Mao aurait voulu. Les usages de l'amour chez les Thaïs, par exemple. Le quinzième jour du quatrième mois du calendrier lunaire avait lieu la Fête de l'Eau, qui était censée laver la saleté, la mort et les démons de l'année précédente, mais c'était aussi l'occasion pour une jeune fille thaï de déclarer son affection à l'élu de son cœur en lui versant de l'eau dessus. Le jeune homme venait alors chanter et danser le soir sous sa fenêtre. Si elle ouvrait sa porte, il était son partenaire de lit pour la nuit.

Yu et Peiqin furent d'abord choqués, mais ils apprirent vite. Ce n'était pas un choix. Ils avaient besoin l'un de l'autre car il n'y avait ni cinéma, ni bibliothèque, ni restaurant : aucune distraction. A la fin des longues journées de travail, ils étaient leur seule compagnie. Ils avaient de longues nuits. Comme beaucoup de jeunes instruits, ils se mirent à vivre ensemble. Sans pour autant se marier. Non qu'ils ne se soient pas attachés l'un à l'autre, mais parce qu'en conservant leur statut de célibataires, ils avaient peut-être une chance de retourner à Shanghai. La politique du gouvernement exigeait qu'une fois mariés les jeunes instruits s'installent à la campagne.

Shanghai leur manquait.

La fin de la Révolution culturelle changea tout une fois encore. Ils purent rentrer chez eux. La rééducation à la campagne cessa, sans être officiellement dénoncée. De retour à Shanghai, ils se marièrent. Yu « hérita » sa situation de policier en raison de la retraite anticipée de son père, et Peiqin fut affectée à la comptabilité d'un restaurant. Ce n'était pas ce qu'elle voulait, mais le poste se révéla assez lucratif. Un an après la naissance de leur fils Qinqin, leur mariage s'était installé dans une routine sans heurts. Yu n'avait pas beaucoup de raisons de se plaindre.

Pourtant, il ne pouvait pas s'empêcher de regretter parfois les années dans le Yunnan, où il rêvait de retourner à Shanghai, de trouver du travail dans une entreprise d'État, d'entreprendre une carrière, de fonder une famille et de mener une vie différente. Il avait maintenant un âge où il ne pouvait plus se permettre des rêves démesurés. Flic à un échelon modeste, il le resterait probablement toute sa vie. Il ne renonçait pas, mais il devenait plus réaliste.

De fait, avec son éducation limitée et son absence de relations, l'inspecteur Yu était mal placé pour rêver d'un avenir dans la police. Son père avait servi durant vingt-six ans, mais il avait fini au premier échelon. Ce serait probablement pareil pour lui. De son temps, le Vieux chasseur avait au moins connu l'orgueil de faire partie de la « dictature du prolétariat ». Dans les années quatre-vingt-dix, le terme avait disparu des journaux. Yu n'était qu'un flic de base insignifiant, gagnant un salaire minimum et n'ayant qu'un petit rôle. L'enquête en cours ne faisait que souligner son insignifiance.

– Guangming.

Il fut tiré de sa rêverie.

Peiqin était revenue près de lui, seule.

– Où est Qinqin ?

– Il s'amuse dans la salle des jeux électroniques. Il ne viendra pas nous chercher tant qu'il n'aura pas dépensé toutes ses pièces.

– Tant mieux pour lui. Tu n'as pas à t'inquiéter.

– Quelque chose te tracasse, dit-elle en s'asseyant sur une pierre à côté de lui.

– Non, pas vraiment. Je pensais seulement à notre vie dans le Yunnan.

– A cause de ce jardin ?
– Oui. Tu te souviens qu'on dit aussi que le Xishuangbanna est un jardin ?
– Oui, mais tu n'as pas à me raconter ça, Guangming. Je suis ta femme depuis longtemps. Quelque chose ne va pas au travail, c'est ça ? Je n'aurais pas dû te traîner ici.
– Ce n'est pas grave.
Il lui caressa doucement les cheveux.
Elle resta un moment silencieuse.
– Tu as des ennuis ?
– Une affaire difficile, c'est tout. Je suis simplement préoccupé.
– Tu t'y connais pour élucider les affaires difficiles. Tout le monde le dit.
– Je ne sais pas.
Elle posa sa main sur la sienne.
– Je sais que je ne devrais pas te dire ça, mais tant pis. Si tu n'es pas heureux de faire ce que tu fais, pourquoi ne pas démissionner ?
Il la regarda avec surprise. Elle ne détourna pas les yeux.
– Oui, mais…
Il ne trouva rien d'autre à dire. Mais il sut qu'il allait réfléchir à sa question, longtemps. Elle changea de sujet :
– Aucun progrès dans l'enquête ?
– Presque aucun.
Yu lui avait parlé de l'affaire Guan, alors qu'il mentionnait rarement son travail de policier chez lui. Poursuivre les criminels pouvait être difficile et dangereux. Il ne voyait aucune raison de s'appesantir là-dessus avec sa famille. En outre, Chen avait insisté sur l'aspect très délicat de l'affaire. Ce n'était pas une question de confiance, plutôt de professionnalisme. Mais il se sentait trop frustré.

– Parle-moi, Guangming. Comme dit souvent ton père, parler aide toujours.

Il lui fit donc un résumé de ce qui le déroutait, en le centrant sur son incapacité à obtenir des renseignements à propos de la vie personnelle de Guan :

– C'était un vrai bernard-l'ermite. La politique lui avait consitué une coquille.

– Je ne connais rien aux enquêtes criminelles, mais ne me dis pas qu'une jolie femme – de trente ou trente et un ans, exact ? – pouvait vivre comme ça.

– Qu'est-ce que tu veux dire ?

– Elle n'a jamais eu de liaison ?

– Elle était trop occupée par les activités et les réunions du Parti. Dans sa position, c'était trop difficile pour elle de trouver quelqu'un, et difficile aussi que quelqu'un la trouve.

– Moque-toi de moi, Guangming, mais, en tant que femme je ne peux pas le croire. Je veux parler de ce qui se passe entre un homme et une femme. Nous sommes en 1990.

– Tu marques un point. Mais j'ai parlé à la plupart des collègues de Guan depuis que Chen a soulevé la question du caviar, et elles n'ont fait que confirmer nos premiers renseignements. Elles disent qu'elle ne fréquentait personne à l'époque de sa mort et qu'elles ne se souvenaient pas qu'elle ait eu un petit ami. Elles l'auraient remarqué.

– Mais c'est contre nature ! Comme Miaoyu dans *Le Rêve dans le pavillon rouge*.

– Qui est Miaoyu ?

– Miaoyu est une jeune bonzesse qui vit pour l'idéal abstrait du bouddhisme. Fière de sa pratique religieuse, elle se considère au-dessus des confusions amoureuses de la poussière rouge.

– Pardon de t'interrompre encore, mais qu'est-ce que c'est que la poussière rouge ?

– C'est ce bas monde frivole où vivent les gens ordinaires comme nous.

– Alors il n'est pas si mauvais.

– Vers la fin du roman, pendant que Miaoyu médite un soir dans la solitude, elle devient la proie de fantasmes sexuels. Ne pouvant même plus parler dans les affres de la passion, elle est facilement approchée et attaquée par un groupe de bandits. Quand elle meurt, elle n'est plus vierge. D'après les critiques littéraires, c'est une métaphore. Seul le démon dans son cœur pouvait attirer le démon vers son corps. Elle est la victime de son long refoulement sexuel.

– Et alors ?

– Est-ce que l'idéal suffit à soutenir un être humain jusqu'au bout, particulièrement un être humain féminin ? Je crois que dans ses derniers instants de conscience, Miaoyu a dû regretter amèrement sa vie perdue. Elle aurait dû la consacrer à nettoyer sa maison, à coucher avec son mari, à préparer le déjeuner de ses enfants pour l'école.

– Pourtant, Miaoyu n'est qu'un personnage du roman.

– Mais il est très vrai. Le roman éclaire intelligemment la nature humaine. Ce qui est vrai pour Miaoyu devait être vrai aussi pour Guan.

– Je vois. Toi aussi, tu es très intelligente.

La politique semblait en effet avoir été toute la vie de Guan, mais était-ce vraiment suffisant ? Ce que Guan lisait dans *Le Quotidien du peuple* ne pouvait l'aimer en retour.

– Je n'arrive pas à imaginer que Guan n'ait pu vivre que pour la politique… A moins qu'elle n'ait subi un choc traumatisant plus tôt dans sa vie.

– Possible, mais aucune de ses collègues n'en a fait mention.

– C'est que la plupart de ses collègues n'ont pas travaillé très longtemps avec elle. N'est-ce pas ce que tu m'as dit ?

– Oui, c'est vrai aussi.

Guan avait travaillé onze ans au magasin, mais aucune des femmes interrogées n'y avait été aussi longtemps. Le directeur général Xiao n'avait été transféré d'une autre entreprise que deux ans plus tôt.

– Les femmes n'aiment pas parler de leur passé, surtout pas une femme célibataire à des femmes plus jeunes.

– Tu as sûrement raison, Peiqin. J'aurais dû interroger aussi des employées retraitées.

– A propos, où en est ton inspecteur principal ?

– Eh bien, il a ses idées, mais aucune découverte importante non plus.

– Non, je parle de sa vie personnelle.

– Je ne la connais pas.

– Il a dans les trente-cinq ans, non ? Un inspecteur principal de son âge doit être un célibataire très recherché.

– Oui. On raconte qu'il voit une journaliste du *Wenhui*. Il dit que c'est pour un article sur lui.

– Tu crois que si c'était pour autre chose il en parlerait à tout le monde ?

– C'est quelqu'un au bureau, tu sais. Tout le monde l'observe. Bien sûr, il ne dira rien.

– Tout comme Guan.

– A une différence près, peut-être.

– Laquelle ?

– Elle était plus connue.

– Raison de plus pour ne rien dire aux autres.

– Peiqin, tu es extraordinaire.

– Non, je suis une femme ordinaire. J'ai simplement la chance d'avoir un mari extraordinaire.

Un petit vent léger s'était levé.

– Mais oui… dit Yu d'un air piteux, un mari extraordinaire.

– Oh, Guangming, je me souviens encore si nettement du temps du Xishuangbanna. Seule la nuit, je pensais à toi, accouru à mon secours à l'école primaire, et c'était presque intolérable, je te l'ai déjà dit, n'est-ce pas ?

– Tu ne cesses jamais de m'étonner, dit-il en pressant sa main.

– Ta main dans la mienne, dit-elle les yeux brillants, c'est tout ce que je demande dans le jardin de la Grande Vision. Je suis tellement heureuse ici avec toi en pensant aux pauvres jeunes filles du roman.

Une brume douce s'éloignait du pavillon ancien.

– Regarde les vers écrits sur la porte, dit Peiqin.

De colline en colline, la route semble s'égarer,
Saules et fleurs, un autre village apparaît.

14

Ce samedi matin, l'inspecteur principal Chen arriva plus tôt que d'habitude ; le vieux portier, le camarade Liang, l'appela de sa loge près du portail de fer.

– Quelque chose pour vous, inspecteur principal Chen.

C'était un télévirement de trois mille yuans, une avance substantielle des Éditions Lijiang sur sa traduction. Après son prêt au Chinois d'outre-mer Lu, Chen avait écrit à Su Liang, directeur des Éditions, en expliquant que son nouveau poste et son appartement entraînaient des dépenses supplémentaires, mais trois mille yuans n'en étaient pas moins une surprise. Il y avait aussi un petit mot de Su :

Félicitations.

Avec l'inflation actuelle, nous croyons juste de verser à un auteur la plus grosse avance possible. Spécialement à toi.

Quant à ton nouveau poste, ne t'en fais pas. Si tu ne le prends pas, ces œufs de tortue sauteront dessus. Quel est le pire ? C'est ce que je me suis dit quand j'ai accepté ma place.

J'aime beaucoup ton poème dans le Wenhui. *J'ai entendu dire que tu aimais le « parfum des manches rouges qui imprègne ta lecture du soir ».*

Su Liang

Su n'était pas seulement un éditeur chevronné, mais aussi un vieil ami.

Il téléphona à Wang, mais elle n'était pas dans son bureau. Après avoir raccroché, il s'aperçut qu'il n'avait rien de spécial à lui dire. Il avait simplement envie de lui parler après avoir lu le petit mot. La référence au « parfum des manches rouges » en était peut-être la raison, quoiqu'il ne lui en aurait probablement pas parlé. Wang aurait cru qu'il pensait de nouveau à l'enquête. Mais ce n'était pas vrai.

L'inspecteur Yu était de repos. Chen était résolu à s'attaquer au travail de routine de la brigade. Il avait consacré trop de temps à l'affaire Guan. Il estimait nécessaire de se donner à fond, au moins pour une demi-journée, à la tâche d'éponger le retard de paperasserie amoncelée sur son bureau avant de penser de nouveau à l'affaire. Il prit un plaisir pervers à s'enfermer, à régler un tas de questions administratives ennuyeuses, à signer sans les lire des documents du Parti, et à lire tout le courrier accumulé depuis une semaine.

Son effort ne dura que deux heures. Le cœur n'y était pas. C'était une belle matinée ensoleillée. Chen retourna une fois de plus au dortoir de Guan. Il n'avait pas encore eu de coup de téléphone de l'oncle Bao, mais il avait hâte de savoir s'il y avait du nouveau pour lui.

En l'absence de climatisation, la chaleur du début d'été poussait à vivre sur le trottoir. A l'entrée du passage, de vieux retraités jouaient au mah-jong sur une table de bambou. Des enfants étaient réunis autour d'un petit pot en terre cuite contenant deux grillons qui se battaient ; les grillons stridulaient et les enfants poussaient des cris. Près du bâtiment du dortoir, une femme d'une cinquantaine d'années penchée sur une fontaine récurait une poêle.

Dans le kiosque du téléphone, une jeune fille servait d'opératrice. Chen reconnut Xiuxiu. L'oncle Bao n'était pas là. Il pensa demander son adresse, puis se ravisa. Le vieil homme méritait un samedi de repos avec ses petits-enfants. Il décida d'examiner de nouveau la chambre de Guan.

Il reprit tous les albums. Cette fois, il découvrit autre chose glissé dans la couverture du plus récent. Ce n'était pas la photo de Guan à la montagne, mais un polaroïd d'une dame aux cheveux gris, debout sous le fameux pin de bienvenue aux visiteurs.

Il sortit la photo et la retourna. Il lut au dos : *A la camarade Zhaodi, Wei Hong, octobre 1989.*

Camarade Zhaodi. Qui était-ce ?

Serait-ce un autre nom de Guan ?

Zhaodi était une sorte de petit nom d'amitié signifiant « amener un jeune frère dans le monde ». Un vœu qui aurait pu être cher aux parents de Guan, qui n'avaient eu qu'une fille. Certains parents croyaient à cette pratique superstitieuse. Comme l'a dit Confucius, *nommer est la chose la plus importante au monde.*

La date semblait correspondre. C'était le mois où Guan avait fait son voyage à la montagne. Le pin de bienvenue correspondait aussi. Si la photo avait été destinée à quelqu'un d'autre, pourquoi Guan l'aurait-elle gardée dans son album ?

Il alluma une cigarette sous le portrait du camarade Deng Xiaoping avant de mettre la photo dans son porte-documents. En bas, il jeta un œil par la petite fenêtre du kiosque. Toujours pas d'oncle Bao.

– L'oncle Bao est de repos aujourd'hui ?

– Vous devez être le camarade inspecteur principal, répondit la jeune fille en voyant son uniforme. Le camarade Bao vous attend. Il m'a demandé de le prévenir dès que vous arriveriez.

Moins de trois minutes après, l'oncle Bao arriva en trottant. Il tenait une grosse enveloppe.

– J'ai quelque chose pour vous, camarade inspecteur principal.

– Merci, oncle Bao.

– Je vous ai appelé plusieurs fois, mais c'était occupé.

– Je regrette, j'aurais dû vous donner mon téléphone personnel.

– Nous devons parler. J'habite tout près, mais voyez-vous, c'est un peu petit.

– Dans ce cas, allons bavarder en buvant du thé au restaurant d'en face.

– Bonne idée.

Il n'y avait pas foule le samedi matin. Ils s'assirent à l'intérieur. Le serveur avait l'air de bien connaître l'oncle Bao et il apporta d'office une théière de Puits du dragon.

Le vieil homme sortit plusieurs carnets à souches qui couvraient la période allant de février aux premiers jours de mai. Il y avait au total plus de trente talons indiquant que Guan avait reçu des appels du 867 831, dont plusieurs le soir après 9 heures. Le correspondant s'appelait Wu.

– Tous les appels viennent du même numéro ? demanda Chen.

– Et du même homme. Je suis formel.

– Savez-vous quelque chose sur ce numéro, ou sur cet homme ?

– Non, rien sur le numéro. Quant à l'homme, je crois vous avoir déjà dit qu'il est d'âge mûr et qu'il parle avec un fort accent de Pékin, mais il n'est pas de Pékin. Ce serait plutôt quelqu'un de Shanghai qui parle souvent le dialecte pékinois. Il est poli, il m'appelle oncle Bao. C'est pour ça que je me souviens que la plupart des appels viennent de lui, et les carnets le prouvent.

– C'est du beau travail, oncle Bao. Nous allons vérifier le numéro aujourd'hui.

– Encore autre chose. Je ne sais pas qui Guan appelait, mais cette personne n'utilisait pas le téléphone public. C'était certainement un téléphone privé. Quand Guan composait le numéro, elle avait tout de suite son correspondant. Et elle appelait souvent après 9 ou 10 heures du soir.

– C'est un autre détail important. Et pour le soir du 10 mai ?

– J'ai trouvé quelque chose.

L'oncle Bao exhiba une petite enveloppe qui ne contenait qu'un talon.

C'était un simple message : *On se retrouve comme prévu*. Et il émanait d'un correspondant du nom de Wu, mais sans indication de numéro de téléphone.

– Ce ne sont peut-être pas ses mots exacts, mais c'était le sens.

Ainsi, quelques heures avant son voyage, Guan avait reçu un appel d'un homme du nom de Wu, celui-là même, à l'évidence, qui avait appelé plus de trente fois de février à mai.

– Pourquoi n'y a-t-il pas de numéro de téléphone inscrit sur le talon du 10 mai ?

– Parce que le correspondant n'a pas demandé à être rappelé, expliqua l'oncle Bao. Dans ces cas-là, nous notons seulement le message.

– Vous rappelez-vous s'il a dit autre chose ce soir-là ?

– Non, je regrette.
– Vous nous avez déjà énormément aidés. C'est une piste importante pour notre enquête. Je ne sais pas comment nous pourrons jamais vous remercier assez.
– Quand l'enquête sera close, venez me voir.
– Je le ferai. Et vous pouvez être sûr que ce sera une longue visite.
– Et nous boirons du thé. Au *Milieu du lac*, c'est moi qui vous invite.
– Entendu. Alors à bientôt, dit Chen en se levant. Au *Milieu du lac*.

15

L'inspecteur principal Chen retourna à son bureau en toute hâte.

Pour commencer, il appela les Télécommunications de Shanghai. Il expliqua à l'employé qu'il voulait connaître le nom de l'abonné du 867 831.
– Ce numéro n'est pas dans l'annuaire. Je ne suis pas autorisé à révéler l'identité de l'abonné.
– C'est crucial pour notre enquête.
– Je regrette. Vous devez venir avec une lettre officielle de votre bureau prouvant que vous êtes chargé d'une enquête criminelle. Sinon nous ne sommes pas censés vous fournir le moindre renseignement.
– Pas de problème. J'arrive avec une lettre officielle.

Or, il y avait un problème. Pan Huizhen, l'employé de bureau chargé du cachet officiel, avait justement un jour de congé. Chen devait attendre jusqu'au lundi.

Puis il se rappela la photo de la dame aux cheveux gris dans l'album de Guan. Était-ce Wei Hong ?

Il pouvait au moins s'occuper de ça.

L'inspecteur Yu avait dressé une liste détaillée des agences de voyages avec adresses et numéros de téléphone. Chen en avait une copie. Il suffisait de la restreindre.

Chen appela le bureau du Tourisme de Shanghai. Il dut attendre environ dix minutes avant que quelqu'un réponde. Mais il obtint le renseignement. Il y avait cinq agences qui organisaient des voyages dans les Montagnes jaunes.

Il les appela. Toutes étaient débordées et il n'était pas question de lui donner sur-le-champ les renseignements qu'il demandait. Certaines promirent de le rappeler, mais il pensa que ça leur prendrait des jours. Pourtant, la directrice de Vent d'Est Voyages le rappela au bout de vingt minutes. Elle avait trouvé le nom de Wei Hong dans son ordinateur.

– Je ne suis pas sûre que ce soit la personne que vous cherchez, mais vous pouvez venir jeter un coup d'œil.

– Merci. Je viens tout de suite.

L'agence occupait un seul bureau au premier étage d'un bâtiment de style colonial dans la rue de Chengdu. Devant le comptoir de la réception se tenait un groupe de personnes avec toutes sortes de bagages, ce qui embouteillait encore davantage la pièce. Toutes portaient des badges à leur nom. Ce devait être un groupe qui venait d'arriver et qui attendait un guide. Plusieurs personnes fumaient. L'air était irrespirable.

La directrice leva les bras au ciel dans un geste d'excuse, mais elle ne tarda pas à donner à Chen un tirage de son imprimante.

– Nous avons ici le nom, la date et l'adresse. Nous n'enregistrons pas les photos dans notre base de données. Je ne peux donc pas vous dire si cette Wei Hong est celle que vous cherchez.

– Merci beaucoup pour vos renseignements. Je cherche

aussi une autre personne. (Il montra à la directrice la photo de Guan.) Guan Hongying.

– Il y a deux semaines, quelqu'un de chez vous nous a questionnés sur elle, mais son nom ne figure pas dans nos dossiers, dit-elle. La travailleuse modèle de la nation – nous l'aurions reconnue. Vous pensez qu'elle voyageait avec Wei Hong ?

– C'est possible.

– Petite Xie était la guide de ce groupe. Elle pourrait vous dire si Guan se trouvait parmi les touristes. Mais elle ne travaille plus ici.

– Et Zhaodi ? Y avait-il une Zhaodi dans ce groupe ?

– Vous devrez malheureusement vérifier vous-même. (Elle pianota sur le clavier et fit signe à Chen de s'asseoir.) J'ai beaucoup de monde qui attend.

– Ne vous excusez pas. Je comprends.

L'agence conservait bien ses données. Il commença par chercher la date. Quand il entra dans le mois d'octobre, il trouva le nom de Zheng Zhaodi inscrit pour un voyage dans les Montagnes jaunes. Mais les renseignements n'étaient pas complets. Ni adresse ni emploi. Ces données étaient absentes pour quelques autres personnes aussi.

Wei Hong était inscrite pour le même voyage.

Avant de partir, Chen chercha aussi l'adresse de Petite Xie. C'était 36, rue de Jianguo, appartement 303, et son vrai nom était Xie Rong. Comme elle n'habitait pas loin, il décida d'aller d'abord chez elle.

Il aboutit au fond d'une petite cité construite dans le style des années cinquante. L'escalier était sombre, humide, raide. Il aurait dû être éclairé même en plein jour. Il ne trouva pas l'interrupteur. Il frappa à la porte, qui était entrouverte mais protégée par une chaîne à l'intérieur. Une femme aux cheveux blancs portant des lunettes cerclées d'or jeta un coup d'œil.

Il lui dit qui il était et lui montra sa carte dans l'entrebâillement. Elle la prit et l'examina soigneusement avant de le laisser entrer. Elle avait une petite soixantaine, portait une blouse gris perle avec un col montant plissé, une jupe large, des bas et des chaussures plates ; elle tenait un livre en langue étrangère à la main.

La pièce était peu meublée, mais Chen fut impressionné par les grands rayonnages sur les murs par ailleurs nus.

– Que puis-je faire pour vous, camarade inspecteur principal ?

– Je cherche Xie Rong.

– Elle n'est pas là.

– Quand revient-elle ?

– Je ne sais pas. Elle est partie pour Canton.

– En vacances ?

– Non, pour son travail

– Oh ? Quel travail ?

– Je ne sais pas.

– Vous êtes sa mère, n'est-ce pas ?

– Oui.

– Alors vous devez savoir où elle se trouve à Canton.

– Que lui voulez-vous ?

– Je veux lui poser quelques questions. A propos d'une affaire d'homicide.

– Que… Comment pourrait-elle être mêlée à une affaire d'homicide ?

– C'est un témoin, mais un témoin important.

– Désolée, je n'ai pas son adresse. Je n'ai reçu qu'une seule lettre depuis qu'elle est là-bas, avec seulement l'adresse de l'hôtel où elle est descendue. Elle disait qu'elle allait en partir et qu'elle m'enverrait sa nouvelle adresse. Je ne sais rien d'elle depuis.

– Alors vous ne savez pas ce que votre fille fait là-bas ?

– C'est difficile à croire, n'est-ce pas ? (Elle secoua tristement la tête.) C'est ma fille unique.

– Je suis navré.
– Vous n'avez pas à l'être, camarade inspecteur principal. C'est l'Âge moderne, non ? Tout se désagrège ; le centre ne peut plus résister.
– C'est vrai, dit-il surpris par la citation littéraire de la vieille femme, d'un certain point de vue. Mais cela ne signifie pas que l'anarchie s'est déchaînée sur le monde. Ce n'est qu'une période de transition.
– Historiquement, une période de transition est courte, dit-elle surprise à son tour mais en s'animant pour la première fois depuis le début de leur conversation. Mais existentiellement, pas si courte pour l'individu.
– Vous avez raison. Notre choix n'en est que plus important. A propos, où travaillez-vous ?
– Université de Fudan, littérature comparée, mais le département a pratiquement disparu. Et je suis retraitée. Dans le marché actuel, personne ne veut plus étudier ce sujet.
– Ainsi vous êtes le professeur Xie Kun ?
– Oui. Professeur Xie Kun à la retraite.
– Quel honneur pour moi de faire votre connaissance ! J'ai lu *La Muse moderniste*.
– C'est vrai ? Je ne m'attendais pas à ce qu'un policier de haut rang s'y intéresse.
– Je l'ai même lu deux ou trois fois.
– Alors j'espère que vous ne l'avez pas acheté à sa parution. L'autre jour, je l'ai trouvé en solde sur un pousse-pousse cassé pour vingt-cinq fens.
– Ça ne prouve rien. *Herbe verte, verte, partout se répandant*, dit-il avec la satisfaction de faire une allusion fine qui suggérait qu'il y avait partout des lecteurs et des étudiants qui appréciaient son œuvre.
– Pas partout, pas même chez moi. Xie Rong ne l'a pas lu.
– Comment est-ce possible ?

– J'espérais autrefois qu'elle aussi étudierait la littérature, mais quand elle est sortie du lycée elle s'est mise à travailler à l'hôtel *Sheldon* de Shanghai. Dès le début, elle gagnait trois fois plus que moi, sans compter tous les produits de beauté gratuits et les pourboires.

– Je suis désolé, professeur Xie. Je ne sais pas quoi dire. (Il soupira.) Mais quand la situation économique s'améliorera, les gens changeront peut-être d'avis sur la littérature. En tout cas, espérons-le.

Il décida de ne pas lui parler de ses occupations littéraires.

– Connaissez-vous ce dicton populaire : *Le plus pauvre est un docteur en philosophie et le plus bête est un professeur* ? Il se trouve que je suis l'un et l'autre. C'est donc compréhensible qu'elle ait choisi une autre voie.

– Mais pourquoi a-t-elle quitté son travail à l'hôtel pour entrer dans une agence de voyages ? demanda-t-il afin de changer de sujet. Et pourquoi a-t-elle quitté l'agence pour aller à Canton ?

– Je lui ai posé la question, mais elle m'a dit que j'étais trop vieux jeu. A l'en croire, les jeunes, de nos jours, changent d'emploi comme de chemise. Cela dit, l'image n'est pas mauvaise. L'essentiel c'est l'argent, bien entendu.

– Mais pourquoi Canton ?

– C'est bien ce qui m'inquiète. Pour une jeune fille, être toute seule là-bas…

– Vous a-t-elle parlé d'un voyage dans les Montagnes jaunes en octobre dernier ?

– Elle ne me parlait pas beaucoup de son travail. Mais je me souviens de ce voyage. Elle m'a rapporté du thé vert. Du Nuage et Brume des montagnes. Elle paraissait un peu contrariée en rentrant.

– Vous avez su pourquoi ?

– Non.

– Serait-ce pour cette raison qu'elle a changé d'emploi ?
– Je n'en sais rien, mais elle est partie pour Canton peu après.
– Pouvez-vous me donner une photo récente d'elle ?
– Certainement.
Elle sortit une photo d'un album et la lui tendit.
C'était une jeune fille mince debout sur le Bund, portant un T-shirt blanc moulant et une jupe plissée très courte, plutôt en avance sur la mode de Shanghai.
– Si vous la trouvez à Canton, dites-lui s'il vous plaît que je prie pour qu'elle revienne. Ce ne doit pas être facile pour elle, toute seule là-bas. Et je suis seule ici, je suis vieille.
– Je le lui dirai. Je ferai tout mon possible.
Quand il quitta le professeur Xie, l'excitation que lui avaient causée les nouveaux événements retombait déjà. Pas seulement parce qu'en partant pour Canton sans laisser d'adresse Xie Rong rendait l'enquête encore plus difficile. C'était sa conversation avec le professeur retraité qui l'avait déprimé.
La Chine changeait vite, mais si les intellectuels honnêtes étaient considérés comme les plus pauvres et les plus bêtes, la situation devenait inquiétante.
L'adresse de Wei Hong était 60, rue de Hetian, un immeuble neuf. Il appuya plusieurs secondes sur la sonnette, mais personne ne répondit. Il dut finalement frapper avec le poing.
Une femme âgée ouvrit la porte et lui lança un regard soupçonneux.
– Qu'est-ce qui se passe ?
Il la reconnut immédiatement.
– Vous devez être la camarade Wei Hong. Je m'appelle Chen Cao, dit-il en tendant sa carte, de la police de Shanghai.
Wei se retourna vers l'intérieur en disant très fort :

– Vieux Hua, il y a un policier ici.

Puis elle laissa entrer Chen.

La pièce était très encombrée. Chen ne fut pas surpris de voir une bouteille de gaz derrière la porte, car c'était le même système que dans la chambre de Qian Zizhi au dortoir. Une casserole bouillait sur le feu. Puis il vit un vieillard aux cheveux blancs se lever d'un canapé en cuir couleur huître. Une réussite était en train sur la table basse devant lui.

– Que pouvons-nous faire pour le camarade inspecteur principal aujourd'hui ? demanda-t-il en étudiant la carte que Wei lui avait donnée.

– Je regrette de vous déranger chez vous, mais je dois vous poser quelques questions.

– Sur nous ?

– Pas sur vous, mais sur quelqu'un que vous avez connu.

– Allez-y.

– Vous êtes allés dans les Montagnes jaunes il y a plusieurs mois, n'est-ce pas ?

– Oui, répondit Wei. Nous aimons voyager, mon mari et moi.

– Est-ce bien une photo de vous prise là-bas ? (Chen sortit un polaroïd de son porte-documents.) En octobre dernier ?

– Oui, dit Wei avec une note d'exaspération dans la voix. Je suis capable de me reconnaître.

– Bien. Maintenant, le nom au dos… (Il retourna la photo.) Qui est Zhaodi ?

– Une jeune femme que nous avons rencontrée pendant le voyage. Elle a pris quelques photos pour nous.

Il sortit une photo de Guan faisant un exposé à une importante réunion du Parti dans la Grande Salle du Peuple.

– Est-ce la femme qui s'appelle Zhaodi ?

– Oui, c'est elle. Bien qu'elle ait une autre allure, avec des vêtements différents. Qu'est-ce qu'elle a fait ? demanda-t-elle en regardant avec curiosité Chen sortir son calepin et son stylo. Lorsque nous nous sommes dit au revoir, elle a promis de nous faire signe. Elle ne l'a jamais fait.

– Elle est morte.

– Quoi ?

L'étonnement sur le visage de la vieille femme n'était pas feint.

– Et son nom est Guan Hongying.

– Ça alors ! intervint Hua. La travailleuse modèle de la nation ?

– Mais ce *xiansheng* avec qui elle était, dit Wei, il l'appelait Zhaodi.

– Quoi ?

C'était au tour de Chen d'être étonné. « Xiansheng », un terme redécouvert en Chine dans les années quatre-vingt-dix, était ambigu et s'appliquait indistinctement au mari, à l'amant ou à l'ami. Quelle qu'ait été sa signification dans le cas de Guan, elle avait eu un compagnon de voyage à la montagne.

– Vous voulez dire son petit ami ou son mari ?

– Nous ne savons pas, dit Wei.

– Ils voyageaient ensemble, ajouta Hua, et ils partageaient une chambre à l'hôtel.

– Ils s'étaient donc inscrits en tant que couple ?

– Je pense, sinon ils n'auraient pas pu avoir la même chambre.

– Vous a-t-elle présenté cet homme comme son mari ?

– Eh bien, elle a dit quelque chose du genre « C'est mon monsieur ». A la montagne, on ne fait pas de grandes présentations.

– Avez-vous remarqué quelque chose de suspect dans leur relation ?

– Que voulez-vous dire ?
– Elle n'était pas mariée.
– Non, nous n'avons rien remarqué, dit Wei. Nous n'avons pas l'habitude d'espionner les autres.
– Voyons, Wei, dit Hua. L'inspecteur principal ne fait que son travail.
– Merci, dit Chen. Connaissez-vous le nom de cet homme ?
– Nous n'avons pas été présentés officiellement, mais il me semble qu'elle l'appelait Petit Tigre. Son surnom peut-être.
– Comment était-il ?
– Grand, bien habillé. Et il avait un bel appareil photo étranger.
– Il ne parlait pas beaucoup, mais il était poli avec nous.
– Avait-il un accent ?
– L'accent de Pékin.
– Pouvez-vous m'en donner une description précise ?
– Je regrette, c'est tout ce que nous pouvons…
Wei s'interrompit brusquement.
– Le gaz…
– Quoi ?
– Le gaz s'arrête.
– La bouteille de gaz, dit Hua. Nous sommes trop vieux pour la remplacer seuls.
– Notre fils unique a été jugé comme contre-révolutionnaire durant la Révolution culturelle et envoyé dans un camp de travail dans le Qinghai, dit Wei. Il est réhabilité à présent, mais il a décidé de rester là-bas avec sa femme et ses enfants.
– Je suis désolé. Mon père aussi a été en prison pendant ces années-là. C'est un désastre national, dit Chen qui se demandait s'il était habilité à s'excuser au nom du Parti mais qui comprenait l'antagonisme du couple. Où se trouve le dépôt de gaz ?

– A trois rues d'ici.
– Vous avez un chariot ?
– Oui. Pourquoi ?
– Je vais vous chercher une bouteille de gaz de rechange.
– Non, merci. Notre neveu vient demain. Vous êtes ici pour nous interroger, camarade inspecteur principal.
– Mais je peux aussi vous rendre service. Le règlement ne l'interdit pas.
– Non, mais merci quand même, dit Wei.
– Vous voulez savoir autre chose ? demanda Hua.
– Non. Si c'est tout ce que vous vous rappelez, notre entrevue est terminée. Merci pour votre coopération.
– Je regrette, nous ne vous avons pas beaucoup aidé. Si vous avez des questions…
– Je ferai de nouveau appel à vous.

Une fois dans la rue, l'inspecteur principal Chen ne put penser qu'au compagnon de Guan à la montagne.

L'homme parlait avec un accent pékinois prononcé.

Tout comme celui dont l'oncle Bao avait remarqué l'accent.

Pouvait-il s'agir aussi de l'homme grand que la voisine de Guan avait vu dans le couloir ?

L'homme à la montagne utilisait un appareil photo coûteux. Il y avait dans l'album de Guan beaucoup de photos de grande qualité.

L'inspecteur principal Chen ne pouvait plus attendre. Au lieu de retourner à son bureau, il prit la direction des Télécommunications de Shanghai. Heureusement, il avait emporté du papier à en-tête officiel. Il eut vite fait d'y écrire un mot de recommandation.

– Heureux de vous connaître, camarade inspecteur principal, dit un employé d'un certain âge. Je m'appelle Jia. Appelez-moi Vieux Jia.
– J'espère que ça suffira, dit Chen en tendant sa carte et la lettre.

– C'est tout à fait suffisant.

Jia était coopératif, il tapa aussitôt les chiffres sur un ordinateur.

– L'abonné s'appelle… Wu Bing.

– Wu Bing ?

– Oui. Les numéros commençant par 867 correspondent au quartier de Jin'an et… comme vous le savez, c'est le quartier résidentiel des cadres de haut rang.

L'employé était devenu nerveux.

– Ah, *Wu Bing*. Oui, je vois.

Wu Bing, ministre de la Propagande de Shanghai, était à l'hôpital depuis plusieurs années. Il était hors de cause. Mais quelqu'un de sa famille… Chen remercia Jia et partit très vite.

Se renseigner sur la famille Wu n'était pas difficile. Un dossier spécial concernant chaque cadre supérieur et sa famille était conservé aux archives de Shanghai où travaillait précisément une relation de Chen. Son amitié avec le camarade Song Longxiang remontait à sa première année dans la police. Chen l'appela d'une cabine à un coin de rue. Song ne lui demanda même pas pourquoi il avait besoin de ce renseignement.

Wu Bing avait un fils qui s'appelait Wu Xiaoming. Un nom que Chen avait déjà rencontré au cours de l'enquête.

Il figurait parmi les noms des personnes que l'inspecteur Yu avait questionnées ou qui étaient susceptibles de donner des renseignements, et dont il avait dressé une liste. Wu Xiaoming était photographe pour la revue *L'Étoile rouge* ; il avait pris des photos de Guan pour *Le Quotidien du peuple*.

– Tu as une photo de Wu Xiaoming ?

– Oui.

– Tu peux me la faxer au bureau ? J'y serai dans une demi-heure, j'attendrai devant le fax.

– D'accord. Tu n'as besoin que la photo, n'est-ce pas ?

– C'est ça. Je t'appelle dès que je l'aurai reçue.

– Très bien.

Chen décida de prendre un taxi.

Il reçut bientôt la photo. Elle devait dater de plusieurs années. Mais Wu Xiaoming était visiblement un homme de haute taille.

Pour l'inspecteur principal Chen il était urgent d'avancer. Il fit deux autres choses cet après-midi-là. Il appela la rédaction de *L'Étoile rouge*. Une secrétaire lui dit que Wu n'était pas là.

– Nous préparons un dictionnaire des artistes contemporains, y compris les jeunes photographes, dit Chen. Tout renseignement sur le travail du camarade Wu Xiaoming nous serait utile.

La tactique réussit. Moins d'une heure plus tard, il recevait par fax une liste des photos publiées de Wu Xiaoming.

Puis il retourna voir le vieux couple. La deuxième visite se révéla moins difficile qu'il ne l'avait pensé.

– C'est lui, dit Wei en pointant le doigt sur le fax que tenait Chen, un beau garçon, toujours avec son appareil photo dans les mains.

– Je ne sais pas s'il est beau ou pas, dit Hua, mais il était gentil avec elle.

– J'ai une autre photo, dit Chen en sortant celle de Xie Rong. C'était votre guide, n'est-ce pas ?

– Oui. En fait… dit Wei avec un sourire mystérieux, elle peut vous en dire plus sur eux, beaucoup plus.

– Pourquoi ?

– Guan et Xie ont eu une violente dispute. Et vous savez quoi ? Guan a traité Xie de pute.

16

Le dimanche matin, l'inspecteur principal Chen prit plus de temps que d'habitude pour se brosser les dents, mais il ne réussit pas à se débarrasser du goût amer qu'il avait dans la bouche.

Il n'aimait pas le tour que prenait l'enquête. Ni son programme de la journée : faire des recherches à la bibliothèque de Shanghai.

Il était évident que Guan Hongying avait eu une liaison avec Wu Xiaoming. Bien que travailleuse modèle, elle avait mené une double vie sous un nom d'emprunt à la montagne. Wu aussi. C'était pourtant loin de prouver que cette liaison clandestine avait entraîné la mort de Guan.

Chen était résolu à élucider cette affaire en dépit de toutes les complications qui surgiraient. Il ne pouvait pas être inspecteur principal sans relever le défi. Il décida donc d'en apprendre davantage sur Wu Xiaoming en étudiant son travail. Cette approche risquait de l'égarer. Chen se souvint que, d'après la « théorie impersonnelle » de T. S. Eliot, on ne peut apprendre du travail d'un artiste créateur que son savoir-faire. Il allait essayer quand même.

Dans la salle de lecture de la bibliothèque, Chen découvrit bientôt qu'il avait beaucoup plus à faire. La liste qu'il avait reçue la veille ne contenait que les photos publiées dans *L'Étoile rouge* ; pour celles que Wu avait publiées ailleurs, elle n'indiquait que le nombre total accompagné du nom des revues en abrégé, sans les dates. Comme la plupart des revues ne donnaient pas d'index des photographes en fin d'année, Chen devait consulter les numéros un à un. Les anciens étaient au sous-sol, ce qui signifiait attendre sa commande longtemps.

La bibliothécaire était aimable, elle se déplaçait vivement sur ses hauts talons, mais elle était très à cheval sur le règlement. Elle ne pouvait lui communiquer en une fois que les numéros d'une année d'une seule revue. Pour la suite, il devait rédiger un nouveau bulletin de commande et attendre encore une demi-heure.

Il s'assit en se sentant oisif un jour prétendument chargé. Chaque fois que la bibliothécaire sortait de l'ascenseur avec un paquet de livres sur un petit chariot, il se levait impatiemment. Mais c'étaient les livres d'autres lecteurs. Cette attente le perturbait, un vague souvenir…

Quand était-ce – les fragments du temps encore marqués avec un signet – un autre été, une autre bibliothèque, une autre attente impatiente, des attentes différentes, et les cris des pigeons s'évanouissant dans le grand ciel clair de Pékin… Il ferma les yeux afin de ne pas évoquer le passé.

L'inspecteur principal Chen devait se ressaisir et travailler au présent.

A 11 heures et demie, il conclut qu'il n'avait guère avancé en une matinée ; il rangea ses notes et sortit déjeuner. La bibliothèque de Shanghai était située au coin de la rue de Nankin et de la rue de Huangpi. Il y avait plusieurs restaurants chic dans le coin. Il marcha jusqu'à la porte nord du jardin du Peuple, où un jeune vendeur ambulant proposait des hot-dogs et des sandwiches sur le trottoir. Il était équipé d'une charrette arborant un parasol Budweiser, d'une machine à café d'importation, et d'une radio qui jouait très fort du rock and roll. Le sandwich au poulet qu'il acheta n'était pas bon marché. Il l'arrosa d'un café réchauffé, tiède, dans un gobelet en papier, pas du tout ce qu'il avait dégusté avec Wang au *Bord du fleuve*.

De retour à la bibliothèque, il téléphona à Wang au *Wenhui*. D'autres téléphones sonnaient dans le fond pendant qu'il lui parlait de ses lourdes responsabilités de journaliste au *Wenhui* le dimanche. Il changea de sujet :

– Wang, j'ai un service à te demander.

– On ne va jamais dans un temple bouddhique sans demander de l'aide.

– On n'étreint les jambes du Bouddha que dans le désespoir, dit-il sachant qu'elle aimait son sens de la repartie.

Un cliché pour un cliché.

– Les jambes du Bouddha ou les miennes ?

Elle riait.

Il lui expliqua les difficultés qu'il rencontrait à la bibliothèque.

– Avec tes relations, tu peux peut-être m'aider. Si tu n'es pas trop occupée en ce moment, bien sûr.

– Je vais voir. Je suis occupée, mais pas trop.

– Pas trop occupée pour moi, je sais.

– Tu en as besoin pour quand ?

– Eh bien... le plus vite possible.

– Je t'appelle.

– Je suis à la bibliothèque. Bipe-moi.

Il reprit sa lecture. En vingt minutes, il ne trouva pas un seul numéro contenant des photos de Wu et il dut attendre de nouveau. Il se mit donc à lire autre chose. Un recueil de poèmes de Bian Zilin. Brillant moderniste, Bian aurait dû être plus reconnu. Chen aimait particulièrement un court poème intitulé *Fragment*.

En regardant la scène par la fenêtre d'en haut,
Tu deviens une scène pour quelqu'un d'autre.
La lune orne ta fenêtre,
Tu ornes le rêve de quelqu'un.

Il l'avait lu pour la première fois à la bibliothèque de Pékin, en compagnie d'une amie. C'était en principe un poème d'amour, mais il pouvait signifier davantage : la relativité des choses de ce monde.

Son bipeur retentit. Plusieurs lecteurs lui jetèrent un regard scandalisé. Il se précipita dans le couloir pour rappeler.

– Tu as déjà trouvé quelque chose, Wang ?

– Oui. J'ai appelé l'Association des photographes. En tant que membre, Wu Xiaoming doit signaler chaque fois qu'il publie une photo.

– J'aurais dû y penser. Tu es vraiment douée.

– Dommage que je ne sois pas détective, comme l'adorable fille dans ce film français. Comment s'appelle-t-elle… Mimi ? Bon, comment je peux te donner la liste ?

– Je peux venir à ton bureau.

– Ce n'est pas la peine. Je pars pour une fabrique de séparateurs dans le quartier de Yangpu. Je dois prendre le 61 rue de Pékin. Si la circulation n'est pas trop mauvaise, j'y serai dans trois quarts d'heure environ. Retrouve-moi à l'arrêt du bus.

– La fabrique est loin de là ?

– Encore cinquante minutes, je pense.

– Bon, à tout à l'heure à l'arrêt du bus.

Chen appela ensuite le service de voitures du bureau – un privilège dont il allait profiter pour la première fois depuis le début de l'enquête.

Petit Zhou répondit.

– Camarade inspecteur principal, dit-il, vous n'avez pratiquement jamais utilisé notre service. Si tout le monde faisait comme vous, nous perdrions tous notre emploi.

Petit Zhou, un ancien collègue du Chinois d'outremer Lu, avait posé sa candidature au bureau au début de l'année. L'inspecteur principal Chen avait glissé un mot en faveur de l'ami de son ami. Ce n'était cependant pas pour cette raison que Chen hésitait à utiliser une voiture du bureau. Les voitures du bureau ne servaient, en théorie, que pour les affaires officielles des cadres supérieurs. En qualité d'inspecteur principal, Chen avait droit à une voiture. Avec les bus qui roulaient à la vitesse d'un escargot, ce pouvait être un privilège nécessaire. Chen savait que les gens se plaignaient des cadres supérieurs qui utilisaient les voitures pour des raisons personnelles, mais pour une fois, il trouva justifié de demander une voiture.

– Vous êtes tellement occupés, vous les chauffeurs, que je ne veux pas vous embêter.

– Je vous en prie, inspecteur principal Chen. Je ferai en sorte que vous ayez aujourd'hui la voiture la plus luxueuse.

En effet, ce fut une Mercedes 550 qui s'arrêta à l'entrée de la bibliothèque.

– Le commissaire Zhao assiste à une réunion à Pékin, dit Petit Zhou en ouvrant la porte. Alors pourquoi pas ?

Quand la voiture arriva devant l'arrêt de bus rue de Pékin, il vit un sourire amusé sur le visage de Wang. Elle quitta la file des voyageurs qui attendaient, certains assis sur leurs talons ; ils lui jetèrent un regard d'envie non dissimulée.

– Monte, lui dit Chen par la fenêtre. Nous t'emmenons.

– Alors tu es vraiment quelqu'un, maintenant. (Elle monta et étira avec plaisir ses longues jambes.) Une Mercedes à ta disposition.

– C'est une remarque superflue. (Il se tourna vers Petit Zhou.) La camarade Wang Feng est journaliste au *Wenhui*. Elle vient d'établir une liste importante pour nous. Accompagnons-la.

– Naturellement, nous devons nous entraider.

– Vous ne devriez pas vous donner ce mal.

– Non, c'est toi qui te donnes du mal pour nous, dit-il en lui prenant la liste. Il y a… voyons… quatre pages. Tapées très clairement.

– Le fax n'était pas très lisible, avec les noms de revues en abrégé et des notes à la main ici et là à l'encre ou au crayon. Alors j'ai dû tout retaper.

– Ç'a dû te prendre un temps fou.

– Pour tout te dire, je n'ai encore pas déjeuné.

– C'est vrai ? Et moi je n'ai mangé qu'un sandwich.

– Tu devrais prendre mieux soin de toi, camarade inspecteur principal.

– C'est vrai, camarade Wang, dit Petit Zhou en se retournant avec un large sourire. Notre inspecteur principal est un maniaque du travail. Il a vraiment besoin de quelqu'un qui s'occupe bien de lui.

– Dans ce cas, dit Chen en souriant, il y a un petit restaurant de nouilles au coin de la rue de Xizhuang. Je crois qu'il s'appelle *Petite Famille.* Les nouilles sont bonnes et ça n'est pas trop bruyant. Nous pourrons y parler de la liste.

– Ça me va.

– Petit Zhou, vous pouvez vous joindre à nous.

Petit Zhou refusa énergiquement :

– Non, merci. Je viens de déjeuner. Je vous attendrai en faisant une petite sieste dans la voiture. Nous avons joué au mah-jong jusqu'à 3 heures du matin. Amusez-vous bien.

Le restaurant avait changé. Chen s'en souvenait comme d'un endroit simple, avec quatre ou cinq tables. Il était devenu plus élégant dans le style traditionnel. Les murs étaient recouverts de bois de chêne où étaient suspendus de longs rouleaux de soie décorés de peintures et de calligraphies classiques. Il y avait aussi un long comptoir d'acajou orné d'une énorme fontaine à thé et de tout un arsenal de théières et de tasses en terre cuite.

Une jeune serveuse au visage fin apparut immédiatement, mince et légère dans une robe rouge traditionnelle largement fendue qui découvrait ses cuisses olivâtres. Elle les conduisit à une table dans un coin.

Il commanda des nouilles au poulet avec beaucoup de ciboule hachée. Wang se décida pour de l'anguille frite et des nouilles nature. Elle demanda aussi une bouteille d'eau minérale du Mont Lao. Elle ôta sa veste, la posa sur le dossier de sa chaise, et déboutonna le col de son chemisier de soie.

– Je te remercie beaucoup, dit-il.

Il ne regarda pas la liste. Il aurait bien assez de temps pour le faire à la bibliothèque. Il préféra lui tapoter la main.

– Tu sais qui est Wu Xiaoming, dit-elle sans retirer sa main.

– Oui.

– Et tu poursuis quand même l'enquête.

– Je suis flic, non ?

– Un flic follement idéaliste qui croit à la justice. Tu a intérêt à être très prudent dans cette histoire.

– Je serai prudent. Tu t'inquiètes pour moi, je sais.

Elle le regarda dans les yeux, sans le contredire.

Ils étaient les seuls clients à cette heure-là, assis dans un coin, comme enfermés dans une bulle d'intimité.

– Ils auraient dû mettre des bougies sur la table pour s'accorder avec ton humeur, dit-elle.

– Viens dîner chez moi demain soir. J'aurai des bougies.

– Pour fêter ta participation au séminaire ?

– Non, c'est en octobre.

– Tu sais, des tas de gens risquent de se demander ce que notre inspecteur principal fabrique en dînant aux chandelles.

Elle avait raison, il dut l'admettre. Ce n'était pas dans son intérêt d'avoir une liaison avec elle pour le moment.

– A quoi ça me sert d'être inspecteur principal si je ne peux pas dîner aux chandelles avec une amie ?

– Mais tu as une carrière très prometteuse, camarade inspecteur principal. Tout le monde n'a pas ta chance.

– J'essaierai d'être discret.

– Je regrette, mais aller dans un restaurant en Mercedes de fonction n'est pas précisément discret.

Les nouilles arrivèrent avant qu'il puisse répondre.

Elles étaient aussi bonnes que dans son souvenir. La ciboule sentait délicieusement bon. Wang apprécia aussi son plat et elle s'essuya le front avec une serviette en papier rose.

Il acheta ensuite un paquet de Kent au comptoir et donna les cigarettes à Petit Zhou.

– Merci, camarade inspecteur principal, mais ce n'était pas la peine. A propos, le commissaire Zhao prend sa retraite à la fin de l'année. Vous le saviez ?

– Non. Mais merci du renseignement.

Sur le siège arrière, ils étaient assis tout près l'un de l'autre. Chen sentait sa proximité, heureux d'un frôlement de son épaule. Ils ne parlaient pas beaucoup. Elle le laissa lui prendre la main. La voiture passa devant le dôme noir du nouveau stade, puis tourna autour du parc de la Paix. Petit Zhou leur expliqua qu'il devait faire ce détour parce qu'il y avait de nouveaux sens interdits dans plusieurs rues.

Le trajet serait plus long, et l'inspecteur principal Chen n'avait aucune raison de s'en plaindre.

Mais déjà Wang demandait à Petit Zhou de s'arrêter. Ils étaient devant la fabrique de séparateurs sur laquelle elle devait écrire un article.

– Merci de m'avoir amenée.

– Merci de m'en avoir donné l'occasion.

Quand il retourna à la bibliothèque, il était déjà 3 heures et demie. Il renvoya Petit Zhou au bureau. Il ne savait pas combien de temps il devrait travailler sur la nouvelle liste.

C'était une liste impressionnante qui comprenait la plupart des périodiques influents et donnait tous les détails, avec dates et numéros de pages. Elle mentionnait en outre plusieurs prix que Wu avait reçus.

Les recherches de l'après-midi furent beaucoup plus fructueuses. Trois heures de lecture apportèrent une révélation. Wu Xiaoming était apparemment un photographe prolixe qui avait publié partout, des plus grandes revues à celles de deuxième, voire de troisième catégories. Les photos de Wu couvraient une grande variété de sujets mais pouvaient se classer en deux genres principaux.

Le premier était politique. De par la situation de sa famille, Wu avait pu rencontrer plusieurs personnages haut placés qui ne voyaient pas d'objection à la publication de leur photo ; elle pouvait symboliser leur permanence au pouvoir et, en retour, contribuer à la carrière de Wu.

Le second était ce que l'on pourrait appeler artistique, et démontrait une compétence professionnelle remarquable. Ces clichés étaient caractéristiques du style de Wu : une série de photos du même sujet sous différentes perspectives. Wu semblait aimer travailler les « séquences ».

Une série de photos de Guan dans *Le Nouveau Peuple*, par exemple, pouvait être considérée comme une de ces séquences thématiques. Elle montrait Guan à son travail, dans des réunions, et chez elle. Sur l'une, elle faisait la cuisine. En pantoufles rouges, un tablier brodé autour de la taille, elle faisait frire du poisson, et des gouttes de sueur étaient visibles sur son front. La cuisine était visiblement celle de quelqu'un d'autre : claire, vaste, avec une jolie fenêtre en demi-cercle au-dessus de l'évier. La photo s'attachait au côté doux et féminin d'une travailleuse modèle et contrebalançait les autres dans la série.

La plupart des sujets de Wu Xiaoming étaient des personnages connus dans leur domaine respectif. Chen aimait particulièrement la série sur Huang Xiaobai, un célèbre calligraphe. Les photos montraient Huang en train de tracer au pinceau les différents traits composant le caractère *cheng* – un trait horizontal, un point, un trait oblique, un trait vertical – comme si chaque trait représentait un aspect de sa vie pour aboutir au caractère qui signifie « qui dit la vérité ».

La surprise vint d'une séquence consacrée à Jiang Weihe, une jeune artiste que Chen avait rencontrée à plusieurs occasions. Sur l'une des photos, elle travaillait à une sculpture. En salopette courte, jambes nues, elle était absorbée par son œuvre. La statue représentait un photographe nu, n'ayant devant lui qu'un appareil photo braqué sur elle. Le titre était *Création.* La composition était originale.

Il y avait aussi quelques photos de mode. La plupart des sujets étaient de belles jeunes filles. Les photos demi-nues ou même nues n'étaient plus censurées mais elles restaient sujettes à controverse. Chen fut surpris par l'incursion extraordinaire de Wu dans ce domaine. Dans un petit magazine de province, *Cité des fleurs*, Chen trouva une femme nue endormie sur le côté. Les courbes douces de son corps se fondaient avec les draps et les murs blancs. Seule note discordante, un grain de beauté noir sur sa nuque accentuait l'effet. Cette femme lui sembla familière, bien qu'il ne puisse pas voir son visage. Puis il se souvint. Il posa le magazine en fronçant les sourcils.

A l'heure de la fermeture, Chen n'avait pas terminé ses recherches. Il emprunta le numéro de *Cité des fleurs*. La bibliothécaire lui proposa aimablement de lui mettre tout le reste de côté pour que le lendemain il puisse reprendre son travail sans attendre. Il la remercia, tout en se demandant s'il pouvait se permettre de passer encore une journée à la bibliothèque. De plus, il se rendait compte qu'il avait du mal à se concentrer dans cet endroit. Un je-ne-sais-quoi dans l'atmosphère le dérangeait. Ou bien dans son subconscient ? L'inspecteur principal Chen ne voulait pas s'analyser. Pas en pleine enquête.

C'était sans doute la découverte la plus importante depuis le début de l'enquête, mais Chen n'était pas content. L'implication de Wu Xiaoming entraînait une conséquence que Chen n'avait pas envisagée : il allait devoir questionner Wu. Et très probablement, Wu en tant que représentant des ECS – enfants de cadres supérieurs.

Dans son bureau, il téléphona à Wang. Heureusement, elle était encore là.

– Merci beaucoup pour ton aide.

– Ce n'est rien. (La voix claire de Wang semblait toute proche.) Tu as progressé ?

– Un peu. Tu es seule au bureau ?

– Oui. J'ai un travail à finir. J'ai aussi fait quelques recherches supplémentaires sur ton suspect, mais tu en sais peut-être déjà beaucoup sur lui.

– Dis toujours.

– Par son poste, Wu n'est qu'un membre de l'équipe de *L'Étoile rouge* de Shanghai, mais il peut être beaucoup plus important. Comme tout le monde le sait, la revue est le porte-parole du Comité central du Parti, ce qui signifie que Wu a un contact direct avec des personnages au plus haut niveau. Et la publication de leurs photos le met en relation étroite avec eux.

– Ça, je m'en doutais.

– On dit aussi qu'il va être promu à un nouveau poste : vice-ministre de la Culture de Shanghai.

– Quoi ?

– Oui. On dit que Wu est à la fois « rouge et expert »… Jeune, talentueux, diplômé d'un établissement de cours du soir. Il est aussi sur la liste pour le séminaire auquel tu vas participer.

– Comme dit un vieux proverbe, *les ennemis doivent se rencontrer sur un sentier étroit*. Je ne suis pas inquiet, seulement…

– Seulement quoi ?

Elle réagissait rapidement.

– Eh bien, disons que dans une enquête un élément important est le mobile. Il faut une raison pour faire quelque chose, mais je ne la trouve pas.

– Tu veux dire que si tu n'as pas le mobile, l'enquête ne peut pas avancer ?

– C'est exactement ça. Des commencements de preuves peuvent désigner Wu, mais aucune théorie convaincante n'explique pourquoi il aurait agi de la sorte.

– Nous devrions peut-être reprendre un café au *Bord du fleuve* pour en parler plus longuement.

– Demain soir chez moi. Tu n'as pas dit non à mon invitation, n'est-ce pas ?

– Encore une fête ?

– Rien que toi et moi.

– Avec des bougies romantiques ?

– S'il y a une panne de courant.

– On ne sait jamais. A demain.

17

Le lundi matin l'inspecteur principal Chen avait une réunion à la mairie.

En retournant au bureau, il acheta un morceau de gâteau de riz transparent à un marchand ambulant et le mangea sans en sentir vraiment le goût.

L'inspecteur Yu n'était pas dans le bureau commun. Chen prit une enveloppe kraft déposée le matin même et qui contenait une cassette étiquetée *Déposition de Lai Guojun recueillie au commissariat central de Shanghai à 15 heures le 2 juin 1990 par l'inspecteur Yu Guangming, en présence de l'agent Yin Wei*.

Chen introduisit la cassette dans le magnétophone. Yu avait lui aussi beaucoup à faire, il gérait toute la routine de la brigade, même le dimanche. La bande avait dû être enregistrée pendant que Chen et Wang bavardaient au restaurant. Elle commençait par une introduction de la voix de Yu, puis venait celle d'un autre homme qui parlait avec l'accent typique de Ningbo. Chen posa les pieds sur le bureau et écouta, mais au bout d'une minute à peine il fit un bond pour rembobiner la bande à partir du tout début :

YU : Vous êtes Lai Guojun, 34 ans, demeurant au 72, rue du Henan, quartier de Huangpu, Shanghai. Vous êtes ingénieur et vous travaillez depuis dix ans à l'usine de produits chimiques du Peuple. Vous êtes marié, vous avez une fille de cinq ans. Est-ce exact ?

LAI : Oui.

YU : Je veux que vous sachiez que vous nous aidez dans notre enquête. Nous vous en sommes reconnaissants.

LAI : Continuez, s'il vous plaît.

YU : Nous allons vous poser quelques questions à propos de Guan Hongying. Elle a été assassinée le mois dernier. Vous l'avez appris ?

LAI : Oui. Par les journaux. J'ai pensé que vous me chercheriez, tôt ou tard.

YU : Certaines questions risquent de porter sur les détails intimes de votre vie, mais rien de ce que vous direz dans cette pièce ne sera utilisé contre vous. Tout restera confidentiel. J'ai parlé avec votre chef qui pense lui aussi que vous allez collaborer. Il a proposé d'être présent à cette entrevue. J'ai refusé.

LAI : Je n'ai pas le choix. Il m'a parlé aussi. Je répondrai à vos questions.

YU : Vous pouvez apporter une contribution importante à l'enquête, afin que le ou les coupables du meurtre soient arrêtés et jugés.

LAI : C'est ce que je veux. Je ferai de mon mieux.

YU : Quand avez-vous fait la connaissance de Guan ?

LAI : Il y a dix ans environ.

YU : L'été 1980 ?

LAI : Oui. En juin.

YU : Dans quelles circonstances ?

LAI : Chez ma cousine Lai Weiqing.

YU : Au cours d'une fête ?

LAI : Non. Pas exactement. Weiqing et une de ses collègues qui connaissait Guan avaient fait en sorte que nous nous rencontrions.

YU : Autrement dit, elles ont joué les marieuses. Elles vous ont présentés.

LAI : On peut dire ça comme ça. Mais ce n'était pas aussi officiel.

YU : Comment s'est passée votre première rencontre ?

LAI : Guan m'a plutôt surpris. Dans une rencontre arrangée, on ne s'attend pas à trouver une femme jeune et jolie. Le plus souvent, on vous présente à des femmes quelconques, de plus de trente ans et sans instruction. Guan n'avait que vingt-deux ans et elle était très attirante. Une travailleuse modèle qui suivait en plus des cours par correspondance. Vous savez tout ça, je suppose. Je n'ai jamais compris pourquoi elle avait accepté cet arrangement. Elle aurait pu avoir une foule de soupirants.

YU : Quelle autre impression vous a-t-elle faite ce jour-là ?

LAI : Celle d'une gaucherie attendrissante. Innocente, presque naïve. Visiblement, elle n'était pas habituée à ce genre de rencontre.

YU : C'était son premier rendez-vous ?

LAI : Je n'en étais pas sûr, mais elle ne savait absolument pas comment s'exprimer avec moi. Elle est restée littéralement muette quand on nous a laissés seuls.

YU : Mais alors, comment se fait-il que les choses aient marché entre vous ?

LAI : Eh bien, ça a bien accroché, comme on dit, sans beaucoup se parler. Nous ne sommes pas restés longtemps ensemble la première fois, mais la semaine suivante nous sommes allés au cinéma et ensuite nous avons dîné au *Dragon des pruniers*.

YU : Elle était toujours aussi muette la deuxième fois ?

LAI : Non. Nous avons beaucoup parlé. De nos familles, des années perdues de la Révolution culturelle, et de nos goûts communs. Quelques jours plus tard, je suis allé sans qu'elle le sache l'écouter faire un exposé au palais de la Jeunesse. Sur l'estrade, c'était quelqu'un de tout à fait différent.

YU : Intéressant. Différent en quoi ?

LAI : Elle me parlait rarement de politique. Une ou deux fois peut-être j'avais essayé d'aborder le sujet, mais elle semblait réticente. Sur l'estrade, elle paraissait très sûre d'elle, elle parlait avec une réelle conviction. J'ai été heureux qu'elle ne me parle pas de politique car nous sommes vite devenus amants.

YU : Amants – dans quel sens ?

LAI : Comment ça, dans quel sens ?

YU : Physiquement ?

LAI : Oui.

YU : Combien de temps après ?

LAI : Quatre ou cinq semaines.

YU : Ç'a été rapide.

LAI : C'est arrivé plus tôt que je ne pensais.

YU : C'est vous qui avez pris l'initiative ?

LAI : Je vois ce que vous voulez dire. Je suis obligé de répondre à ce genre de questions ?

YU : Je ne peux pas vous y forcer, camarade Lai. Mais si vous le faites, ce peut être utile pour notre enquête. Et ça peut aussi m'éviter une autre visite à votre chef.

LAI : Eh bien, c'était un vendredi soir, je m'en souviens. Nous sommes allés à une soirée dansante dans la salle ouest de l'Union des écrivains de Shanghai. C'était la première année où le bal était officiellement ré-autorisé. Un de mes amis avait obtenu des billets pour nous. Pendant que nous dansions, je me suis aperçu qu'elle s'excitait.

YU : A quoi l'avez-vous vu ?

LAI : C'était évident. Nous étions en été. Elle se collait contre moi. J'ai remarqué que ses seins – vous voyez ce que je veux dire, je ne peux vraiment pas être plus précis.

YU : Et vous ? Vous étiez excité aussi ?

LAI : Oui.

YU : Que s'est-il passé ensuite ?

LAI : Nous sommes allés chez moi avec un groupe d'amis. Nous avons bavardé et nous avons pris un verre.

YU : Vous avez beaucoup bu cette nuit-là ?

LAI : Non. Rien qu'un verre de bière Tsingtao. En fait, je l'ai partagé avec elle. Je m'en souviens parce que plus tard... plus tard nous nous sommes embrassés. C'était notre premier baiser et elle a dit que nous avions chacun le goût de l'autre, à cause du verre partagé.

YU : Ça fait très romantique.

LAI : Ça l'était.

YU : Et ensuite ?

LAI : Les autres s'en allaient. Elle aurait pu partir avec eux. Il était déjà minuit et demi, mais elle est restée. Elle m'a dit qu'elle voulait m'aider à tout ranger. C'était un geste gentil.

YU : Vous avez dû être ravi de sa proposition ?

LAI : En fait, je lui ai dit de tout laisser tel quel. Ce n'était pas une nuit à se préoccuper d'assiettes sales et de restes.

YU : Je m'en doute.

LAI : Elle ne m'a pas écouté. Elle s'est mise à s'activer dans la cuisine. Elle a tout fait, elle a lavé la vaisselle, balayé par terre, enveloppé les restes qu'elle a mis dans un panier en bambou sur le balcon. Elle a dit que comme ça les aliments ne s'abîmeraient pas. Je n'avais pas de frigidaire à l'époque.

YU : Très femme d'intérieur, très attentionnée.

LAI : Oui. C'est exactement ce qu'aurait fait une épouse. Alors je l'ai embrassée pour la première fois.

YU : Vous étiez donc resté avec elle dans la cuisine ?

LAI : Oui. Je la regardais, stupéfait. Mais quand elle a fini, nous sommes retournés dans la pièce.

YU : Continuez.

LAI : Nous étions seuls. Elle ne manifestait aucune intention de s'en aller. Alors je lui ai proposé de prendre quelques photos d'elle. Je venais d'avoir un nouvel appareil, un Nikon 300. Mon frère me l'avait acheté au Japon.

YU : Un bel appareil.

LAI : Elle était étendue sur le lit et parlait de la beauté éphémère des femmes. J'étais d'accord avec elle. Elle a voulu que je prenne des photos qui conservent sa jeunesse. Après quelques clichés, j'ai suggéré de la photographier enveloppée dans une serviette blanche. A ma grande surprise, elle a fait un signe de tête et m'a demandé de me tourner. Elle s'est déshabillée immédiatement.

YU : Elle s'est déshabillée en votre présence ?

LAI : Je ne l'ai pas vue. Mais après, oui, bien sûr.

YU : Après, bien sûr. Que s'est-il passé après ?

LAI : Euh… Ce n'est pas la peine de le demander.

YU : Si. Il le faut. Mieux vaut me dire le plus précisément possible ce qui s'est passé entre vous et elle cette nuit-là.

LAI : C'est vraiment nécessaire, camarade inspecteur Yu ?

YU : Je comprends ce que vous ressentez, mais les détails peuvent être importants. N'oubliez pas que nous avons affaire à un meurtre sexuel.

LAI : Bon, puisque vous pensez que c'est utile…

YU : C'est à ce moment-là que vous avez eu des rapports sexuels ?

LAI : Elle s'est très bien fait comprendre. C'est elle qui a donné le signal qui ne trompe pas. C'était pour moi la chose naturelle à faire. Vous êtes un homme, non ? Pourquoi en dire davantage ?

YU : Je comprends, mais je dois quand même insister pour avoir des détails.

LAI : Plus de détails. Juste ciel !

YU : C'était la première fois pour elle ? Ou pour vous ?

LAI : Pas pour moi, mais pour elle, oui.

YU : Vous en êtes sûr ?

LAI : Oui. Même si elle n'a pas été très effarouchée.

YU : Combien de temps est-elle restée cette nuit-là ?

LAI : Toute la nuit. Et même plus longtemps. Le lendemain matin, elle a téléphoné de bonne heure au magasin pour dire qu'elle était souffrante. Nous sommes donc restés ensemble presque toute la matinée. Nous avons refait l'amour. L'après-midi, nous avons fait des achats. Je lui ai offert un pull de laine blanc avec une azalée rouge sur le sein droit.

YU : Elle l'a accepté ?

LAI : Oui. Et j'ai commencé à lui parler de mariage.

YU : Quelle a été sa réaction ?

LAI : Elle a eu l'air de ne pas vouloir en parler ce jour-là.

YU : Vous lui en avez reparlé, il me semble.

LAI : Vous pouvez vous moquer de moi si vous voulez, mais j'étais fou amoureux, et je lui en ai reparlé à plusieurs reprises. Chaque fois, elle évitait le sujet. Finalement, quand j'ai essayé d'en discuter sérieusement, elle m'a quitté.

YU : Pourquoi ?

LAI : Je n'en sais rien. J'étais estomaqué. Et terriblement blessé, vous pouvez l'imaginer.

YU : Vous vous étiez disputés ?

LAI : Non.

YU : Donc c'est arrivé tout d'un coup ? Curieux. Aviez-vous remarqué des signes avant-coureurs ?

LAI : Non. C'est arrivé trois ou quatre semaines après la fameuse nuit où nous avions couché ensemble. En fait, elle est venue plusieurs fois chez moi durant cette période. Onze fois au total, en comptant la première nuit. Je peux vous dire pourquoi je m'en souviens. Chaque fois que nous passions la nuit ensemble, je dessinais une étoile au-dessus de la date sur mon calendrier. Nous ne nous disputions jamais. Et puis un jour, sans crier gare, elle m'a plaqué – sans donner aucune raison.

YU : Bizarre, en effet. Vous lui avez demandé une explication ?

LAI : Oui, mais elle ne voulait rien dire. Elle répétait que c'était sa faute et qu'elle regrettait vraiment.

YU : Normalement, quand une jeune fille a couché avec un homme, elle exige qu'il l'épouse, surtout si elle était vierge. Pour en faire une honnête femme, en quelque sorte. Mais elle n'a rien exigé, en disant que c'était sa faute. Quelle faute ?

LAI : Je l'ignore. Je lui ai demandé de s'expliquer, mais elle a refusé.

YU : Pouvait-il y avoir un autre homme ?

LAI : Non. Je ne pense pas. Ce n'était pas son genre. Je me suis renseigné par l'intermédiaire de ma cousine, et elle m'a dit que non. Guan est partie sans donner de raison. J'ai essayé de comprendre, et au début j'ai même pensé qu'elle était peut-être nymphomane.

YU : Pourquoi ? Il y avait quelque chose d'anormal dans son comportement sexuel ?

LAI : Non. Elle était juste un peu… expansive. A son premier orgasme, elle a pleuré et crié. En fait, par la suite, elle atteignait chaque fois l'orgasme, elle mordait et elle criait, et je croyais qu'elle était satisfaite. Mais elle est morte à présent, je ne devrais pas parler mal d'elle.

YU : La rupture a dû être pénible pour vous.

LAI : Oui. J'étais anéanti. Mais petit à petit j'ai accepté. De toute façon, pour moi, c'était perdu d'avance. Ce n'était pas le genre de femme que j'aurais pu rendre heureuse longtemps. Et j'en aurais souffert. Mais à sa façon, c'était une femme merveilleuse.

YU : A-t-elle dit autre chose quand elle a rompu ?

LAI : Non. Elle répétait que c'était sa faute, et elle m'a même proposé de passer la nuit avec moi si je voulais. J'ai dit non.

YU : Pourquoi ? Simple curiosité.

LAI : Si son cœur vous quitte pour toujours, à quoi bon avoir son corps une nuit de plus ?

YU : Je vois, et je dirais que vous avez raison. Avez-vous essayé de reprendre contact avec elle ?

LAI : Non.

YU : N'importe quel contact – lettre ? cartes postales ? coups de téléphone ?

LAI : C'était elle qui m'avait plaqué. Alors pourquoi l'aurais-je fait ? Et puis elle est devenue une célébrité nationale, avec de grandes photos d'elle dans tous les journaux, alors je ne pouvais pas éviter son image de travailleuse modèle de la nation.

YU : Orgueil mâle et ego, je comprends. C'était un sujet douloureux pour vous camarade Lai, mais vous avez été très coopératif. Merci.

LAI : Tout ça restera confidentiel, n'est-ce pas ? Je suis marié, maintenant. Je n'en ai jamais parlé à ma femme.

YU : Bien entendu. Je vous l'ai dit au début.

LAI : Quand je pense à ce meurtre, je suis encore bouleversé. J'espère que vous arrêterez le criminel. Je crois que je n'oublierai jamais Guan.

Il y eut un long silence. La conversation était apparemment terminée. Puis Chen entendit de nouveau la voix de Yu :

Camarade inspecteur principal Chen, pour trouver l'ingénieur Lai Guojun je suis passé par Huang Weizhong, ancien secrétaire du Parti du grand magasin n° 1. D'après lui, Guan avait fait un rapport au comité du Parti dès le début de leur liaison. Le comité s'est intéressé à la famille de Lai et y a découvert un oncle qui avait été exécuté comme contre-révolutionnaire pendant la Réforme agraire. Le comité a donc voulu qu'elle mette fin à cette relation. Il était politiquement inacceptable que Guan, nouvelle travailleuse modèle et membre du Parti, fréquente un homme avec un tel passé familial. Elle a obtempéré, mais n'a fait de rapport à Huang sur leur rupture que deux mois plus tard, et sans donner de détails.

Je réunis davantage d'éléments sur Lai, mais je ne pense pas qu'il soit suspect. Après tout, c'est une très vieille histoire. Je m'excuse de ne pas pouvoir rester au bureau ce matin. Qinqin est malade et je dois l'emmener à l'hôpital, mais je serai chez moi à partir de 2 heures ou 2 heures et demie. Appelez-moi si vous avez besoin de moi.

Chen appuya sur le bouton Arrêt. Il se renversa sur son siège et essuya son front en sueur. La chaleur revenait. Il sortit un soda du petit frigo, tapota dessus et le remit en place. Une petite mouche bourdonnait dans la pièce. Il préféra se verser un verre d'eau froide.

Il ne s'était pas attendu à ça.

L'inspecteur principal Chen n'avait jamais cru à un mythe incarné de l'esprit communiste de sacrifice tel que le camarade Lei Feng. Une tristesse soudaine l'envahit. C'est absurde, se dit-il, que la politique puisse modeler une vie de cette façon. Si Guan avait épousé Lai, elle n'aurait pas connu un tel succès dans sa vie politique. Elle n'aurait pas été travailleuse modèle, mais une épouse ordinaire qui tricote un pull pour son mari, transporte une bouteille de propane sur le porte-bagages de son vélo, essaie de payer trois sous de moins quand elle fait son marché, râle comme un disque rayé et joue avec un bel enfant assis sur ses genoux – mais elle aurait été vivante.

Si la décision de Guan paraissait absurde au début des années quatre-vingt-dix, elle était plus compréhensible dix ans plus tôt. A cette époque-là, un homme comme Lai, qui avait un parent contre-révolutionnaire, était un exclu. Il aurait causé des ennuis à ses proches. Chen pensa à son propre « oncle », un lointain parent qu'il n'avait jamais vu, mais qui avait déterminé sa profession.

On pouvait donc dire que la décision du comité du Parti du magasin, malgré sa sévérité, avait été prise pour le bien de Guan. Elle avait été forcée de se montrer à la hauteur de son statut de travailleuse modèle. Que le Parti soit intervenu dans sa vie privée n'était pas étonnant, ce qui l'était c'était sa réaction à elle. Elle s'était donnée à Lai, puis l'avait quitté sans explication. Selon les codes du Parti, c'était d'un « libéralisme » intolérable. Mais Chen croyait pouvoir comprendre. Guan était un être humain plus compliqué qu'il ne l'avait pensé. Mais pouvait-il y avoir un rapport entre ce qui s'était passé dix ans plus tôt et la vie récente de Guan ?

Ç'avait pu être une expérience traumatisante pour elle, ce qui expliquerait qu'elle n'ait pas eu d'amant pendant des années jusqu'à ce qu'elle croise la route de Wu Xiaoming.

Guan était aussi quelqu'un qui osait agir – en dépit de l'ombre de la politique.

Ou bien y avait-il autre chose ?

Chen appela chez Yu.

– Qinqin va beaucoup mieux, dit Yu. Je retourne bientôt au bureau.

– Ce n'est pas nécessaire. Il n'y a rien de particulier. Occupez-vous bien de votre fils. J'ai eu votre enregistrement. Du très bon travail.

– J'ai vérifié l'alibi de Lai. Le soir du meurtre, il était à une conférence à Nanning avec un groupe d'ingénieurs.

– L'entreprise de Lai l'a confirmé ?

– Oui. J'ai aussi parlé à un de ses collègues qui partageait sa chambre d'hôtel. D'après lui, Lai est resté là tout le temps. Son alibi est solide.

– Est-ce que Lai a essayé de joindre Guan pendant ces six derniers mois ? Par téléphone ou autrement ?

– Non. Il dit que non. En fait, il vient de rentrer des États-Unis. Il y a travaillé toute une année, dans un laboratoire d'université. Je ne crois pas que ce soit la bonne piste.

– Je pense que vous avez raison. Ça fait tellement longtemps… Si Lai avait voulu faire quelque chose, il n'aurait pas attendu tant d'années.

– En effet. Actuellement, il travaille avec des universités américaines une ou deux fois par an et gagne des paquets de dollars, il est réputé dans son domaine et vit heureux avec sa famille. Dans notre société de marché, ce serait à Guan plutôt qu'à Lai de regretter ce qui s'est passé il y a dix ans.

– Et on peut considérer que c'est Lai qui a gagné au

change, ce n'était pas un perdant. Rétrospectivement, il n'est sans doute pas si malheureux de cette vieille histoire.

– Exactement. Guan avait un côté surprenant.

– Oui, quel dommage !

– Que voulez-vous dire ?

– Que c'était la politique pour elle, et que maintenant c'est la politique pour nous.

– Vous avez raison, chef.

– Appelez-moi si vous trouvez autre chose sur Lai.

Chen décida alors de faire un rapport de routine au commissaire Zhang qu'il n'avait pas informé dernièrement.

Quand Chen entra dans son bureau, le commissaire Zhang lisait une revue de cinéma.

– Quel bon vent vous amène aujourd'hui, camarade inspecteur principal Chen ?

Zhang posa sa revue.

– Un vent mauvais, malheureusement.

– Quel vent ?

– Le fils du détective Yu est malade, il doit l'emmener à l'hôpital.

– Oh, ça. Donc Yu ne peut pas venir aujourd'hui.

– Yu a travaillé dur, vous savez.

– De nouvelles pistes ?

– Il y a neuf ou dix ans, Guan avait un petit ami, mais elle a rompu sur ordre du Parti. Yu a parlé avec l'ancien secrétaire du Parti au magasin, qui était alors son chef, et aussi à l'ingénieur Lai, l'ex-petit ami.

– Ça n'est pas une nouvelle. Moi aussi j'ai parlé au secrétaire du Parti retraité. Il m'a raconté l'histoire. Guan a fait ce qu'il fallait.

– Savez-vous qu'elle… (Chen s'interrompit, il n'était pas sûr de la réaction que pourrait avoir Zhang à la version de Lai.) Elle a été peinée de devoir se séparer de lui.

– C'est compréhensible. Elle était jeune, et peut-être un peu romantique à l'époque, mais elle a fait ce qu'il fallait en respectant la décision du Parti.

– Mais elle a peut-être été traumatisée.

– Encore un de vos termes modernistes occidentaux ? dit Zhang avec irritation. Souvenez-vous qu'en tant que membre du Parti elle devait servir les intérêts du Parti.

– J'essayais seulement de voir les conséquences pour la vie personnelle de Guan.

– L'inspecteur Yu continue de travailler dans cette perspective ?

– Non. Il ne pense pas que Lai soit impliqué. C'est une trop vieille histoire.

– C'est ce que j'ai pensé.

– Vous avez raison, commissaire Zhang, dit Chen tout en se demandant pourquoi Zhang n'avait pas partagé ces informations avec lui plus tôt.

Tenait-il tellement à protéger l'image de puritanisme communiste de Guan ?

– Je ne pense pas que ce soit la bonne voie. Pas plus que votre théorie à propos du caviar, conclut Zhang. C'est une affaire politique, comme je l'ai dit et redit.

– On peut tout considérer sous l'angle politique.

Chen se leva et s'arrêta à la porte pour ajouter :

– Mais la politique n'est pas tout.

On pouvait désormais s'exprimer de cette manière, même si politiquement elle n'était pas jugée de bon goût. La promotion de Chen avait soulevé des oppositions, ce qui s'exprimait chez ses ennemis politiques quand ils faisaient l'éloge de son « ouverture », et chez ses amis politiques quand ils se demandaient s'il n'était pas trop ouvert.

18

A peine l'inspecteur principal Chen était-il revenu dans son bureau que le téléphone sonna.

C'était Lu le Chinois d'outre-mer. Il déclara une nouvelle fois qu'il avait lancé sa propre affaire avec succès : *Le Faubourg de Moscou*, un restaurant russe dans la rue de Huaihai, avec caviar, potage et vodka au menu, et serveuses russes en tenue légère. Son ton était satisfait et confiant. Chen n'arrivait pas à comprendre comment Lu avait pu en faire autant en si peu de temps.

– Alors les affaires sont bonnes ?

– Ça boume, mon vieux. Les clients s'agglutinent toute la journée pour regarder notre menu, nos vodkas et nos grandes Russes aux formes généreuses dans leur blouse et leur jupe transparentes.

– Tu as vraiment le sens des affaires.

– Eh, comme l'a dit Confucius il y a des milliers d'années : *La beauté donne faim.*

– Non. *Elle est si belle que l'on pourrait la dévorer*, corrigea Chen. C'est ce qu'a dit Confucius. Comment as-tu déniché ces Russes ?

– Elles sont venues à moi. Un de mes amis dirige un réseau de candidates internationales. Des filles bien. Elles gagnent quatre ou cinq fois plus que chez elles. Aujourd'hui, la Chine se porte bien mieux que la Russie.

– C'est vrai.

Chen était impressionné par la fierté dans la voix de Lu.

– Tu te rappelles le temps où nous appelions les Russes nos grands frères ? La roue de la fortune a tourné. Maintenant je les appelle mes petites sœurs. Et dans un sens, c'est vrai. Elles dépendent entièrement de moi. D'abord, elles n'ont nulle part où aller, et les hôtels sont beaucoup trop chers. J'ai acheté des lits pliants pour qu'elles puissent dormir dans l'arrière-salle, comme ça elles font de grosses économies. Et je leur ai aussi installé une douche avec eau chaude.

– Bref, tu t'occupes bien d'elles.

– Exactement. Et je vais te dire un secret, mon pote. Elles ont des poils sur les jambes, ces Russes. Ne te laisse pas avoir par leur apparence lisse et luisante. Une semaine sans rasoir et ces jambes superbes deviendraient vraiment velues.

– Toi, tu deviens eliotien, Chinois d'outre-mer.

– Qu'est-ce que tu veux dire ?

– Oh, rien. Ça me rappelle seulement T. S. Eliot. Quelque chose à propos de jambes nues, blanches, avec des bracelets, qui à la lumière se révèlent duveteuses.

A moins que ce ne soit John Donne ?

– Eliot ou non, ça ne me concerne pas. Mais c'est vrai. Je l'ai vu de mes propres yeux : un bac à douche plein de poils blonds et noirs.

– Tu te fiches de moi.

– Viens voir toi-même. Pas seulement les jambes, le restaurant aussi, bien sûr. Ce week-end, d'accord ? Je te réserverai une des blondes. La plus sexy. Service spécial. Tellement spécial que tu voudras la dévorer. Satisfaction de Confucius garantie.

– J'ai peur que ce ne soit trop pour mon porte-monnaie.

– Qu'est-ce que tu racontes ? Tu es mon meilleur ami, et je te dois une bonne part de mon succès. C'est moi qui régale.

– D'accord, je viendrai la semaine prochaine si je peux me libérer un soir.

L'inspecteur principal Chen se demanda s'il le ferait, même s'il en trouvait le temps. Il avait lu un rapport sur le « service spécial » de certains restaurants mal famés.

Il regarda sa montre. 3 heures et demie. Il ne restait probablement plus rien à la cantine. Sa conversation avec Lu lui avait donné faim.

Puis il pensa à une chose qu'il avait presque oubliée. Le dîner avec Wang Feng. Chez lui.

Soudain, tout le reste pouvait attendre jusqu'au lendemain. L'idée de la recevoir pour un dîner aux chandelles accélérait son pouls. Il quitta précipitamment le bureau pour aller au marché de la rue de Ninghai, à environ un quart d'heure à pied de chez lui.

Comme toujours, le marché offrait le spectacle d'une foule grouillante, paniers de bambou au bras, sacs en plastique à la main. Chen avait épuisé sa ration de porc et d'œufs pour le mois. Il espérait pouvoir trouver du poisson et des légumes. Wang aimait les produits de la mer. Une longue file menait à un étal de poisson. Entre les personnes debout, il y avait une collection de paniers, de vieux cartons, de tabourets et même de briques. Chaque fois que la file avançait – lentement –, les gens poussaient ces objets un peu plus loin. Chen comprit que placer un objet dans la file symbolisait la présence de son propriétaire. Quand un panier approchait de l'étal, le propriétaire prenait sa place. En conséquence, une file de quinze personnes pouvait signifier qu'il y en avait en réalité cinquante. A la vitesse où elle avançait, il en avait pour plus d'une heure avant d'être servi.

Il décida donc de tenter sa chance au marché libre, qui était à une rue du marché d'État de Ninghai. Ce marché libre n'avait pas encore de nom, mais tout le monde connaissait son existence. La qualité du service y était meilleure, ainsi que celle des produits. La seule différence était le prix, en général le double ou le triple de celui de Ninghai.

Une coexistence pacifique : le marché d'État et le marché privé. Le socialisme et le capitalisme côte à côte. Des cadres vétérans du Parti s'inquiètent du choc inévitable entre les deux systèmes, mais pas les clients du marché, se dit Chen en s'arrêtant devant un étal de ciboules et de gingembre sous une ombrelle de Hangzhou. Il prit une poignée de ciboules fraîches. Le marchand lui fit cadeau d'un morceau de gingembre.

Chen passa un certain temps à choisir les ingrédients du dîner. L'avance des Éditions Lijiang lui permettait largement d'acheter un kilo d'agneau, des huîtres, et des épinards. Puis, cédant à une impulsion, il quitta le marché pour aller au nouveau magasin de bijoux de la rue de Longmen.

La vendeuse s'approcha d'un air surpris. Avec son uniforme et son sac en plastique, Chen ne ressemblait sans doute pas à un vrai client. Mais c'en était un, et un bon. Il n'hésita pas longtemps entre les articles éblouissants exposés. Il fut immédiatement attiré par un collier de perles placé sur du satin argenté dans un coffret de velours violet. Le bijou lui coûta plus de huit cents yuans, mais Chen était sûr qu'il irait bien à Wang. Ruth Rendell serait contente, elle aussi, de la façon dont il dépensait l'argent gagné par la traduction de son livre. Par ailleurs, il avait besoin d'une motivation supplémentaire pour achever sa prochaine traduction, *Qui ne tuerait le Mandarin ?*

Rentré chez lui, il constata pour la première fois, et à son grand étonnement, combien un appartement de célibataire pouvait être affreux. Des bols et des assiettes dans l'évier, un jean par terre près du canapé, des livres partout, des traînées grises sur l'appui de la fenêtre. Même la bibliothèque de briques et de planches qui flanquait le bureau le frappa par sa saleté. Il se lança dans le nettoyage.

C'était la première fois que Wang acceptait de dîner seule avec lui, chez lui. Depuis la soirée de la pendaison de crémaillère, il y avait eu un réel progrès dans leur relation. Au cours de l'enquête, il en avait aussi appris de plus en plus sur elle. Elle n'était pas seulement séduisante et vive, mais aussi intelligente – intuitivement perspicace, davantage même que lui.

Mais c'était plus que ça. Au cours de l'enquête, il s'était posé des questions sur sa vie. Il était temps de se décider – comme Guan aurait dû le faire des années plus tôt.

Wang arriva peu avant 6 heures. Elle portait une veste de soie blanche sur une robe noire toute simple à bretelles fines qui ressemblait plutôt à une combinaison. Il l'aida à enlever sa veste ; ses épaules étaient d'un blanc éblouissant à la lumière du néon.

Elle avait apporté une bouteille de vin blanc. Un cadeau parfait pour l'occasion. Il avait un service de verres dans le placard.

– Quelle pièce impeccable pour un inspecteur principal très occupé !

– J'avais une bonne raison. Quand on reçoit une amie, il est important que le décor soit réussi.

La table était mise, nappe blanche, serviettes roses pliées, baguettes d'acajou et cuillères d'argent à long manche. De l'eau bouillait dans une casserole sur le réchaud à gaz. Tout autour, des lamelles d'agneau fines comme du papier, un bol d'épinards et une douzaine d'huîtres sur un plateau décoré de tranches de citron. Il y avait aussi une marinade de concombre et d'ail dans de petits raviers. Et une coupelle de sauce pour chacun.

Ils plongèrent une ou deux secondes les lamelles d'agneau dans l'eau bouillante, puis les trempèrent dans la sauce, une recette spéciale qu'il avait apprise du Chinois d'outre-mer, un mélange de sauce de soja, de crème de sésame, de tofu fermenté et de poivre moulu, avec une pincée de persil. L'agneau, encore rosé, était délicieusement tendre.

Il déboucha la bouteille de vin. Ils trinquèrent avant de prendre une petite gorgée du vin blanc pétillant dans la lumière douce.

– A toi, dit-il.

– A nous.

Il retourna l'agneau dans la sauce.

– En l'honneur de quoi ?

– De ce soir.

Elle détachait une huître avec un petit couteau. Ses doigts délicats coupèrent le muscle. Elle porta l'huître à sa bouche. Un brin d'algue verte était resté collé à la coquille. Il vit l'intérieur nacré, sa blancheur parfaite sur ses lèvres. Elle posa la coquille avec un soupir de satisfaction.

– C'est bon.

Le verre à la main, il la regarda en pensant au contact de ses lèvres avec l'huître, puis avec le verre. Elle but une gorgée, s'essuya la bouche avec la serviette en papier, et prit une autre huître. Il fut étonné de la voir la tremper dans la sauce, se pencher et la lui offrir. Le geste était terriblement familier. Presque celui d'une jeune mariée. Il la laissa lui glisser les baguettes dans la bouche. Il sentit l'huître fondre sur sa langue. Une étrange impression de douceur.

C'était une expérience nouvelle pour lui que se trouver seul avec une femme qui lui plaisait, dans une pièce où il était chez lui. Ils bavardèrent, mais il ne se sentait pas obligé de faire la conversation. Elle non plus. Ils pouvaient se permettre de se regarder sans rien dire.

Il avait commencé à crachiner, mais la ville la nuit n'en paraissait que plus intime, paisible, son voile de lumières scintillant à l'infini.

Après le dîner, elle proposa de l'aider à débarrasser.

– J'aime vraiment faire la vaisselle après un bon repas.

– Non, tu ne bouges pas.

Mais elle s'était déjà levée, avait envoyé promener ses sandales et pris le tablier accroché au bouton de la porte. C'était charmant de la regarder aller et venir, aussi désinvolte que si elle habitait là depuis des années. Elle faisait très ménagère avec le tablier blanc noué autour de sa taille fine. Chen protesta :

– Aujourd'hui tu es mon invitée.

– Je ne vais quand même pas rester à te regarder tout faire.

Ce n'était pas une vraie cuisine, mais un espace étroit où se serraient le réchaud à gaz et l'évier, à peine assez grand pour que deux personnes puissent bouger. Ils étaient debout, leurs épaules se touchaient. Il ouvrit la petite fenêtre au-dessus de l'évier. Son bien-être n'était pas seulement dû au bon dîner et au vin : il se sentait chez lui. Il dénoua le tablier.

– Allez, laissons tout comme ça, dit-il. Ça suffit.

– Tu auras bientôt des cafards qui ramperont dans tout ton nouvel appartement, l'avertit-elle en souriant.

– J'en ai déjà.

Il la ramena dans la pièce.

– Buvons plutôt un dernier verre.

– Comme tu voudras.

Quand il apporta les verres, elle se balançait dans le fauteuil de rotin près du canapé. Elle glissa en arrière sur le siège, et sa robe courte laissa apercevoir ses cuisses.

Chen s'appuya contre le classeur, la main sur le tiroir du haut qui contenait le collier de perles.

Wang paraissait absorbée par la couleur changeante du vin dans son verre.

– Tu veux bien t'asseoir à côté de moi un instant ?

– Je te vois mieux comme ça, dit-il en sentant le parfum enivrant de ses cheveux.

Il resta debout, son verre à la main. Un « dernier verre ». Difficile à traduire en chinois. Il avait appris la connotation de l'expression dans un film américain où un couple sirotait du vin avant de se retrouver au lit. L'atmosphère d'intimité qui s'était créée entre eux le grisait.

– Oh, tu as oublié les chandelles !

– C'est vrai, ce serait parfait maintenant, avec un CD du *Boléro* en musique de fond.

C'était aussi dans le film. Les amants mettaient leur disque préféré pour faire l'amour : le rythme d'un orgasme qui monte.

Un doigt sur la joue, elle le dévisageait avec une grande attention, comme si elle ne l'avait jamais vu. Elle retira l'élastique de sa queue de cheval et secoua ses cheveux. Ils tombèrent librement dans son dos. Elle était détendue, à l'aise, chez elle.

Alors il s'agenouilla à ses pieds.

– Qu'est-ce que c'est ?

– Quoi ?

Son doigt toucha son pied nu. Il y avait une tache de sauce sur son petit orteil. Il l'essuya avec les doigts.

La main de Wang glissa et saisit la sienne. Il regarda son annulaire. Il y avait une bande de peau plus claire là où elle avait porté une alliance.

Ils restèrent ainsi, main dans la main.

En contemplant son visage animé, il eut l'impression de voir un livre ouvert qui l'attendait. Ou bien lisait-il trop ?

– Tout est merveilleux ce soir, dit-elle. Merci.

– Le meilleur est encore à venir.

C'était une réminiscence d'un poème à moitié oublié. Il attendait ce moment depuis longtemps.

La lumière douce dessinait ses courbes sous le fin tissu de sa robe. On aurait dit une autre femme, mûre, féminine, et séductrice. Il se demanda combien de femmes différentes il pouvait y avoir en elle.

Elle bascula en arrière, en s'éloignant de lui, et lui

toucha la joue. La paume de sa main était légère comme un nuage.

– Tu penses de nouveau à l'enquête ?

– Non. Pas en ce moment.

C'était vrai, mais il se demanda pourquoi il avait été tellement pris par cette affaire. Était-ce à cause des sentiments humains bruts qui étaient en jeu ? Sa vie personnelle était peut-être si prosaïque qu'il avait besoin de partager la passion des autres. Ou bien il aspirait à un changement de vie radical.

– Je dois te demander un service.

– Tout ce que tu voudras.

– Je ne veux pas qu'il y ait de malentendu. (Elle respira un grand coup et fit une pause.) Il y a quelque chose entre nous, n'est-ce pas ?

– Qu'en penses-tu ?

– Je l'ai su dès notre première rencontre.

– Moi aussi.

– J'avais été fiancée à Yang avant de te rencontrer, tu le sais, mais tu ne m'as jamais rien demandé.

– Toi non plus tu ne m'as rien demandé sur moi, dit-il en serrant sa main. Ce n'est pas si important.

– Mais tu as une carrière prometteuse, dit-elle avec une émotion qui troublait ses jolis traits. Qui est importante pour toi, et pour moi aussi.

– Carrière prometteuse, je n'en sais trop rien.

Les paroles de Wang étaient un prélude, il le savait.

– Mais pourquoi parler de ma carrière maintenant ?

– J'avais tout préparé, mais c'est plus difficile que je ne pensais. Avec toi ici, tellement gentil avec moi, c'est plus difficile… beaucoup plus difficile.

– Dis-moi tout, Wang.

– Voilà. Je suis allée à l'Institut des langues étrangères de Shanghai, qui demande un dédommagement pour ce qu'il a fait pour lui, pour Yang – un dédommagement pour ses études, son salaire, et l'assistance médicale pendant tout ce temps. Sans quoi, je ne pourrai pas avoir le document pour mon passeport. C'est une grosse somme, vingt mille yuans. Je me demandais si tu pourrais intervenir auprès du service des passeports de la police. Pour que j'en obtienne un sans le document de l'Institut.

– Tu veux un passeport… pour aller au Japon ?

Ce n'était pas du tout ce à quoi il s'attendait.

– Oui. Je le demande depuis plusieurs semaines.

Pour quitter la Chine, elle avait besoin d'un passeport. Elle devait aussi présenter une demande agréée par son unité de travail. Et son mariage avec Yang, bien que strictement formel, exigeait le même document de la part de l'unité de travail de Yang.

C'était sans doute difficile, mais pas impossible. Des passeports avaient déjà été délivrés sans autorisation de l'unité de travail. L'inspecteur principal Chen était en mesure de l'aider.

– Ainsi tu vas le retrouver.

Il se releva.

– Oui.

– Pourquoi ?

– Il a obtenu tous les papiers nécessaires pour que je le rejoigne. Et même un poste pour moi à la Télévision chinoise de Tokyo. Une petite station, pas du tout comme ici, mais quelque chose dans mes cordes. Il n'y a pas grand-chose entre lui et moi, mais c'est une occasion que je ne peux pas me permettre de laisser passer.

– Mais tu as aussi un bel avenir professionnel ici.

– Un bel avenir professionnel ici, où je dois accumuler les mensonges, dit Wang avec un sourire amer.

Elle avait raison. Tout dépendait de la façon de concevoir le travail de journaliste. Au journal du Parti, elle devait agir dans l'intérêt du Parti. En tout premier lieu dans l'intérêt du Parti. Elle était payée pour ça.

C'était indiscutable. Chen se sentit obligé de dire quelque chose.

– Tout de même, les choses s'arrangent ici.

– A ce train-là, dans vingt ans je pourrai peut-être écrire ce que je veux, je serai vieille et j'aurai les cheveux gris.

– Non, je ne suis pas d'accord.

Il voulait dire qu'elle ne serait jamais vieille, pas à ses yeux, mais il se retint.

– Tu es différent, Chen. Toi, tu peux vraiment faire quelque chose ici.

– Merci de me dire ça.

– Tu es choisi pour le séminaire de l'Institut central du Parti, tu peux faire ton chemin, et je ne pense pas pouvoir t'aider. Je veux parler de ta carrière. Et en plus…

– En plus, tu pars au Japon, dit-il lentement.

– Oui, mais il faudra du temps, deux mois au moins, avant que j'obtienne mon passeport et mon visa. Et nous serons ensemble… exactement comme ce soir. (Elle leva la tête et posa une main sur son épaule nue, légèrement, comme pour descendre la bretelle.) Et un jour, quand tu ne t'intéresseras plus à ta carrière politique ici, tu voudras peut-être me rejoindre là-bas.

Il se détourna pour regarder par la fenêtre.

La rue était devenue un flot de parapluies multicolore. Les gens se pressaient dans toutes les directions. Il s'était dit que le mariage de Wang était un échec. Personne ne pouvait briser un couple à moins qu'il n'ait déjà craqué. Qu'un homme ait laissé tomber cette femme en était la preuve. Et pourtant c'était vers cet homme qu'elle voulait aller. Pas vers lui.

Même si ce n'était pas le soir même et peut-être pas avant deux mois encore.

Ce n'était pas ce qu'il attendait, pas du tout.

Le père de Chen, éminent professeur de néo-confucianisme, avait inculqué à son fils tous les principes moraux ; ses efforts n'avaient pas été inutiles. Il n'était pas membre du Parti depuis tant d'années pour rien. Elle était la femme d'un autre – et elle allait le rester.

Ça coupait court à tout. Il y avait une limite qu'il ne pouvait pas franchir. Il se retourna vers elle.

– Puisque tu vas rejoindre ton mari, je pense que ce n'est pas une bonne idée de se revoir… pas de cette façon. Nous resterons amis, bien sûr. Quant à ce que tu m'as demandé, je ferai ce que je pourrai.

Elle sembla stupéfaite. Sans un mot, elle serra les poings puis enfouit son visage dans ses mains.

Il secoua un paquet fripé pour en sortir une cigarette qu'il alluma.

Elle murmura :

– Ce n'est pas facile pour moi. Et je ne le fais pas seulement pour moi.

– Je comprends.

– Non, tu ne comprends pas. J'y ai réfléchi. Ce n'est pas bien… pour toi.

– Je ne sais pas. Mais je ferai de mon mieux pour t'obtenir ton passeport, je te le promets.

Il ne voyait pas quoi dire d'autre.

– J'ai une dette envers toi.

– Les amis sont faits pour ça, dit-il comme si dans sa tête un disque de clichés était tombé sur la platine.

– Alors je m'en vais.

– Oui, il est tard. Je t'appelle un taxi.

Elle releva la tête, des larmes brillaient dans ses yeux. Sa pâleur aiguisait ses traits.

Était-elle encore plus belle qu'avant ?

Elle se pencha pour remettre ses chaussures. Il l'aida à se lever. Ils se regardèrent en silence. Le taxi arrivait ; ils l'entendirent klaxonner sous la pluie.

Il insista pour lui prêter son imperméable, un vilain ciré noir de la police avec un capuchon de fantôme.

Elle s'arrêta sur le seuil et se retourna, son visage disparaissait presque sous le capuchon qui cachait ses yeux. Puis elle s'en alla. Dans ce ciré, on aurait pu la prendre pour lui. Il regarda la haute silhouette noire disparaître dans la brume de la pluie.

Chen ouvrit en sifflotant le tiroir d'en haut de son classeur. Il n'avait même pas eu l'occasion de sortir les perles, qui apparurent toutes luisantes à la lumière. Zhang Ji, un poète de la dynastie des Tang, a écrit des vers célèbres :

Je vous rends vos perles chatoyantes avec des larmes dans les yeux,

Seigneur, que ne vous ai-je connu avant de prendre un mari.

D'après certains critiques, le poème avait été écrit quand Zhang avait décliné une offre du Premier ministre Li Yuan, sous le règne de l'empereur Dezhong au début du VIIIe siècle. Il y avait donc une allusion politique.

Ce n'est qu'une interprétation, pensa Chen en se frottant le nez. Il n'aimait pas ce qu'il avait fait. Elle avait été très claire. Ç'aurait pu être la première nuit qu'il espérait tant, et il y en aurait eu d'autres. Sans qu'il ait la moindre obligation.

Mais il avait dit non.

Il ne pourrait peut-être jamais expliquer sa réaction, ni à personne ni à lui-même. Il pouvait être logique quand il s'agissait de la vie des autres, mais pas de la sienne.

Le tintement d'une sonnette de vélo se propagea dans le silence de la nuit.

Sa décision avait-elle été hâtée par le rapport qu'il avait lu l'après-midi ? Un parallèle semblait s'établir dans son subconscient. Il pensa au désir de Guan de se donner à Lai avant de rompre avec lui, et à l'offre de Wang avant de partir rejoindre son mari au Japon.

L'inspecteur principal Chen avait fait beaucoup d'erreurs. Sa décision de ce soir-là risquait d'être une de celles qu'il regretterait amèrement.

Après tout, un homme n'est jamais que ce qu'il a décidé de faire, ou de ne pas faire.

Il est des choses qu'un homme fait ; d'autres qu'un homme ne fait pas. Encore un truisme confucéen que lui avait enseigné son père. Et si, tout au fond de lui, il était conservateur, traditionnel, et même vieux jeu – ou avait-il une pensée politique juste ? La réponse était non.

Quoi qu'il fasse, quel que soit l'homme qu'il deviendrait, il se fit une promesse : il allait résoudre cette affaire. C'était le seul moyen pour l'inspecteur principal Chen de se racheter.

19

L'inspecteur Yu arriva finalement chez lui pour le dîner.

Peiqin avait déjà fini de préparer plusieurs plats dans la cuisine collective.

– Je peux t'aider ?

– Non. Rentre chez nous. Qinqin va beaucoup mieux aujourd'hui, tu peux l'aider à faire ses devoirs.

– C'est vrai qu'il y a déjà deux jours que je l'ai emmené à l'hôpital. Il a dû manquer plusieurs leçons.

Yu ne s'éloigna pas tout de suite. Il se sentait coupable en voyant Peiqin travailler autant, son chemisier blanc à manches courtes collé à son corps en sueur. Accroupie au pied d'un évier de béton, elle ficelait un crabe vivant avec de la paille. Plusieurs crabes du Yangchen rampaient bruyamment sur du sésame qui recouvrait le fond d'un seau de bois. Voyant son air perplexe, Peiqin expliqua :

– Il faut les attacher, sinon ils perdent leurs pinces dans la vapeur.

– Alors pourquoi tout ce sésame dans le seau ?

– Pour empêcher les crabes de maigrir. Ça les nourrit. Nous les avons eu tôt ce matin.

– Ils sont si rares de nos jours.

– Et l'inspecteur principal Chen est un invité rare.

C'était Peiqin qui avait pris la décision d'inviter Chen pour dîner, mais Yu l'avait approuvée, bien entendu. Elle l'avait fait pour lui, puisque c'était elle qui devait tout préparer dans leur unique pièce de onze mètres carrés. Mais elle y tenait.

La veille, il lui avait parlé de la réunion du comité du Parti du bureau. Le commissaire politique Zhang avait grogné contre son comportement peu reluisant, ce qui n'était pas nouveau. Mais cette fois il était allé jusqu'à suggérer au comité de le remplacer. La proposition avait été discutée sérieusement. Yu n'étant pas membre du comité, il ne pouvait pas se défendre. Comme l'enquête s'enlisait, il était peut-être utile de changer des hommes, ou du moins leurs responsabilités. Le secrétaire du Parti Li semblait prêt à donner son accord. Yu n'avait pas le cœur à l'ouvrage, mais son retrait aurait provoqué un effet de dominos. D'après l'officier Lao, qui avait assisté à la réunion, son sort aurait été réglé si l'inspecteur principal Chen n'était pas intervenu en sa faveur. Chen avait surpris les membres du comité en arguant que les différences d'opinion étaient normales dans une enquête, qu'elles reflétaient la démocratie au sein du Parti, et que cela ne diminuait en rien les qualités de policier de l'inspecteur Yu. « Si vous n'êtes pas contents de la façon dont l'enquête est menée, avait-il conclu, c'est moi qui suis responsable. Renvoyez-moi. »

C'était donc grâce au plaidoyer passionné de Chen que Yu restait dans l'équipe spéciale. Il ne s'attendait pas à un soutien aussi loyal de la part de son supérieur.

– Ton inspecteur principal sait parler le langage du Parti, avait commenté tranquillement Peiqin.

– Et cette fois, heureusement, c'était en ma faveur.

– Et si nous l'invitions à dîner ? Le restaurant va recevoir deux bourriches de crabes vivants, des crabes du lac Yangchen, au prix officiel. Je peux en rapporter une douzaine, et je n'aurai plus qu'à ajouter des accompagnements.

– C'est une bonne idée. Mais ce sera trop de travail pour toi.

– Non. C'est amusant d'avoir un invité de temps en temps. Je vais préparer un repas que ton inspecteur principal n'oubliera pas de sitôt.

Et à la surprise de Yu, Chen avait accepté l'invitation de bon cœur, en ajoutant qu'il voulait justement lui parler.

Yu regardait Peiqin s'activer dans l'espace restreint et se dit sombrement que c'était vraiment trop de travail pour elle. Leur portion de la cuisine collective ne contenait qu'un réchaud à charbon et une petite table avec un placard en bambou fixé au mur. Elle avait à peine la place de poser les bols et les assiettes.

– Rentre chez nous, répéta-t-elle. Ne reste pas là à me regarder.

Dans la pièce, la table, déjà mise, offrait un spectacle imposant. Les baguettes, cuillères et petites assiettes étaient accompagnées de serviettes en papier pliées. Au centre étaient placés un petit marteau en cuivre et un bol d'eau. Ce n'était pourtant pas exactement une table de salle à manger car c'était là que Peiqin cousait les vêtements de la famille, que Qinqin faisait ses devoirs et que Yu étudiait des dossiers.

Il se fit une tasse de thé vert, s'assit sur l'accoudoir du canapé et but une gorgée.

Ils habitaient une vieille maison *shikumen* à un étage – un style répandu au début des années trente, où une maison comme celle-là était construite pour une famille. Soixante ans plus tard, elle en abritait plus d'une douzaine, toutes les pièces avaient été divisées pour loger de plus en plus de monde. Seule la porte d'entrée peinte en noir était restée la même, elle ouvrait sur une petite cour jonchée d'objets divers, une sorte d'entrepôt de ferraille, d'où l'on entrait dans un vestibule haut de plafond et flanqué de deux ailes. Ce vestibule autrefois vaste était transformé en cuisine et réserve collective. Les rangées de réchauds à charbon avec leurs piles de briquettes indiquaient que sept familles vivaient au rez-de-chaussée.

La pièce de Yu était située au rez-de-chaussée, à l'extrémité sud de l'aile est. Le Vieux chasseur avait été logé dans cette aile au début des années cinquante, avec le luxe d'une chambre supplémentaire comme chambre d'amis. En 1990, les quatre pièces ne logeaient pas moins de quatre familles : le Vieux chasseur et sa femme ; ses deux filles, dont l'une, mariée, habitait là avec son mari et sa fille, et l'autre, trente-cinq ans, était encore célibataire ; et son fils, l'inspecteur Yu, avec Peiqin et Qinqin. Autrement dit, chaque pièce servait de chambre, de salle à manger, de salle de séjour et de salle de bains.

A l'origine, la pièce de Yu – onze mètres carrés environ – avait été la salle à manger. Elle n'avait jamais été idéale car le mur nord n'avait qu'une fenêtre pas plus grande qu'une lanterne en papier, mais elle était encore pire comme pièce à tout faire, et particulièrement incommode pour les visiteurs, car la pièce voisine, qui avait servi autrefois de salle de séjour et donnait sur le vestibule, était celle du Vieux chasseur. Le visiteur devait donc la traverser. Raison pour laquelle les Yu invitaient rarement.

Chen arriva à 6 heures et demie en tenant dans une main une petite bouteille d'alcool de riz de Shaoxin – Jeune fille rouge. Parfait pour accompagner les crabes. De l'autre main, il tenait son porte-documents de cuir noir, comme d'habitude.

– Bienvenue, inspecteur principal, dit Peiqin, parfaite hôtesse shanghaienne, en essuyant ses mains mouillées sur son tablier. Comme dit le vieux dicton, *votre présence illumine notre pauvre demeure*.

– Nous devrons nous serrer un peu, ajouta Yu. Asseyez-vous, je vous en prie.

– Toute demeure offrant un festin de crabes est une grande demeure, dit Chen. Je suis très sensible à votre gentillesse.

La pièce n'était pas assez grande pour contenir quatre chaises autour de la table. Ils étaient donc assis sur trois côtés, et sur le quatrième Qinqin occupait le lit.

Qinqin avait de longues jambes, de grands yeux, et une figure ronde qu'il avait cachée derrière un livre d'images à l'arrivée de Chen. Mais il ne fut plus timide quand les crabes apparurent sur la table.

– Où est votre père le Vieux chasseur ? demanda Chen en posant ses baguettes sur la table. Je ne l'ai pas encore salué.

– Il est en patrouille au marché.

– Il y travaille encore ?

– Oui. C'est une longue histoire.

Depuis qu'il avait pris sa retraite, le Vieux chasseur était agent de sécurité du quartier. Au début des années quatre-vingt, quand les marchands ambulants étaient encore illégaux, ou du moins « capitalistes » selon la terminologie politique, le vieil homme s'était fait le protecteur de la pureté du marché d'État. Mais bientôt le marché privé était devenu légal et même déclaré complément nécessaire du marché socialiste. Le gouvernement avait cessé d'entraver les commerçants privés du moment qu'ils payaient leurs impôts, mais le policier retraité continuait d'aller patrouiller sans but précis, rien que pour le plaisir de se sentir utile au système socialiste.

– Continuons de parler en mangeant. Les crabes n'attendent pas, intervint Peiqin.

C'était un excellent repas, un festin de crabes. Sur la nappe en tissu les crabes apparurent, rebondis, rouge et blanc, dans les petits paniers de bambou où ils avaient cuit à la vapeur. Le petit marteau de cuivre brillait parmi les soucoupes bleu et blanc. L'alcool de riz était tiédi à point, la lumière lui donnait une couleur ambrée. Sur l'appui de la fenêtre, un vase en verre contenait un bouquet de chrysanthèmes qui avait sans doute deux ou trois jours, un peu dégarni, mais encore ravissant. Chen se frotta les mains et dit :

– J'aurais dû apporter mon Canon pour photographier la table, les crabes et les chrysanthèmes. Ce pourrait être une illustration tirée du *Rêve dans le pavillon rouge*.

– Vous parlez du chapitre 28, n'est-ce pas ? Où Baoyu et ses « sœurs » composent des poèmes à propos d'un festin de crabes, dit Peiqin en sortant la chair d'une pince pour Qinqin. Hélas, ici ce n'est pas une salle du jardin de la Grande Vision.

Yu fut content de pouvoir comprendre l'allusion. Il dit :

– Mais notre inspecteur principal Chen est un poète à part entière. Il nous lira ses poèmes.

– Ne me demandez pas de lire quoi que ce soit. J'ai la bouche pleine et un crabe vaut plus qu'un poème.

Peiqin s'excusa :

– Ce n'est pas encore vraiment la saison du crabe.

– Mais si, c'est la meilleure.

Visiblement, Chen appréciait l'excellente cuisine de Peiqin, il se régalait en particulier de la sauce de Zhisu et il en termina une coupelle en un rien de temps. Quand il eut fini de déguster les glandes digestives d'un crabe femelle, Chen poussa un soupir de satisfaction.

– Su Dongbo, le poète de la dynastie des Song, a dit un jour : *Ô puissé-je manger des crabes sans surveillant des vins auprès de moi.*

– Un surveillant des vins de la dynastie des Song ?

Qinqin parlait pour la première fois depuis le début du repas et montrait qu'il s'intéressait à l'Histoire.

– Un surveillant des vins était un officier de rang inférieur, comme un policier de rang moyen aujourd'hui, responsable seulement de la conduite des autres personnages officiels dans les fêtes et les banquets protocolaires.

– Eh bien, vous n'avez pas à vous inquiéter pour ça, inspecteur principal Chen. Buvez autant qu'il vous plaira. Vous êtes le supérieur de Yu et ce n'est pas un repas protocolaire.

– Je suis réellement enchanté par votre repas, madame Yu.

– Tout le mérite en revient à Peiqin, dit Yu. Elle a réussi à avoir les crabes au prix officiel.

C'était un fait connu que personne n'avait une chance d'acheter des crabes vivants dans un marché d'État. Ni au prix officiel. Ce prix dit d'État existait encore, mais seulement dans les journaux et les statistiques gouvernementales. Les gens payaient sept ou huit fois plus dans les marchés libres. Cependant, un restaurant d'État pouvait encore obtenir une ou deux bourriches de crabes à ce prix pendant la saison. Sauf que les crabes ne se montraient jamais sur les tables du restaurant. Dès qu'ils arrivaient, les employés se les partageaient et les emportaient chez eux.

– Pour terminer le repas de ce soir, nous allons manger un bol de nouilles.

Peiqin tenait un énorme bol de soupe où flottaient des lamelles de jambon rose de Jinghua.

– Qu'est-ce que c'est ?

– Des nouilles de l'autre côté du pont, répondit Yu.

Il aida Peiqin à poser un grand plat de nouilles de riz transparentes sur la table et plusieurs assiettes d'accompagnements : lamelles de porc, filets de poisson et légumes verts, autour de la soupe fumante.

– Rien de compliqué, dit Peiqin. Rien qu'une chose que nous avons appris à faire quand nous étions jeunes instruits dans le Yunnan.

– Nouilles de l'autre côté du pont... il me semble avoir entendu parler de ce plat original. (Chen montrait une curiosité de gourmet). Ou lu quelque chose là-dessus. Très original, mais je n'en ai jamais mangé.

Yu se lança dans une explication :

– Voici l'histoire. Pendant la dynastie des Qing, un mari studieux préparait un examen de l'administration dans une petite maison isolée sur une île. Sa femme a confectionné un de ses plats préférés, de la soupe au poulet avec des nouilles. Pour le lui apporter, elle a dû traverser un long pont de bois. Quand elle est arrivée, les nouilles étaient froides et avaient perdu leur croquant. La fois suivante, elle a emporté deux bols séparés, un avec la soupe chaude couverte d'huile pour conserver la chaleur, et l'autre avec les nouilles rincées. Elle n'a mélangé les nouilles à la soupe qu'une fois arrivée. Comme prévu, c'était délectable et le mari, plein d'énergie après avoir fini les nouilles, a si bien travaillé qu'il a réussi son examen.

– Quel mari heureux, dit Chen.

– Et Peiqin est encore meilleure cuisinière, gloussa Yu.

Lui aussi avait aimé les nouilles, la soupe qui contenait les souvenirs de leur vie dans le Yunnan.

Ensuite, Peiqin servit le thé dans une théière en terre cuite sur un plateau de laque noire. Les tasses étaient aussi délicates que le lichee. C'était le service qui convenait au thé spécial Dragon Noir. Tout était aussi réussi que Peiqin l'avait promis.

Pendant qu'ils buvaient le thé, Yu ne parla pas à son invité de la réunion du comité. Peiqin ne fit aucune allusion à leur travail. Ils bavardèrent de choses et d'autres. L'inspecteur principal Chen ne semblait pas être le genre de chef qui s'accroche à son statut.

Dans sa petite tasse, les feuilles de thé s'épanouissaient à l'égal de sa sensation de bien-être.

– Quel merveilleux repas ! déclara Chen. J'en oublie presque que je suis un policier.

Signal discret qu'il était temps de passer à autre chose, l'inspecteur Yu le comprit. C'était probablement pour ça que l'inspecteur principal Chen était venu. Mais ce pourrait être gênant d'aborder le sujet en présence de Peiqin.

– Je suis parti tôt hier, dit-il. Il y a eu du nouveau au bureau ?

– J'ai reçu quelques informations, à propos de l'affaire.

– Peiqin, tu peux nous laisser un moment ?

– Bien sûr, je sors avec Qinqin. Il doit s'acheter un taille-crayon.

– Non, madame Yu. Excusez-moi. Yu et moi pouvons sortir faire quelques pas. Ce n'est pas une mauvaise idée, après un grand repas.

– Vous n'y pensez pas, inspecteur principal. Nous vous recevons pour la première fois. Buvez encore un peu et bavardez avec Yu ici. Je reviens dans une petite heure… pour vous servir notre dessert maison.

Elle mit un gilet de toile bleue et sortit avec Qinqin.

– Alors, qu'est-ce qui se passe ? demanda Yu quand il eut entendu la porte se fermer.

– Vous avez parlé avec Wu Xiaoming, n'est-ce pas ?

– Wu Xiaoming… oui, je me souviens, le photographe de *L'Étoile rouge*. Une des personnes qui ont connu Guan. Une vérification de routine.

Yu sortit un calepin et le feuilleta.

– Je l'ai appelé deux fois. Il a dit qu'il avait pris quelques photos de Guan. Celles qui ont paru dans *Le Quotidien du peuple*. Une commande du service politique. Vous avez trouvé quelque chose de suspect ?

– Beaucoup de choses.

Chen sirota son thé en résumant les derniers progrès de son enquête.

– Ça alors ! Wu m'a menti. Coffrons-le.

– Vous savez ce qu'est la famille de Wu ?

– Sa famille ?

– Son père est Wu Bing.

– Qu'est-ce que vous dites ?

– Exactement. Wu Bing, le ministre de la Propagande de Shanghai. Wu Xiaoming est son fils unique. Et le gendre de Liang Guoren, ancien gouverneur de la province du Jiangsu. C'est pour ça que je veux vous parler ici.

Yu explosa et frappa du poing sur la table :

– Ce salaud d'ECS !

– Quoi ?

Chen paraissait surpris de sa réaction.

– Ces ECS… (Yu s'efforçait de se calmer), ils croient toujours pouvoir échapper à tout. Pas cette fois-ci. Demandons un mandat d'arrêt.

– Pour le moment, nous savons seulement qu'il y avait une relation étroite entre lui et Guan. Ça ne suffit pas.

– Non. Je ne suis pas d'accord. Trop d'éléments concordent. Voyons, dit Yu en finissant son thé, Wu avait une voiture, celle de son père. Il pouvait donc jeter le corps dans le canal. Le sac plastique s'explique aussi. Sans parler du caviar. Et comme il est marié, Wu devait garder cette liaison secrète. Guan aussi, pour la même raison. C'est pourquoi Guan tenait tellement à dissimuler sa vie privée.

– Mais tout ça n'est pas une preuve suffisante que Wu Xiaoming a commis le meurtre. Nous n'avons jusqu'ici que des présomptions.

– Mais Wu a dissimulé des informations ! Ça suffit pour que nous l'interrogions.

– C'est précisément ce qui me tracasse. Ça deviendra vraiment une affaire politique si nous nous attaquons au fils de Wu Bing.

– Vous en avez discuté avec le secrétaire du Parti Li ?

– Non, pas encore. Il est toujours à Pékin.

– Alors nous pouvons foncer sans l'informer.

– Oui, nous pouvons, mais nous devons agir avec prudence.

– Vous savez autre chose à propos de Wu ?

– Ce qu'il y a dans ces dossiers officiels. (Chen sortit une chemise de son porte-documents.) Pas grand-chose, les renseignements classiques. Si vous voulez, vous pourrez les lire demain.

– J'aimerais en lire quelques pages tout de suite si ça ne vous ennuie pas.

Yu alluma une cigarette pour Chen, puis une autre pour lui et se mit à lire les documents contenus dans la chemise. Le plus complet était un dossier officiel que Chen avait obtenu aux archives de Shanghai. Il ne présentait pas un grand intérêt immédiat, mais il était plus soigneusement établi que ce qu'il voyait d'habitude.

Wu Xiaoming était né en 1949. Avec une cuillère en argent dans la bouche. Son père, Wu Bing, était un cadre supérieur chargé du travail idéologique du Parti, et il habitait l'une des maisons les plus luxueuses de la ville. Wu Xiaoming devint un élève « bon en tout » à l'école élémentaire. Puis un fier jeune pionnier au foulard rouge, et enfin un membre de la Ligue de la jeunesse communiste avec un insigne doré brillant au soleil du début des années soixante. La Révolution culturelle changea tout. Le rival politique de Wu Bing, Zhang Chunqiao, membre du Bureau politique, était sans pitié pour ses opposants. Wu Xiaoming vit ses parents traînés hors de chez eux menottes aux poignets, et jetés en prison, où sa mère connut une fin misérable. Sans foyer, Wu et sa sœur survécurent dans les rues. Personne n'osait s'occuper d'eux. Pendant six ou sept ans, il travailla dans le Jiangxi en tant que jeune instruit. En 1974, il fut autorisé à revenir dans le comté de Qingpu, près de Shanghai, en raison de l'état de santé de son père. A la fin des années soixante-dix, le vieil homme fut libéré et réhabilité – plus ou moins symboliquement, car il n'avait plus la force d'occuper ses fonctions. Wu Xiaoming fut lui aussi affecté à un bon poste. Photographe de *L'Étoile rouge*, il était reçu par les plus hauts dignitaires du Parti et fit plusieurs voyages à l'étranger. Il s'était marié dans le Jiangxi pendant ses années de jeune instruit. Sa femme, Liang Ju, était elle aussi fille de cadre supérieur. Ils revinrent ensemble à Shanghai. Liang avait un poste à la mairie, mais elle souffrait d'une grave névrose et restait chez elle depuis plusieurs années. Ils n'avaient pas d'enfants. Comme il devait s'occuper de son père, lui et sa femme habitaient sa maison.

Dans la partie concernant le travail de Wu, Yu trouva plusieurs pages plus récentes, dont le « bilan d'activités pour la promotion des cadres » rempli par l'employeur de Wu, Yang Ying. Wu y était décrit comme le chef du service photo et un « remarquable photographe » ayant réalisé plusieurs portraits du camarade Deng Xiaoping à Shanghai. Le rapport soulignait son ardeur au travail. Wu avait prouvé son engagement politique en renonçant à des vacances pour remplir des missions spéciales. Yang Ying concluait en le recommandant chaudement pour un nouveau poste important.

Quand Yu eut fini de lire, il trouva sa cigarette complètement consumée dans le cendrier.

– Pas grand-chose, hein ? dit Chen.

– Pour nous, non. Quel va être son nouveau poste ?

– Je ne sais pas encore.

– Comment allons-nous poursuivre notre enquête ?

– Une enquête difficile, et même dangereuse, avec les liens qu'entretient la famille de Wu. Si nous faisons la moindre erreur, nous aurons de graves ennuis. La politique.

– Politique ou pas, avez-vous le choix ?

– Non. Pas en tant que flic.

– Alors moi non plus. Je suis votre adjoint.

Yu se leva.

– Merci, camarade inspecteur Yu Guangming.

– Vous n'avez pas à me remercier.

Yu alla à l'armoire et revint avec une bouteille de Yanghe.

– Nous formons une équipe, non ? Buvez. C'est une bouteille que je conserve depuis des années.

Yu et Chen vidèrent leur tasse.

Yu se souvint que dans la *Chronique des trois royaumes* les héros buvaient du vin en se jurant de partager fortune et malheur.

– Nous devons le questionner le plus tôt possible, dit Chen.

– Ce n'est peut-être pas une bonne idée d'effrayer un serpent en remuant les herbes. Et probablement un serpent venimeux, dit Yu en se resservant.

– Mais c'est la voie à suivre si nous le considérons comme le suspect numéro un, objecta Chen lentement. En outre, Wu Xiaoming aura vent de notre enquête d'une façon ou d'une autre.

– Je n'ai pas peur de la morsure du serpent, mais je veux l'achever d'un seul coup.

– Je sais. Alors, quand devons-nous agir, à votre avis ?

– Demain. Nous pouvons peut-être le prendre par surprise.

Quand Peiqin revint avec Qinqin, Yu et Chen avaient fini la bouteille de Yanghe et s'étaient mis d'accord sur les mesures à prendre le lendemain.

Le dessert promis était un gâteau aux amandes.

Ensuite, Yu et Peiqin accompagnèrent Chen à l'arrêt du bus. Avant de monter, il les remercia avec effusion. Peiqin prit le bras de Yu.

– Tout s'est bien passé ce soir ?

– Oui, dit-il distraitement. Tout.

Mais pas exactement tout.

A son retour, Peiqin se mit à nettoyer sa portion de cuisine. Yu sortit dans la petite cour et alluma une autre cigarette. Qinqin dormait déjà. Yu n'aimait pas fumer à l'intérieur. La cour était désolante – un champ de bataille où chaque famille essayait d'occuper le plus d'espace possible. Il regarda le tas de briquettes qui lui faisait face comme un grand A : vingt en bas, quinze par-dessus et sept en haut.

Encore un exploit de Peiqin.

Elle devait les apporter d'un magasin de charbon du voisinage, les stocker dans la cour, et chaque jour en prendre une dans ses mains pour la mettre dans le réchaud. Dans *Le Rêve dans le pavillon rouge*, Daiyu portait un panier blanc plein de pétales de fleurs.

Il se retourna et vit Peiqin récurer les casseroles au-dessus de l'évier sous la lumière crue. Il faisait plus chaud là-bas. Il voyait les gouttes de sueur sur son front. Elle chantonnait, faux, dressée sur la pointe des pieds pour ranger les plats dans le placard de fortune. Il courut l'aider. Après avoir fermé la porte du placard, il resta tout près derrière elle et glissa les bras autour de sa taille. Elle se retourna, se blottit contre lui, et ne fit rien pour l'arrêter quand il lui caressa le dos.

– C'est bizarre, non, que l'inspecteur principal Chen puisse m'envier.

– Quoi ? murmura-t-elle.

– Il m'a dit que j'étais un homme heureux.

– Il t'a dit ça?

Reconnaissant pour la soirée, il lui embrassa la nuque.

– Va te coucher, dit-elle en souriant. Je te rejoins bientôt.

Il se coucha, mais ne voulut pas s'endormir avant qu'elle arrive. Il laissa un moment la lumière allumée. Au dehors, on entendait toutes sortes de véhicules rouler dans la rue de Jingling, mais de temps en temps, durant une rare minute, toute la circulation s'évanouissait dans la nuit. Dans l'érable, un merle poussa des notes nostalgiques. La porte du voisin claqua de l'autre côté de la cuisine. Quelqu'un se gargarisa à l'évier collectif, puis il y eut un bruit indistinct ; on avait dû écraser un moustique sur le grillage d'une fenêtre.

Enfin, Peiqin éteignit les lumières de la cuisine et entra doucement. Elle se déshabilla et mit un vieux peignoir de soie changeante qui bruissait. Ses boucles d'oreilles tintèrent dans une soucoupe sur la table de nuit. Elle tira un crachoir de plastique de sous le lit et le mit dans le coin partiellement caché par l'armoire. Il entendit un bruit liquide. Finalement, elle alla se glisser sous la couverture en éponge.

Il ne s'étonna pas quand elle se blottit de nouveau contre lui. Il sentit qu'elle mettait l'oreiller dans une position plus confortable. Son peignoir s'ouvrit. Il toucha timidement la peau douce de son ventre, il sentit la chaleur de son corps et tira ses genoux contre ses cuisses. Elle le regarda.

Ses yeux reflétaient la réponse qu'il attendait.

Ils ne voulaient pas réveiller Qinqin.

En retenant sa respiration, il essaya de remuer avec le moins de bruit possible, elle en fit autant.

Ensuite, ils restèrent longtemps dans les bras l'un de l'autre.

Normalement, il avait sommeil tout de suite après, mais cette nuit-là son esprit fonctionnait avec une grande clarté.

Peiqin et lui étaient des gens ordinaires, travaillant dur et se contentant de peu. Un dîner de crabes pouvait les rendre heureux, les enthousiasmer. De petites choses les comblaient : un film le week-end, une visite au jardin de la Grande Vision, une chanson sur une nouvelle cassette, ou un pull avec un Mickey pour Qinqin. Il se plaignait parfois, comme les autres, mais il considérait qu'il avait de la chance. Une femme extraordinaire. Un fils magnifique. Quoi d'autre avait de l'importance sur cette terre ?

« Le ciel et l'enfer sont dans la tête, pas dans les choses qu'on possède dans le monde », lui avait dit un jour le Vieux chasseur.

Il y avait pourtant quelques choses que l'inspecteur Yu aurait aimé avoir. Un deux-pièces avec salle de bains, par exemple. Qinqin était déjà un grand garçon qui avait besoin d'une chambre à lui. Ils pourraient faire l'amour sans devoir retenir leur respiration. Une bouteille de propane pour faire la cuisine plutôt que des briquettes de charbon. Et un ordinateur pour son fils. Ses propres années d'école avaient été perdues, mais Qinqin devait avoir un avenir différent.

La liste était longue, mais ç'aurait été bien d'en obtenir au moins les premiers points sur la liste.

Le Quotidien du peuple avait annoncé que tout viendrait dans un proche avenir. « Nous aurons du pain, et aussi du lait. » Ainsi parlait un bolchevik loyal dans un film sur la Révolution d'octobre, prédisant à sa femme l'avenir radieux de la jeune Union soviétique. C'était un film qui passait souvent quand il était au lycée – le seul film étranger qu'on pouvait voir en ce temps-là. A présent, l'Union soviétique avait pratiquement disparu, mais l'inspecteur Yu croyait encore dans la réforme économique. Dans quelques années, peut-être, les gens ordinaires vivraient mieux.

Il tira le cendrier de sous une pile de revues.

Mais ces ECS ! C'était une des choses qui rendaient la vie si difficile. Avec leurs relations familiales, les ECS pouvaient faire ce dont les gens ordinaires ne pouvaient pas rêver, et ils avaient des carrières politiques fulgurantes.

ECS typique, Wu avait dû penser que le monde était une pastèque, qu'il pouvait la couper en morceaux à sa guise et cracher la vie des autres comme des pépins.

La vie n'était pas juste, ça l'inspecteur Yu l'avait accepté depuis longtemps. Le milieu d'origine, pour commencer, faisait toute la différence dans le monde entier – nulle part autant qu'en Chine dans les années quatre-vingt-dix.

Mais Wu Xiaoming avait commis un meurtre. Yu en était convaincu.

En regardant le plafond, il se dit qu'il savait exactement ce qui s'était passé la nuit du 10 mai : Wu a téléphoné, Guan est allée chez lui, ils ont mangé du caviar et fait l'amour, puis Wu l'a étranglée, il a mis le corps dans un sac poubelle, l'a transporté jusqu'au canal, et l'y a jeté…

Peiqin se serra contre lui.

– Ton inspecteur principal est très préoccupé.

– Oh, tu es encore éveillée ? Oui, c'est vrai. L'affaire est difficile, elle implique des gens importants.

– Il y a peut-être autre chose.

– Comment le sais-tu ?

– Je suis une femme, dit Peiqin avec un demi-sourire. Vous, les hommes, vous ne remarquez pas ce qui est écrit sur votre visage. Un bel inspecteur principal, et un poète publié, ce doit être un parti très recherché, mais il a l'air seul.

– Tu as un faible pour lui, toi aussi ?

– Non. J'ai déjà un merveilleux mari.

Il la prit de nouveau dans ses bras.

Avant de s'endormir, il entendit un léger bruit près de la porte. Il écouta un instant et se souvint que plusieurs crabes vivants étaient restés dans le seau. Ils ne rampaient plus sur le fond de sésame. Ce qu'il entendait étaient les bulles d'écume dont ils s'imprégnaient les uns les autres dans le noir.

20

Le lendemain matin, l'inspecteur Yu et l'inspecteur principal Chen arrivèrent de bonne heure au bureau de *L'Étoile rouge* de Shanghai, installé dans un bâtiment victorien au coin de la rue de Wulumuqi et la rue de Huaihai, l'un des meilleurs emplacements de la ville. Pas étonnant, se dit Yu, compte tenu de l'influence politique de la revue. *L'Étoile rouge* était l'organe du comité central du Parti communiste chinois. Chaque travailleur y semblait imbu du prestige de sa position.

Au bureau de marbre de la réception était assise une jeune fille vêtue d'une élégante robe à pois. Absorbée par son ordinateur portable, elle ne s'arrêta pas de pianoter vigoureusement quand ils arrivèrent. Elle ne fut guère impressionnée par leur identité. Elle leur déclara que Wu n'était pas là, sans demander pourquoi ils voulaient le voir.

– Vous devez savoir où est la résidence Zhou – aujourd'hui résidence Wu, inutile de préciser, dit-elle. Wu travaille chez lui aujourd'hui.

– Comment ça ? dit Yu.

– Dans notre revue, ça n'a rien de surprenant.

– Tout est surprenant à *L'Étoile rouge*.

– Vous feriez mieux de l'appeler d'abord. Si vous voulez, vous pouvez utiliser notre téléphone.

– Non, merci, dit Yu. Nous avons notre téléphone de voiture.

Dehors, aucune voiture ne les attendait, encore moins un téléphone de voiture

– C'était insupportable, grogna Yu. Elle prenait de tels airs !

– Vous avez raison. Il vaut mieux ne pas appeler Wu, et le prendre par surprise.

– Vous savez, un serpent surpris mord. Mais la résidence Wu dans la rue de Henshan n'est pas très loin. Nous pouvons y aller à pied.

Ils atteignirent bientôt le milieu de la rue de Henshan où la résidence Wu se dressait derrière de hauts murs. Elle avait appartenu à l'origine à un important homme d'affaires nommé Zhou. Quand les communistes avaient pris le pouvoir en 1949, la famille Zhou s'était enfuie à Taiwan, et celle de Wu Bing s'y était installée.

La maison et le secteur de la rue Henshan qui l'entourait se trouvaient dans une partie de la ville que Yu n'avait jamais eu l'occasion de connaître, bien qu'il ait toujours vécu à Shanghai. Il était né et avait grandi dans la partie basse du quartier de Huangpu, un quartier habité principalement par des familles aux revenus moyens et faibles. Quand le Vieux chasseur s'y était installé au début des années cinquante, une époque d'égalitarisme communiste, c'était un quartier jugé aussi bon que n'importe quel autre. Comme tous les enfants qui couraient dans les ruelles et jouaient sur les trottoirs pavés, Yu croyait avoir tout ce qu'il voulait dans son quartier, même s'il savait qu'il en existait de meilleurs, où les rues étaient plus larges et les maisons plus grandes.

Durant ses années de lycée, souvent après une journée de cours sur les *Citations du président Mao*, Yu partait en campagne avec des copains de classe et ils allaient rôder dans les différents secteurs de la ville. Ils s'aventuraient parfois dans des magasins, sans rien acheter. De temps en temps ils terminaient leur excursion dans une gargote. Le plus souvent, ils se promenaient d'une rue à l'autre, sans but, en discutant avec animation et en se réjouissant d'être amis. Ils avaient connu ainsi différentes parties de la ville.

Sauf une. Celle où se trouvait la rue de Henshan. Ils ne l'avaient vue que dans des films d'avant 1949 – des films qui montraient des capitalistes fabuleusement riches, des voitures d'importation avec des chauffeurs en livrée, de jeunes bonnes en robe noire et tablier blanc avec un bonnet empesé.

Une fois ils s'y étaient risqués, mais ils avaient tout de suite senti qu'ils n'étaient pas dans leur élément. Visibles derrière de hauts murs, les maisons ressemblaient à celles des vieux films, très imposantes et très impersonnelles. La rue de Henshan s'étendait devant eux, silencieuse, solennelle, et presque déserte, n'étaient les soldats de l'Armée populaire de libération debout devant les grilles. C'était un quartier résidentiel pour cadres supérieurs, ils le savaient, un niveau de vie très au-dessus du leur. Ils furent quand même choqués à l'idée que dans de telles maisons ne vivait qu'une seule famille, alors que dans leur quartier une maison bien plus petite pouvait être divisée pour en loger une douzaine. Le décor leur apparut comme le théâtre d'un conte de fée cruel. Ils traînèrent peut-être un peu trop longtemps. Un soldat armé s'approcha d'eux et leur demanda de partir ; ce n'était pas un quartier pour eux. Cette constatation leur fit passer l'envie d'y retourner.

Et voilà qu'un beau matin de juin l'inspecteur Yu se retrouvait au même endroit. Il n'était plus un gamin, mais l'atmosphère du quartier était encore oppressante. Un soldat de l'Armée populaire de libération les salua. Ce n'étaient plus les mêmes soldats, évidemment. Mais ceux qui vivaient derrière les hauts murs n'étaient pas tellement différents.

Le mur blanc qui enfermait la résidence Wu n'avait pas changé non plus, sauf que du lierre le recouvrait ici et là. De la rue, on apercevait à peine le toit de tuiles rouges qui brillait entre les cimes des arbres. Le terrain entourant la maison était énorme. Il n'y avait plus de soldat à la grille de fer forgé décorée de pointes en spirale, mais la maison semblait correspondre encore davantage aux images de Shanghai dans les vieux films.

L'inspecteur Yu posa la main sur le bouton à côté de la grille et sonna.

Une femme entrouvrit la grille. Elle avait dans les trente-cinq ans et portait un ensemble noir et blanc à jupe courte. Ses yeux étaient soulignés de faux cils et d'ombre à paupières bleue, et elle regarda les deux hommes d'un air interrogateur.

– Qui êtes-vous ?

– Nous appartenons à la police de Shanghai, dit Yu en tendant sa carte. Nous devons parler à Wu Xiaoming.

– Il attend votre visite ?

– Non, sans doute pas. Nous enquêtons sur un meurtre.

– Venez avec moi. Je suis sa sœur cadette.

Elle les fit entrer.

L'inspecteur Yu voyait la maison dans sa totalité pour la première fois. Une magnifique bâtisse sur trois niveaux qui ressemblait à un château modernisé, avec ses pignons et ses tours d'origine, auxquels avaient été récemment ajoutés les porches et les galeries vitrées. La pelouse immense et bien entretenue était agrémentée de parterres. Au milieu, l'eau claire d'une belle piscine miroitait sur des carreaux bleu clair.

Suivant la femme, ils montèrent un perron, traversèrent un grand vestibule et arrivèrent dans un salon colossal d'où montait sur la gauche un escalier arrondi. Face à une cheminée de marbre vert, il y avait un grand canapé de cuir noir et une table basse recouverte d'une épaisse plaque de verre.

– Asseyez-vous, je vous prie. Voulez-vous boire quelque chose ?

– Non, merci.

Yu s'enfonça profondément dans le canapé et regarda autour de lui, vaguement conscient de l'arrangement floral sur la cheminée, du tapis luisant sur le bois poli, du tic-tac étouffé d'une grande horloge en acajou.

– Je vais dire à Xiaoming que vous êtes là, dit-elle, et elle disparut par une autre porte.

Wu Xiaoming apparut aussitôt. La petite quarantaine, grand, large d'épaules, mais, curieusement, l'air tout à fait ordinaire. Il avait un regard pénétrant et méfiant sous des paupières lourdes, tout comme sa sœur, et des rides profondes au coin des yeux. Il n'avait rien de l'aspect bohème des photographes professionnels présentés à la télévision. Yu eut du mal à associer l'homme qui était devant lui avec l'ECS qui avait pris des photos de nus, qui avait couché avec Guan et probablement avec beaucoup de femmes. Mais ensuite il sentit autre chose chez Wu en dehors de son apparence : il respirait le succès et l'assurance dans sa manière de parler et dans ses gestes ; il émettait les signaux caractéristiques de ceux qui jouissent du pouvoir et l'exercent au plus haut niveau.

Était-ce cette lumière qui avait attiré tant de papillons de nuit ?

Quand les présentations furent terminées, Wu proposa :

– Allons parler dans le bureau.

Il les conduisit à travers le vestibule jusqu'à une vaste pièce meublée de façon austère, à l'exception d'un tableau au cadre doré reflétant le goût du propriétaire. Derrière un bureau d'acajou, la porte-fenêtre donnait sur la pelouse et les arbres en fleurs.

– C'est le bureau de mon père. Vous savez qu'il est à l'hôpital.

Yu avait vu la photo du vieil homme dans les journaux, un visage ridé, sensible, au long nez droit.

En tapotant légèrement sur le bureau, Wu s'installa à son aise dans le fauteuil de cuir pivotant de son père.

– Que puis-je pour vous, camarades ?

– Nous sommes ici pour vous poser quelques questions, dit Yu en sortant un mini-magnéto. Notre conversation sera enregistrée.

– Nous venons de votre bureau, ajouta Chen. La secrétaire nous a dit que vous travailliez chez vous. C'est pourquoi nous sommes venus directement. Nous menons une enquête importante.

– L'affaire Guan Hongying, exact ?

– Exact. Vous êtes au courant.

– Cet officier, le camarade inspecteur Yu, m'a téléphoné plusieurs fois à ce sujet.

– En effet, dit Yu. Vous m'avez dit la dernière fois que votre relation avec Guan était strictement professionnelle. Vous avez pris des photos d'elle pour le journal. C'est ça, n'est-ce pas ?

– Oui. Pour *Le Quotidien du peuple*. Si vous voulez voir ces photos, j'en ai gardé quelques unes au bureau. Et aussi pour une autre revue, une série entière, mais je ne suis pas sûr de les trouver ici.

– Vous ne l'avez vue que deux ou trois fois pour des séances de photo ?

– Eh bien, dans ma profession, il faut parfois des centaines de prises de vue pour une bonne photo. Je ne me rappelle pas exactement combien de temps nous avons travaillé ensemble.

– Pas d'autre contact ?

– Allons, camarade Yu. Vous ne pourriez pas prendre des photos et des photos pendant des heures sans rien faire d'autre, si ? Quand on est photographe, on doit bien connaître le modèle, le mettre au point, en quelque sorte, avant de pouvoir en saisir l'âme.

– Je vois, dit Chen. Le corps et l'âme, pour votre recherche.

– En octobre dernier, dit Yu, vous avez fait un voyage dans les Montagnes jaunes.

– Oui.

– Vous y êtes allé seul ?

– Non. C'était un voyage organisé par une agence. J'y suis allé avec plusieurs personnes.

– D'après Vent d'Est Voyages, vous avez acheté des billets pour deux. Qui est l'autre personne ?

– Euh… maintenant que vous en parlez… oui, j'ai acheté un billet pour quelqu'un d'autre.

– Qui était-ce ?

– Guan Hongying. Je lui avais parlé du voyage par hasard. Elle aussi était intéressée. Alors elle m'a demandé de prendre un billet pour elle.

– Mais pourquoi le billet n'a-t-il pas été réservé à son nom ?

– Vous savez, c'était une célébrité. Elle ne voulait pas être traitée comme telle dans un groupe de touristes. Elle recherchait avant tout l'anonymat. Elle craignait aussi que l'agence de voyages affiche sa photo dans la vitrine.

– Et vous ? demanda Yu. Vous non plus vous n'avez pas utilisé votre vrai nom.

– Je l'ai fait pour les mêmes raisons, à cause de ma

famille et le reste, répondit Wu avec un sourire, bien que je ne sois pas une telle célébrité.

– D'après le règlement, vous devez prouver votre identité pour vous inscrire dans une agence de voyages.

– En fait, des gens voyagent sous un autre nom. Ce n'est pas rare, même quand on montre ses vrais papiers. L'agence de voyages n'est pas très stricte là-dessus.

– Je suis policier et je n'ai jamais entendu dire ça, dit Yu.

– Je suis photographe professionnel, j'ai beaucoup voyagé. Je connais les ficelles, croyez-moi.

– Il y a autre chose, monsieur le photographe professionnel de *L'Étoile rouge*. (Yu pouvait à peine contrôler son ton sarcastique.) Non seulement vous vous êtes inscrits sous de faux noms, mais aussi en tant que couple.

– Oh, ça… Je comprends pourquoi vous êtes ici aujourd'hui. Laissez-moi vous expliquer, camarade inspecteur Yu, dit Wu.

Il prit une cigarette dans un paquet de Kent sur le bureau, et l'alluma sans en offrir.

– Quand on voyage en groupe, il faut partager sa chambre. Certains touristes sont très bavards et ne vous laissent pas fermer l'œil de la nuit. Le pire, ce sont ceux qui ronflent de façon épouvantable. Alors plutôt que de partager la chambre avec une personne inconnue, Guan et moi avons pensé que ce serait peut-être une bonne idée de la partager tous les deux.

– Vous êtes donc restés dans la même chambre d'hôtel pendant votre séjour ?

– Oui.

– Ainsi vous la connaissiez à fond, intervint Chen, vous saviez qu'elle se tairait quand vous ne seriez pas d'humeur à écouter, et qu'elle dormait gentiment, sans ronfler ni s'agiter. Et vice versa, bien entendu.

– Non, camarade inspecteur principal, dit Wu en faisant tomber sa cendre dans le cendrier. Ce n'est pas ce que vous croyez.

– Qu'est-ce que nous croyons ? demanda Yu qui décelait le premier petit signe de gêne dans la voix de Wu. Dites-moi, camarade Wu Xiaoming.

– C'était une idée de Guan. Pour être franc, elle avait une autre raison de vouloir que nous nous fassions passer pour un couple. C'était par économie. L'agence accordait une remise importante pour les couples. Un truc promotionnel. Achetez un billet, le deuxième est à moitié prix.

– Le fait reste que vous avez partagé la chambre, dit Yu, un homme et une femme.

– Oui. Mais pas comme vous l'insinuez.

– Vous êtes resté avec une jeune et jolie femme dans une chambre d'hôtel pendant toute une semaine sans avoir de rapports sexuels avec elle, dit Yu. C'est ce que vous nous dites ?

– Ça me rappelle tout à fait Liu Xiawei, dit Chen. Quel parfait gentleman !

– Qui est Liu Xiawei ? demanda Yu.

– Un personnage légendaire d'un épisode guerrier durant la période des Printemps et Automnes, il y a environ deux mille ans. On raconte que Liu a tenu une femme nue dans ses bras toute une nuit sans coucher avec elle. Confucius avait une très haute opinion de Liu, car c'est contraire aux règles du confucianisme de coucher avec une autre femme que la sienne.

– Inutile de me raconter ces histoires, dit Wu. Que vous le croyiez ou non, je vous dis la vérité. Rien que la vérité.

– Comment se fait-il qu'une agence vous ait permis de partager une chambre ? demanda Yu. Toutes sont très strictes là-dessus. Vous devez montrer votre certificat de mariage. Ou elles perdent leur licence.

– C'est Guan qui a insisté, et j'ai réussi à avoir ce qu'il fallait.

– Comment avez-vous fait ?

– J'ai pris du papier à en-tête du journal. J'ai tapé une courte déclaration indiquant que nous étions mariés. C'est tout. On ne nous a pas demandé de certificat de mariage. Les agences de voyages cherchent le profit, ce genre de papier leur suffit.

– C'est un délit de contrefaire un document légal.

– Allons donc, camarade inspecteur Yu. Quelques mots sur un papier à en-tête et vous appelez ça un document légal ? Des tas de gens le font tous les jours.

– Ça n'en est pas moins contre la loi, dit Chen.

– Vous pouvez parler à mon chef si vous voulez. J'ai un peu triché en utilisant du papier à en-tête. J'ai eu tort, d'accord. Mais vous n'allez pas m'arrêter pour ça, si ?

– Guan était une travailleuse modèle, un membre du Parti avec une haute conscience politique, elle avait participé au Dixième congrès de notre Parti, dit Yu. Et vous voulez nous faire croire qu'elle a fait ça rien que pour économiser quelques centaines de yuans ?

– Et en partageant le lit d'un homme marié pendant toute une semaine, ajouta Chen, elle, une femme célibataire.

– J'ai fait de mon mieux pour coopérer avec vous, camarades, mais si vous ne cherchez qu'à bluffer, montrez-moi votre mandat. Vous pouvez m'emmener au commissariat.

– C'est une affaire sérieuse, camarade Wu Xiaoming, dit Chen. Nous devons enquêter sur toutes les personnes qui ont connu Guan.

– Mais c'est tout ce que je peux vous dire. J'ai fait un voyage à la montagne en sa compagnie. Ça ne signifie rien. Pas de nos jours.

– C'est manifestement plus que ça, dit Yu. Comment expliquez-vous votre coup de téléphone le soir où elle a été assassinée ?

– Le soir où elle a été assassinée ?

– Oui. Le 10 mai.

– Le 10 mai… euh… laissez-moi réfléchir. Désolé, je ne me souviens pas de cet appel. Je téléphone beaucoup tous les jours, parfois plus de vingt ou trente fois. Je ne peux pas me rappeler un appel précis à une date précise.

– Nous avons vérifié auprès des Télécommunications de Shanghai. Le dernier appel reçu par Guan venait de votre numéro. A 9 heures et demie le 10 mai.

– Ma foi, c'est possible. Nous avions parlé de faire une autre série de photos. J'ai pu en effet l'appeler.

– Et le message que vous avez laissé pour elle ?

– Quel message ?

– *On se retrouve comme prévu.*

– Je ne me rappelle pas, mais c'était sans doute en rapport avec la séance photo dont nous avions parlé.

– Une séance photo après 9 heures du soir ?

– Je vois ce que vous insinuez, dit Wu en envoyant sa cendre sur le bureau.

– Nous n'insinuons rien, dit Chen. Nous attendons simplement votre explication.

– J'ai oublié l'heure exacte que nous avons fixée, mais ce pouvait être le lendemain ou le surlendemain.

– On dirait que vous avez une explication pour tout, dit Yu. Une explication toute prête.

– Ce n'est pas ce que vous voulez ?

– Où étiez-vous le soir du 10 mai ?

– Le 10 mai… un instant… Ah, je me souviens ! Oui, c'est ça. J'étais chez Guo Qiang.

– Qui est Guo Qiang ?

– Un de mes amis. Il travaille à la Banque populaire dans le nouveau quartier de Pudong. Son père en a été le directeur adjoint.

– Encore un ECS.
– Je n'aime pas qu'on utilise ce terme, mais je ne discuterai pas avec vous. Je veux seulement que vous enregistriez que j'ai passé la nuit chez lui.
– Pourquoi ?
– J'avais des ennuis avec ma chambre noire. J'avais des pellicules à développer ce soir-là. C'était urgent. Alors je suis allé utiliser son bureau.
– Vous n'avez pas assez de pièces ici ?
– Guo aime la photo lui aussi. Il fait des travaux d'amateur. Alors il a du matériel. Ici ce serait trop compliqué de changer l'équipement de place.
– Une réponse commode. Vous avez donc passé toute la nuit chez votre copain. Un alibi solide.
– C'est là que j'étais le 10 mai. Point final. Et j'espère que vous êtes satisfaits.
– Ne vous inquiétez pas, dit Yu. Nous serons satisfaits quand nous remettrons le meurtrier à la justice.
– Pourquoi l'aurais-je tuée, camarades ?
– C'est ce que nous découvrirons, dit Chen.
– Nous sommes tous égaux devant la loi, ECS ou non, dit Yu. Donnez-nous l'adresse de Guo. Nous devons vérifier avec lui.
– Très bien, voici l'adresse de Guo et son numéro de téléphone. (Il griffonna sur un bout de papier.) Vous me faites perdre mon temps et vous perdez le vôtre.
– Bien, dit Yu en se levant. Nous nous reverrons bientôt.
– La prochaine fois, veuillez me téléphoner d'abord, dit Wu en se levant du fauteuil de cuir de son père. Vous n'aurez pas de mal à trouver la sortie, je pense ?
– Que voulez-vous dire ?
– La résidence Wu est immense. Certains s'y sont perdus.
– Merci pour cette importante information, dit Yu en

le regardant droit dans les yeux. Nous sommes des policiers.

Ils trouvèrent sans mal la sortie.

Passé la grille, Yu se retourna pour voir une fois de plus la maison derrière les hauts murs, et se mit en route sans un mot. Chen marchait à côté de lui, essayant de ne pas rompre le silence. Il semblait y avoir une compréhension tacite entre eux : l'affaire était trop compliquée pour en parler dans la rue. Ils continuèrent d'avancer lentement sans rien dire pendant plusieurs minutes.

Ils devaient prendre le 26 pour retourner au bureau, mais l'inspecteur principal Chen ne connaissait pas non plus le quartier. Il suggéra de prendre un raccourci pour rattraper la rue de Huaihai, mais ils se retrouvèrent à tourner dans des petites rues et arrivèrent au début de la rue de Quqi.

Pas l'ombre d'une rue de Huaihai. Ils ne pouvaient pas être très loin de la rue de Henshan, mais tout était déjà très différent. La plupart des maisons étaient des immeubles d'appartements en mauvais matériaux du début des années cinquante, décolorés, sales et décrépis. C'est pourtant là que l'inspecteur Yu put finalement se débarrasser de la sensation d'oppression.

Le temps était superbe. Le ciel bleu semblait transformer l'aspect sordide de la rue pauvre qu'ils suivaient en silence. Une femme entre deux âges préparait des anguilles de rizière dans un seau près d'une fontaine publique couverte de mousse. Chen ralentit le pas et Yu s'arrêta aussi pour regarder. Après avoir fouetté l'anguille contre le sol de béton, la femme accrochait la tête à un gros clou qui saillait d'un banc, elle tirait dessus, ouvrait le ventre, en sortait les arêtes et les organes, tranchait la tête et découpait délicatement le corps. C'était sans doute une marchande qui gagnait un peu d'argent sur un marché voisin. Ses mains et ses bras étaient couverts de sang, ainsi que ses pieds nus parmi les têtes d'anguilles, telles des orteils vernis de rouge. Yu s'immobilisa brusquement.

– Aucun doute. Ce salaud est le meurtrier.

– Vous vous y êtes très bien pris avec lui, camarade Jeune chasseur.

– Merci, chef, dit Yu qui était heureux du compliment et encore davantage du surnom inventé par son patron.

Au bout de la rue, ils aperçurent une gargote minable.

– Vous sentez ce parfum de curry ? (Chen huma l'air avec satisfaction.) J'ai faim.

Yu approuva.

Après avoir écarté le rideau de perles de bambou à l'entrée, ils découvrirent une salle d'une propreté surprenante. Il n'y avait pas plus de trois tables recouvertes de plastique avec des serviettes blanches. Chaque table était munie d'un gobelet de baguettes, de cure-dents dans un étui en inox, et d'un flacon de sauce de soja. Une banderole au mur limitait le choix à des nouilles froides, des raviolis froids et quelques plats froids, mais la soupe de bœuf au curry fumait dans une grande marmite. Il était 2 heures et quart, trop tard pour les clients du déjeuner, la salle leur appartenait.

Une jeune femme sortit de la cuisine en entendant leurs pas, elle essuya ses mains enfarinées sur son tablier blanc brodé de fleurs de jasmin, elle souriait, un peu de farine sur sa joue. C'était probablement la propriétaire, et aussi la serveuse et la cuisinière. Elle les conduisit à une table et leur recommanda les plats du jour. Elle leur apporta un litre de bière glacée offert par la maison.

Après avoir ôté le papier de leurs baguettes de bambou et versé une généreuse ration de sauce au curry dans leur soupe, la propriétaire se retira dans la cuisine.

Chen remplit le verre de Yu en grignotant des pois parfumés à l'anis.

– C'est un endroit étonnant pour le quartier, dit-il.

Yu but une large rasade avec un hochement de tête. La bière était à la bonne température. La tête de poisson fumée, savoureuse. Le calmar avait une consistance particulière.

Shanghai était décidément une ville pleine de bonnes surprises, aussi bien dans les grandes artères prospères que dans les petites rues. C'était une ville où les gens de toutes conditions pouvaient trouver quelque chose d'agréable, même dans un endroit aussi peu engageant et bon marché.

– Qu'en pensez-vous ?

– C'est Wu qui l'a tuée, répéta Yu. J'en suis certain.

– Peut-être, mais pourquoi cette certitude ?

– C'est évident, à sa façon de répondre à nos questions.

– Vous voulez dire la façon dont il nous a menti effrontément ?

– Aucun doute. Il y a trop de trous dans son histoire. Mais pas seulement ça. Il a répondu à tout très vite, bien trop vite – vous n'avez pas remarqué ? Ça sentait la préparation. Une simple liaison clandestine n'aurait pas valu tant d'efforts.

– Vous avez raison. Mais quel pourrait être le mobile ?

– Quelqu'un d'autre est entré en scène. Un autre homme. Et Wu est devenu fou de jalousie.

– C'est possible, mais d'après ce que nous savons, tous les appels que Guan a reçus au cours des derniers mois venaient de Wu. En outre, Wu est un ECS ambitieux, sa carrière se présente au mieux, et il a un tas de jolies femmes autour de lui, pas seulement dans son travail, je pense. Alors pourquoi aurait-il joué Othello ?

– Othello ou non, je ne sais pas, mais c'est peut-être le contraire. Wu avait une ou plusieurs autres femmes –

tous ces modèles, nus, pour la photo comme au lit – et Guan n'a pas pu le supporter, elle a fait une scène terrible.

– Même dans ce cas, je ne vois toujours pas pourquoi Wu devait la tuer. Il aurait pu rompre. Après tout, Guan n'était pas son épouse, elle ne pouvait l'obliger à rien.

– C'est vrai. Si Guan avait été enceinte, nous pourrions supposer qu'elle le menaçait. J'ai eu une affaire comme ça. La femme enceinte voulait que l'homme divorce pour elle. Il ne pouvait pas, alors il s'est débarrassé d'elle. Mais le rapport d'autopsie a montré que Guan n'était pas enceinte.

– Je l'ai aussi vérifié auprès du docteur Xia.

– Alors qu'est-ce qu'on fait maintenant ?

– On vérifie l'alibi de Wu.

– D'accord, je m'occupe de Guo Qiang. Mais je parie que Wu se sera arrangé avec lui.

– Je doute en effet que Guo nous parle.

– Autre chose à faire ?

– Questionner d'autres personnes.

– Où les trouver ?

Chen sortit *Cité des fleurs* de son porte-documents et retrouva la photo pleine page d'une femme nue couchée sur le côté. Elle ne s'offrait à l'objectif que de dos, mais ses lignes et ses courbes étaient douces, suggestives, ses fesses rondes ressemblaient à une lune. Un grain de beauté noir sur sa nuque accentuait la blancheur de son corps qui se confondait avec le fond.

– Waouh ! Quel corps ! C'est Wu qui a pris cette photo ?

– Oui. Elle a été publiée sous son pseudonyme.

– Ce fils de pute a vraiment eu sa part de chance avec la fleur de pêcher !

– La fleur de pêcher ? Oh, je vois. Avec les femmes. Oui, vous pouvez le dire, mais la photo est une sorte d'œuvre d'art.

– A quoi ça nous sert ?
– Il se trouve que je connais le modèle.
– Comment ? Par la revue ?
– Elle aussi est une célébrité. Ce n'est pas étonnant que Wu, un photographe professionnel, se serve de modèles nus, mais pourquoi elle a décidé de poser pour lui, je ne comprends pas.
– Qui est-ce ?
– Jiang Weihe, une jeune artiste qui monte.
– Jamais entendu parler d'elle, dit Yu en posant sa tasse. Vous la connaissez bien ?
– Non, pas vraiment. Je l'ai vue quelques fois à l'Union des écrivains et des artistes.
– Alors vous allez la questionner ?
– En fait, vous conviendrez peut-être mieux. A nos dernières rencontres, nous n'avons parlé que de littérature et d'art. Ce serait déplacé de ma part de frapper à sa porte en tant que flic. Et je ne serais pas capable d'exercer l'autorité suffisante, psychologiquement, j'entends, dans un contre-interrogatoire. Je suggère que vous alliez la voir.
– Bien. J'irai, mais qu'est-ce qu'elle nous dira, à votre avis ?
– C'est un coup à tenter. Il n'y a peut-être rien. Jiang est elle-même une artiste, c'est sans importance pour elle de poser nue. On ne la voit que de dos, et elle a cru que personne ne la reconnaîtrait. Mais si on apprend qui c'est, ce ne sera pas très agréable pour elle.
– Compris. Qu'est-ce que vous allez faire ?
– Un petit voyage à Canton.
– Pour chercher Xie Rong, la guide ?
– Oui. Quelque chose m'intrigue dans la déclaration de Wei Hong. Guan a traité Xie de pute. C'est vraiment curieux qu'une travailleuse modèle de la nation ait employé un terme pareil. Xie aussi a pu être impliquée

d'une certaine façon, en tout cas elle sait quelque chose sur la relation entre Wu et Guan.

– Quand partez-vous ?

– Dès que je pourrai avoir un billet de train. Le secrétaire du Parti Li sera de retour dans deux ou trois jours.

– Je vois. Un général peut faire ce qu'il veut si l'empereur n'est pas près de lui.

– Vous connaissez vraiment beaucoup de vieux proverbes.

– Ils me viennent du Vieux chasseur, dit Yu en riant. Et pour le vieux commissaire Zhang ?

– Réunissons-nous demain matin.

– Très bien.

Yu leva son verre plein à ras bord.

– A notre succès !

L'inspecteur principal Chen saisit l'addition d'un geste vif sur le petit plateau où elle était présentée, et il paya pour tous les deux. Debout à côté d'eux, la propriétaire souriait. Yu ne voulut pas discuter devant elle. Dès qu'ils furent dehors, il expliqua que l'addition s'élevait à quelque quarante-cinq yuans et il insista pour payer sa part. Chen refusa d'un geste les vingt yuans qu'il lui tendait.

– Plus un mot à ce sujet. Je viens de recevoir un chèque du *Wenhui*. Cinquante yuans pour ce petit poème sur notre travail à la police. Ce n'est donc que justice d'utiliser cet argent pour notre déjeuner.

– Je l'ai vu sur le fax que vous a envoyé la journaliste du *Wenhui*… son nom m'échappe… il est vraiment bien.

– Oh, Wang Feng. A propos, quand vous avez parlé de chance avec la fleur de pêcher, ça m'a fait penser à un poème de la dynastie des Tang.

– Un poème de la dynastie des Tang ?

– *Cette porte, ce jour / – L'année dernière, ton visage rougissant, / Et les visages rougissants / des fleurs de pêcher reflétant / Le tien. Cette porte, ce jour /– cette année, où es-tu, / Toi, dans les fleurs de pêcher ? / Les fleurs de pêcher encore / ici, riant / A la brise du printemps.*

– L'expression vient de ce poème ?

– Je n'en suis pas sûr, mais il paraît que le poème évoque une expérience vécue. Le poète, Cui Hu, a eu le cœur brisé quand, après avoir réussi à la capitale son examen d'entrée dans l'administration, il n'a pas retrouvé son amour.

S'extasier sur un poème de la dynastie des Tang en pleine enquête sur un meurtre, c'était du Chen tout craché. Il avait peut-être bu trop de bière. Un mois plus tôt, l'inspecteur Yu y aurait vu un exemple de l'excentricité romantique de son chef. Mais ce jour-là, ça lui plut.

21

Le commissaire politique Zhang avait eu une journée pourrie.

Tôt le matin, il était allé au club n° 1 des anciens cadres choisir un cadeau pour l'anniversaire d'un compagnon de lutte.

Le club avait été créé dans le sillage de la politique de retraite des cadres, incarnation de la sollicitude permanente du Parti à l'égard des révolutionnaires de la vieille génération. Bien qu'à la retraite, les anciens cadres étaient assurés de ne pas devoir s'inquiéter de changer de niveau de vie. Tous les cadres ne pouvaient pas y entrer, bien entendu. Seulement ceux d'un certain rang.

Au début, Zhang avait été très fier d'avoir une carte de membre qui lui valait le respect immédiat, ainsi que nombre de privilèges dont, en ce temps-là, on ne jouissait pas ailleurs. Elle lui avait permis d'acheter au prix officiel des produits très recherchés, de réserver des séjours dans des stations fermées au public, de manger dans des restaurants réservés où l'entrée était gardée par des agents de sécurité, et de profiter de la piscine, des terrains de sport et du golf de l'immense complexe du club. Il y avait aussi un petit ruisseau qui serpentait et où les vieux pouvaient pêcher à la ligne tout l'après-midi en se rappelant leurs années de gloire.

Depuis quelque temps, pourtant, Zhang se rendait moins souvent au club. De plus en plus de restrictions limitaient l'usage des voitures du bureau. En tant que cadre à la retraite, il devait faire une demande écrite. Le club était assez loin et Zhang n'était pas emballé à l'idée de faire le trajet serré et bousculé dans un bus. Il prit un taxi.

Au magasin du club, il chercha un cadeau présentable à un prix raisonnable. Tout était très cher. La vendeuse proposa :

– Pourquoi pas une bouteille de Maotai dans un coffret en bois ?

– Combien ?

– Deux cents yuans.

– C'est le prix officiel ? L'année dernière, j'en ai achetée une pour trente-cinq yuans.

– Il n'y a plus de prix officiel, camarade commissaire. Tout est au prix libre. C'est l'économie de marché, que ça nous plaise ou non.

Ce qui contrariait le plus Zhang, ce n'était pas le prix, ou pas seulement le prix, c'était l'indifférence de la vendeuse. On aurait dit que le club était devenu une épicerie ordinaire où n'importe qui pouvait entrer, et le commissaire Zhang n'était plus qu'un vieil homme ordinaire avec peu d'argent en poche. Il pensa qu'en réalité ce n'était pas si étonnant. Les gens ne s'intéressaient plus qu'à l'argent. Les réformes économiques mises en route par le camarade Deng Xiaoping avaient créé un monde que Zhang ne reconnaissait pas.

En quittant le magasin les mains vides, il tomba sur Shao Ping, un ancien cadre à la retraite de l'académie des Sciences sociales de Shanghai. Ils se plaignirent des prix du marché.

– Camarade Shao, vous étiez le secrétaire du Parti à l'institut d'économie. Donnez-moi un cours sur la réforme économique actuelle.

– Je suis perdu moi aussi, répondit Shao. Tout change si vite.

– Est-ce une bonne chose d'insister tellement sur l'argent ?

– Non, pas vraiment. Mais nous devons réformer notre ancien système, et d'après *Le Quotidien du peuple*, l'économie de marché est la voie à suivre.

– Mais les gens ne s'intéressent plus à la direction du Parti.

– Nous sommes sans doute trop vieux.

Dans le bus, Zhang eut une idée qui le réconforta. Depuis qu'il était retraité, il prenait des cours de peinture traditionnelle de paysage. Il pouvait choisir un de ses tableaux, le faire joliment encadrer, et surprendre son vieux compagnon avec un cadeau très personnel.

Malheureusement, la réunion de l'équipe spéciale se révéla bien désagréable.

L'inspecteur principal Chen présidait. Malgré le rang de cadre supérieur du commissaire Zhang, c'était lui qui avait le rôle le plus important. Et il ne lui demandait pas souvent son avis – pas autant qu'il l'avait promis. Il ne l'avait pas non plus tenu suffisamment au courant des progrès de l'enquête.

La présence de l'inspecteur Yu dans la salle de réunion le dérangeait aussi. Ça n'avait rien de personnel, mais il considérait que la dimension politique de l'affaire requérait un officier plus enthousiaste. Il était dépité que Yu soit resté dans l'équipe grâce à l'intervention inattendue de Chen. C'était un résultat qui mettait en évidence, plus que toute autre chose, l'insignifiance du commissaire Zhang.

L'alliance entre Chen et Yu le mettait dans une position désavantageuse. Mais ce qui l'inquiétait vraiment, c'était l'ambiguïté idéologique de l'inspecteur principal Chen. Il admettait que Chen était un jeune policier intelligent, cependant il était loin d'être sûr qu'il se révélerait un solide défenseur de la cause pour laquelle les anciens cadres avaient lutté. Il avait essayé de lire plusieurs de ses poèmes. Il n'avait pas compris un seul vers. Il avait entendu certains le décrire comme un avant-gardiste, influencé par le modernisme occidental. On disait aussi que Chen était amoureux d'une jeune journaliste dont le mari s'était enfui au Japon.

Tandis que Zhang réfléchissait encore, l'inspecteur principal Chen terminait son introduction d'un ton grave :

– C'est une nouvelle piste importante. Nous devons poursuivre notre enquête, comme nous l'a dit le commissaire Zhang, sans crainte des épreuves ni de la mort.

– Un instant, camarade inspecteur principal, dit Zhang. Commençons par le commencement.

Chen dut donc reprendre depuis le début, raconter sa nouvelle fouille de la chambre de Guan, son examen des photos, des talons du téléphone, pour passer ensuite au voyage à la montagne – autant d'éléments qui menaient à Wu Xiaoming, lequel n'était pas seulement le correspondant fréquent de Guan mais aussi son compagnon durant le voyage. Après l'intervention de Chen, Yu parla de l'entrevue qu'ils avaient eue la veille avec Wu Xiaoming. Ni Chen ni Yu ne cherchaient à influencer la conclusion, mais la direction à donner à l'enquête était évidente, et elle leur semblait aller de soi.

Zhang fut surpris.

– Wu Xiaoming ?

– Oui. Le fils du camarade Wu Bing.

– Vous auriez dû me montrer les photos plus tôt.

– J'y ai songé, expliqua Chen, mais elles auraient pu ne constituer encore qu'une fausse piste.

– Wu est maintenant votre principal suspect, je présume ?

– Oui, c'est pourquoi j'ai proposé cette réunion.

– Pourquoi ne m'avez-vous pas parlé plus tôt de votre entrevue avec Wu, c'est-à-dire avant d'aller chez lui ?

– Nous avons essayé de vous joindre, camarade commissaire, dit Yu, hier matin de bonne heure, vers 7 heures.

– Oh, je faisais mon taï chi. Vous n'auriez pas pu attendre deux heures ?

– Pour une affaire aussi importante ?

– Qu'allez-vous faire maintenant ?

– L'inspecteur Yu va questionner quelques personnes en rapport avec Wu. Et je pars pour Canton.

– Y faire quoi ?

– Trouver la guide, Xie Rong, un témoin qui en sait sans doute davantage sur ce qui s'est passé entre Guan et Wu.

– Qu'est-ce qui vous a conduit à cette guide ?

– L'agence de voyages m'a donné son nom, ensuite Wei Hong m'a parlé de la dispute entre Xie et Guan à la montagne.

– Ce ne pouvait pas être une simple prise de bec entre une touriste et une guide ?

– Possible, mais peu probable. Pourquoi Guan, travailleuse modèle de la nation, a-t-elle traité une autre femme de pute ?

– Ainsi vous pensez que votre voyage mènera à une découverte importante ?

– Au point où nous en sommes, nous n'avons pas d'autres pistes, alors nous devons suivre celle-là.

– En supposant que Wu ait eu une liaison avec Guan, en quoi pouvez-vous le relier au meurtre ? Vous n'avez rien. Quel pouvait être son mobile ?

– C'est pour ça que nous sommes enquêteurs, dit Yu.

– C'est exactement ce que je veux découvrir à Canton, dit Chen.

– Et l'alibi de Wu pour le soir du 10 mai ?

– Guo Qiang, un ami de Wu, a fourni l'alibi. Il a dit à Yu que Wu était chez lui ce soir-là et développait des pellicules.

– Alors un alibi n'est pas un alibi, camarades ?

– Guo essaie seulement de couvrir Wu Xiaoming, dit Chen. Wu a tout le matériel nécessaire chez lui. Pourquoi aurait-il choisi ce soir-là pour aller travailler chez quelqu'un d'autre ?

Yu intervint :

– Voyons, commissaire Zhang, Guo est aussi un ECS, même si son père n'est pas tellement haut placé, pas plus que le treizième échelon, et retraité de surcroît. C'est peut-être précisément pour ça qu'il cherche à se gagner la faveur de Wu. Ces ECS sont capables de tout.

Zhang explosa, ses tempes battaient et sa gorge lui faisait mal.

– Les ECS… enfants de cadres supérieurs, c'est ce que vous voulez dire, je sais, mais que font-ils de mal, ces jeunes ?

– Il y a beaucoup d'histoires qui courent sur ces ECS. Vous n'en avez pas entendu ?

Yu n'était pas prêt à abandonner.

– Quelques ECS, comme vous dites, ont pu mal se conduire, mais c'est un mensonge scandaleux de dire qu'il y a beaucoup d'ECS corrompus dans notre Chine socialiste. C'est totalement irresponsable de faire reposer l'affaire sur votre propre conception des ECS, camarade inspecteur Yu.

– Camarade commissaire Zhang, dit Chen, je voudrais préciser que le camarade inspecteur Yu et moi-même n'avons que du respect pour nos cadres supérieurs anciens. Aucun préjugé contre les ECS n'intervient dans notre enquête.

– Mais vous allez quand même chercher votre témoin à Canton ?

– C'est dans cette direction que nous devons enquêter.

– Et si c'est une direction erronée, avez-vous envisagé les conséquences possibles ?

– Nous n'avons pas de mandat de perquisition et nous n'arrêtons personne pour le moment.

– Je parle de conséquences politiques. Si le bruit court que le fils de Wu Bing est soupçonné d'homicide, quelle sera la réaction des gens ?

– Nous sommes tous égaux devant la loi, dit Chen. Je ne vois rien de mal à ça.

– Si vous n'avez pas d'autre preuve, je ne pense pas que votre voyage à Canton soit nécessaire, dit Zhang en se levant. Le budget de notre équipe spéciale ne le permet pas.

– Quant au budget, dit Chen en se levant aussi, je peux utiliser mon allocation d'inspecteur principal qui est de trois cents yuans par an.

– Avez-vous parlé de votre projet au secrétaire du Parti Li ?

– Li est encore à Pékin.

– Pourquoi ne pas attendre son retour ?

– Cette affaire ne peut pas attendre. En tant que chef de l'équipe spéciale, j'en prends l'entière responsabilité.

– Vous voulez donc n'en faire qu'à votre tête ?

– Je dois y aller parce que nous n'avons pas d'autres pistes. Nous ne pouvons pas nous permettre d'en négliger une seule.

Plus tard, Zhang resta à ruminer dans son bureau. C'était l'heure du déjeuner, mais il n'avait pas faim. Il examina le contenu d'une grande enveloppe datée du jour-même. Outre les annonces de plusieurs réunions conventionnelles d'anciens cadres, il y avait une invitation pour une projection privée à l'auditorium du Centre du cinéma de Shanghai. Il n'était pas d'humeur à voir un film, mais il avait besoin de se changer les idées.

Au guichet, il montra son laissez-passer d'ancien cadre en même temps que l'invitation. Des billets étaient réservés pour d'anciens cadres supérieurs comme lui, l'un des rares privilèges qui lui restaient. Mais près de l'entrée des jeunes s'approchèrent de lui.

– Vous voulez un billet ? Interdit aux mineurs.

– Du nu. Du sexe. Cinquante yuans.

– De quoi redonner à un vieux de l'énergie au lit.

Ces vauriens ne devraient pas avoir de billets, se dit Zhang. En principe, le film n'était pas accessible au public ordinaire. Le Centre aurait dû placer des policiers devant le guichet.

Zhang entra vite et se trouva une place au fond, près de la sortie. A sa grande surprise, il y avait peu de monde, notamment dans les dernières rangées. Devant lui, deux jeunes chuchotaient et se blottissaient l'un contre l'autre. C'était un film français postmoderne dont un interprète inexpérimenté faisait une atroce traduction simultanée, mais la succession de scènes crues permettait de comprendre sans mal ce qui arrivait aux protagonistes.

Il remarqua que les deux jeunes devant lui ne cessaient pas non plus de rapprocher leurs corps. Ce n'était pas difficile de deviner ce qu'ils faisaient. Bientôt Zhang entendit la fille gémir, il vit sa tête glisser de l'épaule du garçon et disparaître. Ou bien était-ce une scène du film ? Des images explicites se juxtaposaient sur l'écran…

Quand le film s'acheva enfin, la fille se dégagea toute languissante des bras du garçon, ébouriffée, et reboutonna son chemisier de soie. Zhang aperçut l'éclair de son épaule blanche dans la pénombre de la salle.

Il sortit indigné. Dehors il faisait chaud. Plusieurs voitures attendaient dans la rue – des voitures d'importation, des modèles de luxe, étincelantes sous le soleil de l'après-midi. Mais pas pour lui. Un vieux cadre retraité. En marchant dans la rue de Chengdu, il vit les voitures passer à côté de lui comme des animaux à la débandade.

Rentré chez lui, il se sentit exténué et affamé. Depuis le matin, il n'avait mangé qu'un bol de nouilles instantanées aux ciboules. Il ne restait plus dans le frigidaire que la moitié desséchée d'un pain. Il la sortit et se fit du café en mettant trois cuillerées. Son dîner : du pain au goût de carton et du café assez fort pour se teindre les cheveux avec. Puis il prit le dossier de l'affaire, bien qu'il l'ait déjà lu plusieurs fois. Après avoir essayé en vain d'y trouver du nouveau, il feuilleta les revues qu'il avait empruntées au club le matin. Il fut surpris de trouver un poème de l'inspecteur principal Chen dans *Lac Qinghai*. Il était intitulé *Conversation nocturne*.

Café clair, froid ;
Briques jouets des morceaux de sucre
qui s'effritent, une fleur de beurre rappelle
Encore la liberté naturelle
Sur le gâteau mutilé,
Le couteau à part, comme une note explicative.
On dit que certains peuvent dire l'heure
D'après le changement de couleur
Dans les yeux d'un chat –
Mais pas toi. Le doute, une couche

De lie ancienne
De la bouteille de Grande Muraille
Repose dans le vin pétillant.

Zhang n'y comprenait rien. Il savait seulement que quelques images le dérangeaient vaguement. Il sauta quelques strophes pour arriver à la dernière.

Rien ne paraît plus fortuit
Que le monde en mots.
Une rubrique tombe par hasard
Entre tes mains, et le résultat,
Comme tout résultat, devient Histoire…
Par la fenêtre aucune étoile,
La place de l'esprit désertée, pas un fanion
N'est resté. Seule une chiffonnière des temps
Passe en jetant les débris
De chaque minute dans son panier.

Les mots « place de l'esprit » attirèrent soudain son atten-tion. Pourrait-il s'agir d'une allusion à la place Tiananmen ? « Désertée » un soir d'été en 1989, sans plus aucun « fanion » ? Si oui, le poème était idéologiquement erroné. Tout comme le passage à propos de l'Histoire. Le président Mao avait dit que le peuple, le peuple seul fait l'Histoire. Comment Chen pouvait-il parler de l'Histoire comme du résultat d'une rubrique ?

Zhang n'était pas sûr de son interprétation. Alors il voulut tout relire. Mais bientôt sa vue se brouilla. Il dut renoncer. Il prit une douche avant de se coucher. Sous la pomme de douche, il se dit encore que Chen était allé trop loin.

Il décida d'oublier ses appréhensions dans le sommeil, mais son cerveau continuait à bouillonner. Vers 11 heures et demie, il se leva, alluma la lumière et mit ses lunettes.

L'appartement était silencieux. Sa femme était décédée au cours de la Révolution culturelle. Dix ans, de vie et de non vie. Plus de dix ans.

Soudain le téléphone sonna sur la table de nuit.
C'était un appel de sa fille dans la province d'Anhui.
– Papa, je t'appelle de l'hôpital régional. Kangkang, notre cadet, est malade, il a quarante. Le médecin dit que c'est une pneumonie. Guolian a été licencié. Nous n'avons plus d'argent.
– Combien te faut-il ?
– Mille yuans de garantie, sinon ils ne le soigneront pas.
– Donne-leur ce que tu as. Dis aux médecins de commencer. Je t'enverrai l'argent par exprès demain matin à la première heure.
– Merci, papa. Et pardonne-moi de te taper comme ça.
– Ne dis pas ça. Tout est de ma faute, toutes ces années.
Zhang le pensait. Il se sentait responsable de ce qui était arrivé à sa fille. Souvent, le soir, il se souvenait avec une amertume insupportable des jours lointains où il l'emmenait à l'école en lui tenant la main, au début des années soixante. Fière enfant d'une famille de cadres révolutionnaires, élève brillante, son avenir dans la Chine socialiste était rose. Mais en 1966 tout avait changé. La Révolution culturelle avait fait de lui un contre-révolutionnaire, et d'elle l'enfant de valets du capitalisme, la cible de la critique des gardes rouges. La discrimination politique contre la jeunesse intellectuelle rééducable l'avait envoyée dans la campagne pauvre de la province d'Anhui où elle travaillait pour dix fens par jour. D'autres jeunes instruits recevaient de l'argent de leur famille à Shanghai ou revenaient pour des fêtes comme le Nouvel An, mais elle n'avait pas de famille ; il était encore en prison. Quand il avait été finalement libéré et réhabilité dans les années soixante-dix, il avait à peine reconnu son enfant, devenue une femme au teint cireux, marquée de rides profondes, habillée d'un vêtement noir tissé à la main, un bébé sur le dos. Elle

avait épousé un mineur de là-bas, sans doute pour survivre. En ce temps-là, les soixante yuans mensuels que gagnait un mineur pouvaient changer beaucoup de choses. Puis elle avait eu trois enfants. A la fin des années soixante-dix, elle avait manqué l'occasion de retourner à Shanghai, car la politique du Parti interdisait à toute ex-intellectuelle comme elle d'amener son mari et ses enfants avec elle à la ville.

Il avait parfois le sentiment qu'en se torturant elle le torturait lui.

– Papa, tu ne devrais pas te sentir coupable.

– Comment faire autrement ? Je ne me suis pas bien occupé de toi. Maintenant, je suis trop vieux.

– Tu n'as pas l'air bien. Tu as trop travaillé ?

– Non. C'est mon dernier travail avant ma retraite définitive.

– Alors fais attention.

– Entendu.

– Le prochaine fois que je viendrai à Shanghai, je t'apporterai deux poules Luhua.

– Ce n'est pas la peine.

– On dit ici que les poules Luhua sont bonnes pour la santé d'un vieil homme. J'en élève une demi-douzaine. Des vraies Luhua.

Elle ressemblait de plus en plus à la paysanne moyenne-pauvre qu'elle était devenue.

Il l'entendit raccrocher. Un déclic. Et le silence vide. Elle était à des milliers de kilomètres. Tant d'années s'étaient écoulées depuis qu'il avait parlé à la fille de son cœur.

Il retourna lentement à sa table. Le dossier était toujours là, et il revint sur les notes qu'il avait prises pendant la réu-nion. Il se pencha pour prendre une cigarette et n'aperçut qu'un paquet vide à côté du porte-plume. Il chercha dans sa poche. Il n'y trouva qu'une chose qu'il ne reconnut pas immédiatement.

C'était une boule de papier froissé où était écrit un numéro. Il avait dû le mettre là lui-même, c'était sa propre écriture. Pourquoi ? Il était perdu. Durant un instant il fut beaucoup plus proche de Wu Bing, seul, inconscient, sur un lit d'hôpital. Toute sa vie, le camarade Wu Bing avait lutté pour le communisme. Et ensuite, quoi ? Un légume, incapable de faire quoi que ce soit pour éviter que son fils ne soit visé comme suspect. Zhang se hâta de se dire que son opposition au tour que prenait l'enquête ne venait pas de la parenté qu'il se sentait avec Wu Bing. Elle n'était pas due non plus au fait que les jeunes se mettaient en avant, que des arrivistes gagnaient beaucoup d'argent, et que l'inspecteur principal Chen menaçait son autorité. Bâtir une enquête sur un tel préjugé à l'égard des ECS relevait d'une tendance à contester la justesse de la direction du Parti.

Et si Wu Xiaoming avait commis le meurtre ? Celui qui l'avait commis devait être puni, bien entendu. Mais cela servirait-il les intérêts du Parti ? Dans un tel climat social, divulger des informations sur l'enquête jetterait certainement de l'huile sur le feu ?

Zhang ne trouvait pas de réponse.

Pourtant, depuis qu'il était entré au Parti, il n'avait jamais eu de difficultés pour trouver une réponse. En 1944, étudiant destiné à un bel avenir, il était parti à Yan'an sans terminer ses études et avait affronté le voyage à dos d'âne. La vie était rude : il partageait une grotte avec quatre autres camarades, travaillait douze heures par jour et lisait à la bougie. Au bout de trois mois, il reconnaissait à peine son reflet dans la rivière. Décharné, barbu, sous-alimenté, il n'avait conservé presque aucune trace du jeune intellectuel de la grande ville. Mais il croyait trouver une réponse satisfaisante. Il savait qu'il faisait ce qui était bien pour le pays, pour le peuple, pour le Parti. Et aussi pour lui-même. C'étaient les années heureuses.

Par la suite, et bien que la carrière du commissaire Zhang n'ait pas été très confortable, il n'avait jamais douté de la réponse.

Mais à présent…

Finalement il se décida. Il allait écrire un rapport à Jiang Zhong, un vieux compagnon de lutte qui avait toujours un poste influent à la Sécurité intérieure, et s'en remettre ainsi aux autorités supérieures du Parti. Que Wu Xiaoming soit ou non coupable, elles devaient savoir comment traiter une affaire aussi délicate que celle-là. Au mieux des intérêts du Parti.

Il y joignit une copie de *Conversation nocturne* dont il avait souligné quelques mots. Il jugeait de son devoir de partager avec les autorités supérieures du Parti son inquiétude à propos de l'ambiguïté idéologique de l'inspecteur principal Chen. Malgré tous ses efforts, il n'était pas sûr de ce que Chen avait essayé de dire dans son poème, mais l'important était l'interprétation qu'en donnerait le lecteur. Si quiconque pouvait associer la « place » du poème avec celle des événements contemporains, alors le poème n'aurait pas dû être écrit. Les réactions populaires, à cette enquête et en général, étaient un motif d'inquiétude extrême pour le Parti.

Le commissaire Zhang était conscient de ce que ce rap- port pouvait entraîner pour l'inspecteur principal Chen. Mais enfin, pour un homme jeune, ce n'était pas nécessairement la fin du monde.

22

Canton.

L'inspecteur principal Chen était debout sous le panneau de la gare, qui grouillait de voyageurs venus de tout le pays. Centre économique et culturel du sud de la Chine, Canton devenait rapidement un autre Hong Kong.

Ironie du sort, d'après le guide de voyage que Chen avait en main, Canton avait une histoire beaucoup plus ancienne, ayant eu des contacts avec les commerçants barbares de l'ouest alors que Hong Kong était encore un village de pêcheurs. Mais après 1949 Canton avait subi pendant trente ans une surveillance idéologique particulière en raison de la proximité de Hong Kong, surveillance qui avait retardé son développement culturel et économique. Ce n'est que lorsque le camarade Deng Xiaoping avait fait la tournée des provinces du sud en prônant la politique de la Porte ouverte, au début des années quatre-vingt, que la situation avait commencé à changer. Avec l'essor rapide de l'économie de marché et des entreprises privées, Canton et les villes environnantes s'étaient transformées. Comme Shenzhen, la Zone économique spéciale voisine avec ses gratte-ciel commerciaux, Canton était devenue « spéciale », au sens où la plupart des codes socialistes orthodoxes ne s'y appliquaient pas. Les avantages du socialisme avaient été redéfinis pour s'exprimer dans une vie plus facile et plus prospère. Les capitalistes et les investisseurs étrangers s'y étaient rués. Les liens avec Hong Kong avaient été encore renforcés par la construction d'une voie ferrée.

A un bout de la gare, des voyageurs alignés le long du quai attendaient le nouveau train express Canton-Hong Kong. Les journaux locaux parlaient longuement de pays à deux systèmes. Des marchands ambulants criaient « oie rôtie de Hong Kong » et « porc grillé de Hong Kong », comme si tout ce qui était étiqueté « Hong Kong » devenait instantanément plus alléchant.

Chen, lui, ne cherchait pas à aller à Hong Kong, à l'inverse des voyageurs excités sur le quai. Après 1997, quand Hong Kong serait revenue sous l'autorité de la Chine, il s'y rendrait probablement, et Hong Kong serait encore capitaliste en théorie. Sa préoccupation actuelle était de trouver où loger à Canton, dans les limites du budget socialiste du service.

En raison de la liberté des prix, une petite chambre d'hôtel miteuse pas trop mal située coûtait quarante yuans la nuit. Il avait déjà dépensé cent cinquante yuans pour son billet aller retour. Les deux cents qui lui restaient ne lui feraient même pas cinq jours. En qualité d'inspecteur principal, il avait droit à une indemnité de repas à cinq yuans maximum, mais un petit bol de raviolis aux crevettes et de nouilles sur un trottoir lui coûterait davantage.

Après avoir passé vingt minutes au bureau du tourisme de la gare, il décida de téléphoner à madame Yang Ke, la présidente de l'Union des écrivains de Canton.

– Camarade Yang, c'est Chen Cao.

– Petit Chen, je suis si contente que vous m'appeliez. J'ai reconnu votre accent de Shanghai.

– Vous vous souvenez encore de moi ?

– Bien sûr, et de l'article que vous aviez écrit sur le film. Où êtes-vous ?

– Ici, à Canton. Et je voulais vous dire bonjour, une salutation d'un jeune écrivain inconnu à un écrivain confirmé et célèbre.

– Merci, mais vous n'êtes pas tellement inconnu. Et ce n'est pas courant de nos jours que les jeunes respectent les anciens.

Romancière d'une soixantaine d'années, Yang avait écrit un best-seller au début des années soixante, *Le Chant de la Révolution*, dont on avait tiré un film à succès. La jeune héroïne était Daojin, une déesse révolutionnaire. Chen était trop jeune pour avoir vu le film à sa sortie, mais il avait gardé les articles de plusieurs revues de cinéma. Le roman et le film avaient été interdits pendant la Révolution culturelle. Plus tard, quand le film était ressorti, Chen s'était précipité. Malheureusement, ce n'était que de la propagande stéréotypée, des couleurs sans réalisme, une héroïne trop sérieuse, raide, qui faisait de grands gestes comme sur les affiches révolutionnaires. Mais il avait quand même écrit un article vantant le mérite historique du roman.

– Qu'est-ce qui vous amène ici ?

– Rien de spécial. On dit que Canton a beaucoup changé. Je voulais voir par moi-même, et, peut-être, y trouver l'inspiration.

– C'est exactement pour ça que beaucoup d'écrivains viennent ici. Où êtes-vous logé, Chen ?

– Je n'ai pas encore décidé. En fait, vous êtes la première personne que j'appelle. Les hôtels ont l'air très cher.

– C'est bien à ça que sert notre Maison des écrivains. Vous en avez entendu parler, non ? Je vais les prévenir. Allez-y. C'est très bien situé et on vous fera une grosse remise.

Faisant de nécessité vertu, le bâtiment de l'Union des écrivains de Canton avait été transformé en pension. Malgré son statut d'organisation non officielle, l'Union avait toujours été subventionnée par le gouvernement pour aider les écrivains et leurs activités professionnelles. Mais au cours des dernières années les subventions avaient subi d'énormes réductions. En dernier recours, Yang avait transformé le bâtiment en pension et utilisé les bénéfices pour alimenter l'association.

– C'est l'argument que j'ai employé pour obtenir l'approbation des autorités locales. Comme Canton change très vite, des écrivains vont venir pour découvrir comment on y vit. Les hôtels sont trop chers, et pour les membres de l'Union, notre Maison des écrivains revient à deux tiers de moins. C'est dans l'intérêt de la civilisation intellectuelle socialiste.

– Quelle idée formidable ! La Maison doit rencontrer un grand succès.

– Voyez vous-même, mais je ne pourrai pas vous y retrouver aujourd'hui. Je vais à une conférence du Pen club à Hong Kong. La semaine prochaine, j'organiserai un repas de bienvenue au nom de la branche cantonaise de l'Union.

– Ne prenez pas cette peine, présidente Yang, mais je serai ravi de vous voir, vous et d'autres écrivains.

– Vous êtes entré à l'Union nationale des écrivains il y a longtemps. Je me souviens avoir voté pour vous. Emportez votre carte de membre pour la remise.

– Merci.

Bien que membre de l'Union nationale des écrivains depuis plusieurs années, Chen ne comprenait toujours pas comment il avait été enrôlé. Il n'avait même pas posé sa candidature. Ses poèmes n'étaient pas appréciés par certains critiques, et il n'était pas assez ambitieux pour souhaiter voir son nom imprimé chaque mois. Sans doute avait-il été sélectionné, en partie, parce qu'il était officier de police. C'était bien dans la ligne de la propagande favorite du Parti. Dans la Chine socialiste, les écrivains venaient de tous les milieux sociaux.

Il ne tarda pas à arriver à la Maison des écrivains, qui n'était pas exactement la maison de rêve décrite dans certains journaux. Située au bout d'une rue tortueuse, elle présentait une façade coloniale classique, mais délabrée. En comparaison des autres constructions neuves ou récemment restaurées sur la hauteur, elle paraissait modeste et même un peu pauvre. Mais elle offrait une vue splendide sur la rivière des Perles.

– Je m'appelle Chen Cao, dit-il à l'accueil en tendant sa carte. La camarade Yang Ke m'a suggéré de venir.

Sur la carte, son titre était inscrit sous son nom, POÈTE, en caractères dorés. Créée à l'origine par l'Union des écrivains, la carte n'indiquait pas son titre professionnel, une omission qu'il avait expressément exigée.

L'employé regarda la carte.

– Ainsi vous êtes le poète bien connu ! La directrice générale Yang vient de téléphoner. Nous vous avons réservé une chambre très calme. Et très lumineuse, pour que vous puissiez vous concentrer sur votre écriture. Numéro quatorze.

Chen regarda le reçu.

– C'est le numéro de ma chambre ?

– Non, le numéro de votre lit. C'est une chambre double, mais en ce moment vous y êtes seul. Vous pouvez en profiter. Toutes les chambres individuelles sont occupées.

– Merci.

Chen traversa le hall pour aller à la boutique cadeaux acheter le journal de Canton. Le journal sous le bras, il se rendit dans sa chambre.

Elle se trouvait dans un coin au bout du corridor, calme et tranquille comme l'avait promis l'employé. Et relativement propre. Il y avait deux lits étroits, deux tables de nuit, et un petit bureau au dessus couvert de brûlures de cigarette – rappel du rude travail d'un écrivain. La salle de bains était la plus petite qu'il ait jamais vue. Les toilettes fonctionnaient avec une chaîne de cuivre terni qui pendait d'un réservoir. Il n'y avait pas de climatisation. Ni de télé. Rien qu'un vieux ventilateur électrique au pied d'un lit, mais il marchait.

Il alla vers le lit qui lui était attribué, un lit ultra dur recouvert d'un drap mince, qui lui fit penser à un plateau de jeu de go. Il y avait en dessous des pantoufles en plastique.

Malgré la fatigue du voyage, il n'était pas prêt à faire une sieste. Il décida de prendre une douche. Ce fut une douche écossaise selon les caprices du chauffe-eau électrique, mais elle le rafraîchit. Une serviette autour de la taille, il grimpa sur le lit avec deux oreillers et ferma les yeux quelques minutes. Puis il téléphona à l'accueil pour demander comment se rendre à la police de Canton. L'employé parut un peu surpris, mais Chen expliqua qu'il voulait y voir un ami. Il eut les renseignements, s'habilla et sortit.

L'inspecteur Hua Guojun le reçut dans un grand bureau clair. C'était un homme frisant la cinquantaine, toujours souriant. Chen lui avait faxé quelques éléments avant de quitter Shanghai.

– Camarade inspecteur principal Chen, je vous souhaite la bienvenue au nom de mes collègues.

– Camarade inspecteur Hua, je vous suis reconnaissant de votre collaboration. C'est mon premier séjour à Canton. En tant qu'étranger ici, je ne peux rien faire sans votre aide. Voici la lettre officielle de notre service.

Chen expliqua la situation sans mentionner la famille de Wu Xiaoming. Il feuilleta le dossier et en tira une photo :

– Voici la fille que nous recherchons, Xie Rong.

– Nous avons pris quelques renseignements, mais sans succès pour l'instant. Ce doit être grave pour que vous ayez fait le voyage depuis Shanghai, camarade inspecteur principal Chen.

C'était vrai. Normalement, un fax à la police de Canton aurait suffi. Les policiers sur place auraient fait leur travail à leur façon. Si c'était important, il aurait pu y avoir quelques coups de téléphone supplémentaires. Mais pas davantage. La présence d'un inspecteur principal ne se justifiait pas.

– Actuellement, elle est notre seule piste, et c'est une grave affaire politique.

– Je vois, mais c'est une recherche difficile. Qui sait combien de gens sont arrivés à Canton pendant les dernières années. Et seul un quart d'entre eux, ou même moins, ont montré leur carte d'identité ou d'autres documents aux comités de quartier. Voici une liste des personnes que nous avons contrôlées, mais votre témoin potentiel n'y figure pas.

– Elle pourrait donc se trouver parmi les autres, dit Chen en prenant la liste. Mais pourquoi ne se font-elles pas connaître ?

– Elles n'ont aucune intention de montrer leurs papiers. Leur venue n'a rien d'illégal, mais certaines des professions qu'elles exercent sont répréhensibles. Elles ne cherchent qu'à gagner de l'argent. Du moment qu'elles trouvent un endroit où habiter, elles ne prennent pas la peine de se signaler aux autorités.

– Alors où pouvons-nous la chercher ?

– Puisque votre témoin est une jeune fille, elle a peut-être décroché un boulot dans un petit hôtel ou un restaurant. Ou encore dans un club de karaoké, un salon de massage ou quelque chose d'approchant. Ce sont des professions à la mode pour ces chercheuses d'or.

– Peut-on faire un contrôle dans ces endroits ?

– Puisque c'est si important pour vous, nous enverrons des hommes vérifier. Mais, ça peut prendre des semaines, et ce sera probablement inutile.

– Pourquoi ?

– Eh bien, employeur et employée essaient tous deux d'éviter les impôts. Alors pourquoi vous dirait-on qui travaille là ? Surtout les clubs de karaoké et les salons de massage, ils vous fuient comme la peste.

– Que peut-on faire d'autre ?

– C'est tout ce qu'on peut faire pour l'instant. La patience est payante.

– Et à part être patient ? Qu'est-ce que je peux faire ?

– C'est votre premier séjour à Canton, alors détendez-vous et amusez-vous. Les zones spéciales comme Shengzhen et Shekou sont tout près. Beaucoup de touristes y vont. Appelez-nous tous les jours si vous voulez. Mais si vous souhaitez chercher vous-même, pourquoi pas ?

Peut-être Chen avait-il pris l'affaire trop au sérieux, comme l'inspecteur Hua l'avait insinué. Sorti des bureaux de la police, il téléphona à Huang Yiding, rédacteur en chef d'une revue littéraire locale qui avait publié quelques uns de ses poèmes. Une jeune femme lui répondit que Huang était parti pour diriger le bar *Nightless Bay* dans la rue des Gourmets. Ce n'était pas très loin. Il prit un taxi.

La rue dite des Gourmets était un menu vivant. Sous une multitude d'enseignes, toutes sortes d'animaux exotiques étaient exposées le long de la rue dans des cages de différentes tailles. La cuisine cantonaise était célèbre pour son imagination débridée. Soupe de serpent, ragoût de chien, fondue de cervelle de singe, chat sauvage, rat palmiste. Comme les animaux étaient présentés vivants, les clients ne pouvaient pas douter de la fraîcheur de leur plat.

Nightless Bay se trouvait bien là, mais Chen apprit que Huang était parti entreprendre une nouvelle carrière en Australie. C'était la fin des contacts de Chen à Canton. En flânant, il voyait des gens manger et boire dans les restaurants et à l'extérieur. Il soupçonna certaines spécialités de toucher à des espèces en voie de disparition. *Le Quotidien du peuple* avait récemment signalé qu'en dépit des efforts du gouvernement beaucoup de restaurants les servaient encore.

Il fit demi-tour, ne sachant où aller, marcha en direction de la rivière et atteignit un embarcadère. Le long de la berge, sur une rangée de bancs de bois, des couples attendaient leur tour pour monter dans une barque. Chen n'était pas d'humeur à ramer tout seul. Il s'assit quelques minutes sur un banc puis retourna vers la Maison.

Des nuages noirs s'amassaient à l'horizon. La chambre était étouffante. Il se fit une tasse de thé vert avec l'eau tiède du thermos. Alors qu'il terminait sa deuxième tasse, il se mit à pleuvoir, le tonnerre grondait au loin. Les rues se couvraient de boue. Inutile d'essayer de sortir ; il décida de manger à la cantine. La salle à manger était propre, les tables mises avec des nappes empesées et des verres étincelants. Le menu n'offrait pas un grand choix. Il prit une portion de poisson caoutchouteux avec du riz à la vapeur. Pas extraordinaire, mais mangeable. Et surtout, pas cher. Mais l'arrière-goût persistant du poisson n'était pas très agréable. Il se servit une autre tasse de thé dans l'espoir de calmer son estomac, mais le liquide tiède n'arrangea rien. Il restait deux ou trois heures à tuer avant de se coucher.

De retour dans sa chambre, il alluma sa radio portable. Les nouvelles locales étaient diffusées en dialecte cantonais et il n'y comprenait pratiquement rien. Il l'éteignit. Puis il entendit des pas qui s'approchaient de sa porte. Un homme entra, la quarantaine, grand, maigre, prématurément chauve, qui portait un costume gris de fabrication étrangère avec la marque encore cousue sur la manche (signe de ses moyens financiers) et une cravate de soie brodée. Il n'avait pour bagage qu'un porte-documents en cuir.

Un romancier à la mode avec un ou deux livres sur la liste des best-sellers, supposa Chen.

– Salut, je ne vous dérange pas dans votre écriture ?

– Non, pas du tout. Vous logez ici vous aussi ?

– Oui, et dans la même chambre. Je m'appelle Ouyang.

– Chen Cao. (Il lui tendit sa carte.) Enchanté.

– Ainsi vous êtes poète et... waouh ! membre de l'Union !

– Pas tout à fait.

Chen allait lui expliquer, mais il se ravisa.

– J'ai seulement écrit quelques poèmes.
– Fantastique !
Ouyang lui tendit la main.
– Je ne m'attendais pas à rencontrer un poète aujourd'hui.
– Vous êtes romancier ?
– Non... euh, en fait, je suis dans les affaires.
Ouyang fouilla dans la poche de son gilet et en sortit une carte de visite impressionnante. Son nom était imprimé en doré à côté d'une longue liste de sociétés.
– Chaque fois que je viens à Canton, je loge ici. La Maison des écrivains n'est pas réservée aux écrivains. Vous savez pourquoi je viens ? Parce que j'espère en rencontrer. Et mon rêve s'est réalisé ce soir ! Au fait, vous avez déjà dîné ?
– Oui, à la cafétéria d'en bas.
– Quoi ? Cet endroit est une injure aux auteurs.
– Je n'ai pas mangé grand-chose.
– Très bien. Il y a un restaurant avec des tables dehors à trois rues d'ici. Une petite affaire familiale, mais on n'y mange pas mal. Il ne pleut plus. Allons-y.
En suivant Ouyang vers une rue bordée de baraques aux enseignes rouge et noir éclairées par des lanternes de papier, il remarqua que la soirée s'animait. Des marmites chauffaient sur de petits réchauds à charbon, certaines marquées de signes annonçant dans le style cantonais « vigueur », « hormone » ou « essence mâle ». Ces baraques avaient poussé comme des champignons depuis la visite de Deng Xiaoping dans le sud.
Celle où Ouyang l'emmena était plutôt simple : quelques tables en bois avec sept ou huit bancs. Un gros fourneau à charbon et deux petits composaient la cuisine à l'air libre. Elle ne se distinguait que par une lanterne de papier rouge marqué du caractère traditionnel « bonheur ». Au-dessous, des anguilles, des grenouilles, des palourdes et des poissons vivants se tor-

tillaient et nageaient dans des cuvettes et des seaux pleins d'eau. Il y avait aussi une cage de verre pleine de serpents divers. Les clients pouvaient choisir et faire accommoder l'élu comme ils le désiraient.

A côté de la cage, une femme était en train d'écorcher un serpent d'eau. La tête tranchée, il s'agitait encore, mais en quelques minutes un rouleau de viande aurait cuit à la vapeur dans une marmite en terre. Un vieil homme à toque blanche brandissant une louche faisait frire une carpe dans un wok où l'huile grésillait. Une jeune fille affairée servait, plusieurs plats posés sur ses petits bras nus, et ses sandales de bois claquaient sur le trottoir. Elle appelait le cuisinier grand-père. Une affaire familiale.

De nouveaux dîneurs arrivaient ; bientôt toutes les tables furent occupées. A l'évidence, l'endroit était réputé. Chen l'avait vu en passant dans l'après-midi, mais il avait pensé que les prix excédaient son allocation de repas.

– Salut Vieil Ouyang. Quel bon vent t'amène aujourd'hui ?

La jeune fille qui s'approchait de leur table semblait bien le connaître.

– Le bon vent d'aujourd'hui est notre distingué poète Chen Cao. C'est pour moi un grand honneur. Comme d'habitude, tes spécialités. Et ton meilleur vin. Le meilleur des meilleurs.

Ouyang sortit son portefeuille et le posa sur la table.

– Le meilleur, bien sûr, répondit la fille, et elle s'éloigna.

En moins d'un quart d'heure, un déploiement ahurissant de bols, de raviers, de casseroles, de soucoupes et de plats apparut sur la grossière table en bois brut.

La lanterne de papier jetait une lumière rougeâtre sur leur visage et sur les petites tasses. Chen avait entendu dire qu'à Canton il n'existait aucun animal que les habitants n'aient pas trouvé le moyen de transformer en mets délicat. Et il était témoin du miracle : omelette aux palourdes d'eau douce, boulettes de viande aux quatre bonheurs, anguille de rizière frite, tomates farcies aux crevettes décortiquées, riz aux huit trésors, soupe d'aileron de requin, tortue entière à la sauce brune et tofu farci à la chair de crabe.

– Rien que des plats simples, de la cuisine de rue, dit Ouyang en levant ses baguettes d'un air navré. Pas assez respectueuse pour un grand poète. Nous irons ailleurs demain. Ce soir, il est trop tard. Essayez la tortue, s'il vous plaît. C'est bon pour le yin, vous savez, pour nous les hommes.

C'était une énorme tortue à carapace molle. Pas loin d'un kilo. A quatre-vingts yuans environ la livre sur le marché de Canton, le plat devait coûter bien plus de cent yuans. Le folklore médical était responsable de ce prix exorbitant. La tortue, survivante obstinée dans l'eau et sur terre, était considérée comme bénéfique pour le yin, et donc susceptible d'accroître la longévité des humains. Qu'elle soit nourrissante, Chen l'admettait ; ce qui le dépassait complètement c'était pourquoi elle serait bonne pour le yin dans le système yin et yang du corps humain.

En hôte empressé, Ouyang ne cessait de mettre dans son assiette ce qu'il jugeait être des délices culinaires. Après la deuxième tournée de Maotai, Chen sentit l'allégresse monter en lui. Cuisine succulente, vin moelleux, jeune serveuse au pied léger aussi radieuse que la nouvelle lune. L'haleine parfumée de la nuit de Canton était enivrante.

Plus enivrante encore était peut-être sa nouvelle identité. Poète célèbre, vénéré par son admirateur fervent. Il cita deux vers du poème de Wei Zhuang, *Réminiscence du sud*.

– *Près de l'urne de vin, la fille est une lune, / Ses bras nus ont la blancheur du givre*. Je suis tenté de penser que Wei décrivait une scène de Canton, pas très loin d'ici.

– Il faut que je note ces vers dans mon carnet, dit Ouyang en avalant une cuillerée de soupe d'aileron de requin. Ça c'est de la poésie.

– L'image d'une taverne en plein air est très populaire dans la poésie classique. Elle a peut-être son origine dans l'histoire d'amour de la dynastie des Han entre Zhuo Wenjun et Sima Xiangru. Au moment où ils ont été le plus pauvres, les amants ont dû gagner leur vie en vendant du vin dans une modeste taverne.

– Wenjun et Xiangru, s'exclama Ouyang. Mais oui, j'ai vu un opéra de Canton sur leur histoire. Xiangru était un grand poète, et Wenjun s'est enfuie avec lui.

Le dîner se révéla une splendeur, accompagné d'une seconde bouteille de Maotai qu'Ouyang insista pour commander vers la fin. Chen devenait expansif et parlait poésie en poète. Au bureau, ses travaux littéraires étaient considérés comme de la légèreté vis-à-vis de sa profession, aussi profitait-il de l'occasion de parler du monde des mots avec un auditeur aussi passionné.

La jeune serveuse leur versait sans cesse du vin, ses poignets blancs voletaient autour de la table, ses sandales de bois rendaient des sons agréables dans l'air de la nuit, c'était le même spectacle et les mêmes sons qui avaient enivré Wei Zhaung des milliers d'années plus tôt.

Entre tasses et baguettes, Chen reconstitua aussi des parties de la vie d'Ouyang.

– Il y a vingt ans, c'est comme si c'était hier, dit Ouyang, juste le temps de claquer dans ses doigts.

Vingt ans plus tôt, lycéen à Canton, Ouyang était décidé à devenir poète, mais la Révolution culturelle avait réduit son rêve en miettes en même temps que les fenêtres de sa classe. Son lycée fermé, comme tous les jeunes instruits, il avait été envoyé à la campagne. Après avoir perdu huit ans, il avait pu rentrer à Canton, jeune rapatrié chômeur. Il avait échoué à l'examen d'entrée à l'université, mais avait réussi à monter sa propre affaire, une fabrique de jouets en plastique à Shekou, à environ quatre-vingts kilomètres au sud de Canton. Chef d'entreprise prospère, Ouyang avait tout désormais, sauf du temps pour la poésie. Plus d'une fois il avait envisagé d'abandonner les affaires, mais le souvenir d'avoir travaillé dix heures par jour à la campagne pour soixante-dix fens restait trop vif. Il voulait d'abord gagner assez d'argent et, entre-temps, il cherchait divers moyens de garder vivant son rêve littéraire. Ainsi, il était à Canton pour affaires, mais aussi pour un séminaire d'écriture organisé par l'Union des écrivains de Canton.

– Ça vaut la peine d'aller à la Maison des écrivains puisque j'ai finalement rencontré un vrai poète comme vous.

Pas vraiment, se dit Chen en détachant une patte de la tortue avec ses baguettes. Mais auprès d'Ouyang, il se sentait un vrai poète, un « pro ». Il ne tarda pas à s'apercevoir qu'Ouyang était un amateur qui ne voyait dans la poésie qu'un épanchement de sentimentalité. Les quelques vers qu'il lui montra dénotaient de la spontanéité, mais souffraient d'un manque de rigueur formelle.

Le lendemain matin, Ouyang aborda de nouveau le sujet « poésie » pendant leur thé du matin – *dim sum* au *Phénix d'or*.

Une serveuse s'arrêta à leur table avec un chariot présentant une variété stupéfiante d'amuse-gueule et de petits plats. Ils pouvaient choisir ce qu'ils voulaient.

– Qu'aimeriez-vous aujourd'hui, monsieur Ouyang ? demanda-t-elle.

– Travers de porc à la vapeur avec sauce de soja, poulet au riz gluant, tripes de bœuf à la vapeur, petite brioche au porc et thé au chrysanthème avec du sucre.

Ouyang se tourna vers Chen avec un sourire et lui dit :

– C'est ce que je préfère ici, mais choisissez ce que vous voulez.

– J'ai peur que ce soit trop. Ce n'est que le thé du matin.

– D'après mes recherches, l'origine des *dim sum* se trouve à Canton où les gens avaient l'habitude de prendre une tasse de bon thé au réveil. Quelqu'un a dû se dire que ce serait mieux avec un accompagnement. Pas un vrai repas, mais un petit quelque chose de bon. C'est comme ça qu'on a inventé ces amuse-gueule. Bientôt les gens se sont intéressés davantage à la variété des petits plats et le thé est devenu secondaire.

La salle grouillait de gens qui parlaient, buvaient du thé, discutaient affaires, et grignotaient les amuse-gueule dont des chariots entiers roulaient dans tous les sens. De jeunes serveuses présentaient les nouveaux plats. Ce n'était pas l'endroit idéal pour parler de poésie.

– Les gens sont tellement occupés à Canton, dit Chen, comment trouvent-ils le temps pour le thé du matin ?

– C'est un must, dit Ouyang avec un grand sourire. C'est plus facile de traiter des affaires en prenant le thé. De cultiver les sensations avant de conclure. Mais nous pouvons parler de poésie autant que nous voudrons.

Chen fut un peu ennuyé de ne pas être autorisé à payer. Ouyang l'arrêta avec un discours enflammé :

– J'ai gagné de l'argent. Et alors ? Dans vingt ou trente ans, qu'est-ce qu'il en restera ? Mon argent appartiendra à quelqu'un d'autre. Écorné, usé, et déchiré. Que disait notre cher Vieux maître Du Fu ? *Seuls tes écrits durent toujours*. Vous êtes un poète connu dans tout le pays, Chen, alors si vous ne me jugez pas trop votre inférieur, laissez-moi devenir votre élève pendant quelques jours. Jadis, un élève était aussi censé offrir un jambon de Jinhua entier à son professeur.

– Je ne suis pas professeur, ni un poète célèbre.

– Eh bien, je vais vous dire une chose. Hier soir, j'ai fait quelques recherches dans la bibliothèque de la Maison des écrivains – c'est un de ses avantages, accès libre, toute la nuit. Et vous savez quoi ? J'ai trouvé pas moins de six études sur vous, qui toutes font le plus grand éloge de vos poèmes.

– Six ! Je ne savais pas qu'il y en avait autant.

– Oui, six. J'étais tellement excité que comme dans le *Canon des poèmes*, je n'arrivais pas à dormir tant je me tournais et retournais dans mon lit.

L'allusion d'Ouyang au *Canon des poèmes* n'était pas tout à fait adaptée. Il s'agissait en réalité d'un poème d'amour. Malgré tout, sa sincérité était évidente.

Après le thé, Chen se rendit à l'hôtel où Xie avait séjourné. Avec sa façade décrépite, c'était l'endroit tout indiqué pour des filles en quête d'emploi. L'employé de la réception étudia stoïquement le registre jusqu'à ce qu'il trouve le nom. Il le poussa vers Chen pour qu'il puisse lire lui-même. Xie était partie le 2 juillet. Personne ne savait où.

– Elle n'a laissé aucune adresse ?

– Non. Ces jeunes filles n'en laissent jamais.

Chen dut recourir à la technique du porte-à-porte et alla d'un hôtel à l'autre, une photo dans une main et un plan de la ville dans l'autre.

La réponse s'accompagnait toujours d'un signe de tête négatif.

– Non, nous ne nous rappelons pas vraiment…

– Non, vous devriez essayer la Sécurité métropolitaine…

– Non, je regrette, nous avons tellement de clients ici…

Bref, personne ne la reconnut.

L'après-midi, il s'arrêta dans un petit snack niché dans une rue quelconque et commanda un bol de raviolis aux crevettes avec des petits pains à la vapeur. Ce n'était pas une des rues principales de la ville, mais les affaires marchaient. Des gens entraient et sortaient sans arrêt, choisissaient des boîtes en plastique contenant diverses combinaisons de repas et s'en allaient en commençant à manger avec des baguettes jetables. Chen était le seul à attendre assis. Ici, le temps semblait plus important. Quoi qu'on dise des changements de la ville, Canton était animée d'un esprit qu'on pouvait difficilement qualifier de socialiste, en dépit du slogan inscrit partout, y compris sur le mur gris du petit restaurant : « Bâtissons une nouvelle Canton socialiste ».

Canton devenait effectivement un nouvel Hong Kong. L'argent y entrait à flots. De Hong Kong, mais aussi d'autres pays. D'où le nombre de jeunes filles qui y venaient. Certaines pour chercher du travail, mais d'autres pour arpenter les rues. Ce n'était pas facile pour les autorités de les contrôler. Elles faisaient partie des attraits de la ville.

Que pouvait faire une jeune fille seule comme Xie Rong dans cette ville ?

A la police de Canton, il n'y avait pas de nouvelles. Les services locaux n'étaient pas très coopératifs. Ils avaient leurs problèmes, expliqua l'inspecteur Hua, et pas assez d'hommes pour régler leurs propres affaires.

A la fin du troisième jour improductif, Chen rentra à la Maison des écrivains complètement vanné, et Ouyang lui proposa de l'emmener faire un « dîner spécial » au *Roi des serpents*. Chen désespérait presque d'accomplir sa mission. Les derniers jours avaient été très décevants. Tel un Don Quichotte déplacé, il avait traîné d'un hôtel à l'autre, une photo à la main, sachant qu'il tentait l'impossible, et s'acharnant quand même.

Il pensa donc, non sans une certaine autodérision, qu'un bon dîner pourrait remonter le moral d'un inspecteur principal meurtri.

On les conduisit dans un salon particulier aux murs blancs, avec au plafond un envol de chérubins peints dans différents tons de bleu, qui lui parut une importation directe de Hong Kong. Les gourmandises annoncées dans le menu comprenaient du cochon de lait rôti et des pattes d'ours, mais la spécialité du chef était le combat du tigre et du dragon. D'après la serveuse, c'était un gigantesque assortiment de viande de serpent et de chat. A la demande d'Ouyang, elle donna la liste des vertus merveilleuses du serpent :

– Le serpent est bon pour la circulation sanguine. Il est utilisé comme médicament pour traiter l'anémie, les rhumatismes, l'arthrite et l'asthénie. La vésicule biliaire du serpent s'avère particulièrement efficace pour dissoudre les mucosités et améliorer la vision.

Chen n'avait pas la tête à la spécialité du chef. Le menu dans les mains, il se posait des questions sur son voyage. Une chasse au merle blanc ? Mais Xie était la seule piste. Renoncer à elle, c'était renoncer à toute l'enquête.

Ouyang versa une cuillerée de soupe au serpent dans l'assiette de Chen en disant :

– Vous devez absolument en prendre. Le combat du tigre et du dragon.

La serveuse vint soumettre une bouteille à leur appréciation. Elle la tourna pour qu'ils puissent voir l'étiquette.

– Maotai, annonça-t-elle.

Ouyang goûta et hocha la tête pour indiquer que c'était buvable. L'alcool était fort. Chen vida lui aussi sa tasse d'un seul coup.

En homme d'expérience, Ouyang avait dû se rendre compte de l'humeur de Chen, mais il ne lui posa pas de questions. Ce n'est qu'après quelques tasses qu'il lui parla de ses propres affaires à Canton.

– Croyez-le ou non, vous êtes ma bonne étoile. Étoile de la littérature. Je viens de recevoir une énorme commande. Nous la fêtons.

Et ce fut un repas prodigieux. Le combat du tigre et du dragon se montra à la hauteur de son nom. Entre le « dragon » et le « tigre » était posé un œuf dur, symbolisant une perle gigantesque. Ouyang servit à Chen un morceau de chat et demanda :

– A propos, qu'est-ce qui vous occupe ici, en dehors de la poésie ? Si vous avez besoin de quelque chose, je peux sans doute vous aider.

– Oh, rien de particulier.

Chen hésita et but une autre tasse. La quatrième ou la cinquième.Ça ne lui ressemblait pas.

– Vous pouvez me faire confiance.

– C'est une petite chose, mais peut-être pouvez-vous m'aider, grâce à vos contacts.

– Si je peux, je le ferai, promit Ouyang.

– Je suis venu chercher des sources d'inspiration, mais par ailleurs un de mes anciens professeurs d'université m'a demandé d'essayer de retrouver sa fille. Elle est ici depuis plusieurs mois, mais elle n'a donné à sa mère ni adresse ni numéro de téléphone. Mon vieux professeur s'inquiète. Alors je lui ai promis de faire de mon mieux pour la retrouver. Voici sa photo.

– Laissez-moi voir.

– Elle s'appelle Xie Rong. Quand elle est arrivée ici il y a environ trois mois, elle a passé quelques jours dans un hôtel qui s'appelle l'*Auberge de la Chance*, mais elle est partie sans donner sa nouvelle adresse.

Chen n'était pas sûr qu'Ouyang croyait à son histoire.

– Je vais essayer, dit Ouyang. Je connais plusieurs tenancières de maisons de passe ici.

– Des tenancières de maisons de passe ?

– Ce n'est pas un secret. Les nécessités du négoce ; on n'y peut rien. Elles sont très informées sur les nouvelles arrivantes.

Chen était plus que surpris. D'après le règlement, il devait signaler les tenancières et même les relations d'Ouyang avec elles. Il préféra ne pas le faire. Le succès de sa mission dépendait de l'aide d'Ouyang, un genre d'aide qu'il ne pouvait pas facilement obtenir des autorités locales.

Et comme l'avait promis Ouyang, le festin de serpent était le repas le plus exotique que l'inspecteur principal Chen ait jamais dégusté.

23

L'inspecteur Yu hésita avant d'appuyer sur la sonnette en forme de chouette. Il se trouvait sur un palier d'où il apercevait un quartier sélect à quelques pâtés de maisons au nord du parc Hongkou. Comme la porte de la rue était fermée, il avait dû monter par un escalier extérieur à l'arrière.

Il n'était pas à l'aise dans le rôle que lui avait attribué la division du travail. Il devait rendre visite à Jiang Weihe, une artiste montante, pendant que Chen était à Canton. Non que Yu ait souhaité aller à Canton, ce qui devait sûrement être une expédition pénible – une chasse au merle blanc.

Et puis Jiang Weihe était connue, et suffisamment d'avant-garde pour poser nue pour Wu Xiaoming.

Avant qu'il n'appuie sur le bouton, une femme ouvrit la porte et le regarda avec curiosité. Elle devait avoir à peine trente ans, elle était grande, bien faite, avec un long cou gracieux, une taille fine et des jambes sensationnelles. Une belle femme, à la bouche sensuelle, aux pommettes hautes et aux grands yeux, avec une masse de cheveux tout emmêlés. La peau fragile sous ses yeux était barbouillée de noir. Elle portait un bleu de travail couvert de peinture et serré à la taille par une ceinture de cuir noir ; elle était pieds nus. Ayant fait rapidement cet inventaire, Yu tendit sa carte.

– Excusez-moi de vous déranger dans votre travail. Je voudrais vous poser quelques questions.

– La police ?

Elle posa la main contre le chambranle et examina Yu attentivement sans faire un geste pour le laisser entrer. Elle donnait une impression d'assurance et de maturité. Sa voix était grave, avec une trace d'accent du Henan.

– Oui. Pouvons-nous parler à l'intérieur ?

– Vous m'arrêtez ?

– Non.

– Vous avez un mandat ? Quelque chose ?

– Non.

– Alors vous n'avez pas le droit de vous imposer ici.

– En fait, camarade Jiang, je n'ai que quelques questions à vous poser à propos de quelqu'un que vous connaissez. Je ne peux pas vous forcer à parler, mais nous vous serions reconnaissants de coopérer.

– Alors vous ne pouvez pas me forcer.

– Écoutez. L'inspecteur principal Chen Cao est mon chef – vous le connaissez. C'est lui qui a suggéré que je vienne d'abord vous voir. C'est dans notre intérêt à tous.

– Chen Cao… pourquoi ?

– La situation est très délicate, et vous êtes très connue. Ce ne serait pas une bonne idée de vous faire de la publicité. De la mauvaise publicité. Tenez, voici un mot de lui.

– J'ai eu beaucoup de publicité. Alors qu'est-ce que ça peut me faire ?

Mais elle prit le papier et lut. Puis elle fronça les

sourcils, la tête un peu penchée, regardant ses pieds nus tachés de peinture.

– Vous auriez dû mentionner l'inspecteur principal Chen plus tôt. Entrez.

L'appartement était un atelier mais il servait aussi de chambre, de salle à manger et de séjour. Visiblement, elle ne se souciait guère de l'aspect de la pièce. Partout étaient éparpillés des tableaux, des journaux, des tubes de peinture, des pinceaux et des vêtements. Des douzaines de livres étaient posés contre le mur dans différentes positions et à des angles variés. Il y en avait aussi sur la table de nuit, à côté d'un flacon de vernis à ongles. Des chaussures, pour la plupart solitaires, étaient abandonnées autour du lit, un imposant lit d'acajou à colonnes. Le reste du mobilier se composait d'une grande table de travail et de quelques fauteuils de rotin. Sur la table, des verres d'eau, quelques fleurs fanées, et une coquille qui servait de cendrier contenant un cigare à moitié fumé.

Sur un piédestal au centre de la pièce, il y avait une sculpture inachevée.

Jiang prit un gobelet sur la table.

– Je prends mon deuxième café, dit-elle. Que voulez-vous boire ?

– Rien. Merci.

Elle tira un fauteuil vers lui et s'assit devant lui.

– Des questions sur qui ?

– Wu Xiaoming.

– Pourquoi moi ?

– Il a pris des photos de vous.

– Il a pris des photos de beaucoup de gens.

– Nous parlons de celles… de *Cité des fleurs*…

– Vous voulez parler avec moi de l'art de la photographie ? dit-elle en se redressant.

– Je suis un flic ordinaire. A propos de ces photos, ça ne m'intéresse pas de parler d'art mais d'autre chose.

Elle eut un sourire cynique.

– Ça, je le comprends. Comme vous êtes flic, vous avez dû vous renseigner.

L'ombre sous ses yeux lui donnait un air débauché.

– En fait, c'est grâce à l'inspecteur principal Chen, je dois l'avouer.

Mais comment Chen l'avait reconnue, Yu l'ignorait.

– Vraiment ?

– Oui. Alors nous pensons que vous voudrez peut-être coopérer.

– Que voulez-vous savoir sur Wu ?

– Ce que vous savez.

– C'est trop demander. Mais pourquoi ?

– Nous pensons qu'il est impliqué dans un meurtre. C'est l'affaire Guan Hongying, la travailleuse modèle de la nation. Une enquête spéciale est ouverte.

– Ah… je vois, dit-elle sans montrer beaucoup de surprise. Mais pourquoi votre inspecteur principal Chen n'est-il pas venu me questionner lui-même ?

– Il est à Canton, il questionne un témoin.

– Alors vous êtes sérieux ? Vous devez savoir quelque chose sur la famille de Wu.

– C'est pour ça que nous avons besoin de votre aide.

L'inspecteur Yu crut déceler un changement dans le ton de l'artiste, ainsi qu'un signe révélateur dans son attitude quand elle remua la cuillère dans son café comme si elle mesurait quelque chose.

– Vous êtes tout à fait sûr ?

– L'inspecteur principal Chen a tenu à ce que votre nom ne figure pas dans le dossier. Il a dit que vous seriez sûrement compréhensive.

– C'est un compliment ?

Elle but longuement, la crème laissait une ligne blanche sur sa lèvre supérieure.

– A propos, comment va votre inspecteur principal ? Toujours célibataire ?

– Je crois que c'est parce qu'il est trop occupé.

– J'ai entendu dire qu'il avait eu une histoire d'amour à Pékin qui lui a brisé le cœur.

– Ça, je n'en sais rien. Il ne m'en a jamais parlé.

– Oh, je n'en sais pas grand-chose non plus. C'était il y a si longtemps, dit-elle avec un sourire énigmatique. Alors, par où commence-t-on ?

– Par le commencement, si vous voulez bien.

– D'abord, soyons clairs. Tout ça est au passé. J'ai connu Wu il y a environ deux ans et nous nous sommes séparés un an plus tard. J'insiste là-dessus, et pas parce qu'il est peut-être mêlé à une affaire de meurtre.

– Entendu. Alors, comment l'avez-vous rencontré ?

– Il a pris contact avec moi en disant qu'il voulait me prendre en photo. Pour ses revues et ses journaux, bien sûr.

– Je parie que peu de gens auraient refusé.

– Qui refuserait d'avoir sa photo dans la presse, et gratuitement ?

– Donc les photos ont été publiées ?

– Oui, et elles étaient de grande qualité. Il faut lui rendre justice, Wu est un photographe doué. Il a l'œil, et aussi l'instinct. Il sait quand et où faire la prise de vue. Une quantité de magazines recherchent ses travaux.

– Et ensuite ?

– Eh bien, il est apparu que j'étais pour lui une cible personnelle plutôt que professionnelle… c'est ce qu'il m'a dit au cours d'un déjeuner. Croyez-le ou non, il a posé aussi pour moi. Une chose en a entraîné une autre. Vous savez ce que c'est.

– Un attachement sentimental ?

– C'est une sorte d'euphémisme ?

– C'en est un ?

– Vous essayez de me demander si nous avons couché ensemble ?

– Enfin, c'était une relation sérieuse ?

– Qu'est-ce que vous entendez par « relation sérieuse » ? Si ça veut dire que Wu Xiaoming m'a demandé de l'épouser, alors non. Mais nous avons passé de bons moments.

– Les gens ont des définitions différentes, mais, disons, vous vous voyiez beaucoup ?

– Pas beaucoup. Avec son poste à *L'Étoile rouge*, il partait de temps en temps en mission, à Pékin ou dans d'autres villes, il est même allé à l'étranger une ou deux fois. Je suis très prise par mon travail, moi aussi. Mais quand nous avions le temps, nous étions ensemble. Pendant les premiers mois, il venait très souvent, deux ou trois fois par semaine.

– Le jour ou la nuit ?

– Les deux, mais il passait rarement la nuit ici. Il avait sa voiture, c'est-à-dire celle de son père. C'était pratique pour lui.

– Vous êtes allée chez lui ?

– Quelques rares fois. C'est un palais. Vous avez dû y aller. Vous connaissez. Mais quand nous étions ensemble, je voulais faire ce pourquoi nous étions ensemble. Alors pourquoi rester dans un endroit sans aucune intimité ? Même si nous pouvions nous enfermer dans l'une des chambres, je n'aurais pas été d'humeur – avec sa famille autour tout le temps.

– Vous voulez parler de sa femme ?

– Non. En fait, elle restait tout le temps dans sa chambre. Elle est clouée au lit. Mais c'est la maison de son père. Le vieil homme était à l'hôpital, mais sa sœur était là.

– Vous saviez donc dès le début que c'était un homme marié.

– Il ne l'a pas caché, mais il m'a dit que ç'avait été une erreur. Je crois que c'est vrai – dans une certaine mesure.

– Une erreur. Il vous a donné une explication ?

– Tout d'abord, sa femme est malade depuis plusieurs années, trop malade pour avoir une vie sexuelle normale.

– Autre chose ?

– Dans ces années-là, ils avaient pu se marier par commodité. Les jeunes instruits étaient seuls, et la vie à la campagne était extrêmement éprouvante, ils étaient très, très loin de chez eux.

– Je n'en sais trop rien, dit Yu en pensant à ses années avec Peiqin dans le Yunnan, mais vous n'aviez pas d'objection à une liaison hors mariage ?

– Allons, camarade inspecteur Yu. Les temps ont changé. Qui vit encore comme dans les livres de Confucius ? Si un couple est heureux, personne ne peut le détruire, dit Jiang en se grattant la cheville. D'ailleurs, je n'ai jamais espéré qu'il m'épouserait.

Peut-être Yu était-il vieux jeu. En tout cas, il se sentait très vieux à côté de cette artiste qui pouvait changer de partenaire comme de chemise. Mais en même temps il trouvait tentant d'imaginer le corps sous l'ample combinaison de travail. Était-ce parce qu'il l'avait vu en photo ? Il remarqua aussi le grain de beauté noir sur sa nuque.

– Mais s'il est tellement malheureux dans son couple, pourquoi est-il resté ?

– Je ne sais pas. Je ne pense pas qu'un divorce serait bon pour lui. Politiquement, je veux dire. Il paraît qu'un membre de la famille de sa femme a encore de l'influence.

– C'est vrai.

– J'avais aussi l'impression qu'il tenait à elle, à sa façon.

– Qu'est-ce qui vous l'a fait penser ?

– Il m'a parlé d'elle. Elle l'a aidé dans les moments les plus sinistres, quand il était un jeune instruit rééducable venant d'une famille de valets du capitalisme. Elle a eu pitié de lui et l'a pris en charge. Il m'a dit un jour que sans elle il aurait sombré dans le désespoir.

– D'après les photos, elle a dû être une beauté.

– Vous ne le croirez sans doute pas, mais une des raisons pour lesquelles je me suis attachée à lui c'est qu'il faisait preuve d'une certaine loyauté à l'égard de sa femme. Ce n'était pas un homme dénué du sens des responsabilités.

– Peut-être. Mais, une autre question. Il gagne beaucoup d'argent avec ces photos ?

– En tant qu'ECS, il a sûrement d'autres moyens. Certaines personnes le paieraient grassement pour avoir leur photo publiée dans *L'Étoile rouge*. Mais il n'a pas besoin de gagner sa vie en vendant les photos. Pour autant que je sache, il dépense beaucoup pour lui-même, et il n'est pas avare avec ses amis.

– Quel genre d'amis ?

– Même milieu que lui. Qui se ressemble s'assemble. Ils font des soirées chez lui, des soirées folles.

– Une bande d'ECS, grogna Yu. Vous pourriez me donner les noms de ses amis ?

– Seulement de ceux qui m'ont donné leur carte, dit Jiang en prenant une boîte en plastique sur une étagère.

Elle étala plusieurs cartes de visite sur la table.

Il y jeta un coup d'œil. Une était celle de Guo Qiang, l'homme qui avait confirmé l'alibi de Wu pour le soir du 10 mai. Plusieurs cartes portaient sous le nom un titre ronflant.

– Je peux vous les emprunter ?

– Certainement. Je ne pense pas en avoir besoin.

Il sortit un paquet de cigarettes et en alluma une après qu'elle lui eut fait signe qu'il pouvait fumer.

– Encore une question, mademoiselle Jiang. Vous saviez quelque chose sur Guan Hongying quand vous étiez avec Wu ? Vous l'avez rencontrée chez lui ? Il vous a parlé d'elle ?

– Non. Je n'ai aucun souvenir. Mais je savais qu'il y avait d'autres femmes.

– C'est pour ça que vous avez rompu ?

– Vous le pensez peut-être, mais non.

Elle prit une cigarette dans le paquet de Yu.

– Je n'attendais vraiment rien de cette liaison. Il avait sa vie et j'avais la mienne. Nous avions été très clairs. Je l'ai quelquefois provoqué au sujet de ses autres amies, mais il a juré qu'il prenait seulement des photos d'elles.

– Et vous l'avez cru ?

– Non. Mais c'est quand même à cause de ses photos que nous nous sommes séparés.

– Des photos de ces femmes ?

– Oui. Mais pas comme ces… travaux artistiques que vous avez vus dans les magazines.

– Je comprends. Comment les avez-vous trouvées ?

– Par accident. Pendant une de ces soirées, j'étais avec lui dans sa chambre et il a dû répondre au téléphone dans son bureau. Comme la conversation se prolongeait, j'ai regardé dans son tiroir. Je suis tombée sur un album. Des photos de femmes nues, comme prévu, mais bien plus que ça – des photos très obscènes – et dans des positions répugnantes, y compris en plein acte sexuel. J'ai reconnu un des modèles. Une actrice célèbre qui vit maintenant à l'étranger avec un millionnaire américain, paraît-il. Sur cette photo, elle est bâillonnée, couchée sur le dos avec des menottes aux poignets, et on voit la tête de Wu enfouie entre ses seins. Il y avait un tas de photos horribles de ce genre. Je n'ai pas eu le temps de les voir toutes. Wu les avait tirées comme des photos de mode professionnelles, mais il était inutile de prétendre que c'était un travail artistique.

– C'est monstrueux !

– Ce qui est encore plus monstrueux c'est ce qu'il notait au dos des photos.

– Quoi ?

– Dans une histoire de Sherlock Holmes, un maniaque sexuel gardait des photos des femmes qu'il avait séduites, avec la description de leurs positions, de leurs secrets et de leurs préférences au lit – tous les détails intimes des rapports sexuels qu'il avait avec elles – oh, voyons, inspecteur Yu, vous connaissez sûrement cette histoire.

– L'inspecteur principal Chen a traduit quelques romans policiers occidentaux, dit Yu sans s'avancer, n'ayant jamais lu l'histoire. Vous pouvez en parler avec lui.

– Ah, bon ? Je croyais qu'il n'écrivait que des poèmes.

– Qu'est-ce que Wu pouvait vouloir faire avec ces photos ?

– Je ne sais pas, mais il n'est pas qu'un Don Juan qui veut satisfaire son ego en contemplant ses conquêtes dénudées.

– Ce fumier, pesta Yu qui ne connaissait pas Don Juan non plus.

– Je pourrais vivre avec un Don Juan, mais ce genre de cynisme glacé m'a dégoûtée. J'ai décidé de le quitter.

– Vous avez pris une sage décision.

– J'ai mon travail. (Elle baissa les yeux d'un air sombre.) Je ne voulais pas être mêlée à un scandale. Je vous ai dit tout ce que je sais.

– Ce sont des renseignements très importants. Vous nous aidez beaucoup, camarade Jiang. Nous nous assurerons que votre nom ne soit jamais mentionné dans le rapport d'enquête.

– Merci.

Elle se leva et accompagna Yu à la porte.

– Camarade inspecteur Yu ? Je pense avoir autre chose pour vous, mais je dois vous demander une faveur.

– Du moment qu'elle est en mon pouvoir.

– Wu et moi avons rompu. Quelle que soit ma rancune contre lui, je ne devrais pas jeter de pierres dans le puits où il se noie. Je ne vous dirai donc rien que je n'aie vu ou entendu moi-même. Mais à l'époque de notre séparation, j'ai connu une des femmes de Wu.

– Je vous écoute.

– Elle s'appelle Ning Jing. Comment Wu l'avait ramassée et ce qu'il lui trouvait, je n'en ai pas la moindre idée. Elle n'était peut-être qu'une cible pour son objectif, à mettre au point, à photographier et à coller dans son album. Je vous en parle parce qu'elle pourrait savoir quelque chose sur Wu et Guan. Guan aurait pu être la suivante.

– En effet, c'est peut-être une piste intéressante, camarade Jiang. Je vérifierai, bien entendu. Mais qu'est-ce que je peux faire pour vous ?

– Si possible, évitez, s'il vous plaît, qu'on parle d'elle dans la presse. C'est la faveur que je vous demande. Moi, j'ai déjà donné, et un article de plus ou de moins dans les magazines ne change pas grand-chose pour moi. Mais pour elle, c'est différent. Il paraît qu'elle va bientôt se marier.

– Je vois. Je ferai tout mon possible. Vous avez son adresse ?

– Elle est dans l'annuaire. Je vous la cherche.

Il eut le nom, l'adresse et le numéro de téléphone.

– Merci. Je dirai à l'inspecteur principal Chen combien vous nous avez aidés.

– Saluez-le de ma part.

– Je n'y manquerai pas. Au revoir.

Au pied de l'escalier, Yu se retourna et la vit, pieds nus, sur le palier. Mais elle n'était pas tournée vers lui. Elle regardait l'horizon au-delà des toits multicolores.

Une femme charmante, même si sa philosophie de la vie le dépassait. C'est peut-être le prix à payer pour un artiste, se dit l'inspecteur Yu. Être différent. Exactement comme l'inspecteur principal Chen – un flic compétent néanmoins.

Pour Wu Xiaoming, en revanche, c'était plus que de la différence.

Yu décida de se rendre immédiatement chez Ning Jing. Ça n'allait être ni agréable ni facile.

Jiang Weihe s'était montrée coopérative, mais seulement sous la pression combinée du « dur et du mou ». La menace de révéler l'identité de la femme nue du magazine, et le message de Chen. Mais avec Ning, l'inspecteur Yu n'avait rien à utiliser. Rien que le bref commentaire de Jiang qui, quoi qu'elle en dise, aurait bien pu abriter une rancune personnelle contre Ning. Sa seule carte était donc le bluff, une des tactiques efficaces pour faire parler un témoin potentiel, notamment dans l'éventualité d'un « scandale rose ». Un coup de téléphone de la police de Shanghai à son unité de travail suffirait à déclencher la rumeur, on la montrerait du doigt, on hocherait la tête sur son passage, on lui cracherait dans le dos. Nul besoin d'une enquête officielle pour la rendre suspecte.

L'appartement de Ning se trouvait dans la rue de Xikang près de *La Porte de la joie*, un night-club réhabilité qui avait rouvert.

Yu sonna et une jeune femme apparut.

– Qu'est-ce que vous voulez ?

Ning portait un T-shirt blanc trois fois trop grand qui couvrait presque complètement son short. C'était difficile de deviner son âge. Elle était habillée comme une adolescente, ou alors trop à la mode pour Yu. Elle avait de grands yeux noirs et un nez droit ; ses cheveux étaient noués avec un foulard. Ses lèvres pleines étaient humides, sensuelles, un rien impudiques.

– Je suis l'inspecteur Yu Guangming, de la police de Shanghai. J'ai besoin de vous poser quelques questions.

– Qu'est-ce que j'ai fait ?

– Il ne s'agit pas de vous, mais de quelqu'un que vous connaissez.

– Montrez-moi votre carte. J'allais sortir.

– Ce ne sera pas long. (Il sortit sa carte.) Votre aide nous serait précieuse.

– D'accord, entrez.

C'était un petit appartement confortable, mais mal tenu. Un dessus-de-lit froissé traînait sur le lit défait. Sur la table il y avait un cendrier vide, sale. Pas de tableaux aux murs, mais une quantité de photos de voitures et de stars de cinéma découpées dans des magazines et collées avec du papier adhésif. Deux paires de chaussures pointaient sous le lit. Jiang et Ning avaient quelque chose en commun. Un appartement pour elles toutes seules. Elle s'assit dans un fauteuil en rotin.

– Qu'est-ce que vous voulez de moi ?

– Quelques réponses à propos de Wu Xiaoming.

– Wu Xiaoming... pourquoi moi ?

– Vous êtes sa petite amie, exact ?

– Non. Il a seulement pris quelques photos de moi. Pour son magazine.

– Vraiment ?

– Oui, c'est tout.

– Alors vous ne devez pas avoir peur de répondre à mes questions. Tout ce que vous direz restera entre nous.

– Qu'est-ce que ça signifie, camarade inspecteur ?

– Wu est impliqué dans une affaire de meurtre.

– Ciel ! Comment ça ?

Ses yeux noirs étaient devenus encore plus grands.

– Nous ne savons pas encore tout. C'est pourquoi nous avons besoin de votre aide.

– Mais je ne peux pas vous aider. Je le connais à peine.

– Vous pouvez refuser de coopérer, mais alors nous devrons nous rendre à votre unité de travail. École primaire de Huanpu, c'est bien ça ?

– Allez-y si vous voulez. C'est tout ce que j'ai à dire.

Elle se leva en indiquant la porte à Yu.

Elle commençait à lui taper sur les nerfs avec son attitude sacrément hostile. Et il n'aimait pas la façon dont il avait mené la conversation. Il y avait un objet dur entre lui et le siège du fauteuil qui le mettait encore plus mal à l'aise face à elle.

– J'ai peur qu'il y ait plus que ça. Je ne parle pas de vos photos dans des magazines, mais de celles qui sont dans son album. Vous les connaissez sûrement mieux que moi.

– De quoi parlez-vous ? (Elle flanchait, mais elle le cachait bien.) Montrez-les-moi.

– Nous les montrerons à votre directeur, chacune d'elles. Elles ne sont vraiment pas correctes pour une institutrice. Et beaucoup d'autres personnes les verront aussi.

– Vous n'avez pas le droit.

– Si, nous avons tous les droits. Nous sommes dans la Chine socialiste. Les autorités du Parti appellent à combattre la décadence bourgeoise occidentale. Ces photos seront un bon exemple.

– Vous ne feriez pas ça !

– Nous pouvons en faire ce que nous voulons, elles constituent un indice dans une enquête criminelle. Nous avons aussi un témoin prêt à témoigner de votre relation avec Wu. Puisque vous entravez nos recherches, nous n'avons pas le choix.

Elle s'était assise complètement raide sur le bord du canapé, les genoux serrés. Elle n'était pas seulement toute rouge. Malgré ses efforts pour se contrôler, la sueur perlait à la racine de ses cheveux. D'une voix tremblante où perçait la panique, elle finit par demander :

– Qu'est-ce que je dois faire ?
– Tout nous dire sur votre relation avec Wu, avec tous les détails, comme dans un roman.

Il sentit le sarcasme dans sa propre voix. Inutile de trop la torturer, se dit-il.

– Par où je commence ?
– Par le commencement.
– C'était il y a un an à peu près. Wu s'est présenté comme photographe de *L'Étoile rouge*. Il a demandé s'il pouvait me photographier, il a dit que j'avais un visage typique de professeur et qu'il préparait un projet pour *Gens du peuple*.
– Un visage typique de professeur ?
– Ce n'est pas très flatteur, mais il savait s'y prendre pour vous accrocher.
– Les photos ont été publiées ?
– Oui, mais en réalité il ne s'intéressait pas beaucoup à leur publication, il me l'a dit plus tard. Il voulait seulement me connaître.
– Toujours le même sale piège. Et tout le monde tombait dedans.
– Mais il avait du talent et il a tenu parole. Les photos dans *Gens du peuple* m'ont aidée professionnellement. Nous avons fait plus ample connaissance.
– Et c'est devenu une liaison ?
– Nous avons commencé à nous fréquenter.
– Vous ne saviez pas qu'il était marié ?
– Pas au début, mais il n'a pas essayé de le cacher. A notre troisième ou quatrième rencontre, il m'a parlé de son mariage et m'a dit qu'il n'était pas heureux. Forcément, avec sa femme malade, neurasthénique. Il disait que ce qui comptait le plus c'était le temps que nous passions ensemble. Je croyais que nous finirions par trouver un moyen.
– C'est lui qui a pris l'initiative de votre relation sexuelle ?

– Je dois répondre à cette question ? dit-elle en se tordant les doigts.

– Oui. Si vous répondez maintenant, vous éviterez beaucoup de désagréments.

– Eh bien, il m'a invitée à une soirée chez lui, et ensuite il m'a demandé de rester un moment. J'ai accepté. J'étais un peu soûle.

– Il a profité de vous alors que vous étiez soûle.

– Non, il ne m'a pas forcée.

Elle avait la tête baissée et se tordait les mains de désespoir.

– J'étais consentante, j'espérais que tôt ou tard il changerait d'avis.

– Qu'il changerait d'avis ?

– Oui, j'espérais qu'il voudrait m'épouser et qu'il divorcerait.

– Combien de temps êtes-vous restés ensemble ?

– Quelques mois.

– Vous étiez heureuse… avec lui ?

– Au début, oui, quand tout allait bien.

– Vous vous voyiez souvent ?

– Deux ou trois fois par semaine.

– C'était quel genre d'homme ? Sur le plan sexuel, je veux dire.

La question la choqua. Elle tira sur l'ourlet de son T-shirt pour répondre dans un murmure :

– Normal.

– Vous n'aviez pas peur de tomber enceinte ?

– Si, mais je faisais toujours attention.

– Alors pourquoi avez-vous rompu ?

– Il ne voulait pas divorcer.

– Vous en avez discuté avec lui ?

– Oui. Ça n'a servi à rien.

– Vous auriez pu le poursuivre, vous adresser à son unité de travail.

– A quoi bon ? dit-elle tandis qu'une larme glissait sur

sa joue. Avec la famille qu'il a, qui m'aurait écoutée ? En plus, j'étais moi-même l'intruse.

– Alors vous l'avez laissé s'en tirer comme ça ?

– J'ai discuté avec lui, et il a fait une chose horrible. Ces photos – vous les avez vues, n'est-ce pas ? Il a menacé de les montrer partout si je continuais à le harceler.

– Salaud d'ECS !

Yu se leva, il regarda par-dessus la tête de Ning le ciel gris et sinistre, tira une cigarette de sa poche et l'alluma, puis se rassit.

– Mais comment avez-vous pu le laisser prendre ces photos ?

– J'avais posé pour lui dans le cadre professionnel, sanglota-t-elle. Ensuite je lui ai permis de prendre des photos plus intimes… Il avait sa chambre noire et son matériel, je ne m'inquiétais pas. Mais ces horribles photos où je suis nue, il les a prises pendant que je dormais. Et il a posé lui-même sur moi sans que je le sache.

– Je comprends.

Donc les photos ne montraient pas seulement Ning mais elle et Wu ensemble. Yu avait besoin de temps pour réfléchir à cette nouvelle donnée. Visiblement, Wu avait un but quand il prenait et conservait les photos : se débarrasser d'une femme quand il n'avait plus envie d'elle.

– Et ç'a été la fin de votre liaison ?

– Oui. Il n'a plus jamais donné signe de vie.

– Une dernière question : Wu Xiaoming voyait-il quelqu'un d'autre quand vous vous êtes séparés ?

– Je n'en étais pas sûre, mais il y avait d'autres femmes à ses soirées.

– Est-ce que vous en avez rencontré une qui s'appelait Guan Hongying ?

– Non. Guan Hongying… ce n'est pas la travailleuse modèle de la nation ?

Yu tira de sa poche une photo de Guan.

– Vous la reconnaissez ?

– Oui, il me semble. Je ne l'ai vue qu'une fois chez Wu. Je me souviens d'elle parce qu'elle s'est collée à lui toute la soirée, mais je ne connaissais pas son nom. Il ne l'a présentée à personne.

– Ça ne m'étonne pas. Vous savez autre chose sur elle ?

– Non, c'est tout.

Elle fouilla dans son sac et trouva un mouchoir.

– Faites-moi signe si un détail vous revient, camarade Ning.

– D'accord. Vous n'en parlerez à personne ?

– Je ferai de mon mieux.

Elle l'accompagna à la porte, le visage sali de larmes, la tête basse, plus du tout l'adversaire hostile qu'elle était une heure plus tôt, les mains tirant nerveusement le bas de son T-shirt immense.

L'inspecteur Yu avait réussi à la bluffer et à obtenir des informations qu'il n'attendait pas. Mais il n'était pas heureux. Ning était une victime, elle aussi.

Il se mit en route pour rentrer chez lui à pied. Un long trajet. Les nouveaux éléments, au lieu de simplifier le puzzle, semblaient ne le rendre que plus complexe.

Quel monstre d'ECS ! Tant de femmes dans sa vie. Même dans les moments les plus intimes, Wu n'avait pas oublié de prendre des photos horribles pour s'en servir plus tard. Mais à quoi ça rimait de séduire tant de femmes s'il n'y avait aucun avenir avec aucune d'elles ? A quoi ?

Il n'y avait eu qu'une seule femme dans la vie de Yu, Peiqin. Mais c'était un homme heureux précisément pour ça.

Y avait-il une femme dans la vie de l'inspecteur principal Chen ? D'après Jiang, il y en avait eu une – à Pékin. Mais on disait que depuis quelque temps on voyait souvent une femme avec lui. D'après le comité de logement, il n'y avait personne. Autrement, Chen aurait certainement essayé de le faire valoir quand il avait fait sa demande d'appartement.

Même Jiang semblait avoir un faible pour l'inspecteur principal. En tout cas, elle avait brusquement changé d'attitude à cause de son petit mot. Que Chen l'ait reconnue sur la photo intriguait aussi beaucoup Yu. Elle ne montrait que son dos nu. Était-ce le grain de beauté sur la nuque qui l'avait trahie ?

Pouvait-il y avoir quelque chose entre eux ? Yu souhaita immédiatement se tromper. Il considérait maintenant Chen comme un ami. Il était temps que Chen se fixe, mais pas avec une femme aussi moderne que Jiang.

24

C'était le cinquième jour de l'inspecteur principal Chen à Canton. A son réveil, il avait trouvé une note sur la table de nuit. Juste une adresse avec quelques mots au-dessous.

Xie Rong, 60, rue de Xinhe, appartement 543.

Vous l'y trouverez. Très bonne journée.

Ouyang

La rue de Xinhe n'était pas une des artères principales. Chen passa devant un hammam peu reluisant, à l'entrée duquel se tenait une fille à la mine de papier mâché, puis devant un café prétentieux avec plusieurs ordinateurs sur des tables recouvertes d'une plaque de verre, et une pancarte indiquant E-MAILS. Il atteignit l'adresse en question.

Le bâtiment, vétuste et délabré, n'était ni un immeuble de bureau ni une résidence. Pourtant, un portier assis au bureau de l'entrée triait le courrier. Il regarda Chen par-dessus ses lunettes. Quand celui-ci lui montra le papier, il pointa le doigt vers l'ascenseur.

Chen attendit près de dix minutes avant que l'ascenseur donne le moindre signe de mouvement. Il s'apprêtait à monter à pied lorsque l'engin arriva avec un bruit sourd. Il paraissait encore plus vieux que le bâtiment, mais il le hissa jusqu'au quatrième et s'arrêta avec un petit sursaut.

Quand il ouvrit la porte grinçante, il eut l'étrange sensation d'entrer dans un vieux film des années trente, *La Chanteuse*. Il y avait un couloir étroit qui sentait le cigare froid, et plusieurs portes fermées, suspectes, comme si le général Yan du film, encore enveloppé de son pyjama en soie rouge, allait jaillir d'une porte pour demander un bouquet de roses à une marchande de fleurs. La marchande était interprétée par Zhou Xuan, éblouissante en ce temps-là.

L'inspecteur principal Chen frappa à la porte 543. Une voix jeune demanda :

– Qui est là ?

– Chen Cao, l'ami de monsieur Ouyang.

– Entrez. C'est ouvert.

Il entra dans une pièce avec un rideau de velours à demi tiré. Elle contenait peu de meubles : un lit à deux places, une grande glace au mur juste au-dessus de la tête de lit, un canapé recouvert de serviettes-éponges, une table de nuit et deux fauteuils.

Soutenue par des coussins, une jeune fille était étendue sur le canapé et lisait un livre de poche. Elle portait un peignoir à rayures bleues qui laissait voir presque entièrement ses cuisses ; ses pieds nus se balançaient par-dessus l'accoudoir. Sur la table basse, il y avait un cendrier de cristal avec des mégots teintés de rouge à lèvres.

– Alors vous êtes Chen Cao.

– Oui. Ouyang vous a parlé de moi ?

– Bien sûr, il m'a dit que vous étiez spécial, mais il est un peu tôt pour moi, je le crains, dit-elle en se mettant en position assise. Je m'appelle Xie Rong.

Elle se leva, pas du tout embarrassée, et rajusta son peignoir.

– J'aurais dû téléphoner d'abord, mais…

– Ce n'est rien. Un client distingué est toujours le bienvenu.

– Je ne sais pas ce que vous a dit Ouyang, mais nous devons parler.

– Asseyez-vous.

Elle lui indiqua le fauteuil près du lit. Il hésita avant de s'asseoir. La pièce sentait l'alcool fort, la fumée de cigarettes, les produits de beauté bon marché et une vague odeur de corps.

Pieds nus, elle alla se servir du café dans une cafetière électronique et lui offrit une tasse sur un plateau laqué de Fuzhou.

– Merci.

L'inspecteur principal Chen se rendit compte qu'il était dans une situation à laquelle il ne s'était pas attendu. C'était sans doute pour ça qu'Ouyang lui avait laissé l'adresse sans explication. Un poète à la recherche d'une jeune fille dans une grande ville avait dû lui paraître d'un « romantisme » suspect, assez pour qu'il lui fasse rencontrer cette fille dans un envol d'imagination digne d'un best-seller. Inutile d'en vouloir à Ouyang, il avait cru bien faire.

– Alors allons-y.

Elle grimpa sur le lit, s'assit les bras croisés sur les genoux, et l'examina avec attention dans une attitude qui faisait penser à un chat birman. L'association d'idées n'avait rien de repoussant. D'une certaine manière, elle lui rappelait quelqu'un.

– C'est la première fois, hein ? fit-elle en se méprenant sur son silence. Pas d'affolement.

– Non, je suis venu pour…

– Et si vous vous détendiez d'abord ? Un massage japonais – un massage avec les pieds – pour commencer ?

– Un massage avec les pieds… répéta-t-il.

Il en était question dans un roman japonais qu'il avait lu. Peut-être un roman de Mishima. Une sorte d'expérience existentielle, bien qu'il n'ait jamais aimé Mishima. Il était tenté. Il ne reviendrait probablement jamais. Il ne savait pas s'il franchissait la limite qu'il s'était fixée. Mais il était trop tard pour reculer, à moins de sortir sa carte et de l'interroger.

Mais est-ce que ça marcherait ? Pour Xie Rong, comme pour tout Chinois ordinaire, des ECS tels que Wu Xiaoming menaient une existence bien au-dessus de la sienne. Et au-dessus des lois. Vraisemblablement, elle n'oserait rien dire contre Wu. Si elle refusait de répondre à ses questions, l'inspecteur principal Chen ne pourrait pas faire grand-chose à Canton. Au cours des derniers jours, il avait appris une chose : il ne pouvait pas compter sur ses collègues locaux.

– Pourquoi pas ? dit-il en sortant quelques billets.

– Quel pourboire généreux ! Posez-le sur la table de nuit. Allons dans la salle de bains.

– Non. Je prendrai ma douche tout seul.

Il essayait encore de tracer une frontière. Elle dit avec désinvolture :

– Comme vous voudrez. Vous êtes vraiment un original.

Elle dégringola du lit, s'agenouilla aux pieds de Chen et se mit à délacer ses chaussures.

– Non, protesta-t-il encore, tout gêné.

– Il faut enlever vos chaussures. C'est la moindre des politesses.

Avant qu'il puisse dire ou faire quelque chose, elle voulut déboutonner sa chemise. En sentant son haleine chaude sur son épaule, il eut un mouvement de recul. Elle décrocha un peignoir derrière la porte et le lui lança. Il se précipita dans la salle de bains, encore habillé, le peignoir sur les épaules, en se disant qu'il devait ressembler à un personnage de film.

La salle de bains n'était pas plus grande que celle de la Maison des écrivains ; elle contenait un bac ovale carrelé avec une pomme de douche orientable, et une grande serviette sur un porte-serviettes en inox. Une glace était pendue au-dessus d'un lavabo en porcelaine fendu. Un vieux tapis était posé devant. Mais l'eau chaude ne manquait pas.

Il avait accepté sa proposition parce qu'il avait besoin de temps pour réfléchir. Avec quelques idées en tête, vaguement formées dans la vapeur de la douche, il émergea vêtu du vieux peignoir en flanelle ; la ceinture effilochée frottait sur ses jambes nues.

Elle attendait sur le lit, les jambes croisées, en se mettant du vernis rouge vif sur les orteils. La lumière filtrait par la fenêtre et tombait sur le dessus-de-lit blanc. Puis elle tendit les jambes devant elle, plia les orteils avec ravissement, leva un pied par-dessus l'autre, agita les orteils dans sa direction et éclata de rire.

– Ah, nettement mieux.

Il y avait une petite affiche de fille en bikini au-dessus du lit, et au-dessous, en gros caractères : LE TEMPS C'EST DE L'ARGENT ! un nouveau slogan politique qu'il avait vu à Canton.

– Enlevez votre peignoir, dit-elle.

D'une main sûre, elle mit la touche finale à son vernis. Elle ferma soigneusement le flacon et le posa sur la table de nuit. A la surprise de Chen, elle s'étendit sur le dos et remua les pieds en l'air comme pour un ballet nautique. Ses ongles rouges décrivaient des arcs de cercle.

– Il le faut ?

– Il faut que je vous aide ?

Il fut sidéré de la voir se lever d'un bond pour l'aider à enlever son peignoir. Heureusement, il avait remis son caleçon. Elle l'entraîna sur le lit, et le retourna sur le ventre. Il fut très troublé quand il s'aperçut qu'elle aussi était montée sur le lit.

Elle posa les deux mains sur une barre d'acier suspendue au plafond. En retenant son poids par les bras comme une gymnaste, elle se mit à lui masser le dos avec les orteils.

Ce fut une expérience bizarre. Les deux ou trois premières minutes, il transpira d'angoisse. Elle pouvait à tout instant écraser son dos nu, cet assemblage complexe de vertèbres, de disques, de ligaments et de nerfs. Mais bientôt il se sentit partagé entre différentes impressions. Les orteils et les talons nus qui appuyaient sur lui provoquaient des sensations de glace et de feu sur tout son corps. En réalité, l'angoisse accentuait son plaisir.

Elle avait dû suivre une formation professionnelle. Ses orteils se concentraient sur les points stratégiques, chassaient les nœuds de son dos et réduisaient la tension de son corps. Il n'était plus aussi inquiet. Ni pour l'enquête, ni pour la politique qui entrait en jeu, ni pour son budget.

– Vous me donnez chaud aux pieds.

Elle avait terminé, le visage rougi par l'effort, le front couvert de sueur.

– Merveilleux, dit-il.

– C'est un bon exercice pour moi aussi.

– Pour moi, c'est la première fois.

Sa main effleura la ceinture de son peignoir.

– Et maintenant, le service complet ?

C'était une chose qu'il ne pouvait pas faire. Il y avait une ligne à ne pas franchir. Il était temps de sortir sa carte. L'inspecteur principal Chen devait arrêter Xie Rong pour prostitution. Mais alors, qu'en serait-il du professeur ? Il lui avait donné sa parole. Pour la vieille intellectuelle qui avait déjà beaucoup souffert, ce serait un coup terrible d'apprendre ce qu'était devenue sa fille. Son nouvel ami Ouyang serait également incriminé. Chen n'était pas sûr non plus que ses collègues de Canton l'aideraient dans son enquête une fois Xie Rong arrêtée. Il ne pensait pas pouvoir passer un accord avec eux en échange de ses informations à propos de Wu Xiaoming. Afin qu'elle ne soupçonne rien, il lui parla davantage en client :

– Vous êtes toute en sueur. Prenez une bonne douche. Je vais fermer les yeux cinq minutes.

– En effet, rien ne vaut un petit somme. Je reviens dans un quart d'heure.

Dès qu'elle eut disparu il sortit un mini-magnéto de son porte-documents et le glissa sous l'oreiller. Il renfila sa chemise et la boutonna un peu avant de fermer les yeux pour un court instant. Il s'assoupit malgré lui. Quand il fut réveillé par le bruit de la porte de la salle de bains, il mit quelques secondes à comprendre où il se trouvait.

Elle sortit de la salle de bains, nue sous une grande serviette. Elle s'examina dans la glace ; à la lumière du néon, des gouttes d'eau sur sa peau rendaient son visage opalescent. Mince et fine, elle avait l'air d'une écolière dans un vestiaire, mais avec une large tache de poils noirs au bas du ventre. Elle vit dans le miroir qu'il la regardait. Elle sursauta et se couvrit les hanches, puis elle secoua ses cheveux mouillés et le regarda longuement à son tour.

Elle s'avança vers le lit. Il sentit le savon sur sa peau encore humide. Propre, fraîche. Son corps rayonnait.

– Vous êtes spécial.

Sa présence était si forte qu'il lui fallut toute sa volonté pour l'empêcher de la toucher.

– Parlons un peu, dit-il.

Elle posa un doigt sur sa bouche.
– Ce n'est pas la peine.
– Nous ne nous connaissons pas encore.
– Nous n'avons pas déjà assez parlé ? A moins que vous vouliez parler d'argent.
– Eh bien…
– Monsieur Ouyang a payé pour toute une journée et vous m'avez donné un joli pourboire. Vous pouvez donc avoir toute la journée et la nuit. Ne vous en faites pas. Si vous voulez m'inviter à dîner après…
Il se leva résolument. Ce n'étaient pas seulement les années d'étude du Manuel de morale de la police du peuple qui avaient immunisé Chen contre une telle provocation.
– Je veux vous parler d'autre chose.
– Quoi ?
– Je suis un flic. Je suis ici pour vous poser des questions.
Il sortit sa carte.
– Fumier !
Elle mit une main sur ses seins et l'autre sur son pubis.
Il trouva cette tentative de pudeur absurde, comme si le fait qu'il était flic avait changé aussi son identité à elle.
– Vous n'aurez aucun ennui si vous coopérez. Je vous en donne ma parole.
– Alors pourquoi vous ne l'avez pas dit tout de suite ?
– Je ne m'attendais pas à vous voir comme ça, en arrivant. Ouyang m'avait seulement dit que vous étiez celle que je cherchais. J'ai été surpris, et vous ne m'avez pas laissé une chance de parler. Mettez votre peignoir avant de prendre froid.
Elle prit le peignoir qu'il lui tendait.
– Je ne vous fais pas confiance. Pourquoi je devrais coopérer ?

– Je peux vous faire arrêter, dit-il en sortant le magnéto de sous l'oreiller. Quand vous serez en prison, vous serez bien obligée de parler, mais ce n'est pas ce que je veux.

– Espèce de faux jeton.

– Je suis officier de police.

– Alors pourquoi ne pas m'arrêter ?

– Ouyang est mon ami. En plus…

– Pourquoi vous avez menti à Ouyang en disant que vous étiez poète ?

– Je n'ai pas menti. Je suis poète.

Il lui fallut un certain temps pour trouver sa carte de l'Union des écrivains dans son portefeuille.

– Alors qu'est-ce que vous attendez de moi ?

– Quelques réponses.

– Vous êtes horrible. Alors que j'étais prête…

Elle s'effondra, sanglotant de peur et d'humiliation.

Il avait pris le dessus grâce à la révélation de son identité. Mais la scène restait extrêmement théâtrale. Lui avec sa chemise à moitié boutonnée et son caleçon ; elle, en peignoir. Il était ému de la savoir nue en dessous, douce et ronde là où il fallait. Le contact de ses orteils était encore tout frais dans sa mémoire. Il suggéra :

– Allons au restaurant. J'ai faim.

– Quoi ?

– Vous avez parlé de dîner après.

– Pourquoi ? Encore un de vos sales tours ?

– Je veux seulement vous inviter à déjeuner. Si nous allions à l'*Hôtel du Cygne blanc* ? Ouyang m'a dit que c'est tranquille.

Il avait économisé suffisamment pour pouvoir faire ce geste, grâce à Ouyang qui l'avait si souvent invité.

– Pourquoi on ne reste pas ici ?

– Écoutez, je suis un flic, mais je suis aussi un homme. Si je reste ici avec vous, je ne pourrai pas me concentrer. Il faut que nous ayons une vraie conversation.

– D'accord, si c'est ce que vous voulez.

Elle se leva et entra dans la salle de bains sans fermer la porte. Son peignoir tomba en tas à ses pieds, ses seins et ses hanches apparurent dans le miroir. Il se tourna vers la fenêtre.

Elle revint vêtue d'une robe d'été blanche et jeta un petit sac sur son épaule. Elle ne portait pas de soutien-gorge et le bout de ses seins s'imprimait presque sur sa robe. Il pensa lui demander de mettre autre chose, mais il ouvrit la porte pour la laisser sortir.

Dans la rue, il remarqua qu'elle regardait tout le temps derrière elle comme pour s'assurer qu'ils n'étaient pas suivis. Il y avait en effet un homme qui marchait loin derrière eux, mais Chen ne voyait pas pourquoi il les aurait surveillés.

L'*Hôtel du Cygne blanc* était une construction nouvelle sur la côte sud-est de l'île de Shamian. C'était une immense tour blanche qui semblait avoir été transplantée de Hong Kong à travers la mer. Une cascade éblouissante ornait le hall. Plusieurs restaurants de style occidental étaient situés dans l'aile est, et le restaurant chinois se cachait derrière la cascade. Une hôtesse élancée souriait à l'entrée.

Il n'avait pas l'intention de faire des folies, mais il se sentait obligé de dépenser de l'argent. Il n'aimait pas penser qu'Ouyang payait tout, y compris le « service » de Xie Rong. Et il devait reconnaître que le massage dit des pieds avait été une expérience mémorable.

Ils choisirent un salon particulier – le salon du Sampan. C'était une pièce confortable en forme d'habitacle de sampan sur la rivière des Perles, et décorée de même. La table et les chaises étaient en cèdre brut, comme il en avait vu dans les vieux films en noir et blanc. Le tapis rouge et moelleux était la seule différence, mais il était nécessaire pour donner au client une impression de luxe. Ils pouvaient parler sans crainte des oreilles indiscrètes.

Une jeune serveuse arriva pieds nus. Elle portait une blouse indigo tissée à la main, une minijupe, et des bracelets de cheville en argent qui tintaient, exactement comme une pêcheuse des provinces du sud, mais elle apportait le menu.

Chen le tendit à Xie. Elle le surprit en optant pour plusieurs plats bon marché et en refusant une des spécialités du chef recommandées par la serveuse, du pigeon au fumet de poisson.

– Non, c'est trop cher.

– Quelque chose à boire ?

– De l'eau pour moi.

– Bien, alors nous prendrons deux bières glacées.

– Vous ne devriez pas. Ici ils font payer les boissons trois ou quatre fois ce qu'il faudrait, ajouta-t-elle après le départ de la serveuse.

Elle se comportait presque comme une épouse vertueuse qui cherche à économiser chaque fen. Tant mieux. L'inspecteur principal Chen commençait à se tracasser pour ses finances.

– Je pensais que vous m'emmèneriez au commissariat.

– Pourquoi ?

– Vous le ferez peut-être. Tôt ou tard.

Elle chercha dans son sac de cuir, en tira une cigarette, mais ne l'alluma pas tout de suite.

– Non. Quoi que vous fassiez, ce ne sont pas mes affaires… pas ici. Mais je ne pense pas que ce soit une bonne idée de rester… dans cette profession.

– Vous êtes très délicat. Je n'aime pas ce que vous faites non plus, mais pas au point de ne pas déjeuner avec vous.

Elle leva son verre en souriant et se détendit à mesure que les plats arrivaient. Le restaurant était connu des Cantonais pour son excellente cuisine.

Alors qu'ils essayaient d'attraper tous les deux un gros pétoncle sur un lit de haricots verts, leurs baguettes se croisèrent.

– Je vous en prie, prenez-le, dit-elle.

– Il est à vous, vous avez beaucoup travaillé.

Le pétoncle ressemblait à son gros orteil. Blanc, moelleux, rond.

Elle mangeait de bon appétit et termina quatre crêpes au canard rôti et à la ciboule, un bol de raviolis aux crevettes, et presque toute la portion de tripes de bœuf. Lui même ne mangeait pas beaucoup mais lui servait des morceaux et dégustait sa Tsingtao.

– Vous mangez toujours aussi peu ?

– Je n'ai pas faim, dit il craignant qu'il n'y ait pas assez pour deux.

– Vous êtes très romantique.

– Vraiment ?

C'était un compliment étrange pour un officier de police.

Quelque chose toucha son genou sous la table et se mit à monter ; il comprit que c'était son pied nu. Elle avait ôté ses chaussures. Il lui attrapa la jambe à la cheville et sa main devint un bracelet, il le fit descendre. La forme de son petit orteil qui se pliait avec les autres le bouleversa d'une manière incompréhensible. Il reposa doucement son pied.

Confucius a dit : *Manger et s'accoupler sont dans la nature humaine.*

– Vous voulez un dessert spécial ? demanda-t-il.

– Non, merci.

Ils partagèrent des tranches de mandarine et du thé au jasmin offerts par la maison.

– Maintenant que je suis rassasiée, vous pouvez me

poser vos questions. Mais dites-moi d'abord comment vous m'avez trouvée ici.

– J'ai vu votre mère. Elle n'a aucune idée de ce que vous faites à Canton. Elle est très inquiète.

– Elle s'est toujours inquiétée, toute sa vie, pour une chose ou pour une autre.

– Je crois qu'elle est déçue que vous n'ayez pas suivi la même voie qu'elle.

– Sa voie ? Cher camarade inspecteur principal, comment pouvez-vous mener des enquêtes sans voir les changements de la société ? Qui s'intéresse encore à la littérature ?

– Moi, par exemple. En fait, j'ai même lu un recueil de ses essais.

– Je ne parle pas de vous. Vous êtes un original, comme a dit Vieil Ouyang.

– Encore un faux compliment ?

– Non, je le pense. Quant à ma mère, je l'adore. Elle n'a pas eu une vie facile. Elle a passé son diplôme aux États-Unis. Et qu'est-ce qui lui est arrivé au début des années cinquante ? Elle a été déclarée droitière, et dix ans plus tard contre-révolutionnaire. Elle n'a eu le droit d'enseigner de nouveau qu'après la Révolution culturelle.

– Mais elle enseigne dans une université prestigieuse.

– Vous savez ce qu'elle peut gagner par mois en tant que titulaire d'une chaire à l'université Fudan ? Moins que ce que je gagnais en une semaine quand j'étais guide.

– L'argent n'est pas tout. Sans un coup du hasard, j'aurais pu moi aussi étudier la littérature comparée.

– Remercions le ciel pour ce coup, quel qu'il ait été.

– La vie peut être injuste, particulièrement pour la génération de votre mère, mais nous avons des raisons de croire que tout ira mieux à l'avenir.

– Pour vous, peut-être, camarade inspecteur principal. Et merci pour votre discours politique. Je crois qu'il est temps de me poser vos questions.

– Certaines risquent d'être difficiles. Mais tout ce que vous direz restera confidentiel. Je vous le promets.

– Après le déjeuner que vous venez de m'offrir, je vous dirai ce que je sais.

– Vous avez été guide avant de venir à Canton.

– Oui. J'ai arrêté il y a quelques mois.

– Au cours d'un voyage dans les Montagnes jaunes, vous avez fait la connaissance d'un certain Wu Xiaoming ?

– Wu Xiaoming ? Ah oui, je m'en souviens.

– Il était accompagné d'une petite amie, n'est-ce pas ?

– Oui, mais au début je ne le savais pas.

– Quand l'avez-vous su ?

– Le deuxième ou troisième jour. Mais pourquoi ? Qu'est-ce qui me vaut votre voyage à Canton ?

– Elle a été assassinée le mois dernier.

– Quoi ?

Il tira une photo de son porte-documents. Elle la prit et ses doigts tremblaient.

– C'est elle.

– C'était Guan Hongying, une travailleuse modèle de la nation, et Wu Xiaoming est notre suspect. Donc ce que vous savez sur eux peut être très important.

– Avant de dire quoi que ce soit, dit-elle en regardant dans le verre qu'elle tenait puis en levant les yeux sur Chen, je veux que vous répondiez à une question. Vous savez qui est Wu ?

– Bien entendu.

– Alors pourquoi voulez-vous poursuivre l'enquête ?

– C'est mon métier.

– Allons donc, il y a beaucoup de policiers en Chine. Vous n'êtes pas le seul. Pourquoi être aussi consciencieux ?

– Je suis un flic romantique, vous l'avez dit vous-même. Je crois à la justice. La justice poétique, si vous voulez l'appeler comme ça.

– Vous pensez pouvoir le faire tomber ?

– Nous avons de bonnes chances. C'est pour ça que nous avons besoin de votre coopération.

– Oh, fit-elle doucement, vous êtes vraiment spécial. Pas étonnant que Vieil Ouyang vous aime tant. Maintenant que vous avez répondu à mes questions, je vais répondre aux vôtres.

– Quelle a été la première impression qu'ils vous ont faite ?

– Je ne me rappelle pas précisément, mais une des premières choses que j'ai remarquées c'est qu'ils avaient donné de faux noms.

– Comment l'avez-vous compris ?

– Wu a fait la réservation pour les deux à notre agence. Il a dû faire une correction dans sa signature. Personne ne fait de faute dans sa propre signature.

– Vous êtes très observatrice.

– En plus, ils se sont inscrits en tant que couple et ont demandé une chambre pour deux, mais au lieu de montrer leur certificat de mariage, ils m'ont donné une attestation sur un papier à en-tête. Normalement, ce serait bien plus simple de montrer le certificat.

– Je vois. Vous avez parlé de vos soupçons à votre chef ?

– Non, ce n'était qu'une idée qui m'avait traversé l'esprit. A la montagne, j'ai remarqué autre chose.

– Quoi donc ?

– Il me semble bien que c'était le surlendemain de notre arrivée. Il faisait un temps magnifique et tout le monde était dehors pour en profiter. Je suis passée devant leur chambre. A travers les persiennes j'ai vu comme une succession de flashes. J'étais intriguée – et je me sentais aussi un peu responsable. Alors j'ai regardé à l'intérieur. J'ai été choquée de voir Guan poser nue, à quatre pattes, les jambes écartées, le front sur les avant-bras par terre, comme un chien qui se couche. Il la photographiait. Pourquoi est-ce qu'un couple marié viendrait dans une chambre d'hôtel à la montagne pour prendre ces photos ?

– Hmm, bien vu. Vous leur avez parlé ?

– Bien sûr que non. Mais ensuite Wu m'a approchée.

– Comment ?

– En professionnel, naturellement. Il m'a montré le matériel perfectionné qu'il transportait dans son sac. Des appareils d'importation. Très chers. Il avait aussi un album qui contenait des photos à épingler au mur, de jolies femmes, y compris une actrice célèbre, des mannequins, et des pages de magazines connus. Il m'a dit qu'il était un photographe professionnel très recherché. Ces femmes voulaient toutes être photographiées par lui. Et il m'a proposé de prendre des photos de moi.

– Et vous avez accepté ?

– Non, pas au début. La vue de Guan accroupie comme un chien qui rampe m'avait rendue malade. Je n'aimais pas non plus l'idée de poser pour un inconnu.

– Vous avez eu raison, on n'est jamais trop prudent de nos jours. Qu'est-ce qu'il a fait ensuite ?

– Il m'a montré sa carte. C'est là que j'ai appris qui il était, son vrai nom. Naturellement, il m'a parlé de sa famille. Je lui ai demandé pourquoi il avait choisi une rien du tout comme moi. Il m'a dit qu'il voyait en moi ce qu'il n'avait encore jamais vu. L'innocence perdue, ou un truc dans ce goût-là. Avec ses photos, il pouvait me présenter à des metteurs en scène.

– Un piège qu'il a sûrement tendu à beaucoup de femmes.

– Il m'a aussi promis que je pourrais garder toutes

les photos. Une série de photos de mode prises dans un studio de la rue de Nankin coûte une fortune, mais je n'aurais rien à payer.

– Que valait-il en tant que photographe ?

– Un vrai pro. Il a utilisé cinq bobines en une heure. Il changeait sans cesse l'éclairage et les angles et me faisait changer aussi de vêtement et de pose. Il disait qu'il voulait saisir mes plus beaux moments.

– C'est romantique.

– Avant que je ne m'en rende compte, il me faisait poser enveloppée dans une serviette. Il a arrangé les plis, il m'a guidée en me touchant ici et là. Une chose en a entraîné une autre et nous nous sommes retrouvés au lit. Je vous épargne les détails.

– Vous avez été ensemble souvent ?

– Non. Pendant la journée je devais m'occuper des clients. Il y avait une vingtaine de personnes dans le groupe. Et il ne pouvait venir me voir que le soir quand Guan était endormie.

– Et comment était-il au lit ?

– C'est-à-dire ?

– Sexuellement.

– Vous voulez vraiment savoir ?

– Oui. Dans une affaire comme celle-là les détails peuvent être essentiels.

– Pour autant que j'ai pu en juger, dans la moyenne. Moi aussi.

– Pouvez-vous essayer d'être un peu plus précise ?

– Plus précise ? D'accord. J'aime qu'un homme m'envoie au septième ciel jusqu'à ce que je sois complètement vidée. C'était ce genre-là. Bang, bang, bang, à n'en plus finir.

– Une perversion quelconque ?

– Non. Il me faisait toujours me coucher sur le dos avec un oreiller sous les hanches et les jambes écartées. Consciencieux, sans digression ni dérive. Dans ma salle de massage, je vous aurais fait une démonstration satisfaisante.

– Je suis flic et je dois donc vous poser ces questions. Désolé.

– Vous n'avez pas à être désolé. Qu'est-ce que je suis ? Une vulgaire masseuse. Un policier de haut rang peut tout se permettre avec moi.

– Une autre question, dit-il en sentant sa voix s'altérer de nouveau. Comment Guan en est-elle venue à se disputer avec vous ?

– Elle a dû soupçonner quelque chose. Wu est venu plus d'une fois dans ma chambre. Ou bien elle a vu un polaroïd de moi.

– C'est arrivé quand ?

– Deux ou trois jours après la séance de photos. J'étais seule dans ma chambre, je faisais une pause. Elle a fait irruption et m'a accusée de coucher avec son mari. Mais ce n'était pas sa femme. Wu me l'avait dit. C'était l'histoire de la paille et de la poutre.

– Qu'est-ce que vous lui avez dit ?

– D'aller pisser et de se regarder dedans. Elle s'est jetée sur moi comme une tigresse. Une vraie furie. Elle hurlait et griffait, des deux mains et de tous ses doigts.

– La sécurité de l'hôtel est intervenue ?

– Non, mais Wu oui. Il a pris parti pour elle et a tout fait pour la calmer. Il ne m'a pas dit un mot aimable, comme si j'étais une vieille serpillière. Et elle était folle de rage, elle hurlait aussi après lui.

– Vous vous rappelez ce qu'elle a dit ?

– Non. J'étais anéantie. Rien que d'y penser... Donnez-moi une cigarette.

Elle serra les paupières pour éviter la fumée.

Puis elle l'observa avec soin, elle attendait.

– Qu'est-ce qu'elle voulait qu'il fasse ?

– Qu'il soit gentil avec elle, j'imagine, comme un mari – ou qu'il soit son mari. Elle était incohérente.

Elle criait comme une femme jalouse qui vient de prendre un mari infidèle sur le fait.

– Permettez-moi une autre question. C'est cette dispute qui vous a fait quitter l'agence de voyages ?

– Non, pas vraiment. Ça s'est passé derrière une porte fermée. Même si des gens avaient entendu, ça ne les regardait pas. Guan a menacé d'aller voir mon chef, mais elle ne l'a pas fait.

– Elle était mal placée pour le faire.

Sa serviette tomba par terre. Il se pencha poliment pour la ramasser. Sous la table il vit ses pieds nus accrochés au barreau de la chaise, comme tranchés net par la nappe blanche.

– Merci, dit-elle en s'essuyant les lèvres. Je crois que c'est tout ce que je me rappelle, camarade inspecteur principal.

– Merci, Xie Rong. Vous nous avez donné des précisions très importantes.

L'addition était plus lourde que prévu, mais ce qu'avait dit Xie la valait largement. La serveuse sortit avec eux et leur tint la porte.

Sur le chemin, un silence s'installa entre eux. Elle parla peu jusqu'à ce qu'ils arrivent en vue de son immeuble.

– Vous n'avez pas l'air assez vieux pour être inspecteur principal, dit-elle en ralentissant.

– Je suis plus vieux que vous. Beaucoup plus.

Un rayon de soleil se répandit sur ses cheveux épars et illumina son profil pur. Ils étaient tout près l'un de l'autre, sa tête touchait presque son épaule.

– C'est une des histoires préférées de ma mère. Un preux chevalier sur un cheval blanc vient libérer une princesse enfermée dans un donjon gardé par des démons noirs. Pour elle, le monde est noir et blanc.

– Et pour vous ?

– Non. Rien n'est jamais si simple.

– Je comprends. Mais j'ai promis à votre mère de vous transmettre son message. Vous êtes sa fille unique, et elle veut que vous rentriez chez vous.

– Ça n'est pas nouveau.

– Si vous rentrez et si vous voulez trouver un autre travail, je pourrai peut-être vous aider.

– Merci, mais je gagne de l'argent maintenant, à ma façon. Je suis mon propre patron ici, et je n'ai pas à supporter la merde politique.

– Vous allez en faire votre carrière pour toute votre vie ?

– Non, je suis encore jeune. Quand j'aurai gagné suffisamment, je ferai autre chose, quelque chose que j'aime. Je suppose que vous ne voulez pas revenir chez moi.

– Non. Je dois partir. J'ai beaucoup à faire.

– Inutile de me dire ça.

– J'espère que nous nous reverrons, dans d'autres circonstances.

– J'étais… correcte… jusqu'à il y a deux ou trois mois. Je veux que vous le sachiez.

– Je le sais.

– En tant que policier ?

– Non, mais je veux moi aussi que vous sachiez que vous êtes une femme séduisante.

– Vous le pensez ?

– Oui, mais je suis flic. Et depuis plusieurs années. C'est ma vie.

Elle hocha la tête et le regarda, prête à dire quelque chose, mais elle se tut.

– Et la vie que je mène n'est pas si bien non plus.

– Je vois.

– Soyez prudente. Au revoir.

Il s'éloigna.

Quand il monta dans un bus pour retourner à la Maison des écrivains, il y avait un air de pluie dans l'air. Le bus était bondé et il se sentit couvert de sueur une nouvelle fois. Dès qu'il arriva dans sa chambre il prit une douche. C'était la deuxième de la journée. Et l'eau chaude manqua de nouveau. Il sortit vite de la salle de bains, s'assit sur le lit et alluma une cigarette.

La douche précédente, chez Xie, avait été bien plus agréable. Le mode de vie de Xie le peinait, mais il ne pouvait rien y faire. Elle avait fait son choix. Si son travail n'était que temporaire, comme elle l'avait dit, elle avait peut-être encore un avenir. Il était censé dénoncer ses pratiques illégales aux autorités, mais il avait décidé de s'abstenir.

Ouyang n'était pas encore revenu.

Il était temps pour lui de quitter Canton. Sa mission accomplie, il aurait dû inviter Ouyang pour un dîner d'adieu. Mais il se serait senti coupable de cacher plus longtemps son identité non poétique à celui qu'il considérait maintenant comme un ami.

Il lui écrivit donc un mot bref disant qu'il avait dû retourner d'urgence à Shanghai et qu'il lui ferait signe. Il lui laissa son numéro de téléphone personnel.

Il ajouta deux vers de Li Bai :

Aussi profond que le lac des Fleurs de pêcher,
Mais pas aussi profond que le chant que tu chantes pour moi.

Puis il régla sa note.

25

– Inspecteur principal Chen, répondit-il en décrochant.

C'était sa première matinée au bureau depuis son retour de Canton. Il avait eu à peine le temps de se faire une tasse de thé Dragon noir, cadeau d'Ouyang.

– Ici le bureau de la Commission de discipline du Parti à Shanghai. La camarade présidente Yao Liangxia veut vous voir aujourd'hui.

C'était un appel surprenant, et la voix était inamicale.

– La camarade présidente Yao ? A quel sujet ?

– Vous verrez cela avec la camarade Yao. Vous savez où se trouve notre bureau, je suppose.

– Oui. Je serai là dans un moment.

Yao Liangxia, dont le défunt mari avait été membre suppléant du Bureau politique dans les années soixante, était elle-même un personnage influent du Parti. Pourquoi voulait-elle le voir ?

Chen jeta un coup d'œil hors de son cagibi. L'inspecteur Yu n'était pas encore arrivé. Le secrétaire du Parti Li faisait généralement son apparition après 10 heures. Chen pourrait donc rédiger son rapport sur son voyage à Canton après son entretien à la Commission de discipline du Parti.

Le bureau de la Commission se trouvait dans la résidence Zhonghui, l'une des bâtisses imposantes de style colonial au coin de la rue du Sichuan et de la rue de Fuzhou. Chen était souvent passé devant sans savoir qu'elle abritait autant d'institutions – Association pour la santé des hommes âgés, Commission des droits des femmes, Association des consommateurs, Commission des droits des enfants... Il dut étudier les indications dans le hall pendant plusieurs minutes avant de repérer le bureau de la présidente Yao au douzième étage.

On avait vaporisé dans l'ascenseur un désodorisant prétendument distingué ; l'atmosphère y était inexplicablement confinée. Chen ne put se débarrasser de la sensation d'être en cage, même lorsqu'il eut quitté l'ascenseur qui l'avait déposé juste devant la porte de Yao.

La Commission de discipline du Parti avait été fondée au début des années quatre-vingt, avec un bureau central à Pékin et des sections dans toutes les grandes villes. Après la Révolution culturelle, on s'était aperçu que le Parti, qui jouissait d'un pouvoir illimité le protégeant de toute censure, ne pouvait pas résister à la corruption, ce qui risquait d'entraîner sa chute. La commission, constituée essentiellement de membres du Parti à la retraite, avait donc été créée pour prévenir et punir les abus de pouvoir de membres du Parti. Son rôle de chien de garde consistait surtout à exercer une certaine censure, mais ce n'était pas une institution indépendante. Bien qu'elle ait traité plusieurs cas de corruption, elle se contentait le plus souvent d'aboyer sans mordre. Elle pouvait néanmoins consulter les dossiers des membres du Parti et était influente dans la promotion des jeunes cadres.

Lorsque Chen frappa à la porte du bureau, une femme entre deux âges lui ouvrit avec un regard méfiant. Quand il lui tendit sa carte, la femme – dont il reconnut la voix, c'était la secrétaire qui lui avait téléphoné – le conduisit dans un salon meublé avec élégance d'un grand canapé en cuir couleur huître flanqué de deux chaises d'acajou, et d'un grand portemanteau ancien.

Il pensait que la présidente Yao le ferait attendre un bon moment. A sa grande surprise, elle arriva immédiatement et lui donna une poignée de main ferme. Elle le conduisit dans son bureau et le fit asseoir dans un fauteuil club en cuir devant un immense bureau de chêne.

Yao était une femme intimidante qui devait approcher les soixante-dix ans, avec un visage carré et des sourcils épais, vêtue d'un impeccable tailleur sombre sans le moindre faux pli. Aucun bijou. Un minimum de maquillage. Elle se tenait très droite et semblait d'une taille inhabituelle derrière son bureau directorial, peut-être à cause de son col empesé, de la vue splendide que Chen apercevait par la fenêtre derrière elle, et du siège qu'il occupait, bien plus bas que celui de Yao, presque comme s'il était un témoin dans une enquête judiciaire. Il se sentait nerveux.

– Camarade inspecteur principal Chen, je suis heureuse de faire votre connaissance.

Yao parlait avec un fort accent de Shantung, ce qui correspondait bien à l'image de « vieille marxiste », célèbre personnage du film *L'Incident du canon noir*, où une bureaucrate marxiste se ridiculise en ponctuant toutes ses phrases de citations de Marx et de Mao. Chen l'avait vu avec Wang qui avait plaisanté sur le « jeune marxiste » qu'il était en train de devenir.

– C'est un honneur de vous rencontrer, camarade présidente Yao.

– Vous n'êtes probablement pas étonné d'apprendre que les vieux camarades que nous sommes vous tiennent en haute estime, camarade inspecteur principal Chen. Toutes les personnes à qui j'ai parlé vous considèrent comme un jeune cadre intelligent et dévoué. Vous êtes sur la liste du séminaire de l'Institut central du Parti, n'est-ce pas ?

– Oui, mais je suis encore jeune et inexpérimenté. J'ai beaucoup à apprendre des anciens.

– Et je sais aussi que vous travaillez dur. Vous avez été très occupé ces temps-ci, camarade inspecteur principal ?

– Oui, nous manquons d'effectifs.

– Êtes-vous chargé d'une affaire importante ?

– De plusieurs. Toutes les affaires sont importantes… pour nous.

– J'ai entendu dire que vous enquêtiez sur l'affaire Guan Hongying, la travailleuse modèle de la nation.

Comme il ne savait pas si c'était une phrase affirmative ou une question, il hocha seulement la tête. Mais il se demanda comment elle avait pu l'apprendre.

– Avez-vous déjà des résultats ?

– Quelques pistes intéressantes, mais rien de sûr. Beaucoup de questions restent sans réponse.

– Telles que ?

– Telles que pièces à conviction, mobile, et témoins.

Il commençait à être mal à l'aise, car une affaire de meurtre ne relevait pas des compétences de Yao. Il ajouta :

– Pour le moment, nous en sommes réduits aux hypothèses.

– Je vous ai demandé de venir, dit-elle d'un ton sévère avec son accent de Shantung, parce que je veux savoir comment vous menez l'enquête.

– Il s'agit d'un meurtre. Nous suivons la procédure habituelle.

– Vous avez un suspect, n'est-ce pas ?

Il ne voyait pas de raison de lui cacher ce qu'il savait.

– Oui, dit-il. Dans l'état actuel des choses, Wu Xiaoming est notre principal suspect.

– Le fils du camarade Wu Bing ?

– Oui.

– Comment est-ce possible ? Wu Bing et moi étions collègues au début des années cinquante, dans le même bureau, et Wu Xiaoming jouait avec mes enfants à la garderie. Je ne l'ai pas vu récemment, mais j'ai vu dans un rapport de recommandation des cadres de *L'Étoile rouge* qu'il fait du bon travail. Les gens ont une très haute opinion de lui.

– Wu fait peut-être du bon travail au magazine, mais il a eu une liaison avec Guan. Et il lui a téléphoné le soir même de sa mort.

– Vraiment !

– Oui, nous avons une preuve.

– Quelle sorte de preuve ?

Il décida de rester dans le vague.

– Pour le moment, un commencement de preuve.

– Et de ce commencement de preuve vous concluez que le fils de Wu Bing est l'auteur du meurtre, dit-elle d'un ton acerbe.

– Nous ne tirons pas de conclusion hâtive. L'enquête continue.

– N'empêche que cette nouvelle serait un coup terrible pour Wu Bing, et il est en bien mauvaise santé.

– Le camarade Wu Bing est un vieux camarade que j'ai toujours respecté. Nous savons qu'il est à l'hôpital. Nous sommes très prudents.

– Quelles que soient les origines de Wu Xiaoming, je ne le protégerai pas. Loin de là. S'il est reconnu coupable, il doit être puni. C'est la politique du Parti.

– Je vous remercie de votre soutien, camarade présidente Yao.

– Mais avez-vous pensé à la réaction des gens à votre enquête, camarade inspecteur principal ?

La présidente Yao était entourée de piles de gros livres officiels dorés sur tranche. Les meubles de son bureau étaient massifs. Tout témoignait de la solidité de l'autorité.

– La réaction ? Je ne comprends pas de quelle réaction vous voulez parler.

– Les gens vont dire : « Quoi ? Le fils de Wu Bing a commis un meurtre ? Ces ECS ! » Cela ne va pas être bon pour l'image de notre Parti.

– Camarade présidente Yao, en tant que membre du Parti et en tant que policier, j'ai toujours considéré de ma plus haute responsabilité de défendre l'image sans tache de notre Parti, mais je ne vois pas en quoi notre enquête peut la mettre en danger.

– Camarade inspecteur principal Chen, dit-elle en se redressant encore davantage et en croisant les mains sur son bureau, notre Parti a fait d'énormes progrès dans la réforme économique et politique, mais dans une période de transition comme celle-ci, il peut y avoir des problèmes dont les gens se plaignent. Et il existe actuellement une hostilité envers les enfants de cadres supérieurs comme s'ils étaient tous capables de tout. Ce n'est pas vrai, naturellement.

– Je vous comprends bien, camarade présidente Yao. Dès l'école primaire, j'ai su quelle précieuse contribution les cadres supérieurs – les révolutionnaires de la vieille génération – ont apportée à notre pays. Comment pourrais-je avoir des préjugés envers leurs enfants ? Notre enquête n'a rien à voir avec une mauvaise opinion des ECS. Il s'agit simplement d'une affaire criminelle dont notre équipe spéciale a été chargée. Nous avons tenu à en écarter les médias. Je ne vois pas comment on pourrait être au courant de notre enquête.

– On ne sait jamais, camarade inspecteur principal.

Puis elle changea de sujet :

– Ainsi vous êtes allé à Canton il y a quelques jours.

– Oui, pour y chercher des renseignements.

Il était ennuyé que la présidente Yao soit au courant de son voyage. Ni la police de Shanghai ni celle de Canton n'était tenue de faire un rapport sur les activités d'un officier de police à la Commission de discipline du Parti. En fait, très peu de personnes savaient qu'il s'était absenté. Il était parti pour Canton sans en référer au secrétaire du Parti Li. Il n'avait informé que le commissaire Zhang et l'inspecteur Yu.

– C'est près de Hong Kong. La zone spéciale. Vous avez dû y trouver un autre esprit, un mode de vie différent.

– Non. J'y menais une enquête. Quelle que soit la différence, je n'ai pas eu le temps de la voir. Ayez confiance en moi, camarade présidente Yao, je travaille consciencieusement.

– Comprenez-moi bien, camarade inspecteur principal. Naturellement, le Parti a confiance en vous. C'est pourquoi j'ai voulu que vous veniez dans mon bureau aujourd'hui, et je souhaiterais aussi vous faire une suggestion. Dans une affaire politiquement délicate comme celle-ci, je pense que nous devons tous procéder avec la plus grande prudence. Mieux vaut la laisser entre les mains de la Sécurité intérieure.

– La Sécurité intérieure ? C'est une affaire de meurtre, camarade présidente Yao. Je n'en vois pas la nécessité.

– Vous allez la voir si vous pensez à l'impact politique possible.

– Si Wu Xiaoming est reconnu innocent, nous ne ferons rien. Mais s'il est coupable, nous sommes tous égaux devant la loi. Naturellement, nous veillerons à suivre vos instructions.

– Vous êtes donc décidé à poursuivre l'enquête.

– Oui, je suis un policier.

– Bon… dit-elle finalement. Ce n'est qu'une suggestion. Vous êtes inspecteur principal, c'est à vous de décider. Je vous serais quand même reconnaissante de m'informer des progrès de votre enquête. Dans l'intérêt du Parti.

– C'est entendu, dit-il en essayant encore de rester dans le vague.

Il ne se sentait pas obligé de lui faire des rapports. Il conclut :

– Je suis membre du Parti. J'agirai en conformité avec la procédure de la police, et dans l'intérêt du Parti.

– Votre conscience professionnelle est reconnue. Les éloges semblent justifiés, dit-elle en se levant. Vous avez un bel avenir devant vous, camarade inspecteur principal Chen. Nous sommes vieux. Tôt ou tard nous devrons confier notre cause socialiste à des jeunes tels que vous. Je compte donc vous voir bientôt.

– Merci, présidente Yao. Vos conseils et vos instructions me sont très précieux.

Il se dit qu'elle parlait comme un manuel politique, mais il eut quand même un hochement de tête obéissant. Elle poursuivit sur le même ton sérieux :

– Autre chose. Nous nous inquiétons pour votre vie personnelle.

– Ma vie personnelle ?

– Vous êtes un jeune cadre qui va obtenir une promotion, et il est naturel et juste que nous soyons inquiets. Vous avez trente-cinq ans, n'est-ce pas ? Il est temps que vous vous mariiez.

– Je vous remercie, camarade présidente Yao. C'est seulement que j'ai été très pris.

– Oui, je sais. J'ai lu l'article qu'a écrit sur vous cette journaliste du *Wenhui*.

Elle l'accompagna jusqu'à l'ascenseur. Ils se serrèrent de nouveau la main avec cérémonie.

Dehors, le crachin était plus fort.

L'ingérence de la présidente Yao était de mauvais augure. Et pas seulement parce que ce cadre supérieur du Parti connaissait bien Wu Xiaoming. Les familles de Yao et de Wu avait fréquenté les mêmes cercles. Dans sa situation, sa réaction face à une enquête mettant en cause un ECS n'avait rien de surprenant. Mais sa connaissance de l'affaire était inquiétante, et elle s'était montrée trop curieuse de son enquête à Canton, et même de sa vie personnelle, allant jusqu'à parler de « cette journaliste du *Wenhui* ». Au poste qu'elle occupait, Yao n'était pas censée connaître ces choses-là, à moins que Chen lui-même ne soit l'objet d'une enquête.

La Commission était l'institution la plus puissante pour décider de la promotion ou de la rétrogradation d'un cadre. Une semaine plus tôt, l'inspecteur principal Chen avait pensé être sur la voie ascendante – pour servir le peuple.

Désormais il n'en était plus si sûr.

26

Lorsque l'inspecteur principal Chen retourna au bureau, il était plus de midi.

Le secrétaire du Parti Li n'était toujours pas arrivé. L'inspecteur Yu non plus. Et le téléphone de Chen sonnait. Le premier appel venait du siège de Pékin, à propos d'une affaire résolue depuis longtemps. Chen se demanda pourquoi l'inspecteur principal Qiao Daxing, son homologue à Pékin, voulait lui en parler. La communication interurbaine de Qiao dura vingt minutes sans qu'il mentionne quoi que ce soit de nouveau ou d'important ; il la conclut en disant qu'il avait hâte de voir Chen à Pékin et de l'inviter à manger du canard rôti à la pékinoise dans l'avenue Wangfujing.

Le deuxième appel fut également une surprise. Il venait du *Wenhui*, pas de Wang Feng mais d'un rédacteur qu'il connaissait à peine. Une lectrice avait écrit au journal pour demander au rédacteur de transmettre au poète ses remerciements pour la description réaliste qu'il avait faite du travail terre à terre des officiers de police. Il vit là de l'ironie car personne jusque-là ne l'avait traité de « réaliste ».

L'appel le plus étonnant vint du Vieux chasseur, le père de l'inspecteur Yu.

– Vous reconnaissez ma voix, inspecteur principal Chen. Je sais que vous êtes occupé, mais je veux vous parler de quelque chose. Guangming, ce jeune voyou, va envoyer mes cheveux gris dans la tombe.

– Comment ? Guangming ? C'est le meilleur fils au monde.

– Écoutez, si vous pouvez m'accorder une demi-heure de votre temps précieux, je vous expliquerai tout. Je suppose que vous êtes en train de manger votre déjeuner sous plastique comme d'habitude. Ce n'est pas bon, ça. Et si vous veniez au *Milieu du lac*, derrière le temple du Dieu protecteur de la ville ? Je vous paierai une tasse de vrai thé vert Puits du dragon. Ce sera bon pour votre estomac. Je vous appelle d'une cabine là-bas.

C'était une requête qu'il pouvait difficilement ne pas satisfaire, et pas seulement à cause de son amitié pour l'inspecteur Yu. Le Vieux chasseur avait servi plus de trente ans dans la police. Bien qu'à la retraite, il se considérait encore comme faisant partie de la maison, avec ses relations à l'intérieur et à l'extérieur.

– D'accord. J'y serai dans une vingtaine de minutes. Ne vous inquiétez pas, Guangming est un bon garçon.

Cependant, Chen ne pensait pas être le meilleur médiateur possible en cas de difficultés entre père et fils, et ce n'était pas non plus le bon moment. La conversation qu'il venait d'avoir à la Commission de discipline lui pesait énormément. Mais il avala son déjeuner sous plastique et se hâta vers le temple.

Le temple du Dieu protecteur de la ville, disait-on, avait été construit au XVe siècle sous la dynastie des Song du sud. Il avait été reconstruit et rénové de nombreuses fois, la dernière en 1926. On avait consolidé la salle principale avec du béton et redoré les statues de terre cuite. Au début des années soixante, celles-ci avaient été réduites en miettes dans la foulée du Mouvement d'éducation socialiste, et au début des années quatre-vingt, le temple avait connu une autre rénovation énergique après avoir servi d'entrepôt, car c'était devenu un magasin d'artisanat. Il avait retrouvé son aspect d'origine, portes peintes en noir et murs jaunes. L'intérieur présentait un ensemble éblouissant de comptoirs en verre et d'étagères en acier inoxydable. Sur la porte était gravé un distique :

Sois un homme honnête afin de jouir d'un sommeil paisible,

Fais une bonne action afin que Dieu le sache.

Bien entendu, les communistes ne croyaient pas en Dieu, qu'il soit oriental ou occidental, mais c'était tout de même bien, surtout d'un point de vue de flic, de conseiller de faire une bonne action et d'avoir la conscience tranquille.

Ainsi le temple était devenu un marché.

Devant le temple, Chen vit cependant un groupe de femmes âgées rassemblées autour d'une sorte de coussin. Plusieurs étaient agenouillées par terre. L'une se prosternait devant le coussin, plusieurs baguettes d'encens dans la main, et murmurait des mots presque inaudibles :

– Dieu de la ville… protège… famille… provisions…

Visiblement, le temple était resté un temple, du moins pour ces fidèles.

Les apparences et la réalité.

Certains disaient que tôt ou tard le marché serait à nou- veau un temple. Peut-être était-ce une métaphore pour le fétichisme de la marchandise. Peut-être pas. Les idées de Chen se brouillaient.

Le bazar environnant se composait de nombreuses petites boutiques qui vendaient toutes sortes de produits locaux, mais ce qui lui donnait son originalité était la multitude de baraques à casse-croûte, de buvettes et de stands. Les casse-croûte n'étaient pas chers, et d'une saveur délicieuse et unique. Un jour, quand il était lycéen, Chen avait entraîné Lu le Chinois d'outre-mer et Jiang les Quatz'yeux dans une expédition ambitieuse : essayer en un après-midi tous les casse-croûte. La tactique consistait à tout partager. Chacun ne goûtait qu'une petite bouchée. Ils avaient ainsi essayé la soupe au sang de poulet et de canard, le gâteau de radis râpé, les raviolis aux crevettes et à la viande, la soupe de nouilles au bœuf, le tofu frit avec des vermicelles…

A mi-chemin, l'argent mis en commun avait manqué. Mais ç'avait été pour eux l'un des jours les plus heureux.

Ensuite, Jiang les Quatz'yeux s'était jeté dans un puits pendant la Révolution culturelle, Lu le Chinois d'outre-mer avait à présent son restaurant, et lui, il était inspecteur de police.

La Maison de thé du milieu du lac était un endroit qu'ils n'avaient pas visité au cours de leur expédition, mais il savait que c'était un pavillon sur deux niveaux, en forme de pagode, au milieu d'un lac artificiel, face au restaurant *La Grue et le pin*. On y accédait par un pont de pierre qui se terminait par un escalier. Il était plein de touristes qui montraient du doigt les fleurs de lotus qui ondulaient sous la brise, jetaient des miettes de pain aux carpes dorées nageant autour des fleurs, ou se faisaient photographier sur fond de maison de thé.

Au rez-de-chaussée il n'y avait que quelques clients. Chen n'y trouva pas le Vieux chasseur, il monta donc l'escalier à garde-corps rouge. Il y avait encore moins de monde au premier, et Chen vit le vieil homme assis près de la fenêtre devant une théière.

Celui-ci lui fit signe :

– Venez vous asseoir avec moi, camarade inspecteur principal.

– Merci. C'est très élégant ici.

Leur table dominait le lac couvert de lotus. La vue était sereine.

– Au premier étage tout coûte deux fois plus cher. Mais ça vaut la peine. Une tasse de thé ici est la seule gâterie que je me permette depuis que je suis à la retraite.

Chen acquiesça. Une tasse de thé ici était autre chose que dans la pièce encombrée et étouffante qui renfermait la vie du vieux retraité depuis qu'il avait laissé la salle à manger à son fils.

On entendait un murmure de flûte du sud, sans doute une cassette. Un serveur aux cheveux argentés portant une lourde bouilloire de cuivre étincelant versa de l'eau dans la petite tasse de Chen en un arc de cercle gracieux. Dans la vieille Chine, les serveurs étaient appelés docteurs en thé, et la maison de thé était un lieu de culture spirituelle où s'échangeaient aussi les nouvelles du jour.

– Je sais que vous aussi vous aimez le bon thé, dit le Vieux chasseur. Je ne sais pas comment vous le dire sans paraître trop condescendant, camarade inspecteur principal, mais il n'y a pas beaucoup de gens avec qui je suis prêt à boire le thé.

– Merci.

C'est vrai, pensa-t-il. Le vieil homme avait toujours été fier à sa façon, mais aimable. Et il l'avait aidé.

– J'ai quelque chose pour vous, camarade inspecteur principal. Puisque je n'arrive pas à mettre la main sur Guangming, je peux aussi bien vous le dire à vous.

– Il est tellement pris. Aujourd'hui je ne l'ai pas vu non plus.

– Toujours cette affaire de travailleuse modèle ?

– Oui, mais que se passe-t-il ?

– Il ne s'agit pas vraiment de Guangming, mais de l'affaire. Guangming m'en a parlé. Je suis des vôtres, vous savez. J'ai quelques informations.

– Décidément, le vieux gingembre est plus épicé que le jeune, oncle Yu, dit Chen en recourant à un cliché. Vous avez vraiment le chic pour dénicher les informations.

– Une femme du nom de Jiao Nanhua m'a dit que Guan avait une liaison peu avant sa mort.

– Qui est Jiao Nanhua ?

– Elle vend des raviolis dans la rue où habitait Guan, au coin, devant l'épicerie. C'est une marchande ambulante de nuit avec une cuisine miniature sur l'épaule.

Elle porte littéralement tout sur une perche de bambou. A un bout, un réchaud et une casserole pour cuire à la vapeur, et à l'autre, une planche avec des carrés de pâte prête, du porc haché, des légumes, des bols, des cuillères et des baguettes. Elle travaille quand les restaurants sont fermés, elle cuit les raviolis sur place pour le client de passage. En trois minutes elle vous met un bol fumant dans les mains.

– C'est épatant ! J'aimerais qu'il y ait quelqu'un comme elle dans notre quartier, dit Chen.

Il connaissait un autre surnom du Vieux chasseur, « le Chanteur d'opéra de Suzhou », allusion à un style d'opéra en dialecte du sud, célèbre pour les procédés de ses interprètes visant à prolonger une histoire grâce à des digressions interminables. Il demanda :

– Et alors, qu'est-ce qu'elle a dit ?

– J'y arrive.

Le Vieux chasseur prenait tout son temps pour montrer son plaisir à siroter son thé.

– Il faut toujours commencer par le commencement. Ne vous impatientez pas, camarade inspecteur principal. Voici. A plusieurs occasions, très tard le soir, Jiao a vu une voiture s'arrêter de l'autre côté de la rue. A environ trois mètres. Une jeune femme en sortait et courait vers le dortoir à l'entrée du passage Qinghe. Jiao se tenait à une certaine distance, elle ne pouvait donc pas voir nettement, et tout d'abord elle n'a pas prêté grande attention. Ça ne la regardait pas. Mais sa curiosité a été éveillée. Pourquoi la voiture ne s'arrêtait-elle pas juste à l'entrée du passage ? Ce n'était pas agréable pour une jeune femme de marcher toute seule en pleine nuit. Je pense que Jiao était aussi un peu fâchée parce que la femme mystérieuse ne lui avait jamais acheté de raviolis. Un soir, elle a transporté sa mini-cuisine de l'autre côté de la rue. Elle avait l'autorisation de travailler dans la rue du Hubei, l'emplacement qu'elle choisissait n'avait donc pas d'importance. Et la voiture est apparue de nouveau…

Chen s'impatientait.

– Et qui a-t-elle vu ?

– Rien moins que Guan Hongying ! La célèbre travailleuse modèle. Jiao l'a aussitôt reconnue, elle avait souvent vu son visage dans les journaux et à la télé. Guan marchait très vite, sans regarder autour d'elle.

– A-t-elle vu quelqu'un d'autre avec Guan ?

– Non, rien que le conducteur de la voiture.

– Elle l'a vu ?

– Pas nettement. Il est resté dans la voiture.

– Quelle sorte de voiture ?

– Une voiture de luxe. Blanche. Sans doute d'importation. Elle n'a pas pu me dire la marque. Mais pas un taxi. Elle n'avait pas de lampe de taxi sur le toit.

– Y aurait-il pu y avoir quelqu'un d'autre dans la voiture en dehors du conducteur ?

– Non, elle ne le pense pas. En fait, elle est formelle. Il n'y avait qu'une personne dans la voiture.

– Comment peut-elle être aussi formelle ?

– Elle a observé ce que faisait Guan. Chaque fois, avant de se diriger vers le dortoir, Guan passait la tête par la fenêtre du côté du conducteur.

– Qu'est-ce que ça pouvait signifier ?

– Qu'elle se penchait pour un long baiser passionné.

– Oh, je vois.

Tout ça commençait à ressembler à une scène de film sentimental, mais la marchande avait peut-être raison.

– Elle a vraiment de l'imagination, gloussa le Vieux chasseur. Une femme diabolique.

– Je vous demande pardon, oncle Yu. Je suis simplement curieux. Comment en est-elle venue à vous raconter cette histoire ?

– Eh bien…

Le Vieux chasseur but une gorgée de thé avec une lenteur délibérée avant d'arriver au point culminant de son histoire.

– Je vais vous confier un secret, mais n'en dites rien à Guangming ou à quiconque. Et vous pourrez vous attribuer le mérite d'avoir trouvé le témoin.

– Je n'en parlerai à personne, mais le mérite vous revient.

– C'est une longue histoire. Quand j'ai pris ma retraite, j'ai décidé de n'ennuyer personne. J'ai vu trop de policiers retraités qui ne lâchent pas leurs petits-enfants d'une semelle. Je voulais me promener tout seul, aller dans différents coins de la ville que je n'avais pas vus depuis des années. Shanghai a beaucoup changé. Des taudis sont devenus des parkings, des jardins sont devenus des usines, et quelques rues ont totalement disparu. Mais bientôt j'avais tout vu. Pour éviter de rester oisif, je me suis mis à travailler pour le comité de sécurité du quartier, une sorte de chien de garde. Un des secteurs où j'ai patrouillé est le marché de la rue de Fuzhou.

Chen connaissait bien cette partie de l'histoire. L'inspecteur Yu lui avait tout raconté. Au début, ce rôle avait paru convenir au vieil homme. Le marché libre étant encore considéré comme politiquement « déviant » – comme une menace indésirable contre le système du marché d'État – le travail consistait à saisir les paniers de bambou des marchands privés et à les piétiner farouchement. La rémunération était mince, mais le gardien du marché prenait grand plaisir à porter un brassard rouge, et se voyait en solide pilier de la justice chaque fois qu'il chassait du marché une jeune paysanne en pleurs. Mais quand les temps eurent changé et que le marché libre fut devenu un complément nécessaire du marché d'État socialiste, le vieil homme n'avait soudain plus eu d'utilité.

– Vous y travaillez toujours ?

– Oui. Les choses changent très vite de nos jours. Guangming et les autres enfants voulaient tous que j'abandonne, mais je continue. Pas pour l'argent, rien que pour m'occuper. D'ailleurs, beaucoup de marchands ambulants sont encore malhonnêtes, ils vendent de la mauvaise qualité et font payer trop cher. Mon travail c'est de prendre ces types-là sur le fait. Ce n'est pas grand-chose, mais c'est mieux que rien. Il devrait y avoir quelqu'un pour les surveiller.

– Je comprends. Et je crois que vous avez raison. Ainsi vous patrouillez dans la rue de Fuzhou.

– Je peux me placer n'importe où à proximité du marché ou de son secteur. Aujourd'hui les marchands ambulants ne sont plus obligés de se cantonner à un marché. Donc, récemment, je me suis placé près du passage Qinghe et j'ai surpris Jiao, la marchande ambulante, en train de farcir ses raviolis avec du porc haché qui n'était pas frais. Pour un délit de ce genre, on aurait pu lui retirer sa licence. Je lui ai dit que j'avais été flic autrefois et que mon fils était dans la police. Ça l'a complètement terrorisée. Comme elle travaille dans le quartier, j'ai supposé qu'elle avait dû entendre parler de la mort de Guan. J'ai un peu tourné autour du pot et je lui ai demandé de me donner des renseignements sur l'affaire. Et vous pensez bien qu'elle m'en a donné, pour me remercier de ne pas l'avoir traînée au poste.

– Vous n'êtes pas retraité, oncle Yu. Et vous avez beaucoup d'expérience et de ressources.

– Je suis content que cette information ait pu vous être utile. Si nécessaire, elle témoignera. Je m'en charge.

– Merci beaucoup. Je ne sais quoi dire de plus.

– C'est inutile. Devinez pourquoi je voulais vous voir, dit le Vieux chasseur en regardant dans sa tasse. J'ai encore des contacts, au bureau et ailleurs. Je suis un retraité de rien du tout, alors on ne craint pas trop de me parler.

– Naturellement, on vous fait confiance.

– Je suis vieux. Plus rien n'a vraiment beaucoup d'importance pour moi. Vous êtes encore jeune. Vous faites votre devoir. Des flics honnêtes, ça ne court plus les rues. Mais il y a des gens qui n'aiment pas que vous fassiez votre devoir. Des gens haut placés.

Ainsi le Vieux chasseur lui avait téléphoné pour une raison précise. Pour lui dire qu'il en avait hérissé certains au niveau supérieur. On en parlait. Se pouvait-il qu'il ait déjà été placé sous surveillance ?

– Ces gens-là peuvent être dangereux, mettre votre téléphone sur écoute ou cacher un micro dans votre voiture. Ce ne sont pas des amateurs. Alors faites attention.

– Merci, oncle Yu. Je serai prudent.

– C'est tout ce que je peux vous dire. Et je suis heureux que Guangming travaille avec vous.

– Je continue à croire que la justice l'emportera.

– Moi aussi, dit le Vieux chasseur en levant sa tasse. A votre succès.

En quittant le bazar grouillant du temple du Dieu protecteur de la ville, Chen se dit sombrement que s'il s'obstinait à poursuivre l'enquête ce pouvait bien être sa dernière en tant qu'inspecteur principal. Et il en serait de même s'il cédait aux pressions, car alors il ne pourrait se considérer ni comme un flic honnête ni comme un homme qui a la conscience tranquille.

27

Lorsque Chen atteignit la rue du Henan, il eut l'impression qu'un homme d'âge moyen en T-shirt marron marchait derrière lui, toujours à une certaine distance, mais jamais tout à fait hors de sa vue. Se sentir surveillé, savoir chacun de ses gestes enregistré, chacun de ses pas suivi, était une sensation nouvelle. Mais quand il entra dans une épicerie, l'homme au T-shirt marron passa devant sans ralentir. Chen poussa un soupir de soulagement. Peut-être était-il trop nerveux. A 4 heures passées, il n'avait pas envie de retourner au bureau. Il décida donc d'aller voir sa mère qui habitait dans un petit passage gravillonné, tranquille, partant de la rue de Jiujiang.

Il fit un détour pour acheter une livre de cochon de lait rôti au *Goût Céleste*, un nouveau traiteur privé. La peau du cochon de lait était dorée et croustillante. Sa mère allait aimer ça. Bien qu'âgée de plus de soixante-dix ans, elle avait encore de bonnes dents. Il n'avait pas pensé à elle pendant des jours. Il avait même oublié de lui acheter un cadeau à Canton. Il s'en voulait : il était son fils unique.

Quand la vieille maison apparut, il la trouva étrange, presque méconnaissable, alors qu'il y avait vécu avec sa mère pendant des années, contre quelques mois seulement dans son appartement. La fontaine près de la porte suintait tellement qu'une abondante mousse verte s'était formée autour du robinet. Les murs fissurés nécessitaient des travaux de réfection considérables. La cage d'escalier était sombre et sentait le moisi, les paliers étaient encombrés de cartons et de paniers d'osier. Certains devaient être là depuis des années.

La silhouette de sa mère se dessinait à contre-jour devant le rideau à moitié tiré de la fenêtre mansardée.

– Tu ne m'a pas téléphoné depuis quelques jours, mon fils.

– Désolé, mère. J'ai été très pris ces temps-ci, mais tu es toujours dans mes pensées. Et cette pièce aussi.

La pièce familière et pourtant étrangère. La photo encadrée de son père en tenue universitaire dans les années quarante était posée sur la commode craquelée, un jeune étudiant à l'air sérieux avec un brillant avenir. La photo luisait à la lumière. Sa mère était debout à côté.

Chen se dit qu'elle ne s'était jamais vraiment remise de la mort de son mari, même si elle avait l'air de se débrouiller ; elle allait au marché tous les jours, bavardait avec ses voisins, et faisait du taï chi le matin. Il avait essayé plusieurs fois de lui donner de l'argent, mais elle avait refusé. Elle tenait à ce qu'il fasse des économies.

– Ne t'en fais pas pour moi, avait-elle dit en insistant sur le dernier mot. J'ai de quoi faire. Je bavarde au téléphone avec ton oncle presque tous les jours, et je regarde la télé le soir. Il y a de nouvelles chaînes ce mois-ci.

Elle n'avait accepté que deux choses : le téléphone et la télé couleur.

Le téléphone ne venait pas vraiment de lui. Le bureau l'avait acheté et installé pour lui. Peu avant de déménager, il en avait fait installer un autre dans son nouvel appartement. En principe, l'inspecteur principal Chen aurait dû renoncer à l'ancien, mais il avait expliqué qu'il devait parler à sa mère tous les jours. Elle avait plus de soixante-dix ans et vivait seule. Le secrétaire du Parti avait donné son accord d'un signe de tête. L'appareil lui-même n'était pas onéreux, mais avec tant de Shanghaïens sur la liste d'attente, l'installation aurait coûté une petite fortune – près de trois mille yuans – sans parler de tous les documents officiels exigés pour justifier sa nécessité.

Pour elle, c'était une défense inestimable contre la solitude.

Et la télé aussi. Il l'avait payée au prix « officiel », ce qui la rendait abordable. Il était inspecteur principal, pas n'importe qui, et le directeur du magasin le connaissait bien. Et pourquoi pas ? Pendant la Révolution culturelle, la maison de son père avait été pillée par les gardes rouges. Au début des années quatre-vingt, quand les dégâts avaient été estimés, ils avaient été calculés aussi au tarif d'État, celui de quinze ans plus tôt. Le diamant de cinq carats de l'alliance de sa mère avait ainsi été estimé à moins d'un tiers du prix de la télé couleur.

– Tu veux du thé ? demanda-t-elle.

– Très bien.

– Un peu de baies d'aubépine confites de Suzhou pour aller avec le thé ?

– Formidable.

Il prit la tasse et la soucoupe que lui tendait sa mère. Stupéfait, il la regarda ôter le jasmin de ses cheveux et le mettre dans sa propre tasse. Il n'avait jamais vu personne boire du thé au jasmin préparé de cette manière. Les pétales flottaient sur le liquide vert foncé.

– A mon âge, je peux me faire des petits plaisirs, je trouve. Vingt fens seulement pour la fleur.

– Du thé au jasmin frais. Quelle merveilleuse idée !

Au fond, il était content qu'elle n'ait pas mis la fleur dans sa tasse à lui.

Il la soupçonnait de n'avoir jamais cessé d'avoir des ennuis d'argent. Bien que professeur éminent, son mari ne lui avait pratiquement rien laissé, sauf les livres qu'elle ne pouvait pas se résoudre à vendre. Veuve d'une célébrité, elle se considérait au-dessus de la vente ambulante. Mais sa pension devait à peine couvrir ses besoins de base. Le jasmin, qui devait avoir déjà deux ou trois jours, allait finir à la poubelle de toute façon. Elle avait fait de nécessité vertu. Il se promit que la prochaine fois il lui apporterait une demi-livre de vrai thé au jasmin. Du fameux Nuage et brume des Montagnes jaunes.

Elle posa sa tasse et s'adossa au fauteuil à bascule de rotin.

– Alors, dit-elle. Dis-moi comment tu vas.

– Tout va bien.

– Et la chose la plus importante de ta vie ?

C'était une question qu'il ne connaissait que trop bien. Sa mère parlait de fréquenter une femme, de l'épouser et d'avoir un enfant. Il répondait toujours qu'il n'avait pas le temps, ce qui était vrai.

– Il se passe tellement de choses au bureau, mère.

Elle était habituée à cette réponse.

– Alors tu n'as même pas le temps d'y penser. C'est ça ?

Il inclina la tête, en bon fils, malgré la formule de Confucius : *Il y a trois choses qui font d'un homme un mauvais fils, et ne pas avoir de progéniture est la plus grave*.

– Comment va Wang Feng ?

– Elle va rejoindre son mari au Japon. Et je l'aide à obtenir son visa.

– Eh bien… dit-elle sans une note de contrariété dans la voix, ce n'est peut-être pas une mauvaise chose pour toi, mon fils. En fait, j'en suis heureuse. Elle est mariée – formellement du moins, je sais. Ne pas briser le mariage de quelqu'un est un acte louable. Le Bouddha te bénira. Mais depuis que tu as rompu avec cette fille de Pékin, Wang semblait la seule pour qui tu aies vraiment éprouvé des sentiments.

– Ne parlons pas de ça, d'accord ?

– Tu te rappelles Yan Hong, la présentatrice télé ? Elle est devenue une vedette sur la chaîne Orientale. Tout le monde la trouve sensationnelle. Une voix d'or, et aussi un cœur d'or. Je suis tombée sur elle au grand magasin n° 1. Elle te téléphonait le soir – je reconnaissais sa voix – mais tu ne la rappelais pas. C'est maintenant une mère heureuse avec un petit garçon joufflu, mais elle m'a quand même appelée « tante ».

– Notre relation était strictement professionnelle.

– Allons donc, dit-elle en humant le jasmin dans son thé, tu es rentré dans ta coquille.

– J'aimerais bien avoir une coquille. Elle me protégerait peut-être. Ces deux dernières semaines, j'ai eu trop de problèmes à régler. Aujourd'hui c'est la première fois que j'ai pu me libérer un peu, dit-il en essayant de changer de sujet. Alors je suis venu.

– Ne t'inquiète pas pour moi et ne change pas de conversation. Avec ton salaire et ta position, tu ne devrais pas avoir trop de mal à trouver quelqu'un.

– Je te donne ma parole, mère. Je trouverai bientôt une merveilleuse belle-fille pour toi.

– Pas pour moi, pour toi.

– Tu as raison.

– Tu as le temps de dîner avec moi, j'espère ?

– A condition que tu ne fasses rien de spécial.

Elle se leva.

– Je ne ferai rien. Je n'aurai qu'à réchauffer quelques restes.

Pas beaucoup de restes, pensa-t-il en ouvrant le petit garde-manger en bambou accroché au mur. Elle n'avait pas les moyens d'acheter un réfrigérateur.

Le garde-manger ne contenait qu'une petite assiette de chou macéré au vinaigre, une bouteille de tofu fermenté, et la moitié d'une assiette de germes de soja. Mais un bol de bouillie de riz aqueuse avec du chou au vinaigre était tout à fait mangeable après une semaine de délices exotiques en compagnie d'Ouyang.

– Ne te tracasse pas, dit-il en ajoutant un peu de tofu à sa bouillie. Je participe à un séminaire de l'Institut central du Parti en octobre, et après j'aurai davantage de temps libre.

– Et tu vas rester flic toute ta vie ?

Il ne put pas s'empêcher de sursauter. Il ne s'attendait pas à cette question. Pas ce soir-là. Il fut frappé par son amertume. Sa mère n'était pas satisfaite de sa carrière, il le savait. Elle avait espéré que son fils deviendrait un universitaire comme son père. Mais il n'avait pas choisi d'être policier. Il était étonné qu'elle aborde le sujet à présent qu'il était inspecteur principal.

– Je m'en tire bien, vraiment, dit-il en tapotant sa main frêle veinée de bleu. J'ai maintenant mon propre bureau, et beaucoup de responsabilités.

– Alors c'est devenu ta carrière pour la vie.

– Je n'en sais rien. Je me suis posé la même question, mais je n'ai pas encore la réponse.

Ça, au moins, c'était vrai. Il se demandait encore de temps en temps ce qu'il serait devenu s'il avait poursuivi ses études littéraires. Il serait peut-être assistant ou maître de conférence dans une université, où il pourrait à la fois enseigner et écrire, une carrière dont il avait rêvé autrefois. Pourtant, au cours des dernières années, il avait changé de point de vue. La vie n'était pas facile pour la plupart des Chinois, particulièrement dans la période de transition entre politique socialiste et économie capitaliste. Il devait y avoir beaucoup de choses plus importantes ou du moins plus urgentes que la critique moderniste et post-moderniste.

– Mon fils, tu as toujours envie d'un autre genre de vie, n'est-ce pas ? L'étude, les livres, toutes ces choses-là ?

– Je ne sais pas. La semaine dernière j'ai lu par hasard un texte critique, une nouvelle interprétation du poème à propos d'un papillon qui vole dans *Le Rêve dans le pavillon rouge*. L'auteur déclare avec fierté que c'est la trente-cinquième. Mais à quoi sert tout ça dans la vie actuelle de notre peuple ?

– Mais… mais tu ne veux plus de l'université Fudan ou Tongji ?

– Si, mais je ne vois pas le mal qu'il y a à faire ce que je fais.

– Le travail de policier est-il un meilleur moyen de gagner sa vie ?

C'est seulement un moyen, pensa-t-il. Et la littérature pouvait n'être elle aussi qu'une marchandise parmi d'autres, comme tout le reste dans le marché actuel. Si une carrière universitaire ne lui apportait rien de plus qu'une titularisation assurée et un niveau de vie de classe moyenne, se sentirait-il davantage récompensé ?

– Ce n'est pas ce que je veux dire, mère. N'empêche que si je peux faire quelque chose dans mon travail pour éviter qu'un être humain soit maltraité et tué par un autre, ça vaut la peine.

Il se tut. C'était inutile de discourir pour sa défense, mais il se rappela ce que son père lui avait dit une fois : *Un homme est prêt à mourir pour qui l'apprécie, et une femme se rend belle pour qui l'apprécie.* Encore une citation de Confucius. Chen ne vénérait pas Confucius, mais certaines de ses maximes semblaient lui coller à la peau.

– Tu as bien réussi dans la politique du Parti, remarqua-t-elle.

– Oui, jusqu'ici j'ai eu de la chance.

Mais sa chance risquait de tourner en ce moment même. C'était assez drôle qu'en défendant son choix de carrière il ait momentanément oublié ce qui était suspendu sur sa tête. Il ne voulait pas en parler à sa mère. Elle avait assez de soucis de son côté.

– J'aimerais quand même te dire ce que je pense.

– Vas-y.

– Tu as de la chance, et du talent, mais tu n'as pas l'étoffe pour cette carrière. Je te connais, tu es mon fils unique. Alors n'insiste pas. Essaie quelque chose qui te plaît vraiment.

– J'y réfléchirai, mère.

Il y avait déjà réfléchi.

Si tu travailles assez dur sur une chose, elle devient une partie de toi, même si tu ne l'aimes pas vraiment et si tu sais que cette partie n'est pas réelle.

C'était ce qu'il avait écrit pour son amie de Pékin audessous du poème *Miracle*, et qui pouvait s'appliquer à la poésie mais aussi au travail de policier.

28

Il était déjà 9 heures quand l'inspecteur principal Chen rentra chez lui.

Son répondeur clignotait. Trop de nouvelles dans une journée. Il sentit de nouveau un martèlement sourd dans ses tempes ; une nouvelle migraine approchait. C'était peut-être un augure, un signal pour qu'il arrête. Mais il appuya sur le bouton avant de laisser tomber son porte-documents.

– Camarade inspecteur principal Chen, c'est Li Guohua. Téléphonez-moi à votre retour, s'il vous plaît. Je travaillerai tard au bureau ce soir. Il est actuellement 5 heures moins dix.

C'était la voix du secrétaire du Parti Li, guindé et sérieux même pour laisser un message.

Il appela le bureau ; on décrocha à la première sonnerie. Li l'attendait.

– Venez, inspecteur principal Chen. Nous devons parler.

– Il me faudra à peu près une demi-heure. Vous serez encore là ?

– Oui, je vous attends.

– Alors je pars.

Il lui fallut en fait plus d'une demi-heure pour arriver dans le bureau du secrétaire du Parti au quatrième étage.

Li était en train de manger des nouilles instantanées saveur bœuf. Le bol de plastique trônait parmi les papiers éparpillés sur la table d'acajou. Il y avait un petit tas de mégots dans un ravissant cendrier en cristal de roche du Fujian décoré d'un dragon.

– Camarade secrétaire du Parti Li, inspecteur principal Chen Cao au rapport, dit Chen en respectant la formule politique convenable.

– Heureux de vous revoir, camarade inspecteur principal Chen.

– Merci.

– Comment ça se passe ?

– Tout va bien. J'ai essayé de vous faire mon rapport ce matin, mais vous n'étiez pas disponible. Ensuite j'ai dû rester à l'extérieur presque toute la journée.

– Vous êtes très pris par l'affaire, je sais. Alors parlez-m'en.

– Nous avons nettement progressé.

Chen ouvrit son porte-documents.

– Comme l'inspecteur Yu a dû vous le dire, Wu Xiaoming était notre principal suspect avant mon départ pour Canton. Et nous avons maintenant plusieurs autres pistes qui concordent.

– De nouvelles pistes ?

– En fait, l'une d'elles est le dernier appel qu'a reçu Guan le 10 mai. D'après le carnet à souches du téléphone public du passage Qinghe, il a été passé vers 9 heures et demie, c'est-à-dire trois ou quatre heures avant sa mort. Cet appel venait de Wu Xiaoming. C'est confirmé.

Il posa une copie de la pièce sur la table.

– Il n'y a pas que cet appel-là. Pendant plus d'un an, Wu lui a téléphoné très souvent, trois ou quatre fois par semaine en moyenne, parfois très tard le soir. Et Guan l'appelait. Leurs relations allaient visiblement plus loin que Wu ne l'a admis.

– Ça veut peut-être dire quelque chose, mais Wu Xiaoming avait été le photographe de Guan. Il pouvait l'avoir appelée de temps en temps, à titre professionnel.

– Non, c'est beaucoup plus que ça. Nous avons aussi des témoins. L'un est une marchande ambulante qui travaille la nuit au coin de la rue du Hubei. Elle a déclaré avoir vu plusieurs fois Guan, peu avant sa mort, revenir dans une luxueuse voiture blanche en compagnie d'un homme, tard le soir. Wu conduit une Lexus blanche, la voiture de son père.

– Mais ce pouvait être un taxi.

– Je ne pense pas. La marchande n'a pas vu de lampe de taxi sur le toit. Elle a aussi vu Guan se pencher pour embrasser le conducteur.

– Vraiment ? dit Li en jetant le bol vide dans la corbeille à papier. Tout de même, d'autres personnes ont une voiture blanche. Il y a tant de nouveaux riches à Shanghai maintenant.

– Nous avons aussi découvert, entre autres, que Wu a fait un voyage avec Guan dans les Montagnes jaunes en octobre dernier. Ils ont utilisé de faux noms et de faux documents pour se faire enregistrer comme couple marié et pouvoir partager la chambre d'hôtel. Plusieurs témoins peuvent l'affirmer.

– Wu a partagé une chambre d'hôtel avec Guan ?

– Exactement. En outre, il y a pris des photos de Guan nue, et ils ont eu une violente dispute.

– Mais dans votre précédent rapport vous disiez que Guan ne fréquentait personne au moment de sa mort.

– C'est parce qu'ils ont gardé cette liaison secrète.

– C'est un point important, dit Li après un silence. Mais une liaison n'entraîne pas nécessairement un meurtre.

– Les choses se sont gâtées entre eux. Ils ont eu une discussion violente à la montagne. Nous avons un témoin. Guan voulait que Wu divorce ; il a refusé. Nous pensons que c'est ce qui a provoqué la dispute.

– Vous supposez donc que c'est pour cette raison que Wu Xiaoming l'a tuée et a jeté son corps dans le canal ?

– En effet. Au début de notre enquête, l'inspecteur Yu et moi-même sommes partis du principe que le meurtrier disposait d'une voiture et qu'il connaissait bien le canal. En tant que jeune instruit, Wu Xiaoming a vécu plusieurs années dans un petit village à un quart d'heure à pied du canal. Il espérait sans doute que le corps resterait au fond jusqu'à ce qu'il disparaisse sans laisser de trace.

– Supposons que votre théorie soit juste – ce n'est qu'une hypothèse, bien entendu –, que Guan et Wu aient eu une liaison, et que les choses aient mal tourné entre eux, dit Li plus lentement en semblant peser chaque mot. Pourquoi Wu serait-il allé aussi loin ? Il pouvait simplement refuser et cesser de la voir, non ?

– Il pouvait, mais Guan, dans son désespoir, aurait été capable de faire n'importe quoi pour le détruire.

– Je ne vois pas pourquoi. Guan avait sa réputation et sa carrière politique à préserver. Admettons qu'elle ait été désespérée. Croyez-vous que l'unité de travail de Wu aurait fait beaucoup d'histoires à propos d'une telle liaison ?

– Peut-être. Ou peut-être pas. On ne sait jamais.

– Jusqu'ici, votre théorie explique sans doute certaines choses, mais elle est défectueuse. Je ne vois pas de mobile réel.

– C'est ce que nous essayons de trouver.

– Et l'alibi de Wu ?

– D'après le témoignage de Guo Qiang, Wu Xiaoming est resté dans son bureau toute la nuit pour développer des photos. Wu est photographe professionnel, il a sa chambre noire et son matériel ; pourquoi aurait-il utilisé l'appartement de Guo ce soir-là ?

– Wu a-t-il donné une explication ?

– Il a dit que quelque chose n'allait pas dans sa chambre noire, mais je n'y crois pas. Guo n'est pas un professionnel, il n'a même pas de bon matériel. Que Wu ait travaillé chez lui ne tient pas debout. Guo est le copain de Wu, et il essaie seulement de le couvrir.

– En tout cas, un alibi est un alibi. Qu'allez-vous faire maintenant ?

– Avec un mandat de perquisition nous pourrons trouver de nouvelles pièces à conviction.

– Comment pouvez-vous justifier d'engager des poursuites contre Wu dans ces conditions ?

– Nous n'avons pas besoin de l'accuser de meurtre pour lancer un mandat de perquisition. La fabrication d'une fausse attestation de mariage est déjà plus que suffisante. Le témoin que j'ai trouvé à Canton peut témoigner contre lui, non seulement à propos du document, mais aussi des photos de nu de Guan : un mode de vie bourgeois décadent occidental.

– Un mode de vie bourgeois décadent occidental, hum, une accusation à la mode.

Li se leva brusquement en écrasant la cigarette qu'il n'avait pas finie et ajouta :

– Camarade inspecteur principal Chen, j'avais une raison de vous faire venir dans mon bureau ce soir. Il ne s'agit pas seulement de l'affaire Guan mais d'autre chose.

– Autre chose ?

– Pour que vous écoutiez le rapport dressé contre vous.

Chen se leva à son tour.

– Un rapport contre moi ? Qu'est-ce que j'ai fait ?

– Un rapport sur votre mode de vie bourgeois décadent occidental – exactement la même accusation – au cours de votre enquête à Canton. Pendant votre séjour, vous et un homme d'affaires douteux avez été inséparables, vous êtes allés dans toutes sortes de restaurants chic, trois repas par jour…

– Je sais de qui vous parlez, camarade secrétaire du Parti. Il s'agit de monsieur Ouyang, n'est-ce pas ? C'est un homme d'affaires, mais quel mal y a-t-il à ça ? Notre gouvernement encourage dorénavant l'entreprise privée. Quant au fait qu'il m'ait invité quelques fois, c'est parce qu'il écrit lui aussi des poèmes.

– Je n'ai pas encore terminé. Le rapport dit aussi que vous vous êtes rendu dans un salon de massage.

– Oh, le salon de massage. Oui, j'y suis allé parce que je devais rencontrer Xie Rong, le témoin que je viens de mentionner. Elle travaille au salon.

– Une copie du reçu du salon indique que vous avez payé pour ce qu'on appelle un « service complet ». La Sécurité intérieure en a eu une copie, et on sait ce que « service complet » veut dire.

C'était la deuxième fois dans la journée que Chen entendait parler de la Sécurité intérieure. La première fois c'était dans le bureau de la présidente Yao. La Sécurité intérieure était une institution spéciale, redoutée particulièrement des policiers – la police des polices.

– Pourquoi la Sécurité intérieure ?

– Voyons, si vous n'avez rien fait de mal, vous ne devez pas avoir peur que le diable frappe à votre porte au milieu de la nuit.

– Je ne sais pas comment ils ont pu obtenir un tel reçu. Je n'en ai pas eu moi-même. En fait, monsieur Ouyang avait payé d'avance pour moi. Je ne savais même pas que c'était un salon de massage avant d'arriver là-bas. Quant au « service complet », quel que soit le sens que d'autres lui donnent, je ne l'ai pas utilisé.

– Mais pourquoi être allé parler à votre témoin dans cet endroit ? demanda Li en allumant une autre cigarette sans en offrir. Pour ma part, je ne vois pas pourquoi vous n'avez pas fait convoquer la fille par la police de

Canton pour l'interroger. C'est une pratique commune, et qui donne des résultats.

– Eh bien… j'ai pensé que ma façon serait peut-être plus efficace.

L'inspecteur principal Chen avait envisagé de l'emmener à la police locale, mais il avait fait une promesse au professeur Xie, et il avait aussi une dette envers Ouyang. En outre, le secrétaire du Parti Li, qui habitait l'ensemble résidentiel pour cadres supérieurs dans la rue de Huaihai, ne pouvait pas comprendre combien de personnes ordinaires comme Xie Rong étaient intimidées par les cadres supérieurs et leurs enfants. Xie n'aurait jamais osé dire quelque chose contre Wu à la police de Canton.

– Je ne suis resté à Canton que cinq jours. J'avais tant à faire ici que je n'ai pas eu le temps de faire une enquête ordinaire, et la police de Canton était trop occupée pour m'aider. Je n'avais pas le choix.

– Vous avez passé plus de deux heures dans le salon de massage, seul avec elle. Ensuite vous l'avez emmenée à l'*Hôtel du Cygne blanc*, là encore dans un salon particulier. Et vous avez payé plus de cinq cents yuans pour le repas – plus qu'un mois de salaire. Vous appelez cela une *enquête*, camarade inspecteur principal Chen ?

Ainsi, tous les mouvements de l'inspecteur principal Chen à Canton avaient été surveillés. Il comprit dans quel guêpier il s'était mis. Le secrétaire du Parti Li était bien renseigné.

– Je peux m'expliquer, camarade secrétaire du Parti Li.

– Comment ?

– Je l'ai invitée pour m'assurer qu'elle collaborerait avec nous. Le repas était cher, mais tout est cher à Canton. Et j'ai tenu à payer de ma poche.

– Pour une masseuse ? Vous êtes vraiment généreux.

– Camarade secrétaire du Parti Li, j'enquêtais sur un meurtre. En tant qu'enquêteur, j'ai décidé d'approcher un témoin de la façon que je jugeais convenable. Comment se fait-il que j'ai été tout le temps surveillé à Canton ?

– Votre comportement peut avoir éveillé les soupçons de certains.

– Camarade secrétaire du Parti Li, c'est vous qui m'avez parrainé pour que j'entre au Parti ; si vous n'avez pas confiance en moi, à quoi bon vous en dire plus ?

– J'ai confiance en vous, camarade inspecteur principal Chen. J'ai affirmé à la Sécurité intérieure que ce que vous aviez fait à Canton était nécessaire à l'enquête. J'ai même précisé que nous en avions discuté ensemble.

– Oh, merci, secrétaire du Parti Li. Vous m'avez beaucoup aidé, depuis mon tout premier jour ici. Je vous en suis très reconnaissant.

– Vous n'avez pas à me remercier. Je sais que vous avez fait du bon travail. Et sur cette affaire aussi.

– Alors nous devons... (Chen s'interrompit soudain et toussa avec le poing contre la bouche) poursuivre notre enquête.

– Il n'en est pas question, soupira Li en se penchant sur sa table. Ils envisageaient de porter plainte contre vous. C'est pourquoi j'ai dû me donner du mal pour vous, mais je ne pense pas pouvoir faire davantage.

Chen se leva péniblement de son fauteuil puis s'affaissa, tout en regardant sur le mur les photos de Li qui retraçaient la longue carrière d'un homme politique parmi d'autres hommes politiques. Il essaya d'extraire de sa poche un paquet de cigarettes fripé, mais Li lui en offrit une du coffret posé sur la table.

– Je suis fini ? demanda Chen.

– Non, pas si vous ne restez pas dans les parages pour les asticoter. Laissez les choses se calmer. C'est ce que je leur ai promis. Que vous vous occuperiez d'autre chose.

– Alors je dois suspendre l'enquête ?

– Oui.

– C'est une affaire de meurtre. Pourquoi la Sécurité intérieure serait-elle après moi plutôt qu'après le meurtrier ?

– Ce n'est pas un meurtre ordinaire.

– Il n'existe pas de meurtre ordinaire.

Le secrétaire du Parti eut l'air embarrassé.

– Bon… Vous êtes peut-être dans le vrai, mais d'autres personnes ont peut-être leurs raisons, camarade inspecteur principal.

– Ah bon ?

– Avez-vous déjà pensé aux répercussions de cette affaire ? Répercussions politiques, s'entend.

Après un instant d'hésitation, Chen reconnut :

– Elle peut en avoir quelques-unes.

– Certains pensent qu'elle peut en avoir de nombreuses.

Chen attendit que Li continue.

– Tout ici est une question d'opportunité. Dans le climat politique actuel, pensez-vous que votre enquête soit bénéfique pour l'image du Parti ?

Li marqua une pause, pour l'effet, avant de poursuivre :

– Qui est impliqué ? Une travailleuse modèle de la nation et un ECS adultère. Si votre hypothèse est correcte. Quelles seraient les réactions ? On crierait à la faillite idéologique ! Pis encore, les gens en viendraient à considérer les ECS comme le produit du système de notre Parti et rendraient les cadres supérieurs de la vieille génération responsables de tout ce qui va mal. Certains pourraient même s'en servir pour calomnier le gouvernement. Après ce qui s'est passé l'été dernier place Tiananmen, beaucoup de gens sont encore ébranlés dans leur foi en notre système socialiste.

– Ce pourrait être aussi grave ? Compte tenu de la position des Wu, nos médias ne traiteraient probablement même pas l'affaire. Et je ne pense pas que les réactions seraient celles que vous dites.

– Mais c'est possible, n'est-ce pas ? En ce moment, la stabilité politique est d'une suprême importance. Donc, officiellement, l'enquête se poursuivra, et nous en restons responsables. Mais si vous ne renoncez pas, vous pouvez être sûr que la Sécurité intérieure mènera une enquête parallèle. Si nécessaire, elle entravera la vôtre avec n'importe quelle accusation qu'elle pourra trouver contre vous.

– Une enquête parallèle, je vois.

– Vous ne devez pas offrir à ces gens-là le moindre prétexte à saisir. Ou ils auront votre peau.

L'inspecteur principal Chen était conscient d'offrir une foule de prétextes. Pas seulement son voyage à Canton.

Le secrétaire du Parti semblait réfléchir profondément.

– D'ailleurs, même si votre hypothèse peut expliquer certains faits, vous n'avez pas de témoin oculaire. Pas d'arme. Pas de preuve solide. Rien que des commencements de preuves pour étayer ce qui est pour l'essentiel une théorie inventive. Et en fin de compte, pas de mobile non plus. Pourquoi Wu l'aurait-il assassinée ? Alors pour le moment, camarade inspecteur principal Chen, rien ne justifie la poursuite de l'enquête.

– C'est-à-dire... que la politique ne la justifie pas, dit Chen avec amertume.

– Considérez l'affaire comme classée, du moins pour quelque temps. Nous n'avons pas à l'annoncer. Attendons. Quand le vent politique tournera, ou quand vous aurez une preuve irréfutable, ou que vous aurez découvert le mobile, alors nous en reparlerons.

Attendre était toujours possible. Mais personne ne pouvait dire quand le vent tournerait. Et quelle preuve irréfutable pouvait-il y avoir puisque ce qui avait valeur de preuve serait défini ailleurs ?

– Et si le temps ne change pas, camarade secrétaire du Parti ?

– Vous voulez que tout le système se plie à votre volonté, camarade inspecteur principal ? dit Li en fronçant les sourcils. Je crois avoir été clair : je ne veux pas déclarer que l'affaire vous est retirée par décision officielle. Oui, c'est moi qui vous ai fait entrer au Parti, mais en temps que membre, je dois tout d'abord protéger les intérêts du Parti. Vous êtes membre vous aussi. Nous sommes donc censés savoir tous les deux qu'il est d'une importance suprême de servir les intérêts du Parti.

Chen en conclut que toute discussion supplémentaire serait inutile et il ne protesta plus. Il se leva.

– Je vois, secrétaire du Parti Li.

– Je ne comprends pas pourquoi vous êtes tellement accroché à cette affaire, dit le secrétaire du Parti quand Chen sortit.

Chen ne comprenait pas non plus.

Pas même quand il retrouva son appartement après avoir réfléchi pendant tout le trajet. Il alluma la lumière et s'effondra dans son fauteuil. La pièce semblait nue et pauvre – affreusement vide, abandonnée.

Une pièce est comme une femme, pensa-t-il. *Elle aussi vous possède. Et vous devez dépenser une fortune pour qu'elle vous aime.*

Était-ce une formule qu'il avait lue quelque part ou simplement une étincelle fugitive de son esprit ? Le plus souvent, les images poétiques lui venaient à des moments imprévisibles.

Il savait qu'il ne pourrait pas s'endormir, mais après une journée aussi mouvementée c'était bon de s'étendre sur le lit. En contemplant les ombres qui dansaient au plafond, il fut saisi d'un sentiment de solitude. De temps en temps, il trouvait agréable de se sentir seul au milieu de la nuit. Mais ce qu'il ressentait cette fois était davantage qu'une solitude morose. C'était comme si son existence même devenait incertaine.

Guan avait dû connaître de pareils moments ; comme c'était une femme, elle avait eu à supporter encore davantage de tension, seule dans sa chambre semblable à une cellule.

Il se leva, alla à la salle de bains et s'aspergea le visage d'eau froide. Il avait du mal à envisager l'affaire du point de vue du secrétaire du Parti, ses pensées revenaient à Guan.

Tout en regardant une lumière au loin, l'inspecteur principal Chen se rendit compte d'une affinité entre la morte et lui. Tous deux avaient eu une carrière rapide et brillante – du moins aux yeux des autres. Ils avaient atteint des positions normalement hors de portée à leur âge. Comme l'avait fait remarquer Lu le Chinois d'outre-mer, il était tombé dans les bras de la chance. La jalousie de certains de ses collègues était compréhensible. Cette même jalousie pouvait aussi expliquer l'impopularité de Guan auprès de ses voisins.

Ils étaient aussi tous deux des « jeunes pas tout jeunes », selon la nouvelle expression à la mode. Ç'avait eu du poids auprès du comité du logement du bureau, mais pour le reste c'était tout sauf agréable ; ça sous-entendait qu'ils auraient dû être mariés depuis longtemps.

Le succès politique n'aidait guère dans la vie personnelle. Il pouvait au contraire la gâcher. Particulièrement dans la Chine moderne. Être membre du Parti signifiait être loyal en premier lieu au Parti selon la règle du Parti, ce qui n'attirait pas nécessairement un conjoint éventuel. Un mari potentiel préférerait vraisemblablement une épouse qui s'engage à être loyale tout d'abord envers lui, qui mette tout son cœur et toute son âme dans sa famille.

Le succès politique pouvait rendre la vie difficile de diverses façons. Chen le savait d'expérience : inspecteur principal célibataire de trente-cinq ans, il était constamment surveillé. Il devait se montrer à la hauteur de son rôle officiel. C'était peut-être une des raisons pour lesquelles il était resté seul. La même chose avait pu arriver à Guan.

Mais ce n'était pas l'heure d'être sentimental. Il essaya une fois de plus de se mettre à la place de Li. Il reconnut le bien-fondé de ses arguments. Après des années gaspillées en agitation politique, la Chine faisait enfin de grands pas dans la réforme économique. Avec un PNB qui augmentait chaque année de deux chiffres, les Chinois commençaient à mieux vivre. Et une certaine dose de démocratie s'instaurait. Dans une telle conjoncture historique, la « stabilité politique » – expression répandue après l'été tragique de 1989 – était peut-être un préalable à de nouveaux progrès. A ce stade, l'autorité incontestée du Parti était plus importante que jamais.

Ainsi, plutôt que de nuire à l'autorité politique du Parti, et à la stabilité politique, l'enquête devait être suspendue.

Mais *quid* de la victime ?

Certes, Guan Hongying avait vécu pour les intérêts du Parti. Ce n'était que logique qu'elle soit morte aussi pour les intérêts du Parti. Et c'était dans son intérêt à elle qu'on étouffe l'affaire, son image de modèle demeurerait intacte.

Ce ne serait ni la première ni la dernière fois qu'un policier s'arrêterait en plein milieu d'une enquête. Peu de gens connaîtraient la vraie raison. Alors pourquoi en faire toute une histoire ?

Au pire, il risquait de perdre la face. Et probablement de sauver sa tête.

Le secrétaire du Parti Li n'était pas le seul à s'interroger sur l'obstination de l'inspecteur principal Chen.

Pourquoi ? se demanda Chen à demi endormi.

29

Il fut réveillé par le téléphone.

– Allô ?

– C'est moi, Wang Feng. Je sais qu'il est tard, mais il faut que je te voie.

La voix angoissée de Wang semblait aussi proche que si elle s'était trouvée dans la pièce à côté, mais en même temps elle était lointaine.

– Quelque chose ne va pas ? Ne t'inquiète pas, Wang. Où es-tu ?

Il regarda sa montre. Minuit et demi. Il ne s'attendait pas à un appel de Wang. Pas à cette heure.

– Je suis dans la cabine de l'autre côté de la rue.

– Où ça ?

– Tu peux la voir de ta fenêtre.

– Alors pourquoi ne pas monter ?

Il y avait une cabine téléphonique au coin de la rue, une de ces nouvelles installations où on pouvait utiliser des pièces ou des cartes.

– Non, descends, toi.

– D'accord, je suis en bas dans une minute.

Il ne l'avait pas vue depuis le fameux soir. Son hésitation à monter était compréhensible. Elle devait avoir de gros ennuis.

Il enfila son uniforme, attrapa son porte-documents et descendit l'escalier en courant. Mieux vaut avoir l'air sérieux tout seul dehors à une heure pareille, pensa-t-il en finissant de boutonner sa veste. Il se précipita dans la cabine, mais il n'y avait personne. Personne dans la rue non plus.

Inquiet, il décida d'attendre un peu. Soudain le téléphone sonna. Chen le fixa quelques secondes avant de comprendre.

– Allô ?

– Dieu merci ! C'est moi. J'avais peur que tu ne décroches pas.

– Quelque chose ne va pas ?

– Oui. Cet après-midi, tes gens des passeports ont rejeté ma demande. Je me fais beaucoup de souci pour toi.

– Pour *moi* ?

Il la trouva incohérente. On lui avait refusé son passeport, mais ce n'était pas une raison pour qu'elle s'inquiète pour lui.

– J'ai mentionné ton nom, mais les agents m'ont regardée bêtement. L'un d'eux a dit que tu avais été suspendu, que tu étais un fouinard incapable de t'occuper de tes affaires.

– Qui a dit ça ?

– L'officier Liao Kaiju.

– Ce fils de… Laisse courir. Du menu fretin. Il ne supporte tout simplement pas que je sois inspecteur principal.

– C'est à cause de l'enquête sur Guan ?

– Non, elle n'est pas encore terminée.

– J'étais tellement inquiète, Chen. J'ai des relations moi aussi, alors j'ai passé plusieurs coups de téléphone ce soir. L'affaire Guan est sans doute plus compliquée que tu ne le penses. Des gens haut placés semblent y voir une attaque délibérée contre les révolutionnaires de la vieille génération, avec toi comme porte-drapeau des réformistes libéraux.

– Ce n'est pas vrai, tu le sais. Je ne m'intéresse pas à la politique. C'est une affaire de meurtre, un point c'est tout.

– Je sais, mais tout le monde n'est pas de cet avis. Il paraît que Wu s'agite pas mal à Pékin. Et il y a beaucoup de relations.

– Ça ne m'étonne pas.

– Certains s'en sont même pris à tes poèmes, ils les ont rassemblés et disent qu'ils ne sont pas politiquement justes, qu'ils sont une preuve supplémentaire que tu n'es pas un membre du Parti fiable.

– C'est incroyable. Je ne vois pas ce que ma poésie vient faire là-dedans !

– Un conseil, si tu veux bien que je t'en donne un, dit-elle sans attendre sa réponse. Arrête de t'acharner, tu te heurtes à un mur.

– Je te remercie de ton conseil, Wang. Mais je réglerai mes problèmes. Et les tiens.

Il y eut un bref silence ; il entendait la respiration haletante de Wang. Puis sa voix revint, différente, émue.

– Chen ?

– Oui ?

– Tu as l'air épuisé. Je peux venir… si tu penses que c'est bien.

– Oh, je suis seulement un peu fatigué, dit Chen presque machinalement. Une bonne nuit de sommeil me fera du bien. Je crois que c'est tout ce dont j'ai besoin.

– Tu en es sûr ?

– Oui, merci beaucoup.

– Alors… fais attention à toi.

– Toi aussi.

Il raccrocha, mais il resta debout dans la cabine.

La vérité c'était qu'il n'avait aucune idée de comment résoudre son problème. Sans parler de celui de Wang.

Deux ou trois minutes s'écoulèrent. Il n'y eut pas d'autre sonnerie. Chen l'avait vaguement attendue. Le silence le déçut.

Elle s'inquiétait pour lui. Une journaliste était naturellement sensible aux changements d'attitude chez les autres. Liao avait promis son aide, à l'époque où Chen était considéré comme une étoile montante. Les ennuis de Chen l'avaient changé. Aux yeux de Liao, la carrière de l'inspecteur principal était pratiquement finie.

Chen sortit de la cabine. La chaleur n'était plus insupportable ; la lumière de la lune filtrait doucement à travers les feuilles. Il avait mille choses en tête et pas envie de rentrer chez lui. Il se surprit à marcher sans but dans les rues désertes, et s'aperçut soudain qu'il se dirigeait vers le Bund.

Au coin de la rue du Sichuan, il passa devant un immeuble de brique rouge à deux étages qui avait été autrefois le lycée Yaojing, son lycée pendant la Révolution culturelle. C'était devenu le restaurant *La Maison rouge* – allusion subtile au luxe du *Rêve dans le pavillon rouge*. Son emplacement avait sans doute trop de valeur pour un lycée. Chen résista à la tentation d'entrer y prendre un café. L'heure n'était pas à la nostalgie.

Se découpant sur le néon du restaurant, plusieurs personnes échangeaient des devises avec des touristes étrangers. Une jeune fille courait après un couple d'Américains avec une poignée de yuans. Quand il allait au lycée, Chen et d'autres petits gardes rouges avaient surveillé la circulation à cet endroit, ils faisaient la chasse aux bicyclettes sans plaque ou munies d'un siège de bébé installé illégalement. Ils étaient des volontaires zélés en ce temps-là.

Le fleuve apparut.

Sur le Bund, un vent léger soufflait au-dessus du parapet, apportant l'odeur du fleuve et des docks, un mélange shanghaïen qui lui était familier ; même à cette heure tardive, le Bund était encore semé d'amoureux qui se promenaient main dans la main ou restaient immobiles comme des statues dans la nuit.

Avant 1949, Shanghai était une « ville sans sommeil » et le Bund, « comme les plis d'une ceinture brillante enroulée ».

Il s'arrêta au pont de Waibai. L'eau sentait le gas-oil et les déchets industriels, mais elle était un peu moins noire, mouchetée de reflets miroitants du néon. Il s'appuya sur le garde-corps et regarda l'eau silencieuse. Un remorqueur approchait de l'arche du pont.

Il tenta de mettre de l'ordre dans les pensées qui se pressaient dans sa tête.

Il se sentait écrasé, bien qu'il ne l'ait pas avoué à Wang. Écrasé non par l'affaire mais par la politique qui pointait derrière elle : une lutte de pouvoirs à l'intérieur du Parti. Dans ses efforts pour faire appliquer ses réformes, Deng Xiaoping avait promu de jeunes fonctionnaires du Parti dits « réformistes » par le biais de la politique de retraite des cadres. Ce n'était pas une menace sérieuse pour les cadres dirigeants, mais c'en était une pour les autres. Après l'été mouvementé de 1989, Deng avait dû apaiser ces vieux cadres, retraités ou en voie de l'être, en leur rendant une partie de leur influence. Un équilibre subtil avait été maintenu. Dans le quotidien du Parti, un nouveau slogan, « stabilité politique », était devenu extrêmement important.

Mais un tel équilibre était fragile. Les vieux cadres étaient sensibles à tout geste des réformistes. Et l'enquête menée contre Wu était interprétée comme une attaque contre les vieux cadres. Wu avait propagé cette interprétation à Pékin. Avec les relations de sa famille, il n'avait aucune difficulté pour obtenir la réaction qu'il voulait. Et elle était venue. De la Commission de discipline. Du secrétaire du Parti Li. De la Sécurité intérieure.

Un vieux cadre supérieur tel que Wu Bing, gisant inconscient sous un masque à oxygène à l'hôpital, devait rester à l'abri, ainsi que sa résidence, sa voiture et, cela va sans dire, ses enfants.

Si Chen s'obstinait à mener l'enquête à sa manière, ce serait sa dernière. Il pouvait peut-être encore démissionner, mais il était peut-être déjà trop tard. Une fois sur une liste noire, on ne pouvait pas éviter l'inévitable.

Jusqu'où irait le secrétaire du Parti Li pour le protéger ?

Probablement pas loin, puisque sa chute l'impliquerait aussi. Chen était sûr que Li, en politique expérimenté, ne prendrait pas parti pour un perdant.

Une affaire était déjà montée contre lui, pour étouffer celle de Wu Xiaoming. Qu'est-ce qui l'attendait ? Des années dans un camp de réforme par le travail dans le Qinghai, ou dans une sombre cellule, ou même une balle dans la nuque. Évoquer ces scénarios était peut-être trop dramatique pour l'instant, mais il était certain d'être expulsé de la police.

La situation était grave. Wang avait essayé de le mettre en garde.

Le long du Bund l'air de la nuit était doux, serein.

Derrière lui, de l'autre côté de la rue de Zhongshan, il y avait l'*Hôtel de la Paix* avec son toit à pignons. Chen avait rêvé d'y passer une soirée dans le bar en compagnie de Wang, avec des musiciens de jazz faisant des merveilles sur leur piano, leurs trompettes et leur batterie, et les serveurs, une serviette amidonnée sur le bras, servant des Bloody Mary, des Manhattan, des Black Russian…

Ils n'en auraient jamais l'occasion.

Il n'était pas trop inquiet pour elle. Séduisante, jeune, intelligente, Wang avait ses propres relations. Elle finirait par obtenir son passeport et son visa, et monterait dans un avion japonais. Sa décision de partir se révélerait peut-être la bonne. Nul ne pouvait prédire l'avenir de la Chine.

A Tokyo, en kimono de soie ondoyant, agenouillée sur une natte et réchauffant une tasse de saké pour son mari, elle ferait une merveilleuse épouse. Splendeur de fleurs de cerisier se détachant sur le mont Fuji enneigé.

La nuit, quand une sirène retentirait dans le ciel sans sommeil, penserait-elle encore à lui de l'autre côté des mers et des montagnes ?

Il pensa à des vers de Liu Yong, écrits pendant la dynastie des Song :

Où me trouverai-je
Ce soir, au réveil de l'ivresse ?
La berge de la rivière bordée de saules pleureurs,
La lune à son déclin, l'aube sous la brise.
Une année après l'autre, je serai loin,
très loin de toi.
Les beaux paysages se déploient,
Mais en vain :
Oh, à qui puis-je parler
De ce spectacle enchanteur ?

Dans le poème de Liu, c'était Liu qui partait, mais maintenant c'était Wang qui le quittait. Situation inversée.

En tant que poète, Liu était un nom respecté de la littérature classique. En tant qu'homme, il avait mené une vie dissipée ; buveur, rêveur, il avait gaspillé ses plus belles années dans les bordels. On disait même que ses poèmes d'amour avaient causé sa perte, car il était méprisé de ses contemporains qui le dénonçaient, outrés dans leur dignité confucéenne orthodoxe. Il était mort dans la misère, accompagné d'une pauvre prostituée qui aimait ses poèmes, encore qu'une telle compagne dans ses derniers instants puisse être aussi une invention. Une goutte de consolation dans une coupe d'amertume.

Wang reviendrait-elle plus tard, comblée et prospère ? Où en serait-il alors ? Il ne serait plus inspecteur principal. Aussi réprouvé que Liu. Dans une société de plus en plus matérialiste, qui se soucierait d'un rat de bibliothèque capable seulement de tracer quelques vers sentimentaux ?

Il tressaillit quand la grande horloge de la tour des Douanes sonna un nouveau carillon. Il ne le connaissait pas, mais il le trouva joli. L'horloge avait joué un air différent quand il était au lycée, un air dédié au président Mao, *L'Orient est rouge*.

Les temps changeaient.

Des milliers d'années plus tôt, Confucius avait dit : *Le temps coule comme l'eau du fleuve*.

Il respira à pleins poumons l'air de la nuit d'été, comme s'il luttait contre le courant qui enflait. Puis il quitta le Bund et se dirigea vers la poste centrale de Shanghai.

Située au coin de la rue du Sichuan et de la rue de Chapu, la poste était ouverte vingt-quatre heures sur vingt-quatre. Même à cette heure tardive, un portier consciencieux était assis à l'entrée. Chen lui adressa un signe de tête. Dans le vaste hall il y avait plusieurs bureaux de chêne où on pouvait écrire, mais les rares personnes assises attendaient devant une rangée de cabines pour appeler hors de la ville.

Il décida de s'asseoir à l'un des longs bureaux et se mit à écrire sur du papier à en-tête de la police. C'était plus indiqué. Il ne voulait pas que ce soit trop personnel. C'est une affaire grave, se dit-il, et dans l'intérêt du Parti.

A sa grande surprise, les mots semblèrent couler de son stylo dès qu'il eut commencé à écrire. Il s'interrompit une seule fois pour regarder une affiche au mur. L'affiche lui en rappelait une autre qu'il avait vue des années plus tôt, un oiseau noir planant au-dessus de l'horizon et portant un soleil orange sur son dos. La légende disait : *Ce qui doit arriver arrive.*

Le temps est un oiseau,
Il se perche et il s'envole.

Puis il prit une enveloppe recommandée et demanda à un employé qui bâillait derrière son guichet :

– Combien coûte une lettre recommandée pour Pékin ?
– Huit yuans.
– Très bien.

La lettre qu'il tenait les valait. C'était peut-être sa dernière carte. Il n'était pas joueur, mais il devait s'en servir. Même si, après tant d'années, elle n'avait plus de valeur que dans son imagination. C'est plutôt le semblant d'espoir auquel s'accroche un homme qui se noie, pensa-t-il.

Lorsqu'il sortit de la poste, l'horloge sonnait 2 heures. Il salua de nouveau le portier toujours immobile à l'entrée. L'homme ne leva même pas les yeux.

Au coin de la rue, un marchand ambulant avec une énorme casserole d'œufs au thé fumante sur un réchaud à charbon interpella Chen. L'odeur ne le tentait pas ; il poursuivit son chemin.

A l'intersection de la rue de Tiantong et de la rue du Sichuan, une tour de verre et d'acier se découpait sur un fond sombre de passages et de maisons *siheyuan* à cour carrée. Des projecteurs illuminaient le chantier où une procession de camions, d'engins lourds et de charrettes à bras apportait du matériel. Comme beaucoup d'autres, la rue de Tiantong avait été coupée suite à l'effort fourni par Shanghai pour retrouver son statut de centre industriel et commercial du pays.

Chen essaya de prendre un raccourci en tournant dans le marché de Ninhai. Le marché était désert, à l'exception d'une longue file de paniers – en plastique, en bambou, en rotin – de formes et de tailles variées. La file menait à un comptoir de ciment sous une enseigne en bois où était écrit à la craie MAIGRE JAUNE. Le poisson le plus savoureux de l'avis des ménagères de Shanghai. Les paniers représentaient les épouses vertueuses qui arriveraient une ou deux heures plus tard pour les récupérer et prendre leur place dans la file en se frottant les yeux, encore ensommeillées.

Il n'y avait qu'un employé de nuit au fond du marché, son col rembourré relevé jusqu'aux oreilles, en train de taper sur un bloc gigantesque de poisson gelé devant l'entrepôt frigorifique.

Le raccourci par le marché était finalement une erreur et Chen dut prendre une autre petite rue, ce qui retarda encore davantage son retour.

En y repensant, il reconnut que ses décisions avaient été des erreurs, soit graves soit sans importance. C'était pourtant la combinaison de ces décisions qui l'avait fait tel qu'il était. Dans l'immédiat, un inspecteur principal suspendu – bien que non officiellement –, avec un avenir politique pratiquement condamné. Mais au moins il s'était efforcé de décider honnêtement et consciencieusement.

Il ne savait pas encore s'il avait fait une nouvelle erreur en envoyant la lettre à Pékin. Il se mit à siffler, faux, un air qu'il avait appris dans sa jeunesse :

Le rêve d'hier est emporté par le vent,
Le vent d'hier rêve encore le rêve…

C'était larmoyant, encore plus que le poème de Liu Yong.

30

Vendredi après-midi. L'inspecteur Yu se trouvait à sa table, étudiant les dossiers de la brigade des affaires spéciales.

L'inspecteur principal Chen n'était pas dans son bureau. Il servait d'interprète et d'escorte à une délégation d'écrivains américains, une mission soudaine que le secrétaire du Parti Li lui avait confiée la veille. Écrivain et traducteur à part entière, Chen avait été choisi pour représenter l'Union des écrivains chinois.

La nouvelle avait été si subite que Yu n'avait pas eu le temps d'échanger des informations avec Chen. Ils s'étaient manqués le jour où Chen était revenu de Canton. Et le lendemain tôt, quand Yu était entré dans le grand bureau, la nouvelle mission de Chen était décidée. Il était parti presque immédiatement pour l'aéroport.

A première vue, ce n'était pas trop mauvais signe. Ça pouvait peut-être même signifier que l'inspecteur principal Chen avait encore la confiance du Parti, mais Yu était inquiet. Depuis le festin de crabes, il avait en Chen un allié, et un ami. Le Vieux chasseur lui avait parlé de l'obstacle que rencontrait l'enquête, et des ennuis de Chen. L'après-midi, Yu avait aussi parlé avec le secrétaire du Parti Li qui l'avait affecté à la sécurité temporaire d'une conférence importante dans le comté de Jiading.

– Et l'affaire ? demanda Yu.

– Quelle affaire ?

– L'affaire Guan Hongyin.

– Ne vous tracassez pas, camarade inspecteur Yu. Le camarade inspecteur principal Chen sera de retour dans deux jours.

– Notre brigade aussi a beaucoup de travail.

– Finissez ce que vous pourrez avant de vous présenter lundi à la conférence. D'autres personnes s'occuperont des affaires ici, dit Li sans le regarder. N'oubliez pas de demander vos allocations de repas au comptable. Il est possible que vous deviez rester plusieurs jours là-bas.

A 5 heures, Yu n'avait pas fini grand chose. Des dossiers d'enquêtes inachevées s'empilaient sur sa table. Il se dit sombrement que l'affaire du réseau du Henan qui enlevait des jeunes filles pour les vendre à des paysans dans les provinces reculées pouvait être transmise à la police provinciale concernée. Quant au coulage dans l'aciérie n° 2 de Shanghai, il ne savait pas quoi en faire. Le coulage dans les usines était constant et énorme. Il représentait pour certains ouvriers une forme de rémunération additionnelle. En règle générale, l'ouvrier qui se faisait prendre avait une amende ou était renvoyé. Mais en application d'un texte récent du Comité central du Parti sur le tort causé par ce type de fraude dans les entreprises d'État, le coupable pouvait être condamné à vingt ans de prison. Et il y avait plusieurs affaires qui n'étaient spéciales que parce que les autorités municipales voulaient en faire des exemples pour mettre les jeunes en garde d'une manière ou d'une autre.

L'inspecteur Yu referma le dossier avec un sentiment de frustration en laissant tomber un peu de cendre de cigarette sur la table. Sous l'éclairage de la politique, la justice ressemblait aux boules qui changent sans cesse de couleur et de forme dans les mains du prestidigitateur.

Un meurtrier était toujours en liberté tandis que les policiers avaient des ennuis.

Or, dans sa position, l'inspecteur Yu ne pouvait rien faire, sauf ce qui lui était ordonné.

A 6 heures moins le quart le téléphone sonna de nouveau.

– Inspecteur Yu, dit-il en décrochant.

– Au nom du ciel, qu'est-ce que tu fabriques, Yu ?

La voix de Peiqin était exaspérée.

– Qu'est-ce qui se passe ?

– Tu as pensé à la réunion des parents d'élèves à l'école de Qinqin aujourd'hui ?

– Oh… j'ai oublié. J'ai été débordé.

– Je ne veux pas te harceler, mais je déteste être ici toute seule et m'occuper de lui sans ton aide.

– Excuse-moi.

– La journée a été longue pour moi aussi.

– Je sais. Je rentre à la maison tout de suite.

– Tu n'as pas à rentrer à la maison rien que pour me faire plaisir. De toute façon, ce sera trop tard pour la réunion. Mais souviens-toi de ce que ton père a dit hier.

– Oui, je m'en souviens.

Peiqin était inquiète depuis que le Vieux chasseur leur avait raconté les ennuis de l'inspecteur principal Chen. Elle ne l'appelait donc pas seulement à propos de son absence à la réunion mais surtout à cause de l'enquête qu'il poursuivait. Mais elle avait trop de bon sens pour dire un seul mot au téléphone à ce sujet.

Yu avait choisi d'être flic, bien qu'il n'ait pas eu beaucoup de choix. Il n'avait pas été guidé par la croyance confortable que la loi et l'ordre sont la clef de voûte de la société. Il pensait simplement que le travail lui convenait, en lui apportant non seulement l'indépendance financière, mais aussi une motivation. Il avait cru qu'un flic compétent pouvait changer beaucoup de choses. Pourtant, peu après être entré dans la police, il lui restait peu d'illusions.

Plus Yu réfléchissait, plus il en voulait au commissaire politique Zhang. Ce vieux marxiste pur et dur qui avait un sourire toujours politiquement juste collé sur le visage, tel un timbre-poste, avait dû avertir quelqu'un de haut placé. Quelqu'un qui avait le pouvoir de protéger Wu – à tout prix. A présent, l'inspecteur principal Chen et lui-même étaient pratiquement suspendus.

Dehors, des nuages lourds passaient devant le soleil. Yu espérait encore un coup de téléphone de Chen. Il était tard et il n'y avait personne d'autre dans le grand bureau. Il éteignit la théière électrique, cadeau du directeur du grand magasin n° 1 en reconnaissance de son intervention dans l'affaire. C'était maintenant un rappel chargé d'ironie.

Trois quarts d'heure plus tard, Yu était toujours obstinément assis, la tête vide, devant une feuille blanche.

Le téléphone sonna. Yu le saisit avec une impatience inhabituelle.

– Affaires spéciales.

– Allô, je voudrais parler à l'inspecteur Yu Guangming.

C'était un inconnu qui parlait d'une voix gargouillante.

– Lui-même.

– Je m'appelle Yang Shuhui. Je travaille à la station service n° 63 dans le comté de Qingpu. Je pense avoir des informations pour vous.

– Quelle sorte d'informations ?

– Celles pour lesquelles vous avez offert une récompense.

Yu fut immédiatement en alerte. Il n'avait offert de récompense que dans une seule affaire.

– Au sujet du cadavre dans le canal, exact ?

– Oui, c'est ça. Excusez, j'ai oublié le numéro de l'affaire.

– Écoutez, camarade Yang, je suis sur le point de m'en aller, mais j'aimerais vous voir aujourd'hui. Dites-moi où vous vous trouvez.

– Chez moi, près du *Grand Monde*, dans la rue de Huangpi.

– Bon, je dois prendre quelque chose au marché de Jingling, pas très loin de là. Il y a un restaurant qui sert de la cuisine du Hunan au coin de la rue de Xizhuang. Je crois qu'il s'appelle *Le Pavillon de Yueyang*. Si vous pouvez y être dans trois quarts d'heure environ, nous nous y retrouverons.

– L'offre de récompense tient toujours ? demanda

Yang. Elle date de quelque temps. Je l'ai lue aujourd'hui par hasard dans un vieux journal.

– Oui, trois cents yuans. Pas un fen de moins. Votre numéro de téléphone ? demanda Yu machinalement. Oh, c'est bon, laissez. A tout de suite. Je pars maintenant.

A la sortie du bureau, le vieux portier, le camarade Liang, lui tendit une enveloppe.

– C'est pour vous.

– Pour moi ?

– Ce matin, l'inspecteur principal Chen a reçu ici le dossier de sa mission. Il y avait des billets avec son emploi du temps. Des billets supplémentaires, au cas où d'autres personnes voudraient rejoindre le groupe au dernier moment, mais personne ne les a pris. Alors il m'a laissé deux billets pour l'opéra de Pékin, et deux billets de karaoké pour vous.

– Le Bureau de liaison avec l'étranger n'a pas regardé à la dépense en organisant des distractions pour les Américains. C'est très gentil de la part de l'inspecteur principal.

– Oui, l'inspecteur principal Chen est quelqu'un de vraiment bien, dit le camarade Liang. Vous avez tous les deux du pain sur la planche.

– Oui, je sais. Merci, camarade Liang.

Yu mit les billets dans sa poche et se hâta vers le restaurant.

La conversation avec le camarade Yang se révéla plus fructueuse que Yu ne l'avait imaginé. Après avoir questionné le témoin pendant plus d'une heure et l'avoir enregistré sur son mini-magnéto, il se souvint d'un des vieux proverbes préférés du Vieux chasseur : *Le filet du dieu a de larges mailles, mais il ne laisse rien passer.*

Quelle allait être l'étape suivante ? Yu devait absolument contacter l'inspecteur principal Chen. C'était d'autant plus urgent qu'il allait être coincé dans le comté de Jiading la semaine suivante.

Chen avait dû découvrir quelque chose à Canton, tout comme lui-même en questionnant Jiang et Ning, et maintenant Yang. Chen et lui ne pouvaient espérer surmonter la crise qu'en faisant équipe. Mais ce n'était pas facile de joindre Chen qui escortait la délégation des écrivains américains. Il devait accompagner les hôtes d'un endroit à l'autre. Par ailleurs, ce pouvait être dangereux de téléphoner à l'hôtel *Yin Yang* où Chen logeait avec les visiteurs.

D'après le Vieux chasseur, une cabale était déjà montée contre Chen. Yu pouvait être surveillé également. S'ils laissaient voir qu'ils poursuivaient l'enquête, il y aurait de nouvelles réactions. Non que l'inspecteur Yu ait hésité à prendre des risques, mais ils ne pouvaient pas se permettre la moindre erreur.

Il devait y avoir un moyen de parler avec Chen, un moyen suffisamment discret pour ne pas éveiller de soupçons.

A l'arrêt de bus, plusieurs personnes parlaient avec enthousiasme d'un nouveau spectacle exotique au théâtre Meixin ; il les écouta distraitement sans vraiment suivre leur conversation.

Quand il rentra chez lui, il avait la tête toujours aussi vide.

Il n'y avait pas de lumière. Il était déjà plus de 10 heures et Qinqin devait se lever tôt pour aller à l'école. Peiqin avait eu une lourde journée toute seule. A 6 heures, il lui avait promis d'arriver immédiatement. En refermant la porte derrière lui il se sentit fautif et fut étonné de voir que Peiqin ne dormait pas.

– Ah, tu es rentré, dit-elle en se redressant.

Il se laissa tomber sur un tabouret de bambou pour ôter ses chaussures. Elle alla vers lui, pieds nus. Elle s'agenouilla souplement pour l'aider ; ils étaient maintenant au même niveau.

– Tu n'as pas dîné, Yu ? J'ai gardé quelque chose pour toi.

C'était une boulette de riz farcie au porc haché et aux légumes.

Elle s'assit à table avec lui et le regarda en silence.

– Je suis en retard, Peiqin. Je suis désolé.

– Ne dis rien. Je n'aurais pas dû m'énerver cet après-midi.

– Non, tu avais raison. La boulette est très bonne, dit-il entre deux bouchées. Où as-tu trouvé la recette ?

– Tu te souviens de nos années dans le Yunnan ? Les jeunes filles thaï chantaient et dansaient toute la nuit. Quand elles avaient faim, elle tiraient des boulettes de riz de leurs poches.

Bien sûr qu'il s'en souvenait. Pendant les longues nuits du Xishuangbanna, ils avaient regardé les jeunes filles danser devant les maisonnettes frustes en bambou, et grignoter leurs boulettes de riz pendant les pauses. Ils avaient trouvé tous les deux ces boulettes très pratiques.

A cet instant, l'inspecteur Yu eut une idée.

– Tu as entendu parler d'un restaurant thaï à l'hôtel *Yin Yang* ? *Le Jardin de Xishuang*, un restaurant fabuleux.

– Oui. Je le connais par les journaux.

– Et si nous y allions demain soir ?

– Tu plaisantes !

Il eut un pincement au cœur devant sa surprise. C'était la première fois qu'il l'invitait à sortir depuis la naissance de Qinqin, mais avec une arrière-pensée.

– Non. J'ai simplement très envie d'y aller. Tu n'as pas d'autres projets pour demain soir, si ? Alors pourquoi pas ?

– Tu crois que nous pouvons nous le permettre ?

Yu sortit les billets de sa poche.

– Regarde, deux billets tout compris, boissons, danse et karaoké. Tu sais ce que c'est, c'est très à la mode.

Des billets gratuits. Cent cinquante yuans chacun si nous devions les payer. Alors ce serait dommage de ne pas y aller.

C'étaient les billets que Chen leur avait laissés. Peut-être voulait-il seulement ne pas les laisser perdre. Mais peut-être aussi tenait-il à ce que Yu y aille.

– D'où viennent-ils ?

– Quelqu'un me les a donnés.

– Je ne sais pas danser, dit-elle en hésitant. Et je ne sais pas comment marche le karaoké.

– C'est facile à apprendre, femme.

– Facile à dire.

La perspective d'une soirée spéciale la tentait. Elle ajouta :

– Nous sommes déjà un vieux couple.

– Il y a des gens plus vieux que nous qui dansent et chantent tous les jours sur la place du Peuple.

– Mais pourquoi tu me demandes ça maintenant ?

– Pourquoi pas ? Nous méritons des vacances.

– Ça ne te ressemble pas de prendre des vacances en plein milieu d'une enquête.

– Eh bien, c'est précisément là que nous sommes, en plein milieu. Et c'est aussi pour ça que je veux que tu sois là.

– Qu'est-ce que tu veux dire ?

– Je veux que tu communiques des informations à l'inspecteur principal Chen. Il sera sans doute là aussi. Ce n'est pas une bonne idée qu'on nous voie ensemble lui et moi.

– Alors tu ne m'invites pas à une soirée, dit-elle sans essayer de cacher sa déception. Au contraire, tu me demandes de t'aider dans ton enquête.

– Je suis désolé, Peiqin, dit Yu en lui caressant les cheveux. Je sais que tu t'inquiètes pour moi, mais laisse-moi te dire à la décharge de l'inspecteur principal Chen, et à la mienne, que c'est une affaire qui donne un sens à notre métier. En fait, Chen est prêt à sacrifier sa carrière.

– Je comprends, dit Peiqin et elle lui prit la main. L'inspecteur principal Chen fait preuve d'intégrité. Toi aussi. Pourquoi t'excuser ?

– Si ça t'ennuie tellement, ne le fais pas, Peiqin. J'ai peut-être encore eu une idée idiote. C'est sans doute ma dernière enquête. J'aurais dû t'écouter plus tôt.

Elle protesta :

– Oh non. Dis-moi ce que je dois lui communiquer.

– Que ce soit bien clair : dès que cette enquête sera bouclée, je chercherai un autre travail. Un travail différent. Pour passer plus de temps avec toi et avec Qinqin.

– Ne raisonne pas comme ça, Guangming. Tu fais du très bon travail.

– Je vais te raconter ce qui se passe, ensuite tu me diras si c'est vraiment du bon travail ou pas.

Il lui raconta tout. Quand il termina son histoire au bout d'une demi-heure, il insista de nouveau sur la nécessité d'échanger des informations avec Chen.

– Ça mérite tes efforts, et ceux de l'inspecteur principal Chen.

– Merci, Peiqin.

– Qu'est-ce que je dois mettre ?

– Ne t'inquiète pas. C'est une soirée sans façon.

– Mais je passerai d'abord ici. Je dois préparer le dîner de Qinqin. Nous risquons de rester tard.

– Bon, je devrai y aller directement du bureau. Pas en uniforme, naturellement. Nous nous verrons au *Jardin de Xishuang*, mais faisons comme si nous ne nous connaissions pas. Nous nous retrouverons après, dehors.

– Je vois. Pour être plus prudent, tu ne devrais pas y aller du tout.

– Si. Il vaut mieux que j'y sois, au cas où il t'arriverait quelque chose. Mais je ne le pense pas.

Après un silence, il ajouta :

– Je te demande pardon de t'entraîner là-dedans.

– Ne dis pas ça, Guangming. Si c'est bien pour toi, c'est bien pour moi aussi.

31

Chen servait d'escorte à la délégation des écrivains américains depuis trois jours.

Les visiteurs étaient venus dans le cadre d'un programme d'échanges organisé sous le patronage du Comité Chine-États-Unis des universitaires éminents. William Rosenthal, professeur, critique et poète de renom, était accompagné de sa femme Vicky. Rosenthal était le président de l'association américaine et cela donnait une valeur supplémentaire à sa visite. Shanghai était la dernière étape de leur voyage.

A l'hôtel *Yin Yang*, Chen était logé au même étage que les Rosenthal. Les Américains occupaient une suite luxueuse. Celle de Chen, beaucoup plus petite, était néanmoins élégante, à des années lumière de la Maison des écrivains de Canton. Pour l'heure, il accompagnait le couple américain dans la boutique de l'hôtel pour choisir des souvenirs.

– Je suis très heureux de pouvoir parler à quelqu'un comme vous. C'est à cela que servent nos échanges culturels. Vicky, monsieur Chen a traduit T. S. Eliot en chinois, dit Rosentha à sa femme qui examinait un collier de perles. Y compris *La Terre vaine*.

Rosenthal connaissait visiblement le passé littéraire de Chen, mais il semblait ignorer ses traductions de romans policiers et son métier.

– A Pékin et à Xian, dit Vicky, les interprètes parlaient

bien l'anglais aussi, mais ils connaissaient mal la littérature. Quand Bill faisait une citation, ils étaient perdus.

– J'apprends beaucoup du professeur Rosenthal, dit Chen en sortant le programme de sa poche. Nous devons malheureusement partir maintenant.

Le programme était très chargé. Plusieurs jours avant l'arrivée de la délégation, les détails des activités avaient été faxés au Bureau de liaison avec l'étranger de l'Union des écrivains de Shanghai. Chen était chargé de suivre les instructions écrites. Matinée au temple du Dieu protecteur de la ville, déjeuner avec des écrivains locaux, promenade en bateau l'après-midi, puis shopping dans la rue de Nankin et soirée d'opéra de Pékin… Il y avait plusieurs visites obligées – politiquement nécessaires – telles que la Maison de brique rouge où le Parti communiste chinois aurait tenu sa première réunion ; les restes conservés du taudis de Fangua sous le régime nationaliste, contrastant avec le nouveau bâtiment sous le régime communiste ; et la nouvelle zone de développement à l'est du Huangpu ; ils s'en étaient déjà acquittés.

– Où allons-nous ?

– D'après le programme de la matinée, au temple du Dieu protecteur de la ville.

– Un temple ? demanda Vicky.

– Pas vraiment. C'est un bazar avec un temple au milieu, expliqua Chen. Si bien que certain l'appellent le Bazar du temple du Dieu protecteur de la ville. Il y a beaucoup de magasins – y compris le temple lui-même – qui vendent toutes sortes de produits d'artisanat local.

– Chouette.

Comme d'habitude, le bazar autour du temple grouillait de monde. Les Rosenthal ne s'intéressèrent ni à la façade restaurée du temple avec ses colonnes rouges et son énorme portail noir, ni aux objets d'artisanat exposés à l'intérieur, ni même au jardin Yu derrière le temple, avec ses dragons jaunes vernissés au sommet des murs blancs. Les échoppes de casse-croûte les impressionnèrent plus que toute autre chose.

– La cuisine a dû faire partie intégrante de la civilisation chinoise, dit Rosenthal, sinon il n'en existerait pas une telle variété.

– Ni une telle variété de gens qui mangent à satiété, ajouta gaiement Vicky.

D'après le programme, ils devaient faire une pause Coca-Cola et glace dans la matinée. Chaque activité était inscrite sur un listing qui indiquait également le lieu et une fourchette de prix. Chen serait remboursé quand il aurait remis les reçus.

Les Rosenthal s'arrêtèrent devant le *Bar du Dragon jaune*. Derrière la vitrine, une jeune serveuse découpait un canard rôti au croupion cousu encore fumant, tandis qu'une mouche irisée suçait la sauce sur ses doigts de pieds nus. C'était une gargote bondée, mais connue pour la variété de ses excellents amuse-gueule. Pour une fois, Chen décida d'enfreindre la règle. Il les fit entrer. Sur son conseil, les Rosenthal prirent des raviolis de riz gluant farcis au porc et aux crevettes. Quand Chen était à l'école primaire, un ravioli coûtait six fens – il coûtait à présent cinq fois plus. Il pouvait quand même se permettre de payer de sa poche s'il n'était pas remboursé.

Il n'était pas sûr que les Américains les trouvent bons. En tout cas, ils auraient eu un vrai goût de Shanghai.

– C'est délicieux, dit Vicky. Vous êtes très aimable.

– Avec votre maîtrise de l'anglais, dit Rosenthal entre deux bouchées, vous auriez beaucoup de possibilités aux États-Unis.

– Merci.

– En tant que président du département d'anglais, je serais ravi si nous pouvions vous organiser quelque chose dans notre université.

– Et vous serez toujours le bienvenu chez nous à Suffern, dans l'État de New York, ajouta Vicky en grignotant la pâte transparente d'un ravioli. Vous essaierez notre cuisine américaine, et vous écrirez vos poèmes en anglais.

Chen avait envisagé d'étudier à l'étranger, notamment quand il était entré dans la police.

– Ce serait merveilleux d'étudier dans votre université et de vous rendre visite. Mais il y a tant à faire ici…

– Ici les choses peuvent être difficiles.

– Mais elles s'améliorent, pas aussi vite que nous le souhaitons, certes. Après tout, la Chine est un grand pays avec plus de deux mille ans d'histoire. Certains problèmes ne peuvent pas se résoudre du jour au lendemain.

– Oui, vous pouvez faire beaucoup pour votre pays, renchérit Rosenthal. Je sais que vous n'êtes pas seulement un excellent poète.

Chen était ennuyé d'avoir répondu de façon machinale. Des clichés, rien que des clichés. Ça ne le dérangeait pas de dire des stupidités de temps à autre, mais là, c'était comme si une cassette du *Quotidien du peuple* se déroulait dans sa tête et que les mots sortaient automatiquement de sa bouche.

Et les Rosenthal étaient sincères.

– Je ne suis pas sûr de pouvoir faire beaucoup, dit Chen pensivement. Lu You, un poète de la dynastie des Song, rêvait de faire de grandes choses pour le pays, mais il a été finalement un fonctionnaire médiocre. L'ironie du sort, c'est que son rêve a mis de la vie dans ses poèmes.

– Vous savez, on peut dire la même chose de W. B. Yeats, dit Rosenthal. Ce n'était pas un homme d'État, mais sa passion pour le mouvement de libération de l'Irlande lui a inspiré ses plus beaux poèmes.

Vicky intervint :

– Ou sa passion pour Maud Gonne, la femme politique que Yeats aimait tant. Je connais bien la théorie préférée de William.

Ils rirent tous les deux.

Chen aperçut un téléphone public près de la porte. Il s'excusa et alla prendre l'annuaire. Il le feuilleta, trouva le restaurant *Les Quatre Mers* et composa le numéro de Peiqin.

– Peiqin, c'est Chen Cao. Excusez-moi de vous appeler à votre travail. Je n'arrive pas à trouver Yu.

– Ne vous excusez pas, inspecteur principal Chen. Nous sommes tous très inquiets pour vous. Comment allez-vous ?

– Bien. Je m'occupe de la délégation américaine.

– Vous visitez un endroit après l'autre ?

– Exactement. Et nous mangeons dans un restaurant après l'autre. Comment va votre mari ?

– Il est aussi occupé que vous. Il dit lui aussi que c'est difficile de vous joindre.

– Oui, en effet. Si nécessaire, il peut joindre un de mes amis – ou vous pouvez le faire, si vous voulez – Lu Tonghao. Il dirige un nouveau restaurant qui s'appelle *Le Faubourg de Moscou*, dans la rue de Shanxi. Ou alors c'est lui qui vous joindra.

– Très bien. *Le Faubourg de Moscou*, je sais où c'est. Il a ouvert depuis une quinzaine de jours et fait déjà sensation. A propos, vous serez au *Jardin de Xishuang* ce soir ?

– Oui, mais comment…

Chen s'interrompit.

– C'est un endroit formidable, et vous méritez de vous détendre un moment à la soirée de karaoké.

– Merci.

– Alors prenez soin de vous. A bientôt.

– Vous aussi. Au revoir.

Il fut soudain sur ses gardes. La façon dont Peiqin avait

parlé de la soirée de karaoké le turlupinait. Et pourquoi était-elle si pressée d'arrêter la conversation ? Son téléphone était sur écoute lui aussi ?

Peu probable. Mais l'hôtel pouvait l'être. Raison pour laquelle il n'avait pas téléphoné de là-bas. Peiqin s'était sûrement posé des questions. Il aurait dû lui dire qu'il appelait d'un téléphone public du bazar du temple du Dieu protecteur de la ville.

Puis il téléphona à Lu le Chinois d'outre-mer.

Lu avait appelé le bureau au retour de Chen de Canton. Pour ne pas le mêler à ses difficultés, Chen l'avait interrompu sous prétexte qu'il devait partir immédiatement. Ils ne pouvaient pas se parler sans danger sur le téléphone du bureau.

– *Le Faubourg de Moscou.*

– C'est moi, Chen Cao.

– Salut, vieux pote, tu m'as fait mourir d'inquiétude. Je sais pourquoi tu m'as raccroché au nez l'autre jour.

– Ne t'inquiète pas. Je suis encore inspecteur principal. Il n'y a pas de souci à se faire.

– Où est-ce que tu es ? C'est quoi ce bruit de fond ?

– Je t'appelle d'un téléphone public au bazar du temple du Dieu protecteur de la ville.

– Wang m'a appelé pour me parler de tes ennuis. Elle a dit que c'était grave.

– Wang t'a appelé ? Écoute, quoi qu'elle t'ait dit, ce n'est pas si grave. Je viens de manger un formidable casse-croûte avec les Américains et nous allons faire une agréable promenade sur le fleuve. En cabine de première classe, bien sûr. Mais je dois te demander un service.

– Quoi donc ?

– Quelqu'un… en fait, c'est la femme de mon collègue, elle s'appelle Peiqin… va peut-être te faire signe. Elle travaille au restaurant *Les Quatre Mers.*

– Je connais. Les nouilles aux crevettes y sont fameuses.

– Ne me téléphone pas, ni à mon bureau ni à l'hôtel. En cas d'urgence, appelle-la ou va la voir. Profites-en pour prendre un bol de nouilles pendant que tu seras là-bas.

– Ne te tracasse pas. Je suis un célèbre connaisseur. Personne ne dirait rien si j'y mangeais mes nouilles tous les jours.

– On n'est jamais trop prudent.

– Je comprends. Mais tu pourrais venir me voir ? Je voudrais te parler de quelque chose. Quelque chose d'important.

– Vraiment ? J'ai été très pris ces derniers jours. Je vais vérifier mon programme et voir ce que je peux faire.

Le programme de l'après-midi était la promenade sur le Huangpu. Chen la connaissait bien. Il avait servi très souvent d'escorte. Il ne voyait aucune objection à réciter des passages des guides officiels, c'était une occasion de pratiquer son anglais. Sauf que les activités programmées devenaient de plus en plus ennuyeuses dans leur répétition. A l'embarcadère où une longue file attendait, il ne put cependant pas se plaindre de son statut. Ses billets étaient réservés dans un petit guichet marqué TOURISTES ÉTRANGERS.

Pendant qu'ils attendaient sur le quai en respirant l'air pollué, il entendit malgré lui Rosenthal grommeler que la ville était empoisonnée en permanence à l'oxyde de carbone. Il admit sans le dire que c'était un autre problème grave, bien que Shanghai ait fait de sérieux efforts sur la qualité de l'environnement. Par égard pour le guide officiel, il resta silencieux.

Comme toujours, une cabine spéciale sur le pont supérieur était attribuée aux visiteurs étrangers. Elle était équipée d'air conditionné et d'une télé satellite qui passait un film hong-kongais de kung fu avec Bruce Lee – encore un privilège, car on ne pouvait pas voir Bruce Lee dans les cinémas de Shanghai. Les Rosenthal n'avaient pas envie de voir le film. Chen mit longtemps à trouver le bouton d'arrêt.

Le serveur et la serveuse semblaient prendre plaisir à faire sans arrêt irruption dans la cabine en souriant pour apporter des boissons, des fruits et des casse-croûte. Des touristes qui passaient devant leur porte jetaient aussi des coups d'œil curieux. Chen avait l'impression d'être dans une cage de verre.

Non loin de là, le Bund s'affairait à toutes sortes d'activités portuaires pittoresques. La rive est se transformait encore plus vite que l'autre avec ses nouveaux chantiers, elle la rattrapait.

– Je pense à des vers à propos d'un autre fleuve, dit Rosenthal. Dans *East Coker*, Eliot compare le fleuve à un dieu brun.

– Un philosophe chinois ancien a comparé le peuple à l'eau du fleuve, dit Chen. L'eau peut porter un bateau, mais elle peut aussi le retourner.

– Encore perdu dans *La Terre vaine* ? demanda Vicky avec une irritation feinte. Ce serait dommage de ne pas regarder ce fleuve magnifique.

Ils ne purent pas bavarder très longtemps. On frappa de nouveau à leur porte, avec insistance. Un serveur agita plusieurs billets.

– Spectacle de magie. Numéro de premier ordre. Au rez-de-chaussée.

Tout comme le film, le spectacle de magie n'était qu'une intrusion de plus. Bien intentionnée, naturellement. Ce n'aurait pas été poli de leur part de rester dans la cabine.

Au rez-de-chaussée il n'y avait pas de scène. Rien qu'un espace délimité par plusieurs piquets reliés par un cordon en plastique, allant de la longue fenêtre qui ouvrait sur le pont jusqu'à une petite porte sous l'escalier. Un public nombreux était déjà réuni. Au centre, un magicien brandissait fermement sa baguette.

Une jeune femme, apparemment l'assistante du magicien, arriva par la petite porte. Un coup de baguette magique sur son épaule, et elle s'immobilisa, comme paralysée sous la lumière bleue et froide. Quand le magicien s'approcha d'elle, elle s'écroula dans ses bras. En la soutenant d'un seul bras, il la releva lentement. Puis il la tint étendue sur ses avant-bras ; ses longs cheveux traînaient par terre, mettant en évidence son cou mince, presque aussi blanc que la racine de lotus. Et presque aussi inanimé. Puis le magicien se concentra, les yeux fermés. Au son d'un roulement de tambour étouffé, il retira la main de sous elle et laissa son corps flotter en l'air pendant une seconde. Les applaudissements retentirent.

C'est donc ça l'hypnose de l'amour. Sa métaphore. Être envoûtée. Sans défense. Guan Hongying avait-elle été ainsi ? Sans poids, sans substance, rien qu'un jouet entre les mains de Wu ?

Et il pensa à Wang.

Tout était possible pour un amoureux. Avait-il été amoureux à ce point ?

Il n'avait pas la réponse.

Le saule apparaît dans la brume,

Je vois mes cheveux en désordre, l'épingle en forme de cigale

est tombée sur le lit.

Que m'importent les jours qui m'attendent,

Si ce soir ton plaisir avec moi est complet ?

Encore une strophe de Wei Zhuang. Pour la critique littéraire traditionnelle, c'était une analogie politique, mais pour Chen, c'était simplement le sacrifice d'une femme à la magie de la passion. Comme pour Wang, qui avait été la plus courageuse, la plus prête à se sacrifier ce soir-là chez lui, et de nouveau le soir de la cabine téléphonique.

Et des années plus tôt ç'avait été le cas de Guan, qui

s'était donnée à l'ingénieur Lai avant de se séparer de lui…

Après le spectacle, il ne retrouva pas les Rosenthal dans la foule qui se dispersait. Il monta et les trouva penchés sur la rambarde, en train de regarder les vagues blanches qui se brisaient contre le bateau. Ils ne le virent pas. Mieux valait les laisser seuls. Il descendit s'acheter un paquet de cigarettes.

Il fut surpris de voir l'assistante du magicien assise sur un tabouret au pied de l'escalier. Sans son costume pailleté, elle était beaucoup plus âgée, avec un visage ridé, des cheveux ternes. Le magicien était affalé à côté d'elle. Chez lui, le changement était encore plus frappant. Sans maquillage, ce n'était plus qu'un chauve entre deux âges avec de lourdes poches sous les yeux, la cravate dénouée, les manches retroussées et les lacets défaits. L'aura qui l'enveloppait pendant le numéro avait disparu. Mais ils étaient tous les deux détendus, à l'aise, et partageaient un grand verre d'une boisson rose. Probablement un couple. En allumant sa cigarette Chen songea qu'ils étaient obligés de jouer leur rôle sur toutes les scènes où ils réussissaient à atterrir. Quand le rideau tombait, ils quittaient les feux de la rampe et leur rôle.

Le monde est une scène – ou une multitude de scènes.

Il en était de même pour tous.

Et pour Guan.

Elle aussi avait dû jouer son rôle en politique, et ce n'était pas étonnant qu'elle ait voulu incarner un autre personnage dans sa vie privée.

Sa cigarette s'était consumée sans qu'il s'en aperçoive.

– Tout est merveilleux, dit Rosenthal quand ils se retrouvèrent dans la cabine.

– Vous avez voulu avoir un peu d'intimité ? demanda Vicky.

– En fait, « intimité » est un mot difficile à traduire en chinois.

Il s'y était heurté plusieurs fois. Il n'y avait pas de mot équivalent dans sa langue. Il avait dû trouver une périphrase pour en exprimer le sens.

En rentrant à l'hôtel, Rosenthal demanda quel était le programme pour la soirée.

– Rien n'est prévu pour le dîner. Il est inscrit « dîner libre », vous pouvez donc décider vous-mêmes. Vers 8 heures et demie nous allons au *Jardin de Xishuang*, dans l'hôtel, pour une soirée de karaoké.

– Formidable, dit Rosenthal, nous pouvons donc vous inviter à dîner. Choisissez un bon restaurant chinois.

Chen proposa *Le Faubourg de Moscou*.

Ce n'était pas seulement parce qu'il avait promis d'y dîner à Lu le Chinois d'outre-mer qui l'avait si souvent invité. Il aurait peut-être un nouveau message de Peiqin. La Sécurité intérieure ne trouverait rien de suspect à ce qu'il accompagne les Américains, et ça amènerait des clients à Lu. Ensuite, il pourrait même écrire un court article sur « les Rosenthal à Shanghai » en mentionnant *Le Faubourg de Moscou*.

Le Faubourg de Moscou était aussi splendide que Lu l'avait promis, avec sa façade de château, son dôme doré et ses abords paysagers. Lu avait complètement transformé l'ancien restaurant minable comme par magie. A la porte, une grande Russe blonde accueillait les clients, sa taille mince et souple comme un jeune bouleau, comme dans une chanson folklorique populaire des années soixante.

– On dirait que les réformes économiques actuelles font vraiment changer la Chine, dit Rosenthal.

Chen acquiesça d'un signe. Les chefs d'entreprise tels que Lu se multipliaient « comme les pousses de bambou après la pluie », selon la vieille expression. Un des slogans les plus répandus était *xiang qian kan*. Un jeu de mots sur la prononciation du chinois. Il signifiait : « Regardez vers l'argent ! » Dans les années soixante-dix, avec le caractère *qian* écrit différemment, le slogan était « Regardez vers l'avenir ! »

De superbes Russes circulaient en minijupe et le restaurant avait un succès fou. Toutes les tables étaient occupées. Plusieurs dîneurs étaient étrangers.

Les Rosenthal et Chen furent installés dans un salon particulier. La nappe blanche resplendissait, les verres étincelaient à la lumière de chandeliers polis, et la lourde argenterie aurait pu être utilisée par les tsars au Palais d'hiver.

– Réservé aux invités de marque, annonça Lu fièrement en débouchant une bouteille de vodka.

La vodka avait un goût authentique. Et il y avait du caviar. Le service était impeccable. Les serveuses russes étaient empressées au point d'être embarrassantes.

– Merveilleux, dit Vicky.

Rosenthal proposa :

– Aux réformes économiques de la Chine.

Ils levèrent tous leur verre.

Lorsque Lu le Chinois d'outre-mer se retira, Chen le suivit aux toilettes.

– Je suis rudement content que tu aies pu venir ce soir, mon vieux, dit Lu un peu excité par la vodka. J'étais tellement inquiet depuis le coup de fil de Wang.

– Alors tu es au courant.

– Oui, si tout ce que m'a dit Wang est vrai… et s'il n'y a rien d'autre.

– Ne te fais pas de souci, je suis toujours un membre du Parti digne de confiance, sinon je ne serais pas ici ce soir avec les hôtes américains.

– Je sais que tu ne veux pas me donner de détails : confidentiel, intérêts du Parti, responsabilités d'un flic, toutes ces salades… Mais tu veux bien écouter mon conseil ?

– Quel genre de conseil ?

– Laisse tomber, et deviens mon associé. J'en ai parlé avec Ruru. Tu sais ce qu'elle m'a dit ? « Ne compte pas sur moi pour que je te laisse me toucher une fois de plus si tu ne peux pas aider l'inspecteur principal Chen. » Une femme loyale, non ? Ce n'est pas seulement parce que tu nous a envoyé la voiture à drapeau rouge pour notre mariage, ni parce que tu l'as recommandée quand elle a voulu changer de travail. Sans parler du fait que tu nous a fait un prêt énorme quand nous avons démarré *Le Faubourg de Moscou*. Tu es pour nous un ami formidable. Elle dit que tu as participé à notre succès.

– C'est très gentil de sa part, et je te remercie aussi.

– Maintenant écoute-moi bien, je pense ouvrir un autre restaurant international, avec des hamburgers américains, de la soupe au chou russe, des frites françaises, de la bière allemande… Un truc vraiment international, quoi, et tu en seras le directeur général. Nous serons associés à égalité. Cinquante-cinquante. Tu as déjà investi quand tu m'as fait le prêt. Si tu es d'accord, je ferai préparer les papiers nécessaires par le notaire.

– Je ne connais rien aux affaires. Comment veux-tu que je sois ton associé ?

– Pourquoi pas ? Tu as du goût. Un véritable goût de gourmet. Dans la restauration, c'est le plus important. Et ta maîtrise de l'anglais est un avantage certain.

– J'apprécie ta proposition généreuse, mais nous en reparlerons une autre fois. Les Américains m'attendent.

– Penses-y, vieux pote, je te le demande aussi pour moi.

– D'accord. Dis-moi, est-ce que tu as pu parler à Peiqin ?

– Oui. Dès que j'ai raccroché, je suis allé manger un bol de nouilles à l'anguille frite. Un délice.

– Elle t'a dit quelque chose ?

– Non, elle avait l'air sur ses gardes, une vraie femme d'inspecteur. Et il y avait beaucoup de monde, mais elle a dit que tu allais à une soirée de karaoké ce soir.

– Je vois. Autre chose ?

– C'est à peu près tout. Pas tout à fait : Wang tient vraiment à toi. Appelle-la, si tu penses que c'est bien.

– Je l'appellerai, naturellement.

– Une fille gentille. Nous avons beaucoup bavardé.

– Je sais.

32

Seule à une table au *Jardin de Xishuang*, Peiqin regardait les bulles se dissiper dans son verre et commençait à se sentir mal à l'aise.

Elle s'était presque laissée prendre un instant à la magie de la soirée qui lui rappelait le passé. Elle était dans cette salle à manger raffinée avec son sol de bambou, ses murs de bambou et ses objets de décoration en bambou. Les serveuses et les serveurs portaient le costume coloré des Thaïs. Sur une petite estrade au fond de la grande salle, des musiciens jouaient de la musique thaï. Dans le Yunnan, Yu avait souvent emmené Peiqin voir les fêtes thaïs. Les jeunes filles dansaient avec grâce, leurs bracelets d'argent brillaient au clair de lune, elles chantaient comme des alouettes, leurs longues jupes fleurissaient comme des rêves. Une ou deux fois, ils avaient été invités chez des Thaïs et avaient bavardé avec leurs hôtes, accroupis sur un balcon de bambou, buvant dans des tasses de bambou. Toutefois, en tant qu'invités, ils n'avaient jamais dansé.

Elle sortit une petite glace de son sac et se regarda. C'était la même image qu'elle avait vue chez elle, mais la glace était trop petite. Elle se leva pour se voir dans le grand miroir au mur. Elle prit ses cheveux dans sa main et les tordit de différentes façons. Agréable et présentable, conclut-elle, tout en ayant l'impression bizarre que c'était une inconnue qui la regardait : elle avait empruntée sa robe à une amie, propriétaire d'une boutique de sur mesure. La robe était très ajustée à la taille et mettait en valeur sa jolie silhouette. Le vieux dicton avait bien raison : *Une statuette de terre cuite du Bouddha doit être magnifiquement dorée, et une femme doit être joliment vêtue*.

Mais elle s'aperçut alors qu'elle était trop élégante, trop habillée. A une table voisine, plusieurs jeunes filles étaient si peu vêtues qu'on voyait leurs seins coquins sautiller sous leurs chemisiers semi-transparents et leurs T-shirts décolletés ; leurs longues jambes arboraient des jeans élimés. L'une d'elles était drapée dans un morceau de tissu à la façon des jeunes filles thaïs quand elles se baignent dans la rivière.

Pour Peiqin, le passé et le présent se côtoyaient. Puis elle vit Yu qui s'approchait d'elle. L'entrée du restaurant était également recouverte de bambou. Elle s'imagina entendre le craquement sous les pieds de Yu, le bruit qu'elle entendait la nuit tant d'années plus tôt. Yu portait un costume noir, une cravate à fleurs, des lunettes sombres, et une moustache. Il la vit aussi et sourit. Elle allait lui parler quand elle vit qu'il ne regardait pas dans sa direction. En fait, il alla s'asseoir à l'autre bout de la salle.

Elle comprit qu'il ne voulait pas être vu avec elle, au cas où quelqu'un d'autre le reconnaîtrait. Elle se sentit plus proche de lui que jamais. Car c'était son intégrité qui le liait à l'affaire et qui la liait à lui.

La musique commença. Yu se dirigea vers une table près du bar. Elle pensa qu'il allait prendre un verre. Mais non, il faisait un geste d'invitation à une fille qui se leva d'un air indifférent et serra son grand corps contre lui sur la piste de danse.

Yu n'était pas doué pour la danse. Peiqin put s'en rendre compte de là où elle était assise. Il avait suivi un stage de danse exigé par la formation professionnelle, mais il n'avait jamais eu envie de pratiquer. La fille était presque aussi grande que lui. Elle portait une robe et des mules noires et dansait d'une manière alanguie, comme si elle venait de sortir de son lit. Malgré la maladresse de Yu, elle colla facilement son corps au sien, et murmura quelque chose à son oreille en frottant ses seins contre lui. Il hocha la tête. Et elle se mit à claquer des doigts en balançant les hanches.

– Sale petite garce indécente, jura Peiqin à mi-voix.

Elle n'en voulait pas à Yu qui ne pouvait pas se permettre d'éveiller des soupçons en restant sans rien faire, mais c'était tout de même désagréable à regarder.

Sur l'estrade de bambou quelqu'un changea de cassette. Par des baffles invisibles arriva une musique de jungle sauvage – toute en percussions et en flûtes – et les gens affluèrent sur la piste.

Pendant la courte pause avant le morceau suivant, Peiqin alla se chercher à boire au bar. Yu était penché sur une table et parlait à la grande fille qui lui fit un sourire séducteur en croisant ses longues jambes et en laissant apercevoir des cuisses blanches éblouissantes.

Peiqin n'était qu'à quelques pas et elle les observait. Tout en sachant que c'était puéril de sa part, elle se sentait mal à l'aise, exagérément mal.

Tout à coup, un jeune homme à la moustache brune sorti dont ne sait où s'approcha d'elle. Il s'inclina en marmonnant ce qui devait être une invitation et lui prit la main avant qu'elle ait pu dire un mot. Affolée, elle le suivit sur la piste, bougeant avec lui, tournant machinalement au rythme de la musique et essayant de garder ses distances.

Son partenaire avait dans les vingt-cinq ans, il était grand, musclé, bronzé, vêtu d'un jean Lee et d'un polo, et portait au poignet une grosse chaîne en or. Plutôt beau garçon, pas l'air d'un dur. Pourquoi un jeune comme lui voulait-il danser avec une femme d'âge mûr ? Peiqin était perplexe.

Elle sentit qu'il avait bu de la bière.

– Je n'ai jamais dansé, dit-elle, c'est la première fois.

– Allons, c'est très facile, dit-il en glissant sa main sur sa taille. Continuez simplement de bouger. Laissez la musique vous balancer.

Dans sa confusion elle lui marcha sur les pieds.

– Vous avez oublié de me dire ce que je dois faire avec mes pieds, dit-elle en s'excusant.

– Pour une première fois, vous vous en tirez très bien, dit-il avec condescendance.

Quand il la fit tourner à un rythme de plus en plus rapide, elle commença à se détendre. Par-dessus son épaule, elle aperçut la grande fille qui nouait ses bras nus autour du cou de Yu, de vrais serpents.

Quand la musique s'arrêta, le jeune homme dit avec un grand sourire :

– Vous êtes une vraie danseuse. Il vous suffisait de vous laisser aller. C'était très bien.

Il alla chercher d'autres boissons. Elle fut soulagée de voir une fille s'approcher de lui au comptoir et tirer sur son bracelet en or.

Peiqin rejoignit sa table avec précaution à travers la foule en essayant de passer inaperçue, ce qui ne l'empêcha pas de voir Yu en compagnie d'une nouvelle femme.

C'est à ce moment-là qu'elle vit l'inspecteur principal Chen arriver avec un couple américain.

Elle s'imagina soudain dans un film qu'elle avait vu des années plus tôt, où Daojin, la jeune héroïne, affichait à la faveur de la nuit des slogans révolutionnaires pour Lu Jiachuan, un communiste dont elle était amoureuse. Une ruelle silencieuse, des chiens qui aboyaient tout autour, et des sirènes qui hurlaient au loin. Cette nuit-là Daojin ne comprenait pas ce qu'elle faisait ; Peiqin non plus, assise à sa table. Mais il lui suffisait de savoir qu'elle le faisait pour son mari, et que c'était juste.

Les deux Américains allèrent aussi sur la piste. Malgré leur âge, ils se mirent à zigzaguer avec grâce. Chen resta assis à la table, seul, à la lumière jaunâtre et tremblante de la petite bougie.

Il était très différent de son mari, presque son contraire à tous points de vue. Mais ils étaient devenus amis.

Elle se dirigea vers lui. Elle lut la surprise sur son visage, mais il se leva aussitôt. Elle lui demanda :

– Pourrais-je danser avec vous ?

– Très honoré.

Il ajouta dans un murmure :

– Qu'est-ce qui vous amène ?

– Les billets que vous avez donnés à Guangming. Il est ici lui aussi, mais il veut que je vous parle.

– Mais il n'aurait pas dû…

Chen se tut, puis dit à haute voix :

– Vous êtes superbe.

Elle comprit que c'était destiné à d'autres oreilles. Elle prit en souriant la main qu'il lui tendait.

Chen n'était pas aussi doué que son premier partenaire, mais c'était un morceau lent et sensuel, sans aucune difficulté ni pour l'un ni pour l'autre. Peiqin mit en pratique ce qu'elle venait d'apprendre. Elle trouva tout de suite naturel de suivre le rythme.

– Yu veut que je vous dise quelque chose, chuchota-t-elle la bouche presque collée à l'oreille de Chen. Il a trouvé un témoin qui a vu Wu Xiaoming dans le comté de Qingpu le soir du meurtre.

– Le comté de Qingpu ?

– Oui. A environ huit kilomètres du lieu du crime, dans une station d'essence. Wu s'y est arrêté. La voiture était une Lexus blanche, et le témoin est un employé de la station qui connaît bien les voitures. Il a aussi une copie du coupon que le conducteur a utilisé pour prendre de l'essence à moitié prix. Le coupon peut faire connaître le numéro d'immatriculation.

– C'est incroyable.

– Autre chose…

– Vous êtes à couper le souffle, ce soir, dit Chen avec un sourire engageant, vraiment à couper le souffle.

– Merci.

Elle rougit malgré le fait que le compliment était destiné à la galerie. Recevoir un compliment n'en était pas moins agréable. Surtout de la part d'un homme qui lui en avait déjà adressé. D'après Yu, l'inspecteur principal Chen avait fait plus d'une fois des remarques sur la chance de son adjoint dans le choix de son épouse.

Puis elle se reprocha d'avoir de telles pensées. Elle accomplissait simplement une tâche pour son mari. Rien d'autre. Elle se demanda ce qui lui prenait. Elle devait être incorrigible, à force d'avoir lu et relu *Le Rêve dans le pavillon rouge*. Elle baissa le menton pour cacher sa rougeur. Mais elle dut s'avouer qu'elle passait une bonne soirée, et qu'elle était plus sensible au contact de la main de l'inspecteur principal Chen sur sa taille qu'elle ne l'aurait imaginé. Un instant plus tôt elle avait aussi éprouvé un certain plaisir en dansant dans les bras du jeune homme.

– Yu a également questionné Jiang Weihe et Ning Ying, dit-elle très vite.

– Ning Ying… qui est-ce ?
– Une autre relation de Wu Xiaoming. Jiang a indiqué son nom à Yu.
– Pourquoi ?
– Jiang ne savait rien de la liaison entre Guan et Wu. Ning a été la petite amie de Wu après Jiang, Jiang a donc pensé qu'elle pouvait savoir quelque chose à propos de Guan.
– Et qu'est-ce qu'elle sait ?
Il fit un grand sourire à un couple qui leur était presque rentré dedans.
– Pas grand-chose. Mais Ning a connu Guan dans une des soirées chez Wu.
– Vous êtes une merveilleuse danseuse, dit-il sur le qui-vive en regardant par-dessus l'épaule de Peiqin.
– Merci, dit-elle en rougissant de nouveau.
Ils dansaient sur un air rapide. Les lumières qui changeaient sans cesse créaient une atmosphère irréelle. Elle sentit que Chen ne souhaitait pas se serrer contre elle.
– Autre chose…
– C'est un grand pas.
– Oh, dit-elle en hésitant sur le sens à donner à ces mots. Quel est le prochain pas ?
– Je réfléchis…
La conversation était laborieuse. Chen changeait de sujet chaque fois que des gens étaient près d'eux. Les danseurs se bousculaient tout le temps. Et elle n'était pas sûre que Chen entende ses chuchotements tant la musique était forte.
Chen la présenta ensuite au monsieur américain d'un certain âge qui était entré avec lui.
– Vous êtes belle, dit l'Américain en chinois.
– Merci, répondit-elle en anglais.
Elle étudiait l'anglais dans des cours du soir, de façon intermittente, depuis plusieurs années. C'était surtout pour son fils, elle voulait pouvoir l'aider à faire ses

devoirs le soir. Elle était contente d'échanger quelques phrases avec son partenaire américain.

L'inspecteur principal dansait lui aussi avec quelqu'un d'autre.

Elle comprit que tout ça était nécessaire. C'était pour Yu. Et pour elle.

Quand elle retourna à sa table, sa boisson sans alcool n'était plus glacée. Elle fit un léger signe de tête en direction de Yu. En écartant des mèches de cheveux de son front, elle se demanda s'il avait vu et s'il l'avait compris.

Une jeune Thaï monta sur l'estrade pour annoncer que le karaoké commençait.

On apporta une télévision sur l'estrade. Sur l'énorme écran, de jeunes amoureux thaïs batifolaient dans une rivière ; un texte défilait sous l'image.

Peiqin était bien embarrassée. Elle ne savait pas comment transmettre le reste des renseignements à l'inspecteur principal Chen. Elle vit qu'une serveuse lui parlait. Il écouta attentivement, puis il échangea quelques mots avec le couple américain, qui fit un signe affirmatif. A sa grande surprise, Monsieur Rosenthal vint à sa table, suivi de Chen qui fit l'interprète.

– Aimeriez-vous nous accompagner pour le karaoké dans un salon particulier ?

– Pardon ?

– Le professeur Rosenthal pense que nous avons besoin d'une partenaire au karaoké, dit Chen. Il dit aussi que vous parlez anglais extrêmement bien.

– Non, je n'ai jamais été dans une soirée de karaoké, et je ne peux dire en anglais que quelques phrases très simples.

– Ne vous inquiétez pas. Je traduirai pour vous. Et dans le salon particulier nous pourrons bavarder vous et moi.

Peu avant, elle avait remarqué sur un côté de la salle plusieurs cases de bambou qu'elle avait prises pour des éléments de décoration dans le style thaï. C'étaient en réalité des « salons particuliers ».

Celui où on les conduisit était garni de tapis somptueux, avec une télévision et un magnétoscope intégrés dans le mur, deux micros sur une table devant les canapés de cuir, et un panier de fruits sur une autre.

A l'extérieur, les clients pouvaient choisir leurs chansons sur la grosse télévision en payant, mais il y avait tant de monde que l'attente devait être longue. Il y avait aussi beaucoup de bruit.

– Le salon particulier et le service, ce doit être cher, dit Peiqin. Est-ce bien utile ?

– Oui, c'est cher, mais c'est au programme pour la délégation, et aux frais du gouvernement.

– C'est la première fois pour nous, dit Rosenthal. Nous avons entendu dire que le karaoké est populaire au Japon, mais on dirait qu'ici aussi.

– Ça correspond à notre culture. Nous trouverions trop hardi de chanter devant les autres sans musique.

– Ou c'est peut-être parce que nous ne chantons pas très bien, dit Peiqin en attendant que Chen traduise, mais avec la musique, ça n'est pas trop grave.

– Je préfère cette interprétation, parce que je ne suis pas vraiment un rossignol moi-même, dit Vicky.

Une serveuse leur apporta une liste de chansons en anglais et en chinois, où chaque titre était suivi d'un numéro. Ils n'avaient plus qu'à taper le numéro sur la télécommande. Chen choisit plusieurs chansons que les Rosenthal puissent chanter en duo.

Peiqin et Chen se penchèrent sur la liste en faisant semblant de discuter de leur choix et elle put enfin lui donner la copie du coupon d'essence ainsi que les cassettes des conversations de Yu avec Yang Shuhui, l'employé de la station d'essence, Jiang et Ning.

Chen écouta avec attention la fin de son histoire, prit quelques notes sur une serviette et dit :

– Demandez à Yu de ne pas bouger pendant la conférence. Je m'occuperai de l'affaire dès que j'aurai terminé cette mission.

– Yu vous demande d'être très prudent.

– Entendu. Ne parlez de tout ça à personne. Pas même au secrétaire du Parti Li.

– Autre chose que je puisse faire en attendant ? Le Vieux chasseur veut aussi participer. Il a un emploi temporaire, contrôle de la circulation, alors il patrouille dans les rues, plus dans les marchés.

– Non, ne faites rien, ni vous ni le Vieux chasseur. C'est trop… dangereux. Vous avez déjà fait beaucoup. Je ne sais pas comment je pourrai jamais vous remercier.

– Ce n'est pas nécessaire.

– En tout cas, Lu ira probablement vous voir souvent en gourmet amateur des nouilles de votre restaurant.

– Nous avons beaucoup d'habitués. Je sais comment traiter quelqu'un comme lui.

Leur conversation s'interrompit de nouveau brutalement. Monsieur Rosenthal regardait sa montre. Chen dit que les Américains avaient un emploi du temps chargé le lendemain.

Ils sortirent donc du salon particulier.

Les clients quittaient la grande salle. Yu était parti lui aussi. Peut-être à cause de l'heure. Peut-être parce que ce n'était pas très agréable pour lui de regarder sa femme avoir un tel succès auprès d'autres hommes, y compris son chef et l'Américain.

Elle dit au revoir à l'inspecteur principal Chen et aux Rosenthal.

Elle avait passé une magnifique soirée. Si quelque chose lui avait manqué, c'était de danser et chanter avec Yu. Un homme de petite taille s'était levé d'une table près de l'entrée et était sorti derrière Chen et ses compagnons. Peiqin avait peut-être été trop soupçonneuse, mais avant de chercher Yu dehors elle s'assura que personne ne la suivait.

Yu l'attendait sous un cornouiller en fleur, toujours avec ses lunettes, en fumant une cigarette. Il y avait une voiture noire à côté de lui. A sa grande surprise, Peiqin vit à l'intérieur Shi Qong qui lui faisait des signes. Envoyée elle aussi dans le Yunnan, Shi travaillait comme chauffeur pour une compagnie pétrochimique depuis son retour à Shanghai.

Ce n'était pas la seule voiture qui attendait au bord du trottoir. Et elle n'était pas luxueuse. C'était une Dazhong, produit d'une joint-venture entre Shanghai et Volkswagen. Mais en tout cas, une voiture les attendait. La touche finale parfaite à la soirée. Yu avait eu la gentillesse de la prévoir. Très romantique.

Rien ne pouvait être plus répugnant que de devoir se serrer dans un bus dans sa robe d'emprunt, surtout par une nuit d'été.

La grande perche sortit aussi et sourit à Yu avec un intérêt renouvelé, mais elle s'éloigna d'un pas ferme en voyant Yu tenir la portière à Peiqin. Shi demanda :

– Tu as passé une excellente soirée ?

– Oui. Merci pour la voiture.

– Je t'en prie. Ton mari dit que tu as eu beaucoup de succès ce soir. Il ne lui restait plus qu'à t'attendre dans la rue.

– Mais non, il voulait juste fumer dehors.

Elle sourit.

Pendant le trajet, Yu ne dit pas un mot sur l'affaire. Elle non plus. Ils parlèrent des chansons qu'ils avaient chantées – séparément. Ils devaient se montrer discrets. Peiqin apprenait vite.

Elle fit courir sa main légèrement sur le devant de la chemise blanche de Yu, une chemise qu'il avait repassée lui-même avec soin pour la soirée. Puis elle pencha la tête sur le côté en faisant semblant de juger sévèrement.

– Pas si mal, dit-elle avec une moue provocante.

Il lui suffit de sentir Yu lui serrer très fort la main sur le siège arrière.

33

Lundi était le premier jour de l'inspecteur principal Chen au bureau après sa mission.

Officiellement, Chen dirigeait toujours la brigade des affaires spéciales. Pour la plupart, ses collègues l'accueillirent avec cordialité, mais il sentit un changement significatif. Personne ne lui parla de l'affaire, rien que des conversations polies, vides. Ils avaient dû entendre parler des micmacs de l'enquête.

On lui dit que le commissaire politique Zhang était en congé, mais pour combien de temps ou pourquoi, personne ne le savait.

L'inspecteur Yu était en mission temporaire – temporairement suspendu – exactement comme lui.

Il eut bientôt un appel du secrétaire du Parti Li.

– Camarade inspecteur principal, bienvenue. Vous avez fait de l'excellent travail. Les hôtes américains viennent de nous faxer leurs remerciements, particulièrement à vous pour votre zèle. Ils ont une très haute opinion de vous.

– Je vous remercie de me le dire.

Les éloges des Américains pouvaient facilement être interprétés comme un signe supplémentaire de ses liens avec la culture bourgeoise occidentale.

– Soufflez un peu, dit Li. Nous parlerons de votre travail dans quelques jours, d'accord ?

Le ton du secrétaire du Parti était égal, mais ses paroles ne firent que confirmer les soupçons de Chen.

– Très bien, mais j'ai déjà été absent plusieurs jours.

– Ne travaillez pas trop, jeune homme. En fait, nous pensons vous donner des vacances.

– Je n'ai pas besoin de vacances, secrétaire du Parti Li. J'ai fait assez de tourisme et vu assez d'opéra.

– Ne vous inquiétez pas, camarade inspecteur principal Chen. Je vous parlerai la semaine prochaine.

Rien de nouveau, toujours le discours politiquement juste du secrétaire du Parti. L'affaire n'avait pas été mentionnée. Ils ne savaient que trop bien, l'un et l'autre, qu'ils n'avaient pas intérêt à en parler au téléphone.

Il ne pouvait rien faire pour l'enquête, et il n'arrivait pas à se concentrer sur autre chose. Il avait de la paperasserie politique de routine sur son bureau, accumulée durant son absence. Signer les documents du Parti qu'il était censé lire devenait de plus en plus assommant. Une fois de plus, ses tempes se mirent à tambouriner. Il ouvrit le tiroir et trouva un flacon d'aspirine. Il en versa deux comprimés dans sa paume et les avala. Il regarda hors de son cagibi. Presque tous ses collègues étaient partis déjeuner. Il ferma sa porte et sortir la cassette de l'entrevue de Yu avec Jiang. Il la réécouta à partir du début.

Si Jiang avait découvert ces photos, quelqu'un d'autre avait pu les découvrir aussi : Guan. La réaction de Jiang avait été celle d'une artiste d'avant-garde, mais Guan ? Guan voulait Wu pour elle toute seule.

Qu'aurait fait Guan ?

Après avoir regardé sa montre, Chen descendit à la cantine qui allait fermer une demi-heure plus tard. Il prit une petite portion de nouilles avec un steak braisé à la sauce de soja. La cantine était pleine de monde, mais il eut quand même une table pour lui. Il se rendit compte que ses collègues prenaient leurs distances. Personne ne voulait partager sa table. Et il ne leur en voulait pas. C'était la politique.

Il allait terminer quand Petit Zhou vint vers lui avec un bol de riz au porc sauce aigre-douce.

– Vous ne mangez pas beaucoup, dit Petit Zhou.

– Je me suis goinfré en dînant avec les Américains.

– Ah ! ces banquets, dit Petit Zhou en riant. Mais vous n'avez pas très bonne mine aujourd'hui.

– Rien qu'un petit mal de tête.

– Eh bien, allez dans un bain public et plongez-vous dans l'eau chaude aussi longtemps que possible. Quand vous serez tout en sueur, enveloppez-vous dans une couverture épaisse, buvez une grande tasse d'infusion au gingembre, et vous serez comme neuf en un rien de temps.

– Oui, ça peut aider, surtout une tasse d'infusion.

Puis Petit Zhou se pencha comme pour nettoyer la table, et chuchota :

– Hier après-midi j'ai conduit le secrétaire du Parti Li à une réunion. Il a eu un appel dans la voiture.

– Oui ?

– Peu de gens ont le numéro du portable de Li. Alors j'ai été curieux. Et j'ai entendu votre nom deux fois.

– Ça alors !

– Je roulais sur le pont autoroutier n° 1. La circulation était dingue, alors je n'ai pas tout entendu. Il me semble que Li a dit quelque chose du genre : « Oui, vous avez raison. Le camarade inspecteur principal Chen a fait du très bon travail, c'est un jeune cadre loyal, excellent. » Ça revenait à ça.

– Vous voulez rire, Petit Zhou !

– Non. C'est ce que j'ai entendu. Celui qui a donné ce coup de fil doit être haut placé. Le ton de Li était très respectueux.

– Et la deuxième fois qu'il a dit mon nom ?

– J'étais encore plus attentif, mais je n'ai pas compris le sens général de la conversation. Il était question d'une jeune femme de Canton, je crois. En tout cas, ce n'est pas votre problème, c'est le sien. Li a encore semblé dire du bien de vous, ou être d'accord avec ce qu'on lui disait.

– Autre chose à propos de la femme ?

– Eh bien, on dirait qu'elle a des ennuis, qu'elle est en prison ou je ne sais quoi, pour affaires illégales.

– Je vois. Merci beaucoup, Petit Zhou, mais vous n'auriez pas dû vous donner tout ce mal pour moi.

– Je vous en prie, camarade inspecteur principal. Je suis votre homme, et ça depuis mon premier jour au bureau. Pas parce que vous êtes quelqu'un, mais parce que vous faites ce qui est bien. Votre copain, qui est mon copain aussi, Lu le Chinois d'outre-mer, m'a juré que si je ne vous aidais pas il fracasserait ma voiture. Vous savez qu'il peut être très fou. Je vous ferai signe si j'ai du nouveau. Faites attention.

– D'accord. Je suis touché de votre sollicitude.

Il ajouta plus fort :

– En fait, je vais aller chez un herboriste pendant la pause du déjeuner.

En réalité, après être sorti, il tourna dans une petite rue, puis dans un passage où il y avait un kiosque de téléphone public comme celui du passage Qinghe. Avant d'entrer, il s'assura qu'il n'était pas suivi. Un infirme responsable du téléphone lui fit un signe et toussa en mettant la main sur sa bouche tandis que Chen composait le numéro de Lu.

– Tu m'as ruiné, camarade inspecteur principal Chen, dit Lu.

– Comment ça ?

– Les nouilles à l'anguille frite sont si bonnes, la soupe est crémeuse, épaisse, avec une poignée de jambon et de ciboule hachés, mais c'est très cher. Douze yuans le bol. J'y vais quand même tous les matins.

– Ah, tu parles des *Quatre Mers*, dit Chen avec un soupir de soulagement. Ça ne m'inquiète pas. Avec ce que tu as dans tes poches, tu peux te permettre d'en profiter comme un vrai millionnaire chinois d'outre-mer.

– Ça vaut le coup, mon pote. Et j'ai du nouveau pour toi. Important.

– Qu'est-ce que c'est ?

– Le Vieux chasseur, le père de ton coéquipier, a remarqué une voiture blanche dans le quartier de Wu. Une Lexus toute neuve, comme celle de Wu. Le vieux patrouille autour de la rue de Henshan. Wu n'est pas à Shanghai, alors il se demande qui conduit la voiture.

– Oui, c'est intéressant. Dis-lui de repérer le numéro d'immatriculation.

– Rien n'est trop difficile pour lui. Peiqin me dit qu'il veut absolument faire quelque chose. Et elle aussi, elle est prête à tout. Une femme formidable. Et puis n'oublie pas de téléphoner à Wang. Elle m'a appelé plusieurs fois, elle est inquiète pour toi. Elle dit que tu sais pourquoi elle ne t'appelle pas elle-même.

– Oui, je sais. Je téléphonerai aujourd'hui.

Chen appela Wang, mais elle était en reportage. Il ne laissa pas de message. Il était soulagé qu'elle ne soit pas là. Que pouvait-il lui dire ?

Puis il écouta son répondeur chez lui. Il n'y avait qu'un message. D'Ouyang, à Canton :

– Je regrette de ne pas pouvoir vous joindre aujourd'hui. Nos conversations poétiques pendant le thé du matin me manquent ! Je viens d'acheter deux livres. L'un est un recueil de Li Shangyin. *Quand, quand pourrons-nous de nouveau souffler la chandelle à la fenêtre de l'ouest, / et parler de l'instant du mont Ba sous la pluie ?* L'autre est un recueil de Yan Rui. J'aime particulièrement le poème dont notre grand chef, le président Mao, a emprunté l'image : *Ce qui doit s'en aller s'en va, / Ce qui doit rester reste. / Quand les fleurs de la montagne orneront mes cheveux, / ne me demandez pas où sera ma demeure.*

C'était du pur Ouyang, qui n'oubliait jamais d'agrémenter son discours de citations poétiques. Ouyang le connaissait bien pour avoir cité Li Shangyin, mais pourquoi Yan Rui ? Ce poème avait survécu dans les anthologies grâce surtout à l'histoire sentimentale qui l'entourait. On disait que le poète avait été une belle courtisane amoureuse du général Yue Zhong. Jetée en prison par les ennemis politiques de Yue, elle avait refusé de compromettre son amant en reconnaissant leur liaison. Le poème était censé exprimer son courage inébranlable dans ses épreuves. Serait-ce une allusion à Xie Rong pour lui faire savoir qu'elle ne le compromettrait pas ?

Naturellement, Ouyang se trompait sur un point. Il n'y avait rien eu entre Xie et l'inspecteur principal Chen. Mais le message d'Ouyang confirmait ce qu'avait dit Petit Zhou. Xie Rong était en prison. Pas à cause de ses massages mais à cause de lui, et de l'intervention de la Sécurité intérieure.

Était-ce possible qu'Ouyang ait eu lui aussi des ennuis ? Peut-être pas. Au moins, Ouyang était toujours là, avec assez d'argent pour téléphoner loin et assez de sang-froid pour citer des poèmes des dynasties Tang et Song, même si la façon de faire passer le message suggérait qu'il était dans une situation difficile.

L'inspecteur principal Chen décida de demander à Lu d'appeler Ouyang à sa place, et de lui citer un autre poème par mesure de prudence.

De retour au bureau, il pensa à un distique de Wang Changling :

Si mes parents et mes amis de Luoyang demandent de mes nouvelles,

Dites-leur : un cœur aussi pur que la glace, un vase de cristal.

Ça ferait l'affaire. Puis il se mit au travail.

34

A 7 heures, l'inspecteur principal Chen s'apprêtait à partir. Le portier, le camarade Liang, sortit de sa loge.

– Un instant, camarade inspecteur principal Chen. J'ai quelque chose pour vous.

C'était une grande enveloppe livrée par messagerie express et posée sur l'étagère du haut. Liang s'excusa :

– Elle est arrivée il y a deux jours, mais je n'ai pas réussi à vous trouver.

Du courrier express de Pékin. Ce pouvait être grave. Le camarade Liang aurait dû lui téléphoner. Il n'y avait pas eu de message à son bureau ; Chen avait vérifié sa messagerie vocale tous les jours. Peut-être le vieil homme avait-il appris, comme tout le monde, que Chen s'était fait des ennemis en haut lieu. Puisque l'inspecteur principal allait bientôt sauter, pourquoi se donner du mal ?

Il signa sans un mot.

– Camarade inspecteur principal, dit le camarade Liang à voix basse. Des gens lisent le courrier des autres. Alors j'ai voulu vous remettre ça en personne.

– Je comprends. Merci.

Chen prit l'enveloppe mais ne l'ouvrit pas. Il retourna dans son bureau et ferma la porte. Il avait reconnu l'écriture.

Dans l'emballage express il y avait une petite enveloppe timbrée à en-tête du Comité central du Parti communiste chinois. De la même écriture.

Il sortit la lettre.

Cher Chen Cao,

Je suis contente que tu m'aies écrit.

Dès que j'ai reçu ta lettre, je suis allée voir le camarade Wen Jiezi, le ministre de la Sécurité publique. Il était au courant de ton enquête. Il a dit qu'il te faisait entièrement confiance, mais que certaines personnes haut placées – pas seulement celles que tu as croisées à Shanghai – s'inquiètent beaucoup pour cette affaire. Wen m'a promis de tout faire pour te protéger. Voici ses propres mots : « Ne pas pousser l'enquête jusqu'à nouvel ordre. Quelque chose se passera bientôt. »

Je crois qu'il a raison. Le temps peut tout changer.

Et le temps s'envole.

Quand nous sommes-nous vus pour la dernière fois au parc de la mer du Nord ? Tu te souviens de cet après-midi, avec la pagode qui se reflétait dans l'eau verte sous le ciel clair, et ton livre de poèmes qui a été éclaboussé ? On dirait qu'il y a des siècles.

Je suis restée la même. Occupée, très occupée, avec le travail de routine de la bibliothèque. Je travaille maintenant au département de liaison avec l'étranger ; je crois te l'avoir déjà dit. En juin, j'aurai l'occasion d'accompagner une délégation de bibliothécaires américains dans les provinces du sud. Nous pourrons peut-être nous revoir.

Il y a un nouveau téléphone à la maison, une ligne directe pour mon père. En cas d'urgence, tu peux te servir de ce numéro : 987 5324.

Bien à toi,

Ling

P. S. J'ai dit au ministre Wen que j'étais ta petite amie parce qu'il m'a demandé quelle était notre relation. Tu comprends pourquoi j'ai dû le faire.

Chen remit la lettre dans l'enveloppe et rangea le tout dans son porte-documents. Il se leva et regarda les voitures passer dans la rue de Fuzhou. Il vit au loin les enseignes au néon de Volkswagen qui brillaient d'un halo violet dans la nuit : « l'heure violette ». Il avait dû lire cette expression quelque part. C'était l'heure où les gens se hâtent de rentrer chez eux, où les taxis vrombissants attendent dans la rue et où la ville devient irréelle.

Il sortit le dossier « Guan » et commença un rapport plus détaillé en rassemblant toutes les informations. Il essayait de confirmer ce qu'il avait l'intention de faire ensuite. Il ne remettrait pas ce rapport ; il prenait un engagement envers lui-même.

Il ne quitta le bureau que plusieurs heures plus tard. Le camarade Liang était parti et le portail paraissait étrangement abandonné. Il était trop tard pour prendre le bus. Il y avait encore de la lumière dans le garage, mais il n'aimait pas l'idée de réquisitionner une voiture du bureau pour rentrer chez lui alors qu'il était officieusement suspendu.

Il sentit sur son visage un souffle frais de nuit d'été. Une longue feuille en forme de cœur tomba à ses pieds. Elle lui fit penser à une fiche de bambou divinatoire qui était tombée d'un récipient en bambou dans le temple Xuanmiao à Suzhou, des années auparavant. Le message était mystérieux. Chen avait été intrigué, mais il avait refusé de payer dix yuans pour que le devin taoïste l'interprète. On ne pouvait pas prédire l'avenir de cette façon.

Il ne savait pas ce qu'il adviendrait de l'affaire. Ni ce qui allait lui arriver. Il savait en tout cas que jamais il ne pourrait assez remercier Ling.

Il lui avait écrit pour lui demander de l'aide. Mais il ne s'attendait pas à ce que son aide prenne cette forme.

Il se retrouva de nouveau en train de marcher vers le Bund. Même à cette heure, il y avait encore de jeunes amoureux qui chuchotaient. C'était là qu'il avait pensé à lui écrire, quand la grosse horloge de la tour des Douanes avait carillonné. Une nouvelle mélodie.

Le présent, même lorsqu'on y pense, devient déjà le passé.

L'après-midi dans le parc de la mer du Nord. Il s'en souvenait, bien sûr, mais il avait essayé de l'oublier. Le parc de la mer du Nord. C'était là, près de la bibliothèque de Pékin, qu'il avait connu Ling, et là aussi qu'il s'était séparé d'elle.

Quand il l'avait rencontrée, il ne savait rien de sa famille. Au début de l'été 1981, il était en troisième année à l'Institut des langues étrangères. Il avait décidé de rester dans la capitale cet été-là parce que dans sa mansarde de Shanghai il ne pouvait pas se concentrer. Il écrivait son mémoire sur T. S. Eliot. Il allait donc tous les jours à la bibliothèque.

Le bâtiment était à l'origine un des nombreux palais de la Cité interdite. Après 1949, il était devenu la bibliothèque de Pékin. *Le Quotidien du peuple* annonça que la Cité interdite n'existait plus ; les gens ordinaires pouvaient désormais passer leur journée à lire dans le palais impérial. Pour une bibliothèque, c'était un excellent emplacement, contre le parc de la mer du Nord avec sa pagode blanche chatoyant au soleil, et près de l'ensemble central de la mer du Sud de l'autre côté du pont de Pierre blanche. Mais la salle n'était pas idéale. Les fenêtres de bois à claire-voie, qui avait été garnies de vitres teintées, ne donnaient pas assez de lumière, et chaque place était équipée d'une lampe électrique. Il n'y avait pas de rayonnages en libre-accès. Les lecteurs devaient inscrire les titres sur des bulletins et les employées allaient chercher les volumes au sous-sol.

Ling était l'une des bibliothécaires, chargée du secteur des langues étrangères ; elle était installée avec ses collègues dans l'embrasure d'une fenêtre en saillie, séparée du reste de la salle par un long comptoir incurvé. A tour de rôle, elles expliquaient tout bas le règlement aux nouveaux lecteurs, leur donnaient les livres, et dans l'intervalle rédigeaient des rapports. C'était à elle qu'il remettait sa liste de livres le matin.

En attendant qu'elle les apporte, il la remarqua de plus en plus. Un peu plus de vingt ans, charmante, elle respirait la santé et marchait d'un pas vif avec ses talons hauts. Son chemisier blanc était simple mais certainement cher. Elle portait une breloque d'argent attachée à un cordonnet rouge. Sans le faire exprès il enregistrait beaucoup de détails, alors que le plus souvent elle lui tournait le dos et bavardait à voix basse avec les autres bibliothécaires, ou lisait un livre. Quand elle lui parlait en souriant, ses grands yeux étaient si clairs qu'ils lui rappelaient le ciel d'automne sans nuages sur Pékin.

Elle le remarqua peut-être elle aussi. Sa liste de lectures était un drôle de mélange : philosophie, poésie, psychologie, sociologie et romans policiers. Son mémoire était difficile. Il avait besoin de ces policiers pour s'aérer. Plusieurs fois elle lui avait réservé des livres sans qu'il le lui demande, dont un de P. D. James. Elle le comprenait à demi-mot. Il remarqua que sur ses bulletins de commande, qui dépassaient des volumes, son nom était surligné.

C'était un plaisir de passer la journée là-bas : étudier sous une lampe à abat-jour vert au-dessous des vitres teintées, marcher dans la vieille cour bordée de grues de bronze qui regardaient les visiteurs, rêvasser en se promenant dans la véranda, regarder les dragons jaunes des tuiles entrelacés de nuages blancs… Ou simplement attendre en regardant la jolie bibliothécaire.

Elle aussi s'absorbait dans ses livres, la tête un peu penchée vers l'épaule droite. Elle s'interrompait de temps en temps pour réfléchir, regardait vers le peuplier de l'autre côté de la fenêtre, posait sa joue sur sa main et reprenait sa lecture.

Ils échangeaient parfois des mots aimables, et parfois des regards également aimables. Un matin, alors qu'elle arrivait vers lui en chemisier rose et jupe blanche, ses bras nus chargés des livres qu'il avait réservés, elle lui fit penser à une fleur de pêcher sortant d'un éventail de papier blanc. Il commença même à noter quelques vers, mais l'arrivée bruyante d'une bande d'adolescents l'interrompit.

Le hasard fit que la semaine suivante un de ses poèmes fut publié dans un magazine connu, et il lui en donna un exemplaire en même temps que la liste habituelle. Elle le remercia avec effusion en rougissant et parut apprécier beaucoup le poème. Quand il lui rendit les livres en fin d'après-midi, il lui parla pour rire du poème inachevé. Elle rougit de nouveau.

Autre inconvénient, la cantine du bâtiment contigu était réservée au personnel de la bibliothèque. Les petits restaurants et les stands de casse-croûte privés et pas chers n'existaient pas en ce temps-là. Il devait donc apporter en cachette des petits pains à la vapeur dans son sac à dos. Un après-midi, il mangeait un petit pain froid dans la cour quand elle passa à bicyclette près de lui. Le lendemain matin, elle lui tendit ses livres réservés et lui fit une proposition : elle allait l'emmener à la cantine du personnel où il pourrait déjeuner avec elle. Il accepta. C'était nettement meilleur, et il gagnait du temps. Plusieurs fois, quand elle avait une réunion ailleurs, elle lui apporta à manger dans sa propre gamelle. Personne ne fit de commentaires ; elle semblait avoir beaucoup de privilèges.

Une fois, elle l'emmena même dans la section des livres rares qui était fermée pour restauration. C'était une salle empoussiérée, mais pleine de livres extraordinaires. Certains se présentaient dans des coffrets précieux des dynasties des Ming et des Qing. Il se mit à examiner les livres mais elle resta avec lui. Il pensa que ce devait être le règlement. Il faisait chaud. Il n'y avait pas de climatisation. Elle ôta ses chaussures et il fut émerveillé de voir ses pieds nus marquer un rythme de boléro sur la poussière légère du vieux plancher.

Il dut bientôt résister à la tentation de la regarder tout en lisant. Malgré ses efforts pour se concentrer en plaçant sa chaise de côté, ses pensées s'égaraient. Cette découverte le troubla.

Il lisait le plus souvent jusque très tard, et bientôt il quitta la bibliothèque en même temps qu'elle. Les premières fois, ça paraissait une coïncidence. Puis il s'aperçut qu'elle l'attendait avec sa bicyclette sous l'arche de l'entrée.

Ils roulaient ensemble dans le dédale de ruelles pittoresques au crépuscule. Ils passaient devant les vieilles maisons blanches et noires de style *sihe*, et un vieil homme qui vendait des éventails en papier de couleurs ; la sonnette de leurs bicyclettes tintait dans l'air calme, les cris des pigeons montaient haut dans le ciel clair. Ils arrivaient finalement au carrefour de Xisi où elle rangeait sa bicyclette pour prendre le métro. Il la regardait se retourner pour lui faire signe. Elle habitait très loin.

Un matin de bonne heure, en allant à la bibliothèque, il s'arrêta à la station de métro de Xisi où il savait qu'elle sortirait pour prendre sa bicyclette. Il acheta un billet et descendit sur le quai grouillant de monde. En attendant, il se perdit dans la contemplation d'une peinture murale représentant une jeune fille ouïghour, les bras nus et chargés de raisin. Elle avait l'air de venir vers lui d'un pas infiniment léger, son bracelet de cheville brillait… Puis il la vit *elle* sortir du wagon, de la foule, et venir vers lui…

Ils parlaient beaucoup. Leurs sujets de conversation allaient de la politique à la poésie et ils se découvraient une remarquable identité de vue, même si elle paraissait un peu plus pessimiste sur l'avenir du pays. Il attribua cette différence à ses longues heures de travail dans ce vieux palais devenu bibliothèque.

Enfin arriva le fameux samedi après-midi.

La bibliothèque fermait tôt. Au lieu de rentrer chez

eux, ils décidèrent d'aller au parc de la mer du Nord dans la Cité interdite. Là ils louèrent un sampan et ramèrent sur le lac. Il n'y avait pas beaucoup de visiteurs.

Elle partait pour l'Australie ; elle venait tout juste de le lui annoncer. C'était un accord spécial entre la bibliothèque de Pékin et la bibliothèque de Canberra. Elle allait y travailler pendant six mois, une occasion rare en ce temps-là.

Elle posa les rames.

– Nous ne nous verrons pas pendant six mois, dit-elle.

– Le temps s'envole. Ce n'est que la moitié d'un an.

– Le temps peut malheureusement changer beaucoup de choses.

– Non, pas forcément. Tu as lu le poème *Le Pont de pies* de Qin Shaoyou ? Il est inspiré de la légende de la tisserande céleste et du vacher terrestre.

– J'ai entendu parler de la légende, mais il y a bien longtemps.

– La tisserande et le vacher sont tombés amoureux. C'était contre la loi céleste. Pour leur punition, ils ne sont autorisés à se voir qu'une fois par an, le septième jour du septième mois, en traversant le pont formé de pies compatissantes alignées au-dessus du fleuve de la Voie lactée. Le poème parle de leurs retrouvailles ce soir-là.

– Récite-le-moi, s'il te plaît.

C'est ce qu'il fit, en voyant son propre reflet dans ses yeux :

La forme changeante des nuages,
Le message absent des étoiles,
Le silencieux voyage sur la Voie lactée,
Dans le vent d'automne doré et la rosée de jade, leur rencontre éclipse
Les innombrables rencontres terrestres. Le sentiment aussi doux que l'eau,

Le temps immatériel comme un rêve,
Comment avoir le cœur de retourner sur le pont de pies ? Si deux cœurs sont unis à jamais,
Qu'importe la séparation – jour après jour, nuit après nuit ?

– Magnifique. Merci.

Il n'y avait rien à ajouter. Une compréhension tacite les unissait. Le reflet de la pagode blanche miroitait dans l'eau. Ling dit en hésitant :

– Je dois te dire autre chose.

– Quoi ?

– Il s'agit de ma famille…

Elle lui apprit que son père était un membre du Bureau politique du Comité central du Parti et qu'il était en train de monter au sommet.

Il resta un instant sans savoir quoi dire. Ce n'était pas du tout ce à quoi il s'attendait.

En quittant l'université, T. S. Eliot aurait pu mener une vie facile en obtenant un poste grâce aux relations de sa famille ou de sa femme Vivien, mais il avait pris une autre voie. Grâce à *La Terre vaine*, grâce à ses propres efforts, il avait été reconnu comme un poète moderniste novateur.

Par-dessus l'épaule de Ling, il regarda les murs rouges de la Cité interdite qui resplendissaient sous la lumière de cette fin d'après-midi. De l'autre côté du pont de Pierre blanche s'étendait l'immense ensemble central de la mer du Sud, où vivaient des membres du Bureau politique du Parti. Ling venait de lui dire que son père allait bientôt s'y installer.

Sa famille était bien plus puissante que celle de Vivien.

En Chine, venir d'un tel milieu changeait tout.

Que pouvait-il lui offrir ? Quelques poèmes. Assez romantiques pour un samedi après-midi. Mais pas assez pour la vie d'une fille de membre du Bureau politique.

Il conclut qu'il n'était pas un homme pour elle, quoi qu'elle ait pu voir en lui en ce moment sur le lac de la mer du Nord.

– Avant mon départ, nous parlerons de nos projets ?

– Je ne sais pas. Peut-être… puisque tu reviens dans six mois, nous nous verrons peut-être… si je suis encore à Pékin.

Elle ne répondit rien.

– Je regrette, dit-il, je ne savais rien de ta famille.

Pas de projets. Il ne le dit pas en ces termes, mais elle le comprit. Il promit de garder le contact, mais là encore ce n'était qu'un vernis sur leur rupture. Elle accepta sa décision sans protester, comme si elle l'avait prévue. Ling aussi avait sa fierté. La pagode blanche se reflétait dans leurs yeux.

Par la suite, il avait eu des moments de doute vite dissipé. Ce n'était la faute de personne. La politique. Il avait dû prendre cette décision.

Après avoir obtenu son poste à Shanghai, il était de nouveau convaincu d'avoir pris la bonne décision. Le séjour de Ling en Australie se prolongea jusqu'à un an. Un après-midi, sur l'étagère la plus basse du courrier du bureau, il trouva à la fois une lettre contenant une coupure d'un journal australien avec sa photo, et un magazine local contenant une critique négative de sa poésie. Il n'était qu'un anonyme parmi d'autres, un flic du premier échelon. Il n'espérait pas non plus beaucoup de succès avec sa poésie dite moderniste.

Puis, l'année suivante, une carte de Nouvel An de Pékin lui annonça qu'elle était revenue d'Australie. Ils ne s'étaient pas revus depuis l'après-midi au parc de la mer du Nord.

Mais s'étaient-ils vraiment séparés ? Était-ce pour cette raison qu'ils ne s'étaient rien dit ? Elle ne l'avait jamais quitté. Et il ne l'avait jamais oubliée. Était-ce à cause de ça qu'il lui avait écrit la nuit où il s'était senti complètement écrasé ?

Lui demander de l'aide était la dernière chose qu'il voulait faire. A la poste, il s'était répété qu'il écrivait au nom de la justice.

Elle avait dû comprendre à quel point la situation était désespérée. Elle s'était donné du mal, elle s'était servie du nom de sa famille pour lui. Elle s'était présentée au ministre Wen comme sa petite amie, et maintenant l'influence de sa famille était jetée dans la balance du pouvoir.

Un fils de CS contre une fille de CS.

Pour le ministre, c'était sûrement ça. Et pour tout le monde. Mais pour elle ? Un engagement. Dans son milieu, la nouvelle qu'elle avait un amant flic allait vite se répandre.

Elle lui avait beaucoup donné, et à quel prix pour elle ?

Elle l'avait pourtant fait. Et elle était restée célibataire. Elle avait dû avoir beaucoup de jeunes hommes autour d'elle, à cause de sa famille ou rien que pour elle, personne ne pouvait en être sûr.

Une image lui vint, une femme en costume d'autrefois sur une carte de Fête des Lanternes qu'elle lui avait envoyée, et il l'avait conservée des années, d'abord associée à Ling, puis confondue avec elle. C'était l'image d'une femme seule sous un saule pleureur, avec un poème de Zhu Shuzheng, une excellente poétesse de la dynastie des Song :

A la Fête des Lanternes cette année,
Les lanternes et la lune sont les mêmes qu'autrefois,
Mais où est l'homme que j'ai rencontré l'année dernière ?
Mes manches de printemps sont trempées de pleurs.

Ling avait choisi une carte en papier de riz, la reproduction de la peinture était d'une grande délicatesse, la calligraphie, élégante. Elle l'avait envoyée sans rien y écrire elle-même que sa signature.

Il refusa d'aller plus loin dans cette direction. Quoi qu'il ait pu arriver, quoi qu'il puisse encore arriver, il était décidé à poursuivre l'enquête jusqu'au bout.

Quand il arriva enfin devant chez lui, l'immeuble était très sombre – un timbre noir sur l'enveloppe étoilée de la nuit.

Il avait à peine parlé à ses voisins, mais il savait que tous les appartements étaient occupés. Il ouvrit donc sa porte le plus silencieusement possible.

Il s'étendit sur son lit et regarda le plafond.

Des images à la fois familières et étranges défilèrent. Certaines avaient déjà trouvé leur chemin dans les fragments de sa poésie, d'autres pas encore.

Elle, à l'entrée du métro, des jacinthes dans les bras, derrière elle la peinture d'une jeune Ouïghour marchant vers lui : mouvement immobile, infini, léger comme l'été en larmes de joie ; le parfum du jasmin flottant sur ses cheveux, puis dans sa tasse de thé, avec un soleil de feu d'artifice tournant à la fenêtre de papier, elle avec son déjeuner sous l'auvent relevé dans le ciel clair de Pékin ; elle déroulant un manuscrit Tang dans la section des livres rares, lisant dans son extase une communion avec les poissons d'argent qui s'échappent des yeux ensommeillés des temps passés, ses pieds nus marquant un rythme de boléro sur la poussière légère du vieux plancher ; la lumière de l'après-midi dessinant sa silhouette en pointillé dans le sampan ; elle venant vers lui à travers un dédale de ruelles sur une bicyclette crissant sous le poids de livres pour lui, le cri d'une colombe dans le ciel qui s'épaissit…

Il s'endormit au milieu de sa rêverie.

35

L'inspecteur principal Chen avait repris le travail depuis trois jours.

Le secrétaire du Parti Li lui avait promis de lui parler, mais il ne l'avait pas encore fait. Chen savait que Li l'évitait pour ne pas avoir à discuter de l'affaire. Tout échange entre eux pouvait être surveillé. Le secrétaire du Parti Li était trop prudent pour ne pas le savoir. On ignorait quand l'inspecteur Yu reviendrait de sa mission « temporaire ». Le commissaire politique Zhang était toujours en vacances. Sa présence n'aurait eu aucune importance, mais son absence pouvait tout changer.

Aucune nouvelle de Pékin, quoique Chen n'en ait pas vraiment attendu.

Il n'aurait pas dû écrire cette lettre à Ling. Et il n'allait pas lui en écrire une seconde. Ni appeler le numéro qu'elle lui avait donné. Pour le moment, il ne voulait même pas y penser.

C'était peut-être sage d'attendre, comme elle avait dit, ne rien faire jusqu'à « nouvel ordre ». Et il n'y avait en réalité rien à faire, sachant que la Sécurité intérieure rôdait, prête à bondir au moindre mouvement de sa part. Il n'y avait rien de neuf non plus, sauf qu'il avait eu la surprise d'apprendre que Wu Xiaoming avait demandé un visa pour les États-Unis.

La nouvelle venait encore une fois de Lu le Chinois d'outre-mer, qui la tenait de Peiqin, qui la devait elle-même au Vieux chasseur et à ses contacts à Pékin. Wu n'avait pas fait une demande de visa d'affaires mais de visa personnel. C'était inhabituel, considérant que le nom de Wu figurait en tête de la liste des candidats à un poste important en Chine. Si Wu essayait de filer, l'inspecteur principal Chen devait agir très vite. Une fois Wu à l'étranger, il n'y aurait plus moyen de l'appréhender.

La Lexus blanche appartenait à Wu ; le Vieux chasseur avait identifié le numéro d'immatriculation. Ces derniers jours, l'une des choses que Chen avait faites lui-même, et qui ne pouvait pas paraître suspecte à la Sécurité intérieure, avait été une recherche sur le règlement concernant l'usage des voitures par les cadres supérieurs. Un cadre du niveau de Wu Bing était censé disposer d'une voiture pour son usage exclusif, avec chauffeur à plein temps aux frais du gouvernement, mais les membres de sa famille n'étaient pas autorisés à l'utiliser. Comme Wu Bing était hospitalisé, rien ne justifiait que sa famille se fasse conduire par le chauffeur. Aussi Wu Xiaoming avait-il proposé de conduire lui-même, invoquant la nécessité d'aller voir son père tous les jours à l'hôpital. Qui avait conduit la Lexus pendant que Wu était à Pékin ?

Lu le Chinois d'outre-mer n'avait pas réussi à identifier le conducteur. Et il avait essayé plusieurs fois de joindre Ouyang à Canton, sans succès. Ouyang n'était pas chez lui. Ce qui pouvait signifier qu'il avait eu des ennuis lui aussi – tout comme Xie. La Sécurité intérieure était capable de tout.

Compte tenu de l'information récente selon laquelle Wu avait fait une demande de visa pour les États-Unis, l'incertitude de l'attente devenait intolérable pour Chen. Il devait absolument parler au secrétaire du Parti Li.

Malgré son rang élevé, Li avait l'habitude d'aller tous les matins à 11 heures et quart chercher de l'eau chaude pour son thé dans la pièce où se trouvait la bouilloire. Donc, à 11 heures et quart, Chen était là avec un thermos. C'était un endroit où l'on allait et venait. Leur rencontre pouvait paraî-tre naturelle. Plusieurs autres personnes remplissaient des thermos. Li eut un mot aimable pour tous avant de se tourner vers Chen.

– Comment allez-vous, camarade inspecteur principal Chen ?
– Très bien, sauf que je ne fais rien.
– Reposez-vous. Vous êtes tout juste revenu.
En se penchant pour prendre son thermos, Li ajouta dans un souffle :
– Avez-vous trouvé ce dont nous avons parlé la dernière fois ?
– Quoi donc ?
– Quand vous l'aurez trouvé, venez dans mon bureau.
Li se dirigeait déjà vers l'escalier avec le thermos plein, et le dernier mot.
Le mobile.
C'était ce que lui avait demandé Li la dernière fois qu'ils s'étaient vus dans son bureau. Chen ne l'avait pas trouvé. Il était inutile de prolonger la conversation. Politique mise à part, la poursuite de l'enquête dépendait de la découverte du mobile de Wu.
Chen retourna la question dans sa tête. Si Wu avait voulu quitter Guan, elle n'était pas en mesure de l'en empêcher. Elle était la tierce personne – l'autre femme – un personnage mal vu par la morale chinoise. Elle aurait été socialement condamnée. En outre, révéler une liaison hors mariage aurait été un suicide politique. Même si elle avait été assez désespérée pour le faire, ça ne l'aurait probablement menée nulle part. Wu avait eu une liaison avec elle, mais il voulait y mettre fin. Et alors ? Comme l'avait fait remarquer le secrétaire du Parti Li, une liaison n'aurait pas été considérée comme une faute politique trop grave. Avec sa famille et ses relations, Wu s'en serait sorti facilement.
Elle n'avait pas pu représenter une véritable menace pour Wu, même à l'époque où on parlait pour lui de promotion.

D'autre part, Guan était une célébrité nationale, pas une quelconque provinciale. Wu avait dû savoir que sa disparition entraînerait des recherches qui pouvaient mener jusqu'à lui, aussi secrète qu'ait été leur liaison. Wu était trop malin pour ne pas s'en être rendu compte.

Alors pourquoi aurait-il pris un tel risque ?

Guan avait dû représenter une menace beaucoup plus grave, une menace que l'inspecteur principal Chen n'avait pas encore déterminée.

Et jusqu'à ce qu'il y parvienne, Chen ne pouvait que tuer le temps en lisant les derniers documents du Parti remis dans son bureau. L'un traitait du taux de criminalité de plus en plus élevé à la campagne et citait l'appel à l'action que lançait le Comité central à tous les membres du Parti. Il avait aussi plusieurs formulaires à remplir pour le séminaire de l'Institut central du Parti, quoiqu'il doutât de pouvoir y participer en fin de compte.

Contrarié, il chercha le livre de son père. Depuis qu'il l'avait acheté, il ne l'avait pas encore lu. Il savait que c'était un texte difficile. Il prit le volume à la fin, un épilogue sous forme de courte fable intitulée *Une Chèvre de la dynastie des Jin*.

L'empereur Yan de la dynastie des Jin avait plusieurs concubines impériales et une chèvre favorite. Le soir, l'empereur laissait la chèvre le précéder tranquillement à travers un océan de chambres. Quand la chèvre s'arrêtait, l'empereur l'interprétait comme un signe du ciel pour qu'il passe la nuit dans la chambre la plus proche. Le plus souvent, il voyait la chèvre s'arrêter devant la porte à rideau de perles de la trois cent onzième concubine. Celle-ci était enveloppée de nuages blancs et attendait la pluie. Elle lui donna ainsi un fils qui devint l'empereur Xing. L'empereur Xing laissa des agresseurs barbares s'emparer du pays à cause de son désir effréné d'un port maritime. Ce fut une longue histoire compliquée, mais le secret de la trois cent onzième concubine était simple. Elle répandait du sel devant sa porte. La chèvre s'arrêtait pour le lécher.

Le professeur défunt avait utilisé une fable pour illustrer les contingences de l'Histoire. Mais pour un inspecteur principal, tout ce qui touchait à une affaire criminelle devait être certain, logique.

Il était presque 3 heures. L'inspecteur principal Chen avait sauté le déjeuner mais il n'avait pas faim. On frappa à sa porte.

– Entrez.

Il fut surpris de voir le docteur Xia portant un gros sac en plastique dans chaque main.

– Mes chaussures sont mouillées.

Le docteur Xia montra qu'il n'avait aucune intention d'entrer.

– Je vous apporte du canard rôti à la pékinoise du restaurant *Nuage*. La dernière fois, vous m'avez généreusement invité. Comme dit Confucius : *Il est convenable et juste de retourner une amabilité.*

– Merci, docteur Xia, dit Chen en se levant. Mais un canard entier, c'est trop pour moi. Il vaut mieux le rapporter à votre famille.

Le docteur Xia leva l'autre sac.

– J'en ai un autre. A vrai dire, un de mes patients est le grand chef cuisinier. Il a tenu à m'en faire cadeau. Voici une petite boîte de sauce spéciale pour le canard. Mais je ne sais pas préparer les poireaux.

– Comme dit Confucius : *Il n'est ni convenable ni juste de refuser le don d'un aîné.* Je dois donc l'accepter. Vous prendrez une tasse de thé dans mon bureau ?

– Non, merci, je ne peux pas rester.

Le docteur Xia resta cependant sur le seuil en se tortillant, puis il se tourna à demi vers le bureau collectif et dit :

– Mais je dois vous demander un service.

– Bien entendu, tout ce que vous voudrez, dit Chen en se demandant pourquoi le docteur Xia avait choisi ce moment pour le lui demander.

– Je souhaite que vous me fassiez entrer au Parti. Je ne suis pas un activiste, je sais. J'ai beaucoup de chemin à faire avant de pouvoir me considérer comme un membre méritant du Parti. Mais je suis un intellectuel chinois honnête avec un minimum de conscience.

– Comment ? Mais… vous n'êtes pas au courant de ce qui se passe ici ?

– Non.

Le docteur Xia éleva la voix, fit un geste d'indifférence et rajusta ses lunettes cerclées d'or.

– Et ça ne m'intéresse pas. Pas du tout. Écoutez, vous êtes un membre loyal du Parti, c'est tout ce que je sais. Si vous n'êtes pas qualifié, personne ne l'est dans toute cette maison.

– Je ne sais pas quoi dire, docteur Xia.

– Vous vous rappelez les deux vers du général Yue Fei ? *Je me prosternerai devant le Ciel / quand la terre sera mise en ordre*. Que notre terre soit en ordre, c'est ce que vous voulez, et ce que je veux.

Sur cette déclaration théâtrale, le docteur Xia redressa la tête comme pour défier un public invisible et s'en alla sans même un coup d'œil aux visages étonnés dans le grand bureau.

– Au revoir, docteur Xia, dit quelqu'un un peu tard.

Le canard d'une main, Chen ferma sa porte de l'autre.

Il savait pourquoi le docteur Xia lui avait rendu cette visite impromptue. C'était pour lui témoigner son soutien. Le bon vieux docteur qui avait tant souffert pendant la Révolution culturelle était loin de vouloir entrer au Parti. Sa visite, ainsi que sa déclaration préparée et le canard rôti, était une prise de position à laquelle il se sentait tenu en tant qu'intellectuel chinois honnête – avec un « minimum de conscience ».

Et l'inspecteur principal Chen se rendit compte que ce n'était pas seulement pour lui.

C'était peut-être un combat perdu d'avance, mais Chen comprit qu'il n'était pas seul à le mener. L'inspecteur Yu, Peiqin, le Vieux chasseur, Lu le Chinois d'outre-mer, Ruru, Wang Feng, Petit Zhou… et le docteur Xia étaient avec lui.

A cause d'eux, il n'abandonnerait pas.

Il reprit la lecture du dossier de Guan, en prenant des notes jusque tard. Puis il mangea un peu de canard rôti. La vue de la peau dorée et croustillante avait réveillé son appétit. Le docteur Xia avait même inclus des crêpes. Roulé dans une crêpe avec la sauce spéciale et la ciboule, le canard était exquis. Chen rangea ce qui en restait dans le frigo.

Il quitta le bureau vers 9 heures. Il arriva bientôt dans la rue de Nankin. Elle paraissait plus calme à cette heure, mais les transformations incessantes des enseignes au néon lui apportaient une nouvelle vitalité.

Le grand magasin n° 1 apparut. Un homme d'un certain âge qui regardait une des vitrines s'éloigna en entendant les pas de Chen. Chen se surprit à s'arrêter lui aussi devant un étalage de mode d'été, il voyait vaguement son propre reflet sur la vitre. Les lumières éclairaient une rangée de mannequins dans une incroyable variété de maillots de bain – bretelles ultrafines, décolleté tulipe, deux pièces sportif, bikini, et garnitures noir et blanc. Les mannequins en plastique semblaient vivants sous la lumière artificielle.

– Un bâton de baies d'aubépine confites !

Chen sursauta.

– Quoi ?

– Aigres-douces. Prenez-en !

Un vieux marchand ambulant s'était approché avec une carriole rouge plantée de bâtons de baies d'aubépine glacées au sucre rouge, brillants, presque sensuels. Un spectacle rare dans la rue de Nankin. Peut-être parce qu'il était tard, le marchand avait pu se faufiler dans le coin. Chen en acheta un. Il était plutôt aigre, différent de ceux que sa mère lui achetait quand il avait cinq ou six ans. Il suçait le bâton, et sa mère, alors toute jeune, portait sa robe fendue orange. Elle tenait d'une main une ombrelle à fleurs, et de l'autre la main de son fils...

Tout avait changé si vite.

Les mannequins de la vitrine allaient-ils vieillir aussi ?

Question idiote. Plus idiote encore qu'un inspecteur principal en uniforme en train de traîner dans la rue de Nankin en suçant un bâton de baies d'aubépine.

C'était néanmoins un fait : le plastique pouvait s'user. Une fleur en plastique craquelée, couverte de poussière, sur l'appui de la fenêtre d'une chambre d'hôtel perdu. Une image qui l'avait beaucoup ému, inexplicablement, au cours d'un voyage quand il était étudiant. Un autre voyageur l'avait probablement abandonnée là. Elle avait perdu son éclat, sa beauté...

Elle avait perdu son intérêt politique – aux yeux des autres.

Les modèles, en plastique ou en autre chose, se remplaçaient.

Travailleuse modèle au début des années quatre-vingt-dix, Guan aurait pu avoir des soucis plus réalistes. Quand elle était à l'étalage, jeune, vive, elle pouvait admirer son reflet dans les vitrines changeantes de la politique, mais elle devait se rendre compte que le mythe de la travailleuse modèle, même s'il était encore respecté dans la presse du Parti, n'inspirait plus grand monde. Les médias s'intéressaient aux intellectuels. Les chefs d'entreprise gagnaient de l'argent. Ceux qui passaient les tests du TOEFL obtenaient un passeport. Les ECS, un poste élevé. Une travailleuse modèle obtenait de moins en moins.

Guan savait qu'on ne revient pas en arrière. Au train où allaient les choses, dans quelques années être une travailleuse modèle ferait carrément rire.

Pour elle, en revanche, ça n'avait jamais été une plaisanterie. C'était sa raison de vivre, et sa vie n'avait pas été facile. Elle avait été obligée d'être un modèle en toutes circonstances : dire ce qu'il fallait, faire ce qu'il fallait, et prendre les décisions qu'il fallait. Un modèle – c'était une métaphore sans l'être. Elle avait trouvé un sens à sa vie au moment où elle était admirée et imitée par les autres…

Ses pensées furent interrompues de nouveau par des pas derrière lui. Il crut entendre une jeune fille glousser. L'inspecteur principal Chen devait avoir une de ces allures, un policier en train de contempler une vitrine pleine de mannequins splendides en maillot de bain ! Il ne savait pas depuis combien de temps il était là. Il regarda une dernière fois et s'éloigna.

Sur le trottoir d'en face, un petit magasin de fruits était encore ouvert. Chen le connaissait bien parce que sa mère l'utilisait comme raccourci pour aller dans un passage où habitait une de ses meilleures amies. Le passage avait plusieurs entrées. L'une, dans la rue de Nankin, avait d'abord été bloquée en partie par un kiosque de fruits, transformé ensuite en magasin qui condamnait complètement l'accès. Mais derrière les hautes étagères de fruits il y avait toujours une porte ouvrant de l'intérieur, et les employés du magasin s'en servaient pour leur propre commodité. Il ne savait absolument pas comment sa mère l'avait découvert.

L'inspecteur principal Chen n'avait encore jamais emprunté le raccourci, mais il fut quand même accueilli chaleureusement par le propriétaire comme un vieux client. Il passa derrière la première rangée d'étagères et examina une pomme comme un client difficile.

La porte du fond était toujours là. Il la poussa et elle s'ouvrit sur un passage à peu près désert. Il avança d'un pas rapide. L'autre bout du passage donnait sur la rue de Guizhou où il arrêta un taxi.

– Passage Qinghe, dans la rue du Hubei.

Il s'assura que personne ne le suivait.

36

Le bâton de baies d'aubépine n'était pas encore fini quand le taxi s'arrêta passage Qinghe.

L'inspecteur principal Chen jeta le bâton dans une poubelle. A quelques pas de là, un débile riait tout seul en tenant un sac en plastique sur sa tête comme un capuchon. Chen ne vit personne d'autre aux abords du dortoir de Guan. Les gens de la Sécurité intérieure stationnaient probablement sous sa propre fenêtre.

En montant à la chambre de Guan il ne croisa personne. C'était un vendredi soir. Les gens regardaient un feuilleton japonais larmoyant où une jeune fille se battait en vain contre le cancer. Sa mère lui en avait parlé ; tout le monde le suivait avec passion.

Pas Guan.

Sa serrure n'avait pas été changée. Une fois entré, il ferma la porte à clef. Il n'alluma pas et sortit sa torche. Il resta au milieu de la pièce. Il voulait quelque chose. Un élément décisif pour clôturer l'enquête, qui s'il s'était trouvé là à un certain moment pouvait avoir disparu depuis. Wu avait pu venir, le trouver et le faire disparaître – une voisine n'avait-elle pas mentionné un homme qui aurait pu sortir de la chambre de Guan ? Peut-être aurait-il dû fouiller plus soigneusement, faire appel à un expert du labo. Mais on y manquait d'effectifs et ça n'avait pas paru utile. La petite chambre ne pouvait pas avoir beaucoup de cachettes.

Si Guan avait voulu dissimuler quelque chose à Wu, où l'aurait-elle mis ?

Tout fouilleur aurait regardé dans le bureau et les tiroirs, tapé sur les murs, retourné le lit, passé au peigne fin tous les livres et revues… L'inspecteur principal Chen avait déjà vérifié ces endroits allant de soi.

Il laissa sa torche balayer la pièce sans la diriger consciemment : un effort sans effort, comme il est recommandé dans le *Tao Te Ching*. La lumière s'arrêta finalement sur le portrait encadré du camarade Deng Xiaoping accroché au mur.

Il ne savait pas pourquoi elle s'était arrêtée là. Il regarda le portrait éclairé. C'était une image immense pour la pièce, mais cette taille n'était pas rare pour un portrait de dirigeant national. En fait, c'était la taille standard. Il avait la même dans son minuscule bureau.

Il tenait le camarade Deng Xiaoping en haute estime. Quoi qu'on puisse reprocher au vieil homme, il était indéniable que sous sa direction la Chine avait fait de grands progrès dans les réformes économiques et, jusqu'à un certain point, les réformes politiques. Les dix dernières années avaient vu des changements considérables dans plusieurs aspects de la vie des gens. Y compris dans la façon d'accrocher le portrait de leur chef.

A l'époque du président Mao, c'était une obligation politique de suspendre un immense portrait de Mao et de faire matin et soir sa prière devant lui. Chen se souvenait des vers familiers d'un opéra de Pékin moderne : *Sous le portrait du président Mao, je suis rempli d'une force nouvelle*. Le cadre devait donc être spécialement adapté. Un cadre doré pour le demi-dieu Mao. Mais pas pour Deng.

Après sa retraite, Deng s'était qualifié de « membre ordinaire du Parti » – c'était du moins ce que la presse avait rapporté. Le portrait de Deng dans une chambre n'était pas une obligation politique. Le cadre dans la chambre de Guan était d'un rose pâle avec un délicat décor en relief. Elle l'avait peut-être choisi pour elle à l'origine, puis utilisé pour Deng. La photo le montrait assis dans un fauteuil, plongé dans ses réflexions, vêtu d'un costume Mao gris boutonné jusqu'au cou, une cigarette entre les doigts, un énorme crachoir de cuivre à ses pieds, une carte de Chine derrière lui, le front marqué de rides profondes. Impossible de voir ce qui se passait derrière ces rides sur le front du vieil homme.

Chen approcha une chaise du mur et grimpa dessus. Il décrocha le portrait, le retourna et le posa par terre. Plusieurs attaches maintenaient le carton contre le cadre. Elles se courbaient facilement. Il retira le carton avec précaution.

Un paquet de photos enveloppées de papier de soie apparut. Il l'ouvrit et étala les photos sur la table.

Il les regarda fixement, ou elles le regardèrent fixement.

Les premières montraient Guan dans des poses compliquées, nue ou demi-nue, savamment étudiées pour les meilleurs effets : ses longs cheveux couvrant ses seins, ou le corps caché en partie par une serviette, ou encore – plus choquant – par le journal montrant sa photo quand elle avait reçu le titre de travailleuse modèle de la nation. Il y en avait une où Guan était couchée nue sur un tapis marron devant une cheminée. Le feu crépitant éclairait les courbes de son corps, ses mains étaient attachées dans le dos avec des menottes, elle était bâillonnée et avait les jambes largement écartées. Il reconnut la cheminée. C'était celle du salon de Wu, la cheminée de marbre vert.

Venaient ensuite quelques photos de Guan avec Wu, complètement nus tous les deux. Elles avaient dû être prises avec un système de déclenchement à retardement. L'une montrait Guan assise sur les genoux de Wu avec un sourire inquiet vers l'objectif. Elle avait les bras autour de son cou, et lui, les mains sur le bout de ses seins. Dans la suivante, elle s'était retournée et montrait une paire de fesses qu'il prenait à pleines mains ; sous cet angle, les poils de son pubis formaient un T et ses pieds étaient énormes. Les autres photos montraient des variations de l'acte sexuel : Wu la pénétrant par-derrière, son sexe disparaissant dans la courbe de ses fesses et sa main libre retenant ses seins en forme de poire ; Guan cambrée sous Wu, les bras étreignant son dos, le visage tourné de côté sur l'oreiller, tendu par l'orgasme, les jambes sur les épaules de Wu qui la pénétrait…

Au grand étonnement de Chen, il y avait aussi une photo de Guan avec un autre homme sur elle, posant avec une obscénité étudiée. Le visage de l'homme était en partie dans l'obscurité, mais ce n'était pas Wu. Guan était étendue bras et jambes écartés, comme en extase.

Il y avait enfin des photos de Wu avec d'autres femmes – sur le lit, sur le tapis devant la cheminée, ou par terre, dans différentes positions allant de l'érotique à l'obscène. L'une montrait Wu avec trois femmes.

Chen crut reconnaître une d'entre elles, une vedette de cinéma qui avait joué le rôle d'une courtisane talentueuse de la dynastie des Ming.

Puis il remarqua des petites indications au dos des photos :

« 14 août. Quelque part entre l'extase et l'évanouissement de peur. Sa culotte enlevée en cinq secondes. Entré dans son vagin par-derrière. »

« 23 avril. Vierge. Naïve et apeurée. Saignant et hurlant comme une truie, puis se tordant comme un serpent. »

« Une sainte à l'écran, mais une salope à la ville. »

« Dans les pommes à son deuxième orgasme, carrément. Morte. Froide. N'est revenue à elle que deux minutes plus tard. »

La dernière photo était encore une de Guan : masquée, attachée au mur par des menottes, entièrement nue, regardant l'objectif avec un mélange de gêne et d'impudeur.

Un modèle pour un masque.

Ou un masque pour un modèle.

Au dos de la photo une annotation en petits caractères : « Une travailleuse modèle de la nation, trois heures après un discours à la mairie. »

L'inspecteur principal Chen eut la nausée. Il ne voulut pas en lire davantage.

Il ne portait pas de jugement moral. En dépit des principes néo-confucéens que le professeur Chen lui avait inculqués, il ne se considérait ni comme un traditionaliste ni comme un pudibond. Mais ces photos, avec ces commentaires, c'en était trop. Il crut soudain voir Guan couchée sur le lit de planches, gémissant, se cambrant à la rencontre de la poussée convulsive de l'homme, sous le portrait encadré du camarade Deng Xiaoping assis, songeant à l'avenir de la Chine.

Il s'entendit grogner.

Tout ça donnait une sensation d'irréalité. L'inspecteur principal Chen avait enfin trouvé ce qu'il avait eu tant de mal à découvrir. Le mobile.

Tous les éléments se mettaient en place. Vers la fin de leur liaison, Guan s'était emparée des photos, que Wu avait utilisées contre elle mais qu'elle avait utilisées ensuite contre lui pour le menacer. Elle savait qu'elles pouvaient le détruire, particulièrement au moment où il allait peut-être recevoir une promotion. Elle le soupçonnait d'essayer de les récupérer. Elle les avait donc cachées.

Ce qu'elle n'avait pas prévu, c'était le désespoir de Wu. Et ça lui avait coûté la vie. C'était un moment critique pour sa carrière politique. Comme son père allait très mal, il tenait peut-être sa dernière chance d'avancement. Une liaison scandaleuse ou un divorce l'aurait compromise. Il n'avait pas le choix. Faire taire Guan pour toujours était la seule issue. Chen savait à présent pourquoi Wu Xiaoming avait commis son crime.

L'inspecteur principal Chen mit les photos dans sa poche, raccrocha le portrait de Deng au mur et éteignit sa torche.

En regardant au-dehors, il vit un homme seul qui flânait, son ombre s'étirait à travers la chaussée. Il décida de quitter le passage par une autre sortie qui le mena dans une petite rue à un pâté de maisons du cinéma du Zhejiang.

Une foule en sortait, discutant d'un nouveau documentaire sur la réforme économique de Shenzhen. Le film faisait partie de l'éducation politique du peuple et il était recommandé de le voir. Sa sortie était censée représenter un tournant politique spectaculaire.

Chen traversa l'attroupement.

– Ce n'est pas seulement pour le plaisir que le camarade Deng Xiaoping a fait son deuxième voyage à Shenzhen.

– Bien sûr que non. Les vieux conservateurs tirent à boulets rouges sur la zone économique spéciale

– Ils disent que la Chine n'est plus sur la voie du socialisme.

– Capitalisme ou socialisme, du moment que nous mangeons trois fois par jour ça nous est égal.

– Et le Vieux Deng a changé nos repas en mettant du poulet, du canard, du poisson et du porc dans nos assiettes, pas vrai ?

– Oui, c'est bien de ça qu'il s'agit. Nous, les marxistes, nous sommes matérialistes et nous en sommes fiers.

La différence se voyait à la façon dont les gens ordinaires parlaient de politique dans la rue. Le camarade Deng Xiaoping était devenu « le Vieux Deng » ; alors qu'au début des années soixante-dix, on se retrouvait en prison pour avoir dit « le Vieux Mao ».

Au bureau, Chen avait aussi entendu parler du voyage récent de Deng dans le sud. Ce pouvait être le prélude à un nouveau changement politique de taille, mais Chen avait du mal à s'attarder là-dessus pour l'instant. Il ne pensait qu'à Guan, dont le drame personnel lui était plus proche que les drames politiques.

Au début de son enquête, Chen avait entretenu une vision de Guan en pauvre victime. Une statue d'albâtre mise en pièces par un coup violent. Guan était effectivement une victime. Le 11 mai 1990, elle avait été assassinée par Wu, mais même avant ça, elle était depuis longtemps une victime – de la politique. Et elle n'était pas une statue innocente et passive. Elle était en partie responsable de sa destruction.

De la même façon, lui, qui avait été un étudiant rêvant d'une carrière littéraire, s'était transformé en inspecteur principal Chen. Il frémit à cette pensée.

En termes d'existentialisme, ne pas faire de choix est en soi faire un choix.

Guan aurait pu épouser l'ingénieur Lai, ou un autre. Elle aurait été une ménagère ordinaire qui marchande une poignée de ciboules au marché, qui fait les poches de son mari le matin, qui se bagarre pour caser son réchaud dans la cuisine collective… Mais elle vivrait, comme tout le monde, ni trop bien ni trop mal. La politique avait rendu impossible une telle vie personnelle. Comblée d'honneurs, elle ne pouvait pas se satisfaire d'un homme ordinaire, insuffisant pour son statut et son ambition. Elle ne pouvait pas descendre de la scène pour draguer un homme à un arrêt de bus ou flirter avec un inconnu dans un café. D'autre part, quel homme voudrait vraiment pour épouse un membre du Parti qui fait des discours politiques à la maison – même au lit ?

Et elle avait rencontré Wu Xiaoming. Elle avait cru trouver en lui la solution. Elle entrevoyait aussi l'espoir de s'accrocher au pouvoir grâce à sa relation avec lui. Politiquement, une telle union aurait pu fonctionner. Un couple modèle dans la tradition de la propagande socialiste orthodoxe. L'amour fondé sur un idéal communiste commun. Le mariage avec Wu semblait donc être sa dernière chance de bonheur personnel – et de réussite politique.

Le seul obstacle était que Wu était marié, et qu'il ne voulait pas divorcer pour l'épouser.

Elle avait dû être meurtrie par la décision de Wu, et souffrir à la mesure de sa passion. Elle lui avait tout donné, du moins le pensait-elle. Quand tous les autres arguments avaient été vains, elle avait recouru au chantage avec les propres armes de Wu. En situation de crise, certains ripostent par tous les moyens, loyaux ou pas. L'inspecteur principal Chen le comprenait bien.

Et si Guan avait été finalement prise d'une passion qu'elle n'avait jamais connue auparavant ? Et s'y était livrée parce qu'elle n'avait jamais appris à l'affronter ? Habituée à porter un masque, elle avait fini par le prendre pour sa véritable identité. Elle savait qu'il n'était pas politiquement juste de tomber amoureuse d'un homme marié, mais elle l'avait fait, femme sans défense gémissant sous le masque, pieds et poings liés.

Avait-elle éprouvé pour la première fois une passion dévorante qui donnait un nouveau sens à sa vie et qu'elle devait protéger à tout prix ?

L'inspecteur principal Chen était plus tenté par la seconde hypothèse : Guan Hongying, la travailleuse modèle de la nation, avait été emportée par la passion.

La vérité, il ne la découvrirait peut-être jamais.

37

L'inspecteur principal Chen ne se faisait aucune illusion sur son entrevue du lendemain matin avec le secrétaire du Parti Li, mais il ne pouvait pas se permettre d'attendre.

Il n'espérait guère faire avancer l'enquête, avec ou sans les nouvelles preuves, car dans l'intérêt du Parti, même ces photos pouvaient être balayées comme étant hors sujet. Si ça voulait dire que sa carrière dans la police touchait à sa fin, il y était préparé. Il n'éprouverait ni regrets ni amertume. En tant que flic, il avait servi de son mieux, et en tant que membre du Parti aussi. Quand il deviendrait incapable de servir, il partirait. Ou il faudrait lui demander de partir.

Il était peut-être temps de tourner la page. Lu le Chinois d'outre-mer réussissait bien avec *Le Faubourg de Moscou*. Comme disait le proverbe : *Il faut regarder de nouveau un homme au bout de trois jours*. En deux mois, Lu s'était métamorphosé en prototype du « Chinois d'outre-mer », plein d'assurance, expansif et ambitieux, avec un diamant au doigt. Le poste de directeur d'un restaurant international attendait maintenant Chen. « C'est pas seulement pour toi, vieux pote, c'est aussi pour moi. C'est tellement dur de trouver un associé capable et digne de confiance. »

L'inspecteur principal Chen avait dit qu'il y réfléchirait.

Une autre possibilité était de monter lui-même une petite affaire. Dans la traduction ou l'enseignement des langues. Tant de joint-ventures avaient fait leur apparition à Shanghai. Ce pouvait être son « créneau », un terme d'économie qu'il avait appris à l'université.

Mais d'abord, il devait parler au secrétaire du Parti Li.

Li le reçut avec cordialité en se levant de son siège.

– Entrez donc, camarade inspecteur principal Chen.
– Je suis revenu de ma mission il y a environ une semaine, camarade secrétaire du Parti. J'ai besoin de vous parler de mon travail.
– Eh bien, je dois moi aussi vous parler de quelque chose.
– J'espère que c'est à propos de l'affaire Guan.
– Vous travaillez encore sur cette affaire ?
– Je suis encore à la tête de l'équipe spéciale et je ne vois aucun mal à faire mon travail. Pas tant que ma suspension n'est pas officiellement annoncée.
– Vous n'avez pas à me parler de cette façon, camarade inspecteur principal.
– Je ne voulais pas vous manquer de respect, camarade secrétaire du Parti Li.
– Bon, continuez, parlez-moi de votre enquête.
– La dernière fois que nous nous sommes parlé, vous avez soulevé la question du mobile de Wu. Une bonne question. Il nous manquait, mais nous l'avons trouvé.
– Quel est-il ?
Chen sortit plusieurs photos d'une enveloppe.
– Des photos de Guan et Wu ensemble – au lit. Ainsi que de Wu avec d'autres femmes. Elles étaient cachées derrière le portrait du camarade Deng Xiaoping dans la chambre de Guan.
– Bon sang !
Le secrétaire du Parti Li poussa un soupir de détresse, mais il ne dit rien de plus devant tant de perversion.
– Guan a obtenu ces photos, d'une façon ou d'une autre. Puis elle a dû s'en servir comme moyen de chantage pour que Wu divorce. Le moment ne pouvait pas être plus mal choisi pour lui. Il est en tête de la liste des candidats au poste de vice-ministre de la Culture de Shanghai. Il ne pouvait pas laisser quoi que ce soit venir gâcher ses chances.
– Je vous suis.

– Le membre du comité responsable de la promotion se trouve être un compagnon de lutte de son défunt beau-père, et sa belle-mère est toujours à la Commission de discipline du Parti. Il n'avait donc pas le choix, il ne pouvait pas se permettre de divorcer.

– Oui, votre analyse est sensée, je dois l'admettre, dit Li en remettant les photos dans l'enveloppe. Cependant, Wu a un alibi solide, n'est-ce pas ?

– L'alibi de Wu a été fourni par son copain Guo Qiang qui a voulu l'aider.

– C'est possible, mais un alibi reste un alibi. Que pouvez-vous faire ?

– Amener Guo Qiang. Nous lui ferons dire la vérité. A ce stade, un mandat de perquisition se justifie, et nous pouvons trouver d'autres indices chez Wu.

– Dans des circonstances ordinaires, oui, ce seraient des options possibles. Mais dans le climat politique actuel, il n'en est pas question.

– Alors nous ne pouvons rien faire ?

– Vous avez fait beaucoup. C'est seulement que la situation est très complexe en ce moment. Bien entendu, cela ne signifie pas que nous ne pouvons rien faire. Nous devons agir avec précaution. J'en discuterai avec d'autres personnes.

– C'est ça, nous *discutons* tout le temps, dit Chen, mais en ce moment même Wu dépose une demande de visa pour les États-Unis.

– C'est vrai ?

– Oui. Wu va s'enfuir pendant que nous discutons encore et encore.

– Non, pas s'il est coupable, camarade inspecteur principal Chen, dit lentement Li. Mais je veux d'abord vous parler d'autre chose. De votre nouvelle mission.

– Une autre mission ?

– Il y a eu une réunion d'urgence hier à la mairie. Au sujet des problèmes de circulation à Shanghai. Comme l'a fait remarquer le camarade Deng Xiaoping, la circulation est l'un des soucis quotidiens de notre peuple. Maintenant que davantage de gens ont une voiture, et que partout de nouveaux chantiers barrent les rues, la circulation devient un problème grave. Le camarade Jia Wei, directeur du Bureau de contrôle de la circulation métropolitaine de Shanghai, est malade depuis longtemps. Nous avons besoin de quelqu'un de jeune et énergique pour occuper ce poste. Alors je vous ai recommandé.

– Moi ?

– Oui, tout le monde a été d'accord avec moi. Vous avez été nommé directeur par intérim. C'est un poste important. Vous aurez plusieurs centaines de personnes sous vos ordres.

Chen resta confondu. Selon toute apparence, c'était une promotion. Et à un poste très au-dessus du niveau d'un inspecteur principal. Normalement, on choisissait pour l'occuper un cadre du dixième échelon. Selon l'expression populaire, il était comme une carpe qui saute par dessus les dragons. C'était aussi un poste hautement lucratif. C'était la dernière mode de conduire sa voiture, de montrer sa richesse, son succès et son statut social. Comme les nouveaux véhicules aggravaient les embouteillages, la mairie avait établi des règles strictes pour la délivrance du permis de conduire. Résultat, les candidats devaient payer un dessous de table important en sus de la taxe normale. Comme la plupart des propriétaires de voitures privées étaient des nouveaux riches, ils étaient prêts à payer pour poser les mains sur le volant. La corruption des fonctionnaires du contrôle de la circulation n'était un secret pour personne.

– Je suis confus, dit Chen en essayant de gagner du temps en recourant à des clichés politiques. Je suis trop jeune pour un tel poste de hautes responsabilités.

Et je n'ai aucune expérience, absolument aucune dans ce domaine.

– Ces temps-ci, nous acquérons de l'expérience chaque jour. En outre, pourquoi ne devrions-nous pas utiliser nos jeunes cadres ?

– Mais je travaille encore sur l'affaire Guan... je suis encore à la tête de l'équipe spéciale... n'est-ce pas ?

– Je vous le répète. Personne n'a dit que vous étiez suspendu. L'affaire n'est pas close. Je vous donne ma parole de vieux bolchevik au Parti depuis trente ans. C'est une affectation d'urgence, camarade inspecteur principal Chen.

Était-ce un piège ? A ce nouveau poste ce serait beaucoup plus facile de l'associer à la prévarication. Ou bien était-ce une rétrogradation déguisée ? La tactique était bien connue en politique. Le nouveau poste était temporaire, et au bout d'un certain temps on pouvait légitimement l'en démettre, et de celui d'inspecteur principal du même coup.

Tout était possible.

Dehors, la circulation dans la rue de Fuzhou était intense, et une voiture blanche franchit imprudemment le croisement à toute vitesse.

La décision s'imposa à lui.

– Vous avez raison, camarade secrétaire du Parti, dit Chen. Du moment que c'est la volonté du Parti, j'accepte.

– Voilà la bonne attitude, dit Li apparemment satisfait. Vous allez faire de l'excellent travail.

– Je ferai de mon mieux, mais je dois vous demander quelque chose : d'avoir les mains libres. Pas de commissaire politique Zhang ou quiconque d'approchant. J'ai besoin d'être autorisé à faire ce que je juge nécessaire. Naturellement, j'en référerai à vous, camarade secrétaire du Parti Li.

– Vous avez toute latitude, camarade inspecteur

Chen. Vous n'avez pas à vous donner le mal de m'informer.

– Quand faut-il commencer ?

– Tout de suite.

Quand Chen se leva, prêt à prendre congé, le secrétaire du Parti Li ajouta avec désinvolture :

– Pendant que j'y pense, vous avez eu un appel de Pékin hier. D'après la voix, c'était une jeune femme.

– Elle a fait votre numéro ?

– Non, mais elle a appelé sur la ligne directe de notre bureau et je l'ai donc remarqué. C'était pendant la pause du déjeuner. Nous ne vous avons pas trouvé, et ensuite j'ai dû assister à la réunion à la mairie. Son message était « Ne t'inquiète pas. La situation va changer. Je te rappellerai. Ling. » Son numéro est le 987 5324. Si vous voulez la rappeler, vous pouvez utiliser notre ligne directe.

– Non, merci. Je crois savoir de quoi il s'agit.

Chen connaissait le numéro, mais il ne voulait pas la rappeler. Pas devant le secrétaire du Parti Li, toujours susceptible en matière de politique. L'accès de Ling à la ligne directe du bureau parlait de lui-même. Et le numéro de téléphone à Pékin également.

Elle s'était encore une fois efforcée de l'aider, à sa manière. Alors comment pouvait-il lui en vouloir ?

Tout ce qu'elle faisait, elle le faisait pour son bien, et contre elle-même.

– Alors ne vous inquiétez pas, dit le secrétaire du Parti Li quand l'inspecteur principal quitta son bureau.

L'inspecteur principal Chen n'eut même pas le temps de s'inquiéter.

En bas, il vit une Volkswagen noire qui l'attendait dans l'allée. Le chauffeur, Petit Zhou, était tout sourires. Le secrétaire du Parti Li n'avait pas exagéré l'urgence de la mission.

– Bonne nouvelle !

– Je ne sais pas, dit Chen.

– Moi, je sais. Vous partez pour votre nouveau bureau. Le secrétaire du Parti Li vient de me l'annoncer.

La circulation était épouvantable. Chen y réfléchit, ainsi qu'à son nouveau poste, tandis que la voiture se traînait dans la rue de Yan'an. Ils mirent près d'une heure pour arriver à la Maison de la place du Peuple.

Avant de s'en aller, Petit Zhou passa la tête dehors.

– Quel emplacement ! Et vous aurez une voiture pour vous tout seul, avec chauffeur. Ne nous oubliez pas.

Son nouveau bureau était une suite de plusieurs pièces au centre de Shanghai. La mairie était située dans le même bâtiment, ainsi que plusieurs organismes importants. Chen se dit qu'un site aussi impressionnant avait probablement été choisi pour convaincre la population que la mairie traitait sérieusement les problèmes de la circulation.

Une jeune fille à lunettes cerclées d'argent l'attendait.

– Bienvenue, directeur Chen. Je suis Meiling, votre secrétaire.

Ainsi il avait une secrétaire particulière qui travaillait pour lui à la réception, face à son vaste bureau.

Meiling eut tôt fait de le mettre au courant :

– Ici ce n'est pas simplement un département de la police de Shanghai. Nous sommes sous la double autorité de la police et de la mairie. Le maire lui-même vient ici de temps en temps.

– Je comprends. Alors il y a beaucoup de travail.

– Oui, nous avons été terriblement occupés. Notre ancien directeur a été transporté d'urgence à l'hôpital, et nous n'avons pas été préparés à votre arrivée.

– Moi non plus. En fait, j'ai appris ma nomination il y a seulement deux heures.

– Notre ancien directeur est malade depuis plusieurs mois, dit Meiling en s'excusant. Le travail en retard s'est accumulé.

Il aurait donc à se familiariser avec tout le travail de routine, documents à lire, agents à voir, rapports à étudier, et coups de téléphone à donner. Plusieurs papiers attendaient déjà sa signature.

A la suite de Meiling il fit le tour de son bureau. Il y avait dans chaque pièce plusieurs ordinateurs qui constituaient un réseau de surveillance de la circulation métropolitaine. Malgré les cours du soir qu'il avait suivis en informatique, il lui faudrait deux ou trois semaines pour s'habituer au système. Les responsabilités d'un directeur ne consistaient pas seulement à envoyer des agents de la circulation mais aussi à collaborer étroitement avec l'administration des transports publics, celle de la construction, et la mairie.

Après sa visite, Chen se sentit encore plus désorienté. Quelques heures plus tôt, il était prêt à démissionner, pensant que sa carrière était terminée. A présent il était assis à un bureau solennel, la grande fenêtre derrière lui donnait sur la place du Peuple, le soleil de l'après-midi brillait sur sa plaque en cuivre de directeur.

Mais il n'eut pas le loisir de réfléchir à ce changement imprévu. Meiling lui tendit un exemplaire du bulletin du département.

– Le dernier numéro, on vient de nous le livrer.

C'était un numéro consacré aux infractions. La plupart des contrevenants étaient très jeunes. Ils risquaient pourtant d'être punis sévèrement, car le ton politique du rapport était grave. Certains pouvaient même faire dix ou quinze ans de prison.

A la fois épuisé et euphorique, il s'adossa à son fauteuil pivotant et regarda Meiling ranger soigneusement les papiers en pile sur le bureau. Sa première secrétaire. C'était merveilleux. La différence qu'apportait une présence féminine l'intriguait.

Il se mit au travail. La journée fut finalement bien plus longue que prévu. A 6 heures il dit à Meiling de rentrer chez elle. Quand il put partir lui-même, il était déjà plus de 8 heures.

Petit Zhou avait vu juste. Chen avait une voiture, et un chauffeur qui avait appelé son bureau pour savoir quand il aurait besoin de lui. Il déclina l'offre ; en tant que directeur du Bureau du contrôle de la circulation de Shanghai, il se sentait obligé de connaître la situation sur le terrain.

Sur mon cheval galopant joyeux dans le vent du printemps,

Je vois toutes les fleurs de Luoyang en un jour.

La décision de prendre le bus plutôt que sa voiture lui coûta une heure de plus. Le bus s'immobilisa rue du Henan, pare-chocs contre pare-chocs. Il faisait chaud, et les voyageurs pestaient à voix haute contre l'air étouffant. Chen lui aussi, inexplicablement, était de plus en plus exaspéré, saisi par l'angoisse collective de la ville. Quand même, pensa-t-il, c'est un devoir moral de connaître l'épreuve de la circulation comme un habitant ordinaire de Shanghai.

Ce n'est qu'une fois chez lui et après avoir allumé une cigarette qu'il put enfin repenser aux événements de la journée. Sa promotion inattendue aurait dû le transporter de joie, mais sa soudaineté même le dérangeait. Pourquoi l'avoir choisi lui pour un poste aussi important ?

Quand un homme a été mordu une fois par un serpent, il a peur toute sa vie de l'ombre d'une corde.

Ça n'avait pourtant pas l'air d'un piège. Il pensa aux derniers mots du secrétaire du Parti Li quand il avait quitté son bureau, à propos de l'appel de Ling. Et si sa promotion n'était due qu'à sa famille ? C'était ce qu'il redoutait.

38

L'inspecteur principal Chen – « le directeur Chen » – ne tarda pas à exercer sa nouvelle autorité quand il s'assit dans le fauteuil de cuir pivotant devant un mur tapissé de cartes de rues et de lignes de transports et regarda en bas l'animation de la place du Peuple.

L'une des premières instructions qu'il avait dictées à Meiling était de convoquer le Vieux chasseur. Comme le vieil homme avait travaillé comme agent temporaire de la circulation, Meiling n'avait pas eu de difficulté à le trouver. Il arriva quand elle allait sortir. Chen lui demanda de rester :

– Ne partez pas, Meiling. Donnez-moi, s'il vous plaît, les dispositions concernant le poste de conseiller pour notre département. Rémunération, et autres avantages.

– Tout est dans le classeur. Je vais les chercher.

– Félicitations, inspecteur principal Chen – oh, pardon, directeur Chen, dit le Vieux chasseur en admirant le mobilier. Tout le monde dit que vous faites un travail formidable.

– Merci, camarade Vieux Yu. Ce n'est que mon deuxième jour ici. Je suis nouveau et j'ai besoin de votre aide qui me sera précieuse.

– Je ferai tout ce que je pourrai, directeur Chen.

– Vous avez été agent de la circulation. Un des problèmes que vous avez dû rencontrer, c'est celui des accidents. Les accidents ne causent pas seulement des victimes, mais aussi des embouteillages dangereux.

– C'est vrai, dit le Vieux chasseur en jetant un regard curieux à Meiling qui fouillait dans le tiroir du classeur, agenouillée par terre.

– Je crois que c'est dû en partie au fait que de plus en plus de gens conduisent sans permis.

– Vous avez raison. C'est devenu une mode de conduire. Tout le monde veut avoir les mains sur le volant. L'école de conduite est bien trop chère et prend beaucoup de temps, alors certains se passent de permis.

– C'est très dangereux.

– Exact. Ces jeunes gens – très nombreux – ont l'air de croire qu'ils sont nés conducteurs. Complètement irresponsables.

– C'est pour ça que je veux que vous fassiez quelque chose, une sorte d'expérience. Choisissez un secteur, postez-vous, et traquez les conducteurs sans permis. Si vous avez un soupçon, arrêtez le véhicule pour vérification. Ne donnez pas seulement une contravention, emmenez le conducteur, quel qu'il soit, à la police.

– Bonne idée. Comme dit le proverbe, aux grands maux les grands remèdes.

– Et faites-moi directement votre rapport.

– Très bien. Tel fils, tel père. Où allez-vous me poster ?

– Que pensez-vous du quartier de Jingan ? Quant à la rue, vous pourriez commencer par la rue de Henshan.

– La rue de Henshan… ah, oui. (Les yeux du Vieux chasseur pétillèrent.) Je vois très bien, inspecteur principal Chen… non, directeur Chen.

– C'est un travail important, dit Chen sérieusement. Seul quelqu'un avec votre expérience peut s'en acquitter. Je veux donc vous nommer conseiller spécial. Vous aurez deux agents sous vos ordres.

– Non, il ne faut pas créer un poste pour moi, directeur Chen. De toute façon je ferai de mon mieux.

– Meiling, dit Chen en se tournant vers sa secrétaire, quand vous aurez trouvé le règlement sur les rémunérations, envoyez la somme correspondante au conseiller Yu.

– J'ai trouvé, dit Meiling. Le chèque peut être fait tout de suite.

– C'est parfait. Merci.

– Non, protesta le Vieux chasseur embarrassé. Je préférerais être volontaire.

– Non, vous serez rémunéré, et vous aurez vos hommes. Vous y avez droit. Je veux seulement insister sur un point : faites ce que vous devez faire, qui que soit le propriétaire de la voiture, avec ou sans plaque blanche.

– Compris, camarade directeur Chen.

Chen pensa avoir été assez clair avec le Vieux chasseur, en présence de Meiling.

Le Vieux chasseur devait être capable d'arrêter celui qui conduisait la Lexus blanche, au moins pour une journée. Si quelque chose tournait mal, il ne serait qu'un agent de la circulation dans l'exercice de ses fonctions. Ainsi Chen pouvait de nouveau intervenir dans l'affaire Guan.

Le résultat arriva plus vite qu'il ne l'attendait.

Le jeudi matin, il assista à une réunion sur le terrain. Le maire inspectait les travaux du pont reliant les rives du Huangpu. Une fois achevé, le pont décongestionnerait toute la circulation du secteur. Chen devait être présent, il se mêla aux cadres et fit des aller-retour sur le pont.

Quand il revint, Meiling lui montra du doigt sa porte fermée, d'un air un peu perplexe. En s'approchant, il entendit dans son bureau une voix haut perchée :

– Inutile de nier, Guo Qiang !

– C'est le vieux camarade Yu qui parle avec quelqu'un, dit Meiling d'une voix étouffée. Il a voulu amener cet homme dans votre bureau. Pour une affaire importante, dit-il. C'est notre conseiller. Alors j'ai dû les laisser entrer.

– Vous avez bien fait.

Ils entendirent le Vieux chasseur qui disait :

– Pourquoi tu t'obstines à sauver les fesses de quelqu'un d'autre, pauvre poire ? Tu connais la politique de notre Parti, non ?

– Le camarade conseiller a raison, dit Chen en ouvrant la porte sur un spectacle qu'il avait prévu : le Vieux chasseur, debout tel un chanteur d'opéra de Suzhou, pérorait devant un homme effondré dans le fauteuil.

L'homme avait dans les quarante ans, il était grand et maigre, avec des épaules étroites et quelque chose d'un bossu. La photo de l'inconnu au-dessus de Guan traversa l'esprit de l'inspecteur principal Chen. C'était lui.

– Ah, directeur Chen, vous revenez juste à temps, dit le Vieux chasseur. Ce fils de pute n'a pas encore craché le morceau.

– C'est...

– Guo Qiang. Il conduisait une Lexus blanche, sans permis.

– Guo Qiang, dit Chen. Vous savez pourquoi vous êtes ici ?

– Je ne sais pas, dit Guo. Conduire sans permis est une infraction mineure. Donnez-moi simplement une contravention. Vous n'avez pas le droit de me garder ici.

– Tu parles comme un imbécile heureux, dit le Vieux chasseur. A qui est la voiture ?

– Regardez bien la plaque blanche. C'est facile à savoir.

– C'est la voiture de Wu Xiaoming, ou plutôt de Wu Bing, c'est ça ?

– Oui. Aussi vous devriez me laisser partir maintenant.

– Voyez-vous, c'est précisément pour ça que nous vous retenons ici. Sachez que nous vous surveillons depuis plusieurs jours.

– Pourquoi... alors vous avez fait exprès de me piéger. Vous allez le regretter.

– Camarade conseiller Yu, dit Chen au vieil homme, merci de nous avoir amené ce suspect. Dorénavant, il ne s'agit plus d'une infraction aux règles de la circulation. Je prends la relève.

– Un dernier conseil, jeune homme, dit le Vieux chasseur en écrasant sa cigarette. Sers-toi de ta tête. Tu ne sais donc pas qui est le camarade Chen Cao ? C'est le nouveau directeur du contrôle de la circulation métropolitaine, et aussi l'inspecteur principal de la police criminelle, chef de l'équipe spéciale. Fini de jouer. Tu as intérêt à te mettre à table. Un témoin coopératif est toujours traité avec indulgence. Le directeur Chen – ou plutôt l'inspecteur principal Chen – pourrait trouver un arrangement.

Quand le Vieux chasseur sortit, Chen l'accompagna à l'ascenseur.

– Faites examiner soigneusement la voiture, surtout le coffre, dit-il à voix basse. Nous recherchons des indices.

– C'est ce que je vais faire, inspecteur principal Chen.

– Faites-le de façon officielle, camarade conseiller Yu. (Il lui tint la porte.) Prenez un autre agent avec vous. Demandez-lui de signer tout lui aussi.

Quand il retourna dans son bureau il dit à Meiling :

– Nous ne devons pas être dérangés. C'est important.

– Et maintenant, dit-il à Guo en fermant la porte, nous allons avoir une petite conversation.

– Je n'ai rien à dire.

Guo croisa les bras et regarda droit devant lui d'un air de défi.

– Il ne s'agit pas de permis ni de limite de vitesse, mais de l'affaire Guan Hongying.

– Je ne sais rien.

– Dans votre témoignage, dit Chen en sortant une chemise du classeur, vous avez dit que la nuit du 10 mai

Wu Xiaoming était venu chez vous vers 9 heures et demie. Wu a transformé votre bureau en chambre noire et y a passé la nuit à développer ses films. Le même soir, une Lexus blanche a été vue dans une station d'essence à environ huit kilomètres du canal Baili. C'est dans ce même canal que le corps de Guan a été découvert le lendemain. Et c'était la voiture de Wu Xiaoming, pas d'erreur. Nous avons le reçu portant le numéro du coupon d'essence. Alors qui conduisait ce soir-là ?

– Wu a pu prêter sa voiture à quelqu'un d'autre. En quoi est-ce que je suis responsable ?

– D'après vos déclarations, la voiture de Wu était garée juste devant chez vous. Wu n'est pas sorti une seconde de la chambre noire pendant toute la nuit. Vous avez été catégorique. Mais vous n'avez pas dit que vous-même n'étiez pas sorti. Vous aviez les clefs de la voiture, comme aujourd'hui. C'était donc vous le conducteur… à moins que vous ne fournissiez à Wu un faux alibi.

– Vous n'avez pas le droit de bluffer les gens de cette façon, camarade inspecteur principal. En tout cas, je n'ai pas conduit la voiture ce soir-là. Un point c'est tout.

– Vous pouvez appeler ça du bluff, mais nous avons un témoin.

– Votre témoin ne peut rien dire contre moi. Nous sommes en 1990, vous ne pouvez plus arrêter quelqu'un comme ça vous chante. Si cette affaire concerne Wu, ne faites pas pression sur moi.

– Ne me racontez pas d'histoires, dit Chen en prenant son porte-documents. Je ne parle pas de lui mais de vous, d'obstruction à la justice, de faux témoignage et de complicité de meurtre. Vous avez déclaré que vous ne connaissiez pas Guan. C'est faux. Je vais vous montrer quelque chose.

Chen sortit une photo. Celle de Guan avec un homme au-dessus d'elle.

– Regardez bien. Elle a été prise chez Wu Xiaoming, n'est-ce pas ? Dites-moi que ce n'est pas vous.

– Je ne sais rien de cette photo, dit Guo avec obstination mais aussi avec une pointe de panique dans la voix.

– Vous avez menti, monsieur Guo Qiang, dit Chen en prenant tranquillement une gorgée de thé. Vous ne vous en tirerez pas.

– Je ne l'ai pas tuée. (Il essuya la sueur qui perlait sur son front.) Malgré ce que vous dites, vous n'avez aucune preuve.

– Écoutez, même si nous ne pouvons pas vous épingler pour le meurtre, la photo suffit pour vous faire boucler pendant sept ou huit ans. Plus votre faux témoignage. Je dirais quinze ans. Quand vous sortirez vous serez un vieux bossu aux cheveux blancs. Je m'assurerai que vous vous amusiez beaucoup. Vous avez ma parole.

– Vous me menacez.

– Pensez aussi à votre famille. Comment réagira votre femme quand elle verra cette photo ? Elle vous attendra pendant vingt ans ou plus ? Je ne crois pas. Vous vous êtes mariés l'année dernière, n'est-ce pas ? Pensez à elle, sinon à vous.

– Vous ne pouvez pas faire ça !

– Bien sûr que je peux. Alors je vous donne une chance : coopérez. Dites-nous ce que vous savez sur Wu et Guan, et sur ce qu'il faisait le 10 mai. Nous pouvons peut-être trouver un arrangement.

– Alors vous pensez vraiment pouvoir toucher à Wu ?

Chen comprit le doute de Guo.

Il rouvrit son porte-documents où se trouvait l'enveloppe du Comité central. Ling l'avait peut-être choisie pour que les autres la voient. Il la gardait sur lui. Pas pour des raisons sentimentales. Il ne voulait pas laisser la lettre chez lui alors que la Sécurité intérieure fouinait partout.

Il mit l'enveloppe sous le nez de Guo.

– C'est une affaire dont s'occupe directement le Comité central du Parti.

– Alors… balbutia Guo en regardant l'enveloppe, c'est une décision au plus haut niveau.

– En effet, au plus haut niveau. Allons, vous êtes un homme intelligent. Wu a dû vous raconter ses manœuvres contre moi. Résultat ? Je suis toujours inspecteur principal, et directeur du contrôle de la circulation. Pourquoi ? Réfléchissez.

– Ils projettent quelque chose contre les vieux cadres ?

– C'est votre interprétation. Mais si vous pensez que Wu va vous aider, vous vous trompez lourdement. Il serait trop heureux d'avoir un bouc émissaire.

– Vous êtes sûr de pouvoir trouver un arrangement ?

– Je ferai mon possible, mais vous devez tout me dire.

– Voyons…

Guo s'affaissa encore davantage dans le fauteuil, sa bosse apparut plus prononcée, son regard alla de l'enveloppe au visage de Chen.

– Je commence par où ?

– Comment avez-vous appris la liaison entre Wu et Guan ?

– J'ai connu Guan parmi les nombreuses filles dans les soirées de Wu. Elles venaient de leur plein gré. Les unes voulaient s'amuser, boire, chanter avec le karaoké etc., d'autres voulaient connaître Wu, d'autres voulaient voir la maison, et d'autres voulaient se faire photographier… Vous avez vu les photos, n'est-ce pas ?

– Oui, toutes. Continuez.

– Wu Xiaoming a un matériel de photo perfectionné. Et sa chambre noire. Il a publié pas mal de photos. Certaines de ces traînées ne rêvaient que de publicité. Wu est très célèbre. Et il sait s'y prendre avec elles. Sans parler des autres propositions qu'il pouvait leur faire.

– Quelles autres propositions ?

– De bons emplois qui payent bien, par exemple. Avec ses relations, c'était facile pour lui d'en obtenir. Les gens sont prêts à lui rendre service, pour pouvoir lui demander une faveur en échange. Il a aussi fait entrer plusieurs filles dans des agences de mannequins.

– Et en échange, elles le laissent prendre des photos… même ce genre de photos-là ?

– Disons que certaines avaient un faible pour lui de toute façon, avec ou sans échange. Elles le laissaient les photographier, complètement nues. Vous n'avez pas besoin que je vous dise ce qui se passait ensuite, camarade inspecteur principal. Une fille était tellement emballée qu'elle était prête à coucher avec lui rien que pour les photos. « Je travaillerai pour les avoir », c'est exactement ce qu'elle a dit.

– Pourquoi Wu voulait-il prendre ces photos ?

– Je ne sais pas. Wu est un homme qui ne parle pas de ses affaires, mais il m'a dit une chose. Je pense qu'il était un peu soûl ce soir-là.

– Qu'est-ce qu'il a dit ?

– Que ces photos pouvaient empêcher les filles de lui causer des ennuis.

– Je comprends. Vous avez dit que vous avez connu Guan à une soirée. Elle était comme les autres filles ?

– Eh bien, au début, je ne savais pas qu'elle était travailleuse modèle de la nation. Dans ces soirées-là on ne faisait pas de présentations en bonne et due forme. Je n'ai remarqué qu'une différence chez elle. Elle s'est montrée particulièrement froide quand j'ai essayé de danser avec elle.

– Wu vous a parlé d'elle ?

– Non, pas tout de suite. Mais j'ai vu qu'elle était différente. Contrairement aux autres filles, pour elle c'était sérieux.

– Sérieux… que voulez-vous dire ?

– Sa relation avec Wu. La plupart des filles étaient là juste pour s'amuser. Une coucherie sans lendemain, si vous voulez. Certaines sont beaucoup plus libres que vous ne l'imaginez, elles s'offrent sans que vous demandiez rien. Guan était différente.

– Elle attendait donc quelque chose de sérieux de cette liaison, ne savait-elle pas que Wu était marié ?

– Si, mais elle croyait qu'il divorcerait pour elle.

– Ça alors, une travailleuse modèle de la nation qui court après un homme marié… Qu'est-ce qui lui faisait croire qu'elle réussirait ?

– Je ne sais pas.

– Et qu'est-ce qui vous a fait croire qu'elle voulait que Wu l'épouse ?

– C'était évident. Sa façon possessive de s'accrocher à lui, et son air de chasteté inviolable vis-à-vis des autres.

– Wu la traitait comme les autres filles ?

– Non. Lui aussi était différent avec elle.

Chen tendit une tasse de thé à Guo après s'en être versé une.

– Mais encore ?

– Pour commencer, Guan n'aimait pas les soirées. Au total, elle n'est venue que trois ou quatre fois, et elle se retirait dans la chambre de Wu après une ou deux danses. Wu restait dans la chambre avec elle, même quand la soirée battait son plein. Ça ne lui ressemblait pas du tout.

– Rester dans sa chambre avec une fille. Je dirais que ça ressemble bien à Wu Xiaoming.

– Non, ce n'est pas ce que je veux dire. Wu restait avec une fille dans sa chambre après une soirée, mais pas pendant. Il était très attentionné avec Guan, il se donnait du mal pour lui faire plaisir. L'année dernière ils ont même fait un voyage ensemble. Dans les Montagnes jaunes, je crois. C'était une idée de Guan.

– Ils ont logé dans la même chambre en se faisant passer pour un couple. Ce n'était malheureusement pas l'idée de Guan toute seule.

– Je ne sais pas. Guan était bien, sûrement pas vilaine, mais vous auriez dû voir ces actrices, plus belles et plus jeunes. Wu n'a pourtant jamais fait de voyage qu'avec Guan.

– Bon, vous avez peut-être raison. Mais alors que s'est-il passé ?

– Wu s'est rendu compte qu'elle était trop sérieuse, trop exigeante. C'est devenu pénible. Elle a sûrement exercé beaucoup de pressions sur lui, mais il était hors de question qu'il divorce.

– Pourquoi ?

– La famille de sa femme est puissante. Vous savez qui était le beau-père de Wu ? Liang Xiangdong, le premier secrétaire de la région de Huadong.

– Liang est mort pendant la Révolution culturelle…

– Il y a une chose que vous ne savez peut-être pas. Le beau-père de Wu est mort, mais son beau-frère est devenu deuxième secrétaire de la province d'Anhui. En outre, sa belle-mère, toujours bien en vie, est membre de la Commission de discipline du Comité central à Pékin.

– Nous savons tout ça. Les relations des ECS et le népotisme. Dites-moi, comment Wu a-t-il réagi devant l'exigence de Guan ?

– D'abord, il a simplement ri, dans son dos, bien sûr. Encore un de ses masques de modèle, disait-il, comme dans l'opéra de Pékin, « différents sur les différentes scènes ». Ça ne l'a pas beaucoup dérangé. Il a peut-être même trouvé cette fantaisie amusante.

– Alors quand leur relation est-elle devenue problématique ?

– Honnêtement, je n'ai rien remarqué jusqu'à la séance de photo. C'était après une soirée en décembre dernier. Guan avait été comme d'habitude, raide comme un bambou, mais Wu lui avait fait boire plusieurs verres de Maotai. Je ne sais pas s'il avait mis quelque chose dedans. Elle s'est évanouie. Wu m'a demandé de l'emmener dans la chambre. Et là, il s'est mis à la déshabiller. J'étais abasourdi. Elle ne se rendait compte de rien, aussi innocente qu'un mouton blanc.

– Il vous a dit pourquoi il voulait que vous soyez là ?

– Non, il a seulement pris des photos devant moi, ces fameuses photos, vous savez. Il a dit quelque chose du genre : « Mets une travailleuse modèle de la nation à poil, et ce n'est plus qu'une salope comme les autres. » Ça n'avait rien d'extraordinaire pour lui, je parle de la séance de photo.

– Et pour vous non plus ?

– Eh bien, c'était déjà arrivé, une ou deux fois. Avec d'autres filles, bien entendu. Wu voulait que je prenne des photos de lui avec une fille sur le lit. Mais ce soir-là il a voulu que je pose avec Guan, et c'est la photo que vous avez. Je vous jure que j'ai seulement posé. Je n'ai rien fait d'autre.

– Vous deviez être un Liu Xiawei du XXe siècle.

– Je ne sais pas qui est Liu Xiawei. Mais j'étais sidéré. Avant ce soir-là, Wu nous demandait de ne pas embêter Guan. Il n'avait jamais fait ça pour les autres filles. En fait, elles ne comptaient pas pour lui.

– A votre avis, quelle pouvait être la raison de ce changement soudain ce soir-là ?

– Je n'en sais rien. Wu voulait peut-être se servir de ces photos pour l'empêcher de faire des histoires.

– Et il a réussi ?
– Aucune idée. Ensuite, ils ont continué à se voir. L'incident s'est produit plusieurs semaines plus tard.
– Quel incident ?
– Ils se sont disputés.
– Là encore, vous devez être plus précis. Vous avez assisté à la dispute ?
– Non. Il se trouve que je suis allé le voir peu après. Il était tout simplement hors de lui.
– Quand était-ce ?
– Début mars, il me semble.
– Qu'est-ce qu'il a dit ?
– Il avait bu, il délirait, fou de rage. J'ai cru comprendre qu'elle lui avait pris quelque chose d'important.
– Quelque chose qui lui permettait de le menacer ?
– Exactement, camarade inspecteur principal. Wu ne m'a pas dit ce que c'était. Il a dit quelque chose comme « cette pute s'imagine qu'elle peut me faire chanter. Elle me le paiera. Je vais lui exploser la tête ! » Oui, il a parlé d'un moyen de chantage.
– Il vous a dit ce qu'il comptait faire ?
– Non. Il était déchaîné, il jurait à n'en plus finir.
– Et ensuite ?
– Ensuite, un soir à la mi-mai, il est venu à l'improviste chez moi pour développer des photos, il a dit que quelque chose déraillait dans son labo. Il est resté dans mon bureau. C'était un dimanche, je m'en souviens parce que ma femme s'en est plainte. Le dimanche, d'habitude, nous nous couchons tôt. Il m'a téléphoné plusieurs jours plus tard, et au cours de la conversation il a répété deux ou trois fois que le soir où il était venu travailler chez moi c'était le 10 mai. Je n'ai pas compris pourquoi il insistait sur la date jusqu'à ce qu'un de vos hommes me questionne sur ce soir-là.

– Vous avez déclaré à l'inspecteur Yu exactement ce que Wu vous avait dit, et vous lui avez fourni un alibi.

– Oui, mais je ne le savais pas, je ne savais pas non plus que Wu avait commis un meurtre. Plus tard, j'ai vérifié la date. Ce dimanche-là était en réalité le treize. Mais quand j'ai parlé à l'inspecteur Yu, je ne me le rappelais pas.

– Avez-vous questionné Wu par la suite ?

– Je l'ai appelé le lendemain et je lui ai dit qu'un policier m'avait questionné. Il m'a invité au *Bar YY*. Entre deux verres, il m'a dit qu'il allait être nommé vice-ministre de la Culture de Shanghai et qu'il me le revaudrait avec intérêts.

– Il a parlé de Guan ?

– Non. Il m'a seulement demandé quelle date j'avais indiquée au camarade inspecteur Yu, et ma réponse a paru le soulager.

– Autre chose ?

– Non, il n'a rien dit de plus et je n'ai pas posé de question. Je ne vous cache rien, camarade inspecteur principal Chen.

Le téléphone sonna.

– C'est le camarade conseiller Yu, annonça Meiling, et il dit que c'est urgent. Vous le prenez ?

– Oui, passez-le-moi.

– Nous avons trouvé quelque chose dans le coffre. De longs cheveux de femme.

– Envoyez immédiatement la pièce à conviction au docteur Xia. Donnez une contravention à Guo et retenez-le comme témoin.

Pour l'inspecteur principal Chen c'était le moment de l'épreuve de force.

39

Le lendemain matin, debout dans un bus comble, Chen essaya de préparer ce qu'il allait dire devant le secrétaire du Parti Li et le commissaire Zhao, mais il était trop distrait par un parfum violent mêlé à l'odeur corporelle non moins relevée d'une jeune femme écrasée contre lui. Incapable de remuer, il se résigna à être une sardine en boîte, sans cervelle, presque incapable de respirer.

Le bus avançait lentement dans la rue de Yan'an. Des gens montaient et descendaient, jouant des coudes et des épaules.

La confrontation à laquelle il se préparait pouvait avoir de multiples conséquences, mais il ne pouvait plus la différer. La boucle était bouclée. Le mobile, les preuves, les témoins. Aucun chaînon manquant. Aucune excuse pour éviter l'épreuve de force.

Dès qu'il avait entendu le rapport du docteur Xia la veille dans l'après-midi, Chen avait appelé le secrétaire du Parti Li. Pour une fois, Li l'avait écouté jusqu'au bout sans essayer de l'interrompre.

– Vous êtes formel ? Wu Xiaoming conduisait la voiture ce soir-là ?

– Oui.

– Vous avez le rapport du docteur Xia ?

– Pas encore, mais il m'a confirmé par téléphone que les cheveux trouvés dans la voiture de Wu étaient bien ceux de Guan.

– Et Guo témoignera contre Wu à propos de son faux alibi ?

– Oui, Guo doit sauver sa peau.

– Alors vous pensez qu'il est temps de conclure.

– Nous avons le mobile, les preuves, et un témoin. Et Wu n'a plus d'alibi.

– Ce n'est pas une affaire ordinaire. (Li semblait perdu dans ses réflexions, il respirait bruyamment.) Et elle ne survient pas à un moment ordinaire. Nous aurons une réunion avec le commissaire Zhao demain. En attendant, ne dites pas un mot à qui que ce soit d'autre.

Lorsque Chen arriva devant le bureau de Li, il vit un message collé sur la porte :

CAMARADE INSPECTEUR PRINCIPAL CHEN

Veuillez nous attendre dans la salle de réunion n° 1. Important.

Le commissaire Zhao sera présent.

Li

Il n'y avait personne dans la salle. Chen s'assit dans un fauteuil de cuir au bout de la longue table. Il révisa ses notes. Il voulait que sa présentation soit claire, concise, précise. Quand il eut terminé, il regarda sa montre. La réunion aurait dû être commencée depuis vingt minutes.

Il n'était pas très optimiste à propos de cette réunion. Et il pensait que ses chefs ne devaient pas être pressés de la tenir. Ils allaient rabâcher leurs discours sur l'intérêt du Parti et lui retirer l'affaire. Dans le pire des cas, ils le démettraient officiellement de son poste.

Mais Chen était décidé à ne pas reculer, même au risque de perdre son poste et d'être exclu du Parti.

En tant qu'inspecteur principal, il était censé servir la justice en punissant tout meurtrier.

En tant que membre du Parti, il savait ce qu'il devait faire. C'était la première leçon du Programme d'éducation du Parti. Un membre du Parti doit servir avant tout les intérêts du Parti.

C'était là le problème : Quels étaient les intérêts du Parti ?

Au début des années cinquante, par exemple, le président Mao avait fait appel aux intellectuels pour critiquer les autorités du Parti, et Mao disait que c'était dans l'intérêt du Parti. Mais quand certains avaient pris cette invitation à la lettre, Mao s'était mis en colère et avait traité ces critiques naïfs de droitiers antisocialistes. Il les avait envoyés en prison. Dans l'intérêt du Parti, bien entendu, ainsi que l'affirma la presse du Parti qui expliqua que le précédent discours de Mao avait été une tactique pour « faire sortir le serpent de sa cachette. » Et ainsi de suite pour toutes les décisions politiques, y compris la Révolution culturelle. Tout se faisait dans l'intérêt du Parti.

Après la mort de Mao, ces mesures désastreuses furent ramenées à des « erreurs bien intentionnées » de Mao qui ne devaient pas diminuer le mérite glorieux du Parti ; et une fois de plus le peuple chinois apprit à oublier le passé dans l'intérêt du Parti.

Chen savait qu'être inspecteur principal et être membre du Parti étaient deux choses différentes, mais il n'avait jamais envisagé la possibilité que ces deux rôles entrent en conflit di- rect. Or il était précisément en train d'attendre la résolution de ce conflit.

Il ne reculerait pas. Dans le pire des cas, l'inspecteur principal Chen était prêt à démissionner, à travailler au restaurant de Lu le Chinois d'outre-mer. Pendant la dynastie des Han de l'ouest, Sima Xiangru avait fait la même chose, il avait ouvert une petite taverne, portait un pantalon court, transpirait en servant le vin d'une urne énorme, et Wenjun l'avait suivi, elle servait le vin aux clients en souriant comme une fleur de lotus sous la brise du matin, ses sourcils délicats évoquant une chaîne de montagnes lointaine. Certes, les détails pouvaient être le fruit de l'imagination romanesque de Ge Hong dans sa célèbre étude sur la capitale des Han de l'ouest. Mais ce serait un travail honnête, et il aurait la conscience tranquille. Il gagnerait sa vie comme les autres, qu'il ait ou non une Wenjun auprès de lui – peut-être une Russe dans une robe fendue qui révélerait ses cuisses blanches, avec des cheveux roux qui flamboieraient sur les murs gris.

Il entendit soudain des pas. Deux hommes apparurent à la porte, le secrétaire du Parti Li et le commissaire Zhao.

Chen se leva. Il eut la surprise de voir qu'ils étaient suivis de plusieurs autres personnes dont l'inspecteur Yu, le commissaire politique Zhang, le docteur Xia et d'autres membres importants de la police.

Yu s'assit à côté de lui, perplexe. C'était la première fois qu'ils se revoyaient depuis le retour de Chen de Canton.

– J'ai été rappelé hier soir, dit-il simplement en serrant la main de Chen.

Cette réunion élargie du Comité du Parti était inhabituelle, car l'inspecteur Yu n'en était pas membre, et le docteur Xia n'était même pas au Parti.

Debout à la tête de la longue table, le secrétaire du Parti Li commença par de longues citations du dernier document « au titre en rouge » du Comité central du Parti concernant la campagne contre l'influence de l'idéologie bourgeoise occidentale, et passa de là au thème du travail récent du bureau :

– Comme vous le savez peut-être, une découverte capitale a été faite dans l'enquête de l'inspecteur principal Chen. C'est une affaire qui en dit long sur la nécessité de la nouvelle campagne de notre Parti. Avec les grandes réalisations économiques qu'a permises notre politique de la Porte ouverte, nous devons être d'autant plus vigilants quant à l'influence bourgeoise occidentale. Cette affaire montre combien cette influence peut être grave, désastreuse. Les criminels, bien qu'issus de familles de cadres révolutionnaires, s'y sont laissé prendre. C'est une affaire importante, camarades. Le peuple soutient notre action. Ainsi que le Comité central du Parti. Nous voulons féliciter l'inspecteur principal Chen pour sa réussite. Il a dû surmonter de très grandes difficultés au cours de son enquête. Naturellement, le camarade inspecteur Yu et le commissaire politique Zhang ont aussi fait du très bon travail.

– De quelle affaire parlez-vous, camarade secrétaire du Parti Li ? l'interrompit Yu qui n'y comprenait rien.

– De l'affaire Wu Xiaoming, dit Li solennellement. Wu Xiaoming a été arrêté hier soir ainsi que Guo Qiang.

Chen se dit que Yu avait de bonnes raisons d'être désorienté. Un jour les flics étaient suspendus, et dès le lendemain les criminels étaient arrêtés. L'opposition s'était évaporée du jour au lendemain. La conclusion semblait tomber du ciel. Dans le meilleur des scénarios que Chen avait imaginés, Wu échappait au châtiment jusqu'à la mort de Wu Bing. Et voilà que le fils était arrêté alors que son père respirait encore. Yu se leva.

– Comment est-ce possible ? Nous n'en avons rien su.

– Qui a procédé aux arrestations ? demanda Chen.

– La Sécurité intérieure.

– Cette affaire ne la concerne pas, protesta Yu. C'est la nôtre. A l'inspecteur principal Chen et à moi – et aussi au commissaire Zhang, bien sûr, notre conseiller dans la ligne politique juste. Nous en sommes chargés depuis le premier jour.

– L'affaire est à vous. C'est incontestable. Vous avez tous fait un excellent travail. C'est seulement en raison de l'aspect délicat de l'affaire que la Sécurité intérieure a pris le relais à la dernière étape. Les problèmes inhabituels exigent des remèdes inhabituels, camarades. C'est une situation réellement inhabituelle. En fait, la décision a été prise à un niveau beaucoup plus élevé. Tout est fait dans l'intérêt du Parti.

– Alors, insista Yu, c'est l'intérêt du Parti de nous laisser dans l'ignorance ?

– Le secrétaire du Parti Li n'a pas encore terminé, camarade inspecteur Yu, dit Chen tout en comprenant que Yu prenne très mal d'avoir été privé de la satisfaction de résoudre l'affaire.

Après tant de complications, ils méritaient de faire tomber Wu. Bien sûr, Yu ne savait pas que la Sécurité intérieure était impliquée dans l'affaire depuis longtemps.

– La contribution de l'équipe spéciale est considérable, poursuivit le secrétaire du Parti Li. Le Parti et le peuple lui en sont reconnaissants. Nous avons décidé de lui attribuer une citation de première classe à titre collectif. Bien entendu, cela ne signifie pas que notre travail est terminé. Nous avons encore beaucoup à faire. Maintenant, le commissaire va prononcer un discours.

– Tout d'abord, commença le commissaire Zhao, je voudrais féliciter les camarades de l'équipe spéciale, en particulier le camarade inspecteur principal Chen pour son intelligence et sa persévérance.

– Pour son engagement, renchérit le secrétaire du Parti, et pour sa conscience élevée des intérêts du Parti.

– Nous avons toujours eu une haute opinion du travail du camarade inspecteur principal Chen, reprit le commissaire. Il a été un bon directeur par intérim du contrôle de la circulation métropolitaine de Shanghai. Nous pouvons maintenant l'accueillir de nouveau parmi nous. En témoignage de reconnaissance pour son action, et pour concrétiser la politique des jeunes cadres du Parti, nous avons décidé que l'inspecteur principal Chen allait nous représenter à la Conférence nationale des cadres de police qui s'ouvre demain à l'hôtel *Guoji*. Après le travail qu'il a fourni, c'est un honneur qu'il mérite. Nous sommes reconnaissants aussi au camarade Yu pour son travail considérable. Le comité du Parti suggère que le camarade Yu soit placé en tête de la liste de notre comité de logement. Quant au commissaire politique Zhang, il a aussi apporté sa contribution personnelle malgré son âge, et nous voulons lui exprimer nos plus sincères remerciements. Enfin, je veux souhaiter au docteur Xia la bienvenue à cette réunion. Après l'incident de Tiananmen l'année dernière, certains ont été ébranlés dans leur foi en notre Parti. Le docteur Xia, lui, a décidé d'exprimer à l'inspecteur principal Chen son intention d'entrer dans notre Parti. C'est pourquoi nous l'avons invité aujourd'hui. Camarade inspecteur principal Chen, après la réunion vous pourrez voir les détails avec le docteur Xia et l'aider à remplir la demande d'admission puisque vous le parrainez.

– Je suis heureux que la justice ait été défendue, camarade inspecteur principal Chen, bredouilla Xia plus gêné que ravi. Félicitations pour votre travail.

Chen se tourna vers le secrétaire du Parti Li qui lui fit un signe d'approbation.

Dès que la réunion fut terminée, Chen prit Yu à part. Comme il s'en était aperçu pendant l'enquête, son adjoint pouvait être impulsif. A peine avaient-ils commencé à parler tout bas que le commissaire politique Zhang les rejoignit avec une expression incompréhensible sur son visage desséché.

– Tout a été fait dans l'intérêt du Parti, dit-il.

– C'est une explication commode pour tout ce qu'on peut imaginer, et le reste, dit Yu.

– Du moment que nous avons agi en toute conscience, dit Chen, nous n'avons pas à nous inquiéter.

– Les influences bourgeoises sont partout, camarades, dit Zhang. Même quelqu'un comme Wu Xiaoming, un jeune cadre issu d'une famille de révolutionnaires, n'est pas à l'abri. Nous devons tous rester sur nos gardes.

– Oui, contre les calomniateurs, dit Yu. En effet…

Leur conversation fut de nouveau interrompue. C'était cette fois le secrétaire du Parti Li qui vint prendre Chen à part. Ils allèrent à l'autre bout de la salle et regardèrent la circulation intense de la rue de Fuzhou. Chen demanda :

– Mais enfin, qu'est-ce qui se passe ?

– Vous savez que la situation est compliquée. Vous avez tout le mérite, mais nous devons penser aux répercussions possibles.

– Cette affaire est la mienne. Quelles que soient les répercussions, je les assume.

– Tout le monde sait qui sont les parents de Wu. C'est facile de voir cette affaire comme un avertissement – ou même une attaque – pour ceux qui viennent du même milieu. Pas comme l'affaire d'un individu, mais comme un symbole. Et vous êtes l'instrument du déshonneur des anciens cadres.

– Je vous comprends, camarade secrétaire du Parti Li, mais comme je vous l'ai souvent dit, je n'ai rien contre les anciens cadres.

– Il y a toutes sortes de gens. On ne peut pas savoir ce qui leur passe par la tête. A ce stade, toute publicité sur cette affaire ne vous causera que du tort.

– Et l'inspecteur Yu ?

– Ne vous faites pas de souci pour lui. Nous conclurons l'enquête collectivement. On ne parlera pas beaucoup de vous de toute façon.

– Je crains de ne toujours pas comprendre cette conclusion soudaine.

– Vous la comprendrez, j'en suis sûr. Vous avez fait votre travail, alors laissez d'autres s'occuper du dernier problème. Cela ne regarde pas que nous, je vous assure. D'autres camarades dirigeants partagent notre souci.

– Qui ?

– Ce n'est pas à moi de vous le dire. Vous le savez… ou vous le saurez.

C'était inutile de questionner Li davantage.

– Je vous promets que justice sera faite, dit Li. Vous allez être entièrement pris par la conférence. Nous vous tiendrons au courant.

– Merci pour tout, camarade secrétaire du Parti Li.

Pour l'avenir de l'inspecteur principal Chen, l'analyse du secrétaire du Parti Li tenait debout – si Chen voulait encore d'un tel avenir. Il quitta la salle de réunion sans autre protestation.

Il ne put pas trouver le docteur Xia, qui, après tout, n'avait peut-être pas très envie de remplir ces formulaires de demande d'admission au Parti. C'est en vain aussi qu'il chercha Yu. Il trouva dans son cagibi un mot bref disant : *Je travaille maintenant avec les types de la Sécurité intérieure. Je fermerai ma gueule, comme vous me l'avez conseillé, et j'ouvrirai les yeux. Yu.*

Un policier n'était jamais trop prudent avec la Sécurité intérieure.

Plus tard, au moment où l'inspecteur principal Chen s'en allait, l'officier Liao l'aborda dans le couloir.

– Félicitations ! Excellent travail.

– Merci.

Liao ajouta dans un murmure :

– Nous ferons en sorte que la demande de passeport de mademoiselle Wang reçoive l'attention nécessaire.

– Mademoiselle Wang… oh…

Chen avait à peine songé à elle ces derniers jours. Mais d'autres l'avaient fait. A cause de lui. Ce même Liao qui l'avait traité de fouinard incapable de s'occuper de ses affaires lui proposait de s'occuper de celles de Wang – en supposant que ça regarde encore Chen.

Maintenant qu'il avait regagné la faveur du Parti, Wang allait obtenir son passeport. Liao était un tel lèche-bottes.

– Merci, dit Chen en secouant la main de Liao avec force.

Mais Wang semblait déjà aussi loin que la femme dont parle Li Shangyin :

Maître Lu regrette que le mont Peng soit si loin
Et moi des milliers de fois plus loin de la montagne.

Dans la vieille légende, maître Lu, un jeune homme de la dynastie des Han, s'aventura sur le mont Peng où il passa des moments merveilleux avec une belle femme. Quand il retourna à son village, il ne le reconnut pas car cent ans s'étaient écoulés. Il ne retrouva jamais la route de la montagne. Aussi ces deux vers étaient-ils souvent cités pour évoquer le chagrin d'une perte irréparable.

41

C'était le quatrième jour de la Conférence nationale des cadres de police. L'hôtel *Guoji*, situé au croisement de la rue de Nankin et la rue de Huanghe, était le plus haut bâtiment de Shanghai depuis de nombreuses années et dominait le centre de la ville.

On avait attribué à l'inspecteur principal Chen une suite luxueuse au vingt et unième étage. A la première lumière grise du matin, en regardant par la fenêtre, vers l'est, il vit le grand magasin n° 1 et plusieurs boutiques de la rue de Nankin former un défilé pittoresque vers le Bund. Mais il n'était pas d'humeur à jouir de la vue spectaculaire.

Il s'habilla en vitesse. Les derniers jours avaient été mouvementés. Non seulement il représentait la police de Shanghai, mais il devait aussi coordonner toutes sortes d'activités de la conférence. La plupart des représentants étaient des commissaires ou des secrétaires du Parti venus d'autres villes. Il devait prendre des contacts avec eux. Autant pour lui que pour le bureau.

Il avait donc à peine eu le temps de penser à l'affaire.

Pourtant, la première chose qu'il fit ce matin-là, comme tous les jours précédents, fut de sortir discrètement de l'hôtel pour aller dans une cabine téléphonique en face. Il avait demandé à Yu de ne l'appeler qu'en cas d'urgence.

A l'heure convenue, il composa le numéro de Yu.

– Quelles sont les nouvelles ?

– Positives. Imaginez un peu, même la présidente Yao Liangxia, cette vieille marxiste, a appelé chez nous. Elle a dit que la Commission de discipline du Parti nous soutenait fermement.

– Le secrétaire du Parti Li a dit quelque chose ?

– Hier soir, une conférence téléphonique a eu lieu entre le Comité du Parti du bureau et le maire. Il n'y avait que le secrétaire du Parti Li et le commissaire Zhao. Discussion à huis clos, bien sûr. Politique, je suppose.

– Donc, Li ne dira pas un mot sur ces réunions. D'autres nouvelles d'ailleurs ?

– Eh bien, Wang Feng nous a appelés pour dire qu'il y aura demain un article à la une du *Wenhui*.

– Pourquoi ?

– Wu est jugé aujourd'hui ! Vous ne le saviez pas, inspecteur principal Chen ?

– Comment ? Non.

– C'est étonnant. Je pensais qu'ils vous informeraient immédiatement.

– Vous allez comparaître ?

– Oui, je serai là. Mais c'est la Sécurité intérieure qui mènera la danse.

– Comment vous entendez-vous avec ces gens-là ?

– Bien. Je pense qu'ils sont sérieux. Ils rassemblent toutes les pièces. Sauf qu'ils n'ont pas vraiment fait de reconfirmation des preuves et des témoins.

– C'est-à-dire ?

– Prenez par exemple le camarade Yang, celui de la station d'essence. Je leur ai suggéré de le convoquer pour identification et de l'utiliser ensuite comme témoin. Mais ils ont dit que ce n'était pas nécessaire.

– Alors comment voyez-vous la suite ?

– Wu sera puni. Aucun doute. Sinon, tout ce tapage ne rime à rien. Mais le procès peut durer des jours.

– Peine de mort ?

– Commuée, je vous parie, puisque le vieux est toujours à l'hôpital. Mais pas moins que ça. Personne n'accepterait.

– Je pense que c'est le plus vraisemblable. Wang vous a dit autre chose ?

– Elle voulait que je vous transmette ses félicitations. Le Vieux chasseur aussi – un salut d'un vieux bolchevik. Vieux bolchevik – ce sont ses propres mots. Je ne l'ai pas entendu les dire depuis des années.

– C'est en effet un vieux bolchevik. Dites-lui que je vais l'inviter à boire le thé au *Milieu du lac*. J'ai une grande dette envers lui.

– Ne vous faites pas de souci. Il veut vous inviter. Le vieux ne sait pas quoi faire de ses appointements de conseiller.

– Il les mérite largement après trente ans dans la police. Sans parler de sa contribution à l'affaire.

– Et Peiqin prépare un autre dîner. Encore mieux, je peux vous le promettre. Nous venons de recevoir du jambon du Yunnan. Du vrai.

L'inspecteur Yu, qui à son âge aurait dû être moins surexcité à la fin d'une enquête, continua de discourir :

– Quel dommage. Vous ratez le meilleur ici.

– Vous avez raison. J'ai été tellement occupé avec la conférence que j'ai presque oublié que je suis chargé de l'affaire.

Il raccrocha et rentra vite à l'hôtel. Il devait faire un exposé le matin et participer à une discussion de groupe l'après-midi. Le soir, le ministre Wen allait prononcer un important discours de clôture.

Il fut bientôt submergé par les détails de la conférence. Pendant la pause du déjeuner, il essaya de téléphoner de nouveau pour avoir des nouvelles du procès, mais dans le hall il tomba sur le commissaire Fu, de la police de Pékin, qui lui parla pendant une demi-heure. Puis un autre l'aborda. Et il n'eut aucun répit pendant le dîner car il dut porter des toasts à tous les invités, table après table. Après le dîner, le ministre Wen, qui paraissait particulièrement bien disposé à son égard, le repéra. Finalement, après les longs discours, à 9 heures passées, Chen alla en catimini à une autre cabine téléphonique dans la rue de Huangpi. Yu n'était pas chez lui.

Puis il appela Lu le Chinois d'outre-mer. Wang Feng avait téléphoné.

– Elle est très heureuse pour toi, dit Lu. J'ai pu m'en rendre compte. Même dans sa voix. Une fille vraiment bien !

– Oui, je sais.

Quand Chen retrouva sa suite, la femme de chambre avait tout préparé pour la nuit. Le lit était fait, la fenêtre était fermée et le rideau à demi tiré. Il y avait un paquet de Marlboro sur la table de nuit. Dans le petit réfrigérateur il vit plusieurs bouteilles de Budweiser, un luxe d'importation qui convenait à son statut à l'hôtel. Tout indiquait qu'il était un « cadre important ».

Il alluma la lampe de chevet et jeta un coup d'œil aux programmes de télé. Ils proposaient plusieurs films d'arts martiaux de Hong Kong. La chambre avait le câble, mais il n'avait envie d'en voir aucun. Il regarda de nouveau vers le grand magasin n° 1 que ses enseignes changeantes au néon découpaient dans la nuit.

S'il y avait eu une urgence, Yu lui aurait fait signe.

Il prit une douche, mit son pyjama, déboucha une Budweiser et se mit à feuilleter le journal. Il n'y avait pas grand chose à lire, mais Chen savait qu'il ne pourrait pas dormir. Il n'était pas ivre – certainement pas autant que Li Bai, qui avait écrit un poème dans lequel il dansait avec son ombre sous la lune de la dynastie des Tang.

Il entendit soudain un coup léger à la porte.

Il n'attendait personne. Il pouvait faire semblant de dormir, mais il avait entendu des histoires de services de sécurité des hôtels qui contrôlent les chambres à des heures invraisemblables.

– Bon, entrez, dit-il avec résignation.

La porte s'ouvrit.

Quelqu'un franchit le seuil, pieds nus, en peignoir blanc.

Chen regarda fixement quelques secondes pour faire concorder l'image avec ses souvenirs.

– Ling !

– Chen !

– Te voir ici, c'est…

Il s'interrompit, ne sachant que dire.

Elle ferma la porte.

Elle ne montrait aucune surprise. C'était comme si elle venait de sortir de la vieille bibliothèque dans la Cité interdite en portant des livres pour lui, le cri des pigeons résonnant au loin dans le ciel clair de Pékin ; comme si elle venait de sortir de la peinture murale dans le métro de Pékin, jeune Ouïghour chargée de raisin, mouvement infini, avançant sans avancer, légère comme un ciel d'été, des écailles de peinture dorée se détachant du cadre sous ses pieds nus ornés de bracelets…

Malgré les années, Ling n'avait pas changé, sauf que ses longs cheveux, défaits pour la nuit, lui tombaient sur les épaules. Quelques mèches qui bouclaient sur ses joues lui donnaient une expression d'abandon. Puis il remarqua les rides minuscules autour de ses yeux.

– Qu'est-ce qui t'amène ici ?

– Une délégation de bibliothécaires américains. Je leur sers d'escorte. Je t'en avais parlé.

Elle avait bien évoqué la possibilité d'accompagner une délégation de bibliothécaires américains dans les provinces du sud, mais elle n'avait pas dit que Shanghai pouvait faire partie du programme.

– Tu as dîné ?

Une autre question stupide. Il n'était pas content de lui.

– Non. Je viens de rentrer. Je n'ai eu que le temps de prendre une douche.

– Tu n'as pas changé.

– Toi non plus.

– Dis-moi, comment as-tu su que j'étais ici ?

– Quelqu'un me l'a dit à ton bureau, je crois que c'était ton secrétaire du Parti, Li Guohua. Il était un peu réticent au début, alors j'ai dû lui dire qui j'étais.

– Oh.

Ou la fille de qui.

Elle prit une cigarette. Il lui donna du feu en protégeant la flamme avec sa main. Les lèvres de Ling effleurèrent ses doigts.

– Merci.

Elle s'assit avec désinvolture en ramenant un pied nu sous elle. Quand elle se pencha pour taire tomber sa cendre dans le cendrier, son peignoir s'entrouvrit. Il aperçut ses seins. Elle le remarqua, mais ne ferma pas son peignoir.

Ils se regardèrent dans les yeux.

Elle dit en plaisantant :

– Je peux te retrouver où que tu sois.

Elle savait en effet s'y prendre. On ne pouvait rien lui cacher. Une ECS avait ses méthodes.

Malgré la plaisanterie, il sentit la tension monter entre eux. C'était illégal pour un homme et une femme d'être dans la même chambre sans un certificat de mariage. Le service de sécurité de l'hôtel avait le droit d'entrer à tout moment. « Contrôle de routine ! » Certaines chambres cachaient même des caméras vidéos.

– Où est ta chambre ? demanda-t-il.

– Aussi dans le secteur des « invités spéciaux », parce que j'escorte la délégation américaine. La sécurité ne viendra pas contrôler ici.

– C'est très gentil d'être venue.

– *Il est difficile de nous rencontrer, et difficile aussi de nous séparer. / Le vent d'est faiblit, et les fleurs languissent…*

Ling citait les vers des amants maudits avec à-propos. Elle comprenait la passion de Chen pour Li Shangyin.

Le visage adouci par la lumière, bien que marqué par la fatigue du voyage, elle dit :

– Tu m'as manqué.

– Toi aussi.

– Après tant d'années perdues, dit-elle en baissant les yeux, nous sommes ensemble ce soir.

– Je ne sais pas quoi dire, Ling.

– Alors ne dis rien.

– Tu n'imagines pas combien je te suis reconnaissant pour tout ce que tu as fait pour moi.

– Ne dis pas ça non plus.

– Tu sais, la lettre que je t'ai écrite, je ne cherchais pas à…

– Je sais, mais c'est ce que je voulais.

– Alors…

– Alors. (Elle leva les yeux, et son regard d'abord hésitant se voila.) Nous sommes ensemble. Alors pourquoi pas ? Je pars demain matin. Aucune raison de refouler nos pulsions.

Une expression presque oubliée de Freud, l'un des occidentaux qui l'avaient influencé à l'université. Elle aussi sans doute. Il la vit se passer la langue sur les lèvres, puis son regard tomba sur ses pieds nus à la cambrure élégante et aux doigts bien modelés.

– Tu as raison.

Il voulut éteindre la lumière, mais elle l'arrêta d'un geste. Elle se leva, dénoua sa ceinture, et son peignoir tomba. Son corps prit un reflet de porcelaine. Ses seins étaient menus mais dressés. Ils furent bientôt sur le lit, tout vibrants du temps qu'ils avaient vécu séparés, de leurs longues années perdues. La hâte venait autant de lui que d'elle, tous deux touchés d'un même désespoir. Ils ne pouvaient racheter le passé qu'en étant eux-mêmes au présent.

Elle gémit en lui passant les bras autour du cou et les jambes autour de la taille, et ondula sous lui en se cambrant et en faisant glisser ses longs doigts fermes dans son dos. L'intensité de son désir aiguisa celui de Chen. Elle se mit sur lui. Ses longs cheveux tombant en cascade sur son visage provoqua en lui des sensations inconnues. Il se perdit dans sa chevelure. Elle haleta contre son visage. Puis son corps devint soudain moelleux, moite – immatériel comme les nuages après la pluie.

Ils restèrent enlacés sans rien dire, bien au-dessus et bien loin de Shanghai.

Peut-être à cause de la hauteur de l'hôtel, Chen crut voir les nuages blancs entrer par la fenêtre et se presser contre le corps en sueur de Ling à la lumière douce de la lune.

– Nous nous transformons en nuages et en pluie, dit-il en évoquant la métaphore ancienne.

Elle acquiesça dans un murmure rauque en le regardant, pelotonnée contre sa poitrine, ses cheveux noirs répandus.

Leurs pieds se frôlèrent. Il toucha légèrement la plante de pied de Ling et sentit un grain de sable entre ses orteils. Du sable de Shanghai – pas de l'ensemble central de la mer du Sud dans la Cité interdite.

Il entendit des pas dans le couloir : quelqu'un de la sécurité de l'hôtel sortait un trousseau de clefs. Une clef tourna – une fois, rien qu'une fois – dans une serrure en face de sa chambre. L'angoisse rendait leurs sensations encore plus intenses. Elle se nicha de nouveau contre lui. Elle avait une expression qu'il n'avait jamais vue. Limpide et sereine. Le ciel de Pékin une nuit d'automne où le vacher et la tisserande se regardaient de loin, un pont de pies noires entre eux par dessus la Voie lactée.

Ils s'étreignirent de nouveau.

– Ça valait la peine d'attendre, dit-elle doucement après.

Puis elle s'endormit ; les étoiles chuchotaient au-dehors.

Il s'assit, prit un bloc sur la table de nuit et se mit à écrire, la lumière de la lampe tombant comme de l'eau sur le papier. Le silence autour d'eux semblait vivant. Entre deux images qui se précipitaient sous sa plume, il se tourna pour voir le visage paisible sur l'oreiller. L'innocence de ses traits bien dessinés, de la nuit d'un bleu profond au-dessus des lumières de Shanghai, provoqua en lui des vagues d'expression.

C'était comme si une puissance supérieure déversait les vers sur lui. Il était là par hasard, un stylo à la main…

Il ne sut pas quand il s'était endormi.

La sonnerie du téléphone le réveilla en sursaut. Ling n'était plus là. Les oreillers blancs étaient chiffonnés contre la tête de lit, encore doux, des nuages aux premières lueurs du jour.

Le téléphone sonnait toujours. Strident et pénétrant si tôt le matin, tel un présage. Chen décrocha brutalement.

– Inspecteur principal Chen, tout est fini.

Yu était énervé, comme s'il avait à peine dormi lui aussi.

– Comment ça, tout est fini ?

– Tout. Le procès est terminé. Wu Xiaoming a été reconnu coupable des faits qui lui étaient reprochés, il a été condamné à mort et exécuté hier soir. Il y a à peu près six heures. Point final.

Chen regarda sa montre. Il était à peine plus de 6 heures.

– Wu n'a pas essayé de faire appel ?

– C'est une affaire spéciale. Les autorités du Parti l'ont présentée comme telle. Inutile de faire appel. Wu le savait. Son avocat aussi. Un secret pour personne. Appel ou pas, ça n'aurait rien changé.

– Et il a été exécuté hier soir ?

– Oui, quelques heures seulement après le procès. Mais ne me demandez pas pourquoi, camarade inspecteur principal.

– Et Guo Qiang ?

– Exécuté aussi, même heure, même endroit.

– Quoi ? (Chen était plus que choqué.) Guo n'avait pas commis de meurtre.

– Vous savez quel a été le chef d'inculpation le plus grave contre Wu et Guo ?

– Lequel ?

– Corruption et crime sous l'influence bourgeoise occidentale.

– Pourriez-vous essayer d'être un petit peu plus précis, Yu ?

– Je peux, naturellement, mais vous lirez tout le baratin politique dans la presse. Titres en rouge, je vous parie. Ce sera dans le *Wenhui*. Ça fait maintenant partie d'une mobilisation nationale contre les « CCB » – corruption et crime sous l'influence bourgeoise occidentale. Le Comité central du Parti a déclenché une campagne politique.

– Ainsi c'est une affaire politique, après tout !

– Oui, le secrétaire du Parti Li a raison. C'est une affaire politique, il le dit depuis le début. (Yu ne faisait rien pour cacher son amertume.) Nous avons fait un excellent travail.

Chen descendit. Il trouva Ling dans le hall.

Plusieurs membres de la délégation américaine s'étaient rassemblés autour du comptoir de devant pour admirer un rouleau en soie brodée de Suzhou représentant la Grande Muraille. Ling traduisait. Elle ne le remarqua pas tout de suite. A la lumière du matin, elle était pâle, avec des cernes sombres sous les yeux. Il ne savait pas à quel moment elle avait quitté sa chambre. Elle portait une robe traditionnelle rose, les échancrures laissaient voir ses jambes fines. Elle avait un petit sac de paille sur l'épaule et un porte-documents en bambou à la main. Une Orientale parmi les Occidentaux.

En la regardant, il fut inondé de gratitude. Dès qu'elle fut disponible, il demanda :

– Tu me téléphoneras quand tu rentreras à Pékin ?

– Bien sûr… Si tu es d'accord.

– Comment peux-tu dire ça ? Tu as tant fait pour moi…

– Non, tu ne me dois rien.

– Alors nous nous verrons à Pékin en octobre. Peut-être avant.

– Tu te souviens du poème que tu m'as récité cet après-midi-là dans le parc de la mer du Nord ?

– Oui.

– Alors, ce ne sont que quelques mois.

Une petite Américaine vint vers elle en boîtant légèrement.

– Nous avons fait ce pour quoi nous étions venus ?

– Oui, j'ai fait ce pour quoi j'étais venue, dit Ling en le regardant, puis elle alla rejoindre les membres de la délégation.

Dehors, la matinée était resplendissante. Un mini-bus gris attendait la délégation dans la rue de Nankin. Elle monta la dernière en portant la valise de cuir de quelqu'un. Quand le véhicule démarra, elle baissa la vitre et fit un signe à Chen.

J'ai fait ce pour quoi j'étais venue.

Et lui, pour quoi était-il venu ? Il aurait voulu pouvoir dire la même chose.

C'était arrivé. Ça pouvait ne plus jamais arriver. Il n'en savait rien. Mais il savait qu'on ne se baigne jamais dans la même eau.

Il devait vite rentrer à l'hôtel. Certains invités s'en allaient. En tant qu'hôte, il devait leur dire au revoir et leur remettre divers cadeaux de la part de la police de Shanghai. Tout en souriant et en serrant la main des uns et des autres, il comprit que ses responsabilités à l'hôtel *Guoji* ne lui avaient été confiées que pour le mettre hors circuit.

L'ordre des scènes est prévu et combiné,
Et rien ne peut empêcher qu'à la fin le rideau tombe.

A midi, il put descendre au stand de journaux du hall. Plusieurs curieux s'attroupaient devant et lisaient par dessus l'épaule du voisin. En s'approchant, il vit un gros titre en rouge :

CORRUPTION ET CRIME SOUS L'INFLUENCE BOURGEOISE OCCIDENTALE

Il y avait un éditorial d'une pleine page dans *Le Quotidien du peuple*.

Le nom de Guan n'était même pas mentionné. Elle n'était qu'une des victimes anonymes. Absurde, le meurtre était présenté comme une conséquence inévitable de l'influence bourgeoise occidentale. Le nom de l'inspecteur principal Chen n'était pas mentionné non plus, probablement avec les meilleures intentions, comme l'avait expliqué le secrétaire du Parti Li. Mais le commissaire politique Zhang était cité comme un représentant des vieux cadres supérieurs décidé à mener l'enquête jusqu'au bout. L'engagement de Zhang incarnait la détermination du Parti.

Ce ne sont pas les individus qui font les interprétations, mais les interprétations qui font les individus.

L'éditorial concluait avec force et autorité :

Wu Xiaoming est né dans une famille de cadres supérieurs, mais sous l'influence bourgeoise occidentale il est devenu un criminel. La leçon est claire. Nous devons toujours rester vigilants. L'affaire montre la détermination de notre parti à combattre la corruption et le crime causés par les influences bourgeoises occidentales. Dans notre société socialiste, un criminel sera toujours châtié, quelle que soit sa famille. L'image pure de notre Parti ne sera jamais souillée.

L'inspecteur principal Chen ne voulut pas en lire davantage.

Il y avait un autre article, plus court, en première page, à propos de la conférence, et son nom était cité parmi ceux des cadres importants qui y assistaient.

Il s'aperçut que les autres personnes devant le stand de journaux avaient une discussion animée.

– Ces ECS se font des tonnes de fric en un rien de temps, disait un grand bonhomme en T-shirt blanc. Mon entreprise de textile doit renouveler chaque année sa demande de quota d'exportation, mais c'est très difficile à obtenir. Alors mon patron va voir un ECS, et ce fils de p… prend simplement son téléphone et il dit au ministre à Pékin : « Oh, mon cher oncle, vous nous manquez beaucoup. Ma mère parle toujours de votre plat préféré… A propos, j'ai besoin d'un quota d'exportation ; aidez-moi s'il vous plaît. » Alors le « neveu » obtient tout de suite son quota par fax signé du ministre, et il nous le vend pour un million de yuans.

Vous trouvez ça juste ? Dans notre entreprise, un tiers des travailleurs est licencié, ils ne reçoivent que cent-cinquante yuans par mois de prétendue « attente de réaffectation »... pas même de quoi payer un gâteau de Lune à leurs gosses pour la fête de la mi-automne !

– Il y a bien plus que les quotas, jeune homme, intervint un autre. Ils obtiennent des postes élevés comme s'ils étaient nés pour être très au-dessus de nous. Avec leurs relations, leur pouvoir et leur argent, qu'est-ce qu'ils ne peuvent pas faire ? Il paraît que plusieurs actrices connues étaient mêlées à cette affaire. Complètement nues, blanches comme des agneaux, griffant et hurlant toute la nuit. Wu n'a pas perdu son temps.

– J'ai entendu dire que Wu Bing est toujours dans le coma à l'hôpital de Huadong, intervint un homme âgé qui n'était visiblement pas content du tour que prenait la discussion.

– Qui est Wu Bing ?

– Le père de Wu Xiaoming.

– Tant mieux pour le vieux, dit l'homme en T-shirt blanc. L'humiliation de la chute de son fils lui sera épargnée.

– Qu'est-ce que ça peut faire ? Le père devrait être responsable du crime de son fils. Pour une fois, je suis heureux que notre gouvernement ait pris la bonne décision.

– Allons donc, vous croyez qu'ils sont sérieux ? Comme on dit, c'est tuer un poulet pour faire peur aux singes.

– En tout cas, ce coup-ci le poulet est un ECS, et j'aimerais me le faire à la casserole, bien tendre, avec une pincée de glutamate.

En écoutant la discussion, Chen vit les différents aspects de l'affaire se mettre en place.

Cette affaire de meurtre était politiquement très compliquée. Dans la lutte interne du Parti, l'exécution de

Wu était un coup symbolique porté aux tenants de la ligne dure, pour qu'ils cessent de se mettre en travers des réformes, mais la maladie et l'éloignement du père de Wu évitaient que ceux encore au pouvoir ne se sentent menacés au point d'ébranler la « stabilité politique ». En termes de propagande idéologique, l'affaire était présentée comme une conséquence de l'influence bourgeoise occidentale, ce qui préservait le crédit du Parti. Et enfin, pour les Chinois ordinaires, l'affaire servait aussi à démontrer la détermination du Parti à combattre la corruption à tous les niveaux, notamment parmi les ECS. Un geste spectaculaire qu'exigeait la politique après l'été 1989.

La combinaison de ces facteurs avait fait de Wu Xiaoming le meilleur candidat pour servir d'exemple. A défaut de Wu Xiaoming, un autre ECS du même milieu aurait pu faire l'affaire. Que Wu soit châtié, ce n'était que justice. Mais la question était : Wu avait-il été puni pour le crime qu'il avait commis ?

Ainsi l'inspecteur principal Chen avait été manipulé pour des raisons politiques.

Il le comprit alors qu'il quittait l'hôtel et s'éloignait d'un pas lourd dans la rue de Nankin. Il y avait toujours autant de monde qui déambulait, achetait, bavardait avec entrain. Le soleil illuminait l'artère la plus prospère de la ville.

Il acheta *Le Quotidien du peuple*. Lorsqu'il était lycéen, il croyait à tout ce qui était écrit dans ce journal. « Dictature du prolétariat » désignait une sorte de dictature nécessaire pour atteindre le stade final du communisme, justifiant tous les moyens pour atteindre le but ultime. Le terme de « dictature du prolétariat » avait à présent disparu, remplacé par celui d'« intérêt du Parti ».

Chen n'en était plus un adepte aussi inconditionnel.

Wu Xiaoming avait été exécuté pendant qu'il couchait avec Ling. Selon le code communiste orthodoxe, ce qui s'était passé entre elle et lui était un autre exemple de « décadence bourgeoise occidentale ». Le même crime que celui dont on avait accusé Wu : « mode de vie décadent sous l'influence de l'idéologie bourgeoise occidentale ».

L'inspecteur principal Chen pouvait naturellement se raconter des histoires rassurantes, que les choses sont compliquées, que la justice doit être maintenue, que l'intérêt du Parti prime tout, et que la fin justifie les moyens.

Mais il voyait aussi que la fin ne pouvait qu'être changée par l'utilisation de certains moyens.

Celui qui combat les monstres, a dit Nietzsche, *devrait veiller à ne pas en devenir un lui-même*.

Il fut dérangé dans ses réflexions par une question formulée avec l'accent de la province d'Anhui.

– Pourriez-vous me prendre en photo, s'il vous plaît ?

Une jeune fille lui tendait un petit appareil.

– Volontiers.

Elle posa devant le grand magasin n° 1. En provinciale fraîchement arrivée à Shanghai, elle choisit comme toile de fond les splendides mannequins de la vitrine. Il appuya sur le bouton.

– Merci beaucoup !

Chen eut le cœur serré. Ç'aurait pu être Guan dix ou quinze ans plus tôt, les yeux brillants d'espoir en l'avenir.

La question pour lui était : comment ai-je réussi à amener l'affaire à une conclusion triomphale ? Grâce à ma relation – et une relation charnelle – avec la fille d'un membre du Bureau politique.

Quelle ironie !

L'inspecteur principal Chen avait juré de faire tout ce qui était en son pouvoir pour remettre Wu à la justice, mais il n'avait pas pensé se fourvoyer dans une telle connivence.

L'inspecteur Yu ignorait tout. Sinon, aurait-il collaboré ? Comme tous les gens ordinaires, Yu avait des préjugés enracinés et justifiés contre les ECS.

Même si Ling pouvait se révéler une exception. Ou du moins avec lui. Pour lui.

Il voyait de nombreuses similitudes entre Guan la travailleuse modèle de la nation et Chen l'inspecteur principal. La plus importante étant qu'ils avaient chacun eu une liaison avec un ECS. Mais Guan avait eu moins de chance, car Wu ne lui avait pas rendu son amour. Sans doute avait-il tenu un peu à elle. Mais la politique et l'ambition s'étaient mises entre eux.

Guan aimait-elle réellement Wu ? Était-ce possible qu'elle aussi ait été motivée par la politique ? Il n'y avait pas de réponse – ils étaient morts tous les deux.

Et quels étaient ses propres sentiments pour Ling ? Non que l'inspecteur principal Chen l'ait utilisée délibérément, froidement. En toute honnêteté, il n'avait jamais laissé une telle idée l'effleurer, mais qu'en était-il de son subconscient ?

Il n'était pas sûr non plus qu'il n'y ait eu que de la passion de sa part la nuit précédente. De la gratitude pour sa grandeur d'âme ?

A Pékin, ils se plaisaient, mais ils s'étaient séparés, une décision qu'il n'avait pas vraiment regrettée. Pendant toutes ces années, il avait souvent pensé à elle, mais aussi à d'autres, il s'était fait d'autres amis – et amies.

Il avait pris connaissance de l'affaire alors qu'il dansait avec Wang à sa pendaison de crémaillère. Les jours suivants, c'était Wang qui l'avait accompagné dans les premières étapes de l'enquête. En fait, il avait à peine pensé à Ling. La lettre écrite à la poste, tout sauf sentimentale, était inspirée par l'instinct de survie dans un moment de désespoir.

C'était un survivant trop ambitieux pour périr dans un silence indigne. L'image lancinante de Liu Yong, le lamentable poète de la dynastie des Song qui n'avait qu'une prostituée pour le réconforter sur son lit de mort, l'avait poussé à ce geste désespéré. Il était décidé à ne pas finir en perdant comme Liu Yong. Il s'était dit : « Tu dois trouver un moyen de t'en sortir. »

C'est ainsi qu'elle était revenue dans sa vie.

Peut-être pour cette nuit-là seulement.

Peut-être pour plus longtemps.

Que devait-il faire ? Malgré leur différence de milieu, il devait y avoir un moyen pour qu'ils soient ensemble. Ils devaient pouvoir vivre dans leur propre discours, pas seulement dans l'interprétation des autres.

Pourtant, il ne pouvait pas s'empêcher de frémir à cette perspective. Car ce ne serait pas un monde à eux mais un monde où il commencerait peut-être par trouver la vie beaucoup plus facile, voire sans le moindre souci. Il ne pourrait jamais se débarrasser de l'impression que rien ne se réalisait grâce à ses propres efforts. Elle n'aurait pas besoin d'aller dans tel ou tel ministère en le revendiquant comme sien. Il serait devenu lui-même un ECS. Et tous seraient prêts à faire beaucoup de choses pour lui.

Il n'avait aucune raison de retourner au bureau. Il n'avait pas envie d'entendre le secrétaire du Parti Li réciter l'éditorial du *Wenhui*. Ni de rentrer chez lui tout seul après une telle nuit.

Il s'aperçut qu'il se dirigeait vers la maison de sa mère.

Sa mère mit son journal de côté.

– Pourquoi n'as-tu pas téléphoné ?

Elle se leva pour poser une tasse de thé devant lui.

– La politique, dit-il avec amertume. Rien que la politique.

– Des ennuis dans ton travail ?

– Non, ça va bien.

– La politique, tu veux parler de la conférence ? Ou de

l'affaire de l'ECS, le gros titre d'aujourd'hui ? Tout le monde en parle.

Il ne savait pas comment lui expliquer. Elle ne s'était jamais intéressée à la politique. Il ne savait pas non plus s'il devait lui parler de Ling, alors que c'était ce qui l'aurait intéressée. Il se contenta de dire :

– J'étais chargé de l'affaire Wu, mais elle ne s'est pas terminée comme il aurait fallu.

– Justice a été faite ?

– Oui. Politique mise à part…

– J'ai parlé avec plusieurs voisins. Ils sont très satisfaits de l'issue du procès.

– J'en suis heureux, mère.

– En fait, j'ai réfléchi à ton travail depuis notre dernière conversation. J'espère toujours que tu suivras un jour les traces de ton père, mais si tu penses que tu peux faire quelque chose pour le pays à ton poste, tu devrais persévérer. C'est utile d'avoir quelques policiers honnêtes, même si ça ne peut pas arranger grand-chose.

– Merci, mère.

Quand il eut fini son thé, elle descendit avec lui. Dans le couloir encombré de réchauds et d'ustensiles de cuisine, tante Xi, une vieille voisine, les interpella toute joyeuse.

– Madame Chen, votre fils est un cadre supérieur à présent, inspecteur directeur principal, ou je ne sais quel poste élevé. Je lisais le journal ce matin, et son nom avec un rang important m'a sauté aux yeux.

Sa mère sourit sans rien dire. Son rang lui plaisait peut-être aussi un peu.

– Ne nous oublie pas dans ton poste élevé, reprit tante Xi. Souviens-toi, je t'ai vu grandir.

Dans la rue, un marchand ambulant faisait frire des raviolis dans un wok gigantesque sur un réchaud à gaz sur roulettes, une scène familière de son enfance, sauf qu'en ce temps-là ç'aurait été un réchaud à charbon.

Un ravioli frit était déjà une gâterie généreuse pour un enfant, mais sa mère lui en faisait manger deux ou trois. Une mère aimante, belle, jeune, et d'un grand soutien.

Ainsi que l'a écrit le Bouddha, le temps passe en un claquement de doigts.

A l'arrêt du bus, il se retourna et la vit encore devant la maison. Petite, ratatinée et grise dans le soir qui tombait. Mais toujours d'un grand soutien.

L'inspecteur principal Chen ne quitterait pas la police. Sa visite avait renforcé sa décision de continuer.

Elle n'approuverait peut-être jamais entièrement sa profession, mais tant qu'il ferait son travail avec conscience, il ne la décevrait pas. Et puis, il était responsable d'elle. Il allait lui acheter une livre de vrai thé au jasmin la prochaine fois qu'il irait la voir. Et il réfléchirait à la façon de lui parler de Ling.

Dans le poème que son père lui avait appris, l'amour qu'un fils rend à sa mère n'est jamais suffisant, pas plus que la responsabilité d'un homme vis-à-vis de son pays.

Qui dit que la splendeur d'un brin d'herbe récompense
L'amour du printemps qui revient toujours ?

COMPOSITION : PAO ÉDITIONS DU SEUIL

Cet ouvrage a été imprimé en France par
CPI Bussière
à Saint-Amand-Montrond (Cher)
en mars 2012.
N° d'édition : 48887-13. - N° d'impression : 120601.
Dépôt légal : janvier 2003.

Éditions Points

Collection Points Policier

DERNIERS TITRES PARUS

P1135. Des morts à la criée, *Ed Dee*
P1146. Ne te retourne pas !, *Karin Fossum*
P1158. Funky Guns, *George P. Pelecanos*
P1159. Les Soldats de l'aube, *Deon Meyer*
P1162. Visa pour Shanghai, *Qiu Xiaolong*
P1174. Sale temps, *Sara Paretsky*
P1175. L'Ange du Bronx, *Ed Dee*
P1187. Les Chiens de Riga, *Henning Mankell*
P1188. Le Tueur, *Eraldo Baldini*
P1189. Un silence de fer, *Marcello Fois*
P1190. La Filière du jasmin, *Denise Hamilton*
P1197. Destins volés, *Michael Pye*
P1206. Mister Candid, *Jules Hardy*
P1207. Déchaînée, *Lauren Henderson*
P1215. Tombe la pluie, *Andrew Klavan*
P1224. Le Vagabond de Holmby Park, *Herbert Lieberman*
P1225. Des amis haut placés, *Donna Leon*
P1228. Chair et Sang, *Jonathan Kellerman*
P1230. Darling Lilly, *Michael Connelly*
P1239. Je suis mort hier, *Alexandra Marinina*
P1240. Cendrillon, mon amour, *Lawrence Block*
P1242. Berlinale Blitz, *Stéphanie Benson*
P1245. Tout se paye, *George P. Pelecanos*
P1251. Le Rameau brisé, *Jonathan Kellerman*
P1256. Cartel en tête, *John McLaren*
P1271. Lumière morte, *Michael Connelly*
P1291. Le croque-mort a la vie dure, *Tim Cockey*
P1292. Pretty Boy, *Lauren Henderson*
P1306. La Lionne blanche, *Henning Mankell*
P1307. Le Styliste, *Alexandra Marinina*

P1308. Pas d'erreur sur la personne, *Ed Dee*
P1309. Le Casseur, *Walter Mosley*
P1318. L'Attrapeur d'ombres, *Patrick Bard*
P1331. Mortes-eaux, *Donna Leon*
P1332. Déviances mortelles, *Chris Mooney*
P1344. Mon vieux, *Thierry Jonquet*
P1345. Lendemains de terreur, *Lawrence Block*
P1346. Déni de justice, *Andrew Klavan*
P1347. Brûlé, *Leonard Chang*
P1359. Los Angeles River, *Michael Connelly*
P1360. Refus de mémoire, *Sarah Paretsky*
P1361. Petite musique de meurtre, *Laura Lippman*
P1372. L'Affaire du Dahlia noir, *Steve Hodel*
P1373. Premières Armes, *Faye Kellerman*
P1374. Onze jours, *Donald Harstad*
P1375. Le croque-mort préfère la bière, *Tim Cockey*
P1393. Soul Circus, *George P. Pelecanos*
P1394. La Mort au fond du canyon, *C.J. Box*
P1395. Recherchée, *Karin Alvtegen*
P1396. Disparitions à la chaîne, *Ake Smedberg*
P1407. Qu'elle repose en paix, *Jonathan Kellerman*
P1408. Le Croque-mort à tombeau ouvert, *Tim Cockey*
P1409. La Ferme des corps, *Bill Bass*
P1414. L'Âme du chasseur, *Deon Meyer*
P1417. Ne gênez pas le bourreau, *Alexandra Marinina*
P1425. Un saut dans le vide, *Ed Dee*
P1435. L'Enfant à la luge, *Chris Mooney*
P1436. Encres de Chine, *Qiu Xiaolong*
P1437. Enquête de mor(t)alité, *Gene Riehl*
P1451. L'homme qui souriait, *Henning Mankell*
P1452. Une question d'honneur, *Donna Leon*
P1453. Little Scarlet, *Walter Mosley*
P1476. Deuil interdit, *Michael Connelly*
P1493. La Dernière Note, *Jonathan Kellerman*
P1494. La Cité des Jarres, *Arnaldur Indridason*
P1495. Électre à La Havane, *Leonardo Padura*
P1496. Le croque-mort est bon vivant, *Tim Cockey*
P1497. Le Cambrioleur en maraude, *Lawrence Block*
P1539. Avant le gel, *Henning Mankell*
P1540. Code 10, *Donald Harstad*
P1541. Les Nouvelles Enquêtes du juge Ti, vol. 1
Le Château du lac Tchou-An, *Frédéric Lenormand*
P1542. Les Nouvelles Enquêtes du juge Ti, vol. 2
La Nuit des juges, *Frédéric Lenormand*
P1559. Hard Revolution, *George P. Pelecanos*
P1560. La Morsure du lézard, *Kirk Mitchell*

P1561. Winterkill, *C.J. Box*
P1582. Le Sens de l'arnaque, *James Swain*
P1583. L'Automne à Cuba, *Leonardo Padura*
P1597. La Preuve par le sang, *Jonathan Kellerman*
P1598. La Femme en vert, *Arnaldur Indridason*
P1599. Le Che s'est suicidé, *Petros Markaris*
P1600. Les Nouvelles Enquêtes du juge Ti, vol. 3
Le Palais des courtisanes, *Frédéric Lenormand*
P1601. Trahie, *Karin Alvtegen*
P1602. Les Requins de Trieste, *Veit Heinichen*
P1635. La Fille de l'arnaqueur, *Ed Dee*
P1636. En plein vol, *Jan Burke*
P1637. Retour à la Grande Ombre, *Hakan Nesser*
P1660. Milenio, *Manuel Vázquez Montalbán*
P1661. Le Meilleur de nos fils, *Donna Leon*
P1662. Adios Hemingway, *Leonardo Padura*
P1678. Le Retour du professeur de danse
Henning Mankell
P1679. Romanzo Criminale, *Giancarlo de Cataldo*
P1680. Ciel de sang, *Steve Hamilton*
P1690. La Défense Lincoln, *Michael Connelly*
P1691. Flic à Bangkok, *Patrick Delachaux*
P1692. L'Empreinte du renard, *Moussa Konaté*
P1693. Les fleurs meurent aussi, *Lawrence Block*
P1703. Le Très Corruptible Mandarin, *Qiu Xiaolong*
P1723. Tibet or not Tibet, *Péma Dordjé*
P1724. La Malédiction des ancêtres, *Kirk Mitchell*
P1761. Chroniques du crime, *Michael Connelly*
P1762. Le croque-mort enfonce le clou, *Tim Cockey*
P1782. Le Club des conspirateurs, *Jonathan Kellerman*
P1783. Sanglants Trophées, *C.J. Box*
P1811. - 30°, *Donald Harstad*
P1821. Funny Money, *James Swain*
P1822. J'ai tué Kennedy ou les mémoires d'un garde du corps
Manuel Vázquez Montalbán
P1823. Assassinat à Prado del Rey et autres histoires sordides
Manuel Vázquez Montalbán
P1830. La Psy, *Jonathan Kellerman*
P1831. La Voix, *Arnaldur Indridason*
P1832. Les Nouvelles Enquêtes du juge Ti, vol. 4
Petits Meurtres entre moines, *Frédéric Lenormand*
P1833. Les Nouvelles Enquêtes du juge Ti, vol. 5
Madame Ti mène l'enquête, *Frédéric Lenormand*
P1834. La Mémoire courte, *Louis-Ferdinand Despreez*
P1835. Les Morts du Karst, *Veit Heinichen*
P1883. Dissimulation de preuves, *Donna Leon*

P1884. Une erreur judiciaire, *Anne Holt*
P1885. Honteuse, *Karin Alvtegen*
P1886. La Mort du privé, *Michael Koryta*
P1907. Drama City, *George P. Pelecanos*
P1913. Saveurs assassines. Les enquêtes de Miss Lalli
Kalpana Swaminathan
P1914. La Quatrième Plaie, *Patrick Bard*
P1935. Echo Park, *Michael Connelly*
P1939. De soie et de sang, *Qiu Xiaolong*
P1940. Les Thermes, *Manuel Vázquez Montalbán*
P1941. Femme qui tombe du ciel, *Kirk Mitchell*
P1942. Passé parfait, *Leonardo Padura*
P1963. Jack l'éventreur démasqué, *Sophie Herfort*
P1964. Chicago banlieue sud, *Sara Paretsky*
P1965. L'Illusion du péché, *Alexandra Marinina*
P1988. Double Homicide, *Faye et Jonathan Kellerman*
P1989. La Couleur du deuil, *Ravi Shankar Etteth*
P1990. Le Mur du silence, *Hakan Nesser*
P2042. 5 octobre, 23 h 33, *Donald Harstad*
P2043. La Griffe du chien, *Don Wislow*
P2044. Les Nouvelles Enquêtes du juge Ti, vol. 6
Mort d'un cuisinier chinois, *Frédéric Lenormand*
P2056. De sang et d'ébène, *Donna Leon*
P2057. Passage du Désir, *Dominique Sylvain*
P2058. L'Absence de l'ogre, *Dominique Sylvain*
P2059. Le Labyrinthe grec, *Manuel Vázquez Montalbán*
P2060. Vents de carême, *Leonardo Padura*
P2061. Cela n'arrive jamais, *Anne Holt*
P2139. La Danseuse de Mao, *Qiu Xiaolong*
P2140. L'Homme délaissé, *C.J. Box*
P2141. Les Jardins de la mort, *George P. Pelecanos*
P2142. Avril rouge, *Santiago Roncagliolo*
P2157. À genoux, *Michael Connelly*
P2158. Baka !, *Dominique Sylvain*
P2169. L'Homme du lac, *Arnaldur Indridason*
P2170. Et que justice soit faite, *Michael Koryta*
P2172. Le Noir qui marche à pied, *Louis-Ferdinand Despreez*
P2181. Mort sur liste d'attente, *Veit Heinichen*
P2189. Les Oiseaux de Bangkok
Manuel Vázquez Montalbán
P2215. Fureur assassine, *Jonathan Kellerman*
P2216. Misterioso, *Arne Dahl*
P2229. Brandebourg, *Henry Porter*
P2254. Meurtres en bleu marine, *C.J. Box*
P2255. Le Dresseur d'insectes, *Arni Thorarinsson*
P2256. La Saison des massacres, *Giancarlo de Cataldo*

P2271. Quatre Jours avant Noël, *Donald Harstad*
P2272. Petite Bombe noire, *Christopher Brookmyre*
P2276. Homicide special, *Miles Corwin*
P2277. Mort d'un Chinois à La Havane, *Leonardo Padura*
P2288. Les Nouvelles Enquêtes du juge Ti, vol. 7
L'Art délicat du deuil, *Frédéric Lenormand*
P2290. Lemmer, l'invisible, *Deon Meyer*
P2291. Requiem pour une cité de verre, *Donna Leon*
P2292. La Fille du Samouraï, *Dominique Sylvain*
P2296. Le Livre noir des serial killers, *Stéphane Bourgoin*
P2297. Une tombe accueillante, *Michael Koryta*
P2298. Roldán, ni mort ni vif, *Manuel Vásquez Montalbán*
P2299. Le Petit Frère, *Manuel Vásquez Montalbán*
P2321. La Malédiction du lamantin, *Moussa Konaté*
P2333. Le Transfuge, *Robert Littell*
P2354. Comédies en tout genre, *Jonathan Kellerman*
P2355. L'Athlète, *Knut Faldbakken*
P2356. Le Diable de Blind River, *Steve Hamilton*
P2381. Un mort à l'Hôtel Koryo, *James Church*
P2382. Ciels de foudre, *C. J. Box*
P2397. Le Verdict du plomb, *Michael Connelly*
P2398. Heureux au jeu, *Lawrence Block*
P2399. Corbeau à Hollywood, *Joseph Wambaugh*
P2407. Hiver arctique, *Arnaldur Indridason*
P2408. Sœurs de sang, *Dominique Sylvain*
P2426. Blonde de nuit, *Thomas Perry*
P2430. Petit Bréviaire du braqueur, *Christopher Brookmyre*
P2431. Un jour en mai, *George Pelecanos*
P2434. À l'ombre de la mort, *Veit Heinichen*
P2435. Ce que savent les morts, *Laura Lippman*
P2454. Crimes d'amour et de haine
Faye et Jonathan Kellerman
P2455. Publicité meurtrière, *Petros Markaris*
P2456. Le Club du crime parfait, *Andrés Trapiello*
P2457. Mort d'un maître de go.
Les nouvelles enquêtes du Juge Ti (vol. 8)
Frédéric Lenormand
P2492. Fakirs, *Antonin Varenne*
P2493. Madame la présidente, *Anne Holt*
P2494. Zone de tir libre, *C.J. Box*
P2513. Six heures plus tard, *Donald Harstad*
P2525. Le Cantique des innocents, *Donna Leon*
P2526. Manta Corridor, *Dominique Sylvain*
P2527. Les Sœurs, *Robert Littell*
P2528. Profileuse – Une femme sur la trace des serial killers,
Stéphane Bourgoin

P2529. Venise sur les traces de Brunetti – 12 promenades au fil des romans de Donna Leon, *Toni Sepeda*
P2530. Les Brumes du passé, *Leonardo Padura*
P2531. Les Mers du Sud, *Manuel Vázquez Montalbán*
P2532. Funestes carambolages, *Håkan Nesser*
P2579. 13 heures, *Deon Meyer*
P2589. Dix petits démons chinois, *Frédéric Lenormand*
P2607. Les Courants fourbes du lac Tai, *Qiu Xiaolong*
P2608. Le Poisson mouillé, *Volker Kutscher*
P2609. Faux et usage de faux, *Elvin Post*
P2612. Meurtre et Obsession, *Jonathan Kellerman*
P2623. L'Épouvantail, *Michael Connelly*
P2632. Hypothermie, *Arnaldur Indridason*
P2633. La Nuit de Tomahawk, *Michael Koryta*
P2634. Les Raisons du doute, *Gianrico Carofiglio*
P2655. Mère Russie, *Robert Littell*
P2658. Le Prédateur, *C.J. Box*
P2659. Keller en cavale, *Lawrence Block*
P2680. Hiver, *Mons Kallentoft*
P2681. Habillé pour tuer, *Jonathan Kellerman*
P2682. Un festin de hyènes, *Michael Stanley*
P2692. Guide de survie d'un juge en Chine *Frédéric Lenormand*
P2706. Donne-moi tes yeux, *Torsten Pettersson*
P2717. Un nommé Peter Karras, *George P. Pelecanos*
P2718. Haine, *Anne Holt*
P2726. Le Septième Fils, *Arni Thorarinsson*
P2740. Un espion d'hier et de demain, *Robert Littell*
P2741. L'Homme inquiet, *Henning Mankell*
P2742. La Petite Fille de ses rêves, *Donna Leon*
P2744. La Nuit sauvage, *Terri Jentz*
P2747. Eva Moreno, *Håkan Nesser*
P2748. La 7e victime, *Alexandra Marinina*
P2749. Mauvais fils, *George P. Pelecanos*
P2751. La Femme congelée, *Jon Michelet*
P2753. Brunetti passe à table. Recettes et récits *Roberta Pianaro et Donna Leon*
P2754. Les Leçons du Mal, *Thomas Cook*
P2788. Jeux de vilains, *Jonathan Kellerman*
P2804. Secondes noires, *Karin Fossum*
P2805. Ultimes rituels, *Yrsa Sigurdardottir*
P2808. Frontière mouvante, *Knut Faldbakken*
P2809. Je ne porte pas mon nom, *Anna Grue*
P2810. Tueurs, *Stéphane Bourgoin*
P2811. La Nuit de Geronimo, *Dominique Sylvain*
P2823. Les Enquêtes de Brunetti, *Donna Leon*